西沢一風全集刊行会編
代表　長谷川　強

西沢一風全集

第一巻

汲古書院

刊行にあたって

元禄末年は浮世草子史上の一大転回期であるが、その主導者は西沢一風であり、江島其磧については先に八文字屋本全集二十三巻を世に問うたが、今回は残る一風の全集を提供しようとする。

一風は本屋作者の代表的人物で、職業柄鋭く触角を働かせ最新事件を書込み、歌謡界・演劇界の動向を反映した作が浮世草子界に新風をもたらし、八文字屋・其磧のライバルとして元禄末・宝永期の浮世草子出版競争の一方の立役者でもあった。追随者を巻込んだ競争はそのまま宝永期の浮世草子史を形成する。この期の浮世草子は趣向主義、新主題発掘等で以後の浮世草子の方向を定めるものとなるが、追随者の既刊の全集、八文字屋本全集に加えての本全集の刊行は、西鶴以後の浮世草子研究上点睛の業であると信ずる。当時の演劇界の動向を反映した作は、演劇研究の好箇の資料ともなろう。なお彼の若年時の関心・筆力を伝える色茶屋評判記も収録する。

一風は享保後半期には豊竹座の作者として浄瑠璃制作に関係する。本全集後半はこれに当てる。彼をリーダーとして執筆した作者の一人に並木宗輔がいる。彼は近松以後の最も腕の立つ作者として近来注目される存在であるが、一風の下に作者として出発したのである。一風は故実書として、『今昔操年代記』

の著もあり、その浄瑠璃作者としての活動もやはり近松以後の浄瑠璃の転回期に寄与しているのである。宗輔には浮世草子との相互の影響関係が認められるが、一風のリードの下に活動を始めた事を考慮する必要があろう。浄瑠璃研究者、また浮世草子研究者にも改めて検討を願いたいと思う。浄瑠璃研究には必須の墨譜については、別に全丁の写真を付載して遺漏なきを期する。

今回は八文字屋本全集で腕を磨いた者の他に、当代の浄瑠璃の翻刻や伝本調査に熟練精通の研究者の参加を得た。長谷川は全巻を通じての目配り、全作の本文・解題校正時の照合・点検に当る。浮世草子・浄瑠璃研究は勿論、当時の事件・風俗・歌謡・演劇など近世関係の諸学研究の資料としても必須の全集と自賛するものである。広く諸賢の御支持をお願いしたい。

長谷川　強

二〇〇二年七月

目次

刊行にあたって …… 長谷川強 一

凡例 …… 九

新色五巻書

序 …… 三

一之巻 …… 四

目録 四／㊀ 宇治俵の初恋 五／㊁ 子を捨る都の藪 六／㊂ 高瀬川上り舟 一〇／㊃ 八坂は恋のくだり坂 一四／㊄ 霜月廿七日ほの〴〵明 一七

二之巻 …… 二〇

目録 二〇／㊀ 和州五条の芝居 二一／㊁ 二年越の口説 二五／㊂ 今市の銀 二八／㊃ 美濃屋が座敷 三二／㊄ 心中名取川 三四

三之巻 …… 三七

目録 三七／㊀ 因州千手堂の掛おどり 三八／㊁ 女中恋の宝引 四二／㊂ 是非なき欠落 四五／㊃ 百性むら雀 四八／㊄ 大黒の懐胎 五二

四之巻 …… 五四

目録　五四／㊀　朝鮮国は情の湊　五五／㊁　男色夢中の法躰　五九／㊂　夫婦いさかひは密夫の種　六二／㊃　不儀の仕懸車　六五／㊄　絶躰絶命の心中　六七

五之巻……七一

目録　七一／㊀　土産におふくの掛物　七二／㊁　娘の壱人ねは病の種　七五／㊂　祈禱にうつる恋の帯　七九／㊃　相孕は胸算用の外　八三／㊄　松の木末に邪ゐんの罪　八六

御前義経記

一之巻……九一

目録　九一／序　大名の酒盛　九二／凡例　傾城の因縁　九四／㊀　元九郎今義稚立　九七／㊁　御乳人のゆうれい　一〇〇／㊂　滝詣のあひぼれ　一〇四

二之巻……一〇八

目録　一〇八／㊀　傾城の烏帽子親　一〇九／㊁　はじめて女郎の懐　一一三／㊂　待夜のすご六　一一七／㊃　主なき馬に送り状　一二一

三之巻……一二五

目録　一二五／㊀　近江の水海　一二六／㊁　御前道行　一二九／㊂　本海道やから組　一三二／㊃　のり合の女舞　一三六／㊄　さるで恋する十二段　一三九

四之巻……一四三

目録　一四三／㊀　からしり馬に二人乗　一四四／㊁　傾城なみだ川　一四七／㊂　野郎山伏笈さがし　一五一

／㊃　枕にうつるちゝの悪性　一五六
五之巻……………………………………………………………………………一六〇
目録　一六〇／㊀　難波の門出　一六一／㊁　大礒石の枕　一六四／㊂　吝気くだき　一六九／㊃　呂州丸はだか　一七二
六之巻……………………………………………………………………………一七七
目録　一七七／㊀　新町坂おとし　一七八／㊁　四方髪の傾城　一八一／㊂　すがた絵ときはの松　一八五／㊃　身請の公事　一八八
七之巻……………………………………………………………………………一九三
目録　一九三／㊀　法師の腹切　一九四／㊁　別路の文　一九七／㊂　方便の揚詰　二〇一／㊃　男立の勢揃　二〇五
八之巻……………………………………………………………………………二〇九
目録　二〇九／㊀　子は三界の首かせ　二一〇／㊁　下の関のはんじやう　二一四／㊂　上方土産女郎哥舞妓　二一八／㊃　兄弟の妹背塚　二二三

寛濶曽我物語

一之巻……………………………………………………………………………二三一
目録　二三一／序　伊豆の焰　二三二／凡例二一　都の葛葉　二三五／三　恋路の関守　二三九／四　勇者の取合　二四三

二之巻……二四八
目録　二四八／一　河津が末期　二四九／二　そとはの敵討　二五三／三　後家の嫁入　二五六／四　目前の因果　二六〇
三之巻……二六四
目録　二六四／一　妹背の別路　二六五／二　夢中の鱗形　二六九／三　石橋山の木隠　二七三／四　舟路の難義　二七七
四之巻……二八一
目録　二八一／一　鎌倉の盤昌　二八二／二　由井が浜の涙　二八五／三　命乞の訴詔　二八九／四　箱根山のくやみ　二九四
五之巻……二九七
目録　二九七／一　勘当箱のしがらみ　二九八／二　大礒の契初　三〇一／三　真字の千話文　三〇六／四　傾城追善の伽羅　三〇九
六之巻……三一四
目録　三一四／一　勤の日記付　三一五／二　借着の全盛　三一八／三　義盛情の大寄　三二三／四　手立の囚人　三二八
七之巻……三三二
目録　三三二／一　小袖乞の涙　三三三／二　不忠の兄弟　三三八／三　鞠粉川の醢水　三四二／四　心中矢立の杉　三四五

八之巻……………………………………三五一
目録　三五一／一　富士野の牧狩　三五二／二　傾城情のまくづくし　三五六／三　敵討の手本　三六一／四　村千鳥の面影　三六五
九之巻……………………………………三六八
目録　三六八／一　すそ野の三部経　三六九／二　五月雨の道行　三七二／三　兄弟の似せすがた　三七四／四　現の十番切　三七七
十之巻……………………………………三八二
目録　三八二／一　久賀見寺の風景　三八三／二　御法の道引　三八六／三　傾城の諷誦文　三八八／四　文塚の勧進　三九二
十一之巻……………………………………三九六
目録　三九六／一　座禅の人切　三九七／二　法師の忠義諍　四〇〇／三　門違の密男　四〇二／四　遊女の対決　四〇六
十二巻……………………………………四一〇
目録　四一〇／一　草庵の尼衣　四一一／二　女人成仏の法門　四一四／三　愛着の虎が石　四一七／四　兄弟の荒人神　四二〇
御前義経記　参考図版……………………………………四二三

凡例

一、底本は初印本を用いることを原則とするが、その限りでない場合がある。

二、改題本は解題において処理した。

三、書名は内題（それを欠く場合は序題又は目録題）を採用し、現在通行の字体を用いた。目録は原則として二段組とし、原本の体裁を生かすように努めたが、齟齬する場合は解題に記した。章題番号に囲みなどのある場合は、それに応じて処理した。

四、丁移りは、各丁表裏の末尾に底本の丁付と表裏を示す略記号「オ」「ウ」を括弧に入れて示した。底本の丁付が部分的に判読不能の場合は別本で補った。

五、挿絵は、そのすべてを該当する箇所の近くに掲載し、巻別通し番号を付記した。また、原形を著しく損なっている挿絵と、底本の綴じが深い挿絵は、別本で補った。それが不可能な場合は解題に記した。

六、初印本に付けられた予告・広告は原本通りに翻刻し、後印本所掲のものは解題に掲げた。

七、翻字にあたっては、できる限り底本に忠実にするよう心がけたが、活字化の都合上おおよそ左の方針に従った。

(1) 漢字について

(イ) 原則として現行通用の字体に改め、常用漢字表にあるものは新字体を用い、ないものはそのまま使用した。ただし、一部旧字体と区別して両用したものがある。

例　燈と灯　嶽と岳　龍と竜

凡　例

(ロ)　特殊な草体字や略字は改めた。
　例　〻→候　ア→部

(ハ)　異体字（ここでは俗字・国字等を含めていう）は改めた。
　例　灵→霊　敉→数　筭→算　刕→州
ただし、当時慣用と思われるもののうち、次のようなものは残した。
　例　哥　皃　艸　菴　泪　躰　栬　咜　娌　娵　穐　麁　糀　濶　礒

(ニ)　「団十郎」「女良」などの「郎」「良」は、楷書の場合のみ区別し、他は「郎」に統一した。

(2)　仮名文字について

(イ)　明らかに片仮名と意識して書かれたもの以外はすべて現行の平仮名に改め、捨仮名など小字で書かれた片仮名は小さく組んだ。

(ロ)　特殊な合字・連体字は通行の仮名に改めた。
　例　ゟ→より　と→こと　あ→さま　〆→シテ　ヿ→コト　𪜈→トモ　ち→まいらせ候

(3)　漢字と仮名に両用される「不」「見」「身」「屋」等については、文意・文脈によって区別した。特に「不」は濁点があれば仮名の「ぶ」、なければ漢字の「不」とした。
　例　ぶ心中　不自由　身づから　みやづかへ　かほ見せ　見世

(4)　誤字・誤刻・脱字・衍字・当て字・濁点の錯誤などについては、読解の妨げや誤読・誤植と誤認される恐れがあるものに限って、左のように処理した。

(イ)　漢字の偏・旁などを誤り、書きくずして、正しい漢字とも当時通用の異体字とも認められぬもので、偏旁等より正しい文字の推定できるものは、正しく改めて「△」を右肩または左肩に付けた。

例　天鉀　→天秤△　俛《ばん》→△晩《ばん》

(ロ)　漢字や濁音のない仮名に濁点を付けている場合は右肩に「†」を付けた。

例　共゛→共†　奉加゛→奉加†　に゛→に†

(ハ)　前二項以外の問題箇所は底本通りとし「＊」を右肩または左肩に付けた。脱字の場合は二字の間に「＊」、振り仮名と送り仮名の重複は振り仮名に「＊」を付けた。

例　志案（思案）→志案*　殿立（殿達）→殿立*　家質《やちん》（家賃《やちん》）→*家質《やちん》　かへれまして（「ら」脱）→かへれ*まして　移《うつ》り→移《うつ》*り

なお、「右衛門」などの「衛」を表記せぬ場合、楷書の場合のみ脱字とみなし、他は右肩に「＊」を付けて「衛」の字を補った。

(5)　反復記号は底本の通りとした。

(6)　句読点は「。」に統一したが、底本の原態を解題に記した。

(7)　虫損・破損・汚損などで判読できない場合は、可能な限り別本で補い解題にこの旨を記したが、なお、判読不能の場合は「ムシ」「ヤブレ」「ヨゴレ」と注した。

八、原本中の節付箇所は、「ハル」「フシ」などの文字譜のみ本文中に翻刻した。墨譜は翻刻せず、該当箇所の写真版を参考図版として翻刻の後にまとめて掲載した。

九、解題は主として書誌的事項にとどめ、作品の内容や鑑賞に関して詳述することをひかえた。

底本・担当者一覧

新色五巻書……早稲田大学中央図書館蔵本。挿絵一部早稲田大学中央図書館蔵別本。翻刻・解題倉員正江。

御前義経記……国立国会図書館蔵本。挿絵一部早稲田大学中央図書館蔵本。翻刻・解題井上和人。

寛濶曽我物語……天理大学附属天理図書館蔵本（天理大学附属天理図書館本翻刻第九三二号）。翻刻・解題神谷勝広。

全翻刻・解題について、校正時に長谷川が点検し、統一をはかった。

　御所蔵本の利用をお許しくださった各位に厚く御礼申し上げる。

新色五巻書

新色《しんしき》五《ご》巻《くはん》書《しょ》序

花に酔紅葉にうかる、色好みおほき中に近き比都には。高瀬の樵《こり》木舟に恋の重《おも》荷を積《つみ》てうき名を流《なが》し。大和に和《やは》らく女舞は。難波の名残の霜を茜《あかね》に染《そめ》。因幡《いなば》を出る旅衣は。有馬のかりの宿を此世のかきりと契《ちぎ》り。対馬《つしま》の船頭《せんどう》は。心の楫《かぢ》をとり違《ちが》えて。名を堀《ほり》江の化《あだ》浪に立。(〔序〕オ)武蔵野の薄《すゝき》は。はらみたるより露の命を吹こほされしを。語り伝え聞つたえて。かれこれ五つの巻に拙《つたなき》筆して書つらねたる。文字かんなのあやまりも。見ん人の笑草あきれ草の種《たね》にまき散《ちら》しける

元禄拾一寅葉月

難波書生芦仮葺与志編

(〔序〕ウ)

新色五巻書《しんしきごくはんしよ》　高瀬川《たかせかわ》こり木の焔《ほむら》

一之巻　目《もく》録《ろく》

㊀ 宇治俵《うぢたはら》の初恋《はつこひ》

恋《こひ》の手《て》習《ならひ》書《かき》ぞめのいろは
ひいな事の夫婦《ふうふ》ま事有中

㊁ 子《こ》を捨《すつ》る都《みやこ》の藪《やぶ》

子心《こゝろ》つとめの道《みち》しるべ
前銀《まへかね》五百目請取《うけとり》申茶立《ちやたて》女（目録オ）

㊂ 高瀬《たかせ》川上《かわのぼ》り舟《ふね》

親《おや》じがつくす後妻《のちつま》の腹《はら》
御墓《みはか》参り情《なさけ》のふりはけ髪《かみ》
おもひをつんで宇治《うぢ》の川舟

㊃ 八坂《やさか》は恋《こひ》のくだり坂《さか》

祇園《ぎおん》町の入込客《いりごみきやく》の棚《たな》おろし
万太夫が芝居《しばい》は無分別《むふんべつ》のぬけがら
たましゐをぬく筆《ふで》の命毛《いのちげ》

㊄ 霜月《しもつき》廿七日ほの〴〵明《あけ》

恋からおこる欲《よく》のなげさい
まけ腹《はら》たてゝぜ非《ひ》なきながたな
めぐるむくいをそれ〳〵見付《みつけ》の宿《しゆく》（目録ウ）

一　宇治《うぢ》俵《たはら》の初恋《はつこひ》

夏《なつ》の日水仙《すいせん》を開《ひら》かせ。秋《あき》のさびしい時桜《ときさくら》を咲《さか》せ。金《かね》のなる木は青《あを》い内《うち》にむしる世の末《すへ》の人心。万《よろつ》みじかくなれり。一昔《ひとむかし》以前は廿《はたち》を盛《さかり》の嫁入《よめいり》なりしが。それより後《のち》人さかしうなつて。十三四の丸額《びたい》。たがおしゑねど此道賢《みちかしこく》。物いひのびたつき京大坂にかぎらず。とつと奥《おく》山のふかき杣《そま》人も。いやといわれぬしかけ。世を宇治俵《うぢだはら》の茶作《ちやつくり》とて。此一村《ひとむら》のにぎわい。是をかせぎにして世をわたる里《さと》。茶《ちや》つめる人大勢《ぜい》こゝにあつまり。とり〳〵なる物語《ものがたり》をきくに。老《おい》たるは後生咄《ごしやうばなし》の中間《なかま》有。東西《にしひがし》の御門跡《ごもんぜき》をあらそふ中間ありばゞかゝ*立は嫁《よめ》子をそしる一くみあり。爰にまた色《いろ》咄《ばなし》の男《おとこ》ぐみ。めん〳〵口をそろへてなんと思ふぞあれ。あの手《て》拭《のぐい》しやんとかづいたとりなりは。大事《だいじ》ないものじやが。久七と云ふ男《おとこ》のあるといふに。あたら口に風ひかせるがそんなり。南《みなみ》村（一オ）の助九郎が娘《むすめ》のおとくは。京風のなげ嶋田《しまだ》。むまれつきも十人なみ橋詰《はしづめ》のおはな。木《こ》幡《わた》のおしな。木《き》津《づ》のおくりと。娘《むすめ》の勢揃《せいぞろへ》してあそぶ。中にも十二のわき明《あけ》。赤《あか》まへだれのひぼ。前後《まへうしろ》みたがるに隙《ひま》なし。こんの布子《ぬのこ》に牡《ぼ》丹唐草《たんからぐさ》ちらし。いつみても同じ着《きり》物なれど。さりとはよごさぬきこなし。あのおしまこそ母はなけれど。我《われ》と心にしりそめて。指櫛《さしぐし》 笄《かうがい》 小《こ》枕《まくら》の物ずき。今三四年をすごさば此村《むら》の一番《いちばん》娘。親《おや》の茂《も》助《すけ》こそくはほう討《うち》ださるべしと。此里《さと》の若者《わかいもの》大かたならぬ思ひに心をかよはさぬはなかりき。埴生《はにふの》*小屋にすめばとて。きりやうよくむまるゝは其身のとくとうらやみける。同家《おなじいへ》ならび百性《しやう》太郎作といへる者《もの》の子に。長蔵と云ふは十三の盛《さかり》。ぬれといふ字《じ》は東《ひがし》やら西《にし》やらしらぬがことわり。すてゝおいても若衆《わかしゅ》。着物《きりもの》しやんとかるたむすび兄《あに》ぶんがあればこそなり。ちゑある女かれをとらえ。恋《こひ》のかなぶみおしゑたがるに隙《ひま》なし。此む（一ウ）まれつきなれども所のならひとて。是も同《おな》じ浮《うき》事に身をやつし。毎《まい》日野《の》に出《いで》。茶つみ水くむ花の本《もと》。山吹野瀬《やまぶきのせ》に影《かげ》うつせば。しまが目もとによする汐《しほ》は。此人に行《ゆく》水の流《ながれ》をしとふて。すもとり草《くさ》を手にふれ。まけかちのあらばふうふになるべしと云ふ下《した》心もえ出る草《くさ》むすび根《ね》ぶかいはじめなりけり。女心の小才覚《こざいかく》此玉かづらに髪《かみ》をいわせ。ひいな事のたのしみ引分《ひきわけ》ていふなげ嶋田《しまだ》。平《ひら》もとゆひのつとなし。男鬘《おとこかづら》のふりわけ髪《かみ》。びんかづらのつとふは女ともみへず。男なりけり今なり平。井筒《いづゝ》にかけしまろねがち。かうか〳〵と目でおしゆれば。すがめてみかへす目の内は物かわ。前髪《まへがみ》のもとゆいしめかえす手のうち。どうなり共といふこゑ定まらず。おさなけれども此道のかしこさ。枝折《しおり》のはゑしげりたるをこ影《かげ》とし。人やみまじと立かくれ。のり出したる舟の楫《かぢ》。こゝよかしことおしゑつおしゑられつ。よいやらわるいやら。いろはにほのじは（二オ）人のいふを聞ずて。ちりぬれ事のわけもたゝず。是を恋の下書《したかき》にして。しく〳〵なきの目おしのぐひ。帯《おび》しなおさんとするに。しまよ〳〵とよぶこ鳥《とり》の。そりやこそと云ふをわかれの言葉《ことば》。花に嵐《あらし》月に雲《くも》。恋の掛橋《かけはし》是からはじまつた事

挿絵第一図

㈡　子《こ》を捨《すつ》る都《みやこ》の藪《やぶ》

浮世はものゝめぐりやい。きのふ迄は

挿絵第二図

平等院《びやうどういん》の花見も心〱のたのしみ。風《ふ》呂敷《ろしき》づゝみの弁当《べんとう》。桜《さくら》の小枝《えだ》にやぶれあみ笠《がさ》をかけまく。壱人《ひとり》娘《むすめ》のおしまにいと〱ぶしをうたわせ。親父《おやじ》が打扇子《あふぎ》拍子《びやうし》。四海浪《かいなみ》のこゑたつみあがり。小半酒《こなからさけ》にゑふた千鳥《ちどり》あしの手を娘がひいて。入日かたぶくをあいづに立帰る我軒《わがのき》。こしのかぎおとしとなりのなたかりて錠《ぢやう》こじはなし。内入《うちいり》のさびしさ。母なき袖はて、親《おや》が左《ひだり》の方《かた》についふす。ね姿《すがた》のしをらしきにいとゞ昔《むかし》をしのばしく。今日《けふ》のたのしみを引替《ひきかへ》。ね（二ウ）屋にもる泪《なみだ》の雨《あめ》。是を気《き》にして農行《のうぎやう》*もそこ〱に。かせぎ日をおつてうとく。妻《つま》なき袖《そで》を泪《なみた》にひたし。いつか此娘成人《せいじん》して壱人《ひとり》有親《おや》を親《おや》と云ふべきぞと思ひの胸《むね》くるしう。是にぞんびよづいて病《やみ》付ぬ。親壱人《ひとり》子壱人。娘《むすめ》小心にやる瀬なく朝暮《てうぼ》咳病《かいびやう》油断《ゆだん》なく。三徳《とく》様のさじかげんのうかゞゐ。薬《くすり》とりに通《かよい》。道草《みちくさ》せずして是をせんじ。あれ是を売《うり》て身命《しんめう》をつなぎ。きのふと云ふも久敷《ひさしい》事百日あまりの苦労《くらう》。ならぬ中にもきどくな事よと。村《むら》の者《もの》共かんじてめん〱心を付。もちよりの情比《なさけくらべ》。さすが他人《たにん》は喰《くい》よりの世の中。いつとなく壱人《ひとり》のき二人《ふたり》ひいてよいかと云ふばかり。天道人をころさず。内証《ないしやう》あらい川のちりほこり。皆になつてから心よく。嬉しやと夕雀《ゆふすゞめ》のすだち。とりつく嶋《しま》ものふ片角《かたすみ》に残るたばこ盆《ぼん》。庭《には》に茶釜《ちやかま》もあるやとみればあやなし。情なき世のうわぬり。庄屋殿より年貢《ねんぐ》の指引《さしひき》を云ふてくる。不仕《ふし》合《あはせ》の様子《ようす》お詫《わび》申て（三オ）

挿絵第一図（三ウ）

挿絵第二図（四オ）

もいかな〱つんぼ程もきかず。此ことくわるい事もつゞくものかと。*志案《しあん》の胸《むね》にかほゝ*かくし。是にくつたく日を十日もかゝりぬ。娘が云ふをきけば。何程あんじても金《かね》のなる木はなし。いづれにても借用《かりよう》する事もならぬ此身の暮《くら》し。物は云ふてみづく。我をひそかに奉公《ほうかう》に出し給われと云ふ。てゝ親《おや》つらぬく玉のこどき*泪《なみた》をながし。未年《いまたとし》の行《ゆか》ざるにやさしき心指《ざし》の有ける物かな。そちを今奉公《ほうかう》に出したればとて。去年《こぞ》の年貢《ねんぐ》の不足《そく》。また当年のみしん何とてたるべきぞ。しよせん此村をひそかに立のくべき心指有といふに。いかにも御もつ共にぞんじますれど。大方《おふかた》の宮《みや》仕《づかへ》にて中〱年貢《く》のたるべきともおもはず。我小耳《こみゝ》に爰かしこの物語をきくに。先森村《まつもりむら》のおたねは。京の嶋原《しまはら》とやらんに十四之秋奉公に出て。銀八百目かりたるよし。野瀬《のせ》おとくは祇園《ぎおん》町の茶屋奉公にいかれて。拾年切て四百目かられ。室《むろ》町ごふく屋の手代と。世《せ》（四ウ）躰《たい》していやる。此村《このむら》のおさく女郎は。北野《きたの》ゝ七本松《まつ》にいられたげなが。今は建仁寺《けんにんじ》四条あたりにかうした奉公《ほうかう》のきもいりして。とせいらく〱送《おく》らるゝと聞た。もつ共せまじき奉公なれども。人は身を捨《すて》てこそうかふ瀬《せ》も有。加様《かやう》なる方《かた》ゑ身を売《うり》なば。御身の上流浪なされぬと云ふものじやと。事を分《わけ》て語《かた》りぬ。弥《いよ》ゝ胸《むね》せまりま事に血《ち》をわけし印《しるし》。身にあまりて悦ぬ。今かけおち夜ぬけしたればとて。夜《よ》る打つぶせ行《ゆく》さきのあてどもなし。そちさへ合点《がてん》ならどうなり共と。他人《たにん》まぜずの談合《だんかう》きわめて。明《あけ》の日を待兼夜明《まちかねよあけ》からすの声《こへ》を耳《みゝ》におどろかせ。娘《むすめ》にすげ笠《がさ》きせて。親父《おやじ》は古《ふる》あみ笠《かさ》。風呂敷包《ふろしきつゝみ》をせおふて。となりの彦三郎がねいりばなをおこし。今《け》日《ふ》はちと用の有て京ゑ参る。一両日帰るまじき間留主を頼ますといふに。女房がこゑしてきとくでござる。追付《おつつけ》下向《けかう》さつしやれと。いな*通事するをまゝよと云ふて立出。わら（五オ）んぢのひぼとくまおしみ。伏見《ふしみ》の京橋《ばし》迄いそぎぬ。ならわぬ道に娘《むすめ》はあしをいためて。あゆむにはかどらず。親父《おやじ》は病後《びやうご》にて今日《けふ》うゐ立の旅《たび》。ながき日をみぢかふおほゆるはことわり。籠《かご》にのる知恵《ちゑ》はつきしかど。出銭《つかい》なきから〳〵の身。今三里にたらぬ道なれど。壱寸さきが闇《やみ》にみへて。人顔《がほ》のかずみゆるは腹《はら》のからくりのちがふたにぞ有けり。小《こ》心《こゝろ》に志案《しあん》の出《いた》し。御香《ごくわう》の宮《みや》より籠《かご》一打《ちやう》壱匁六分にてかり。二人乗行道《ふたりのりゆくみち》ばかさりとははやい事なり。稲荷《いなり》の前大坂屋といゑる茶屋におろしぬ。京より伏見《ふしみ》ゑくだる籠《かご》も爰《こゝ》に休《やす》みて籠替《かごかへ》る談合《たんかう》。きわまつておい打のとりやり。銭《ぜに》はらい給へと云ふに娘《むすめ》のりはつ。銀《かね》かける事のむつかし。京の籠《かご》かき衆に銭《せに》とつて帰り給へ。我らが籠《かご》代は京の宿《やど》にて払《はろふ》べしと。*駄質《だちん》の替せふり替た籠質《ちん》。いやといわれぬぐめんに云ふ事なく。うなづいて（五ウ）わかれぬ。ほどのふ庄三郎かたに付ぬ。茂助籠《かご》よりおりておくに通《とほ》り。内儀《ないぎ》にあふて昔《むかし》を語《かた》り。互《たがい》によこ手を打てよろこびぬ。おもてより籠質《かごちん》どやくに心つき。初対面《しよたいめん》から壱匁六分の無心。こゝろ得ましたとはろふていなせば。茂助あがらぬ内《うち》に身のうへを語《かたり》。いか様なる奉公《ほうかう》させてなり共。銀《かね》からねば所にすむ事ならぬ身を。思ひやり給はれと頼けるにぞ。宝《たから》は身の*指合《さしあめ》せ当世のはやり物。心やすふ思召。見れば目のはりすゞしく。鼻筋《はなすじ》通りて腰《こし》付ほそく。髪《かみ》しなやかなり。手足《てあし》のふとひは。こちも同じ事じやあつたが。朝夕風《あさゆふふ》呂《ろ》に入るゆゑうつくしうなる。指《ゆひ》のふといは折節血《おりふしち》をぬくと大内《だいり》女郎のようにほそうなるものなり。どれこゝゑござれと脇《わき》の下より手をいれ。背腹《せなかはら》をさすりてほんによいはだかな。年次第《ねんしだい》で五六百目はかりてやろふ。女は氏《うぢ》なふて玉のこしと云ふは。此奉公（六オ）

挿絵第三図（六ウ）

挿絵第四図（七オ）

の事なりと。木に餅《もち》のなるやうに云ふもおかし。年《とし》は十三なればつきだしにはなるまい。幸《さいわい》祇園《ぎおん》町のさがやから頼《たのふ》てある。明日め見ゑをさせふ先食《まつめし》まいれ行水《きやうずい》の*陽《ゆ》。こちの人今取替《とりかへ》た壱匁六分帳によく付ておかしやれと。隙《ひま》なきうちにも欲《よく》はわすれぬものなり。両歩《りやうぶ》一とつて百目。あた丶まる懐《ふところ》のうち入。△晩《ばん》の夢《ゆめ》はこなたとわしとじや

㈡　高瀬《たかせ》川上《かわのぼ》り舟《ふね》

挿絵第三図

行水《ゆくみづ》の流《ながれ》と。人の身程《みほと》しれぬはなし。世にすめばこそうき事を。見る浮世なりみぬがまし。ま丶ならぬが浮世《うきよ》のたのしみ。親《おや》はなけれど子はそだつと。云ふは浮世のすて言葉《ことば》。子捨《すつ》る藪《やぶ》はあり。身は捨《すて》がたくして命をかばふ世のならひぞかし。武芸《ぶげい》もつばらに邪《よこしま》なく。仁義《しんぎ》†の道《みち》*堅《かしこく》も。守袋《まもりふくろ》のはだをはなさず。二《ふた》つ刀《かたな》のさし替《がへ》。やつこの団助《たんすけ》に鑓《やり》つか（七ウ）せ供まはり美《び》をつくし。おもふ事なき世の暮《くら》し。おなぐさみのうゑにて。けいせい茶屋女はくにかたぶくと。書寿命《かきじゆめう》のそこぬけとかたく是をそしり。口のさきゑ二度《ど》と云ふ事をきろふ人も。運《うん》のまはりによつて俄《にはか》*牢人《らうにん》となり売《はい》*ゝ人と棟《むね》

挿絵第四図

をならべ医師《いしや》。又は寺《てら》子をとつて有程《ほど》は居喰《いぐい》。皆になつては日本にも替《かへ》まじき娘《むすめ》を。色奉公《いろほうかう》に出《いだ》すは世間《せけん》に皆あるならいぞかし。まして暮《くら》しかぬる者《もの》。かうしたみやづかへに出すまじき事にあらず。茂助が娘《むすめ》生付《むまれつき》よく。祇園《きおん》町のさがやといゑる茶やゑ五年切《きつ》て銀五百目と定め。先茶立小女《こおんな》にして来《らい》年をまちかぬる客《きやく》衆。われがちのみづあげ望《のぞむ》ものおゝかりき。さがや夫婦《ふうふ》がきに入今日《けふ》極《きわめ》の証文《しやうもん》。きも入の内儀《ないぎ》茂助を同道《どうどう》して来り。請取申銀子重而申分《ぶん》なき印判《いんばん》。手形《てがた》と引替《がへ》の銀五百目さいふに入てくびにかけ。子程世に大切《たいせつ》なるもの（八オ）はなし。かゝる奉公《ほうかう》に出《いで》ずば此身の*直所《おき》なく。ぬしなきうしむまのごとく。野《の》山にふして袖乞《そでこひ》すべきを。子に知恵《ちゑ》付られてつゐに見ぬ小判《ばん》。自今《じこん》以後《ご》頼《たのみ》あげますと云ふをいとまごひ。娘にこまがね廿匁ばかりやつて。たけながべにおしろい何にても心まかせに買《かい》。随分無事《ずいぶんぶじ》にて旦那《たんな》お家様の御気《き》にいれと。泪《なみだ》もろき親父《おやじ》袖にわかれをおしみ。きも入かたへもどり。分《ぶん》一銀算用《さんよう》して四百五拾匁の手取。立帰る古里年貢《ふるさとねんぐ》の勘定《かんぢやう》。去年《こぞ》をすまして今年《ことし》を詫《わび》。わずか残《のこ》りし銀にて。塩《しほ》物をとゝのへ村《むら》〳〵をかせぎ。雨のふる日はわらぢぞうりをつくり。其年を暮《くら》して明《あけ》の年《とし》。後妻《のちつま》をむかへてねやの同行《どうぎやう》。床《とこ》のせめ念仏《ねぶつ》せわしく。ぐわん

ゐしくどくはお内儀の腹《はら》にやどり。うみ月腹帯《はらおび》。徳助《とくすけ》と云ふ子をもうけて。無用なる親父《おやじ》のわら（八ウ）

挿絵第五図（九オ）

い顔《かほ》。病後《びやうご》のせんぢん宇治《うち》川の水がへつて。そうのうりやうじすべきやうなく。わうじやう安楽国《あんらくこく》ゑだんだはしり。村《むら》の者共《ものども》是をきゝて。いらざる事に内儀《ないぎ》をもたれ。あつたら命を捨《すて》*れたる事よと。とりさたしばらくもやまざりぬ。京の娘《むすめ》が方《かた》ゑ此事を申遣しけるにぞ。あはれにかなしきとむらい状。みるにひとしきひとしなければ。いとしき事よとばかりにかい暮《くれ》。あだし野《の》ゝ露《つゆ》きへてあとなく。ふるき軒《のき》も今はあれのとなりて。虫《むし》のこゑのみ草《くさ》ぼう〳〵としげり。名《な》ばかり茂助が屋敷《やしき》といゑり。年《とし》〳〵の暦《こよみ》くるに隙《ひま》なく。はやむかはり月。京につとめの花を咲《さか》せ。さが屋に盛《さかる》もみぢ。まさと替《かわ》る風俗籠《ふうぞくかご》つらせて古里《ふるさと》に帰り。すぐに菩提寺《ぼだいじ》にもふで入仏《いれふつ》事の供《く》養《やう》。おふせかれ是。そこ〳〵迄心つけ念《ねん》比《ごろ》によくとむらい。あすのぼる（九ウ）と云ふ今日《けふ》之墓《はか》まいり。そとはしるしの手向草《たむけぐさ》。水《みつ》むけても其しるしなきは夏《なつ》のそら。いらぬ事してまた後妻《のちづま》をむかい。よいとしして水をへらし。咽《のど》かわくかして水まいることよ。おつとは妻《つま》なくねざ

挿絵第五図

挿絵第六図

めさひしきが寿命《じゆめう》の薬《くすり》。いかなる山神《のかみ》が妻《つま》となつて水をかいほしくさつた。徳《とく》助《すけ》とやら云ふ子は。弟《おとゝ》なれば見てのぼりたい物じやが。水ぬす人の水あかなれば。中〳〵みる事もいや。はかなきは此身壱つにせまりぬ。いざ下向《げかう》もやと夕暮《ゆふぐれ》。入日かたぶくころ長蔵今様《やう》のせみおれ。角《すみ》ぎはのうつくしきは二つけぬきの隙《ひま》なきからなり。竹馬《ちくば》よりまさにみだれし糸《いと》すゝき。思ひまはせばかりのしうとめ。せめて花なり共と参りぬ。道《みち》の草《くさ》木をすりちがへに。それと見しりて立とまり昔《むかし》に替《かは》るつめひらき。折もあらばふみなり共と。たよりまつ間《ま》のそいぶしに御事のみ（十オ）をわすれず。文はいつからやらしたゝめおきぬ。おさななじみはわするゝにとけしなく。つらいつとめの内にもあふ事をたのしむばかりなり。はや明日《めう》は帰ります。もし御のぼりあらばそんぢよそこゐといふをいとま乞《ごひ》。入相《あひ》の鐘《かね》なごりおしき言葉《ことば》にわかれをおしみぬ。立帰るあだ浪《なみ》の長蔵ひとまのさびしきまゝにまさが文を詠《ながめ》。くり*通しても心指《さし》の嬉しきをわすれ兼《かね》。ひそかにのぼる伏見《ふし》の里《さと》。こり木舟にのり行水のおちかたは。松葉《ば》屋といゐるにしる人有てかりにみやづかへ。掛廻《かけまは》り問《とい》屋通《がよ》ひに隙《ひま》なき身を。祇園《ぎおん》町さが屋が座敷《ざしき》に足《あし》をのばし。まさにあふ夜のさゞめごと。いつとなくふかき思ひ川をわた

り。夢《ゆめ》の浮橋《うきはし》うか〱と。二度あふたる恋は嬉しいやら。おかしいやら。かなしや後《のち》は因果《いんぐわ》なる世や（十ウ）

挿絵第六図（十一オ）

㊃　八坂《やさか》は恋《こひ》のくだり坂《さか》

祇園《きおん》町の風景《ふうけい》山吹《ぶき》色の情《なさけ》くらべ。またしても替《かはる》飛鳥《あすか》川の床入。淵《ふち》はせすじからぞつとする程たゝいて。ようござんしたの兼言《かねこと》。夜明《よあけ》の鶏《にはとり》を月夜烏《がらす》と心得。むつ言《ごと》の咄《はなし》をひがしじらみに語《かた》りのこし。かど売豆腐《うるたうふ》屋がこゑに。肝《きも》を二万里《り》とばし。床《とこ》入のねすがた帯《おび》しどけのふ。鼻紙《はなかみ》入わすれてめん〱が内にもどる。色は胸算用《むねさんやう》の外なり。只たしなむべきはさけなり色なり。惣《そう》じて茶屋女のつとめ。よるをひるのなげぶし。こけてねるがあか月よりひるすぎ八つまでなり。ていしゅはあさおきして下男《しもおとこ》に門《かど》のはきそうじ。みせふかせてたばこぼんしよくだいあんどのすゝはき。戸棚《だな》の前《まへ》にかしこまつて。

挿絵第七図

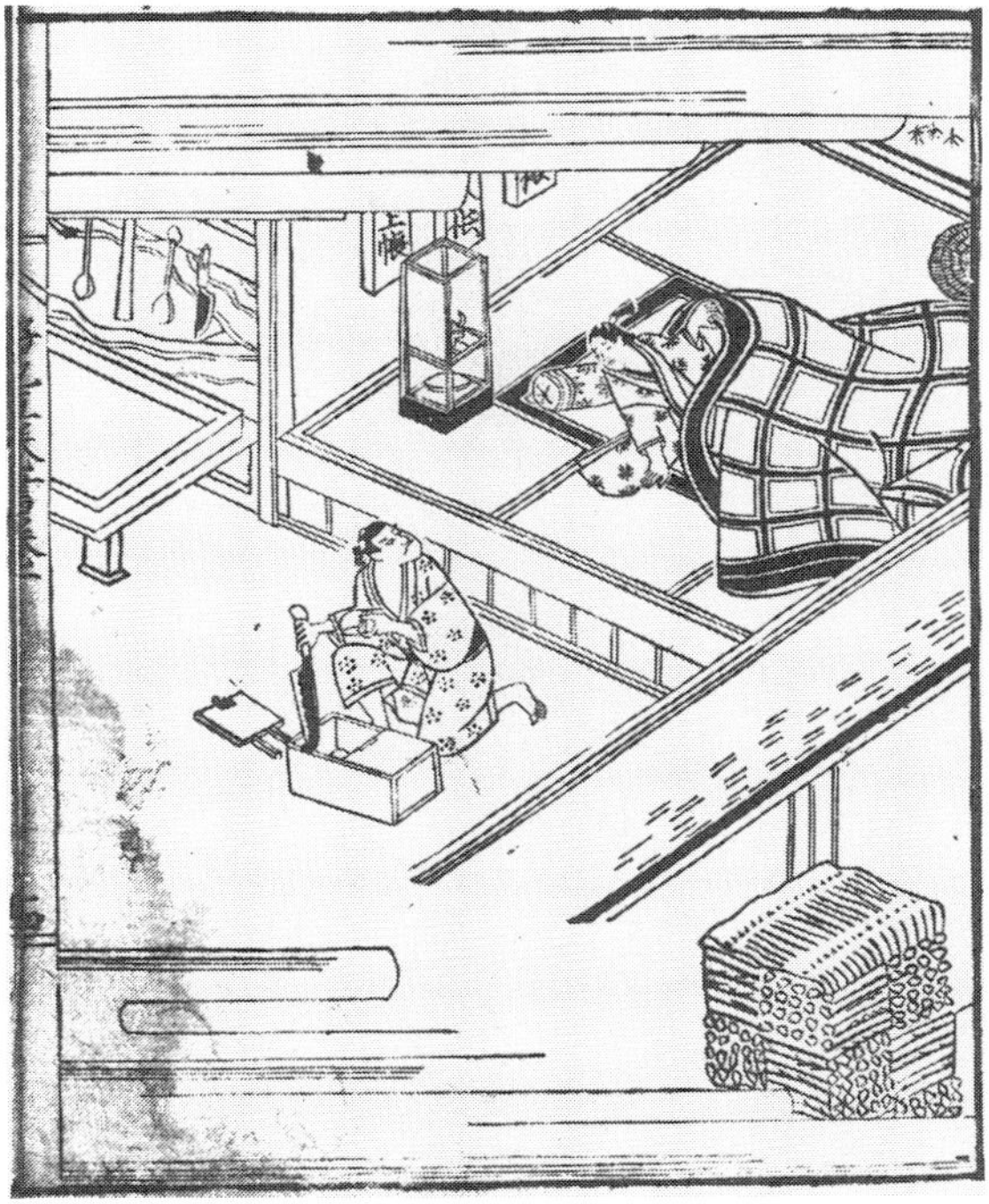

挿絵第八図

ひげぬける顔《かほ》しさいらしく。内義をよんで掛《かけ》の付込当座《つけごみたうざ》帳。あね女郎の品《しな》をそばにおいて夕部《べ》の客《きやく》はたれ〳〵ぞ。暮《くれ》かたの三人は（十一ウ）烏丸《からすまる》の勘《かん》様。おもて二階《かい》は寺町の重《しげ》様。たいこの七郎兵衛殿はみへなんだ。それはいわいでも大事ない事。人数《かず》ばかりといふに。お二人にそば切壱おけ。久七壱おけであつたか。いや〳〵後《のち》にうどん壱つ参りました。それみや何をうか〳〵しやる。そなたもまさにあやかりやるか。奥座敷《おくざしき》は三条《でう》の半《はん》六様五人づれ。やりばなしの七二様。是は長座《ざ》ゆへ吸《すい》物二度《ど》だしたか覚てか。其時は中間《なかのま》ゑいてぞんじませなんだ。是は二座に付ておきやと。欲《よく》に目玉《めだま》のとんぼがへり。うら座敷は室《むろ》町の半さま。其時おれは庄七がそゑ乳《ぢ》して覚た四人づれじや。またしやんせ九市様はあがつて其まゝ。東《ひがし》の木香《もつかう》屋ゑいかしやんした。そんならそうといへば帳よごさぬと。いぶり顔《かほ》して二人と付て壱人のそんをしらず。せり〳〵いふがにくさに見てもみぬふりするがおかし。其後初対面《のちしよたいめん》。三人ござつてわけたて、いな（十二オ）しやつた。銀《かね》はお前様に渡《わたし》ました。いかにもうけとつたとまへきんちやくのひぼといて。是とつておかしやれと亭主《ていしゆ》に渡《わたし》。包紙《つゝみかみ》といてみしにさりとはどうよくな似せ。しかも二つにて五匁あり。なぜ当座《たうざ》にはみせなんだ。二匁五分では酒代《さけ》にもたらぬ。肴《さかな》彼是《かれこれ》忠度《たゞのり》。以来《らい》をたしなめと。殊外《ことのほか》なる無機嫌《ぶきげん》もつ共なり。そんな事はしらいでわしもおらん女郎も。重《かさね》ての為《ため》に床《とこ》入迄《まで》べん〳〵と。今日《けふ》のつとめもなりませぬと云ふ。とかく油断《ゆだん》のならぬ世界《せかい》ぞかし。其後《そのゝち》堀《ほり》川の六平様。おつれ共に三人。此六様はせつき〳〵に銀すまされた事なし。過《すき》てやう〳〵五ぶ払《ばらい》。ねからはらはねば客《きやく》にせねど。すこしつゝでもはろふゆゑあいさつもするなり。あまりはつばさつばと云ふな。はづみ悪敷《あしく》ばそんすべし。それよりこり木屋の長《なが》さま。いつものごとく二座明《ざあけ》がたにいなしやんしたと云ふに。（十二ウ）此長蔵殿の茶代段《たん》ゝかさなり大ぶんあれ共《とも》。正《まさ》がうけやいなればこそ今までもまちぬ。九月前《まへ》の留《とめ》三百八拾匁五分と有。それより帳はくらね共およそ五百目余《よ》あるべし。此客《きやく》いらぬものと世話《せわ》やきしを。正《まさ》が給銀《きう》にて引《ひき》おとし。手形書替《てがたかきかへ》わけ立ぬるゆゑ其まゝ指直《さしおき》*ぬ。物事ふかうなつては商売《しやうばい》のさまたげ。以来客《らいきやく》にいたすまじき由かとう申渡《わたし》ぬ。此噂《うはさ》正がね耳《みゝ》にほの聞。あわれぬ首尾《しゆび》をあふこそま事なれ。つらいつとめの内にも。我人かうした恋をたのしめばこそ。浮《うき》事もわするゝぞかし。あはぬ身ならば兼《かね》てかくがうも有にと。ひそかに文《ふみ》したため。籠《かご》の七兵衛頼てつかはしぬ。長蔵小宿《やと》に来り此状ひらき見るに何ゝ

御出のほとふるさへ。なつかしさの
ひにまし。ほかのつとめをみやる事の
いやらし。なれ共かたサマにあふ事のたのしみなるを。
今きゝますればそれにひきかへ。だんなどのゝ（十三オ）

挿絵第七図（十三ウ）

挿絵第八図（十四オ）

いゝ付にて。通路《かよいじ》にせきをすへ。かとうしりめ

やる事もなりまいらせず候。此ごろまで御出ありし
わけはわが身のきうぶんにて。帳面らちあけ候得共。外の
つとめのさわりとて。中〻心のまゝならず候。しよせん
いかなるかたへ成共立のき。水もらさぬちぎりに。此身をくちはて
申さん心指《ざし》。くはしき事は明後日。さるかたにあげられ万*大夫しばゐ
けんぶつに参り候。客に隙もらいきやうげんのうち。なわての
玉水がもとにてしめしあわし申さん。其折からかならず〳〵
御こし此ふみやいて〳〵かしく

よみおわるより。長蔵*志案《しあん》のまゆをひそめて。是ほどの心指《こゝろざし》をいかで其まゝさしおかん。もつともつれのかんはやすけれ共。ちやん壱もんなき此身の仕合《しやわせ》。せめて十廿両《りやう》の金《かね》さへあらば。それからさきはしにものぐるひ。木にとりつき草《くさ》にかぶりつく共。二人《ふたり》口すぎぬ事あるまじきと。欲《よく》に目がつくまさはくいつく。長蔵はこれよりばくちにとりつき。恋わたるふかい情《なさけ》をわすれたる。心はさてもふてきなる世や（十四ウ）

㊄　霜月《しもつき》廿七日ほの〴〵明《あけ》

はじまつた〳〵御《ご》評判《ひやうばん》の万太夫と。札場《ふたば》のこゑやかましく。浪《なみ》屋のさわが。茶《ちや》たばこぼんはこぶに隙《ひま》なく。松竹《まつたけ》屋の娘《むすめ》と場《ば》のせりあい。さもうつくしき嶋田《しまだ》ふきわけ。とりみだく袖のほころび。何からおこつた事なれば。銭《せに》もうけなきからなり。けいやくたがわず玉水《たまみづ》がもとを恋のわたしもり。互《たがい》にのぼる箱《はこ》ばしごの。ふみはづしたる知恵《ちゑ》を出し。

いづれなり共さきゑ行たる人。三十三間堂《げんどう》にてあいまつべしと。かた〴〵きわめていとま乞《ごひ》の木《き》枕《まくら》。きのじなりがかさなり。八つがしらの日《ひ》ざしに心をいそがせ立わかれぬ。かくまではこぶ正《まさ》が心指《こゝろざし》をあだになし。おもひの外なる悪性《あくしやう》にもとづき。なさけなやすそびんぼうのはりぞこなひ。打《うち》まくる三枚《まい》がるた。是まだるしと四三五六。なげた手もとはしかふ。たゞとる山のほとゝぎ（十五オ）す。まけてなくねはおしめども。まんよくば勝軍《かちいくさ》の場《ば》。其銀もつてつれのかんと。よからぬ心の付けるも是恋路《こひじ》よりおこつた事なり。惣《そう》じてばくち打《うつ》心ざま。元《もと》でいらずのもうけどり。ねてくふが面白《おもしろ》さ。勝《かつ》に欲《よく》まし負《まくる》におしむ。此二つにまよふて一生《しやう》やめがたきものぞかし。伏見《ふしみ》よりかわせ金廿両請取《うけとり》。かへり様の道草《みちくさ》十八才にてどうとるきものふとさ。天運《てんうん》につきてねからとられ。無念《むねん》なる顔《かほ》つきひたいに血筋《ちすじ》あらはれ。明日此存分《ぞんぶん》はらすべき知《ち》恵《ゑ》袋《ふくろ》。親方《おやかた》の首尾《しゆび》をかまはず。かへりがたき道《みち》をわすれずしておもての戸《と》をたゝきぬ。其夜は霜《しも》月廿七日。おとにきく高瀬《たかせ》川。棟《むね》をならぶる門松《かどまつ》葉《ば》屋清九郎とていまだ年は十三才《さい》。つめ袖きるみなし子。是を旦那《だんな》ぶんにてうば。手代の武兵衛にかいほうせられ。こり木売家《うるいへ》なみはづかしからぬ暮《くら》しなり。此長蔵めはやすからぬ金銀の使《つかい》に日を暮《くら》しぬ。今の鐘《かね》は初夜《しよや》也（十五ウ）さりとはにくいやつと舌《した》つゝみ討《うつ》所ゑかゑりぬ。段《だん》ゝせつかんするに何となく。明日《みやうにち》金子わたすべきよし申ぬと。おそろしきいつわり。是に云ふべき事なく。明日は我請取《われうけとり》に行《ゆく》べし。もはやふせれといふは七つの鐘《かね》。ね耳《みゝ》にきくは姥《うば》。はり箱《ばこ》よりしゆず袋《ふくろ》。綿帽子《わたほうし》とり出しあさぢ参りのやうい。武兵衛も夢《ゆめ》をさまし。明日は親旦那《おやだんな》の名日《めいにち》。我等もともに法《のり》の道つれ。いざと云ふはひがしじらみ。留主《るす》かたくあとよくしめよといゝ付て参りぬ。長蔵*志案《しあん》するに。明日《みやうにち》武兵衛銀とりにゆかば八嶋《やしま》のくづれ口。此身の運命《うんめい》こよひばかりにきはまりぬ。しよせんいかなる方《かた》ゑなり共身をかくすべし。さりながら是程よき首尾《しゆび》またあるまじ。とても金銀のぬすみひそかに立のき。正《まさ》木のかづらながきちぎりをむすばんと。分別《ふんべつ》の胸《むね》をふるはし。中間《なかのま》の銭箱《ぜにばこ》錠《ぢやう》こじはなし。あり（十六オ）たけ両の袖《そで》に入さし足《あし》してにげんとするを。清九郎目をさまし追《おつ》かけとらゐ。藤《ふじ》かづらのごとくとりつき。あまつさへ出あへ〳〵と云ふにおどろき。ぜ非《ひ》なくながたなにて切《きり》ころし。かりにも主《しう》を打て京都《と》にはすまれぬと。正《まさ》が事は外《ほか》になつて。五条の橋《はし》より籠《かご》にのり東海道《とうかいどう》ゐいそぎぬ。夜あけて姥《うは》武兵衛御堂《みどう》より下向して。此有様にうろたへまはる。町衆打より。先《まつ》伏見《ふしみ》大津《つ》。丹波《たんば》北国《ほつこく》鳥羽《とば》海道《かいどう》。其外十方に手わけし。おひ〳〵に人をはしらせ。東海道《とうかいだう》見付《みつけ》の宿《しゆく》にてとらゐ。都《みやこ》にひき上《のぼ》り*家質《やちん》出ぬかわらぶきにかりの浮世。きはまつたおきめぞかし。恋わたるまさも此噂《うわさ》を聞て。昔《むかし》の事共をくやみぬ。是にこりてよく男《おとこ》を*目聞《めきゝ》し。今は下立売《しもたちうり》に世帯《せたい》するあかまへだれ。ねおきひまなき夢《ゆめ》はま事なる世や（十六ウ）

新《しん》色《しき》五《ご》巻《くわん》書《しよ》　心中あかねの染衣《そめきぬ》

二之巻

目《もく》録《ろく》

㈠ 和州《わしう》五条《ごでう》の芝居《しばい》

初日夜討《ようち》曽《そ》我《が》のまひは三勝《かつ》
舞《まい》ワキの孫《まご》八ふみぞこなひのよばい
びつくりとした勝《かつ》がねどころ

㈡ 二年越之口説《ごしのくぜつ》

まゝならねばこそかうした事
秋風《あきかぜ》丸はだかの喰《くい》にけ
男《おとこ》なきの泪《なみだ》は八匁二分（目録オ）

㈢ 今市《いまいち》の銀《かね》

宮嶋《みやしま》市芝居《しばい》のもや〳〵

㈣ 美濃《みの》屋が座敷《ざしき》

手と身《み》とになる長《なが》町のうら
新堀《しんぼり》にまくのあげぞめ二つ笠《かさ》
ぬきさしならぬ手形の趣《おもむき》
身すがらのせんしやうも所による
口でいふた事はつぶ一もんにもならぬ

㈤ 心中名取川《なとりがわ》

うらみと義利《ぎり》*と恋と情《なさけ》と
わかれとかなしきとは此一冊に
つゞりて心中の
もとじめ（目録ウ）

㊀ 和州《わしう》五条《てう》の芝居《しばい》

大和《やまと》は国《くに》の始《はじめ》。殊《こと》に在《ざい》〻に市立。くんじゆ袖をつらねて。此所に山をかさぬる五条といへるは。高野熊野海道《かうやくまのかいだう》。せはしく爰《こゝ》を通《とを》りて繁昌《はんじやう》日をまし。年《とし》に一度《ど》の七夕市売買人棚《たなばたいちばい〳〵にんたな》をかざり。声《こへ》に声《こへ》をならべて蓮葉《はすのは》さし鯖《さば》。かはらけあさがら柿《かき》ありのみ。みそはぎわさ米《ごめ》京染《ぞめ》のゆかた帷子《かたびら》。おどり脇指《わきさし》ぞうり鼻紙《はながみ》。三輪《みわ》そうめんの名物売買《めいぶつうりかふ》に隙《ひま》なく。まけませふの声聞ながら。となりの見世ゑ行者《ゆくもの》。似《に》せ札《ふだ》つかふて命《いのち》から〴〵。そりやこりやと云ふ内売物《うりもの》をとらるゝ。さりとはせつろしく油断《ゆだん》しばらくもならぬ世界《せかい》ぞかし。町はづれの氏《うぢ》神には明《みやう》十五日より。大坂女舞《まひ》の三勝《かつ》。芝居《しばい》興行《かうぎやう》の立札《たてふだ》。所には珍敷《めづらしく》見る人やる瀬《せ》なく立ふさがり。海道《かいだう》ふさげて人をとをさず。(一オ)鑓《やり》つかせおさきてのわかとう。はい〳〵といふにおそれ皆《みな》〳〵にげさりぬ。あくる十五日ほの〴〵くらきより。やぐらだいこの音《おと》。きゝなれぬ耳《みゝ》やかましく。麦食《むぎめし》のつめたきを茶づけ。となりの久蔵むかいの源助《げんすけ》。いざと云ふにいぎなく。友千鳥《ともちどり》のとぶ足《あし》かるく。札場《ふだば》せはしくわれがちのいりごみ。見物《けんぶつ》の山をかさねたばこ飲《のむ》に隙《ひま》なく。風呂敷《ふろしき》よりにぎり食《めし》の昼食喰《ちうじきくい》しもふとはじまり。舞《まひ》の番《ばん》ぐみしづかあつもりしだ高《たか》たち。切《きり》の夜討曽我《ようちそが》は三勝赤地《かつあかじ》の錦《にしき》のひたゝれ。むらさきの大口しとやかなる切まく。天冠《てんくはん》の光芝居《ひかりしばい》にうつり。情《なさけ》らしきふたかわ目。鼻筋通《はなすぢとを》りていやしからぬはつぼ口。シテワキ左右に立わかつて。声《こへ》はりあげてまひ出しぬ。まくづくしの先一番。くぎぬき松川木むらご。此木村ごは三浦《うら》の平六兵衛よしむらのもん(一ウ)なり。石だゝみは信濃国《しなのゝくに》の住人《ちうにん》。ねんゐの太夫大弥太。扇子《あふぎ》はあさりの与一まふたる鶴《つる》はいわら左衛門。いおりの内に二つ頭《かしら》は駿河《するが》の国の住《ちう》人。天智《ち》天王の末孫《ばつそん》。竹の下の孫《まご》八といへるは三勝《かつ》が舞《まひ》ワキ。旅《りよ》芝居《しばゐ》に付あるひて世渡かつ〳〵なれ共。色道《しきだう》にこしをぬかし。酒《しゆ》にちやうじてはかならずわれをわすれ。脇指《わきざし》のさやばしるをしらず。拍子《ひやうし》にかゝってきつかうわちがい花うつぼ。三本唐笠雪《からかさゆき》おれ竹。二つへいじ三がいまつ太夫どのゝ紋《もん》なり。壱つどもへは此町《まち》に恋の色衣染《いろきぬそめ》ちらす。あかね屋の大臣。三がい松にのぼりつゝ。松になりたやあの松と。木に竹ついでまふたりぬ。つゞみ打の顔《かほ》きよろ〳〵と。シテはおもてに紅葉《もみぢ》をちらし。何ぬかすやらといふ顔《かほ》。田舎《いなか》なれば気《き》もつかず。三かつ名人にてつつと出。二つどもへば*小《お》山の判官《はんぐはん》。ちゝぶ殿は小紋むらがう。まつかうわりびし武田《たけだ》の太郎。そなたは梶原《かぢはら》いかずのもん。(二オ)ひた白は御所《ごしよ》の紋《もん》と。あたり眼《まなこ》の返答《へんたう》。孫八をがく屋ゑ*通《かへ》し。替《かは》りを立て其日の芝居《しばい》。首尾能《しゆびよく》しもふてはて太こ。明日よりはじまりはやいと。夕暮《ゆふぐれ》の空《そら》西にかたぶき。太夫が宿にはおめでたの声《こへ》時をまたず。奥座敷《おくざしき》には勧進本《くわんじんもと》。美濃《みの》屋平左衛門孫八*およんで。今日《けふ》の仕形《しかた》はいか成事ぞ。重《かさね》てたしなみ給へと。しさいらしき顔《かほ》しての御異見《ごいけん》めん〳〵ふしどに入て休《やすみ》ぬ。恋は浮世のせめく。元来《ぐわんらい》孫八三勝《かつ》に思ひをなづませ。首尾《しゆび》あれば思ひ川のふかき淵瀬《ふちせ》にしづむ。命つれのふして目づかいに色をしのばせ。情《なさけ》あらばせめて未来《みらい》の友綱引手《ともつなひくて》の身なればば談合《だんかう》も有事ながら。おもふにかいなき浮身のならひ。念力《ねんりき》の岩《いわ》に龍田《たつた》大明神にいのり。かけまくも壱人《ひとり》ねる夜の夏《なつ》の空《そら》。

挿絵第一図

挿絵第二図

あつさかぎりのふ蚊《か》屋の内に蚊《か》。山のごとく入てねられぬは物おもひの種《たね》。世にもつべき物は銀なり子なり。あの美敷《うつくしき》盛《さかり》のすがた。大かた（二ウ）人も気《き》をうつして心玉《こゝろたま》をかよはし。文《ふみ》は千《ち》づかに其かずをしらず。いかなる事にやあかね屋の半七となれ染《そめ》しはいつのころよりぞ。我恋《わがこひ》きやつにしおとされたる無念《むねん》。せめて浮名《うきな》を立てなりともはらいんと。今日《けふ》まくづくしに事よせしを。はつめいなる太夫がとんさくに出あい。かゑつて我《わが》事いわれし口惜《くちおし》。爰《こゝ》は男《おとこ》のいぢづく本望《ほんもう》とげずしては一分も立ぬ事。ひそかにね首打て《くびうつて》*立のかんや。いや〱恋に心のみぢかいはもんもうな事よと。虎少将《とらせう〱》が言葉《ことば》に残《のこ》しぬ。今一度《ど》くどいてみん。幸《さいわい》こよひはひそかなり。忍《しのび》て思ひづめの勝負《しやうぶ》。まけてそれからそれまでと。丸はだかになつてねやのぬけがら。鼻紙一折片《はなかみひとおりかた》手にさげるは長範《ちやうはん》があてのみ。火はよひからけして有に髪《かみ》なでつけるもおかし。大かたね所は覚《おぼへ》たりのさし足《あし》。膳棚《ぜんだな》にて鼻《はな》ばしら。いやと云ふほどうつゝに覚《おぼへ》。是《これ》にけでんし左《ひだり》を右《みぎ》と（三オ）

挿絵第一図（三ウ）

挿絵第二図（四オ）

心得《こゝろへ》。手指《てさし》のばし下《しも》男の久七が足《あし》をにぎれば。たれじやと云ふに気*もをつぶし。くるしうないおれじや。用《よう》と、のゑに出てね所を尋ぬる。みればそなたの足《あし》に。蚊《か》の取ついて居《い》るがしやうしさ。見のがしにはならず蚊《か》屋の内ゑいれてやるが。なんと気《き》がついたかといへ共しらぬが仏《ほとけ》。鼻《はな》に手あて、そろりとのき。次《つぎ》の蚊《か》屋に入てさぐればさばき髪《がみ》其ま、。むつくりとしたはだずべつき。油《あぶら》くさいがきやら。爰《こゝ》ぞと嬉敷耳《うれしくみゝ》にさ、やき。是かつさま我《わが》おもひは方《かた》様より外《ほか》しる人なし。男たる者《もの》のはぢつらかいても。思ひきられぬは身《み》に付《つい》た因果病《いんぐはやまい》。大《おゝ》方目遣《つかい》でもしれるに情がましき御事もなし。一度《いちど》お情のあらば二度《ふたゝひ》御無心申まい。こよひかぎりのむつごと。いやでもおゝでもかうじやとねまきの下《した》にかりの夢。まぼろしかうたてやと云ふ声《こへ》。口に手をあて近比初心《ちかころしよしん》。人が（四ウ）きくにとしこなしたるもつらにくし。うたてや気能毒《きのとく》や。しんきなお人じや。それ程《ほど》おもふてくださんすに。もんもうな返事《へんじ》もなるまい。今きけば二度《ど》と無心を云ふまいと有一言《ごん》。そうした水くさい心ならばいやじやと云ふに。それは方《かた》様おもふての事なり。御心指《さし》さへかわらずば。こなたは二つなき命《いのち》にかけての思ひなり。こよひ程なるよき首尾《しゆび》。また重ても白浪《しらなみ》の音《おと》たかし〱。どう成《なり》共と云ふとも綱切《つなきつ》てのりだす松ら舟。こがる、こととき楫《かぢ》のおと。かたじけなき仕合《しあわせ》。し、てのおもひいきてのほまれ。恋はしのぶがたのしみ。人にさとられぬ内が命ぞかし。首尾《しゆび》あらば明晩《みやうばん》と立帰るねまき姿《すがた》。枕《まくら》はづれてしどなきは。よいから世話《わ》やかれたるしるしぞかし。いまだねさりし時《とき》おもての戸をしきりにた、きぬ。目あく者《もの》のなかりしかば是非《ぜひ》なくおき。何ものなるといへば。くるしからぬ者と云ふは三勝《かつ》が声《こへ》なり。孫《まご》八おど（五オ）ろき我《われ》と我等身《わがみ》をさぐつて。わが身ながらわれか*侍《まち》たまへと奥《おく》に入。平左衛門にかくといへば今帰《かへ》りたるか明《みやう》日の役《やく》こそ大事《だいじ》也。と。手づから戸《と》を明《あけ》おもてにいづれば。三勝《かつ》立ながらのいとまごひ。ちかいうちにと云ふは半七平左衛門に渡《わたし》。又〱明晩《みやうばん》かならずと四枚籠《かご》の乗打《のりうち》。孫八手を打て扨も大きなるはまり。こよひ首尾《しゆび》した女は下女の勝《かつ》目にてぞあらん。あはてゝしたゝかなるとりちがゑ折《おり》こそあらめ。あの女目が名を勝《かつ》とつけおらずばと。けんぐ*は過《すぎ》ての棒《ほう》。柴栗《しばぐり》のはぢけたる勝《かつ》。夜明《よあけ》て孫八をみる目づかいしやくしあたり。肴《さかな》も骨《ほね》なき*おと。小心つくが猶《なを》うとまし。とかく縁《ゑん》なき恋《こひ》ならんと。おのれとほつきし。三勝《かつ》が事はふつ〳〵思ひきるこそもつ共やさしき心にてぞ有ける

㊁　二年越《こし》の口説《くぜつ》

きはめて廿日《はつか》の芝居《しはい》繁昌《はんじやう》して。入用万事《ばんし》仕払《はらい》。指引残《さしひきのこり》て（五ウ）六百廿五匁二分。平左衛門機嫌《きげん》よく座中不残《ちうのこらず》立ふるまい。明日は大坂ゑもどると夕食《めし》ごしらゑ。車座《くるま》にならんで千箱《ちはこ》の玉をうたひ。また〳〵明年《めう》の御くだりと。つゐしやうの有程云ふてめん〳〵が宿《やど》に帰りぬ。折《おり》ふし半七来りぬ。平左衛門つむりをたゝみにつけて。何とておそく御出あそばされしぞ。まづお盃《さかつき》と残《のこ》るかたなき亭主《ていしゆ》ぶり。さればとく見もふはづなりしが。公用《こうよう》に付おそなはりぬ。弥ゝ《いよ》明日のくだりか。あまりこしらゑ給ふな。月も笠《かさ》めしほしの光《ひかり》も雲《くも》がくれ。水まさ雲の丑寅に入は。雨《あめ》もよふするしたぢなり。日よりみすましての事よ。扨太夫はと尋しに。下市の善右衛門様ゑお礼《れい》がてら参りぬ。追付《おつつけ》帰りませふといふ所へ三勝《かつ》帰り。ようござんしたの声高《こへたか》く。珍敷《めづらしや》今日《けふ》善右衛門様とはりようて酒《さけ》のみぬ。さるほどにいやな男じや。わしが行度《ゆくたび》になんのかの（六オ）

挿絵第三図（六ウ）

挿絵第四図（七オ）

とたわ事のある程。しんぞいやらしさは此身にあまると。奥《おく》の座敷《しき》にとんとふすねすがた。手をたゝいて半七様よんでたもと云ふたばこの煙《けふり》。枕とる手の糸《いと》すゝき。乱《みだれ》心のくい〳〵と腹《はら》立る顔《かほ》つき。なんじやしさいらしいと。よう

たふりするはく説《せつ》の下染《したぞめ》。おもてにあかねの色をまし。下市の風はひややかなりぬ。南風《ようす》にあてられ身《み》はなまくらものと人にいはれ。さがりくふ身は我ながらしらず。あらためていふはいなものなれど。いつぞや下市に来《きた》りて芝居《しばい》に花をさかせ。盛折《さかりおる》善右衛門と。はりよふてあふた男のいぢ。思ひのみだれ髪《かみ》とくまなく。まれにあふ夜のむつ事はまつにとけしなく。わかれじにまたとのこせし兼《かね》事。あはぬまのつらさをふみに物いわせて。まいらせ候をたのしむ。住《すみ》なれし国をへだてゝ。難波《なには》の浜《はま》に通《かよ》ひ。大かたならぬ浮名《うきな》も皆《みな》そなたから（七ウ）しかけた事なり。追付《おつつけ》帰るにて有べき。暇乞《いとまこひ》なくて行道《ゆくみち》さぞ面白《おもしろ》かるべし。こよひをかぎりに。またみる事もいやらしきと云ふに。思ひの外胸《ほかむね》あてのちがい。こちが仕方《しかた》の悪敷《あしく》。聞づらき言葉《ことば》かずのつもりて。云程《ほと》があやまり。△かはらぬ心はしる人こそしるべし。いわでやみなん夜るの石《いし》。あてなくして行《ゆく》にもあらず。其ごとく吝気《りんき》ぶかうて。はる〱と乗《のる》舟のうへ。百日もほどふる時《とき》は。ようもしらぬ顔《かほ》して居《い》給ふはふしぎ。国〱にくだれば。あなたこなたより人橋《ひとばし》かけて。世渡《わたり》の女舞《まひ》。首尾《しゅび》あれば。手足《あし》をにぎる者《もの》のあまたあれど。ふりかゑりもせぬは。方《かた》様がしこなしておいたゆゑなり。ねすりごとも大方《かた》がよし。此程

挿絵第三図

挿絵第四図

口説《くぜつ》に間《ま》があつて。嬉《うれ》しやとおもふ心を。またうたかわるうたが*たの。あはれ竹《たけ》なられつて見せたし。詫言事《わびこと》はせねども。追付《おつつけ》帰るに間《ま》もなければ。こちからこら（八オ）ゑてやります。きてねさんせの声《こへ》しどけなく。しり目づかいの男《おとこ》じまん。いわ木ならずも立床《たつとこ》の海《うみ》。ふかき瀬《せ》ぶみをわたるも嬉しかなしき泪《なみだ》のうき枕《まくら》。現《うつゝ》がましき夢《ゆめ》をむすびぬ。女すがたのさばき髪《がみ》。腰衣《きやふ》のほころびしどけなく。褌《したおび》のさがりにとり付。男《おとこ》畜生《ちくしやう》いたづら者《もの》。おちよ〳〵とおとしておいて。腹《はら》なりがいな物になつた。下町《しもの》の火《ひ》がきゑたと云ふにおどろき。見すて丶大坂ゑの。喰《くひ》にげ。いかな〳〵ならぬ事なり。外《ほか》の女とはかく別《へつ》ちがふべし。此町のつとめこそ此季《き》がはじめなり。郡《こほり》山の百足《むかて》屋にあしかけ二年のきうかう。ほてつばらのねぢ介と壱年なじみ。女の子うんでく丶り付尻腹《しりはら》やまず。今井の鮨《すし》屋に壱年。おし付わざの奉公《ほうかう》。藤金《ふしがね》の龍《たつ》蔵《さう》と力《ちから》くらべのむつ事。長谷《はせ》の町では。御所《こしよ》屋の九郎八殿に二ねん切て宮社《みやつかへ》*。山こかしの大助と云ふ男《おとこ》*立と。蚕豆《そらまめ》食《めし》の喰《くひ》ごくら（八ウ）

挿絵第五図（九オ）

して。是にも勝《かち》こし。ついに喰《くい》事力《ちから》わざにおくれをとりたる事なし。ぜひいやならば腹身《はらみ》代三百目わたせ。さもなくば喰《くひ》ころすと。かね黒《くろ》なる歯《は》むきだし。ちゞみ髪《かみ》立は逆髪《さかがみ》もいそ。あやまつたゆるしてくれ。しるごとく舞《まい》△装束《しやうぞく》は太夫本《もと》のかり物。葛籠《つゝら》片荷《かたに》紙帳《しちやう》壱つ。さいみの古帷子《ふるかたひら》あせ手拭《てぬぐひ》。壱尺八寸の脇指《わきさし》あり。散紙《ちりがみ》二状しだの舞《まひ》本一冊《さつ》。是ばかりの身躰《しんだい》なれば聞わけて。一先《ひとまづ》大坂ゑも△どしてくれ。*よと。男なきの声《こへ》をきくに孫八なり。しらぬかほしてもい。*られず。あつたら夢《ゆめ》をさまし。両方《りやうはう》ゑ引わけやう〳〵にあつかいありたけの道具を渡《わたし》。其うへにて半七。印籠《いんろう》にいれたるこま銀八匁二分紙《かみ》に包《つゝみ》詫言《わひこと》のたね。勝《かつ》も是非《せひ》なく。ワキ年《とし》よりの半七さま。御了簡《こりやうけん》なさるゝうへはいか様共仕らん。女たる者外《ものほか》にて男《おとこ》もつまじきものにもあらず。しからば念《ねん》の為《ため》とみくだり（九ウ）半《はん》をとつて。かんにんの胸《むね》をさするはおそろしき女ぞかし。しばらくのたはむれにも女に腹《はら》たてさする事なかれと。半七もとくしんして。弥《いよ》ゝ三勝《かつ》とふかき中となりける。浮世の有さま。さめてきく人腹筋《はらすじ》のかわ

挿絵第五図

㊁　今市《いまいち》の銀《かね》

永代売渡《うりわたし》申家屋敷之事。表《おもて》口三間裏《うら》行

十八間。南となり《みなみどなり》*は万屋の七兵衛。北隣《となり》は京屋三郎兵衛。右之屋敷売渡《うりわたし》代銀請取《うけとり》。重而出入無之相済《あいすみ》申候。美濃《みのも》*屋
平左衛門殿。谷町何町目。行運《ぎやううん》といへる道心《だうしん》者の屋敷をもとめて。其身は三勝《かつ》*を供なひ。西海《さいかい》の浪《なみ》に帆《ほ》十ぶんにあ
げ。嶋《しま》かくれ行《ゆく》あはぢの瀬戸《せと》さぬきのこんぴら宮嶋《みやしま》の市。おなじみの見物《けんぶつ》心かはらず。入は芝居《しはゐ》に足《あし》をかゞめ。悦《よろこび》の
声《こゑ》やまぬは太夫本の仕合。銀もうけの昼《ひる》。夜るのくたびれ。壱人《ひとり》たのしむねやの銭箱《ぜにはこ》。枕《まくら》はづれて夢《ゆめ》△むすぶ内《うち》。(十オ)
盗人《ぬすひと》にであい。銭箱《せにばこ》はもちろん着替《きがへ》までとられ。目さめて僉議《せんき》するに壱つも埒《らち》の明《あか》ぬ事なり。せんかたつき弓《ゆみ》いるも
いられず。諸色《しよしき》かれこれしろなし宿払《やどばらい》。今少《すこ》し残《のこ》りたるは明《みやう》年急度《きつと》済《すま》すべき手形《てがた》。詫言《わひこと》するに隙《ひま》なく身すがら大坂
にのぼり。不埒《らち》なる節季《せつき》〳〵爰《こゝ》かしこより書《かき》出しの山。車座《くるまざ》の掛《かけ》こひ。近比ふとゞきなる仕形《かた》。不仕合《しあわせ》△やらお仕合
やら。はる〳〵の舟中《せんちう》。付あるく者《もの》なければぞんぜず。殊に家《いへ》迄もとめ。わずかの銀に勝《かつ》手づくばかり。一節季《ひとせつき》二節《ふたせつ》
季《き》はまつも浮世のならひ。幾春《いくはる》を重てまつ事もならず。とるべき所にて請《うけ》とらんと呉服《ごふく》*屋の七左衛門は帰りぬ。つゞ
いて米《こめ》屋の徳右衛門。壱年ぶりの米代。すぐに年寄《としより》五人組《くみ》ゑことわり。かゑらぬ内に木屋味噌《みそ》屋よりのまわり目安《めやす》。
いかゞすべきと三勝《かつ》は是に気を病《やみ》てはちまき。平左衛門もあきれて昼夜《ちうや》思案《しあん》のまゆをひそめ。此比《ころ》もとめし家三貫目
(十ウ)に売《うり》。家質方《かじゝかた》*ゑ弐貫五百目払《はらい》。残て五百匁の手取。是にて買《かい》かゝり分算《ふんざん》*してすまし。手と身とになつて所を
立のき。長町六丁目にわずかの所を借《かり》の浮世《うきよ》。きのふに替身《かはるみ》をうらみ。近所《きんしよ》にて団《うちは》の骨《ほね》するを見ならひ。かつ〳〵
に暮《くらす》内にも。世帯半分《たいはんふん》は半七方よりの取持《とりもち》。是にかゝつて三人すぎるは。三勝《かつ》が美《び》なるゆゑとふきさすりての養性《やうじやう》。
気《き》ぶんよくなつて皆〳〵よろこび。小半買《こなからかふ》て氏神《うちがみ》ゑのおみき。信《しん》心きもにめいじて有時。下市の善右衛門 尋《たづね》来り。
此ていをみてあはれをもよふし。何とぞ当地にて芝居《しばい》とりたて。今一度此面目《めんぼく》をすゝぎ給へ。銀は入用次第とりかへ
んと世に頼もしく申にぞ。近比かたじけのふぞんじます。さりながら過《すき》つる下市にてのそん銀。此ていゆゑ其儘指直《まゝさしおき》*
ぬ殊にみやうがの銀と存。此度分算《このたびぶんさん》の内をのぞきぬ。此上御やつかいになる事天命《めい》おそろしく候。又〳〵時節《ぢせつ》をもつ

て御無心申あ（十一十二オ）

挿絵第六図（十一十二ウ）

げんとま事ある返答《へんとう》。其心指《こゝろさし》なればこそ取たつべきともいへ。何か指直《さしおき》身次第にめされとすゝむる。然《しから》はともかくもと。にわかにまく木綿買《もめんかふ》て染《そめ》さし。呉服《ごふく》屋にてまひ装束《しやうそく》をあつらへ。かざりやにて天冠《てんくわん》物の見事に拵《こしらへ》。シテワキつゞみ打あまたかゝゑ。暦《こよみ》くりて大吉日をあらため。日限《にちげん》きわめ明日よりの大こを町〻ゑうたせ。けいこは宿《やど》にて仕《し》舞《まい》。其夜善右衛門は三勝《かつ》かたにとまり。平左衛門をひそかに近付《ちかつけ》。先以首尾《しゆび》よく満足におもふ。とりたてぶんのことなれ共互《たがい》によい中には垣《かき》。*今おもしらぬは我人の命《いのち》。念《ねん》の為《ため》手形《かた》一枚書《まいかき》て越《こし》給へと云ふに。何がさて御めんどうに罷なるうへはいか様共御望次第。然はと云ふて一札を書趣《かくおもむき》

預《あつか》り申銀子之事

一　丁銀三貫八百五十目也

右之銀子預り申所実《じつ》正明白《めいはく》也何時《とき》なり共（十三オ）御用次《ようし》第急度《たいきつと》返弁《へんへん》可申候若《もし》右之銀子御用之時分相立《じぶんあいたて》不申候は。私《わたくし》娘《むすめ》三勝《かつ》を其方様へ相渡《あいわたし》可申候。其時一言《ごん》之申分無之候。後《ご》日之為《ため》一札如件《くだんのことし》

年号月日　　　大坂長町六丁目

預り主みのや

平左衛門判

下市善右衛門様

右之通に書《か》せ。手形袋《ふくろ》に入首《くび》に打かけ。ゆるりとねる夜の明方《あけがた》。やぐら大このまく二つ笠《かさ》の目印《めしるし》。朝《あさ》とうからと打やぶる大この音《おと》。見物《けんぶつ》に行人すくなく。芝居《しばい》の内に二百ばかりの人。まつに久敷昼《ひる》よりはじめて七つの過にはて。一日落《おち》にみる人すくなく。つゞいて美濃《みの》屋が不仕合。中〳〵みる目も笑止《せうし》ぞかし。有時三勝芝居《かつしばい》もどりに。善右衛門方《かた》

挿絵第六図

ゑ籠《かご》を立させ奥《おく》の座敷《しき》に通《とう》り。此度我、御引立の為芝居《ためしはゐ》興行《かうぎやう》なされしに。おもひの外不繁昌《ぶはんじやう》さぞきのどくにおぼしめさんと座中（十三ウ）是をくやみぬ。此ていにては物三十日とこたへますまい。ぞうよう何かをおもひまはせば御そんのうへの御そんなり。今二三日をかぎり仕舞《しまい》もうさんと云ふに。それは心まかせ。我とても乗《のり》かゝつた舟なれば是非《ぜひ》におよばぬと云ふ鼻油《はなあふら》。とろりとした目もとさしうつむく手をにぎつて。情《なさけ》しらずの恋《こひ》しらず。浮名龍田《うきなたつた》の山を越《こへ》。くるは誰《たれ》ゆゑそなたゆゑと。哥《うた》をやつしてぐど〱とおもひ切《きる》べきよすがものふ。大方《かた》ならぬ寡暮《やもめくら》しも。ちとおもひよる恋があると云ふは。たれがことやらしらぬまで。うわき盛《ざかり》も年《とし》にこそよれ。あんまりどうよくなは人のほめぬ事。めったに合点《がてん》するはちんかいてもいや也。鼻《はな》のさきなるぬれさへ世話《せわ》じやに。山ふたつみつ越《こし》ての恋はあんまり腹《はら》も立まい。今日《けふ》の首尾《しゆび》程《ほど》よい事なし。かいついものいふ内《うち》にらちあくる事よと髯頬《ひげづら》さげて泪《なみた》をながしくどくにかいなく。我身はちと心指《こゝろざし》のありて。男《おとこ》たる人とそうした事のならぬ身。（十四ノ十五オ）一代後家《いちたいごけ》の壱人《ひとり》ずみ。母《はゝ》あればこそいやな事すれ。身《み》壱つなら野山にふして物詣《ものもふで》の隙《ひま》いとわず。仏《ほとけ》の台《うてな》に預《あづか》り菩提《ほたい》の道《みち》と云ふに趣《おもむく》心指《こゝろ》。かまひて心をはこび後《のち》にうらみ給ふなと。思ひの外なる返答《へんとう》其手はくはぬ。水《すい》にしかくる水《すい》なれば上手《しやうず》こが*しはおき給へ。仏もぬれをもつばら羅ごらといへる子をもふけ。たんどくせんの床《とこ》入。其そば杖《づえ》を衆生《しゆじやう》にしめし給ふ。つらからばなぜ一筋《すじ》につらからで。なぜに半《なかば》と恋はし給ふ。今と云ふ今聞わけてと。云ふよりはやだき付。びつたりとした頬《ほう》ずり。しこなしたがにくさにうしろ様に付たをしおもてにかけ出。籠《かご》に乗《のり》さらばと云ふをわかれ。おのれ追付《おつつけ》おもひしらせうと。壱人はら立顔《かほ》つきいやがるももつ共と。なき親《おや》うらむは浮世のならひか扨も是非《せひ》なや

㊃ 美濃《みの》屋が座敷《ざしき》

美濃《みの》屋平左衛門様まいる下市善右衛門よりとふうじめきつて拝見《はいけん》（十四ノ十五ウ）するに。方《ほう》〴〵ゑの立銀此身壱つにせまりぬ貴殿《きでん》ゑの取替《とりかへ》銀今明日之内。不残《のこらず》御調《とゝのへ》くださるべく候以上。是はけわしき御状。五拾匁卅匁の銀さへ今と云ふ今は才覚《さいかく》なりがたし。しばらく御まちくださるべきとの返事《へんじ》。三勝《かつ》此ふみながめ。芝居《しばい》ぶ繁昌《はんじやう》するは銀親《おや》そんする事にきわまりぬ。善右衛門殿よりさいそく請申覚《おぼへ》なしといふに。是非《ぜひ》なく右之あらましを語《かたり》ぬ。おもひよらぬ手形《かた》に我身を書《かき》入。今更《さら》ぬけさしなるべきか。子《こ》の心親《おや》しらずとさりとはきこへぬ御しかた。うら身つら身も帰らぬ事。此方に利《り》有ながら。其手形《てがた》にては中〳〵云ぶん立がたしと文したゝめ半七方ゑつかはしける。中ばへ善右衛門来《きた》りとらの子《こ》渡《わたし》そろばんのけたがちがい。身躰《しんだい》しまはねばならぬ仕合《しあわせ》。其方銀子今日中に。急度《きつと》済《すまし》給へと声高《こへたか》に。近所《きんじよ》へきこへがましく云ふにぞ。かべに馬乗《むまのり》かゝりたる仕合。何ほどさいそく被成ても只今はならぬと。互《たがい》にめに角《かど》たてゝのつめひらき。とかくの僉儀《せんぎ》は無用手（十六オ）形《かた》之通《とお》り。銀子ならずば三勝《かつ》をわたさるべしと。言葉《ことば》かずいらずに手形《てがた》みせてのせりふ。心得《こゝろへ》ました明後《みやうご》日迄まち給へ。なるほど銀を渡《わたし》ませふ。若埒明《もしらちあか》ずば私《わたくし》をつれてお帰りな

されといふに。*然者《しかば》相待申さんと帰りぬ。和州《わしう》五条の半七父親《てゝおや》死去《しきよ》の後《のち》。世をとつて廿五年。きのふまでは難波の浜《なにはのはま》*に籠《かご》をとばし。藤田上村鈴木《ふじたうへむらすゞき》。玉沢皆之丞《たまざは》はことさらのあげづめ。天満屋が二階《にかい》に野郎《やらう》の花を咲《さか》せ。よいゆめばかり見るたのしみ。けいこくあまねく野風《のかぜ》おこと浅妻夕霧吉野初瀬《あさづまゆふぎりよしのはつせ》の花をわが者にして。色道何の不足ものう。金《かね》はわくものと心得。親《おや》一もんのいさめをもちいず。しりをむすばぬ糸《いと》からくり。きれて三五の八十そろばんのけた。あはぬけぬきのあはれげに。所の住居《すまい》もなりがたく。ひそかに立のくべき胸《むね》ざん用。すぐに行武蔵野《ゆくむさしの》ゝ。露《つゆ》にきへ行身のはてもしらず。せめて暇乞《いとまごひ》に三勝《かつ》がかほみてゆかんとする足《あし》もと。くらがり峠《とうげ》の水茶屋（十六ウ）しばらく爰《こゝ》にやすみ。ふる雪《ゆき》をしのぐ間《ま》の袖《そで》。お前は半七様か。三勝《かつ》さまより急用《きう》の御状と。かしこい飛脚《ひきやく》目が見付たる仕合《しあわせ》。定《さだ》めしろくな事ではあるまひと小刀《こがたな》ぬき。封《ふう》じめ切《きつ》てみるに扨こそ思ひの外なる無心《むしん》。ならぬ事とかぶりふる顔《かほ》。なまなかふみ見てゆかぬを口惜《くちおしく》。何となきていにて飛脚《ひきやく》と同道《どうだう》し。中村屋がもとゑ急《いそき》ぬ。爰《こゝ》も情《なさけ》の恋《こひ》の宿《やと》。一つともゑの大《だい》臣《じん》御ゑうがうと。すりこ木ではく庭《には》の景《けい》。亭主《ていしゆ》がもんさく女房がしやら声《ごへ》。ひゞき渡《わたり》てやかましく。お三よんでこひといふに。そりやこそせんじがくだりぬ。はやくめしとり。こよひは爰《こゝ》に明石《あかし》の浦《うら》。あさぎりこめてのめやうたゑやうたかたの。あわれなる身《み》のはて。神《かみ》ならねばこそしらぬかと。半七奥《おく》にて是をくやみぬ。待兼《まちかね》たる三勝打掛《かつうちかけ》ぬいで奥座敷《おくざしき》。道であふたはふしぎ。通《とを》し籠《かご》であろふと云ふは昔《むかし》の事。此さむいにす布子《ぬのこ》壱つ。召替《めしがへ》のお着物《きりもの》はなぜおそい。わるがふも殊《こと》による是みよがし（後ノ十六オ）

挿絵第七図（後ノ十六ウ）

挿絵第八図（十七オ）

のやつし事杉山勘左衛門はいそなり。気《き》がわるいかしてうき〳〵とせぬ顔《かほ》。しんきな事じやと云ふにふしぎはもつ共。後程《のちほど》子細《しさい》をかたり。またそちが身のうへのようすをも聞。互《たがい》に心底《しんてい》をあかさん。先銚子《まづてうし》〳〵と手を打《うち》。身にあまるおもひを外になし。わつさりと飲美林酒太こ《のむびりんしゆたい》の夢市《ゆめ》が古今ぶし聞とむないおきおれとつむりをたゝく。旦那《だんな》あやまりすがた。御めんのかふむり屋形《かた》に帰りふせりたいといふに。心まかせにせよとおいとま出る。下女の玉がね道具《たうぐ》はこべば。亭主《ていしゆ》は長枕《ながまくら》かたげ。是なくては済《すま》ぬ事としさいらしゐ顔付《かほつき》。ゆるりと御休《やすみ》なされませと。めん〳〵ふしどに入ぬ。しめやかなる夜半《よは》の鐘《かね》しと〳〵と打《うち》あけて語る《かたる》*二人《ふたり》が胸《むね》。うな付《づき》あいてもろ袖《そで》をしぼり。床《とこ》は泪《なみだ》に硯《すゝり》の海《うみ》。ふかきおもひをかきのこすふでうらみと義利《ぎり》*と。恋《こひ》と情《なさけ》と。わかれとかなしきをよくしたゝめ七つの鐘時《かねとき》うつりては身の為《ため》いかゞと。よしみ有中村屋をひそかに立出。長町《ながまち》のうら（十七ウ）道より千日寺に行足《ゆくあし》もと。定め《さだめ》*なき浮世《うき》かなあはれなる世界《せかい》ぞかし

挿絵第七図

㊄　心中名取川《しんぢうなとりかわ》

くらきよりくらきにまよふほし月夜。二人《ふたり》手を引《ひく》思ひ川の瀬《せ》ぶみ渡《わたる》は現《うつゝ》の掛橋《かけはし》。岸《きし》にこぎ行はとうとん堀《ぼり》。千日寺に灯明《とうめう》の光《ひかり》。常《しやう》念仏の鐘《かね》。ほのきこゆるはごくらくの道づれ。臨終《りんじう》一念是《ねんこれ》を末期《まつご》の称名《じやうめう》。火《ひ》屋のうしろにまはり。そとはのねに座《ざ》をくみ半七羽織《はおり》をぬいで下《した》に。樒《しきみ》の花を前《まへ》にさし。さや口に書直《かきおき》*ねんご

挿絵第八図

ろにしたゝめ。互《たがい》にうはがへのつまをくゝりやいしは。二世までむすぶと云ふ深《ふかい》心にてぞ有べし。未来《みらい》は一つ蓮《はちす》の友《とも》ちぎり。此世こそ今の命《いのち》をかぎるとも。来世《らいせ》猶来《なをらい》世かりそめにもわすれ給ふなと。云ふ声《こへ》もかすかに。三勝《かつ》は男《おとこ》のひざを枕《まくら》。半七西にがつしやうして。さりとはためしなき心中と。難波《なには》の町にきこへて。見《けん》物櫛《ふつくし》のはをひく（十八オ）ごとく。あつばれ見事なる最後《さいご》と其ほまれを今にのこしぬ。三勝《かつ》が心中と聞より。美濃《みの》屋一ッ家《け》おどろき尋《たづね》来りて。見る目も猶《なを》やるかたのふ。むなしきしがいに取付。*友《とも》にきへてもがなとかきくとく泪《なみだ》。みる人友《とも》にあはれをもよふしぬ。今はたゞ思ひたゑなんとこしかたをかきくどき二人《ふたり》がのこせし書直《かきおき》をひらき見るに

書直《かきおき》候御事　同三勝

みのや平左衛門様

書《かき》のこすせめて筆にとちから草《ぐさ》。硯《すゞり》の海《うみ》も泪《なみだ》にくれ。手ふるひ文字《もじ》のわかちも定《さた》かならす。中〳〵見ゑ申ましく候。我ゝか様にあいはて申を。さぞ狂人《きやうじん》のやうに思召候はんとあらまし書《かき》のこしまいらせ候。わたくしの御事幼少《ようせう》にてちぶさにおくれ。みなし子の誰《たれ》有てかいほうすべき者《もの》のなかりしを。平左衛門様の御情《なさけ》により。加様《かやう》

に成《せい》人致《いたし》。人さまにもそれとしられしは皆《みな》（十八ウ）おの〳〵様の御めぐみふかきゆゑにて候。もはや御恩《ごおん》もほうすべき所に。しなねばならぬ義利《ぎり》*にせまり。命《いのち》ふたつを爰《こゝ》にさらし。浅間《あさま》敷《しき》尸《かばね》露霜《つゆしも》ときへ行身《み》は。まづしきよりおこりたる御事なり。いつぞや下市善右衛門殿我〻御引立《ひきたて》の芝居《しはゐ》。其そん銀の手形《がた》にさせ。あまつさへ私《わたくし》の身《み》を書《かき》入れ。のつびきならぬやうに身をつなぎとゞめられ候。わたくしの御事半七様とは人しらぬむつ事。かりそめながらふかいちぎりをむすび直《おき》候。かうした御事御存知《ごぞんじ》なきゆゑ手形に御書《かき》なされしは御もつ共に候。何とぞ此銀《かね》すまし。お二人《ふたり》様の心をもやすませ。此身も人にわらわれんやうにと。ひそかに半七様かたゑ申つかはし候所に国もとのしゆびさん〴〵にわたらせ給ひ。身すがら御こしなされ候。外《ほか》に是程の銀取替《とりかへ》くるゝ覚へもあらず候。善右衛門方《かた》ゑは一両日とけいやく致《いたし》。もし（十九オ）日限《にちけん》のび候へは。平左衛門様御身《み》のためよろしからず候。もつ共親《おや》ゑの孝《かう》なれば。美濃《みの》屋方《かた》へ参り度《たき》物にて候へ共。左様に致《いたし》てはまた半七様ゑのわけ立不申候。しよせん淵《ふち》川ゑも身《み》をなきものと心《こゝろ》指《ざす》折《おり》ふし。半七様浮《うき》世に望《のぞみ》なきよし。幸《さいわい》と嬉《うれ》しくひそかに申合かくなりまいらせ候。もつ共善右衛門殿に少《すこし》*しうらみもあり候得共。もとにくからぬ恋路《こひぢ》のならひ。かまへてにくしと思召くださるまじく候。只ほうじてもほうじがたきは平左衛門様にて候。今までの御恩《ごおん》は。しゝて行其さきの世の。またさきの世までもわすれがたく。かたじけなくそんしまいらせ候。申のこし度事山〳〵御入候得共。時うつり胸《むね》せまり候に付。おしからぬ筆《ふで》を爰《こゝ》にてとゝめまいらせ候。とても逆《さか》様なる我身にて候得共。思召出さるゝ折〳〵は。一遍《へん》の御廻向《ごゑかう》頼まいらせ候御なごりおしや南無あみだ仏〳〵

十二月七日（十九ウ）

新色《しんしき》五《ご》巻書《くわんしよ》　現《うつゝ》に渡《わた》るなまぜ川

三之巻　目《もく》録《ろく》

㈠ 因州千手堂《いんしうせんじゆどう》の掛《かけ》おどり

二《ふた》つ刀《がたな》のつかみ指《ざし》三つ柏《かしは》の紋《もん》
ばけ物《もの》かこち草《くさ》こしもとが思ひ
とんさく男《おとこ》観音《くわんおん》夢中《むちう》のれいげん

㈡ 女中恋《ぢよちうこひ》の宝引《ほうびき》

廿三夜待《やまち》は女中の友《とも》りんき
恋《こひ》じまんの女《おんな》くわいたいぞろへ
悪性《あくしやう》はぬけ鳥《とり》大小のもぎ取《とり》（目録オ）

㈢ 是非《ぜひ》なき欠落《かけおち》

嶋田《しまだ》の宿《しゆく》するがや後家《け》の咄《はなし》
くどきおとした金《かね》のかけ声《ごへ》
心にそまぬ墨染《すみぞめ》のそて

㈣ 百性《しやう》むら雀《すゞめ》

足《あし》のうらの食《めし》はなれがたき老女《らうによ》
寺《てら》に有もの姉《あね》也女房《にうばう》也なんどの大黒《だいこく》
うたてや爰《こゝ》もぬけずばなるまい

㈤ 大黒《だいこく》の懐胎《くはいたい》

かうした身《み》をふりすてゝ
よふもぬけてはいかれた事じや
しなば一ッ所と云ふがいやらしさに
かうした事をなまぜ川（目録ウ）

〔一〕因州千手堂《いんしうせんじゆどう》の掛《かけ》おどり

松風《まつかぜ》の音《おと》しづかに暮《くれ》の道《みち》はかどらす。はてしなき山道谷《みちたに》ふみわけてさがり松。因州鳥海《いんしうとりかい》の郡《こほり》千手堂《せんじゆどう》といへるに足《あし》をやすめ。月なき夜のくらきにもかすかなる仏《ほとけ》のとぼし火《び》。あるやと見るは沢《さは》の蛍《ほたる》。そも〱我《われ》十歳《さい》より浄土門《じやうどもん》に入て。念仏《ねんぶつ》の功徳《くどく》かうだいなるさとりをひらかんと。坂東《ばんどう》八个《か》国《こく》におもむき。諸寺諸山《しよじしよさん》にわけのぼる。ふもとの道《みち》はおゝけれど。いまだぼん身《しん》のはなれがたきにや仏界《ぶつかい》の眼《まなこ》をひらかず。せめて*廻国案行《くはいこくあんぎや》と心指《こゝろざし》武蔵野《むさしの》ゝ月を増上寺《ぞうじやうじ》にみのこし。此因州《ゐんしう》にしる人のありてかりそめながらくだりぬ。こよひは爰《こゝ》に夜《よ》をあかしあけなばと云ふは四つの鐘《かね》。ずたの袋《ふくろ》を枕《まくら》に夢《ゆめ》をむすびぬ。おりからならぬ村雨《むらさめ》のふるごとき足音《あしおと》した〱とするにおどろき。星《ほし》の光《ひかり》にすかしみるに（一オ）若《わか》き男《おとこ》の四五人ほうかぶり。ゆかた揃《そろへ》て三つ柏《かしは》の紋《もん》。今様《いまやう》のもやうめん〱がすき〲に染ちらす千本松長刀《ながかたな》のつかみざし。我さきにとはしり来《きた》り松《まつ》のなみ木に腰《こし》をかけ。ひなはたばこの煙《けふり》たへず口を揃《そろへ》て云ふは。もはや時《とき》こそ夜半《やはん》のすぎ八つにちかし。ばけ物と云ふはいつわりならん。あはれ目《め》通《とをり》ゑ出たらばくもなくおつぶせ。我〱が一生《しやう》の手柄《てがら》。老行末《おひゆくすへ》の咄《はなし》の種《たね》。中〱まつもとけしなく大方《おゝかた》ならぬねむさわすれ。いざ此森《もり》にてお国《くに》にはやるおどり。けいこせんと云ふはすかさぬ事なり。もつ共と云ふ若盛《わかざかり》。手拍子《てびやうし》揃《そろへ》て花になく鶯《うくいす》おどり。在所《ざいしよ》にはやる与茂助むこ入おどり。鳥取《とつとり》大八鳥毛《とりげ》おどり。百性《しやう》のむぎ引おどり。たすきをかけた下女の玉。れん木みそこししやくしおどり。お屋敷《やしき》にもつばら七つ道具《だうぐ》の*行別《ぎやうれつ》おどり。まぬけおんど日《ひ》の丸の扇子《あふき》。*顔《かほ》かへしてもそれとしれたる雨夜《あまよ》の雲《くも》。星野《ほしの》ゝ（一ウ）惣十郎と云ふは。恋《こい》の山色《いろ》の海《うみ》そこなき道《みち》の奥家老《おくがらう》。星野《ほしの》の惣太夫といへるものゝ子なり。伯父《おぢ》弥右衛門方《かた》へ養子《やうし》ぶんに行《ゆく》恋の道《みち》。うはき盛《ざかり》の男《おとこ》じまん。びんつきはうしろ高《たか》に前《まへ》さがり。ちよくしわげに髪《かみ》ゆふてせい高《たか》からずひくからず。鼻筋《はなすじ》の高《たか》きやにのぼる女の数《かず》をしらず。よしやよしなき浮名《うきな》の立もよその事に聞なし。かべに蔦《つた》の葉軒端《はのきば》のちぎり。月山のうしろ又高へいの打越《うちこし》。一村薄《むらすゝき》のはがくれ白玉を何ぞと人のといしとき。露《つゆ》とこたゑてきゆる思ひ。夕部のむつ事もまた外《ほか》の女と替《かはる》夜のためし。我手枕《わがてまくら》のいつもながらさりとはあぶなひ恋ぞかし。おんど二つ三つとるうちけしたる姿《すがた》はつと云ふにかくれぬ。二ばんばへの若者心玉《わかものこゝろたま》をとられ。あやしきもの、有にはきはまりぬ。とかく命《いのち》のありてこそとうなづきあいてにげかへりぬ。惣十郎壱人《ひとり》とゞまつて武士《ぶし》の心だめしはか様の時《とき》ならん。子細《しさい》を見（二オ）とゞけ帰るべしと。観音堂《くわんおんたう》のうしろに身《み》をかくしてうか*ゞけるにぞ。女姿《すがた》の乱髪《みだれがみ》心意《しんゐ》をもやす鉄輪《かなわ》の火《ひ》。仏前《ぶつぜん》にかしこまつて何やらい、けるを。耳《みゝ》をすまして聞に。我《われ》いやしくも大《おゝ》かたならぬきりやうに生《むま》れ。男ゑらみに親里《おやざと》をふり捨《すて》。此国《くに》のお屋敷に二年《ふたとせ》あまりのみやづかへ。気《き》に入た男《おとこ》と云ふは若旦那《わかだんな》の惣十郎様。心には是ときわめて朝夕《あさゆふ》の御きうじにしり目にてものいわせ。御行水時《おぎやうずいどき》には*陽《ゆ》どの、口をはなれず。ゆかたきせます度《たび》にそつとだきつき。背《せなか》のやひ*いたまぬやうにと。ふたしてしんぜますたび。御はだに手がさはつては身の毛《け》がぞつとするほど嬉しかりしに。花に嵐《あらし》大旦那《たんな》の御娘子《おむすめご》お吉さまと云ふは。いまだ三五の秋《あき》きりやうはよふもなかりしかど。親方分《おやかたぶん》の位《ゐ》そなはつてもつたいがよいばかり。此娘子も惣十郎様に恋《こい》のかけ帯《おび》。むすび文千《ぶみち》づかに我身《わがみ》をたのませ給ひぬ。惣《そう》じて女（二ウ）たるもの。色盛《いろさかり》に色《いろ》このむは当世《たうせい》のはやりものなり。お吉さまの恋《こい》とりもつ顔《かほ》して我身《わがみ》の恋《こい》に世話《せわ》をやき。まんまと我手に入てあぢな事した数《かづ》のまさりぬ。此事御耳《おみゝ》にたつて身《み》の*直所《おきどころ》。親里《おやざと》にあづけられし内《うち》にあつたら恋の枝《ゑだ》をおられぬねたましくも恋《こい》の敵《かたき》。にくし〳〵と思ふほむらの種《たね》。せめて釘《くぎ》打て腹《はら》いんとすでに打《うつ》べき所に。惣十郎知恵袋《ちゑぶくろ》の口《くち》を切《きつ》て其身《み》観音《くわんおん》となり。我と仏《ぶつ》ちよくするはよきかな〳〵。汝《なんぢ》今腹《はら》たつる事を聞《きく》に。一通《とをり》はきこゑぬれ共此恋の根《ね》だしはお吉なり。我等《わが》恋《こい》いそげばとて主《しう》にあらごなしをさせて。むまい所はそちがしてやつたるにきはまりぬ。然者《しかれば》お吉などわか恋のむすぶの神それのみかおん有主《しう》の命をとらんとする事大方《おふかた》ならぬとが。此事おもひとまらぬにおいては惣十郎につげて縁《ゑん》のきらし。其上にて主《しう》をのろふつみ三日とはまたすまし。然《しかれ》は大切《せつ》に思ふ惣十郎に二度《ふたゝひ》あふ事（三オ）

挿絵第一図（三ウ）

挿絵第二図（四オ）

ならぬぞかし。神《かみ》さへひれいは*請《うし》給はず。まして仏《ほとけ》の身《み》として人の命《いのち》をとる事。のふ〳〵聞《きく》もおそろし。此前《まへ》城下《じやうか》の売人《ばいにん》の娘《むすめ》大黒屋《たいこく》のお六と云ふ者《もの》。そちがやうに我屋しきの松《まつ》に釘《くき》打たるとがのがれず。三日が内《うち》にとりころしぬ。我汝《なんぢ》をふびんにおもふゆゑかゝる大じをしらす。心をひるがへし此事思ひとまり。お吉と二人《ふたり》して其星野《ほしの》とやら惣九郎とやらを。随分《ずいぶん》かわゆがつてとらせとまざ〳〵しくいゝ捨《すて》。堂《どう》のうしろ口よりしのび出森《もり》のはづれに立出ぬ。女心のあだなく今の仏《ぶつ》ちよくに泪《なみだ》をながし。いかにもあやまりましたなる程《ほど》仏《ほとけ》のおしゑにまかせ。今より心指《こゝろざし》をもちかへ申さん。只御ゆるしくださるへし南無《なむ》観世音《くわんせおん》菩《ぼ》薩《さつ》と立帰る道《みち》にて惣十郎にあいぬ。何として御出ありしと云ふ。さればとよ此

挿絵第一図

挿絵第二図

観音《くわんおん》の霊夢《れいむ》によつて。そちにあいにきたといふに扨もはやい御利生《ごりしやう》。いざつれ立帰らんと打《うち》ゑめる顔《かほ》。いや（四ウ）〳〵かく夜《よ》ぶかにめつたにいぬる所にあらず。せめて観音堂《くわんおんどう》につやし御礼《れい》申さんこなたゑと手を引《ひき》。仏前《ぶつぜん》なる軒《のき》。ゑんのはなにてものしけるにぞ。わけもないこゑしどろもどろなるに旅僧《りよそう》目をさまし。何ものなるととがめけるに。すはばけものよと二人《ふたり》づれわつといふてにげさりぬ。法師《ほうし》も心すごく身づくろいしてひそかにぬき足《あし》。其所を立のきける。おそろしきはま事。おもしろきは夢《ゆめ》。おかしきは現《うつゝ》なりけるありさまなり

㈡　女中恋《ちよちうこい》の宝引《ほうびき》

毎月《まいげつ》廿三夜《や》家中《かちう》大方《おゝかた》信心《しんじん》して心待《こゝろまち》の日待《ひまち》。星野《ほしの》弥右衛門屋敷《しき》にも碁《こ》将棋《しやうぎ》双六《すごろく》。小哥《こうた》上るり。此比《ごろ》大坂よりくだりたる小間物売《こまものうり》。義太夫ぶしの上手蝉丸《せみまる》の道行《みちゆき》などひきがたり。ざとうの重市《しげいち》はしのだづまの三段目《だんめ》。あはれなる声《こへ》うは

がれ。七つゆりにくびふるもおかし。家中《かちう》の娘腰本《むすめこしもと》弥ゑもん屋敷《しき》に（五オ）入つどい。心〳〵のなぐさみ貝合哥《かいあはせうた》かるた。それすぎて恋《こい》の宝引《ほうびき》をはじめて。おもひ〳〵のおもわくをふぐりと定《さだめ》。わきあけつめ袖《そで》恋のつかみどり。引手《ひくて》あまたの中ゑ惣十郎打《うち》まじりておもひづめの引なは。もはやふぐりはいらぬものと娘腰本《むすめこしもと》五七人。口〳〵に云ふ顔《かほ》をみるに。壱人《ひとり》にても星野《ほしの》が手をゝせぬはなかりき。互《たがい》にそれと目でしめ気《き》でしめ。宝引《ほうびき》なはとらず惣十郎が手にすがりて我《われ》がちのせり合。星野《ほしの》はつと胸《むね》ついて其まゝ奥《おく》にかけ入ぬ。何しやるおきやといゑば。おかしい事をいわしやる。海山《うみやま》女なし男なしは神《かみ》もみゆるし給ふ。せばい事いわぬものじやといふに。いな事に片持顔恋《かたもちがほこい》は心〳〵のはつめい。おもへばとてさきの人がいやがらばせんのない事。あまり世話《せは》やかるゝなとまんがちに云ふもおかし。しやらくさいおかしやれ。惣《そう》じて恋《こい》は人目《ひとめ》の関《せき》もらさぬがたのしみなれば。人中でもや〳〵云ふほどがついゑ。のふそうじやござんせぬかといへば。是《これ》おさか女郎それはあん（五ウ）まりおさめすぎてみにくい。*只《たゞ》し下《した》地《ぢ》くさりあふてかよしそれにもせよ。どうやら耳《みゝ》にかゝつて聞《きゝ》にくい。男は心のおゝゐものなれ共。*起情《きせう》とりかはした中などせかぬものじやげな。此中にもし殿

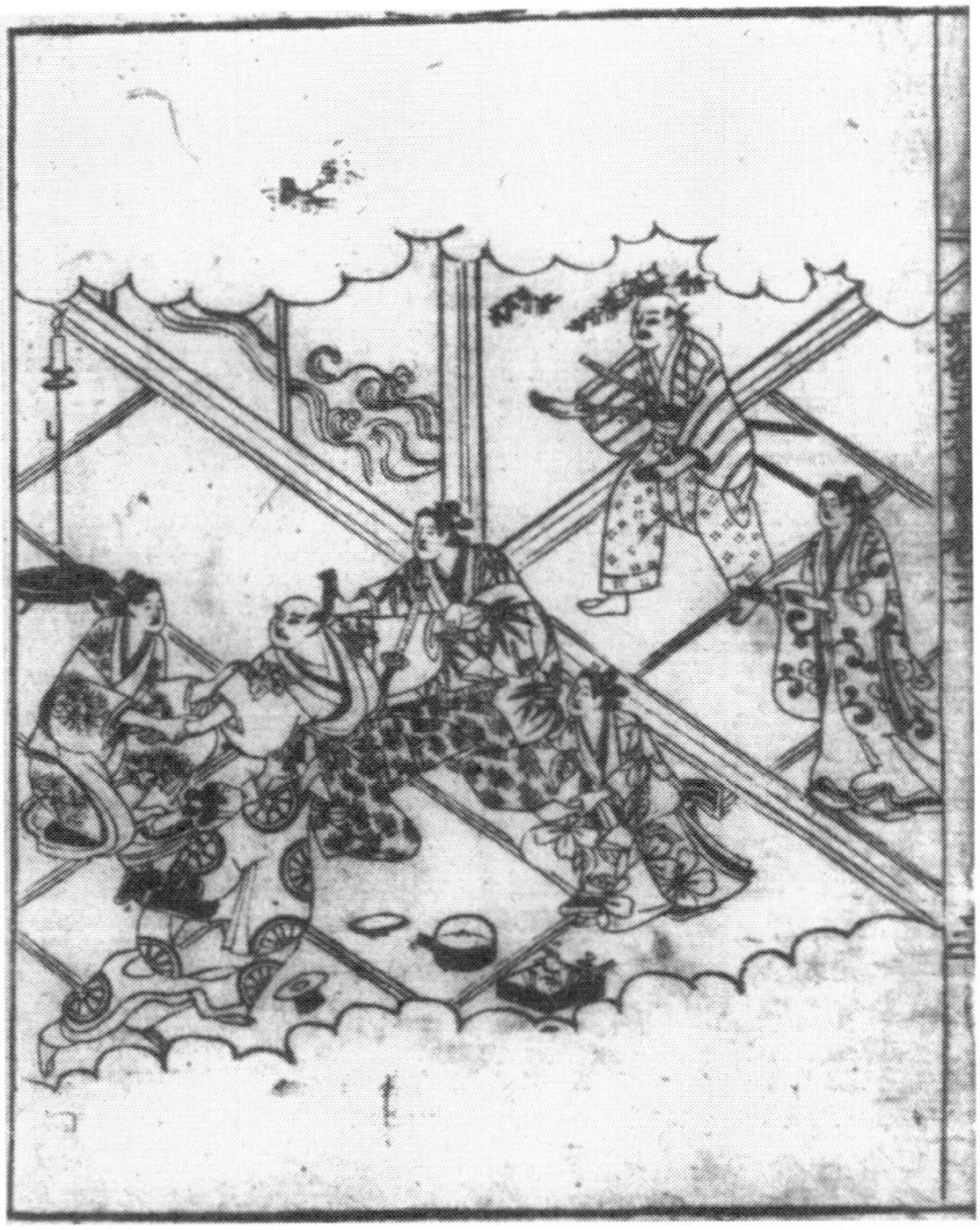

挿絵第三図

挿絵第四図

*立と念比《ねんごろ》して。かたい事したのがあるやと尋しかば。いかな〳〵そんな事はみぢん毛《け》もなしと云ふに。嬉《うれ》しや気《き》がおちついた。宝引《びき》しもふてねたがましとそしらぬ顔《かほ》して居《い》る。是こなたは起《き》請とつてか。それは千枚《せんまい》かいても埒《らち》明《あかぬ》*ものじや。わしらは幾夜《いくよ》の枕《まくら》をかはして此月が四《よ》月め来月《らいげつ》は帯《おび》のしそめ。是ほどかたい事があろふかと自慢《じまん》の有ほど。身持《もち》になつてかたまる事ならはしは此月が六月め。しかも男の子《こ》かして是程なかたまりが有。是みてくだされとおなかつきだすもおかし。二人《ふたり》ながらまつてくだされ身持《みもち》自慢《じまん》はもつ共。こちは互《たがい》にしのぶ夜の恋路《じ》に此身《み》をやつせば。今まではなした事はなけれど。い丶勝《かち》ならばわしは九月め。来《らい》月が（六オ）

挿絵第三図（六ウ）

挿絵第四図（七オ）

生月《うみつき》。初《うい》は持越《もちこす》ものじやといへば。さきの月迄のびるにても有べし。先此中でのせんぢんと声《こへ》たか〴〵とせりあいけるにぞ。亭主《ていしゆ》ぶんのお吉中に入て。何《いづれ》もは何《なに》事云ふて女のさかなくとはづ語《かたり》にめん〳〵が身の大事《だいじ》を語《かたり》。おもはぬちじよくを取給ふ。おもひ〳〵の殿《との》立ならばそうした事のあるまじき事にもあらず。若《もし》との壱人《ひとり》してみな様への悪性《あくしやう》か。さもあらはにくい事よと。とはれて女中《ちよちう》ほんにそうじやよしない事云ふてとがめられぬ。今云ふた事はねむたなぐさみたは事なりとけしてまはれば。片角《かたすみ》より十七八の娘《むすめ》。泪《なみだ》こぼしてせきあげたる声《こゑ》。最前《さいぜん》より物いわず皆《みな》様の咄《はなし》をきくに。まんざらあてのなき事にもあらず。今御家《ごか》中にて美男《びなん》のほまれたかきは。此お屋敷の惣十郎様より外になし。此内の女中方に星《ほし》野様におもひよるべの掛橋《かけはし》。わたりそめたる御かたもみへず。たのしみの恋有ておもわくの手柄咄《がらはなし》は。たが身のうへにもあるならひぞかし。あつば（七ウ）れおの〳〵さまのごとき生付《むまれつき》ぞならば。*星野《ほの》さまにわたりあいて。我おもひの胸《むね》かたりたしと兼《かね》〳〵心掛《こゝろがけ》てありしに。中ゝお顔《かほ》をみては胸《むね》ふくれ。物云ふ事のかなはぬは思ひにあまる恋《こひ》ぞかし。女はあいみ互《たがい》此恋取持《とりもち》。何とぞお盃《さかつき》ばかりなりとも頼《たのみ》ますと打《うち》しほれたる物語《ものかたり》。まあなりますまい。あはぬ恋《こい》などはおくて。あいすぎて此身になつたも其殿《そのとの》ゆゑと。打《うち》あけて云ふにかたゐの女。もはやかんにんがならず。それとあてゝはいわねど。かうしたおもひ身になる事。星野《ほしの》様ゆゑじや。そなたもそうかわしも同《おな》じ事。こなさんもそれか。はれ〳〵とても其通《とほり》。さあ今こそ分別中場《ふんべつなかば》なりと口《くち》を揃《そろへ》。とうにおちず語《かたり》おとされ。五六人の女顔《かほ》を見合せ。一度《いちど》にためいきほつと。次《つぎ》の間《ま》に聞《きこ》へ惣十郎立出。さりとははしたなき物語。養父《やうふ》にきこへては此身一つの難義《なんぎ》。是非《ぜひ》かへりて給われと手をあはせておが（八オ）みぬ。皆《みな》〳〵一度《ど》にたかりかゝつて。去程《さるほど》に男たる身のあろふ事か。壱人ならず五六人迄の悪性《あくしやう》。あまつさへ此座に身かろき者《もの》壱人もなし。此ごとくあらはれてからは。日比の心づくしも化野《あだしの》の夢《ゆめ》とあきらめ。我ゝが存分《ぞんぶん》にして帰らん。おの〳〵様にはいかゞおぼしめすと。年《とし》がましき女のざいふるはうとまし。もつ共と打うなづき星野《ほしの》を中にとりまはし。かみつきくいつきとつておさゑ。侍《さふらい》のあるべき事か。爰《こゝ》かしこの女をたらし。親《おや》の懐子《ふところこ》に此ごとくきづをつけ。此仕舞《しまい》はどうなる事ぞ。とても頼《たのみ》なき男《おとこ》なれば我ゝ方《かた》より隙《ひま》をやる。そなたのやうなる生《しやう》わるを国《くに》におひてはみる度《たび》にほむらの種《たね》。いつそ此事殿様《とのさま》ゑ

挿絵第五図

申上。御前次第《こせんしだい》と立所へ。養父《やうふ》弥右衛門はしり出。段《たん》ゝおの〳〵のうらみもつ共なり。きやつが事は身が娘《むすめ》とめ合名跡《みやうせき》ゆづる者《もの》なれ共。か様なる不所存《しよぞん》なれば是よりすぐに国《くに》をはらはんさもあらば何茂《いつれも》申分《ふん》はある（八ウ）

挿絵第五図（九オ）

まし。こゝをきゝはけ殿様《とのさま》ゑのうつたへ先待《まつまち》給へと詫《わひ》けるにぞ。皆〳〵聞届《きゝとゞけ》御《ご》訴詔《そせう》と申も国《くに》におかぬ分別《ふんべつ》。しからばと云ふて親《おや》惣太夫方《かた》ゑ此事申遣し。其上にて大小もぎとり因州《ゐんしう》をおつばらいけるにぞ。もつ共恋《こい》は身のあだ花。若盛《わかざかり》の惣十郎つぼめるすがたしほ〳〵と。きのまゝ国《くに》を立出いづく共なく白浪《しらなみ》の音《おと》

㈡　是非《ぜひ》なき欠落《かけおち》

きのふまではぬれの星野《ほしの》といわれ。ぬれ染《そめ》すぎて身の*直所行《おきところゆく》さきのあてどなく。ぬれにぞぬれしぬれのうはもり。よい事すぎた身のはて。世にありし時は*起情《きせう》と文《ふみ》を山にかさねて。あそこ爰《こゝ》のたはむれなど。ろせいがみし夢《ゆめ》のたの

しみはものかは。かゝる浮《うき》身は心から心のやみにまよふがごとし。親里《おやざと》をはるかうしろのかたに見のこし。足《あし》にまかする落方播州明石《おちかたばんしうあかし》のうらに付ぬ。口惜《くちおし》や星野《ほしの》の何《なに》がしといゑるものゝ。色欲《しきよく》にまよふてかゝる浅ましきすがた。しるべ（九ウ）なければ行水《ゆくみづ》のなかれ。とゝまるべき所をしらず。一先武州《ひとまつぶしう》にくだり。いかなる方《かた》ゑ成《なり》共ありつかんと心《こゝろ》指《ざす》所に。因州千手堂《ゐんしうせんじゆどう》にてあいし旅僧《りよそう》に行《ゆき》あい。道づれになつて身のうへを語《かたり》しかば。さすがは出家《しゆつけ》侍《さふらい》たのもしくたのまれ。増上寺《そうぢやうし》の諸家春海《しよけしゆんかい》といへる*方《かたへ》へそゑ状付てつかはしけるにぞ。いまだ天運《てんうん》にかなひけると。尼崎《あまがさき》にてわかれ外《ほか》をみぬ旅《たび》一*筋《すじ》に行道《ゆくみち》ばか。嶋田《しまだ》の宿するがやといゑるは。今年四十《よそし》あまりの後家《ごけ》。風俗《ふうぞく》いやしからねど。つまなくねざめさびしき身をうらみて。世にかまはぬ風情《ふぜい》。折《おり》こそあらめ惣十郎爰《こゝ》に一夜《や》の宿をかりの夢《ゆめ》。きりやうすぐれたるに後家《ごけ》おもひをなづませ。壱人《ひとり》さびしき壱人《ひとり》ずみねやにもるおもひのあまりて。ひそかに星野《ほしの》が一間《ひとま》にしのぶ足音《あしおと》しづかに。申〳〵と云ふ声《こゑ》ふるひながら。其ごとく人にすぐれしきりやうを持《もち》何とて武蔵野《むさしの》の方へ行給ふぞ。此海道《かいだう》にて我おゝくの旅人《りよじん》のとめしかど。方様《かたさま》ごときのきりやういまだ（十オ）みず。若《わか》き人の事なればけいせいぐるいとやらして。欠落《かけおち》と見た目はちがふまひ。さもあらば此所に足《あし》をとめ給へ。路銀《ろぎん》なと御ふじ*うなら御望次第《のぞみしだい》御用《よう》に立べし。年《とし》こそ五十《いそし》におよぶとも。はだふれた事は廿年あとの事。生娘《きむすめ》とくらべて同じ事ならいつまでも〳〵。かはらぬちぎりをたのむと云ふに。星野《ほしの》目をさまし吹《ふき》だすごとくおかしかりしが。路銀《ろきん》のやくに立べきと云ふが耳《みゝ》より。其うへ久〳〵の壱人旅《ひとりたび》。そうした事はいつの事かと。おもひ出すぼんのう。若盛《わかざかり》にふんどしがつきやぶれ。四十六十《よそしむそじ》のものごのみは一昔《ひとむかし》の事。ひだるい時に物ゑらまず。なんでも壱つはとつてしめんと思ひの外なる志案《しあん》。*御言葉《ことば》

御心指《こゝろざし》のせつなる事身にあまりてうれしゝ。海道《かいだう》一の水《すい》なれば色ぐるひの欠落《かけおち》とはどこに見しりの有事ぞ。にあまゑて御無心《ごむしん》がちなるべし。なる程おゝせにしたがわん。乍去《さりながら》物には念《ねん》入たがよい。弥ゝ《いよ〳〵》後家《ごけ》ごにまがいは（十ウ）

挿絵第六図

挿絵第六図（十一オ）

ないかと云ふに。くどい男《おとこ》じや後家《こけ》か後家でないか。あたまつきでもしれる事。それよりまあそこゐいてからはうたがいのはれる事よとしとねの内《うち》にはいれば。なに丶もせよま丶よと云ふ声《こゑ》かべを通《とを》し。すのこ竹ぎし〳〵と。膳棚《ぜんだな》の重《かさね》皿《ざら》がどこともなしになるは滝《たき》。ながる丶ごとき水《みづ》の勢《せい》。いかな星野《ほしの》もせいつきはてためいき千度《ちたび》に腰《こし》をいため。二時《ふたとき》あまりに勝負《しやうぶ》をつけ。につこりとわろふ二人《たり》が目づかい。是よりふかい中となつて爰に五七日足《あし》をとめしかど。ゆかてかなはぬ武蔵野《むさしの》ゝ道《みち》。いとまごひの花向《はなむけ》とて金子五両やつて。追《おつ》付御上りを待《まつ》と云ふをわかれ。立出て行《ゆく》山もかくれ増上寺《ぞうちやうじ》に付て春海《しゆんかい》に対面《たいめん》し。かの文渡《ふみわたし》て身のうへの事頼しかは。是もたのもしく殊外《ことのほか》なる念比《ねんごろ》。屋敷方《しきがた》へ奉公《ほうこう》の口聞つくろひしかど。武士《ふし》の欠落者《かけおちもの》はあり付《つき》にとけしなく。しよせん出家《しゆつけ》すべきむね申ければ。幸《さいわい》尾州泉住寺《びしうせんぢうじ》より後住《しう》の（十一ウ）事頼来《たのみきた》りぬ。とても俗《ぞく》立まじき心ならば尾州《びしう》に上り。後住《ごぢう》を勤《つとめ》給ふまじきやと云ふに。ともかくもと請合《うけあい》。春海《しゆんかい》よりの状もらい。武蔵野《むさしの》をたち出。立帰るはまた嶋田《しまだ》。後家《ごけ》が所に付てゆる〳〵と足《あし》をやすめ。とうりうのうち子細《しさい》を咄《はなし》。此程の御情《なさけ》し丶てもわすれがたし。出家《しゆつけ》の身《み》となるうへは又あふ事もふじやう。仕合《しあはせ》よくばまた〱下り。緩《ゆる》〱御礼《れい》申さんとしんじつ成言葉《なることば》。およびともない事尾州《びしう》ゐはやらぬ。こなた一代はおれがやしのふておます。是非《ぜひ》爰に身をまかせ給へと老《おい》の眼《まなこ》に角《かど》をたてこわい顔《かほ》するがおかし。それほど身の為《ため》によい事はなけれど。年《とし》のいたとふきりやうなにあいそをつかし。云ふほどの事がいやらしく。いつそ此所へよらず木曽海道《きそかいだう》ゐゆかば。何事もあるまいとかへらぬ事をくやむは愚智《ぐち》なり。とかくぬけ出んとある夜《よ》ひそかに立出。よるひるかまはず足《あし》にまかせいそぐにほどなく。尾州庭郡錦《びしうにはこほりにしき》むら（十二オ）泉住寺《せんぢうじ》に付ぬ。春海《しゆんかい》よりの書状を渡《わたし》けるにぞ老僧《らうそう》立出。外《ほか》ならぬ方《かた》より目聞*してこされたる人。殊《ことに》*に人相《にんさう》よく後住《ごぢう》にしてもはづかしからずと中〱御気《き》に入て。昼夜学文《ちうやがくもん》おこたらず。しばらくの内《うち》に往生要集《わうじやうようしう》の眼《まなこ》をひらき。阿弥陀経《あみだきやう》のよみ声《ごゑ》そなわつて聞よく。念仏《ねんふつ》のしゆしやうさ旦那衆《たんなしゆ》迄悦《よろこび》。是なくてはといわるゝを聞て髪《かみ》をおろさせ。名を達道《たつたう》とかゑてきぬごろもゆるされ。在《ざい》〻村《むら》〻の旦那《たんな》衆へ廻《くわい》状まはし。後住振舞《ごちうぶるまい》すんで老僧《らうそう》は三里ワキ。松崎《まつざき》と云ふ所に隠居《ゐんきよ》めさるゝ。もはや身躰《しんだい》はおちつきぬ。がんは八百矢《や》は三本はなしてみねばしれぬせかいぞかし

㈣　百性《しやう》むら雀《すゞめ》

達道《たつだう》が説法弥〻《せつばういよ〱》さかんに。此比《ごろ》の談義《たんぎ》は大原問答《おふはらもんどう》。今日満座《まんざ》の共がら。大勢参詣《ぜいさんけい》してちやうもん。説法《せつはう》おわりて念仏《ねんふつ》せはしく十念さづけて下向《けかう》の道《みち》。其中に四十《よそじ》あまりの女綿帽子《わたぼうし》にて顔《かほ》かく（十二ウ）

挿絵第七図（十三オ）

し方丈《はうちやう》に入てどうじゆくを頼。和尚《おしやう》の御前に罷出さしうつむいていたりぬ。達道《たつだう》みて何方《いづかた》よりの御出ぞ。いかなる御用ばしやと尋《たつね》られ。私ははるか田舎《いなか》の者《もの》なりぬ。みつ〱頼上度《たのみあげたき》事の有。しばらくのうち御でし衆《しゆ》をのけ給はれ

挿絵第七図

と云ふに。心安《こゝろやすき》事なりと此旨《むね》申渡《わたし》ければ皆〳〵そばを立のきぬ。綿帽子《わたぼうし》とれば皆〳〵そばを立のきぬ。間《ま》おそしと達道《たつだう》がむなつくしとつて。是爰なふとゞき者《もの》。情《なさけ》ある此身を捨《すて》。何とて夜ぬけして此所へはきたられしぞ。もつ共出家《しゆつけ》めさるゝうへはふかいうらみはなけれ共いかなる事にや御身のうへをわするゝ事なし。我身《わがみ》壱つの心やすさ。嶋田《しまだ》の宿《しゆく》をしもふて方《ほう》〴〵と尋。今と云ふ今爰にてあふたる嬉しさ。見付次第かぶりつかんと三十二枚の歯《は》をこれとぎすましてきたれど。むかふしゝに矢《や》がたゝぬと云ふ。世話《せわ》はいつわりにあらず。いつそあはぬ昔《むかし》ぞなら是程にはおもふまいに。おもひもよらぬあぢをつけられ。心の駒《こま》のやる瀬《せ》なくしに物狂《ものくるひ》と分別《ふんべつ》し（十三ウ）て来りぬ。どうなり共こなたの分別次第《ふんべつしたい》と。のつびきならぬ云ゝぶん。音《おと》たかし〳〵と口《くち》に手をあて。いかにもこなたの存分《ぞんぶん》に致《いた》さん。今日《けふ》もはや暮《くれ》におよべば明昼《みやうひる》御越《こし》あるへし。いや〳〵旅《たび》とい〻。行《ゆく》べき所のなき身なればしるべとてもあらず。でしどうじゆくが手前。女方*と云ふがいやならば。年のいたを幸《さいわい》にこなたのあねにしてこよひは爰にとめ給へ。埒明《らちあか》ぬ内はいかな〳〵いごく者《もの》ではないと。云ふ顔《かほ》のすさまじさ。どうなり共仕らんとしんぼち共をよびて。是は遠州《ゑんしう》にいらるゝ身が姉《あね》じや。愚僧《ぐそう》がなつかしきとありてはる〳〵尋《たづね》のぼられたり。もはやひじぢぶんなれば何にてもしんぜと。でし共が手前をはゞかり人まゐにてのけいはく。後家《ごけ》は*馳遠《ちそう》と心得嬉しさ身にあまりたる顔《かほ》。しり目づかいの坊主《ほうず》ごかし。何なく共お食《めし》あげませふと小僧《こそう》目が膳《ぜん》のむかふにかしこまる。それ姉《あね》じや人に汁《しる》かへてしんぜと（十四オ）いへば。まあこなさんからと姉《あね》めかぬ言葉《ことば》つき。云ふたあとで我と口に手あつるおかしさ。達道《たつだう》はつとおもふ顔《かほ》。さとられじとさけ壱つのんでしまいぬ。いわいでも大事ないに。又は盃《さかづき》こちへたもといへば。ひさしうぶりでござります。あげませうとさす盃の嬉しさ。今などいただかふとはおもはなんだ。縁《ゑん》のふかい印《しるし》ぞとまたひよんな事いへ共。しんぼち共は気《き》もつかづ。それなりけりに此寺《てら》をしばらく我等《わが》物にして夢《ゆめ》むすびぬ。秋《あき》もすぎ冬《ふゆ》もなかば軒《のき》の板戸《いたと》に吹《ふき》あたる風の音《おと》。枕《まくら》おどろかせて達道《たつたう》つく〳〵おもひけるは。よしや姉分《あねぶん》にして此所におけば。旦那《だんな》衆へのいゝわけも立事也。殊に此まよひは此身になりてもやめがたし。らうそくやするも拍子《ひやうし》ぬけがしていなもの。過《すき》つる比嶋田《ころしまだ》にて*初《はじ》てあふたる情《なさけ》の海《うみ》。ふかきちぎりは中〳〵今もわすれがたし。てんほものするだけの徳《とく》なりと。四つばいにはふて行道。ふすま壱つをそろりとひらけば。後家《ごけ》もねられぬおもひづめ。行とくるとの（十四ウ）まん中《なか》。あふてだき付嬉《うれ》しさ。うらみはないと云ふ声《こゑ》かすかに聞《きこ》へてまた〳〵わかやぐ恋《こい》の渡《わた》しもり。乗《のる》に隙《ひま》なき日数《ひかず》のつもり。その月からおなかにおもひだねがやどり。月まし日ましに五月の帯《おび》。かくしてもかくされぬは此壱つにきはまりぬ。壱人《ひとり》しり二人《ふたり》きいて旦那《だんな》共が耳《みゝ》にいれば。田舎《いなか》は道《みち》なき不義《ふぎ》など殊更《ことさら》かたく。めん〳〵茶《ちや》のみ寄合《よりあい》のうへにて是沙汰《これざた》。中にもこあらき親父《おやじ》が云ふは。其女目をくゝり付《つけ》てあほうばらいにせよといふ。そふはなるまい衣《ころも》はいでおい出せと。云ふもまだるし耳鼻《みゝはな》そいで川ゐながせ。いや〳〵女めが片《かた》かうびんそり。坊主《ほうず》めがせなかにくゝりつけ門前《もんぜん》にさらせと。安《やす》からぬ談合《だんかう》ひそ〳〵云ふを我《われ》人聞《きい》て。参る者《もの》なく日ゞにさびしく。あまつさへ哥《うた》に*作《つくり》りて在《ざい》ゝの子供《こども》。門前《もんぜん》にて是をうたふ事のうたてさ。もはや寺にもすみがたく。後家《ごけ》手前へは去旦那《さるだんな》衆より*寄心《きしん》あつて。京都へ仏前《ぶつぜん》の道具買《たうぐかい》にのぼる。是みられよとにやつこらしき注文《ちうもん》とり出し。

挿絵第八図

まづ（十五オ）しんちう鶴亀《つるかめ》のらうそく立《たて》。同くわひん。壱尺四方のせいじの香炉《かうろ》。赤地《あかち》の錦《にしき》壱間四方の戸帳《とちやう》。唐草惣金《からくさそうきん》の前机《まえつくへ》。黒*繻《くろじゆす》子《す》。黄繻子《きじゆす》浅黄繻子《あさきじゆす》。椛繻《かばじゆ》子《す》の天がい。立像《りうさう》の善導法然《せんだうほうねん》。二尺八寸ためぬりの位牌《ゐはい》。朱*碗《しゆわん》廿人前《まへ》。五尺八寸の石塔《せきとう》。しかも四方面《めん》の青石《あをいし》。あらまし此通《とおり》此外大分の買物《かいもの》。寺繁昌《てらはんじやう》のためなれば明《みやう》日早《そう》天にのぼる。近《きん》日くだるべき間留主よくめされよと。くりかへして云*直旅出立《おくたびでたち》ほの〴〵明《あけ》に立出る我等寺《わがてら》。一期《ご》のみおさめとおもへば。何とやら力《ちから》なく〳〵。あじろ笠《かさ》に竹杖《たけつえ》衣《ころも》の袖《そで》しぼりあげ。あつ田の宮をよそながらおがみ。桑名《くわな》のわたしのりの楫《かぢ》。夜をこめて行《ゆく》草津《くさつ》かいづ。大津の八丁より籠《かご》にのり。三条の小橋伏見《こばしふしみ》屋と云ふはたごやに宿《やど》をもとめ。四条の川原のこらず見《けん》物《ぶつ》して。かゐり様の道《みち》なはてのゐびすやには。すだれのうちからねずみなき。何事かとよる袖《そで》のしぐれ。ぬれかゝる衣《ころも》の露《つゆ》。かりにちぎるためしは三匁 にかぎりて。我とゐんどうして座《さ》（十五ウ）

挿絵第八図（十六オ）

敷《しき》立わかれの鐘《かね》。五つかぞふるよるの道。月夜《よ》からすのうか〳〵と。ふみまよひたるあさましの世や

⑤　大黒《だいこく》の懐胎《くはいたい》

里《さと》ばなれ*深野《ふきの》山の寺《てら》ずまひ。とうじゆく二三人の中《なか》に女壱人《ひとり》は油《あぶら》に水《みつ》のまじはりいな物語《ものがたり》など耳《みゝ》をこすり。ひろいくりとやらに只壱人《たゞひとり》物ぬふ内《うち》にもかの人の事計《ばかり》。夕部《ゆふべ》を待《まち》てゆび折《おる》ははや一月にあまりぬ。殊《こと》に只ならぬ身の月かさなるに。おなか弥《いよ》ゝかさ高《たか》く寺《てら》にて子をうむためしもなし。此ごとく沙汰《さた》有ゆへ我身をたらし。懸落《かけおち》したるにまがいなし。とても爰《こゝ》にはすみがたし。おつかけ是非《ぜひ》に一ッ所とおもひ立日を吉日。身づくろいしてしのび出。しゆくはづれよりとうし籠《かご》に打《うち》のり。京五条あたりに宿《やど》をとり。毎《まい》日洛中洛外《らくちうらくぐはい》を尋。につこらしき出家《しゆつけ》さへ見れば。むかふにまはりて顔《かほ》にあなのあくほどのぞき。とがめられてもかまはぬわ*深《ふかき》心にてぞありけり。達道《たつどう》今の暮《くらし》はねずみ色《いろ》の木《も》（十六ウ）綿衣《めんごろも》。右《みぎ》に鉄鉢左《てつばちひだり》に錫杖《しやくぢやう》。観音経《くわんおんぎやう》のくんどくをじゆして。ゐのくま通り松原辺《ばらかん》*のかど〳〵をあるきぬ。後家《ごけ》も此所をとうりあはして。それとみるより其まゝとらゑて。此ていはどうした事ぞ。とてもきまゝにはさせぬ。心入をあかし給へととりつかれて。いかにもしごくせり。御覧《らん》のごとく海道《かいだう》なればくはしき事もはなされず。まづこなたへと宿《やど》につれ立帰り。夜《よ》に入国本《くにもと》のぶ首尾《しゆび》を語《かたり》とかくかへらぬ身とさだめぬ。其上明日《みやうにち》より西国順礼《さいこくしゆんれい》すべき心指《ざし》のあれば。はなして身をまゝにさせ給へ。扨懐胎《くわいたい》の事此所にてうみおとし。いかなる方《かた》ゑ成共養子《やうし》にやり給へと金子五両出しければ。子をうみさずくる事こなたの世話《わ》にもなるまい。それ程のたくはゑなど是み給へと金子廿両ばかりとり出し。いかなる事にや只かた様のそばをはなれがたき身にくつたくする也。順礼《じゆんれい》し給はゞ我も共に召つれ給へ。言葉《ことば》づくしによの事いゝ給ふなど*かきくどきぬ。是非《ぜひ》なくしからば同道《どうだう》せん乍去《さりながら》。出家《しゆつけ》たる身の女つるゝもいなものな（十七オ）ればは。髪《かみ》おしく共そりおとしあまとなつてつれ給ふか。はて身をまかするうへはこなた次第《しだい》とうなつけば。かたじけなしとにはかにかみそりとぎたて。じゆかいし名《な》を栄春《ゑいしゆん》とあらため。旅《たび》の用意《ようい》わらぢもゝひき。すげ笠《かさ》竹杖《つえ》。伏見より夜舟に乗《のり》大坂にくだり。尼崎《あまがさき》の舟に又〳〵打のり。それより有馬海道《ありまかいたう》にさしかゝりぬ。此所は*陽《ゆ》見舞《まい》の者共多《おゝ》く。殊になじを山口の紙中衆《かみなかしゆ》。爰をとうるに隙《ひま》なく行《ゆき》ちがふ人ゝ。栄春《ゑいしゆん》をみて物語《かたり》するを聞《きく》に。あれは正《まさ》しくあまとみへたが。いたづらしてやら大きなる腹《はら》なり。手をひいて行が男坊主《ぼうず》。ながいきすればあまのはらんだをみる事よとわらひ草《くさ》の種《たね》。さりとは聞づらく耳《みゝ》に紙《かみ》ねぢこんで。やう〳〵なまぜ川原といふに付ぬ。栄《ゑい》春《しゆん》しきりに腹《はら》をいためて足《あし》をひかず。もしは爰《こゝ》にて産《さん》のひぼとくかと。ゆび折てかそうれ共当月にもあらず。川の水くんで薬のませんといふに。袖《そで》つまひかへてしばらくもはなさず。兼《かね》て秋《あき》風なりしに今は（十七ウ）中〳〵身にこたへ。*すぎあらば爰《こゝ》に捨《すて》てにげんとすれど。其色《いろ》さとりけるにや。ひざを枕《まくら》にしてねむる間《ま》もなし。*達道志案《たつだうしあん》して若爰《もしこゝ》にて産《さん》などせば一ッ生《しやう》の頬《つら》よごし。しよせんなきものにし。ひそかに立のかんと胸《むね》をきわめ。ふびんやなまぜ川の岸《きし》までつれ来り。栄春《ゑいしゆん》がくひにかけたる金《かね》むたいにとり。水《みづ》のおちかたをみすまし。くもなくとつてなげこみぬ。口《くち》惜《おし》やとおもふ一念《ねん》水をぬけて岸《きし》におよぎ。くがにあがらんとせしを。あがらせては身の大じと。腰《こし》のさすがをぬいて廿四五ヶ所手おゝせ。息《いき》とゞまるを幸《さいわい》にげんとせし所を。山がつ共見付て四方《しはう》よりとりまはし。柴大《しばおゝ》こにてたゝきふせなはをかけ。大《だい》くはん所《しよ》へうつたへ。此川ばたによしなきすがた。

達道《たつだう》がかばねとびからすの
ゑぢき。またとためしなき悪《あく》人と
今の世までもはなしの種《たね》（十八オ）

新色五巻書《しんしきごくわんしよ》　対馬《つしま》の舟長《ふなおさ》情《なさけ》之《の》命《いのち》

四之巻　目《もく》録《ろく》

㊀ 朝鮮国《ちやうせんこく》は情《なさけ》の湊《みなと》

あだなしや唐人《もろこしびと》の乳房《ちぶさ》
思ひの底《そこ》たゝき人《じん》馬《ば》丹《たん》の勢《いきおひ》
形見《かたみ》におくる△紗《さ》綾《や》綸子《りんず》

㊁ 男色《なんしよく》夢中《むちう》の法躰《ほつたい》

わかしゆ壱人《ひとり》を兄弟《きやうだい》が中《なか》
うでまくり指合《さしあい》かまわぬいかり十助
きり物《もの》にうつる貞婦《ていふ》が一心《しん》（目録オ）

㊂ 夫婦《ふうふ》いさかいは密夫《まをとこ》の種《たね》

くけ帯《おび》はうたがひの中綿《なかわた》
ちぎりをかりにもどす親里《おやざと》
よくゆゑ女房をぬすまるゝ事

㊃ 不儀《ふぎ》の仕懸車《しかけぐるま》

よそのはなしが身にうつる恋
はだ刀《かたな》六寸五ぶのおもひ
ちごくの一足飛《いつそくとび》ぬすみ喰《ぐい》のあぢ

㊄ 絶躰《ぜつたい》絶命《ぜつめい》の心中《しんちう》

半四郎が芝居《しばい》は
　さしあいをまくかこつけ
しなば爰《こゝ》なり三勝がはか
非道《ひだう》はのがれぬかごのうちの命《いのち》（目録ウ）

（一）朝鮮国《ちやうせんごく》は情《なさけ》の湊《みなと》

西海《さいかい》の浪《なみ》しづかなる御代《みよ》行水《みづ》の流《ながれ》はてしなき海《うみ》づら。帆《ほ》かけてはしれば一夜《や》に百里《り》の道《みち》。ねて行は我朝《わがてう》の宝舟《たからふね》。西《さい》国《こく》三十三个国《がこく》を。まはり〳〵て行《ゆく》西のはては壱岐対馬《いきつしま》。小国なれ共人の心ゆたかに。殊に男《おとこ》たる者《もの》一言《ごん》のたがゐず。たのもしきたのも草《くさ》の若葉《わかば》枝《ゑ》茂《しげ》りあまたありぬるは。大方《おゝかた》ならぬ色所にて。男《おとこ》は十三の脇明《わきあけ》。角《すみ》きつて花の盛《さかり》をちらすはあだなりむげなり。是男色《これなんしよく》のいきぢいかな事ゆるさぬ所のならひ。若衆《わかしゆ》みぬ国とは爰《こゝ》にてぞあらん。娘《むすめ》は十二三のつめそで。かぜふかねどもそう〳〵しく。玉《たま》の盃《さかつき》そこからこましやくれ。親《おや》もゆるさぬしのびづま。我《われ》なる契《ちぎり》も物せはしく物する事のはやふさ。女道《によだう》の一もつ衆道《しゆだう》の元祖《ぐはんそ》。文珠知恵菩薩《もんじゆちゑぼさつ》も此国ゐはゆかじと身ぶるひし給ふためし。ふさんかいの辺《ほとり》*師子《しし》が谷《たに》に。身ぶるい塚《づか》とて今（一オ）に有よし。あつばれいさぎよき所のならひと。国みぬ人のうらやみぬもとより朝鮮国《ちやうせんごく》の者《もの》。此湊《みなと》に舟の碇《いかり》をおろし。唐物《とうもつ》共を日本に渡《わたし》て*売〻《ばい〳〵》繁昌《はんしやう》の日をましぬ。府中舟《ふちうふな》乗《のり》水主の中に久保山《くぼやま》十右衛門とて。年は廿五の盛《さかり》男のまへやく。きりやうすぐれたるをゐり出して所の何がし。此たぐひの役目には何も四方髪《しはうがみ》。二つ刀《かたな》をゆるされふちとる者同前なり。年に一度《ど》朝鮮《ちやうせん》国に行《ゆく》ならひありけるにや。亥《い》の年《とし》卯月の青天《せいてん》。みすまして乗出《のりいだ》す十右衛門。海上《かいしやう》はるかなる日《ひ》の本《もと》をはなれ。みぬ唐土朝鮮《もろこしちやうせん》の湊《みなと》に舟を入そめ。大方《おゝかた》ならぬ御用をとゝのゐ。近日《きんじつ》*出舟《しゆつせん》すべき日限《にちげん》きはめけるに。にわかに雨《あめ》もよふしておもはぬ日数《ひかづ》を暮《くらし》ぬ。ま事に色はあの国より。あの国のあなた迄もたのしめるものとこそしれ。此国のならひにて女たる者乳房《ものちぶさ》をかくし。みつけられなどしてはことのふはづかしかる事所のならひにてぞありけり。此国の片《かた》ゐ理府《りふ》といへる所には。下官《げくはん》の男《なん》女織物《によおりもの》して渡世《とせい》とする。中にもつまなきものゝ（一ウ）壱人《ひとり》ずみ。貞婦《ていふ》といへる女有けり。さやりんず*折手足《おつてあし》のつめ。

挿絵第一図

きるといふ事なけれどすがたは和朝《わちやう》の女にかはる事なし。機杼《た》を折てとせいとす。かゝるたぐひは男めづらしく日《につ》本人《ほんじん》におもひよる恋のかけ帯《おひ》。胸《むね》のあたりにむすぶ事なく。腰《こし》より下《しも》はやくたいもないしかけ。髪《かみ》はもきわげに油《あふら》つけず櫛《くし》のはいれず。言葉《ことば》づかい通路《つうじ》なくしては埒明《らちあか》ぬにきはまりぬ。十右衛門此女におもひよるしぐれの雨《あめ》。ふる夜《よ》さびしかりし身の爰にしばらくかりの夢《ゆめ》。つま袖《そで》ひいてもびんしやんとせず。につたりとする顔《かほ》ばせこなたは未《いまだ》つまとてもあらずやと尋《たつね》しに。物いわずしてうなづく。しからば我身のおもひをかなへて給はれといふに。五寸ほど有小指《ゆび》のつめをくはへてはづかしがるふ情。いやかといへ共物いわず。合点《がてん》かといへどさもなく。さりとはふずまりなるものぞかし。日本人の云ふ事合点《がてん》しけるにや。おかしき事をわらい。腹立《はらだつ》事はすんとした顔《かほ》。いつそかうしてみんと。つつとよつてだき付共さあらぬふ情《せい》。扨はと嬉しく乳のあ（二オ）たりへ手をやれば。忝辱《テンシヨク》《はつかしや》〱と云ふてにげまはる。十右衛門聞覚《きゝおほへ》たる事の有けるにぞ。何程にげ給へばとてもはや乳房《ちぶさ》はみたると云ふに。扨は左様か。しからばお心まかせとあをのきねてかゝるもおかし。此国のならひ。おつとなき女の乳房《ちふさ》みておもひのかなわぬといふ事なし。いつばいくは

挿絵第二図

せたと悦《よろこひ》とつておさへて物するはおてがら〱。なみのり舟《ふね》のおともよく。め浪《なみ》男浪《お》の声高《こへたか》〱と。鳴音《なくね》もよほど時《とき》あまり。もはやなりませんゆるしてとおきるに。女もつゝゐておきの石いかな事いごくものでもなし。是のんでまたと薬《くすり》やるうわ書《がき》をみるに。人馬丹《しんはたん》としるせり。毒《どく》味《み》してくるゝ事なればくるしかるまじと。はまぐり貝《かい》に壱つのみこまぬうち。性気《せいき》いよ〱さかんに。市松がいかりくびもたげ。またと云ふかけ声《こへ》二度《ど》の軍《いくさ》のはれ〱しさ。遊《ゆふ》〱くはん〱しと〱と。

くたぶるゝ事けもなし女は喜悦《きゑつ》のまゆずみ。笙篳篥《しやうひちりき》の音《ね》を出し一時《とき》ばかりの音曲《おんきよく》。十右衛門性《せい》つきはていかゞすべきと云ふに。女うなづき立のきしが。暫《しはらく》（二ウ）ありて。水壱つのみこむと其まゝ。二人《ふたり》の性水《せいすい》くだりよねんなき顔《かほ》付《つき》。和国《わこく》の床《とこ》入とは△各別《かくべつ》なりと此一つにまよひぬ。十右衛門つく〴〵おもふは我此年まで色《いろ》におぼるゝといへ共。かゝる珍敷情《めつらしきなさけ》にあふたるためしなかりき。殊《こと》に枕《まくら》かはしてよりのおもひぶり。中〱心ふかく立もどる国の事を打わすれ。△昼夜貞婦《ちうやていふ》が事のみおもふは人馬丹《じんばたん》のいとくにてぞありけり。はうばいの者共《ものども》日よりみすまし。はや出舟《しゆつせん》といふに。我壱人《ひとり》とゞまるべきといゝがたく。暫《しばらく》のいとまをもらい貞婦《ていふ》に近付《ちかつき》。明日早天《そうてん》是非《ぜひ》帰《き》朝《ちやう》致《いたす》と泪《なみだ》ぐみてかたれば。

とてもつまらぬかりのちぎり。永《なが》〳〵足《あし》をとめ給へば。我身のおもひもましてわかるゝ事のせつなさ。又〳〵明年《みやうねん》の比《ころ》は入舟《にうせん》有べしと。思ひの外なる返答《へんとう》。国のならひとてさりとは心づよい事かなと。今迄の契《ちきり》を心にかへしてあきれたる顔《かほ》。御門出《かどいで》にと銚子《てうし》盃《さかつき》。壱つのんでさしければ。せめての事よといたゞきもどす。いでお肴《さかな》とりんずさや二《ふた》まきいだし是はみづからが手はざに織衣《おるきぬ》なり。我こひしき時《とき》はよるのしと（三オ）

挿絵第一図（三ウ）

挿絵第二図（四オ）

ねとも召給へ。扨此人《じん》馬《ば》丹《たん》こそ。我朝《わかちやう》一子《し》相伝《さうでん》なれ共。情《なさけ》の嬉しきにおもひかゑまいらすぞかし。むさと人に伝《つたへ》給ふなとゆるしぬ。お情の身にあまりしを。またなき一妙《めう》の相伝《さうてん》。かれこれよぎなき御仕方《しかた》。せめて我もと懐中《くわいちう》より鬢鏡《ひんかゝみ》。是は日本の重宝《てうほう》人面《しんか》*鏡《きやう》といふもの。又是は音声《おんせい》の一曲《いつきよく》あみた仏《ぶつ》。四十八願記《ぐはんき》といへる書なり。此五段《たん》に有恋路《こいじ》の巻《まき》は。今我〳〵が身のうへに替《かはる》事なし。およばぬ事なれ共。暫《しはらく》のたのしみ物にくらべて見る時《とき》は。あしゆくぶにんは御身。ぜんじやう大子《たいし》は我にたとへは。今わかれ行日《ひ》の本《もと》。明年《めうねん》の春《はる》も過《すぎ》なば。秋は風さはがしく。浪《なみ》も荒《あら》礒《いそ》に舟心のまゝならねば。只春夏《はるなつ》とこそねがいぬ二年《ふたとせ》三年《みとせ》のうちを待《まち》給へ。あかぬはわかれかなしきは。今といふ今いとま乞のね物がたり。供立*数《す》拾人はしり来り。出舟《てふね》今にきはまりぬ。はやとく〳〵と云ふにおどろき立出る。貞婦《ていふ》も浜辺《はまへ》におくり出。やくそくの年《とし》をはすれたもふなと。なごりはつきぬ空《そら》のけしき。青天《せいてん》に帆《ほ》十分《ぶん》にあげ。わが（四ウ）日のもとにいそぐなみ。夢《ゆめ》か現《うつゝ》かまぼろしの世や

㈡　男色夢中《なんしよくむちう》の法躰《ほつたい》

おいてに舟をいそがせ対州《つしう》わが国の湊《みなと》。こひしき方《かた》は山をかさねて木《こ》がくれ。たのしみつきておもひをます。中にも妻子《さいし》ある物など。舟玉《ふなたま》明神に御酒《みき》をあげ千秋楽《せんしうらく》をうとふてめん〱に悦《よろこぶ》。十右衛門はやもめ暮《くらし》のねざめさびしく。床《とこ》の思ひはさやりんずに猶まし。人馬丹《しんばたん》も相《あい》てなければよしなし。せめて此衣《きぬ》を仕立《したて》させ。はだをはなさぬは身のたのしみと。さる手きゝを頼て此二つをぬいたて。壱人《ひとり》ねの友千鳥《ともちとり》。はだをあはせば貞婦《ていふ》にあふ夜《よ》のうつり香。ぬぎすてみれは衣《きぬ》〱のわかれかなしみあかす夜《よ》はの月。八つにちかきころおもてをしきりにたゝく。何者《もの》ぞと戸《と》をあけしに弟《おと》、分野瀬《ふんのせ》半七なり。十右衛門が前にひざまづき久〱にての御入舟《こにうせん》*。さつそくお悦《よろこび》にまいるべき所に。長崎の伯母《おば》長《ちやう》病快気《くはいき》得がたく先《せん》月相果《あいはて》申ぬ 未隙《いまだひま》なかりしかど。御のぼりと承（五オ）早速《さつそく》罷下りぬ。扨私は子細《さい》あつて只今相《あい》果《はて》候。様子《やうす》は跡《あと》にてしれ申さん。ねがわくは御かいしやくとおしはだぬぐを。△あはてゝ刀《かたな》もぎとり何共心得ぬ事。しぬるほどの事なれば定《さだ》めし根《ね》ぶかきわけあるべし。様子《やうす》によつてのぞみをかなゑん。仰のごとく二世とかはせし*情紙《せいし》の趣《おもむき》。神罰《しんばつ》おそろしければ御物語申さんよの義にあらず。御自分《しふん》の御舎兄《ごしやきやう》重介どのには。内〱私ゑの御しうしん。文の数《かす》〱取次《とりつき》は。栗塚《くりづか》七蔵殿にて段《たん》ゝ仰こさるれ共。拙者《せつしや》も若衆《わかしゆ》みがくべき所存《しよぞん》。殊に兄《あに》分の指図《さしづ》せよ。是非《せひ》もろはんとさしづめになりぬ。其方様とかうした事とは申がたく。胸《むね》壱つをきわめ未《いまだ》其子細《しさい》を申さぬ所に。只今途中《とちう》にて出あい。有無《うむ》の返事を致《いたす》べきよし。手こめにあふてとわるゝがおそろしいとて。云ふまじき事をいふ魂《たましい》もたず。つかばつけころさばころせと覚悟《かくご》きはめしを。七蔵どのゝあいさつにて其場《ば》をわかれ是までまいりぬ。外《ほか》のものと念比せば返答《へんたう》もあるへけれど重介どのにたいし御身のうへ語《かたり》がたし（五ウ）余人《よしん》の御兄弟《きやうだい》とかわり。御舎兄《しやきやう》のたんりよさいつかう無分別《むふんへつ》に渡《わた》り給へば。中〱聞わけ給ふ心底《しんてい》にもあらず。しよせん我身《わかみ》一つをなくすれば。御兄弟《きやうだい》の中よく。世ゝのすへまで御身のうへ。目出度ようにと右之仕合《しあはせ》。此外《ほか》申*直《おく》事なし是迄と云ふをおしとめ。もつ共なれ共。是ていに命《いのち》を捨《すつる》所にあらず暫《しばらく》と云ふ。重助七蔵立聞《たちぎゝ》してかけこみ。あいさつにおよばず半七をとつておさへ。若衆《わかしゆ》たるもの、一言《ごん》もあるへきに。無分別《むふんへつ》もの、たんき者《もの》とは何をもつて申。其上十右衛門と念比《ねんごろ》する様子《やうす》さき立てきかば。*志案《しあん》も有べき所におもはぬ恥辱《ちちよく》を取事。おのれが心よりなす事なり。一国衆道《いつこくしゆとう》のみせしめに打てすてんとするを。十右衛門立より。御腹立《ふくりう》の段《だん》尤《もつとも》なり。未《いまた》しやくはい者《もの》の事只御ゆるしとゞむる。七蔵は日比《ひごろ》十右衛門に遺趣《いしゆ》ふかく。此場《ば》を幸《さいわい》討《うつ》てのかんとする眼遣《まなこづかい》久保《くほ》山目はやきおのこ。あしくよらばもろずねながんと。しのびの柄《つか》に手をかくる。重介み付おとゝのぶんにて。兄《あに》に手むかふくせ者のがすなと。つばなの（六オ）ごとくぬきけるを。是重介殿まつたく御自分《じふん》に手むかいは仕らぬ。△七蔵めにいしゆあつての事。△かまへてりやうじあそばすなと。親兄《しんきやう》の礼《れい》おもんずるはたのもしき心にてぞありけり。もとより自在《わがまゝ》なる重助理非《りひ》なく討《うつ》てかゝる。是までとぬく太刀《たち》風の音《おと》。吹《ふく》とひとしくさやのきりもの。重介七蔵がうしろに立。両人が五躰《ごたい》をからめてはたらかせず。ゆるせと云ふ声《こゑ》かすかにふしぎをなす所に。また〱りんずのきりもの。半七がかうべをおさへ花のひとしき前髪《まへがみ》。あはれを外《ほか》にそりおとし。目前坊主《もくぜんぼうず》にして二つのきり物。もとのごとく衣桁《いかう》にかゝりぬ。十右衛門は半七がむげなる*姿《すかた》。みるめもなか〱あはれに。いかなる者《もの》のかくはせしと鏡《かゞみ》とり出してみせければ。半七おどろき物いわずあきれはてたるばかり。重助いきつぎおきあがり。五躰《ごたい》をふつてうなつき。とかく道なき事には*天情《てんせい》の罰《ばち》まの前《まへ》をさらず。まして半七がきやうときかたちをみては。いよ〱とくしんするなり。七蔵が遺趣《いしゆ》も此ふしぎをみて。重《かさね》てうらみを（六ウ）のこすまじ。さりとは十右衛門手前《てまへ》のはづかしさ。永居《ながい》はおそれさらば〱と帰りけるにぞ。おもて迄おくり出。立かゑりてまたみるめかなしきは半七がすがたなりけり。只きつねたぬきのわざにてあらんと。角《すみ》〱をさがし衣桁《いかう》にかけ直《おく》き

り物をみるに。うはがゐとみへしに文字《もじ》すはれり。今までなかりしに不思儀《ふしぎ》をなして是《これ》をよむに

貞婦魂未籠契男色戯兄第《ていふかたましゐいまたちきりをこむなんしよくのたはむれにけいていの》**
為レ失レ命故予今取二髪盛一《いのちをうしなはんとすかるかゆへにわれいまはつせいおとる》

扨は貞婦《ていぶ》が一心きりものにうつり。かゝる難《なん》義をたすけるやと。嬉しきにも泪《なみだ》。またあはれなる前髪《まへかみ》みるに無常《むじやう》のおこりて。ためしなき小袖《こそで》をよくしたゝめ半七にあかぬわかれ。もろ共にと云ふ片袖《かたそで》をきつて。またあふまでの形見《かたみ》是非《ぜひ》なくわかるゝは難波津《なにわづ》の舟。のりの道にもおもむきやせんと立わかれ行恋《ゆくこい》はものうし

㈡ 夫婦《ふうふ》いさかひは密夫《まおとこ》の種《たね》（七オ）

挿絵第三図（七ウ）

挿絵第四図（八オ）

恋は情《なさけ》の友《とも》しぐれ。ぬれかゝる浮世《うきよ》に。ためしなきふしぎを幾度《いくたび》かさねて。よき事あしき事の浮《うき》め。みる事聞《きく》事を此海《うみ》づらに長崎《なかさき》の入江《いりゑ》。足とめずして下の関《せき》の湊《みなと》に舟をつかせ。稲荷《いなり》町まるやがかうしによし崎《ざき》と云ふは。年《とし》に一度《ど》上《のぼ》り下《くだ》りのかりの契《ちぎり》。はやいおのぼりおそいお下《くだ》り。難波《なには》の女郎衆が手入したやら。男《おとこ》ぶりがようなつてくだらんしたのかけ声《こゑ》。聞《きく》もいや〱よらぬがましと。長門《ながと》かたへ入筆《ふで》にして心得給わり候へ。もはや其町より吹《ふく》たよりなど安芸《あき》風。つらい瀬戸《せと》を打《うち》こすは。またの兼《かね》事を待備後《まつびんご》。とも*立共《たちども》にさそはれて備中《ひつちう》の宮内《みやち》。詠《ながめ》やる舟のいきかたは備前《びぜん》のうしまど。のぞくにかいなく播州《はんしう》しかま津《づ》の湊《みなと》。こよひこゝに*須摩明石《すまあかし》。一の谷《たに》てつかいが峰《みね》けうとく。兵庫《ひやうご》のみさき打越《うちこす》は尼崎《あまかさき》。大物《だいもつ》の浦《うら》心しづかに入舟《いりふね》の足《あし》。下《しも》ばくらうといへるに錨《いかり》をおろし。十右衛門は常宿《ぢやうやと》対馬《つしま》やかたへ

いそぐ道筋《みちすじ》。江戸廻舟《くわいせん》のかこ。五郎兵衛とは心安《こゝろやすく》*く語《かたり》けるにで*。わざ〳〵立より門口《かどぐち》より何茂《いづれも》ま（八ウ）めなかといふに。思ひの外《ほか》人声《ごへ》*してぶてたゝけとひしめく。何事ぞとみれば。五郎兵衛女房《ばう》をとらゑさん〳〵ちやうちやくするを。近所《きんじよ》の者《もの》より合引《ひき》とむる。みすてゝもゆかれず大勢《せい》の中ゑ入て両方ゑ引わけ。何ゆへかくせつかんのめさるゝ。五郎兵衛鼻息《はないき》あらく色《いろ》をざめ。されば其事様子《やうす》をかたれば私《わたくし》の身のはぢなれ共。理非《りひ》をいわねばきこへぬ。にくやそれなる女目いたづらかわいて不義をいたした。男《おとこ》たるものゝかゝる大じお*云ふには。慥《たし》かなる証拠《しやうこ》なくては申さぬ事。詮《せん》義をいたせば私《わたくし》の皃《かほ》をよごし。殊に大勢《ぜい》の人じにを難義《なんぎ》に存ひそかに隙《ひま》を出さんとする所に。さる人の云ふは隙《ひま》出すを幸《さいわい》まつ男《おとこ》の有と此耳《みゝ》に入ぬ。爰《こゝ》は男のいぢ。いかな事隙《ひま》はやらじと覚《かく》悟《ご》きはめし所に。今きやつがはり箱《はこ》をみるに。男《おとこ》のすべき帯《おひ》一筋《すじ》しかも流紋《りうもん》の渡《わたり》。中は打《うち》ぬきの真綿《まわた》。くけ糸《いと》はしかもきぬ糸《いと》。定めし密男《まおとこ》にしてやるにてぞ有べき。心得ぬ事と段《だん》〳〵詮義《せんぎ》すれば。去方《さるかた》よりたのまれたいふてものを（九オ）いわず。さきをいわぬからは不義にきはまりぬ。打ころしてはらいんと只今の仕合《しあはせ》。おの〳〵我とても壱年の日数《ひかず》。四月五月《よつきいつつき》ならでは大坂に足《あし》おとめず。半年《はんねん》の余海《よかい》

挿絵第三図

挿絵第四図

上《しやう》にて渡世《とせい》をくらせば。内《うち》の事とては是程もしらぬぞかし。我《わ》等《が》ふちして一生《しやう》やしない人にむまい事させて嬉しかろふか。隙《ひま》も出さず内にもおかぬは。ころすより外なしと腹立《はらたつ》るはことはり。十右衛門聞届《きゝとけ》一通《とをり》はきこへたり。然共女の手わざ人たのみなば帯着物《おびきりもの》など仕立《したて》やるまじき物にあらず。其ぬしかくさるゝによつてまづあやまり。ぬしをあかし五郎兵衛にはらいさせるが女房のやく。はやく／＼いわれよと云ふに。まつたく不儀《ふぎ》の覚《おほへ》なし。其帯《おび》はさる女の方《かた》より殿《との》立へおもひよる恋のかけ帯《おび》。むすびめといてかたる事ならぬはいわいでもしれた事也とかく私《わたくし》さへ正直《しやうちき》なればいゝわけいたすにおよばず。ころし度《たく》ばころし追出《おいだ》し度《たく》ば心のまゝ。其せつかんがこわいとて人の大事をかたろふか。それとてもこちの人が。聞《きい》た事は聞捨《きゝずて》見た事は座《ざ》ぎり。人事いわぬ（九ウ）

挿絵第五図（十オ）

人なれば。二世と頼《たのみ》しちかいの為《ため》かくすはづはなけれど。是爰《こゝ》がすぎれば。男《おとこ》は人がゆるしませぬと口もとおしゆるはおかし。皆／＼分別顔《ふんべつがほ》して。いづれ男《おとこ》の心によつてかくすべき事もあるべし。なれ共男《おとこ》たる者《もの》の不義とみて詮義《せんぎ》

挿絵第五図

すれば。今など了簡《りやうけん》はなるまい。立腹《たつはら》のいるまで先《まづ》内義は。暫《しばらく》のうち親里《おやざと》へもどり給へ。五七日も過《すぎ》なば機嫌《きげん》のうかゞいよびもどすべし。然者《しかれば》五郎兵衛が望《のぞみ》のごとく。さりもせず内《うち》にもおかぬ道理《たうり》。何茂《いつれも》悦《よろこび》是分別《ふんべつ》の底《そこ》たゝきと是になつて内義《ないき》は親里《おやさと》へ残《のこ》る者《もの》は十右衛門と五郎兵衛二人《ふたり》。顔《かほ》つきあはして相談《さうたん》する所へ。廻舟《くはいせん》かこ中間《なかま》の舟《ふね》今出《で》塩《しほ》。帆《ほ》あげてまつていると五郎兵衛方《かた》へ人ばし。夫婦《ふうふ》いさかひするも口過《くちすき》してのうへ。△喰種《くふたね》なくては諠譁《けんくは》する勢《せひ》もあるまひと。着替櫃《きがへひつ》かたけ。出ごとは出てもあとに留主《るす》なく永《なが》の海上《かいしやう》の内《うち》。おもてやに錠《ちやう》おろし近所《きんじよ》たのむもいな物。かくあればとて女房《にうばう》にもどれとはいわれず。いかゞと*志案《しあん》して十右衛門（十ウ）居《い》るを幸《さいわい》。近比《ちかころ》無心《むしん》なれ共只今出舟《でふね》にのりかゝりぬ。留主なきに胸《むね》をつく日《ひ》比《ごろ》のこんせつは爰《こゝ》。御とうりうの内私《うち》の留主を頼たいと云ふに。はて乗《のり》かゝつた舟とは是にてあるべし。心安《やす》かれ留主しておませんといふに。先以《まつもつて》かたじけない。此上ながら女《おんな》めが事弥ゝ《いよ〳〵》頼奉る。不義とみたに*はちがいあるまい。兼《かね》〴〵心を付様子《やうす》をみとゞけ給はれ。御自分《ごじぶん》の心底右《しんていみぎ》より頼《たの》もしければ加様《かやう》なる事を申*直《おく》。△万端《ばんたん》よろしくはからい給はれ追付《おつつけ》上り御目にかゝらん。さらば〳〵と立出る舟乗《のり》出したる留主の跡《あと》。浮名《うきな》は是よりた

つた今〳〵

㊃　不儀《ふぎ》の仕懸車《しかけくるま》

罪《つみ》なくして思ひもよらぬ親里《おやざと》へもどり肩身《かたみ》すぼみて綿糸《わたいと》又はならそ。賃嶋織《ちんしまおり》てよそめふらず。母親《はゝおや》はこわい顔《かほ》してせり〳〵いわぬはたぬきふすべるにひとし。きけば男《おとこ》五郎兵衛は。其夜《よ》廻舟《くはいせん》*にのり給ふよし。るすなく十右衛門殿の我身になり替《かはり》ての世話《わ》。さこそき（十一オ）のどくに有べし。根《ね》からさられた身なら是程《これほど》にはおもふまひに。我《わが》世躰《たい》を人にさせて。みる事聞《きく》事ろくな事云ふ者《もの》なく。聞《きゝ》づらくまたはづかしく。胸《むね》のほむらは日《ひ》に三度《ど》。けぶりくらべん浅《あさ》間《ま》山浅《あさ》ましの身のはて。茶《ちや》なりとたいてしんぜんとある夜ひそかに五郎兵衛かたへ来《きた》り。*十右衛門にあふて此比《ごろ》の一礼《れい》。留主までお世話《わ》になさるゝは。嬉《うれ》しいやら口《くち》おしゐやら。爰《こゝ》がくら〳〵もへますと白《しろき》き胸《むね》つきだしてみせるはこのもし。大方《おゝかた》御すいりやうあるべし。こちの人がもどられ次第詫言《わびこと》して。はやう入て下されと云ふはしおらしき心ぞかし。心やすかれすてはおかじと茶釜《ちやかま》の下《した》へ焼付《たきつけ》。茶《ちや》一つまいれと指出《さしいだ》すもおかし。寺《てら》から里《さと》のお心遣《こゝろつかい》私《わたくし》のくむはづなり。是のかしやんせとつきたおし勝手《かつて》しつた顔《かほ》。ほうろくかけてまめ茶《ちや》のしかけ。米《こめ》いる手もとはしかふ茶《ちや》くみ〳〵はなすは。くもりなくして此ごとく人の口《くち》にかゝらば。いつそいたづらしたがましじやものと。につこりとゑめる顔《かほ》。しりめつかふ（十一ウ）

挿絵第六図（十二オ）

てまたすんとした所は貞婦《ていふ》に其まゝ。十右衛門も乱髪《みたれかみ》のもだ〳〵と。かゝるたのしみなど朝鮮国《ちやうせんごく》の情《なさけ》を爰《こゝ》にうつしてみるにひとしく。わけもない所へ来りて。何心なき男《おとこ》の魂《たましい》をぬかし。煩悩《ぼんのう》の綱《つな》きれやすく心の駒《こま》をとゞむるとはいへど。中〳〵胸《むね》の内《うち》こんらんして。道なきおもひによりそめさもなき心をうたがわれ我《われ》と我等《わが》身をせめ給ふぞ。五郎兵衛がすいりやうにたがはず。外《ほか》におもひよる片づまのあるやと云ふに。まつたくそうした事にあらず。最前《さいぜん》の帯《おび》は去《さる》人大じにかけてとつておいたるふり袖《そで》。女壱人つかわせてふちすればおか様同前《どうぜん》。さるきりやうよしのむすこ今年《ことし》廿《はたち》の情《なさけ》しり。新町の女郎さへ文の数《ず》*〳〵密夫《まぶ》じかけ。よる昼《ひる》なしにすゐるぜん。はしいらずに喰《くひ》給ふはむまれつきよきゆゑぞかし。この人にたのまれ此鼻《はな》があいさつにてむまひ事は幾度《いくたび》か。しても〳〵あぬ*ものにや。此女の方《かた》より帯着《おびきり》物づきん追討《おいうつ》ての恋。人めおもひてぬふ事は私《わたくし》がうけとり。此事ゆゑにせ話《わ》をやき。あまつさへよその恋を此身にうけて△よしな（十二ウ）き浮名《うきな》をながすぞかし。色《いろ》こそかわれ是《これ》も密夫《まおとこ》なれ共。かくすが秘密《ひみつ》しらぬが仏。むまひ物《もの》はよひにくい。したい事はしてのけたがめん〳〵の徳《とく》。今わしなどにほれたと云ふ人あらば。てんぼかわいがる気《き》ざし。そうした事せぬ身をいわるゝもしていわるゝも同《おな》じ事。そふじやないかと云ふはくせもの。さてはよその恋取持《こいとりもち》ての事か。それは其人の物語《ものがたり》。おれは此人にほれたとたきつく。わけもないはなさんせ。今のように云ふたをさいわい。まあなりま

挿絵第六図

すまいあべかこと。目おしゆる手をじつとにぎり。うそにこれがいわるゝものか。こなたゆゑなら二つなき命《いのち》。何《なに》かおしかるべきとしめつくれば。それがまあしんしつなら。こなさんの心《こゝろ》次第《したい》いやとはいわじとしめかへす手のわぢ〳〵と。ふるひ声《こゑ》してさあはやうと云ふに帯《おび》ときすて。物になれたる十右衛門ねたばあはしてかゝるにぞ。女房《にようばう》は大手をひろげ松虫《まつむし》のかけ声《こゑ》。一大刀《ひとたち》うらめば身《み》ぶるひし。なふ此刀《かたな》のきれあぢのよさ。とゞめをはやう一おもひにさして給われと。はが（十三オ）いじめにしめ付て。いつそころしやどうもならぬとひしめく。大じの色《いろ》さとられてはいかゞなり今暫《いましばらく》といふを引《ひき》はなし身《み》づくろいして。また重《かさね》ておめにかゝるため今宵《こよひ》ははやく帰り給へ。おもひもよらぬ御情《なさけ》しゝてもわするゝ事なし。二三日之内半四郎がしばゐゑ三勝《さんかつ》が心中見物《しんちうけんぶつ》にまいる。御越《こし》あらばそんじよそこにて出《で》あい申さんと。かた〳〵やくそくして十右衛門はおもてゑ出る。女房引《にようばうひき》とめ是爰《これこゝ》なお人。留主《るす》あつかつていぬるとは。どこゑと云ふに心付是は私《わたくし》のぶ調法《ちやうはう》。こなたにこそはや御帰りと云ふに。成程《なるほど》かへりますがさぞひとりねはおさびしからん。殊《こと》に今宵《こよひ》の夜《よ》さむさいつそだかれて明《あす》いなんといふ。いや〳〵人にみとがめられてはせんなしとく〳〵とすゝめられ。しからば帰ります風《かせ》ひかぬようにと小《こ》心付《こゝろつけ》ておもてへ出。四五間口行《けんくちゆく》とみへしが。母親《はゝおや》おそきをあんじ尋に出て爰にてあい。挑灯《ちやうちん》のひかりに娘《むすめ》が顔《かほ》を詠《ながめ》。念仏《ねんぶつ》の片《かた》手にいけんさま〴〵。聞《きゝ》とむない顔《かほ》してつれ立帰《かへ》（十三ウ）る。ゆるぐくいは一度はぬけると世話《せわ》にはづるゝ事なし。密夫《まおとこ》はたゞ女よりのしかけ車《くるま》。それがかうじて〳〵はぢをさら〳〵す

㊄ 絶躰絶命《せつたいせつめい》の心中《しんちう》

天王寺参りにかこつけ。となりのおよしといへる娘《むすめ》をさそひ。茶小紋《ちやごもん》の袷《あはせ》浅黄《あさき》縮緬《ちりめん》のかゝゑ帯《おび》。しやんときる加賀

笠《かさ》さそふ水あらばと云ふ顔《かほ》其まゝ。二人《ふたり》づれのさし合くらず。半四郎が芝居迄息《いき》をはかりにいそぐ足《あし》もと。爰《こゝ》かしことみるめはなさぬはかの人をまつふり。茶やにこしかけて待間《まつま》なく。十右衛門も目はなさず互《たかい》にそれとうなづきあい。あとになりさきになつて木戸《きど》をとうり。中場《なかば》よき所に三人せゝくりあい。続狂言《つゞききやうげん》みる内懐《うちふところ》に手を入。かのあたりをさぐつたりつめつたり。何をするやらわけもなふ。切狂言《きりきやうけん》の心中。手本にもなるべきやと物いわずしてみるもおかし。きやうげんの仕舞大鼓《しまいだいこ》。くんじゆにまぎれわざとおよしをまき仕懸《しかけ》。千日寺の水茶やに身を（十四オ）

挿絵第七図（十四ウ）

挿絵第八図（十五オ）

かくしぬ。まかれて娘《むすめ》おろ〳〵泪《なみた》。かのいたづら者《もの》をこゝかしこと尋《たつね》。天王寺《てんわうじ》安《やす》井《い》しやうまんの△辺《ほとり》迄来り。北南《きたみなみ》を詠《ながめ》てうろ〳〵するはさりとは*止笑《せうし》なる事。時《とき》は七つのころにてぞあるべし。娘《むすめ》の親《おや》おそきを待兼《まちかね》。くつきやうのあら男《おとこ》五七人。手分《てはけ》して尋まはりしやうまんにて見付。皆〳〵悦《よろこび》つれ立帰り。清水《きよみづ》の茶やに十右衛門と女房《にうばう》。高《たか》わらひして茶のみ物語《ものかたり》。盃《さかつき》ちやうしとりみだしたる座《ざ》敷《しき》。およしをつれ帰る男《おとこ》の中に。武兵衛

挿絵第七図

挿絵第八図

といふめはやき男《おとこ》に見付られ。両人の者《もの》色《いろ》をうしないおくの座《ざ》敷《しき》へかくれぬ。扨こそきやつらは密夫《まおとこ》しけるにきはまりぬ此子を恋《こい》のかこつけ草《ぐさ》。さりとはふとき女の有事よと物語《ものかたり》して帰りぬ。女房《にうばう》ため息《いき》千度《ちたび》。もはやさとられたると心得《こゝろゑ》。面白《おもしろき》事は外《ほか》になつて暮方《くれかた》を待兼《まちかね》。其所を立出道《みち》すがら十右衛門に物語《ものかたり》するは。人間《にんけん》わずか五十年。長命《ながいき》するほどよしあしをみるぞかし。今《け》日《ふ》三勝《かつ》がいさぎよい心中をみては。あれこそま事のさいご。か丶る悪性《あくしやう》する身は天道《てんたう》の利《り》を（十五ウ）そむくなれば。おそかれとかれ此事あらはれ。よしなき骸《かはね》をさらすにはきわまりぬ。今をかぎりに此恋《こい》やめなば。浪《なみ》風《かぜ》しづかなるべけれど。いかな事ぬすみ喰《ぐひ》のあぢよくおもひ切《きる》事はなるまい。一度《たび》あふたも千《ち》度《たび》あふたも同《おな》じ事なれば。いつそ三勝《かつ》が石塔《せきたう》の前《まへ》にていさぎよきくしなんとは思召さぬか。しぬる事なれば是《ぜ》非《ひ》にとは申されずと。いやといわれぬ一言《ごん》に十右衛門とうわくし。女さゐしなんと云ふにいやとはいわれず。心まかせと千日寺迄来り。火《ひ》屋のうしろにまはりすでにかふよとみゑしを十右衛門おしとめ。よく〳〵分別《ふんべつ》して。いや〳〵死《し》はやすくして生《しやう》はうけがたし。未《いまだ》世《せ》上《じやう》に沙《さ》汰《た》なき内《うち》。今爰《こゝ》にてしなばいよ〳〵不義にきはまりぬ。一先《まづ》帰り近所《きんしよ》のうはさ聞《きゝ》つくろい。もし指詰《さしづめ》になり是非《ぜひ》しないでかなはずば。いつとても同《おな》じ枕《まくら》おなじ道《みち》にと心得給へ。御身《み》の為《ため》あしかれとはおもはぬ間。先《まつ》帰り給へとすゝむるに。はてどうなり共と打《うち》うなづき。太左衛門橋《ばし》より籠《かご》にのり下《しも》ばくらうに帰りて。十右衛門は錠《ちやう》（十六オ）こじあけひそかに女房《にうはう》をうちへいれ。親元《おやもと》へかゑる手立《てだて》のうそ。鼻《はな》付あはして*志案《しあん》する中場《なかば》へ。母親指《はゝおやさし》足《あし》をしておもてに立聞《ぎゝ》。不義の様子《やうす》を不残聞《のこらすきゝ》とゞけ。女の鼻《はな》のさき分別《ふんべつ》もあるべきに。あとさきかまはぬは女の知恵《ちゑ》。五人組年寄《ぐみとしより》へうつたへうらおもてよりとりまはし。わるゝ計戸《ばかりと》をたゝき十右衛門お吉とよびけるに。はつとうろたへとぼし火打《ひうち》けし。うらへにげんとするに家主《いへぬし》あい借《かし》屋棒《ぼう》つきならべ並居《なみい》る。是迄と十右衛門女房に申けるは。とかくしぬる身にてこそあるべし。今こそ覚悟《かくご》せられよとさゝやく声《こゑ》。もとより望我命《のぞむわかいのち》しぬべき所にてしなさればいきまさるはぢ。さあいさぎよく互《たがい》に最後《さいご》をいそがん。未来《みらい》は一*蓮宅性《れんたくしやう》南無阿弥陀仏《なむあみだぶつ》と。十右衛門が手に掛心元《かけこゝろもと》を指《さし》とをし。女の死骸《しがい》に馬のりして兼平《かねひら》がまねして果《はて》けるにぞ。町人共きもをけし戸討《とうち》わりて内《うち》に入。所の何がしゑうつたへ。因果《ゐんぐわ》とはちの二つをどうとん堀《ほり》にさらしぬ。男女《なんによ》たしなむべきは此道《みち》也何も是をかたくいむべし〳〵（十六ウ）

新色五巻書　武蔵野まぼろしの邪婬

五之巻　目録

一　土産におふくの掛物
　　大鼓の又三郎は狂言役者の目聞
　　ねむりをさます姫松屋が幽霊
　　出来心ぬす人の丸はだか

二　娘の壱人寝は病の種
　　下総の国うろこがたやの繁昌
　　かぶき芝居は病のぬけがら
　　こしもとの沢はおかだに其まゝ（目録オ）

三　祈禱にうつる恋の帯
　　おもひのかこつけ当座のうらなひ

四　相孕は胸算用の外
　　法力と邪婬の破功徳寺が剣
　　煩悩うつるふすまのかげ

五　松の木末に邪婬の罪
　　いやといわれぬ生子の知恵
　　松の落葉とまぼろしの命は
　　品川の流に行おちかた（目録ウ）

一　土産《みやけ》におふくの掛物《かけもの》

六月七日より十八日までは京四条川原《かはら》の涼見《すゞみ》。男女《なんによ》の遊会《ゆふくはい》此所にきはめて。毎年《まいねん》心〳〵のせんだく高瀬《たかせ》川の流《ながれ》。舟《ふね》のいきかたは難波《なには》の浜《はま》にうつして。座摩稲荷天満住吉《ざまいなりてんますみよし》の御祓《はらい》にかこつけるは傾国《けいこく》。茶屋《ちや》風呂《ふろ》屋の物日《ものび》せはしく。かぶき芝居《しばい》のまくは木戸《ど》のそともにはり出し。狂言役者《きやうげんやくしや》の評判《ひやうばん》たしかに覚《おほへ》て十日以前にくだりぬ。いかな事此広《ひろ》き武蔵野《むさしの》にためしなき風景《ふうけい》。何とぞ御のぼりとすゝむる功徳寺《くとくじ》と云ふは。日蓮宗《にちれんしう》しかも勝劣《しやうれつ》にてかたき事石《いし》のことく。迹《しやく》門《もん》は山のはに入月にたとへ。余宗《よしう》は雨夜《あまよ》の星《ほし》のごとしと我寺《わかてら》の仏《ほとけ》とうとく。勝手《かつて》づくばかりないしやうもそれにひとしく。手前《てまへ》よく福僧《ふくそう》と其ほまれをとり給ふ。かの星《ほし》にたとゑる余宗《よしう》のうち。弘法大師《かうばうだいし》のすける衆道《しゆだう》是に受法《じゆはう》し。野郎影子《やらうかげこ》の口《くち》聞ほど（一オ）の者は一遍《へん》上人。其ならひなればこそゆるしもすれ。呉服《ごふく》屋の又三郎が京のぼりの咄《はなし》を聞て。横《よこ》手隙《ひま》なくう

挿絵第一図

挿絵第二図

つゝ顔《がほ》。して〳〵中村七三郎は何と。されば京中のほめ物誰《たれ》ありてそしる人なく。殊《こと》に二月よりの替《かはり》狂言《きやうげん》。けいせい浅間《あさまか》嶽《たけ》と云ふは。当地にてまたしてもした名《な》古《こ》や山三。ざうりでぶつは座本山下半左衛門。けいせい買《かい》のせりふ。茶椀《ちやわん》のわれひろふて。壱人《ひとり》して討《うつ》*は碁盤嶋《ごばんしま》の羽織《はおり》。百廿日のあたりは近年《きんねん》めづらしいと都《みやこ》人もなづきをさげぬ。同江戸役者《やくしや》さるわか三左衛門は。大坂荒木《あらき》与次兵衛座に済《すみ》ぬ。顔《かほ》見世の評判《ひやうばん》を聞《きく》に尤《もつとも》諸芸《しよげい》は功《こう》者《しや》なれ共。せりふせはしくあやのきれぬに見物《けんぶつ》思ひつかぬは不仕合。私の見た内にあたりといふ事壱つもなし。拍子《ひやうし》事は上手にきはまつてほむる人お丶かりき。扨お前のお買《かい》なされた。岡田《おかた》佐野ゝ介がおふくのきやう言《けん》をみました。天と其顔《かほ》おめにかけたらきやうもあすもさめませう。みやげに其姿《すがた》を絵《ゑ》にか丶せてまいつた。御見物《けんぶつ》あれと指《さし》あぐる是はかた(ニウ)しけない。是をみてまた〳〵おもひをかさねよと云ふ事か。先《まつ》其絵《ゑ》こそ見まほしと床《とこ》に掛直《かけおき》*つく〳〵詠《ながめ》手を討《うつ》て是はどうした狂言《きやうげん》ぞ。とてもの事に語《かたり》給へ。此咄《はなし》は秋《あき》の夜長《よなが》の物語《がたり》。只今はごゆるされとしりごみするはもつ共。此あいてはと尋ぬるにそれは嵐三右衛門。きやつがしこなす狂言親《きやうけんおや》にまさりて面白《おもしろく》。先若手《わかて》の内の名人其子細《しさい》は。此狂言を山下座にとつて。嵐が替《かはり》を七三郎がしたれど中〱つゞくものではない。おふくのかわりを吉沢《よしざは》あやめ。是も岡田《おかた》ほどおもひ入なし。上手をみてはかぎりなし。下手《へた》をみて物にはくらぶるが。よい。難波《なには》にてはやるべきは市川団《だん》十郎なり。京都《と》にては物あらき諸芸《しよげい》などはやらぬ所にきはまりぬ。されば都《みやこ》人は色《いろ》に色を重《かさね》て。好色《かうしよく》をもつばら殊に大内《た△いり》女郎衆《ちようのうしゆ》*など色めづらしく。情《なさけ》の手本恋の手《て》習《ならひ》狂言《きやうげん》をみておもひの淵《ふち》。しづまりかゑつてみるは女中《ちよちう》あまた有ゆへなり。さればこそ三番続《はんつゝき》の上は是非《ぜひ》ぬれ事をべん〱と。足引《あしびき》の山下坂田大和屋などか。手をつくす恋狂言（二オ）

挿絵第一図（二ウ）

挿絵第二図（三オ）

わずか十三里の道《みち》。一夜に心やすく行難波《なには》人の心は。男女《なんによ》共にしやんとしてびたつく事をきらひぬ。続《つゝき》の内《うち》ふづまりなれば中場《なかば》立てすゑをみぬ。心のみぢかき所のならひ。あらき事は坂田《さかた》の金平《きんひら》に虎《とら》を引さかせ。あさひなはんくわいに*蔵《さう》のくびをぬかせ。大友《とも》の真鳥藤原《まとりふぢわら》のすみともなどが。犬猫《いぬねこ》をにらみころす勢《いきおひ》。また藤原《ふぢわら》のちかた武烈天皇《ふれつてんわう》はらみ女をさかすなど。景清《かげきよ》か籠《ろう》やぶる手もとはしかふ。するがのおくの竹嶋《たけしま》幸左衛門は万《よろつ》いみじく。村山平十郎は一通《とお》りの役者《やくしや》。片岡仁左衛門は今年《ことし》よりの座本。宮崎《みやざき》市川などのぼしてみば。一つは武蔵野《むさしの》ゝ立物《たてもの》。難波《なには》人にみせてなづませたしと手拍子《てひやうし》討《うつ》て語《かたり》ぬ。功徳寺《くとくし》此咄《はなし》を現《うつゝ》に聞なし。我手枕《てまくら》のいつとなくよねんなくねむりけるにぞ。又三郎おどろき。人に物語《ものがたり》させてねむるはちかごろ心にくい仕《し》かた。何とぞ夢《ゆめ》おどろかせんとしあんのまゆをひそめ。衣桁《いかう》に掛《かけ》たる白小袖《しろこそで》。髪《かみ》といてひたいにすんぼし。聖霊《しやうれい》まつりにとりのこしたる*浅《あさ》がら。是くつきやうの杖《つえ》。ゑんのとそろりとさしあし。座敷《ざしき》の内は（三ウ）くらきよりくらきにまよふ枕《まくら》もと。あらゑんぶこひしやなつかしの御僧や。我は是過《すき》つる菊《きく》月に世をとりうしないし。大吉屋の松《まつ》右衛門が霊魂《れいこん》。御身にあふて指引《さしひき》のわずかのこりし金《かね》のせい。其もうしうにひかれ未《いまだ》三つ瀬《せ》川の辺《ほとり》にまよひぬ。ま事に世にありし時は岡田西川《おかたにしかわ》。水木谷嶋荻野山下松本《みつきたにじまおぎのやましたまつもと》。此君《きみ》立*

の恋《こい》の中《なか》やど。御身様のまゝにさせて。節季《せつき》〳〵の内《うち》あげ。ついに是ですむと云ふ事かまはぬは。功徳寺《くとくじ》の衣《ころも》にはぢて打すぎぬ。我相果《あいはて》て今松の介が世盛《よさかり》。かわらず御越《こし》の由《よし》此若立の情《なさけ》の露《つゆ》。掛《かけ》ておくあげせんうつら〳〵とあふ夜《よ》の数《かず》。つもらぬさきに帳をけし。また〳〵恋《こい》のかゝり染《そめ》いやとはいわぬかり枕《まくら》。契《ちぎり》くちぬは金《かね》の情《せい》。今山吹色《ぶきいろ》の二朱《しゆ》壱歩《ふ》。あるをみかけて云ふぞかし。右之残《のこり》のわけもたて此くるしみをもたすけ。又は大この又三郎にもちとお気《き》をはられよと。声《こゑ》ふるはして云ふにおどろき。やれおそろしや。我長袖《われながそで》の今まで幽霊《ゆうれい》と云ふものみざりしに。ま事あるにはきはまりぬ。望《のぞみ》のごとく指引《さしひき》してくれん。金高何程《かねだかなにほど》有けるぞ。嬉しや済《すまし》て給は（四オ）るか。去年極月《きよねんごくけつ》までの引《ひき》残《のこり》およそ十八両二歩《ぶ》とみへたり。功徳寺《くどくし》もくねんとして。さこそそれにはちがいもあるまい。然者《しからば》請取《うけとり》をめされと枕箱《まくらばこ》より金子《きんす》を出せば。嬉《うれ》しや松之介にとらせん。暫《しはらく》筆《ふで》御かしと望《のぞみ》のごとく請取《うけとり》する。*に印判《ゐんばん》なくては渡《わたす》事ならぬと云ふに。心得《こゝろへ》ましたと鼻紙袋《はながみぶくろ》より取《とり》出し名《な》の下《した》におせば功徳寺《くとくじ》うけ取。よくみれば呉服《ごふく》屋の又三郎が判《はん》也。さもあるべきとはしりぬれ共興《きやう》にちやうずる事あらん。もしまた是を幸《さいわい》してやるべき心もや。ためしてみんとじゆずつまぐり題目《だいもく》十辺《べん》となへる内《うち》。はつといふてかねをとりおもての方《かた》へにげ出る。それぬす人のがすなと云ふに。でしどうじゆくおどろき又三郎をとつておさへ。丸はだかにしておい出しぬ。興《きやう》にちやうじて出来《でき》心。あぶなひ浮身《うきみ》命《いのち》から〳〵にげ行《ゆく》を。みる人わらひとうりける

㈡ 娘《むすめ》の壱人《ひとり》ねは病《やまひ》の種《たね》

下総《しもおさ》国《くに》千葉《ちば》の町。うろこがたやの何がし。ふる手小間《こま》物《もの》酒《さけ》質物《しちもつ》取《とつ》て（四ウ）表《おもて》口十三間《げん》。何を尋てもないといわぬ商《あき》人《ひと》手代十人計《はかり》見世にそろばんはなさずはかり隙《ひま》なく。売《うり》だめの銭《せに》はどうがめいかき。廿計《ばかり》ならべ*直《おき》是になげ入。旦《だん》

那《な》たる者《もの》見世の指引《さし》。春秋《はるあき》江戸にのぼりて二度《ど》の買物内蔵《ぐら》あな蔵立ならべほりならべ。心にかゝる山のはもなく。壱人《ひとり》の息女《そく》をもつ。今年《こ》十六夜《いざよひ》の月くもりなきすがた。田舎《いなか》にはめづらしき生付。夫婦てうあいかぎりなかりしが。この壱年《ひとゝせ》あまり気やみ隙《ひま》なく。近国《きんこく》の医《い》者不残《のこらず》りやうじ何れにおろかなく金《かね》をつみて。此娘《むすめ》が本腹《ぶく》せばといふに。さまぐ\手をつくすといへ共。いかなく\つんぼ程もきかず日ゝ《ひゞ》にやせおとろい。花の盛《さかり》も今はしぼめるごとく。二人《ふたり》の親《おや》はひあせながしてあんずるはことはり。一もん衆より合とりく\評定中場《ひやうでうなかば》ゑ。武州《ぶしう》の問屋《とい》下野《しもつけ》屋の手代くだり此様子《やうす》を聞。おきづかいなさるゝな江戸神田《かんだ》のほとりに。功徳寺《くどくじ》と申て日蓮《れん》宗別《べつ》して私の旦那《だんな》寺。たとへいかやうなる（五オ）

挿絵第三図

挿絵第三図（五ウ）

挿絵第四図（六オ）

大病《たいひやう》にても。此住寺《ちうじ》の祈禱《きとう》にて快気《くわいき》せぬといふ事なし。去乍《さりながら》御宗旨《し》是に受法《じゆほう》なくてはすまぬ事と。慥《たしか》に物語しけるに。もつ共娘が病快気《くわいき》せば浮世《うきよ》に何《なにか》*かおしかるべし。なれ共代ゝつたわりし真言《しんこ》*宗《しう》。今一子ゆゑに法花《ほつけ》宗《しう》になるは親《おや》ゑの不孝《ふかう》と。此一つにまよひぬ。母親《はゝおや》は何心なくそれはぐちなり。諸宗《しよしう》は水にひとしくおつれば同《おな》じ滝《たき》川の水。一念《ねん》弥陀仏《みだぶつ》何事か

挿絵第四図（六オ）

あらん。はやく江戸に上り受法《しゆほう》し。御祈《こき》禱《たう》たのませ給へとすゝめしを。いぎなく俄《にはか》に用ゐし。娘《むすめ》は乗物《のりもの》。籠《かご》に夫婦《ふうふ》。乗掛《のりかけ》四五駄《だ》こしもとめのと道中のいしやおそばをはなれず。しづかに行道の程《ほど》は十日ばかり。江戸下野《しもつけ》屋に馬籠《むまかご》の足《あし》を留《とめ》させ。ていしゆにあふて功徳寺《くどくじ》の様子《やうす》頼《たのみ》しに。何が扨一旦那《だんな》の御用《ごよう》。さつそく只今寺へ参り。此事頼奉らん。扨御息女《こそくちよ》のやうなる病気。いづれにてもあまた有事也。先御祈禱《きとう》はしれた事。明日より堺《さかい》町こびき町の（六ウ）芝居《しばい》中《なか》にもかぶきを御見《けん》物《ふつ》あるべしそれよりすぐにびやう〱たる野原《のばら》。或《あるい》は舟遊《ふなあそひ》また芝神田《しばかんだ》。其外諸寺諸山毎日《しよししよさんまいにち》〱御心まかせにひろわせ給へ。大方《おゝかた》此遊山《ゆさん》にて快気《くはいき》なさるゝもの也と。しさいらしく道三《たうさん》が秘法《ひはう》もどいてのさじかげん。おのれは供《とも》の角《かく》介《すけ》をぐして功徳寺《くどくじ》にいそぎぬ。住寺《ちうじ》に対面《たいめん》し右之通《とを》りを咄《はなし》ければ。心やすき事なり早速《さつそく》明日より行《きやう》にいらん。先《まつ》其病《びやう》人の様子《やうす》年比彼是《としごろかれ》*承《うけたま》り。其うへにて*加侍致《かしいた》さん。然者《しからは》明日御供《とも》仕らんとて帰りぬ。青《せい》〱たる明《あけ》の空《そら》。御遊山《ゆさん》のため俄《にはか》に廿《はたち》ばかりのお髪揃《ぐしそろへ》。さわと云ふしやれもの。十七八の振袖《ふりそで》花といゑる腰本《こしもと》。両人かゝゑて乗物《のりもの》のそばをはなれず。先其日は市村竹之丞が芝居《しばい》。さじきに紅《くれない》のもうせん引《ひき》ちらすさげ重。盃《さかつき》に書武蔵野《かくむさしの》ゝ高蒔絵《たかまきゑ》。みるより心わつさりと詠《ながめ》*めにあかぬ狂言《きやうけん》。山下才三郎がとうねをさすせりふ。きくとひしく*。娘子《むすめご》のきしよくすこしはすぐれて久しうみぬわらひ顔《がほ》。さりとはまはる（七オ）此薬《くす》*又〳〵明《めう》日は長太夫をみせんと。夕日《ゆふひ》かたぶきはて太鼓打《たいこうつ》に是非《せひ》のふ功徳寺《くとくし》に乗物《のりもの》かきこみ。住寺《ぢうじ》に対面《たいめん》して気分《きぶん》の様子《やうす》を咄《はなし》。すでに受法《じゆはう》し。はや△今晩《こんばん》より御祈禱《きとう》仕らんと心《こゝろ》安《やすく》うけ合けるに。夫婦《ふうふ》悦《よろこひ》腰本《こしもと》のさわにそれ今の物と目遣《づかい》すれば。かしこまり。金子五両に日野《ひの》三疋《びき》。縮緬《ちりめん》二巻台《ふたまきだい》にするゑ功徳寺《くどくし》の前《まへ》に直《おき》。につこりとわろふ顔《かほ》付。とりつくろいての口上つまびらかにとうねをさし。舌《した》みじかなる物ごしおもざし。目《め》遣《づかい》とりなり。手足《てあし》のつまさき迄佐野《さの》の介に其まゝ。功徳寺《くどくじ》此女に現《うつゝ》をぬかし。みる目はなさずきよろ〳〵と。是はいらざるお心遣先以《まつもつて》かたじけなし。御病躰《びやうたい》をみるにさのみむつかしきやうにもみうけず。一七日には早速《さつそく》御本腹《ほんぷく》あるべし。扨加様なる祈禱《きたう》には。寄《より》人と申て年《とし》若なる女のいる事なれ共。おの〳〵には左様の子細《しさい》御ぞんじあるまじ。此方《はう》にて才覚致《さいかくいた》さん若人《もし》なくばいづれの女中にても御越《こし》あるべしと。事なき事に子細《しさい》を云ふは根《ね》深《ぶかき》事にてぞあらん。物になれざる田舎《いなか》人。いか様共よろし（七ウ）

挿絵第五図

挿絵第五図（八オ）

く御はからいとま乞《こひ》して帰りぬ。△功徳《くとく》寺目然《もくねん》として世のほど。にたる者《もの》の有けるとは。今と云ふ今おもひあたりぬ。左馬《さま》が情《なさけ》の日に幾度《いくたび》か。思ひ出してやる*瀬《せ》なきくらしなりしに。人にまかする此身なれば難波《なには》にすむとばかりのおとづれ。此程又三郎が土産《みやげ》にくれしおふくの姿絵《すがたゑ》。みてさへ猶《なを》ゆかしさの身にそひてなつかしき折から今の女のかたち何《なに》から何までいきうつし。何とぞきやつを我手《わがて》にいれ。左馬《さま》とおもふて此年月《としつき》の思ひをはらさんため。前《まへ》がきゆふてかへしぬ。法師《ほうし》の念力《ねんりき》きやつをいがめずにはおくまいと。手まはりにてつかふ弟子《でし》宗元《そうげん》と云ふによくいゝふくめ文したゝめて下野《しもつけ》屋方《かた》へ△遣《つかは》し。是より功徳寺《くとくじ》は衆道《しゆだう》のじゆずを切《きつ》て。女道《によだう》のちまたにまよふは浅《あさ》ましき心にてぞありけり

㈡ 祈禱《きたう》にうつる恋《こい》の帯《おび》

宗元《そうげん》は今年《ことし》廿《はたち》の若僧《にやくそう》。殊《こと》に眼《まなこ》ざし人にかわり。其身に位《ゐ》そなわつて学文《がくもん》は功徳寺《くどくじ》もはだし。十四歳《さい》より出家《しゆつけ》し昼《ちう》夜心《やこゝろ》をみがく事。中（ハウ）年《とし》三年の気《き》づまり。四年目《よねんめ》より人にさそはれ色道《しきだう》に入そめ。花にかこ付旦那《たんな》にことよせ。浅草《あさくさ》の流《ながれ》水茶やのおふりに指《ゆび》をきらせ。吉原通《よしわらかよ》ひに浅《あさ》のづきん。羽織脇指《はをりわきざし》ぬのやがかうしに和国《わこく》と云ふにあがりなまず。ぬらりくらりの順貞《じゆんてい》。あげやの二階《にかい》に恋のかけ題目《だいもく》を引《ひき》かへ。土佐《とさ》半太夫ぶしの唯中《たゞなか》を。語《かたり》くらぶる身の果《はて》何となるべき浮《うき》世ぞかし。師《し》の坊《ほう》の仰《おふせ》もだしがたく。下野《しもつけ》屋に来りかの状をわたしけるに。うろこがたや拝見《はいけん》していしゆをよび。功徳寺《くどくし》より祈禱《きたう》の寄《より》人申来《きた》りぬ。国《くに》もとより下女二人召つれ共。か様なる勝手《かつて》夢《ゆめ》にみたる事なし。其うへ和尚《おしやう》の指図《さしづ》には廿《はたち》ばかりの女とあれば。此比《ころ》めしかゝゑし沢《さは》より外《ほか》なし。かれが事は未《いまだ》なじみなき者《もの》なれば此方よりゑんりよあり。いかゞすべきと*志案《しあん》するも程《ほど》久し。ていしゆ罷出《まかりいで》はや今日よりの御祈禱時《きたうとき》もすぎなばせんなし。

挿絵第六図

たれかれに *及《およはす》お沢《さは》女郎こそ当地《たうち》の物ずれ。殊《こと》におしうのためわずか五七日の内《うち》。より（九オ）に立てしんぜられ。御祈禱《きたう》の内仏前《うちぶつせん》にござるまでの事也。壱人《ひとり》にていかゞおぼしめさば。お花女郎と両人御越《こし》あるべしと指図是非《さしづぜひ》のふ。然者《しからば》二人《ふたり》参らんこわい事はないかと云ふに。やくたいもない左様の所ゑやらるゝ物かと。木に餅《もち》のなるやうに語《かたる》をま事と心得《こゝろへ》。其夜《よ》二人づれ下男《しもおとこ》にちやうちんとぼさせ功徳寺《くどくじ》ゑいそぎぬ。住寺《ちうじ》立出子細《しさい》らしくいづれも太義じや。扨そちらな振袖《ふりそて》の娘《むすめ》は勝手《かつて》にあはず。そなたはかゑりやと云ふに。いやお沢《さわ》女郎の壱人はいやがられますによつてつれ立てまいりました。くるしからすば其まゝといわれて。然者《しからば》心まかせと其夜は中《なか》の間《ま》にやすませ。明《あけ》六つの鐘《かね》におどろき沢《さは》に夢《ゆめ》をさまさせ。*俄《にはかに》に白きゆかたをきせ髪《かみ》をさばかせ。御へいをもたせ。功徳寺《くどくじ》と只二人祈禱所《きたうしよ》に入て。沢《さは》をだんのうへになをらせ其身はいくわんたゞしく。衣《ころも》の袖《そで》をしぼりあげ。じゆずおしもんでたいばぼんを中場《なかば》よみ。眼《まなこ》をふさぎ妙音《めうおん》たゞしく。あつばれ此娘《むすめ》はくわこのつたなき者《もの》にてぞあり。（九ウ）

挿絵第六図（十オ）

前生《ぜんじやう》は沢《さは》の蛍《ほたる》にてなつの夜《よ》ばかりのたのしみ。日《ひ》の内《うち》は爰《こゝ》かしこの草葉《くさば》に木《こ》がくれ。胸焼《ほむら》をもやしのどかわいても水のむ事のかなはぬ身と生《むま》るゝは。男蛍《おとこほたる》の恋をかなへず。おもひじにさせたるうらみの*焼《けむり》。つもり〳〵て一百八十年のくるしみをうけて。何がしが腹《はら》にやどりかりに人間《にんげん》とは*生《むま》ぬ。稚名《おさなな》を沢《さは》と付《つき》しかど。去《さる》天もん是をかんがみ名をあらため今はお菊《きく》と云ふぞかし。其徳《とく》ゆへに十六までいきのびぬ。すでに当年命《たうねんいのち》おわるべきを。今生仏《いきほとけ》といわるゝ功《く》徳寺《どくじ》が行力《ぎやうりき》にて胸《むね》のあたりゑせめのぼる。蛍《ほたる》のもうしうをけして息才*誕命《そくさいゑんめい》といのる。惣《そう》じて廿《はたち》の女は十六の生《むまれ》とおなじく。其身そくさいなればおもふ事かなはず。みやづかへなどする身は中ばより隙《ひま》をとり。末《すへ》のとげぬ主《しゆ》人につかへてさま〳〵くろうして。またぼんのうの思ひふかく恋《こい》にかつ事をゑず。あまつさへ来月《らいけつ》は絶躰絶命《ぜつたいぜつめい》。其身をうしない命《いのち》おわる月ぞかし。よく〳〵信心《しんじん》すべしおきくはつぼみの色盛《いろざかり》。ちりてはおし（十ウ）き花の顔《かほ》。愚僧《ぐそう》が行力《きやうりき》今其しるしあるべしと。かんたんの枕《まくら》をわりたる知恵《ちゑ》さかしく。数珠《しゆず》もきれよといのるに。女おどろき泪《なみだ》をながし。中功《く》徳寺《どくじ》様私《わたくし》こそ今年廿《ことしはたち》の年豆《としまめ》。せつぶんの夜たべました。それに名まで沢《さは》と申ます。お前は神か仏《ほとけ》かみどうしか。当《たう》年《ねん》おもひばかのいかぬは大方ならぬ事ぞかし。さる人に恋《こい》をして九月の出替《でかはり》には。是非《ぜひ》に世躰《たい》もつはづなりしを。けいせいぐるひとやらして旦那《たんな》殿の手前の勘定《かんちやう》。七八の三十そろばんのけたがちがい。ことはりなしに欠落《かけおち》。お乳《ち》の手はなれた身《み》になりしを。さる人にかいはうせられ。月に十五匁づゝのあてがいうけてうらやずまひ。ねざめさびしくおもて借屋《かし》の。さすがやのむす子と物語《ものかたり》したを聞《きい》て。二月《ふた》めに扶持《ふち》をはなされ。それよりらう人してありしに。ゑんこそあれうろこがたやの内《うち》に暫《しばらく》あり付ぬ。是も五十日か七十日ながうとつて百日。それからさきはなんの身になる事ぞと。行末《ゆくすへ》をあんずればあつゐ泪《なみだ》がこぼるゝ（十一オ）に。よしない寄《より》人にさゝれて因果《ゐんくわ》な事を聞ものかな。来月は命おわるとの御しらせ。しかも此月は小にて月の暮《くれ》はやし。おきく様のきとうを大かたにして。△私《わたくし》の身のうへをかへす〳〵も頼ます。此やうないやらしい寄《より》人になるも身をおもひての事なり。是非《ぜひ》にと泪《なみだ》をつらぬけば。扨はそなたも廿《はたち》のあだ花か。拙僧《せつそう》が行法《きやうばう》など大方《おゝかた》の金《かね》の息《いき》ではならぬぞかし。然《しかれ》共人をたすくるは菩薩《ぼさつ》の行。我だら*〳〵するとまゝたのまれてひく坊主《ばうず》にあらず。爰《こゝ》に秘法《ひはう》の行力不動《きやうりきふとう》のかなしばり。胸焼《ほむら》をけす功徳寺《くどくじ》が利剣《りけん》。是にて女の臍《へそ》をなずれば。しんゐたちまちきへて命《いのち》つゝがなし。何とうけてみるやと云ふに。はて。命が物種《ものたね》。ちといたいはかんにん仕らんといふに悦《よろこび》。さあ只今なるとつておさへ。ぐそうが五寸五ぶの利剣《りけん》是なりと。またぐらの戸《と》ぼそゑぬつとさしこめば。申和尚《おしやう》様是はおもひの外《ほか》なる剣《けん》のあぢ。かうした事ならはやう祈禱《きたう》してもらおふに。のふ〱そこらの其おくに。まだ胸《むね》（十一ウ）の胸焼《ほむら》がくら〱するぞかし。底《そこ》をつゐいてと喜悦《きゑつ》の泪《なみだ》。ながるゝ水はいもの葉《は》の露《つゆ》。ぬれかゝる一しぐれ。次《つぎ》の間《ま》に宗元《そうげん》聞耳《みゝ》立てよねんなき顔付《かほつき》。前は帆《ほ》ばしらつきたてたるにひとし。出また我もと振袖《ふりそで》のお花をよんで。あれあの祈禱《きたう》をみられたるか。あのごとくせよと今住寺《ぢうじ》よりのお指図《さしづ》。はやうねさしやれとだき付ば。何わけもないはなさんせとふり切《きる》を。はなさじとおし付。ぬき身隙《ひま》なくさしこめば。わつと云ふてなく声《こへ》。宗元《そうげん》おどろき立のかんとする。はじめにちがふて下《した》よりとらゑ。なぜにげ給ふといへば。こなたは今をはじめの新開《あらばち》。それとはしらいでむいきに仕りぬ。けがばしなかつたかといへば。ゑゝ気《き》のとうらぬそれは四年あとの事。今声《いまこゑ》たてたるはあまりよかつたゆゑ。おもはずないたといふまでもなし。それこそゑてに帆《ほ》。あがつたりさがつたり。よこになりたつになり。うへになり下《した》になりそこらあたりをのりあるき。ふす（十二オ）まおしたをして住寺《ぢうじ》と目合《めあわせ》。そこもそれか。お前《まへ》のをみましてかう〱とこしをつかふもおかし。暫《しばらく》ありて四人あいびき。のいてしもふて功徳寺《くどくじ》申さるゝは。かまへて此事沙汰《さた》なし一生《しやう》の大事是なり。扨衆道《しゆたう》よりさつばりとして。きのはれた物と大わらいしてすましぬ

㊃ 相孕《あいばらみ》は胸算用《むねさんよう》の外《ほか》

七日の祈禱《きたう》すんで沢《さは》お花内《うち》かたに帰り。そらさぬ顔《かほ》してかの方《かた》の事のみわする丶事なく。日〳〵の御遊山《ゆさん》におそばをはなる丶事なければ。是非《ぜひ》のふ一日暮《くらし》に月をかさねて。五月めに娘《むすめ》の気分快気《きぶんくわいき》して。朝皃《あさかほ》の色《いろ》も今は盛《さかり》の紅梅《かうばい》にひとしきは。下野《しもつけ》屋がさじかげんよきしるしなり。功徳寺《くどくじ》が勝手《かつて》づくなる祈禱《きたう》は。いかな事き丶はせまいとかげておかしがるは腰本二人《こしもとふたり》ぞかし。それをしらぬが仏《ほとけ》の猶《なを》めぐみふかく。二人《ふたり》の親《おや》は悦《よろこび》。国本《くにもと》に立帰るべき日限《にちげん》のきわめ。二人の女に隙《ひま》を出《いた》し下総千葉《しもおさちば》にくだりぬ。嬉しや隙《ひま》の明《あけ》ぼの（十二ウ）是からはこちがま丶。恋《こい》と色《いろ》とはわかい時《き》*の者《もの》いさといふて二人《ふたり》づれ。爰《こ丶》かしこを恋《こい》の中宿《なかやど》あふ夜の数《かつ》。つもり〳〵て二人ながら。おなかにい丶ぶんの有はうたてや。宿のていしゆが聞付《き丶つけ》ちかごろあるまじき身持《みもち》。両人の親立《おやたち》*よりかたく是をぎんみせよと。手形《てがた》か丶ぬばかりに請合《うけあい》。我〳〵が一分《ぶん》は何として立べきとあたまかく手もとはしかふ。目《め》に角《ど》*たて丶。あいてはと責《せめ》といしに是非《ぜひ》なく語《かたり》ければ。すは安《やす》からぬ恥辱《ちぢよく》詮義《せんぎ》におよば丶人あまたそんずべし。ひそかに内△証《ないしやう》にてすますべき分別《ふんべつ》きわめ。お花が父親《て丶おや》権左衛門方《かた》へ立越《たちこへ》。相談《さうたん》の上にて同道《たうとう》し功徳寺方《くどくじかた》ゑいそぎぬ。折《おり》あしくひじにでられしと聞《き丶》ながふみじかふ待《まち》あふせて段《だん》ゝの不足《そく》。功徳寺《くどくじ》ちんずるに*及赤面《およばすせきめん》の上にて手をあはし。おの〳〵の了簡《りやうけん》にてよろしくはからい給はれ。是《せ》非《ひ》頼入と金子拾両出せば。宿《やど》のていしゆかぶりをふつて。いかな〳〵金ではすまぬ覚悟《かくご》めされ。一寺《じ》の和尚《おしやう》共いわる丶身が女房《にうばう》ぐるひなどし。あ（十三オ）

挿絵第七図（十三ウ）

挿絵第八図（十四オ）

まつさへ孕《はらませ》。身せつないとありて金子拾両にてわびらるゝ事のおかし。出家《しゆつけ》のみせしめにきつと詮義《せんぎ》を仕る五人組《ぐみ》はとこ〳〵ぞと硯箱《すゞりばこ》とつて書付《かきつけ》。沢《さは》を*共ないゆかんとする。宗元押《そうげんおし》とめ御もつ共にそんずる。今左様《さやう》になされたればとて人がほめも致《いたす》まい。*爰《こゝ》は私《わたくし》の了簡《りやうけん》にて十五両だしませうといふに。住寺《ちうじ》せき切て五両三両の事をいわずと。十五両一歩《ぶ》しんぜと。せつない中にも引息《ひくいき》つよく。金をおしむは浅《あさ》ましき心ぞかし。いかな〳〵ならぬ事大方算用《おゝかたさんやう》してみたがよい。今から行《ゆく》さき四月《よつき》のはんまい凡《およそ》百廿匁。喰物好《くいものごのみ》に百匁。子うんでからの造用《ざうよう》五十目。其子をやしなはかすに二百匁。肝《きも》入が分《ぶん》一に廿匁取《とる》。とりあげばゝが礼《れい》銀に卅匁。むしろこもに三匁。子がきり物万事《はんじ》に二百匁。

挿絵第七図

産後《さんご》には百日はたらかせぬ物なれば。其間《あいだ》が丸やしない百匁。ゆみあきのみや参りのといふに拾五匁。髪《かみ》たれには町代に二匁の包銀《つゝみかね》となりのかゝ頼《たのみ》て三七廿一日の夜《よ》とぎ代。一夜を二分つゝにして四匁四分。口（十四ウ）やしなふてやるが廿一匁。なんのかのと云ふてつかへば茶《ちや》なとかふてのめやといふて。袖《そて》の下《した》から二匁もやる。くばり餅《もち》が拾匁。中つもりにして九百三四十匁。それに十五両《りやう》なれば今五十八匁小判《こはん》にして。八百七拾匁なり。残《のこつ》て六七十匁はたれがたす事ぞ。

挿絵第八図

むまい事*きせてこちからちんかけと云ふ事か。たわけをつくせとふりきる。尤なりと功徳寺《くとくし》。おもひきつて廿両耳《みゝ》をそろへ。是《これ》にても不足《そく》にはあるべけれど。茶《ちや》やの餅《もち》もしいねばくはぬ物ぞかし。りやうけん頼《たのむ》とあれば。何が扨長袖《さてながそで》のはぢをすてゝのお詫言《わひ事》。親《おや》は何といふ共此男《おとこ》がのみこんですまします。是はかたじけないと両《りやう》人手を打《うち》てすましぬ。権左衛門は宗元《そうげん》が袖《そで》を引て次《つき》の間《ま》ゑよび。お花《はな》が腹帯《はらおび》をみせて。和尚《おしやう》様も埒《らち》があいた。こなたも金《かね》をわたしやとせめかくるに。

宗元《そうけん》おどろき是はおもひもよらぬ事。二人《ふたり》がやつかい代とおもひ廿両出させたり。右廿両の内《うち》。十両はそこな者《もの》がうみしろなりと五百里《り》もちがふた顔付《かほつき》。あつゐ人がある大（十五オ）じの娘《むすめ》にきづを付。其うへ身持《みもち》にまでして今しらぬとはいわせぬ。お奉行所《ふきやうしよ》へ申上るそちもあゆめとむなぐらとる。いかにもあやまりぬ。しよせん私《わたくし》身躰《しんたい》打《うち》あけてわたすより外《ほか》なし。是にて*腹居《はらい》給へと本箱。着替《きかへ》びつことぐ〳〵く取出《とりいだ》せば。権左衛門うけ取《とり》ことによつてかんにんすべしと書付《かきつけ》てみる覚《おぼへ》。花色《はないろ》ねずみみる茶《ちや》の布子《ぬのこ》三つ卅匁。こぶくめんの袷《あはせ》二つ十三匁五分。さらしのかたびら四つ卅二匁。絹《きぬ》のした帯二筋《おびふたすし》五匁。ちりめんのづきん二匁五分。かわたび木綿足袋《もめんたび》二足《そく》二匁九分。木綿衣《もめんころも》拾匁。浅《あさ》の衣《ころも》六匁。けさ三つ四匁五分。鼻紙《はながみ》入二匁。流紋《りうもん》ちりめん。さやの丸《まる》ぐけの帯《おび》三筋《すじ》六匁。半紙壱束程先《そくほどまつ》二匁四分。法花《ほけ》経《きやう》 壱部《ぶ》七匁。同科住《くわちう》壱部《ふ》七匁五分。四書《ししよ》六匁八卦《け》大全《たいせん》壱匁八分。つれ〳〵草《ぐさ》七分。茶《ちや》や 調宝記《ちやうはうき》九分。好色《かうしよく》たびまくら五分。同根元*枕《こんけんまくら》ひし川絵《ゑ》壱匁。役者評 判《やくしやひやうばん》壱匁。吉原棚《よしはらたな》さがし八分。千話文《ちわぶみ》二貫《くわん》目四匁。つくへ八分本箱《はこ》壱匁。内《うち》にあづま形《かた》（十五ウ）あれど。娘が手前《てまへ》をはゞかりよそ目して壱匁五分の直付《ねつけ》。金子壱両二歩《ふ》代八拾七匁。小ま銀廿匁銭《せに》六拾二文〆二百五拾九匁三分。廿両代之内《うち》右之代物《しろもの》引残る八百五十六匁七分の不足《ふそく》。此銀はと尋るに壱分もなし。百貫《くはん》に編笠《あみがさ》一かいと思ひ是にてかんにんし給へ是もほしくばやりませふと丸はだかになるは心から也。おもひ共よらぬ事廿両の口一もんたらいでもゆるさぬ。かりて成共すませとのつびきならぬに。是非《せひ》なく住寺《ちうじ》の前《まへ》に罷出《まかりいで》。右之段《たん》〳〵を語何とぞ御取替《かへ》下さるべしと男《おとこ》なきしての無心《むしん》。功徳寺《くどくじ》腹《はら》を立それはめん〳〵が心にとゐ。今すつる銀《かね》あればとておのれに取かへる銀壱もんもなし。今日《けふ》より此寺《てら》にはおかぬはや〳〵帰れとおもひきつたる*通答《へんたう》。宗元《そうけん》も覚《かく》悟《ご》してそれはさるのしりわらい。我にうへ越悪性《こすあくしやう》仕出《しだ》し。今子細《しさい》らしくいわるればとていわせてもおくまい。ならずばならぬ分別《ふんべつ》こそあれ其口わすれ給ふなと云ふに。権左衛門聞かね今になつて宗元《そうけん》を追出《おいだ》すといふてはすむまい。我〳〵が手前埒明《らちあけ》其上（十六オ）にては心まかせ。是非《ぜひ》ならすば宗元《そうけん》はそなたにあづけたまた。*注寺《ちうじ》は*組中《くみちうし》にあづくると。それ〳〵にあつけとゞけきびしく。石車《いしくるま》のあとへもさきへもいごかれぬ身となるは。皆欲《よく》と色とのまよひにてぞありけり

㊄　松《まつ》の木末《こすへ》に邪《しや》ゐんの罪《つみ》

それより権左衛門口上《かうしやう》書をしたゝめ。本寺《ほんじ》脇妙見寺《わきめうけんじ》ゐ四《よ》人一所にかけこみ。御手下《てした》の功徳寺《くとくじ》に付申上度《たき》事ありとう

つたへけるに。取次請取此旨《むね》申上る。其者共めせとの御意《きよい》。はるか下座にかしこまつて口《かう》上書《かき》を指あぐる。本久寺うけ取よみ給ふ。私《わたくし》共は白銀町木村《このむら》や半七借《かし》家に罷有候綿《わた》屋権左衛門同半兵衛と申者にて候然るに功徳寺并どうじゆく宗元《そうげん》両人致《いたし》私の娘花沢《さは》と申をたぶらかし不義を致《いたし》。あまつさへ懐胎《くはいたい》仕に付。其節断《ことはり》申候得共中〳〵我儘《わかまゝ》を申。一円《ゑん》とりあへ不申難《なん》義仕候内両人の娘共月かさなり。是非《せひ》なく我〳〵方《かた》にて平産《さん》致させ候得共。大勢《せい》の者共をかいはう仕事迷惑《めいわく》に奉存候あわれ功徳寺宗元の召出《めしいた》さ（十六ウ）れいか様共埒明《らちあけ》申やうにおふせ付させられくださるべく候以上。妙見寺《めうけんし》聞給ひ何と此通りにいつわりはないか。それ〳〵両人のめせと功徳寺宗元《くどくじそうけん》御前に出る。其時権左衛門方《かた》よりの口書《くちかき》よみきかせ何と覚《おぼへ》あるやと尋《たつね》しを。功徳寺《くとくじ》けでんしたる顔《かほ》。まつたく覚無之《おほへこれなく》候かりそめならぬ事を申あくる上《うへ》は此方《ほう》より詮義《せんぎ》を仕るとおさめすぎたる顔《かほ》。沢《さは》こらゐかねそれはきたなし。お住寺《ちうじ》。正《まさ》しく御身の子にまぎれなきを。今更《いまさら》ちんじ給ふは御ひきやうと云ふもの。是非《ぜひ》こなたの子ではないか。また私《わたくし》も御ぞんじなきにきはまりしか。とかくの*通事を今と云ふ成程《なるほど》そちはみしりぬ。此女旦那《だんな》うろ*がたやの供して参詣《さんけい》のせつ。盃《さかづき》のうへにて愚僧《ぐそう》がたわ事申たるを耳《みゝ》にたもち。此半年《はんとし》あまり私の不義と申掛《かけ》。金子をとらんはかり事にきはまりぬ。たゞししやうこや有。しやうこまでもなし此子はとつき出せは。二つにたらぬ世悴《せがれ》何をもつてしやうこといふ。権左衛門罷出其子共がしやうこにならずば其通り。宗元《そうけん》が詫言《わひこと》是にてかんにんせよと。諸色渡《しよしきわた》したる*住文《ちうもん》有。宗元《そうげん》が衣類不残《いるひのこらす》是ゐ召《めし》（十七オ）出され此注《ちう》もんにあはして御らんあるべしと指《さし》上る。是さいわいと宗元がへやゐ人を遣《つかは》されけるに。とくのけ*直《おき》たるにや注《ちう》もんにあふものなく。是もしやうこになりがたし。しからば祈禱《きたう》の寄《より》人に参りし内《うち》の事なり。此義は*下野《しもつけ》屋の旦那《たんな》をめされ御尋《たつね》と云ふに。また〳〵人を指遣《さしつかい》くだんをたづね給へば。下野《しもつけ》屋のていしゆ承《うけたまはり》。祈禱《きたう》の寄《より》人に此両人を遣したるはま事にて候得共。不義の様子《やうす》はぞんぜず候。妙見寺《めうけんじ》おふせけるは惣じて日蓮宗《にちれんしう》の祈禱《きたう》により人と云ふはこゝろゐずと。暫《しはらく》御しあんあつて両人の娘《むすめ》を御前《せん》ぢかく召れ。何やらひそかにおふせ付られお花が子は功徳寺《くどくし》が前《まへ》。お沢《さは》が子は宗元《そうげん》がそばに捨《すて》おかせけるに。はづかしきは親子《おやこ》のちすじにて。物いわねどもお花が世忰《せがれ》は宗元《そうげん》がひざにはいあがる。お沢《さは》が子は功徳寺《くとくじ》のひざにあがりてよねんなき顔《かほ》。つきたをさんとせし所を妙見寺《めうけんじ》御覧《らん》じ。先程《さきほど》より両人が不義と慥《たしか》にきはまりぬれ共*志案《しあん》有て打《うち》すぎぬ。其子細《しさい》は二人のせがれを両方《りやうはう》ゑ引わけおくに。おのれが脈《ちすし》をしつてめん／＼が親《おや》のひざにのぼるは。是程（十七ウ）慥《たしか》なるしやうこなし。其うへそれ／＼のかたちをわけてにくいほどにたるはいやといわれぬ事。是にてもちんじらる、かと座《ざ》を打《うち》ての給ふ。両人とかうの返答《へんたう》なくさしうつふいて居る。出家《しゆつけ》たる者の見せしめに丸はだかにし。耳鼻《み、はな》そいでおつはらへと。御ゐまでもなく六尺の棒《ばう》なぐりたて、うてば。うんと云ふ声空《こへそら》にきこへ。ふしぎや鬼子母神十羅《きしぼしんじうら》せつ女《によ》かたちをあらわし給ひ。功徳寺宗元《くとくじそうけん》をひつつかみ松の木末《こずへ》に打《うち》かけ。おのれ出家《しゆつけ》たる者《もの》のじやゐんのやぶり。昼夜野郎《ちうややらう》かげまにたはむれ。題目《たいもく》とやらはとなゑたる事なし。旦那《たんな》共をたぶらかして祈禱《きたう》せずして。大分《だいぶん》の金銀を取《とる》事是ぬす人にひとしく。其罪《つみ》此罪《つみ》のがれずして今爰《こ、》において命《いのち》をとる。是みよとほこをふりあげ両僧《りやうそう》が只中をつらぬきうせ給ひぬ。皆／＼きやうさめ御跡《あと》をふしおがみ。めん／＼口《くち》をそろへて只たしなむべきは此壱つと。皆同音《みなだうおん》に題目《だいもく》の声《こゑ》。ひゞきわたりて有難《ありがたく》御法《みのり》の友《とも》に入海《いるうみ》の。ふかきおもひは現《うつ、》にも。夢《ゆめ》にも又はまほろしの。またまぼろしの物がたり（十八オ）

元禄十一戊寅歳
清月吉日

大坂南本町弐丁目
万屋仁兵衛板行（十八ウ）

御前義経記

御前義経記《ごぜんぎけいき》　鞍馬山入《くらまやまいり》　夢《ゆめ》のみなし子《ご》

一之巻　目《もく》録《ろく》

㊀序 大名《だいみやう》の酒盛《さかもり》

四海浪《しかいなみ》の声《こゑ》ゆたか成御代《なるみよ》
太郎冠者《たらうくはじや》御前《こぜん》にての素読《そよみ》
子細《しさい》らしき顔《かほ》次郎冠者《じらうくはじや》が居姿《ゐすがた》

（凡例） 傾城《けいせい》の因縁《いんゑん》

しれたことなれど
女郎のしな定《さだ》め
わる口《ごう》なれど密夫《まぶ》の
はじまりを書《かく》おかしさ（一オ）

是より風流義経記目録《ふうりうきけいきもくろく》

㊀ 面影《おもかげ》うつる東光坊
元九郎今義稚立《げんくらういまよしおさなだち》

捨子《すてご》はむらに里人《さとびと》が情《なさけ》
鞍馬山入《くらまやまいり》四季《しき》の花売《はなうり》
僧正《そうじやう》か谷《たに》は衆道《しゆだう》の中宿《なかやど》

面影うつる伏見どきは
㊁ 御乳人《おちのひとの》*幽霊《ゆうれい》

夢《ゆめ》にきかする父《ちゝ》の公事《くじ》
現《うつゝ》にはなす母《はゝ》の落方《おちかた》
幻《まぼろし》†に巻物形見《まきものかたみ》に横笛《よこぶえ》

面影うつる鬼一が娘
㊂ 滝詣《たきもふで》のあひぼれ

筆《ふで》にいとま乞鞍馬山出《ごひくらまやまいで》
三条《でう》の橋《はし》は明《あけ》がたの元服《げんぶく》
恋《こひ》の渡《わた》しもり腰本《こしもと》が知恵《ちゑ》（一ウ）

(序) 大名《だいみやう》の酒盛《さかもり》

四《上哥》海浪しづかにて。国も治《クル》るときつ風。枝をならさぬ御代なれや。あ《下》ひにあひおひの。松こそめ《ハル》で《下》たかりけれ実や《ハル》あを《下》ぎても。こと《ハル》もおろかやかゝる《下》よに。すめ《ハル》る民とてゆ《下》たかなる。君のめぐみぞ。あり《ハル》がたき《下》〱大名ヲ、めでたい〱太郎冠者《たらうくわじや》次郎冠者《じらうくわじや》あるか両人はあ御前《おんまへ》に大名ねんのふはやかつた。扨両人《さてりやうにん》の者《もの》めすことよの義《ぎ》にあらず。此ほどは打つゞきたる雨中《うちう》の空《そら》。ことのふぜんに暮《くらす》。さるによつて此二三日は。手《て》廻《まはり》の者《もの》共と酒《しゆ》ゑんしてあそびぬ。明《あけ》ても暮《くれ》ても酒盛《さかもり》にほとんど秋風《あきかぜ》の身にしみ〴〵と。おかしさも早《はや》よそに吹心地《ふくこゝち》こそすれ。今《いま》かれらが物語《ものがたり》をきけば(二オ)そち両人《りやうにん》の者《もの》は何やらん。おかしいかな草紙《ざうし》を作《つく》りたるよし風聞《ふうぶん》す。くるしからぬものならば身にそとよんできかすまいか。して〱何といふものじや太郎く*はじや是はぞんじよらざるお言葉《ことば》に預《あづ》ります。私《わたくし》風情《ふぜい》が書《かき》つらねたる筆《ふで》のあと。

挿絵第一図

挿絵第二図

殊《こと》に御存《ぞんじ》あそばされたるもんもう第一。でんぶやじんの生付《むまれつき》。いろはかなより外《ほか》を見ぬ者《もの》。たそ御わらひ草《くさ》に申あげられたると存ます大名いやそれはしれた事。そのもんもうなる智恵《ちゑ》より。かな草紙《さうし》壱冊《いつさつ》にても作《つく》らんとおもふ心指《こゝろざし》のしほらしや。たとへ何にもせよ身が目《め》通《どをり》にて読《よむ》べし。一つは一座《ざ》の興《けう》といひ。暫《しばらく》のなぐさみ。さあはやう〳〵太郎くはじや近比《ちかごろ》是はめいわくなる御所望《しよまう》。然《しかれ》共一命《いちめい》をかけたてまつる主君《しゆくん》の御意《ぎよい》。仰《おほせ》出《いだ》さるゝはりんげんにひとし。じたい（二ウ）申は不忠《ふちう》に似《に》たり。はゞかりながら我〳〵ひとりねの友《とも》ほうこ。わけなき恋《こひ》の道《みち》しるべ。殿様《とのさま》のはらをよらしますが御奉公《ほうこう》。御ゆるさるゝうへはざつと読《よみ》たてまつらんと。子細《しさい》らしくぬりけんだいに一部《ぶ》の書《しよ》を立《たて》。長《なが》ばかまの折めたゝしく。御前《ぜん》まぢかくよつてよまんとするを大名まて〳〵太郎冠者《くわじや》。扨此本《ほん》の外題《げだい》は何といふぞ太郎くはじやさん候一部《ぶ》八冊《さつ》の一名《みやう》を風流義経記《ふうりうぎけいき》と申ます。然《しかれ》ども只《たゞ》今お目《め》通《どをり》にて読《よみ》たてまつれば。今日より御前義経記《ごぜんぎけいき》と仕りませう。されば源九郎義経公《よしつねこう》には文武両道《ぶんぶりやうだう》にして五常《ごじやう》をまもり。情《なさけ》を本《ほん》とし慈悲《じひ》をもつはらにし。賢《けん》をあひし給ふ名将《めいしやう》なれども。梶原《かぢはら》が讒言《ざんげん》によつて高《たか》だちにて御腹《はら》めされ。つゐにむもれ木の花《はな》（三オ）

挿絵第一図（三ウ）

挿絵第二図（四オ）

咲《さく》事もなかりしは。是色《いろ》にふかうわたらせ給ふゆへなり。それ色欲《しきよく》は人界《にんがい》のまよひ。殊更《ことさら》世にあるつとめの有様。今とり〴〵の咄《はなし》の中《なか》に。近比《ちかごろ》何がしとなん色《いろ》にうつりて家《いゑ》をみだし。遠近人《おちこちびと》の物語《ものかたり》を聞まして。我〳〵二人ねられぬまゝのものたくみ。つく〳〵おもへば此噂《うはさ》。うし若鞍馬《わかくらま》入よりたかだちまで。御くろうなされたるにすこしもたがはす。きのふはけふのむかしといへど。さうふれんの秘曲《ひきよく》はかはらず。右一部《ぶ》の立物今義《たてものいまよし》が浮身《うきみ》弁ニけいせいのぜんせい。七九八*難《なん》つがねてみるは。私《わたくし》のつれ〳〵草《ぐさ》。わらひ草《ぐさ》とおぼし召ませう。もつ共好色本《こうしよくぼん》世ゝにひろく。難波津《なにはづ》にては西鶴《さいくはく》一代男《おとこ》より書染《かきそめ》。去年清月《きよねんせいげつ》の比《ころ》。新色《しんしき》五巻書《くわんしよ》迄の色草紙《いろさうし》（四ウ）指《ゆび》おるにいとまなし。今此義経記《ぎけいき》には其もれたるをひろひ。或《あるひ》は男色《なんしよく》のおもはく。又は風呂《ふろ》屋のつとめ茶《ちや》や女の事。しかみ顔重宝記《かほてうほうき》などもふるし。其替《かは》りたる耳学文《みゝがくもん》して。愚《おろか》なる知恵《ちゑ》をふるふて書《かき》あつめたるもしほ草《ぐさ》。先《まづ》只今の読《よみ》はじめが傾城《けいせい》の大意《たいい》。左様におこゝろゑなされませう

浮太郎冠者《うかれたらうくはじや》実名与志編

㊀凡例 傾城《けいせい》の因縁《いんゑん》

そも〳〵傾城《けいせい》といふ事もろこしにて。うつくしき女をほめたる詞《ことば》なり。子細《しさい》らしく申て見る時は。前漢書《ぜんかんじよ》とやらに*季夫人《りふじん》といふほづ*とり物の品物《しなもの》のほめ詞《ことば》に（五オ）

北《ほつ》－方《ほうに》有ニ佳《かじん》－人《あり》一　絶《ぜつ》－世《せい》而《して》独《ひとり》－立《たてり》

一顧《ひとたびかへりみれは》傾㆓人城㆒《ひとのしろをかたぶけ》　再顧《ふたゝびかへりみれば》傾㆓人国㆒《ひとのくにをかたふく》

和国《わこく》にいたつて是を遊女《ゆうぢよ》の惣名《そうみやう》とせり○君《きみ》○浮女《うかれめ》または○戯女《たはれめ》○手婦《たをやめ》○流女《なかれのおんな》といへは。唐土《もろこし》にても色《いろ》をうり買《かい》してあそぶ事もつはら也。*我朝《わかでう》にては幡州《ばんしう》の室《むろ》。摂津《せつつ》の江口《ゑぐち》。三嶋江《みしまゑ》などにありしより。流《ながれ》の女流《ながれ》をたつるといへり。近代《きんだい》人の心されしゆへ。つとめなど、こみじかくの給へり。すでに平相《へいしやう》国清《こくきよ》様の時代《しだい》に。妓王《ぎわう》妓女《ぎによ》仏《ほとけ》御前《ごぜん》といふも同し事なり。また／＼曽我《そが》の十郎介《すけ》といへる水法《すいほう》。大礒《おゝいそ》の虎《とら》といふにあふて。恋路《こひぢ》の只中《たゞなか》。建久《けんきう》四年五月廿四五日比まで銀《かね》といふ事（五ウ）つかはず。鎌倉《かまくら》の小大名《みやう》。ちば。かづさ。とゐ。佐ゝ木。ゑま。梶原《かぢはら》。宇津《うつ》の宮《みや》。和田《わだ》のよしもり。なんどにかはしては。あげ屋入の上まへをはね。明《あけ》がたのわかれ。門《もん》の片角《かたすみ》はし女郎《ちよらう》のあきつぼねにて。あがりぜんをくひそめてより。密夫《まぶ》といふ事をはじめぬ。三嶋《みしま》江に白目《しろめ》白子《しろこ》といふて。ほまれある名とりあり。廿一代集《しう》のうちには。*妙寵《めうちう》としるせり。承久《せうきう》の比は。亀菊《かめぎく》が全盛《ぜんせい》といふ事をはじめる。補任《ふにん》の中には五条《てう》の夜《や》しやともしるせり。当世《たうせい》は野風夕霧《のかせいふぎり》。武蔵《むさし》荻野《おきの》。浅妻《あさづま》など、名付《なづけ》て。かりにも位高《くらいたか》き名を付たり。大夫《たゆふ》といふ事いにしへはしらず。今平安城《へいあんじやう》にして六条《でう》に遊女町《ゆふぢよまち》三筋《すじ》有て。一の女郎の直段《ねだん》を五十三匁と定《さだめ》。是を五三といひ。其比のつとめには能《のふ》などをよくしけるに（六オ）よつて大夫といひそむるぞかし。世にお国《くに》かぶきといふも同《おな》じ事なり。大夫《たゆふ》を松《まつ》といふ事。ふるけれどしんのしくはうていみかりに出給ひしとき。俄《にわか》に大雨《あめ》ふりけるにぞ。木《こ》ずゑのしげりたる松の下にて雨《あめ》をしのがせ給ひぬ。それより松に大夫の官《くわん》をなし給ふ。其かくをとつて大夫を松といひ。又は上職《しよく》とも。△唐韻《とういん》にては上声《ふうせい》といへり。俗語《ぞくご》には。左馬《さま》共。上官本《しやうくわんほん》位《い》高躰《かうてい》なと、いへり。惣《そう》じて大夫職《しよく》の位《くらい》をうくる心ざまは。先手《まづて》書哥《かきうた》をよみ。琴さみせんよく。情《なさけ》を第《だい》一にしてしとやかなる風俗《ふうぞく》。立居《たちゐ》にも伽羅《きやら》の香《か》はなさず。あげや入の道中《だうちう》に。神鳴《かみなり》ひゞきわたりても。せかずさはがず。うち八もんじ外《そと》八もんじ。ふみはつしもせず。かいとり小づまかぬれても。いかな／＼そこらへは（六ウ）

挿絵第三図（七オ）

目《め》もやらず。常《つね》しもひざにたばこの火《ひ》。酒《さけ》などかゝる事あまたあれども。そらさぬ顔《かほ》し給ふは。自然《しぜん》とそなはりたる妙《めう》なり

○天神は太夫より少《すこし》おとれり。釈名《しやくみやう》に三尺といふ。和名《わみやう》に梅《むめ》といふ。唐韻《たういん》に天職《てんしよく》。俗語《ぞくご》に中位《ちうい》とも。宗《むね》ともむら共。格子《こうし》ともいふ。古語《こご》に二尺五寸といへり。是天神の縁日《ゑんにち》をかたどれり。いつの比より直《ね》あがりして三尺になりたまひぬ

挿絵第三図

○鹿恋《かこひ》天神より又一段《だん》さがりて壱尺八寸とも。鹿職《かしよく》とも。追帳《おいちやう》とも。八寸とも女の子共。鹿《しか》とも。大夫に付を引舟《ひきふね》とも。つきもの共。太鼓《たいこ》女郎なんどゝいふは。此たぐいぞかし（七ウ）

○端《はし》女郎は鹿恋《かこひ》より下《した》。みせ女郎をいふなり。替名《かへな》をけちとも。火打《ひうち》共。山家《やまが》とも。つぼね女郎共。端《はし》とも小松《まつ》共いふ。位《くらい》は一を壱寸とも。月《ぐわち》共いふ。二は二寸共かげ共いふ。三を三寸とも塩《しほ》共いひ。又五を五歩《ぶ》ともわけ共北《きた》むき共そろりともいへり

歌に　月は一つかげは二つにみつしほの

わけは五つになるひかりかな

およそ傾城《けいせい》の因縁《いんゑん》是なり。あゝかなしきかなやいつの比《ころ》より。遊女《ゆふぢよ》も銀《かね》のよくにまよふて。心《こゝろ》ざまのいやしくなりぬ。昔《むかし》を今になしたきといふ言《こと》の葉《は》のうらやまし。今のつとめをみるに。只《たゞ》ゑりつき銀ある人に思ひつく世の有様《ありさま》とはなれり予《よ》が才覚《さいかく》をもつて。今月《こんげつ》（八オ）今日より。傾城《けいせい》といふ字《じ》をあらため。傾銭《けいせん》と書《かく》べし。傾銭《けいせん》は。銭《ぜに》にかたむくといふ心ぞかし。古来《こらい》は男《おとこ》のかたより女郎にかたむきしが。当代《たうだい》女郎のこゝろ。男の色《いろ》にもまよはずめんよな事の。銭《ぜに》あるとみれば。よどの川瀬《かはせ》の水ぐるま。あやまりならばゆるし給はれ〳〵

御前《こぜん》義経記《ぎけいき》　読初《よみはじめ》　太郎《たらう》冠者《くはじや》作《さく》

㈠　元《げん》九郎《くらう》今義《いまよし》稚立《おさなだち》

か様に候者は鞍馬山《くらまやま》のふもと。青目坂《あをめざか》と申所に。ちかきころよりすまゐ仕。小人《せうじん》にて候。まことに私《わたくし》の身程《みほど》世に浅《あさ》ましきものはなし。父《ちゝ》にはようしやうにておくれ。母《はゝ》が袖《そて》に（八ウ）かいはうせられ。五才の比此山中に捨《すて》られ。十方《とはう》なき涙《なみだ》袂《たもと》は海《うみ》つまは雨《あめ》にのみ。ないてくらするほと、ぎす。なくねに通《かよ》ひ路《ぢ》の山人。あはれをもよほし。露《つゆ》ときゑ行命《ゆくいのち》なりしを。里《さと》人にひろはれ。爰《こゝ》かしこにて月替《がは》りにそだてあげられ。今十四歳《さい》の年《とし》月をくらしてかく成人《せいじん》仕りぬ。さればこそ情有《なさけある》人〳〵を。父《ちゝ》とも母《はゝ》共おもひ侘《わび》つる身のわざ。せめて御恩《おん》をほうぜんため。去年《こぞ》の暮《くれ》より此川上《かはかみ》にわづかなる柴《しば》の庵《いほり》をしつらい。山夜《さんや》に月の光《ひかり》は。つきあけ窓《まど》のすかしより詠《なが》め。鞍馬《くらま》山の水流《ながれ》おちてけはしく。岩《いわ》にあたりてかしましきに夢《ゆめ》おどろかせ。川ばたの飛石《とびいし》かいやり水《みづ》に手水《てうづ》をつかひ。ぬれ手其儘《まゝ》東《ひがし》にむかひ。さき立給ふ父《ちゝ》は是非《ぜひ》なし。せめて未来《みらい》は仏果《ぶつくは》にいたらしめ（九オ）給へ。母なん稚心《おさなごゝろ》に面影《おもかげ》をのみ覚へ侍《さふら》ふ。我《わが》一生《しやう》のうち二度《たび》対面《たいめん》せさせ給へと。朝暮《てうぼ》かんたんをくだき。竹馬《ちくば》より里《さと》の手わざをならひ。夕部《ゆふべ》に星《ほし》をいたゞき。朝《あした》に霧《きり》をはらい山野《さんや》に入。柴木《しばき》を折《おり》て里《さと》にさがり。是を商売《しやうばい》して我いとなみの外。禄《ろく》あまれるをよういくせられし方《かた》へ高下《かうげ》なく心指《こゝろざし》をはこび。欲《よく》をはなれてまことをつくしぬ。正直《しやうじき》は一旦《たん》のゐこにあらずといへども。つゐに日月のあはれみあるまじき事にあらず。*元来《ぐわんらい》いみじき生付《むまれつき》心さかしくとんちにして四季《しき》に心をくばり。先春《まづはる》は此山に咲《さく》小桜《さくら》折《おり》て花籠《かご》になひ。夏《なつ》はすゞしきあやめまこもの沢辺《さはべ》に盛《さかる》を夜がりして。又秋《あき》は色《いろ》てるもみぢを打折《うちおり》。松たけなどもかりの浮世《うきよ》。冬《ふゆ》は梅《むめ》の早咲《はやざき》をしやう（九ウ）くわんに是一つをたのしみ草《くさ》。花のおも荷《に》をにのふたりおふたり。毎日《まいにち》鞍馬《くらま》山に入そむるは。やさしき心にてぞありけり。すでに多門天《たもんでん》の御めぐみにかなひ。宿坊《しゆくぼう》のこらず花の旦那《だんな》としにせ。此山を我《わが》すみかとして。やる瀬《せ》なき世渡《わた》りなれども。*下地《したぢ》きりやうよく髪黒《かみくろ》〱と。いつの比より若衆《わかしゆ》ぶりをみがくはなにゆへなりといふに。福蔵院《ふくざういん》のごもつあがり。今若僧《いまにやくそう》のほまれをとる。観了《くはんりやう》といへる情《なさけ》しり。花の若衆《わかしゆ》に心をなづませ。思ひのみかきくどき。いつとなくなびきあふ夜の岩枕《いわまくら》。僧正《そうじやう》が谷杉《たにすぎ》の木の本にて。こけのむすまてと神かけてのちかひ。弥《いよ〱》恋《こひ》の瀬《せ》ぶみをわたり。梅花香《ばいくわかう》の光鏡《ひかりかゞみ》にかゝやき。前髪《まへがみ》のなだれ両の耳《みゝ》にふりわけ。つとふゆたかにたてかけ髪の大いちやう（十オ）江戸元結《もとゆひ》のしめくゝり。下男《しもおとこ》の久七なんどに包銭《つゝみせに》の隙《ひま》なく。露《つゆ》打《うつ》こゝちしりがるにまはりて。小性《こしやう》なみに手入させ。立居《たちゐ》みよげにはづかしからぬ風俗《ふうぞく》。谷《たに》清水《しみづ》にてみがきこむ髪《かみ》かたち猶《なを》うつくしく。寺中《じぢう》のお小性《こしやう》にも見まがへるほどのしこなし。一山《いつさん》の衆徒《しゆと》おもひをなづませぬはなかりき。人は氏《うぢ》よりそだちとやら。こしかたをとふ人のおゝかりき。殊《こと》に心ざまのやさしきに我人かんじ。ふびんのかさねて里《さと》へくださず。碁《ご》将棋《しやうぎ》双六《すくろく》能《のふ》謡《うたい》は殊更《ことさら》笛《ふえ》尺八のしらべよく。*子小性《こしやう》打《うち》より友千鳥《ともちどり》の友《とも》あそびは色《いろ》くらべ。名は九

挿絵第四図

郎と名付《なづけ》て。いとまあれは観了《くわんりやう》がつくえによりそひ。いろはかなぶみ一日にかきやり。巻筆《まきふで》とつてあたまからの大文じ。花鳥風月《くはてうふうげつ》の筆勢《ひつせい》見事に。（十ウ）

挿絵第四図（十一オ）

我身をせめて書《かき》よごすほうご。昼夜《ちうや》是に心をくだきぬ。折節《おりふし》観了うしろより。そちは花鳥風月《くはてうふうげつ》をならふとみへたり。うたてや花のさかりに鳥羽《とりは》たゝけばあたら盛《さかり》をちらし。また〳〵さへ行《ゆく》月夜《よ》に風雲《かせくも》のかゝりては。かならず月も見へさせ給はぬぞかし。それをやめて龍虎《りやうこ》梅竹《ばいちく》を書《かく》べし。龍《りやう》は勢《いきおい》つよく。虎《とら》は筆《ふて》の命毛《いのちげ》をはしらせ。松はゆたかに竹《たけ》すなをなるやうにと心をとめ。手をしめておしゆるは恋《こひ》の手習《てならひ》。また〳〵明晩《みやうばん》をしへん。扨こよひは師《し》の坊御祈禱役《ぼうこきたうやく》にて。よひより毘沙門堂《ひしやもんだう》にこもりまします。首尾《しゆび》はこよひにかぎるなり。爰《こゝ》にては人目の関《せき》。もれてむつことのよその耳《みゝ》に聞《きゝ》もやせん。ひさかに*僧正《そうじやう》が谷《たに》に立越《たちこへ》ひごろの思ひをかたらんどうなり共と（十一ウ）夕暮《ゆふぐれ》ふたりつれだち。星《ほし》の光《ひかり》をたよりに谷《たに》ふみわけて行《ゆく》山あい。杉《すぎ》たつる一本《ひともと》。きふね川の水さかまく。どう〳〵と流《ながれ》おちてなるは滝《たき》のごとく。木末《こすゑ》しげりて風にもみやひ。そう〴〵しく又しん〳〵たるをたのしみ。岩根《いわね》を枕石《まくらいし》をたゝみてしきねとし。幾年《いくとし》ふる松はすがたをかくす屛《びやう》風《ぶ》。わげさ衣《ころも》を杉《すぎ》の小枝《えだ》に打《うち》かけ。懐酒《ふところざけ》のぬくもりかんさめては物なしと。小盃《さかづき》に引うけさす所をあたまからおさへます。それはどうよく然《しから》ばあひといふ月夜《よ》がらす。あれあの鳴音《なくね》と我思ひとが同し事。是をさかなに一つうけてずつとほす。是はのまずにはゐられぬと。ふたつつゞけてのんでおさめて。それより心の下ひぼ打《うち》とけ。互《たがい》のね物語《ものがたり》に。その昔源《むかしみなもと》の義朝《よしとも》の八男《なん》うし若君《わかぎみ》。東覚坊《とうかくぼう》にしのびまし（十二オ）まし。此山の僧正房《そうじやうぼう》とふかき恋路《こひぢ》のさゞめ事。男色《なんしよく》のむすびふかく。兵法《ひやうほう》の秘書《ひしよ》のこらずならひ。かね売吉《うりきち》次《じ》信高《のぶたか》にさそはれ。奥州《おうしう》にくだり給ひしためしあり。今思ひくらぶれば二人《ふたり》が中は其人ににたではないかお若衆《わかしゅ》と。じつと手をとるかり枕《まくら》。契《ちぎり》はくちぬととりかはす。我手《わがて》枕《まくら》のいつとなく。ねむりがちにて夢《ゆめ》をむすびぬ

㊁　御乳人《おちのひと》のゆうれい

時《とき》は八つのすぎゑいざめにひぢ枕《まくら》はづれて。観了《くはんりやう》が高いびき。元《げん》九郎がきのじなりのねすがた。そばに有ける盃《さかづき》のわれてもしらぬ夢《ゆめ》の浮橋《うきはし》。あやしやけしたる老女《らうによ》のすがた。九郎が枕《まくら》もとに立より。まことによゝの物語《ものがたり》に乳《ち》ぶさをわけしみどり子は。我こつにくをわけしより（十二ウ）いとをしきものとこそしれ。そだてまいらせしより年《とし》月の程《ほど》ふり。五年《いつとせ》の春《はる》を重《かさね》て。あいらしざかりにうたてや身は此世をかぎりとして。無常《むじやう》の風《かぜ》にさそはれ。いまだもうしうの雲《くも》にへだてられ。仏果《ふつくは》にいたりがたきは。只《たゞ》御身のうへにてまよひぬ。暫《しばらく》めいどのいとまをゑ。くらきよりくらきにまよふ鞍馬《くらま》山。此川岸《ぎし》の浪《なみ》をけたてゝよふ〳〵として来りぬたとへまねかせたまはず共。我魂《わかたましい》のこがれよる身を。はかなやしらせ給はぬか。せめて現《うつゝ》に成《なり》とも此姥《うば》が物語《ものかたり》をよく耳《みゝ》にふれ給へ。いとをしや御身こそ。九重《こゝのゑ》の八重桜《やゑざくら》盛《さかり》ひさしき橘《たちばな》屋三津《つ》氏《うち》権之助義方《よしかた》とて。公家《くげ》ならず武家《ぶけ》ならず。浮世《うきよ》の楽《らく》を御身一代にかぎりて。奥《おく》様

なしのひとりずみ。うちかたにはおさなと申てひろき都《みやこ》に（十三オ）

挿絵第五図（十三ウ）

挿絵第六図（十四オ）

またなきやさ女。よるのしとねにふさせて。月にも花にも是をたのしみあかし。入日西《にし》にかたむく比ふと嶋原《しまばら》に御かよひましまし。一もんじやの松の位《くらい》ときはといへる遊君《ゆうくん》にたはふれさせ給ひ。一年《とせ》すぎて二年《とせ》の春。ときはの松の根引草《ねひきくさ》。ひくてあまたを我物《わがもの》にして。おさなが事をわすれ草《ぐさ》。ねたみそねみを思召て親里《おやさと》にかへし。其後《そのゝち》朝暮《てうぼ》酒宴《しゆゑん》にちやうじ。よるひるとなきいもせのうへにて。ふしぎや流《ながれ》の身なれど懐胎《くはいたい》ましまし。三とせのうちに御子二人もうけ給ひぬ。御惣領《そうりやう》は御身。今壱人は女子《によし》にて渡《わた》り給ひぬ。然《しか》るに御身三歳《さい》の秋《あき》。△名村《なむら》八郎次様と申御かたと丹州《たんしう》の金山《かなやま》にかゝり給ひ。御たくはへのこらず秋《あき》の木《こ》の葉《は》のちりほこりもなく。あまつさへ八郎次様と（十四ウ）金銀《きんぎん》の出入互《たがい》の欲《よく》をあらそひ。水魚《すいぎよ》のごとくなりし中を引わかつて。所《ところ》の奉行所《ふぎやうしよ》へうつたへ。すでに公事《くじ》におよび。数度《すど》の対決半年《たいけつはんねん》もかゝり給ひぬ。運《うん》やあしかりけん。七分《ぶん》にかゝる勝公事《かちくじ》を。言葉《ことば》一つをとがめられ。丸《まる》にまけさせ給ひ。あまつさへ籠舎《ろうしや》に仰付らるゝ。ときは様此事をなげかせ給ひ。女心のやるせなく。御赦免《しやめん》のそせうたび〳〵也。御前《ぜん》へ取次《とりつぎ》には蔵橋《くらはし》源之丞《ぜう》よろしく仰あげられけるにや。五月をまたす御ゆるされしに。一家《いつけ》悦《よろこび》の色《いろ》をまして。千秋《せんしう》万歳《ばんぜい》をうたひぬ。父《ちゝ》うへ明暮《あけくれ》思召は。まけましき公事《くじ》をまくるのみ。おもひもよらぬ籠舎《ろうしや》のすまひ口惜《くちおしく》いきどをり猶《なを》ふかく。日夜《にちや》御目もあはず此事そん病《びやう》づゐて。ばんじの床《ゆか》にふし給ふ。洛中《らくちう》にて指《ゆび》おる（十五オ）ほどの御典薬門《てんやくかと》に乗物《のりもの》たへず。様《さま》ゝかんびやうするといへども其かいなく。終《つい》に此世のかぎり四十一歳《さい》の露《つゆ》ときへさせ給ひぬ。何《いづれ》もあんやにとぼし火きへたるごとく。とほうなく〳〵御しがいを七条朱雀《しゆしやか》の野辺《のべ》におくりて。無常《むじやう》の煙《けむり》となし奉りぬ。それより七七日の御とふらひ念仏《ねぶつ》の声《こゑ》たへず。百か日もみてざるに。名村《なむら》八郎次御出あり。いぜんくるわのよしみをわすれず。うたてや母うへにむたいなるれんぼ。をのれが有徳《うとく》を鼻《はな》にあて。おし付わざに恋《こひ》の山。やもめ暮《ぐらし》の床《とこ》もさびしく。是非《ぜひ》我妻《わがつま》にとくどきけるに。いなともいはず又さもなく。言葉《ことば》にま事をいはせて八郎次をかへし。いよ〳〵御なげきふかう。よし妻《つま》にはおくれたり共。二張《ちやう》の弓《ゆみ》はなど引心に（十五ウ）あらず。二人《ふたり》の子なかりしかば。すがたを墨《すみ》にかへまほしき御のぞみなれども。子は三界《がい》のくびかせにて。面白《おもしろ》からぬ月を壱人《ひとり》ねに詠《ながめ》。いかな事御ふみをも手にふれ給はず。しよせん此所を立《たち》のきひそかなるかたへしのび。つまの菩提《ほだい》をねがはんと。下女《けぢよ》下《しも》男《おとこ》にいとまを出し。主従《しうぐ》四人伏見《ふしみ》の里墨染《さとすみぞめ》のほとりにしのびおはしませ共。とせいをおくらんわざもなく。日《ひ》ゝにまづしくなり給ひぬ。せんかたなくわらは御身様をかいほうし。一先《ひとまづ》古里《ふるさと》火打坂《ひうちざか》へ立のき。折からのたよりに様子を聞《きけ》ば。御母うへには末《すゑ》の御子をつれ給ひ。いづく共なくみへさせ給はぬよし。其時《そのとき》御身五歳《さい》の夏《なつ》。我行年《わかゆくとし》のねつ病《びやう》におかされ。七日ふして世をさりぬ。まことにみなし子のたよりなかりしを。里《さと》人ひろひてかく成人《せいじん》し給ふなれ共。過《すぎ》し昔《むかし》（十六オ）を語《かた》るものもあるまじ。元来歴《ぐはんらいれき》ゝの御筋目《すじめ》。殊《こと》に東国《とうごく》三河《みかは》の国《くに》には越後《ゑちご》屋の善三郎とて手前者《てまへしや》。大旦那《お、だんな》の御影大分《かけだいぶん》かう

挿絵第五図

挿絵第六図

むりし者《もの》なり。何とぞ三州《しう》にくだり給ひ御頼《たのみ》ましまさば。追《おつ》つけ御代《ごよ》に出給はん。母うへこそ其身いやしきをはぢ。わざと御ゑんりよありての事よ。腹《はら》はかりの浮世《うきよ》。まかせ給ふ若葉枝《わかばゑ》の種《たね》は旦那《だんな》さまなり。定《さだ》めてぞんぜぬ事あらん。然《しかれ》ば是をしやうこに見せ給へと。家《いゑ》の巻物《まきもの》并ニくれ竹《たけ》といふ横笛《よこふえ》枕元《まくらもと》にそつとをき。あら嬉しやもうしうの雲《くも》もはれたり。なごりおしの若殿《わかとの》やといふ声《こゑ》はかりは有明《ありあけ》の。月すみわたるきぶね川に流《ながれ》て姿《すがた》は見へざりぬ。九郎夢《ゆめ》おどろかせあたりをみれは。玉軸《ぎよくぢく》の巻物錦《まきものにしき》の袋《ふくろ》に横笛《よこぶえ》有。扨は現《うつゝ》にみへしは姥玉《うばたま》の我故三津《われゆへさんづ》†（十六ウ）にまよひこんはく爰《こゝ》に来《きた》りて。昔《むかし》をしらせけるか。神ならぬ身とて浅《あさ》ましき。浮《うき》事を聞ものかな。未母《いまだはゝ》には御無事《ぶじ》のよし。何とぞありかを尋ね。追付《おつつけ》御目にかゝるべし。時うつしては親《おや》への不孝《ふかう》。是よりすくに三州《しう》にくだり。善三郎を頼《たのみ》其後母《のちはゝ》を尋《たづね》んさりながら。観了《くわんりやう》殿とは男色《なんしよく》の契《ちぎり》に。うらなき事をあかさんと。書奉《かきたてまつ》る誓紙《せいし》の罰《ばち》。やうすをかたらばよも一人《ひとり》ゆけとはいはれまじ。孝《かう》に情《なさけ》はかへられじと胸《むね》をきはめて。先観了《まづくわんりやう》をおこし。夜《よ》も明方鳥《あけがたとり》の時をつくりて。東《ひかし》の方はしら〳〵し。御帰《かへ》りもやとおこされて。大あくびいざといはれて涙《なみだ》もる。目を観了み付。何をか思ひ出してなげが*

るゝぞ。されば夜は暫《しばらく》も目のあはず。つや〱とのゐして今少ねむたがりしに。涙《なみだ》つらぬくにて侍《はんべ》る（十七オ）と色《いろ》さとられぬ返答《へんとう》。かたじけないと手をとつていたゝく。それは仰がくだなりと。かた目に涙《なみだ》かためにはおもはぬ恋《こひ》の目遣《づかひ》して。六つ打鐘《うつかね》ともろ共に。福蔵院《ふくざういん》にかへり給ひぬ

㊂　滝詣《たきもうで》のあひぼれ

其夜《そのよ》ひそかに観了《くわんりやう》がへ屋にしのびいる。夕べにかはり風もなく。とぼしびかすかに二人ねのむつこと三つ四つかたらんとせし所に。福蔵院手《て》を打《うち》観了を召れ。今宵《こよひ》は毘沙門堂《びしやもんだう》の燈明役《とうみやうやく》。立越《たちこへ》油断《ゆだん》なくかゝげ奉れと。師《し》の坊《ぼう》の仰《おほせ》もだしがたく一間《ひとま》に帰《か》へり。元《げん》九郎にさゝやき。今宵《こよひ》はかうした首尾《しゆび》なり。おもへば月に村雲《むらくも》かゝるおもひもまたあすのたのしみ。是よりすぐに行《ゆく》ぞかし。今宵《こよひ》こそゆたかにふし給へ。さらばといふ袖《そで》をひかへて（十七ウ）今宵《こよひ》は一入《ひとしほ》御名残《なごり》もおしまるゝ。まゝならぬが浮世《うきよ》なれとも。人は今日《けふ》を頼《たのみ》てあすをしらず。たのしみつきてかなしきわかれとなる世のならひぞかし。是非《ぜひ》おとぎに参らんと云ふ。観了《くはんりやう》打ゑみ。過し夜とは替《かは》り。安《やす》からぬつとめ。殊《こと》に仏前《ふつぜん》へのおそれ。明《あけ》なばはやく帰《かへ》らんと立出る。元《げん》九郎おもひけるは。兄分《あにぶん》への義理《ぎり》をたてゝは此山出ることなし。其うへ男色《なんしよく》の契《ちぎり》はかぎりありて年月立にしたがひ。互《たがい》に思ひと恋《こひ》をよそに見るものにて。たのしみは今二三年ありやなし。爰《こゝ》をはなれて孝《かう》にいらすは一生《いつしやう》の不孝《ふかう》。幸《さいわい》よき首尾《しゆび》なりと硯《すゞり》引よせ。心指《こゝろざし》を書《かき》したゝめ。今一通《いつつう》は青目坂《あをめざか》の里《さと》人方《かた》へのこし。観了がひさうせし来国重《らいくにしげ》。二尺三寸有けるを取出し。法師《ほうし》の打《うち》（十八オ）物ゑきなし。我門出《わかかどいで》に給はれと身ぶりよく指《さし》こなし。黒羽二重《くろはふたへ》のきり物きかへて。かたの行《ゆき》よくすそみじかく。是きよといはぬばかり。心に是をもらひてわざと髪《かみ》といて大わらは。六尺のかしの棒《ほう》山道のようがい。火縄取《ひなはとり》出すなどさりとはさかしき心ぞかし。

挿絵第七図

なじみある此山をみのこして行《ゆく》毘沙門堂《びしやもんだう》。今行事をしり給はず。火《ひ》かき立て油《あぶら》つぎ。夜明《よあけ》て帰り給ひなば。定《さだ》めしあいそのつきもやせん。ゆるし給へとふしおがみ。勢《いきおい》たけく五十町の坂《さか》をまつくだりに。里《さと》の入江*に暫《しばらく》あしをやすめ。夜をこめて行《ゆく》ほの〲あけ。三条大橋《でうはし》まで来《きた》り。我《われ》と心に思ひけるは。過《すぎ》つる夜。観了《くはんりやう》殿のはなされし。源《みなもと》の牛若《うしわか》は。東《あづま》におもむく門出《かどいで》に元服《げんぷく》してくだり給ふと聞《きゝ》つとふ（十八ウ）

挿絵第七図（十九オ）

千一牛若君《せんいちうしわかぎみ》にあやかりもせん。是を吉例《きちれい》に男《おとこ》になりて下《くだ》らんと。爰《こゝ》かしこをみる所に。床《とこ》がみゆひの目をすりてのうれんかけるを見て。是くつきやうとよろごひ*。角入《すみいれ》てと腰《こし》をかくる。床《とこ》の男《おとこ》よろこび朝《あさ》ゐびすけふの仕合《しあはせ》よし旦那《だんな》はぬけ参りとみへたり。お一人かお同行《どうぎやう》いくたりぞ。とてもの事に髪《かみ》さかやき致《いたす》やうにと頼《たのむ》もおかし。十五歳《さい》の丸《まる》びたい。角《すみ》ぎはよくおめでたやといはれて。鏡《かゞみ》に姿《すがた》をうつし。あつはれお手ぎはいざおいとま申さんと。心《こゝろ》指《ざし》をつゝみ紙《がみ》なげすてゝ。縄手《なはて》のかたをよこぎれ。知恩院門前《ちおんいんもんぜん》を南《みなみ》へ祇園《ぎおん》の社《やしろ》にもふで。清水寺《せいすいじ》に参りねび観音《くはんおん》さつたの力《ちから》をもつて今一度《いちど》母《はゝ》にあはさせ給へ。今朝《けさ》かりに元服《げんぷく》する。とてもの事に仏前《ふつぜん》にて名《な》をあらためんと（十九ウ）我《われ》と元《げん》九郎今義《いまよし》と名のり。音羽《おとは》の滝《たき》にくたり身をきよめんと。わらぢのひぼをときすて卅三度《ど》のこりをとり給ひぬ。滝詣《たきもうで》あまた有中に。今年三五のふり袖白《そでしろ》きねりぎぬのゆかた。腰本《こしもと》らしき小女郎《こめろう》そばをはなれず。石段《いしだん》をのぼるすあしきよらかに。御はだのまはり雪《ゆき》の山をうごかし。たんくわの口びるわぢ〳〵とむかふばしほらしくくいしめ給ふは。又たぐひなき御すがた。すでに元九郎とあとやさき。恋《こひ》のしかけは娘《むすめ》から。しり目やる目つかひ。石段《いしだん》の中《なか》ばわざとけしとみぬるを。今義《いまよし》はしり付御こしにすかりてけかなかりしかと。とふことのはの嬉しく。につこりとゑめる顔《かほ》。御身様のお情《なさけ》にてあやうき難《なん》をのがれぬ。よしない人か目通《めどをり》にちら〳〵といひ（廿オ）のこす。どなたの事じやと腰本《こしもと》がとへば。それそこなお人しや†といへども。今義気《いまよしき》もつかずよそ事に聞すて。仏前《ぶつぜん》のわにぐちいたゞかんとする手を。娘《むすめ》はいただき。さりとはそつじなかねのおとこゝろゐ。大じの御手にさはりぬ。くるしからぬ事とさはらぬ返答《へんとう》。またくだり坂になりて元九郎けしとむを。むすめあはてゝ御手をとり。ためいきほつとのふこわい事かな。けがはなかりしかと尋《たづね》しに。今義《いまよし》よろこび御かいほうにてあやうき所をのかれぬ。いづれ御縁《ゑん》あらばとすんとした言葉《ことば》にこしもととり付。方《かた》様には京にあらず田舎《いなか》にあらず。滝詣《たきもふで》の道連《みちつれ》は是観音《くわんおん》の引合《ひきあはせ》。くわしく御物語《ものがたり》あるべし。此かたは室町辺《むろまちへん》にて。名有《なある》御方の御息女《そくちよ》。様子《やうす》によつておため（廿ウ）らしき事有べしととはれて。さん候。私《わたくし》には父《ちゝ》もなく母《はゝ》にわかれて其行衛《ゆくゑ》を尋《たづね》んため。此観音《くはんおん》にちかひを立る。是よりすぐに行《ゆく》しでの旅路《たびぢ》とや申さん。娘猶《むすめなを》いとおしく。あはれなる物語《ものがたり》。今宵《こよひ》は是非《ぜひ》に私《わたくし》かたへ御供《とも》申て。おち法善様にかたり。よろしくはからはんといふ言葉のちから草《くさ》。此うへはいかやう共御指図《さしづ》次第《しだい》といわぬうちに。さあらちがあいたと。腰本《こしもと》に何やらんさゝやかせ給ひぬれば。そこらはわしがのみこんだと。くるまやどりのほとり。爰《こゝ》こそ恋《こひ》のかりの宿《やど》。下女《げぢよ》やはしたは気《き》をとをし。六波羅野辺《はらのべ》にすかしけるにぞ。今義とても姫《ひめ》とても恋《こひ》のしぞめの水浅黄《みづあさぎ》。顔《かほ》には秋《あき》の紅葉《もみぢ》ちる。腰本《こしもと》の梅《むめ》が見かねて。おふたりながら初心《しよしん》な。今此水《すい》な世の中に。おじぎは（廿一オ）ことによるぞかし。是かうしてそうしてそこらをかうとをしへけるに。さすがいはきにあらされば。心《こゝろ》よはくも立よりて。所は爰《こゝ》ぞ清水坂《きよみづさか》。恋《こひ》のしぐれにぬれそめて立かぬるはことはり。時は八つに過《すぎ》たり内かたのしゆびいかゞ。此恋《こひ》人はわざと小者《こもの》ぶんにして召つれ給へと。腰本《こしもと》目がよい智恵《ちゑ》よろしくはからひ。みづからがそばをはなれ給はぬやうにと。あんまり嬉しき御たくせん。かしこまりたるかるたむすび。娘子《むすめご》の召替《めしかへ》小袖《こそで》風呂敷《ふろしき》に包《つゝみ》。元九郎がかたにゆりかけ。御供《とも》申は恋《こひ》なり孝《かう》なり情《なさけ》也。首尾《しゆび》よく娘《むすめ》の屋方に入くはしく子細《しさい》を尋《たづね》しに。此所は名村《なむら》八郎次屋かたにてぞ有ける。今入道《にうだう》して法善《ほうぜん》といへり。つく〱おもへは牛若鬼一《うしわかきいち》がもとにおはします心地《こゝち》こそすれ

御前義経記巻一終（廿一ウ）

御前義経記《ごぜんきけいき》　嶋原《しまばら》の能《のう》　今様女郎弁慶《いまやうぢよらうべんけい》

二之巻　目《もく》　録《ろく》

面影うつるはし弁慶
㊀ 傾城《けいせいの》*烏帽子親《ゑぼしおや》
はやしかたは天神地謡《てんじんちうたひ》は鹿恋《かこひ》
もちのかわむく女郎買《かい》
長刀《なぎなた》にのる恋《こひ》の掛橋《かけはし》

面影うつるあのゝ法師
㊁ はじめて†女郎《ちやうらう》の懐《ふところ》
初対面《しよたいめん》の床入《とこいり》
あたまからの密夫《まぶ》
みさをは当世《たうせい》の情《なさけ》しり
恋《こひ》と涙《なみだ》と（一オ）

面影うつるみさゝきが城
㊂ 今義二度《いまよしにど》の欠落《かけおち》
待夜《まつよ》のすご六恋目《こひめ》は三六《さぶろく》
起請《きしやう》のはいにおそろしい声《こゑ》
闇《やみ》はあやなし馬《むま》は道《みち》つれ

面影はよしつね都落
㊃ ぬしなき馬《むま》に送《をくり》*り状《じやう》
やつこ茶《ちや》屋はほの〴〵明《あけ》
はりやの門《かど》にまはる生霊《いきりやう》
男色《なんしよく》情《なさけ》のはいどくさん（一ウ）

㊀　傾城《けいせい》の烏帽子親《ゑぼしおや》

おもひと色《いろ》にまよひて息女《そくぢよ》のもとを暫《しばらく》かりの宿《やど》。わざと下《しも》に引さげられ小わつはなみの草履《ざうり》をつかみ。あけがたよりせど門《かど》のそうじ。見世格子《みせかうし》ふくに隙《ひま》なく。いやしき手わざも心一つに問人《とふ》もなく夜毎《よごと》に通娘《かよふむすめ》のね屋。しよゐんさきの長廊下風呂《ながらうかふろ》の戸《と》ぼそにてまくらをかさね。夜《よ》をこめてといふ哥《うた》の心をおもひやり。あかぬわかれもめん〱がふしどに帰り。情《なさけ》の月を爰にかさね。自然《しぜん》と*法善《ほぜん》が気《き》に入つて。日毎《ひごと》に嶋原通《ばらかよひ》のしのび供《とも》。きやつならではと召つれ行《ゆく》は老《おひ》のなぐさみ。神楽太鼓《かぐらだいこ》の拍子聞《ひやうしき》、を我ものにして。おろせが中（二オ）宿大臣笠《やどだいじんがさ》の目付紋《めつけもん》。しゆしやかの野辺《のべ》を脇《わき》目ふらずまつすくに行《ゆく》は。釈迦如来転法輪所当極楽《しやかによらいてんぼうりんしよとうごくらく》の東門《とうもん》に入相《いりあい》の鐘《かね》つく比をあげ屋入と定《さだめ》。ていしゆがれんとび。くはしやがくもまい。下女下男《しもおとこ》が風車《かざぐるま》。是自然《しせん》とまはるにあらず。当代金《たうだいかな》山まぶうめき渡《わた》る勢《いきおい》なり。此大臣《たいじん》都《みやこ》にかくれなき名村《なむら》八郎*治《じ》今《いま》法善《ほぜん》といへる手前者《てまへしや》。妻《さい》を定《さだ》めずして一生《しやう》此里《さと》にかよひ。浮世《うきよ》のくわんらくを爰にきはめて。諸国《しよこく》へあづけし金銀の利《り》。毎《まい》年二季《き》につみのぼす銀箱《かねばこ》。入道《にうだう》が屋かたにいれずして。傾国《けいこく》の中宿柏《やとかしは》屋が蔵《くら》におろさせ。法善蔵《ほぜんぐら》と名付て前銀《まへかね》渡しての女郎買《かい》。およそ三がの津《つ》にかたこすものもあらじと。あげ屋ふうふがねざめあんぜぬはもつ共。大坂屋の太夫わか（二ウ）むらさきといへるに。法善老《ほぜんおひ》の腰《こし》をぬかして。三百五十四ケ日をあげづめ。よの男《おとこ》の顔《かほ》見せぬにむらさき是をかなしみ。せめて一度《ど》はあふてみまほしきねがひ。江口《くち》の君《きみ》大礒《いそ》の虎《とら》にちかひを立て是をいのりぬ。有時入道遊興《にうだうゆうけう》のあまり。遊女《ゆうぢよ》の芸者《げいしや》たるをあまねく買《かい》ほし。能《のう》をさせてみんとすでに吉日をあらため。あげ屋の座敷《ざしき》に舞台《ぶたい》しつらい。役《やく》する程《ほど》の女郎にそれ〱の衣裳《いしやう》を拵《こしらへ》是をきずてにせよと。山のごとくつみ重《かさね》てめん〱が前《まへ》に置《をく》。明日《あす》といふ今日《けふ》の地《ぢ》ならし。其役《やく》〱をよくいひふくめ。則能《すなはちのう》は橋弁慶《はしべんけい》シテハ一文字屋のみさほワキハ京屋の大江《お、ゑ》がつとむるはづなりしが俄《にはか》に腹《はら》をいためてなりがたきよし。おの〳〵さしあたりての思案中《しあんなか》ば。神楽《かくら》罷出明日《みやうにち》の事に誰《たれ》（三オ）

挿絵第一図（三ウ）

挿絵第二図（四オ）

かれと申さんより。幸《さいわい》くるわに謡《うたひ》屋の師匠《ししやう》小春《はる》又之進《しん》とて名人《めいじん》有。きやつに仰《おほせ》付らるべしとでかした顔《かほ》するもおかし。女郎の能《のう》に男《おとこ》まじるは油《あぶら》に水《みづ》。それしや程もないと大臣《だいじん》のにが笑《わらひ》。元九郎罷出　私《わたくし》幼少《ようせう》より橋弁慶《はしべんけい》のうたひ。昼夜《ちうや》ならひてたのしみ候。御めんをかうむり仕度よし申あぐるに。法善《ほぜん》きげんにむかれけるにや。そちとても男なれどもいまだ年《とし》わかなり。殊《こと》に生付《むまれつき》いやしからねば。きやつを大江が替《かは》りにせん。覚《おほへ》なくては申まじ。けいこは見るまでもなし。汝《なんぢ》がのぞみにまかせん。かたしけなしと悦《よろこび》。是一入《ひとしほ》の見物《けんぶつ》。さあ埒《らち》が明《あき》ぬると。おの〳〵ふしどに入て。明《あけ》をまつまの夜あけがらす。聞《き、》つたへたる者《もの》共。つてにつてを頼《たのみ》て。明《あけ》ぼのよりのくんじゆおびたゝしく。柏《かしは》屋か庭《にわ》（四

挿絵第一図

挿絵第二図

ウ)にかわつゞら。巻樽《まきだる》せいらう生肴《なまさかな》。提重《さげちう》の山をなして。さりとははれ〳〵しき見物《けんぶつ》。らうかの戸《と》ひらひて役《やく》する女郎。がく屋入の道中猶《だうちうなを》やさしく入しづまつて。正面《しやうめん》には法善若《ほうぜんわか》むらさき。太鼓《たいこ》の神楽《かぐら》并ニぐわんさい。袴《はかま》をちやくして入道《にうだう》が前《まへ》にかしこまり。東西《とうざい》〳〵扨今日の御能《のう》は橋弁慶《はしべんけい》。笛《ふえ》は大坂屋の小大夫様の口もと。しほらしき小鼓《こつゞみ》の音《おと》はぬまやのむさしさま。大鼓《おゝつゝみ》は伊勢屋夕霧《ゆふぎり》さまのおます手もとなれば。定《さだめ》てうつつはこざりますまい。太鼓《たいこ》は井筒《ゐづゝ》屋の野風《のかぜ》様地謡《ぢうたひ》は鹿《しか》の位《くらい》をあつめて。山夕《さんせき》吉岡《よしおか》田村《たむら》高嶋《たかしま》初音《はつね》初風《はつかせ》花崎《はなさき》君川《きみかは》津川《つかは》吉川《よしかは》。此歴《れき》ゝワキハお若衆シテハ一文字屋のみさほさまと。こま〳〵申て左《ひだり》の方《かた》になおりぬ（五オ）もとよりみさほは舞楽《ぶがく》の上手《じやうず》。花のかたちを武蔵坊《むさしぼう》とはおもひもよらぬ替姿《かへすかた》。*将束《しやうぞく》ゆたかに正面《しやうめん》に出て。かれうびんかのこはねをはりあけ是より橋弁慶の謡そも〳〵是は西塔《さいたう》のかたはらにすむ武蔵坊弁慶《むさしぼうべんけい》にて候。我《われ》しゆくぐはんの子細《しさい》あつて。五条《でう》の天神へ参詣《さんけい》仕候。爰にふしぎなる事の有。五条の橋《はし》には十二三成おさなき者《もの》小太刀《だち》をもつて。往来《わうらい》の者《もの》をなやまし候。今夜《こよひ》よふけてかの橋《はし》に行《ゆき》。化生《けしやう》のものを打《うち》とらんと。夕部《ゆふべ》程なく暮方《くれかた》の。雲《くも》もけしきも引かへて。おともしづかにふくる夜を。おそしとこそは待《まち》ゐたりシテ元九郎扨も牛若《うしわか》は母《はゝ》の仰《おほせ》のおもきゆへ。あけなば寺《てら》へのぼるべし*ごよひばかりの名残《なごり》なれば。五条《でう》の橋《はし》に立出て。川浪《かはなみ》そへてたち（五ウ）まちに。月の光《ひかり》をながめんと。夕波《ゆふなみ》の秋風《あきかぜ》面白《おもしろ》の気色《けしき》やな。そゞろうき立我心《わがこゝろ》。波《なみ》も玉《たま》ちる夕顔《ゆふがほ》の花。五条の橋板《はしいた》をとゞろ〳〵とふみならし。風すさまじくふくる夜《よ》に。とをる人をぞまちにけり。すでに其夜《よ》もあけがたのさんたうの鐘《かね》もすきまの雲《くも》。光《ひかり》かゝやく月の夜に。きたるよろひはくろかはおどし。もとよりのぞむ大長刀《なぎなた》。真中《まんなか》とつて打かたげ。ゆらり〳〵と出たる有様。いかなる天魔《てんま》やくじんなり共。おもてをむくべきやうあらじと。我身なからも頼《たの》もしく。手に立敵《かたき》の恋《こひ》しさよ。弁慶《べんけい》かく共白浪《しらなみ》の。立より渡《わた》る橋板《はしいた》を。さもあらけなくふみならせば。牛若《うしわか》かれをなぶつてみんと。長刀《なぎなた》の柄元《ゑもと》をはつしとけあくれば。すはしれ物よもの見せんと。長刀《なぎなた》やがて（六オ）とりなをし切《きり》てかゝれはうしわか少《すこし》もさはがず。太刀《たち》ぬきはなつて丁《てう》どきれば。おどりあがつて足《あし》もためず。中《ちう》をはらへばかうべを地《ぢ》につけ。*千《ちい》ゝにたゝかふ大長刀打《なぎなたうち》おとされて力《ちから》なく。くまんとすれば切《きり》はろふ。すがらんとするにたよりなく。せんかたつきて弁慶《べんけい》は。きたいなる少人《せうじん》かなと。あきれはてゝ立たりけり。ふしぎや御身たれなれば。かほどけなげにましますぞ。今は何をかつゝむべき我源《われみなもと》のうし若《わか》。義朝《よしとも》の御子《こ》か。扨又汝《なんぢ》は西塔《さいたう》の弁慶《へんけい》なりと。互《たがい》に名乗《なのり》あひ。かうさん申さん御めんあれ。位《くらい》も氏《うぢ》もけなげさも。よき主《しう》なればたのみます。かゝる相役《あいやく》する事も。是又三世《ぜ》のき縁《ゑん》のはじめ。今より後はわが男《おとこ》と。おもひの外なる謡《うたひ》にことよせ。けいやくかたくいひかはし（六ウ）先今日《まつこんにち》のお能《のう》は是迄。申法善《ほうぜん》様。こよひはわしに此うし若様を。かりの浮世《うきよ》になしたいといへば。入道《にうだう》おかしく何がさておはたらきのほうびに。大事《だいじ》の牛若《うしわか》なれ共かします。それ元九郎お供《とも》仕れ。いや只《たゞ》御免《めん》とふり切《きる》を。ゑゝ。気《き》のとをらぬ何事ぞ。法善様の御意《ぎよい》なれば。へちまのかわやむさしのゝ恋《こひ》。いやでもおゝてもかうじやと。うすぎぬかづかせ奉《たてまつ》り。長刀《なきなた》を打《うち》かたげて。九帖敷《でうじき》のざしきに入《いる》山のはがくれ。床《とこ》にはやりてが気《き》をとをす。かぶろは伽羅《きやら》をたくさんに。是より恋《こひ》のたきつけとなる

挿絵第三図

㈡　はじめて女郎の懐《ふところ》

相生《あいおひ》の松風《まつかぜ》さつ／＼の声《こゑ》を聞捨《きゝずて》に。床《とこ》のね道具《だうぐ》かぶろの重弥《しげや》が子心《こゝろ》やさしく。枕《まくら》もとに伽羅《きやら》の香《か》とめ（七オ）やらず。みじか夜の長物語《かたり》あたまからしつほりとしたむつごと。今義《いまよし》なんどこそはじめて女郎の懐《ふところ》入諸礼《しよれい》しらぬが猶《なを》かはいらしく。とりみだしたるみさほのしづく。恋に玉ちる姿《すがた》あらはに。なま中《なか》にみぬさきこそはましならめ。よく／＼みれば御そだちいやしからず。殊《こと》に一芸《げい》のほまれたゞ人ならぬ御きりやう。嵐《あらし》三郎四郎にひとしく。ひよつと見てうしろ髪《がみ》のかたさまにひかれて。此やうにまでおもふものかな。われ一生《しやう》の恋《こひ》のかたまり御身様にきはめとある。いもせの神《かみ》の引合《ひきあはせ》かと思ひぬ。今かく嬉しき二人《ふたり》がねすがた。方《かた》様とてもわしとても。親方《おやかた》といふ字《じ》のあれば。まゝならざる浮《うき》ふしのつとめ。あふ夜まれなるとはいわねど。しれた事なれ共忍恋路《しのぶこひぢ》がなを（七ウ）

挿絵第三図（八オ）

ふかいものなり。法《のり》様日《ひ》ゝに此里《さと》へ御通《かよひ》。是非《ぜひ》御供《とも》につれたまはん。さもあらばあはで其まゝかへしはやらじ。かうした恋《こひ》はつとめの外なり。若《もし》又よそに恋あらば。とんとやめてとあたまからきついなづみやう。さりとは嬉しき心ざし。ちはやふる神《かみ》かけて。今より後《のち》はとちかひを立て。今義《いまよし》が詞《ことは》のたより草《ぐさ》。人にかたらぬ事なれど。我《わが》身のうへをはだかになして語《かたり》ません。はづかしながら我《われ》は江州《ごうしう》佐和山《さわやま》の者《もの》二人《ふたり》の親《おや》にはなれ駒《こま》の。行方《ゆくかた》もなき身なりしを。此里《さと》にとゞめられて。かぶろと申て重弥《しげや》がごとく。姉《あね》女郎のこしもとに付そひ御用《よう》を聞《きい》てさはいを見ならひ。十五歳《さい》の暮《くれ》ときはさまといふ太夫職《しよく》此里《さと》一ばんの女郎。是をわしが姉《あね》女郎いかいお引まはしに預《あづか》り。親方《おやかた》は天神《てんじん》にすへきといふ（八ウ）を。ときはさまのお指図《さしづ》にて松の位《くらい》になりまし。正月二日を傾城《けいせい》の仕染《しぞめ》。水《みつ》あげは太夫様の一の客《きやく》。三津《みつ》様のお情《なさけ》ふかう。ときは様《さま》とは深《ふかき》御縁《えん》かして。八百両の身請《みうけ》。くるわのくげんをやめさせ給ひぬ。其大夫様《そのたゆふさま》のお引《ひき》まはしにより。今《いま》もつはらのつとめ盛《さかり》。外《ほか》の女郎《ちようらう》なみにお客《きやく》もそこ〳〵にしこなし。盃《さかつき》の手さはり。ふかうおもはるゝ目遣《めづかい》。あだなきのそらせいもん。くされそうした事ではないと。いひわけしたも一昔《ひとむかし》になりぬ。当世《たうせい》は女郎の心いなものになつて。我身ながらもおかしい事あまたそかし。方《かた》様の旦那《だんな》俗《ぞく》の時には名村《なむら》八郎次《じ》様と申て女郎買《かい》の一の筆《ふで》。

挿絵第四図

挿絵第五図

三津《みつ》様とはひよくのつがい男《おとこ》と名《な》ざして。此里《さと》にしらぬ者《もの》なし。しでの旅路《たびぢ》は今の命《いのち》をしらず。三津様此世をみのこしおしや姿《すがた》は無《む》（九オ）常《じやう》の風《かせ》にさそはれ給ひぬ。きけばときは様には御子二人《ふたり》をつれ給ひ。都《みやこ》を立のき給ひしと。きいたばかりはまゝならぬ身と。おもひやり給ふべし。年《とし》月を重《かさね》て。ふかいといふ男《おとこ》にさへかうした事はつゝむぞかし。よしない咄《はなし》にまことの契《ちぎり》をわすれんとせしかなしさ。ろくにやすませ給へと帯《おび》のむすびめとく〳〵といふに。今義《いまよし》此物語《ものがたり》を聞て。さりとは嬉しき心底《しんてい》。扨只今《たゞいま》の御噂《うはさ》に私《わたくし》旦那《たんな》は名村《なむら》八郎次様と申せし人か。して〳〵お前《まへ》の姉《あね》女郎ときはさまには。おつとにわかれて。行末《ゆくすゑ》いづ方《かた》におはします。ありかのしれぬお咄《はなし》にて少《すこ》しつまらぬ所あり。とてもの事にととはれて。されば其事所《ところ》はしかときかね共。さる客衆《きやくしゆ》のおはなしには。身《み》の置所《をきどころ》もなく。お子たち二人は町方《まちがた》にやり給ひて。御身（九ウ）は又〳〵くるわにかへり花。あはれや二度《ど》のけいせいをなさるゝよし。方角《ほうがく》しらねばくわしき事はしらぬぞかし。今《いま》よし涙《なみだ》をながし。さぞかし其子の身にしては世に口惜《くちおし》くおもふらん。若《もし》又其子おやなつかしく。尋《たづね》に出ての首尾《しゆび》はといふに。身すがらあひに行《ゆく》は親《おや》に物おもはせて何のせんなき事。もし身請《みうけ》し給ふこゝろならば。それこそ親《おや》への孝《かう》ぞかし。今迄《まで》子をもちたる親《おや》二度《たび》つとめたるためしをきかず。また子としてつとめする母《はゝ》にあふたるうはさもきかず。此ふたつは何と申てよかろうぞ。先《まづ》わしを親《おや》にしてもなんとして其子にあはれやう物ぞ。しらぬ事ながらよしなき対面《たいめん》はいらぬものと。涙《なみだ》こぼすもあはれにはかなし。今義《いまよし》さあ（十オ）

挿絵第四図（十ウ）

挿絵第五図（十一オ）

らぬていにて。ま事に縁《えん》にひかるゝ大ぬさ。ひく手あまたの中に。殊《こと》にこんせつなる御咄《はなし》。まことの契《ちぎり》は友白髪《ともしらが》。ひたいに老《おひ》の波腰《なみこし》にあづさの弓引迄《ゆみひくまで》。かはらぬやうにとねがひこそすれ。今の咄《はなし》の現《うつゝ》になれよかし。よそのあはれの身にしみ〳〵と。もらひ涙《なみだ》の雨《あめ》もるぞと。夜着《よぎ》ひきかづき物いはねば。まだ若《わか》とりのもたせぶり。そうした仕掛《しかけ》は此里《さと》に流渡《ながれわた》る客《きやく》のする事。こなさんばかりねてわしはとこにねる事ぞ。殊更《ことさら》しのゝめぢかく。しゆしやかの野辺《のべ》の小夜《さよ》あらし。身にしむ風もひやゝかなりぬ。わしもそこにて明《あか》さんと。しとねのうちへそつとはいれば。今義《いまよし》思ひけるは。みさほがおもひよる恋路《こひぢ》に。母《はゝ》の行方《ゆきかた》もおよそにしらせける情《なさけ》。よそに見る所にあらず。是方便《ほうべん》の契《ちぎり》（十一ウ）と心に観《くはん》じて。も。よい事をとはつかしる*ふに返答《へんたう》すれば。こなさんはよふてもわしがよふない。銀《かね》つかふ客《きやく》とちかふてせつ〳〵あはるゝ身でもなし。初心《しよしん》な事いはずとわし次第《しだい》にしてと。ふかき瀬《せ》ぶみの川浪《かわなみ》。浮《うき》ぬしづみぬ渡《わた》りあふせて。暫《しばらく》いきをつくも髪《がみ》。とりあげんとせし所へ。かぶろの重弥来《しげやきた》り。はやには鳥《とり》も時をつくり。法善《ほうぜん》様のお帰《かへ》り元《けん》九郎を召《めし》ますとしらせけるに。みさほおどろき今首尾《いましゆび》あしくせば。又〳〵あふ夜のさまたげ。あすかならずといふねすがた。ふせうらしき顔《かほ》するは尤《もつとも》。ね間《ま》をつつと出二つ重《がさね》を一つまへ。きりりとまはすうしろ帯《おび》。身《み》拵《こしらへ》よくみさほにしとやかなるいとま乞《ごひ》。旦那《だんな》の次《つぎ》のまにかしこまり。様子をうかゞひけるに。はや床《とこ》を出させ給ひければ。むらさき（十二オ）乱髪《みだれがみ》其まゝ。御手をひいて出るあけぼの。元九郎は風呂敷包《ふろしきづゝみ》。かたにかけたる茶《ちや》せん髪《がみ》。

みさほがしどなきね姿《すがた》其まゝ。しゆしやかの野辺《のべ》のかいまはりまで。おくり出るは情《なさけ》しりのうはもり。すがた見うしのふ迄の小手まねき。当世《たうせい》ためしなきけいせいの元祖《ぐはんそ》。大礒《おゝいそ》の虎《とら》も西の海《うみ》へさらば〳〵

㊂ 待夜《まつよ》のすご六

よしや今義常《いまよしつね》ならぬ物おもひ。屋形《やかた》に帰りねられぬまゝの一人《ひとり》事。されば人界《にんがい》の果《くわ》はみつるに時あり。幸《さいわい》も時によること。我身の上におもひあはせり。ひつきやう父《ちゝ》の敵《かたき》同前《どうぜん》なる法善《ほうぜん》とは夢《ゆめ》にもしらず。かりにも主君《しゆくん》とたつとみ。暫《しばらく》も下人とよばれて。三世《ぜ》の縁《ゑん》をむすびぬ。殊《こと》に息女《そくぢよ》たるおふさとは。此世あのよとちかひ（十二ウ）て行末《ゆくすへ》ふうふに成べき誓紙《せいし》まで取《とり》かはせしうたてさ。主《しう》なり妻《つま》なり又しうと也。すでに存分胸《ぞんぶんむね》にみち〳〵なれ共。義理《ぎり》と恩《おん》の思へば中〳〵不足《ふそく》たる事少《すこし》もあらず。なれ共爰に足《あし》を留《とめ》てはいきどをり猶《なを》ふかく。あやまりありてはよしなきうき身にあふべきもしらず。伝《つた》へきくたうしゆこうはかうせんを伴《ともな》ひ会稽山《くわいけいざん》にこもり。種ゝ《しゆぐ》の智略《ちりやく》をめぐらし。つゐにごわうをほろぼすためし。たとへ心のごとくなるべき共。かうなりなとげて身しりぞくは。是天の道《みち》と心得《こゝろゑ》。此所をひそかに立のき。一先《まづ》三州《しう》にくだらんと。分別《ふんべつ》をきはめしが。いや〳〵息女《そくぢよ》ととりかはしたる起請《きしやう》。其まゝ置《をき》ては行さきのまよひ。何とぞ是をとりかへし。其場《そのば》を直《すぐ》（十三オ）に立のかんとおもひし所へ。腰本来《こしもときた》り。こよひほどなるしゆびもなし。御忍《しの》びましませとさいわいなる御使《つかひ》。*忝《かたしけき》仕《し》合《あはせ》追付《おつつけ》それへとうなづけば。かならずといふ詞《ことば》の下より。娘《むすめ》と腰本《こしもと》とが恋《こひ》の掛双六《かけすごろく》。現《うつゝ》なき顔《かほ》して。おさい重六《じやうろく》でつち〳〵といへば。こちの内《うち》にておりは双六《すごろく》にでつちといふはさしあひなり。重《かさね》てたしなめといふ石遣《いしづかい》。恋目《こひめ》は三六《さぶろく》。三《さぶ》六とは九郎様の事じや。三六がならずは五四《ぐし》〳〵。はやうきてくださんせと。恋《こひ》をあらはしたるは又にくからぬ風情《ふぜい》。腰本《こしもと》が恋目《こひめ》は四三五二《しさうぐに》さま〳〵。こちの人は旦那《だんな》様のことのみ大切《たいせつ》にして。わしが事はうわのそらだき。しめてあふ夜のときばかり。かわゆいのにくいのと常《つね》しもしやばで見た弥三郎顔《がほ》。むごい（十三ウ）仕方《しかた》な男なれ共。きたないゐんかしてわすられぬが因果《いんぐわ》。首尾《しゆび》あらばこよひあいたいもの也。五《ぐ》二か四三《さう》か一六か。そりやこそ七なり嬉しやこよひは。しげれ松《まつ》山浪《なみ》はこさじとよろこびぬ。娘《むすめ》はすこしせき心。ふる手も猶《なを》さだかならず。是七二様五四様三六〳〵。南無三宝《なむさんぼう》しかも一二がでくさつた。よいきみのと腰本《こしもと》がわらへば。も一度《ど》ふりなをさんとわやくな事をの給《たま》へ共。さすがにお主《しう》なれば。せんかたなく〳〵又ふりけるに。重《ぢう》二是はまあなんとした事じやと。ちと御きげんあしき所へ。今義《いまよし》さし足《あし》してかいのぞきぬ。嬉しくはしりよつて。すご六の目にはまけたりとも。是みてくれほんの三六。おれが恋目《こひめ》はこれじや。あやかつておけといだきつく手をとりかはしすぐにひとまにさそふ水。もらさぬ中《なか》の（十四オ）むつこと腰本《こしもと》は気《き》をとをし。とぼし火《び》ほそめ御用《よう》あらばこなたにとのゐ仕ると。てうし盃《さかづき》かいやり次《つぎ》のまにきをとをしぬ。人まつよはのもぬけがら。御物語《ものがたり》もそこ〳〵に。暫《しばらく》ねむらせ給ひけるにぞ。今義《いまよし》こゝぞとおこしけるにさら〳〵御目もあき給はず。ひそかにぬけ出娘《むすめ》の守袋《まもりぶくろ》をさがし起請《きしやう》をとり出し。あんどの火《ひ》にて煙《けむり》となしぬ。是よりすぐにおちんと身づくろいする所に。姫《ひめ》現《うつゝ》声《ごゑ》してあらうらめしの御しかた。おもふうたがひはらさんためのせい紙《し》をば。なぜに煙《けむり》となし給ふ。あれ見給へよあさましや。むねのほむらがよに三度《ど》。くゆる思ひは日《ひ》に千度《ちたび》。思ひくらべん浅間《あさま》山に。のぼるは恋路《こひぢ》の習《ならひ》ぞかし。それをふり捨行《すてゆく》共やらじ（十四ウ）

挿絵第六図（十五オ）

と身をかこつに。今義《いまよし》わぢ〳〵身をふるはし。まつたくそうした事にあらず。子細《しさい》あつて縁《ゑん》をきらねば私《わたくし》の義理《ぎり》もたゝず。孝《かう》に情《なさけ》はかへられぬ浮世《うきよ》の有様。やうすは是に書《かき》のこせしと一通《つう》を床《とこ》になげやりぬ。ふしぎやあんどに娘《むすめ》の面影《おもかげ》。色《いろ》あをざめて涙《なみだ》くみたる二かわ目。おしのぐひたる手のたよりなく。今よしが書置《かきをき》たるをみて。扨は親《おや》ご

挿絵第六図

の御行衛《ゆくゑ》を尋《たづね》に出させ給ふよし。是非《ぜひ》にとゝむる心にあらず。是にて御うらみもはれたり。かならず恋路《こひぢ》はつゝしみ給へと。姿《すがた》はもはや見へざりき。嬉しやとよろこぶ門出《かといで》†。其夜《よ》ひそかに三条通《とをり》東洞院《ひがしのとういん》にて八つの鐘《かね》。指折《ゆびおり》ていまだ夜ぶかなるに。大津《つ》迄はゆかれじ明《あか》さんに所なしと。紙屋《かみ》の見世《みせ》（十五ウ）に猿《さる》つくばいほうづえして案《あん》ずるも久し。所へ馬《むま》かた二人たづなかいくりつれぶしに。坂《さか》はてる〳〵鈴鹿《すゞか》はくもる。あいの土山《つちやま》松坂屋《まつさか》。ませの小りんが明《あけ》かたのわがれ。*しつほりとしたおもはく。天《てん》とあやかつておけ。恋《こひ》は遠《とを》いが花じやと世をはゞからぬ物語《ものがたり》。ほこしもないおいてくれ。道《みち》をへだてゝ恋せんより。ちかい三条《でう》の橋詰《はしづめ》によこねの吉といふて。およそ河原《かはら》おもての口聞《くちきゝ》とら少将《せうしやう》もはだし。拙者《せつしや》がなじみ月に五度《ど》ころりさんせうの川《かわ》ばた。流《ながれ》にうつして水いぼ一つあつたら腹《はら》じや。ふかい約束《やくそく》して此暮《くれ》より。世帯《せたい》するはづにかたいきはめはこりや。是を見てくれと。星《ほし》の光《ひかり》にかたはだぬぎかけ。入ぼくろをみするもおかし。幸《さいわい》いにがけの道《みち》ばた。女《おんな》共がきりやうを（十六オ）おがませう。*おそかれとかれそち達《たち》に近付《ちかづき》にせねばならぬと。はらのかわよるめん〳〵がたのしみ。今義悦《いまよしよろこび》きやつらは大津《つ》へ荷物《にもの》つみに行《ゆく》と見へたりよき道づれ。天見すて給はぬとみへかくれにゆけば。三条の橋《はし》づめにて何やらん女めきたる声《こゑ》。闇《やみ》はあやなしすかしてみるに。河内《かはち》羽二重《はぶたへ》のからす染白《そめしろ》ぎぬのゑり。ねづみ色《いろ》の一重帯《ひとへおび》ゆたやかなるふり袖《そで》。是なん聞及《きゝおよび》たる売女《ばいぢよ》。馬《むま》かたが声《こゑ》を聞《きく》とひとしく。むなづからとつて是そこなぬつほり。あすの夜《よ》かならずとの給ひしはいつの事にてか有。わしも親方持《おやかたもち》の日《ひ》に〳〵算用《さんよう》。月を重《かさね》てあふたればこそ一つ二つは掛《かけ》てもやりぬ。いとしいも是。にくいも是。のふずも事によるぞかし。銭銀《ぜにかね》の諸分《しよわけ》なんど。そうした事に（十六ウ）あらずと。はぢをかゝするもおかし。口のすぎた女三人よればくがい。ふかしからぬ事をぎやうさんそうにと。腰《こし》のまはりさがして何やらすまして。此いしゆばらしあすの夜からは下川原《しもがはら》しさいのまんにあふきざし。かはつは口ゆへへびにのまるゝ。われかやうなる客《きやく》も五十人に一人。あとでくやむを見るやうな五郎作《さく》こいと立所《たつところ》を。うしろからひつたりとだき付《つき》是男。こなたの心をひいてみるしかけくるま。廻《まは》り〳〵て外《ほか》へは誰《たれ》がゆるして悪性狂《あくしやうぐるひ》。まあなりますまいといふに。あだなや腰《こし》を又ぬかして。然《しから》ば嬉《うれ》しい。こちとらといふ者《もの》は六十六个国《かこく》をまはつて。水道《すいど》の水呑《みづのみ》ぬいたすい。分《わけ》があしいと二度《ど》と見かへらぬ男。以来《いらい》をたしなめといらざる所の高言《かうげん》。そんならあすんでいなしやんせとすゝむるくどく。友達《ともだち》の五郎作には山がら（十七オ）のせきなかふど口のあてがいめ。馬《むま》よくつないでおけと。供《とも》にいざのふ砂子《いさご》の床《とこ》。石《いし》の枕《まくら》のつめひらき。首尾《しゆび》は爰《こゝ》ぞと今義。とてもきやつらは大津《つ》へ行《ゆく》とも見へず。よその恋みて夜をあかし。人に見とがめられてはせんなしと。一つの馬《むま》の綱《つな》をとき。神明《しんめい》の門前《もんぜん》よりゆらりゆらりと乗《のり》。むちをうつて東《ひがし》の方へ落行《おちゆく》はあつはれゑせ者《もの》にてこそあれ。馬方《むまかた》おきて馬《むま》なきにおどろき。すは大事の馬のみへざるはと。あてどなくおつかくるを。かの女とらへ又掛《かけ》かといふに。時《とき》もとき折《おり》も折。なく子《こ》も目をあけ。花《はな》も何《なに》も此身のありてこそと振切《ふりきる》。おいていきやらねばはなさぬと互《たがい》に色《いろ》をむすぶ所へ。此女を引てあるく男《おとこ》の中に。牛《ぎう》右衛門といへる無分別者《むふんべつもの》。二人のまごをとらへ。おのれらが鼻毛《はなげ》つくして馬《むま》うしのふたを（十七ウ）こちの花《はな》代がしつた事か。喰《くい》にげしたくははぢを捨《すて》ていへ。さもなければゆるさぬ。扨はこいつが馬

盗人《ぬすびと》かそれぶてたゝけといふ所へ。近所《きんじよ》のものをき合両方《あいりやうほう》へ引のけ。理非《りひ》をきかずしておつはらへば。夜はほの〴〵と明《あけ》がたのそら

㊃　主《ぬし》なき馬《むま》に送《おく》り状《じやう》

闇《やみ》はあやなし星《ほし》の光《ひかり》をたよりに。通路《かよひぢ》のまれなるは未《いまだ》夜ぶかきにてぞあらん。それ粟田口《あはたぐち》はゆんでもめても高山《かうざん》。殊《こと》に目前《もくぜん》の地獄《ちごく》爰にきはめて。いづれか此海道《かいだう》をゑんりよせぬはなかりき。馬《むま》あればこそなりゆたかに行《ゆく》はひつきやう毒《どく》の心見。あをりうつていつさんにゆかばあやしき者《もの》もけてんするにはきはまりぬ。是知謀第《ちばうたい》一と馬《むま》にくつをぬがせて間《ま》なくぶち打《うつ》て行《ゆく》に。いつとなく粟田口をば（十八オ）はるかあとになして。山科《やましな》十善寺《ぜんじ》の辺《ほとり》にて明《あけ》六つの鐘《かね》。奴《やつこ》茶《ちや》屋の団助《だんすけ》が茶《ちや》たぎらせて大あくび。かたへなる又茶《ちや》見せには。下女の玉《たま》が見せあけさして現《うつゝ》なやねむるなんど。さりとははかない女めと今義がこゝろには。ふた目共見やらずして乗打《のりうち》。はしり井に馬《むま》つなぎ捨《すて》。手水《てうず》をつかひ髪《かみ》なで付《つけ》ゑもんつくろふ風情《ふぜい》。針《はり》屋の見世《みせ》も明《あけ》がた。十四五なる小女郎《こめろう》。根本《こんぽん》みすや針《ばり》のかんばん掛《かけ》ながら。今義《いまよし》がやさかたなる姿《すがた》みやり見おろし。見世《みせ》ふみはづして落《おち》たるは。うたてや久米《くめ》の仙人《せんにん》もいそ也。顔《かほ》に朝日《あさひ》のうつゝをぬかしけるに。今義《いまよし》何心もつかざれば。につこりとゑみてまた。西《にし》の方《かた》をみるは猶《なを》又落《おち》よといふ事か。御参宮《さんぐう》と見ました。そこでおつれを待《まち》給ふはあんまりなる御ゑんりよ。見世に腰《こし》かけてまたせ給へと。二階《かい》から目薬《めぐすり》（十八ウ）

挿絵第七図（十九オ）

さす仕掛《しかけ》さりとはきうな恋《こひ》ぞかし。今義 悦《よろこび》旅路《たびぢ》の情《なさけ》左《さ》もあらば硯《すゞり》を 暫《しばらく》御かしあれと。のぞまれて参らするに。一筆《ふで》を書《かき》て馬《むま》の尾《お》づゝにくゝり付綱《つな》を切《きつ》てはなせば。此馬よろこぶ風情《ふぜい》にて京の方へ帰りぬ。我一旦《たん》人の宝《たから》をうば

いしかども。かへす心は是仏神《ぶつじん》ものうじうましませ。御覧《らん》のごとく参宮同者大方《さんぐうどうしやおゝかた》お情《なさけ》らしき目遣《めづかひ》。しらぬ身にもあらねど。けがれをいむ身なれば。下向《げかう》にはかならず御礼《れい》申べしさらばと出れは。此女名残《なごり》おしげに手をとりじつとしめたる手のうち。何が扨としめかへさんとせしに。不思儀《ふしぎ》や法善《ほうぜん》が息女姿《そくぢよすがた》あらはに。今義《いまよし》がうしろに立《たち》情なや我《わが》身は浮世《うきよ》の捨妻《すてづま》。いとしき人は東《あづま》に行《ゆく》。とゝめがたき義理《きり》を聞て。はなれがたきいもせをさく。かたちは都《みやこ》にとゞまりしかど。魂《こん》（十九ウ）はそなたの面影《おもかげ》をはなれず。よの事ならばみぬふりきかぬ顔《かほ》なれど。恋路《こひぢ》の道《みち》はなら坂《さか》や。此手をしめんとし給ふは。さもしゝいやしき下女にたはむれ。恋《こひ》の我儘《わがまゝ》そうした事をせんために。好色修行《こうしよくしゆぎやう》あそばすか。にきらばにぎつて見給へと。いふ声《こへ》ばかり姿《すがた》もなし。しめかへさんにかゞまず。只神明《たゞしんめい》のとがめならん。重《かさね》て〳〵おそろしやと。そこ〳〵にいとま乞《ごひ》して大津《つ》の八丁目まで来りぬ。何とかしけん。きみわるく心地《こゝち》いなものなれば。十文《もん》字《じ》屋といへるはたごやに。暫休息《しばらくきうそく》したりぬ。鞍馬《くらま》山福蔵院《ふくざういん》の観了《くわんりやう》。今義《いまよし》山を出しより。よしなき恋《こひ》の魂《たましゐ》をとられ。たゞ明暮《あけくれ》是をあんじて。夜るのしとねの物おもひ。涙《なみだ》ひまなく夢《ゆめ》にもそれが面影《おもかげ》行《ゆき》てかいなき事ならば。かへれ

挿絵第七図

(廿オ)よかしを多門天《たもんでん》にちかひて一七日のたんじき。九郎が行末息災延命《ゆくすへそくさいゑんめい》といのりしに。仏明《ぶつめい》のかごにや有夜《あるよ》の夢中《むちう》に。今義《いまよし》こそ関《せき》の*東《ひがし》とばかり御つげ有難《ありがたく》。ひそかに鞍馬《くらま》を下山《げさん》し。一人旅路《ひとりたびぢ》のうきおもひ。恋と情《なさけ》の床《とこ》ばなれ。わすれがたき男色《なんしよく》の契《ちぎり》くちはつるまでもかはらぬ中也。尋行道《たつねゆくみち》の白川《しらかは》今義にいつ粟田口山科《あはたくちやましな》にさしかゝるべき所に。主《ぬし》なき馬《むま》の道草《みちくさ》はむる。尾《お》づゝにあやしき一筆《ふで》をそへたり。立《たち》よつて是をよむに。何ゝ我は是参宮同者《さんぐうどうしや》也。過《すぎ》し夜深《よぶか》に宿《やど》を出。此海道《かいだう》のおそろしきに心おくれ。あくるをまたば若《もし》又追手《おつて》のかゝるべきをさつし。道連《みちづれ》をまつに其かいなし。折節《おりふし》此馬《むま》三条の橋《はし》につなきおかれしを幸《さいわい》と悦《よろこび》断《ことはり》をとげずうばひ取《とり》。夜道《よみち》の友《とも》として山科《しな》迄乗《のり》来りぬ。然共安《やす》からぬ馬なれば。是より返弁《へんべん》申ぞかし。まつたく(廿ウ)よこしまにあらず。此海道《かいだう》の人是を聞わけ。此馬つゝがなく三条の大橋《はし》迄宿送《しゆくおく》りにしてかへし給はるべし。さもあらば我一生《しやう》の御恩殊《おんこと》に太神宮《だいじんぐう》の神前《しんぜん》にて寿命長*恩《しゆみやうちやうおん》にいのるべし以上

往来の衆中　　　男子ねのとしの

宿ゝの衆中　　　同者

観了《くはんりやう》つく〱詠正《ながめまさ》しく是は今義《いまよし》が手跡《しゆせき》なり。扨は伊勢路《いせぢ》へおもむくとみへたり。夕部《ゆふべ》此海道《かいだう》をとをりなば。まだ草津《くさつ》迄は行まじきぞ。追付《おつつき》あはんといきをはかりに大津《つ》の八丁まで来りぬ。暫《しばらく》爰《こゝ》にてしたくせんと。十*文屋の内に入てみれば。病人《びやうにん》をかいはうすると見へて。宿屋《やど》一家《け》がとりまはして薬《くすり》よ水《みつ》よとひしめく。観了《くはんりやう》あやしく立寄《たちより》みれば。今義也。そちは九郎か我《われ》こそ観了にて有。ゆかしきなつかしきの身にあまりて。此所迄尋《たづね》来りしに爰にてあふは多門天《たもんてん》の引合《ひきあわせ》。して〱何とか有。今義《いまよし》おどろきはづかしき(廿一オ)御対面只《たいめんたゞ》何事も御ゆるしと。片目《かため》に△涙《なみた》かた目にはまたはつかしき色盛《いろざかり》。やくたいもないあいさつ。にくしみのあらば何しに尋《たつね》ん。*殊《ことに》身なし子の。我より外《ほか》に誰《たれ》有て。便《たより》となるべき者《もの》もなし。きけば夜道《よみち》を来るよし。かんきにさそはれたるねつ病《びやう》。風邪《ふうじや》をさるはいどく散《さん》。

折から是に持《もち》あはせり。是〳〵ていしゆせんじやうは常《つね》のごとく。しやうが一へぎ薬《くすり》なべ。はやくのませてくれ給へと夕暮方《ゆふくれかた》。こよひは爰に夜をあかし。明《あけ》なば一ッ所に行《ゆく》べき間《あいた》。心やすく思ひゆる〳〵養生《やうじやう》。それ先《まづ》かしらせんじ瑠璃光如来《るりくはうによらい》と信《しん》をとつてのむべし。あいきやくなきを幸《さいわい》に。ね道具《だうぐ》の数《かず》はお望次第《のぞみしだい》。明《あけ》なば風もさむるぞかし。ゑんりよめさるな何にても。御用《よう》あらばうけ給はらんと。とぼし火《び》かゝげて夜もすがら。とのゐする身は是男色《なんしよく》の情《なさけ》ぞかし

御前義経記巻二終（廿一ウ）

御前義経記《こせんぎけいき》　東海道《とうかいだう》　当世《たうせい》十二だん

三之巻　目《もく》　録《ろく》

面影うつる舟弁慶
㊀ 近江《あふみ》の水海《みづうみ》
矢《や》ば瀬《せ》の舟《ふね》は恋《こひ》の 占《うらなひ》
しつとのうらみ朝盛《とももり》がまね
弁慶《べんけい》にまけぬ 観了《くわんりやう》が数珠《じゆず》

面影うつる似せ山伏
㊁ 御前道行《こせんみちゆき》
男比丘尼《おとこびくに》あづまくだり
太郎冠者《たらうくわじや》が浄《じやう》るり
次郎冠者《じらうくわじや》がさみせん（一オ）

面影うつる山中ときは
㊂ 本海道《ほんかいだう》やから組《くみ》
しらぬか仏《ほとけ》めつたざいもん
出来心《てきこゝろ》無分別《むふんべつ》のよばひ
けがてら切盗人《きるぬすびと》の首《くび》

面影うつる義朝の御事
㊃ のり合《あい》の女舞《おんなまひ》
桑名《くわな》の渡《わた》し舟頭《せんだう》が智恵《ちゑ》
小勝《こかつ》にうつる長田《おさだ》がはなし

面影うつる上るり姫
㊄ 猿《さる》で恋《こひ》する十二段《だん》
今義出世《いまよししゆつせ》のまきもの
姿《すがた》にうつる野郎《やらう》の面影《おもかげ》
岡崎女郎衆《おかさきぢよろしゆ》はよいくどき口《ぐち》（一ウ）

（一）　近江《あふみ》の水海《みづうみ》

旅路《たびぢ》の難義《なんぎ》はそこまめふみ出したると心地《こゝち》あしきとなり。今義観了《くわんりやう》が情《なさけ》にてすこし心のすくれたるをたよりに。さそはれて行《ゆく》は水海《みつうみ》。矢《や》ばせの舟《ふね》に便船《びんせん》し。乗合《のりあい》のめん〳〵御めんとゑんりよせぬは病人《びやうにん》の事。風呂《ふろ》敷包《しきつゝみ》の高枕《たかまくら》むらさきちりめんのはちまき。すや〳〵ねいれば観了《くわんりやう》よろこび。嬉《うれ》しや暫《しばらく》もねよかしと枕《まくら》もとに袖《そで》屏風《びやうぶ》海風《うみかぜ》しのぐなんどたのもしきこゝろぞかし。舟頭《せんどう》ろ拍子《ひやうし》とつて海上《かいしやう》にこぎ出す。時ならずゑいざんおろしのはげしく。ふね浪《なみ》にかくれてたゞよふ。舟頭《せんどう》もろはだぬいておせともこげ共いごかばこそ。せんかたつきてなふ〳〵此舟にはあやかしがついて候（二オ）何《いつれ》も覚悟《かくご》きはめ給へと血眼《ちまなこ》になつていへは。乗合《のりあい》おどろきめん〳〵は宗音《しうおん》。妙法蓮花経《めうほうれんげきやう》。又は南無あみだ仏《ぶつ》。或《あるひ》はきめうむりやうじゆ如来《によらい》。南無大師《だいし》遍照金剛《へんじやうこんがう》と。めん〳〵其仏名《ぶつめう》をとなふる。中にも観了《くわんりやう》もくねんとして。かゝる時節《しせつ》さやうなる事をばいはぬものなり。愚僧《ぐそう》天台《てんだい》の流《りう》ぎをはげめば。何とぞ加持《かぢ》仕てみ申さん。殊《こと》に拙僧《せつそう》が召《めし》つれたる者《もの》。俄《にはか》にねつ病《ひやう》はなはだしく。更《さら》にしやうねなかりしは心ゑぬ事共なり。これ今義《よし》。何事によらず思ひあたることはなきかと尋《たつね》しに。かぶりをふつてさら〳〵覚へはなかりき。爰《こゝ》にかやうなる不思儀《ふしぎ》ありと。*法善《ほせん》が息女《そくぢよ》の噂《うはさ》をかたりぬ。扨はそうしたとがめもあらん。いで〳〵天門《てんもん》のかんがみんと懐中《くわいちう》より八卦《はつけ》を出し。ひたいにしはよせ眼《まなこ》をふさぎ。そちは当年《たうねん》十六かと覚へたり。いぬい子《ね》の*年《とし》にて生《しやう》は（二ウ）海中《かいちう》の金《かね》。魂《たましい》しかも七つあり。当《たう》年か兌上断《だじやうたん》にてあたり星《ほし》が金星《こんせい》。此星《ほし》にあたるものかならず住所《ぢうしよ》を离《さる》。運《うん》は死《し》の運にて見れはみるほどわるい年《とし》。さりながら当《たう》年の守《まもり》本尊《ぞん》か大聖《しやう》不動明王《ふどうみやうわう》なればさのみ気遣《きづかひ》もなし。随分信心《ずいぶんしんじん》すべし。なをまた哥《うた》のめでたいがたのもし

歌ニ　草《くさ》も木も花さくみなる春の日に
　　たみもゆたかにすめるとし月

此哥《うた》の心はくどふいふにはおよばす。当卦《たうけ》あしくとも哥の心すなをなれば*行末《ゆうすへ》何事もあるまい。扨《さて》其娘《むすめ》が年は。さればは十四かと覚へました。十四はひのへとらの年《とし》此女の生《しやう》は香炉《かうろ》の火《ひ》にてけむりほそく。立ぎへもせずまたもゆるにもあらず。くい〱おもふはことはりなり。あまつさへ魂《たましい》三つにて心のとりをき猶《なを》せはし（三オ）当年が離《り》中断《ちうきん》*にて。離《り》ははなるゝとよむなれば。おそかれとかれはなるゝはづなり。星《ほし》はそちと同じく金星《こんせい》。住所《ちうしよ》をさればついてあるくがもつとも〱。其上《うへ》三火《くわ》の卦《け》殊《こと》に火《ひ》生《しやう》にて長《ちやう》の運《うん》なり。そちが為《ため》には石《いし》もちのはんめう。何から何までさりとはわるい二人《ふたり》の卦《け》殊《こと》に哥《うた》まであしゝ

歌ニ　わかれ行道《みち》とはかねてしりながら
　　今のわかれはおどろかれぬる

哥さへ是なり。きやつがつゐてまはらば行末《ゆくすへ》命《いのち》もあやうし。正《まさ》しく是は娘《むすめ》が生霊《いきりやう》船中《せんちう》をさいわいに化《け》ざゝをなすと見へたり。大勢《おほぜい》の難儀《なんぎ》をたすくる事菩薩《ぼさつ》の行なりいで〱日比の行力《きやうりき》かやうの時をこさんや。おの〱気遣《つかひ》めさるなと。舟ばりにつつと出。たとひ其女の生霊《いきりやう》うらみを（三ウ）

挿絵第一図（四オ）

なす共そも何事のあるべし。忝《かたじけなく》も我《われ》七歳《さい》より鞍馬《くらま》山にのぼつて勤行《ごんぎやう》おこたらず。天台《だい》止《し》観《くわん》の旨《むね》をひらき。一念《ねん》三千のきをあらはして。にんにく慈悲《じひ》の衣《ころも》は十歳《さい》より着《ちやく》し。*多門天《もんでん》に日〻《にち〱》夜〻《やく〱》につかへて行法《きやうぼう》を修行《しゆぎやう》する事やゝひさし。おもへばよしなき恋路《こひぢ》にもとづき。とがなき者《もの》をくるしむる事。めぐり〱て其身《み》のあた。神明《しんめい》仏陀《ぶつだ》のみやうかんにそむかん。おもひとまれよはなれよと。浪《なみ》にむかつてしめしけるに。ふしぎや浪《なみ》まに若《わか》き女のさばき髪《がみ》して。

挿絵第一図

白《しろ》き小袖《こそで》を海《うみ》にけたてて水中《すいちう》にあらはれ。そも我《われ》は名村八郎治*が娘《むすめ》ふさが面影《おもかげ》也。のふうらめしの今義《いまよし》どのや。思ひもよらぬ恋《こひ》のうら浪御身《み》の恋《こひ》をしる人ありて。聞《き、》けるに。嶋原《しまばら》にては一文字《もんじ》屋のみさほとやらんに。またなれそまぬあだ枕《まくら》。二世《せ》の三世のとちかひ給ひて（四ウ）我恋《わがこひ》ははやわすれ草《くさ》。誓紙《せいし》も何もなれぬむかしとなし給へはせめてうらみをはらさんため。此水海《みつうみ》まで付そひぬと。夕浪《ゆふなみ》にうかへる姿《すがた》。うりさね顔《がほ》もあをざめて。たんくわの口びるいろをうしなひ。ふようのまなじりきつと見つめ。かいとりこづまは水《みづ》にひたし。ぜんごとりみだしたる風情《ふせい》今義むつくとおきなをり。情《なさけ》なしおふさ様。さがなき口をまことになし。おもひの外なる浦波《うらなみ》。すへながく見ていかやう共。お心まかせといふことのはもたよりなく打ふすに。観了《くわんりやう》おどろき。い、わけにてはかなふまじと。数珠《じゆず》おしもんで。東方《とうぼう》にがうざんぜ。南《なん》方にぐんだりやしや。西《さい》方に大いとく。北方金剛《ほつほうこんがう》やしや明王《みやうわう》。中王《ちうわう》*大聖《しやう》不動明王《ふどうみやうわう》。なまぐさばんだばさらだ。ちやうがせつしや得大《とくだい》智恵《ちゑ》。ちやうがせつしや即身成仏《そくしんじやうぶつ》。あらおそろしのはんにや声《こゑ》や（五オ）是までなりや御僧《おそう》様。此後《のち》しやうげをなすまじき。今はおもひとうらみのむねはれたり。是までさらばやと。いふ声《こゑ》ばかりゆられながれて志賀《しが》唐崎《からさき》の松の木陰《こかげ》にかいうせにけり。乗合《のりあい》よろこび舟子《ふなこ》にちからをあはして。みぎはのかたへおしよせけるにそ。只恋《たゞこひ》は心のまよひ。心ゆるさぬものとこそしれ

㊁ 御前道行《ごぜんみちゆき》

虎《とら》の尾《お》をふみそこなひ。どくじやの口をのかれたる心地《こゝち》。あやうき船中《せんちう》何も何事なく乗《のり》すませし事。是観了《くわんりやう》が秘法《ひほう》たつときゆへなりと悦《よろこぶ》うちに。矢《や》ばせの浦《うら》に舟が付ば。おの〳〵念比《ねんごろ》にいとまごひしてわかれ行《ゆく》。今義も心地すぐれしかど。まだうゐ立《たち》のたよりなく。観了にかいほうせられ。やう〳〵草津《くさつ》の宿《しゆく》まで来《きた》りぬ。こよひは爰《こゝ》にとひそかなる宿《やど》に立入《たち》。舟中《せんちう》のきう（五ウ）そく枕《まくら》二つをならべてね物語《ものかたり》。観了智恵《ちゑ》を出して。そなたも我《われ》も主君《しゆくん》につかへて断《ことはり》なく出れば欠落同前《かけおちどうぜん》。とがはなけれどもし追手《おつて》のかゝるまじき物にあらず。見付られてはせんなき事。あけなば両人すがたをかへて行《ゆく》べき思案《しあん》。互《たがい》に耳《みゝ》にさゝやかして。出立《でたち》は七つと宿《やど》の内義《ないぎ》によく頼《たのみ》。ふすまさすかた手に暫《しばらく》のねすがた。七つの鐘《かね》うつ比《ころ》下女がみそする音《おと》に目《め》をさまし。もゝひきわらぢのやうい。お食《めし》あがりませと膳《ぜん》のむかふにひあぢの焼物《やきもの》観了かぶりをふつて。愚僧《ぐそう》は精進《しやうじん》ゆるしてくれと。汁《しる》すふて是にはかつうをいれなんだかと。跡《あと》に気《き》のついたるもおかし。膳《ぜん》とつて立様の算用《さんよう》。御ていしゆに心得て又のぼりにはと。立出てみねの白雲《しらくも》まだ夜《よ》をこめて玉なはて。こなたの里《さと》にしばらく足《あし》を休《やす》めて。爰にて姿《すがた》を替《かへる》は智恵《ちゑ》かな〳〵。比丘尼《びくに》になるはさまでむつかしからぬ（六オ）事ぞと。俄《にわか》にきぬ衣《ころも》の片袖《かたそで》ほどいて。二人が帽子《ほうし》にかづき。かゝへ帯《おび》しどろに。くわんじん箱《ばこ》と手おひは土《つち》山にてもとめんと。身ふり大方《おゝかた》つくろふうちにはや東《ひがし》じらみ。互《たがい》に顔《かほ》をしら〳〵見あひ。扨も似《に》たりお前《まへ》も其儘《まゝ》。名《な》はおりやうくわりんと付べし。哥覚《うたおぼへ》るまではきしよくはあしいとうそ付たがよし。さあ〳〵くわりんい

そぎやといふに。おりやうさまはおたつしやな事じやと。人なき野道《のみち》にてはあまころしのさいもんより外。けいこするものあゝらよしなや太郎くはじやとの様へ申あげます大名何事じや太郎くはじや長《なが》事さぞ御たいくつに思召ませう。扨是より観了《くわんりやう》と今義《いまよし》が似《に》せ比丘尼《びくに》にて。関《せき》の地蔵《ぢざう》までくたりますを。名所道行《めいしよみちゆき》に書《かき》。すなはちふしを付て語《かたり》ます。三味線《さみせん》は次郎冠者《じらうくわじや》がひかれます。音曲《おんぎよく》にてお聞（六ウ）なされませうか。但《たゞ》し素読《そよみ》仕ませうか大名是は気がかはつておかしかろ。古来《こらい》より上るり本にはふしを付て語《かたる》が。かうした全部《ぜんぶ》物にふしを付たはきつい気のかへやう。浄瑠璃《じやうるり》できかうはやうかたれ。してふしは何ふしじや太郎くはじやさん候道行の文句《もんく》はいづれのふしにてもかたられるやうに仕ました。先《まづ》京衆《しゆ》ならば加大夫角《かく》大夫。江戸にては土佐《とさ》半大夫さつま永閑《ゑいかん》。大坂にては文弥《ぶんや》義大夫。おすき次第《しだい》にふしはなをしてお語《かたり》なされませう。私《わたくし》のかたりますは義大夫ぶし。さやうにお心得《ゑ》なされませうと。拍子《ひやうし》あふぎせきばらい。次郎冠者《くわじや》は三味線《さみせん》の調子《てうし》ゆたかにまづ三重《ぢう》より引出しぬ

挿絵第二図

道行《みちゆき》やつし比丘尼《びくに》（七オ）

挿絵第二図（七ウ）

挿絵第三図（八オ）

挿絵第三図

まよひ行ふ《キン》たつつれたる。かりか《中》ねも。おなじ《ハル中》かたちを。は《フシ》がいじめ。しめてはなれし身なりしを。またむすびかへ行たびの。す《ウ》がたやつしてびくひくに。かみをかくしてふたおもて。見かへすかたちいろざかり。こし《スヘテ》のか丶りもほそ〳〵と。か丶へおびする手《ウ》もとよく。す《フシ》げがさのうちかはゆらし。お《フシ》とこのす《ウ》がた。風さそひ。ちりても恋《ウ》はもなかなる。三《ウ》五の月とながめ行今よしさきにあゆみぶり。な《フシヲクリ》をおもひつく花のあにさかりじ《中》まんをはなにかけ。ゆきぬけあとを見かへりてはやうとまねく手《フシ》をとりて。ち《ハルフシ》とくわん〳〵の。こゑうつる。川《中》つらいけにかげみへてよこ《小ヲクリ》手。打のにこひふ《ウ》なやなまずおどろき水さはぐ。か《ウ》さに玉ちるこ丶ちして。お《中フシ》のむらたがのさとばなれよひ《フシ》やみに（八ウ）うつ。石部にはう《ヲクリ》どん。そば切うつ丶とも。ゆめにとわたるよこた川せい《謡下》〳〵たるながれ水の。水《ハル》口たづねきて。つ《ウキン》ゞらがさかふてかづら草。きて見よかしの木草までな《キン》びきあふ夜の。とこ《ハル》よぐさ。わかれぐさをばしの《フシ》丶めに。すがたかくさん《ハル》つち山と。の《長地》ぼりてくだるかにがさか。ひがしは伊《ウ》勢のうなばらに。ふた見あさまも目の下に。みしやそれともくもがくれ。西にあふみの。うみづらよ。こ《地色江戸》丶にたつときみや《ハル》しろは。其《地色》かみ田むら将軍の。とうゐをたいじしたまひし。すゞかの宮もこゝにありさか《トル》はてるひに。かゝやけどすゞかは。く《キン》もるとむかしよりむま子がすさむも此所めい《ハツミ》しよ。〳〵をよくおぼへ。おひ行《地色ハルフシ》すゑ。ものがたりこよのふかたり給へとて。くわしくをしへ給ひしに(九オ)今よしうれしさ身にあまり。たびのなんぎも今《ウ》といふい《ウ》まのむかしが今《ウ》になる。御おんは申にあきたらず。只《シツメ》何事もわれゆへの。御なんぎさこそと今《フシ》はたゞ。御いとおしくたびづかれ。いかゞわたらせ給ふぞと世《スヘテ》にしみ。〴〵と申にぞ。いやとよ恋は身のしゆぎやう。さなおもひ給ふまし。いのちだにあるならばはゝにあはせてをくべきか。とかくたびぢは気をはらし。よしなし事は見もきかじ。いわじといさめいさめられ日《キン》もはや西にいるさ。山今十丁のたまぼこをはこび〳〵て心せくせきの。ぢざうにつきにける

㊂ 本海道《ほんかいだう》やから組《ぐみ》

こよひの夢《ゆめ》は此宿《しゆく》。松坂《まつさか》屋といへるはたごやに暫《しばらく》かりの奥《おく》ざしき。ふたりねの四畳敷《よでうじき》。くわりんひもじにはないか。(九ウ)おれはどうやら胸《むね》がしはついて。とぼし火《ひ》の光《ひかり》が三千三百三十ほどにみゆるぞかし。是おなご衆お食《めし》をたいてと。俄《にはか》に詞《ことば》をかへるもおかし。それさへうたてかりつるに。水風呂《すいふろ》があきましたと。下女めがしきりによびたつる。湯《ゆ》にいらば旅路《たびぢ》のつかれもやすまんと丸《まる》はだかになつて行《ゆく》を。今義《いまよし》とりつき比丘尼《びくに》たる者《もの》の此下帯《したおび》は何事ぞと口に手をあて。着物《きるもの》きながら湯殿《ゆどの》のかたをさしのぞき。もつけな事は風呂《ふろ》のまはりに。下女下男《げぢよしもおとこ》のなみ居《ゐ》て。いかな〳〵いる事いしやほん。もはや入まひねて花をやりますと。ずんきり枕《まくら》引よせ。火《ひ》ふきけして夢《ゆめ》をむすびぬ。おく座敷《ざしき》には中間《ちうげん》らしき者《もの》。酒盛《さかもり》して。おさへたへさへた是に二つはなんだ弁慶《べんけい》。引《ひき》かけうんのむ詞《ことば》の勢《いきおい》なまりのはしをきけば二合半《にがうはん》のもり(十オ)きり。してやつたの角内《かくない》。なからはんじやくの十*蔵《こう》いがみの九介胸髯勘《むなひげかん》八。大

だらの雲平《うんへい》なんど、いふ奴中間《やつこなかま》。此宿《しゆく》にてかち荷持《にもち》してとせいをくらしぬ。生付《うまれつき》でんぶやじんにして旅人《りよじん》にやとはれ。ことなき事を耳《み、》にさへ。わざと口論《こうろん》にとりむすび。おそらくひけをとらぬやつこ共。妻子《さいし》もたねは一生《しやう》つらい事にあはず。宿《しゆく》ゝのとまりにては小半酒《こなからざけ》のしゆ銭《せん》だし。やつこどうふにたうがらし。あたまからかつかぢる口もと。つり髯《ひげ》左右《さう》にわかつてうしろさがりの糸鬢《いとびん》。こんのだいなし二尺八寸の長刀《なかがたな》さしこなしたる風情《ふせい》。夜盗《よたう》なんどいかな〳〵おそる、事なし。昔《むかし》〳〵とつとの昔《むかし》。木曽海道《きそかいだう》に此たぐいのゑせものあり。たとへていはゞ越後国《ゑちごのくに》の住人《ぢうにん》藤沢入道出羽《ふぢさはにうだうでは》の国《くに》にはゆりの太郎。遠江《とう〳〵み》の国《くに》にかまの与一。するがの国にはおきつ（十ウ）の十郎。上野《かうづけ》にはとよ岡《おか》の源八。信濃《しなの、》国いなづま五郎。此者《もの》共にもかたこす力者《りきしや》。つまある女にもむたいにれんぼ。いや共お、共いごかせぬやから組《ぐみ》。いづれの宿《しゆく》ゝにてものいてとをせば。猶《なを》かつにのつてあばれあるき。あまつさへ御法度《はつと》の四つざい。つけめおい長。うん吉ぶたにでつくはせ。まけばら立《たて》ては旅人《りよじん》のよは手を見すまし。むたいなるさか手をこひてとせいとすれば。いはねどしれた雲介《くもすけ》。相座敷《あいざしき》に勧進比丘尼《くはんじんびくに》のうつくしき者《もの》が二人とまつてゐると。勘《かん》八がさ、やくに。幸《さいわい》のなぐさみ是へよびて哥うたはせ。小遣銭少《づかいせにすこ》しくれて。念仏講《ねんぶつこう》にせよと九助がざいをふれば。十蔵悦《よろこび》我がしこなしてつれてくべいと。二人かへ屋に立越《たちこへ》ゑんりよなくおこして。奥座敷《おくざしき》の旦那衆《だんなしゆ》が哥をのぞまる、。うたふてきかせといふに。観了《くはんりやう》さはがす（十一オ）近比《ちかころ》是はめいわくな。今日《こんにち》十四五里の道《みち》をふめば。殊《こと》の外《ほか》くたびれ声《こゑ》すつきりと出ませねば。ゆるしてくださんせといふに。声《こゑ》の出ぬが面白《おもしろ》い。是非《ぜひ》にといはれてせんかたなく。然《しから》ばそれへ参らんと。さきへもどして両人《りやうにん》あの、もの、を耳《み、》にいわせて。ゑもんつくろひ座敷《ざしき》へ出れば。やから組《くみ》共悦《よろこび》。さあ茶《ちや》がわいた酒《さけ》のかんもつてこい。うけた酒《さけ》のあがらぬに。なんぞうたへといふ事か。くはりんうたや。いやお前から。いやそなたからと。互《たがい》にじきはするはづの事。なんのかのなしに今当世《たうせい》のはやりざいもん。一つでこらへてくたんすならばと口かためさせて是よりめつたさいもんそんも〳〵うたてや申たてまつる。あまのお吉が恋衣《こひころも》。きるはたつどうかあくしよなり。まんづ忠蔵《ちうざう》はあかしより。おやのかんだうけきたり。よゝのすゑにはおはをからしてかみこの大臣《だいじん》。手代《てだい》不兵衛（十一ウ）がかせぎにて。大ぶんのふげんとなりけるを。やおよろづのうけはらひ。姥《うば》はやどにて是をさばく。是よりおごりし無分別《むふんべつ》。かなづちろんのしだされて。うちわりばんじよとなりしとかや。そも此大工《だいく》物兵衛が悪《あく》のこんげん尋《たつぬ》るに。もとがしらざる事なれば。是よりさきはうたふまいぞや。あくんぐるしのさいなんは。かごかきの詞《ことば》で七分《ふん》とうやまつて申と。今様《いまやう》のはやりざいもん。あれこれまぜてうたひけるに。皆《みな〳〵》こうつゝをぬかし。都《みやこ》にはやるさいもんぶし。白《びやく》らいおもしろい事。とてもの事にこよひはわがとうがだいてねるきざしと。思ひがけなき無分別《むぶんべつ》*。さしあたりての返答《へんとう》なく。わたくし風情《ふぜい》にかたしけないお詞《ことは》。どうなり共お心まかせ。さりながら今といふてはおかしからず。恋《こひ》は忍《しのぶ》がたのしみ

（十二オ）

挿絵第四図（十二ウ）

挿絵第五図（十三オ）

夜半《やはん》すぎなは我《われ》〳〵がね間《ま》へ御しのびましませ。其時は是しつほりと。かうしませうとうしろよりたきついて。もとの所《ところ》へ立帰《たちかへ》り。角《かく》ては爰《こゝ》にあかされず。所をかへてと身づくろひして。からうす

挿絵第四図

挿絵第五図

へ屋にしのび入。むぎはらかづいて鼻《はな》いきもせす。奥《おく》の様子《やうす》を聞けるに。あんにたがはずやから組《くみ》。時こそ今なり我《われ》ゆかんいやおれからと立《たち》さはぐ。中《なか》にも十蔵《ざう》分別《ふんべつ》して。しよせんくじどりして長《なが》とりたる人ゆかれと。りやうけんするは腹筋《はらすじ》な事。是ゑこなき智恵《ちゑ》かなと。角内《かくない》が一にあたりておりやう。二のくじは勘《かん》八とりあたりぬ。残《のこ》るものとも是非《せひ》なく。はやくしもふてこいあとがいそぐに。程《ほど》なくさし足《あし》。そこらあたりを目《め》くらさがし△木《き》枕《まくら》ふたつより外《ほか》なんにもなし。扨《さて》はね所かはりける（十三ウ）かと。其次《そのつぎ》の間《ま》にしのびけるに。折ふし其座敷《ざしき》には西国《さいこく》がたの侍《さふらい》四五人とまり合《あはせ》しが。ふすまあけたるにおどろき。五人一度《ど》に目を覚《さま》し。つぎ耳《みゝ》にさゝやき。刀《かたな》のつばもとくつろげ待《まち》けるにぞ。勘《かん》八角内夢《かくないゆめ》にもしらずしのび入て。手をさしのばしさがすうちに。くわんざしの手にあたりしかば。恋路《こひぢ》の事は打《うち》わすれ。ふところにいれんとせしを。盗人《ぬすびと》のがすなとぬき討《うち》に両人《りやうにん》共に切たをす。一家《いつけ》おどろき。手に〳〵たい松《まつ》あんどちやうちんかた手には手ほうきすきくわ引《ひつ》さげ立出。様子《やうす》をきいて。のこる三人のからめとり。所の代官《だいくわん》しよへうつたへけるに。くはしく御詮義《せんぎ》とげられ。盗人にきはまり。籠舎《ろうしや》させ。西国《さいこく》のさふらひ衆《しゆ》には。御ほうびつかはされ。

国《くに》もとへくたりけるにぞ。観了《くわんりやう》今義は（十四オ）いつにけたるともなく。其夜《そのよ》庄野《せうの》迄《まで》立のき給ひけると也

㊃　のり合《あひ》の女舞《おんなまひ》

庄野《せうの》より石薬師《いしやくし》へ廿三丁。いそいでゆけば夢かうつゝか。まだ明《あけ》がたの鐘《かね》を六つ打比《うつころ》に東《ひがし》の山もしら〳〵と四日市《いち》迄《まで》二里半の道《みち》。宿《しゆく》〳〵に朝食《あさめし》こしらへすると見へて。人家《じんか》に煙《けむり》たへず。市松が丸《まる》はだかになつて。海道《かいだう》のまん中にて。かやつぶにぎつて滝《たき》をながす風情《ふせい》。母親《はゝおや》かけ付朝風《あさかぜ》いとゞひやゝかなりぬ。やれ風ひいて世話《せは》やかしてくれなと。着物片手《きるものかた》にうしろよりきせるは。げに子をおもふならひ。今よし是をながめて。観了が袖《そで》をひかへ。あれ御らんせよ。いづれにても子程大切《こほどたいせつ》なるものはなし。かゝるひなにも親子《おやこ》もろそてくらすは。あつはれあやかり者なり。我はいかなる因果《いんぐは》の（十四ウ）つたのふして。父《ちゝ》には当歳《たうざい》にてわかれ。母《はゝ》の面影《おもかげ》しか〳〵覚《おぼへ》ざるうちにわかれて。此年《とし》月まで父もなく母も

挿絵第六図

挿絵第七図

なし。いづれの国《くに》にかおはしまさんと。よる打石《うついし》の。あてどなく〳〵此所までは来《きた》りぬ。扨岡崎《さておかさき》とやらんへ。道《みち》の程《ほど》いかばかりととふに。観了《くわんりやう》もらひ涙《なみだ》して。されば先桑名《まづくわな》といへる所へ。三里半もあるべし。宮《みや》へのわたしは七里の海上《かいしやう》。それすぎて。三州迄《しうまで》は七里半なり。くたびれ給はゞ馬《むま》に乗《のり》給へと。宿《しゆく》はずれよりからしり馬。桑名まで五十八文。のつたり〳〵やすいものと。こむろぶしうたはせて。行に程なく渡《わた》し場《ば》におりて。また舟にとびのりけるにぞ。はや出舟《しゆつせん》して乗相《のりあい》*の衆《しゆ》心〴〵の咄《はなし》の中に。京より尾州名古屋《びしうなご》へ行。京女舞《おんなまひ》の小勝乗《こかつのり》合けるにぞ。舟頭《せんどう》の作《さく》七が是を見しりて。これ〳〵たんな衆《しゆ》（十五オ）咄《はなし》をやめてもらひたい。そこにござるお女郎《ぢよらう》は女舞《おんなまひ》の小勝《こかつ》様じや。年《とし》に一度《ど》づゝ名古屋《なご》へ芝居《しばゐ》しにござる。こちとらは見る事のならぬ身。なんと此舟《ふね》のつくあいた。舞《まひ》か所望《しよもう》したいが。何茂《いつれも》様はなんと思召そ。のり合皆《みな》〳〵口をそろへ。是は舟頭《せんたう》が智恵《ちゑ》じや。旅《たび》は道《みち》づれ浮世《うきよ》は情《なさけ》。舟《ふね》にのり合も他生《たしやう》の縁《ゑん》。一さしまふてみせ給へと。口〳〵にのぞまれ。さすがいはきにあらされば。心よはくもずんど立《たち》。所は爰《こゝ》ぞなるみがた。幸《さいわい》むかふに野間《のま》のうつみの見へて候。あれにつゐて舞《まひ》申さんと。扇子《あふぎ》おつとりまひ源よしともさいご物かたりそも〳〵平治《へいぢ》元年《くわんねん》十二月七日のよの事なりしに。源《みなもと》の義朝公《よしともこう》には。衛門《ゑもん》の守信頼《かみのぶより》にくみし給ひ。たいけんもんの夜軍《よいくさ》に打《うち》まけさせ給ひて。東国《とうごく》のかたへ落《おち》させ給ふ。御供《とも》には。ちやく子《し》悪源太《あくげんた》義平《よしひら》。二男中宮《じなんちうぐう》の大夫《たゆふ》（十五ウ）進朝長《しんともなが》。三男兵《なんひやう》衛《ゑ》の佐頼朝《すけよりとも》。かれ是以上廿余《よ》人中にも悪源《あくげん》太義平《よしひら》には。北国勢《ほつこくぜい》をくすべきとて。越前《ゑちぜん》の方へ落《おち》させ給ひし所に。ふりよに石《いし》山寺《でら》にていけどられ。六条河原《でうかはら》にてあへなく首《くび》をうたれ給ふ。次男朝長《じなんともなが》の御事は。夜軍《よいくさ》にひざの口をのぶかにいられ。美濃《みの》の国にてはて給ふ。三男頼朝公《なんよりともこう》には弥平《やへい》兵衛が手にわたり。ひるが小嶋《こしま》にわたらせ給ひぬ。御父義朝《ちゝよしとも》公《こう》には御下人なれば尾張《おはり》の国《くに》此野間《のま》のうつみ。長田庄司《おさだのせうじ》が館《たち》にいらせ給ふ。然《しか》るに長田《おさだ》心替《こゝろかはり》を仕り。義朝公を打《うち》てまつらんはかり事に。四季《しき》の草花《さうくわ》を台《だい》に作《つく》らせ。酒《しゆ》をさまぐ〵にすゝめ申。其後《のち》おのれがむこの鎌田《かまだ》を打《うた》んと正清《まさきよ》を召《めし》よせ盃《さかづき》すこんかさなり。鎌田しやうだいなく見へし所を。かねてごしたる友柳《ともやなぎ》。もつたる銚子《てうし》を鎌田がおもてへさつとかけた。心得たりと（十六オ）

挿絵第六図（十六ウ）

挿絵第七図（十七オ）

正清友柳《まさきよともやなぎ》かたぶさをとつて。ひざの下にくみしく所を。長田《おさだ》とびかゝつて一太刀《たち》つきとをせば。正清申けるは情《なさけ》なしとよ長田殿《おさだどの》。さやうにはせられまじと。前《まへ》へ引よせんとせし所へ。かくし勢《せい》十二三人とんで出。一かたなづゝとはおもへ共。十二三がしよ手《て》をおひ。つゐにむなしくなりにける。それより長田義朝公《よしともこう》の御前《まへ》にかしこまり。御吉例《きちれい》にてたがみの湯殿《ゆどの》を申付て候。御行水《きやうずい》あそばさるべしと申あぐる。君《きみ》よろこび給ひ。はや御湯殿《ゆどの》に入給へば。はじめより金王丸《こんわうまる》御あかに参り。御そばをはなれざりしが。はや御ゆかたをこはせ給ふに。おとする者のあらざれば。金王《こんわう》腹《はら》を立《たて》。ゆかたをとりに行《ゆき》けるにぞ。風呂《ふろ》のうちよりしきりに御手をたゝかせ給ひ。金王丸鎌田《こんわうまるかまだ》や有と。二三度よばせ給ひけ（十七ウ）れば。かねてごしたるきつ七五郎。はつとこたへてつつと入。ゐしやくもなくむんずとくんだ。

心得《こゝろへ》たりとの給ひ。二三げんなげ給へば。うしろより弥七兵衛。浜田《はまだ》の三郎。ゆんでめてより立《たち》かゝり。二かたなづゝさしとをす。かゝる所へ金王丸《こんわうまる》かけ付。二人共に切《きつ》てすて。御そばに立より。金王丸にて候。御心はと尋《たづね》しかば。たへかたき御声《こゑ》にて。口惜《くちおし》や長田《おさだ》めにたばかられぬ。千部万部《せんぶまんぶ》のとむらひより。長田が首《くび》とつてゑさせよと。是をさいごの詞《ことば》にて。つゐにむなしくなり給ふは。なふはかなかりける物がたりと。まひおさめけるに。舟中《せんちう》の人〳〵同音《どうおん》に。扨《さて》〳〵まふたり名人《めいじん》と。どよみの声《こゑ》のやまざる内《うち》。舟《ふね》は宮《みや》に付たりぬ。乗合《のりあい》あまた有中《あるなか》に。乗物《のりもの》つらせたる娘《むすめ》。小勝《こかつ》をまねき。面白《おもしろ》い事をみて。旅路《たびぢ》のうさをは（十八オ）らしぬ。何とぞみつからが国もとへも御越《こし》あるべし。すなはち岡崎《おかざき》と申所なり。かならずとやくそくして。姥《うば》とみへしにさゝやき。きなるものを遣《つかは》されしは。かたじけなき仕合《しあはせ》。おりをもつてゆる〳〵御礼《れい》申あげんとわかれぬ。観了今義《くはんりやういまよし》此息女《そくぢよ》の住所《ぢうしよ》。岡崎《おかざき》と聞《きく》より嬉《うれ》しく。乗物《のりもの》にはなれず行《ゆく》は。また恋路《こひぢ》なり

㊄ さるで恋《こひ》する十二段《だん》

熱田《あつた》大明神《だいみやうじん》よそながらふしおがみ。我身《わがみ》のはては何《なに》となるみがた。ふりかへり見る笠寺《かさでら》。天りん山福《さんふく》りうじ。此観《くはん》音《おん》は旅人《りよじん》とおなじく菅笠《すげがさ》めして。しゆじやうをたすけ給ふと。ふもん品《ぼん》を口にとなへて行里《ゆくさと》ばなれ。ちりふの宿迄《しゆくまで》。足《あし》をはやめて三州《しう》岡崎《おかざき》。乗物《のりもの》の入かたは城下《じやうか》の町《まち》屋（十八ウ）にはめつらしく京風《ふう》の家作《いゑづく》り。二間《けん》の格子《かうし》三間《げん》の見《み》せ。一間《けん》の入口《いりくち》へ。六尺《しやく》ゆたかにかきこむ。はるか跡《あと》より詠《なが》めて。あつはれ都《みやこ》にもおとるまじき手前《てまへ》しや。所《ところ》にてはいかなる人ぞと尋《たづね》しに。越後《ゑちご》屋の善三郎とて。当国《たうごく》の有徳人《うとくじん》。商売《しやうばい》に天秤《てんびん》△はり口たゝいて。よの事せぬ。きさんじなくらしと。念比《ねんごろ》にをしゆる。扨は爰《こゝ》ぞと観了《くはんりやう》さき立て案内《あんない》。たそといふは手代《てだい》らしき者《もの》。我《われ》〳〵は都方《みやこがた》の者《もの》。

子細《しさい》あつて尋《たづね》に来りぬ。旦那《だんな》たるべき方《かた》へ。ぢき〳〵申上度《たき》よし。善三郎立出両人に対面《たいめん》す。今義《いまよし》おめたるけしきなく。いさいは此巻物《まきもの》を御覧《らん》あつて。よろしく御かいほうを頼《たのみ》入とあれば。善三郎一巻《くわん》のひらき見るに。大旦那《たんな》の*勘状書《かんじやうがき》よこ手《で》をうつて。して〳〵是は何として所持《しよぢ》ありしぞ（十九オ）されば我《われ》権之助《ごんのすけ》がせがれなり。母《はゝ》はいやしき流《ながれ》の身《み》。行方《ゆきがた》なきをなげき。方《ほう》〳〵と尋《たづ》ね。先《まづ》武蔵《むさし》の方《かた》へ下りぬ。何とぞ父《ちゝ》のゆかりを思ひ。力《ちから》共なり給はゝ。一生《しやう》の本望《ほんもう》。万端《ばんたん》頼《たのむ》のよし。お気遣《きづかい》なさるゝな。追付《おつつけ》御運《うん》をひらかせ。名跡《めうせき》つがせ申さん。将又《はたまた》江戸におひて。わたくしの古《こ》はうばい。三つ星《ぼし》勘七といふ者《もの》あり。是へも御くだりあつて。其後《そのゝち》思召《おぼしめす》かたへは。此方《ほう》より人をそへて。お袋《ふくろ》様の御行衛《ゆくゑ》尋《たづね》させ申さん。先《まづ》奥座敷《おくざしき》へと。主従《しうじう》の*気縁《きゑん》わすれぬこそ。頼《たの》もしき心ぞかし。ひなにも恋《こひ》は猶《なを》やさしく。かたちを九重《こゝのゑ》にまなびて。しなつこらしき物《もの》ごし。あてやかなる風情《ふせい》。京におとらぬ善三郎が娘《むすめ》。今年《ことし》十五の振袖《ふりそで》。都《みやこ》にのぼりて。山下半左衛門座《ざ》。坂田藤十郎。大和屋甚兵衛が芝居見物《しばいけんぶつ》（十九ウ）

挿絵第八図

挿絵第八図（廿オ）

して。恋《こひ》きやうげんをよく見覚《おぼへ》て。国《くに》もとにくたりけるは我《わが》魂《たましい》へのみやげ。

腰本《こしもと》の六が月夜《よ》に小判《こばん》ひろふたる顔《かほ》して。娘《むすめ》に恋《こひ》のたきつけ。嬉《うれ》しやよい鳥《とり》がかゝりました。お姫《ひめ》様の世《よ》じやと。今義《いまよし》がうはさを語《かたり》お前《まへ》さまの為《ため》にも旦那《だんな》様。わしが為《ため》には二重旦那《ぢうだんな》。さればこそ御きりやうのうつくしき。およそ百万騎《まんぎ》の大将《しやう》と申ても。はづかしからぬ御姿《すがた》。ちかふたとへていはゞ。京の芝居《しばゐ》にてみし役者《やくしや》の内《うち》。目のはりは大和川甚《やまとがはじん》之助。鼻《はな》のかゝりが小野《をの》川宇源次《うげんじ》。居《ゐ》すがたは吉沢《よしざは》あやめ。口もとが水木《みづき》辰之助。せいの高《たか》さは岩井《いわゐ》左源太《さげんだ》。惣《さう》じて位《ゐ》たかくけたかく。どうともかうともいふにもいわれぬお衆《しゆ》がござんして。おもひもよらぬ病下地《やまいしたぢ》。一人《ひとり》ならず今一人は廿《はたち》ばかりの若僧《にやくそう》。大和屋甚兵衛が目付《めつき》に其まゝ。鼻《はな》大ぶり（廿ウ）にして。かつかうは中村《なかむら》七三郎にまがへる程なり。兄子《あにご》か伯父子《おぢご》かして。どうしやかうしやと。伯父《おぢ》には若《わか》し兄《あに》様てもないかして。さしあいな咄《はなし》もあり。なんじややらしらぬがと。木《き》に餅《もち》のなる咄《はなし》を聞て。娘《むすめ》の顔《かほ》は紅葉盛《もみぢざかり》に色《いろ》をまし。ぬれのしかけのちゑくらべ。暫思案《しばらくしあん》し。よい事おもひつけたり。我《われ》〳〵がもてなしに。こよひかうしてしかけんと。てがひの猿《さる》にもみつな。みづからひいて行《ゆく》は恋《こひ》の懸綱《かけつな》。打《うち》かけのすそ吹《ふき》かへすもみうら。腰本《こしもと》にはこくたんの三味線《さみせん》。今義《いまよし》が一間《ひとま》に行《ゆき》。はづかしながら私《わたくし》は善三郎か娘《むすめ》にて候。長《なが》の旅路《たびち》の御つかれをいさめんため。ひさうの猿《さる》を召《めし》つれたるは忠《ちう》なり恋《こひ》也情《なさけ》也嬉しさの身に余《あまる》ほどなる今義。観了《くはんりやう》が手前《まへ》をはゞかり。すんとした目遣《めつかい》のはしに雲《くも》かゝるよそほひ。是なん心のあいぼれ。猿《さる》まはしの哥にてくどく娘《むすめ》のさかしき。猿《さる》は山王《さんわう》まさる（廿一オ）思ひを書《かき》つくし。たとへてくどくは牛若時代《うしわかじだい》。是程しやれた世の中なれど。みぬ恋《こひ》ゆへにあこがれて。くるは誰故《たれゆへ》そさまゆへ。一夜《よ》の情《なさけ》とあたまから。鬼《おに》一口《くち》にまさるめでたい御身のうへとくどきけるにぞ。今義猿《さる》をいだきあげ。我はみ山のこけざるかして。まだ里《さと》なれぬ恋《こひ》の哥《うた》てや。爰《こゝ》にも人がきくぞかし。もはやかへられとかいやりぬ。こしもと是を聞《きゝ》かねて。ふるきをもつてあたらしく。いわねばならぬ十二段。引語《ひきがたり》に仕御あいさつ申べし。其御詞《ことば》はさる事なれ共。九重《くぢう》の塔《たう》がたかきとて。鳥類《てうるい》つばさが羽《は》ね打《うち》たてゝとぶ時は。此塔《たう》かならず下にみる。駒《こま》にけられし道芝《みちしば》も。露《つゆ》に一夜《や》の宿《やど》をかす。とかく色《いろ》には情《なさけ》あれ。情《なさけ》は人のためならず。都《みやこ》の君《きみ》とぞ語《かたり》ける。△観了《くわんりやう》聞かね。我〳〵は沙門《しやもん》の身《み》。殊《こと》に此もの今こそ若衆《わかしゆ》盛《さかり》なれ。近日出家《きんじつしゆつけ》さすれば（廿一ウ）女たるものゝ手より物《もの》とる事もならぬぞかし。其うへ善三郎どのへきこへては。我《われ》〳〵が一分《いちぶん》も立《たゝ》ず。はやうかへられ。只拙僧《たゝせつそう》はねぶたいとわざと大あくびするにぞ。娘《むすめ》おかしくふるい事ばかりぼんさま。恋路《こひぢ》の道には三界《がい》のお釈迦《しやか》様さへやしゆたら女《によ》に契《ちぎ》り給ひ。らごら尊者《そんじや》をもふけ給ふ。諸法実相《しよほうじつさう》と説《とく》ときは。峰《みね》の嵐《あらし》も法《のり》の声《こゑ》。万法一如《まんぼういちによ》と聞ときは。谷《たに》の朽木《くちき》も仏《ほとけ》なり。仏《ほとけ》も我《われ》も同《おな》じ事。かうした事を聞分《きゝわけ》ず。御せういんなきならば。こよひの内にしたくひ切《きり》。おんりやうとなりかはり。今に思ひしらせんと。涙《なみだ》をこぼし帰《かへ》り給ふを。観了おしとめ。よのうらみならば雲《くも》に掛橋《かけはし》およばぬ恋《こひ》なれど。其怨霊《おんりやう》にはした地《ぢ》おそるゝ事のあり。あすは此事善三郎殿に聞《きこ》ゑ。ゑんぶのちりともならばなれ。命《いのち》にはかへられず（廿二オ）なびいてこませと気《き》をとをし。お下地《したぢ》はすきなり御意《ぎよい》はよし。此うへは共*かくもと。娘《むすめ》と手をとりおくの一間《ひとま》にこがくれにけり。腰本《こしもと》はし〳〵おどり。観了に取付《とりつき》。さあぼん様あちらも埒《らち》が秋《あき》の田《た》のかり染《そめ》ならぬはこなさんとわし。縁《ゑん》につるれば遠江《とを〳〵み》。岡崎《おかさき》女郎衆《ぢよろしゆ》の口あんばい。みてくださんせとだき付ぬ。いや〳〵愚僧《ぐそう》は女ぎらひ。ゆるしてくれよとしりごみするもおかし。女たるものゝはぢをすて。くどふ申はこなたのあやまり。是非《ぜひ》に及《およ》ばぬ是迄《まで》也。所詮我生《しよせんわれいき》ながらとりつくと。口《くち》をあいてかゝれは。観了《くわんりやう》おどろき。おがみますどう成《なり》共。心まかせになりませう。行力《きやうりき》をもつていのらば。怨霊《おんりやう》もおそろしからねど。水海《みづうみ》で一《ひと》いのりしもふて来《きた》れば。爰にていのるもふるし。気《き》をかへててんほ精進《しやうじん》おちやうまで。さあござれといふて夜着《よき》をかづきぬ

御前義経記巻三終（廿二ウ）

御前義経記《ごぜんぎけいき》　江戸吉原《ゑどよしはら》
けいせいあやつり

四之巻　目録

面影うつる土佐房正存《とさばうしやうぞん》
㊀ からしり馬《むま》に二人乗《ふたりのり》
にあはぬ法師《ほうし》の男立《おとこだて》
時《とき》のやうにはよろひ大口《おゝくち》
よいことばかり浮嶋《うきしま》が原《はら》

面影うつるひで平《ひら》が館《たち》
㊁ けいせい涙川《なみだがは》
柴《しば》屋町《まち》のみ舟《ふね》さんげ物語《ものがたり》
掛奉《かけたてまつ》る男《おつと》の絵像《ゑざう》
よし原《はら》の小むらさきは
きさんじな比丘尼《びくに》（一オ）

面影うつるおひさがし
㊂ 江戸《ゑど》野郎山伏《やらうやまぶし》
吉原《よしはら》あげ屋追善《ついぜん》あやつり
衣《ころも》ははかま比丘尼《びくに》の口上《こうじやう》
けいせい手づま
野郎人形《やらうにんきやう》

面影うつる義朝《よしとも》の幽霊《ゆうれい》
㊃ 枕《まくら》にうつる父《ちゝ》の悪性《あくしやう》
法師《ほうし》をだます高尾《たかお》あげ
まき
なき魂《たま》うつる揚《あげ》屋の
座敷《ざしき》
母《はゝ》のすがた絵《ゑ》
ひし川が筆《ふで》（一ウ）

(一)　からしり馬《むま》に二人乗《ふたりのり》

夢《ゆめ》と見てまだ夢ならぬ夢の浮橋《うきはし》。わたりかねたる身なりしを。わすれて善三郎が娘《むすめ》とふかい恋路《こひぢ》のあだ枕《まくら》。情《なさけ》の瀬《せ》ぶみあらはれては物なし。とかく武蔵《むさし》にくだらんと。折《おり》をもつて此事善三郎に語《かた》り給へ。*御心まかせになさるべしと。大吉日をあらため。門出《かといで》の御祝義《しうぎ》に。四季《しき》の草花《そうくわ》を台《だい》につくらせ。娘《むすめ》がよそ〳〵しい顔《かほ》してしやくをとれば。善三郎は拍子《ひやうし》舞《まひ》。万《ばん》〳〵歳《ぜい》と君が代を。いわゐおさむる 盃《さかづき》の。数《かず》かさなりてわくいづみ。つきせぬ中の友白髪《ともしらが》。猶《なを》行末《ゆくすゑ》の目出度《めでたき》は。長生殿《ちやうせいでん》とかなでける。おもてには乗《のり》かけ。立《たて》かご。花もうせんをかゝやかし。揃紋《そろへもん》の六尺四五人お出をまつも（二オ）久し。時《とき》なるかな都《みやこ》を出し其時は。わらぢもゝひきも我《われ》と我身《わがみ》にさせて。からしり馬《むま》も今といふ今。乗掛《のりかけ》花やかに観了《くはんりやう》がゆらりと乗《のり》。今義《いまよし》はしゆすの立付籠《たちつけかご》のうちゆたかに。あつはれゆゝしき身ぶり。天性《てんせい》そなはりしかたちと。善三郎が壱人《ひとり》きげん。近日《きんじつ》御のぼりあるへしと。中〳〵こんせつなるあいさつ。娘《むすめ》と腰本《こしもと》は物いはず。わらはず。なくにもなかれず。只《たゞ》御そくさいとばかり。心に別《わかれ》をたんとふくませ。見おくらんとするにはや五七町も過《すぎ》させ給ふは。さりとは残念《のこりおゝい》恋《こひ》ぞかし。折《おり》こそあれ鞍馬《くらま》山福蔵院《ふくざういん》には。観了山《やま》を出たる事。評定《ひやうぢやう》非道《ひだう》にきはまり。追手《おつて》としてあい弟子《でし》の雲海《うんかい》。元来《くはんらい》九郎に付て男色《なんしよく》のいこんふかく。此度を 幸《さいわい》追掛《おつかけ》存分《ぞんぶん》をはらさんと跡《あと》をしたひ。先《まづ》東海道《とうかいだう》（二ウ）の方へさしかゝり。宿《しゆく》ゝにて両人が行衛《ゆくゑ》を尋。三州岡崎《おかざき》をとをり。善三郎か見世に腰《こし》をかけ。鼻紙袋《はなかみふくろ》よりこま銀《かね》出し銭《ぜに》かはんといふに。手代《てだい》らしき親父《おやぢ》。老眼《らうがん》とみへて目がねをかけ。是は似《に》せてござるといはれて。見給ふごとく出家《しゆつけ》なり。正《まさ》しく此銀《かね》は御幸《ごかう》町《まち》岩《いわ》がかゝが初寅《はつとら》参《まいり》ニくれたり。見しりごしに此様《やう》な悪銀《あくぎん》つかひぬる心からは。世わたりくらしかぬるは 尤《もつとも》なりと。にくていひして外《ほか》の銀《かね》出し両替《りやうがへ》させ。たばこのむ煙《けむり》はてしなく。爰《こゝ》にても観了《くはんりやう》が事を尋《たづね》しに。善三郎気《き》を付子細《つけしさい》をとふにおちず。かたるほど様子《やうす》しれけるにぞ。何となきていにもてなし時をうつしけるに。雲海《うんかい》おどろき。よしなき長物語《ながものがたり》に日ざし七つに過《すぎ》たり。何とぞ藤川《ふぢかは》まで行《ゆく》べしと（三オ）からしり馬《むま》のかりきり。ゆらりとのつてしづかに行《ゆく》。にくさもにくしとしあんする所へ。休斎《きうさい》といへるとんてき。此噂《うはさ》をつく〴〵聞て。善三郎が前《まへ》にかしこまり。きやつが行まゝにしては正《まさ》しく口論《こうろん》あるべし。しかれば御出世《ごしゆつせ》のさきうちおるにひとし。私《わたくし》が智恵《ちゑ》をもつて京都《と》へかへさん。何と大口具足《おゝくちぐそく》はあるまいかと尋《たづね》しに。さいわい質物《しちもつ》のながれ黒《くろ》かはおどしのよろひあり。能大夫《のうたゆふ》の金作《きんさく》がながした大口もある。是さへあれば心安《こゝろやす》しと。俄《にわか》によろひをちやくし大口のひぼ引しめ。*長兆頭巾《ちやうちんづきん》ふか〴〵と。白柄《しらゑ》の長刀小脇《なぎなたこわき》にかいこみ。下男《しもおとこ》の六介にちやうちんの用意《ようい》。見へがくれに供《とも》めされ。追付《おつつけ》かへらんさらば〴〵と。うら道《みち》よりぬけ出。雲海《うんかい》が馬《むま》のあし跡《あと》をしたひて追《おつ》かけ行《ゆく》は。どうした分別《ふんべつ》じやといづれもふし（三ウ）ぎをなしぬ。是をばしらぬ雲海駒《うんかいこま》にむちをうたせて藤川《ふぢかは》のこなたそう田のかう迄付《つき》たりぬ。日影《ひかけ》山に小がくれ人顔《がほ》さらに見へわかぬ所へ。休斎《きうさい》くだんの姿《すがた》にて追《おつ》かけ馬方《むまかた》にむかつて。此旅人《りよじん》をわたせと長刀《なぎなた》ふりまはせば。さすが下郎《げらう》の浅《あさ》ましさ。すはばけ物とけでんし。馬《むま》をすてて藤《ふぢ》川の方《かた》へにげたりぬ。雲海《うんかい》おどろき馬《むま》にけはしくむちをうてば。此馬どうてんして岡崎《おかざき》の方《かた》へにげたり。のぞむ所と追《おつ》かけ馬の尾《お》づゝをしつかととり。うしろよりとび乗勢《のるいきおい》弁慶正尊《べんけいしやうぞん》がしり馬《むま》にのりたる風情雲海《ふぜいうんかい》に手綱《たづな》をとらせ。休斎《きうさい》はうしろよりむちをあはせて行程《ゆくほど》に。とある辻堂《つじだう》にて雲海《うんかい》をおろしとつておさへ。汝元来木石《なんぢぐはんらいぼくせき》なり。つみなき観了《くわんりやう》が身を福蔵院《ふくざういん》へさま〴〵あし（四オ）

挿絵第一図（四ウ）

くうつたへ。あまつさへ討手《うつて》にむかふよし。是男色《なんしよく》のいこんよりおこりし事なり。仏神非礼《ひれい》をうけ給はず。汝が命をとれよとある。*多門天《たもんでん》の仏ちよくによつて。是迄追《おつ》かけきたりぬ。さもあれ悪心《あくしん》をさつて都に帰り。何心なく仏にかしづくにおひては。命乞《いのちごひ》してゐさすべしと。まことらしくいふに。本より雲海《うんかい》心に覚へあるよこしま。目前《もくぜん》むくひ来れるのおそろしくさま〲かうさんし命をたすけ給はれといふに。休斎《きうさい》おかしく。悪《あく》につよき者はまた善《ぜん》につよし。其善にもとづく事。多門天《たもんでん》の御ないしやうにかなひけるよと引おこし。然はかへれとさきに立て行《ゆく》ところに。むかふより善三郎が下部《しもべ》ちやうちんとぼし来りぬ。休斎《きうさい》見て。其ちやうちんをかしてゐさせ（五オ）よ。此者子細《しさい》あつて京都《と》へ帰るやつ也。桑名《くはな》までおくれとわざとむたいをいひかけけるに。此男わぢ〱ふるひ。私は旦那《だんな》がゝり。こちのかみ様をむかひにまいる。只今はごゆるされとなき声《こゑ》するもおかし。是非《ぜひ》おくらぬと目にもの見すると。長刀《なぎなた》をふりまはせば。いかやう共仕らん。でかしたいそげと声《こゑ》をかけ。其夜半の比までつれあるき。是よりいそげとつきはなし。八つ打ころ休斎《きうさい》は帰《かへ》りぬ。扨も今義《いまよし》観了《くわんりやう》きのふにかはるあづまくだり。供まはりびゞしく。しとやかに行道《ゆくみち》ばか。おきつ神原《かんばら》打すぎ。浮嶋《うきしま》が原《はら》に籠《かご》たてさせ。はさん箱《はこ》に腰《こし》打かけ。まことに此所は東西《とうざい》三十里の松原《まつはら》詠《ながめ》にあかぬ風景《ふうけい》昔《むかし》源《みなもと》の頼朝《よりとも》伊豆《いづ》の国より御むほんのおぼしめしたゝれ。此嶋に陣《ぢん》のとつて暫《しばらく》きうそくありし所に。又奥州《おうしう》より（五ウ）

挿絵第一図

御舎弟《しやてい》九郎判官《はうくはん》義経《よしつね》。おなじく平家つゐとうの為。夜《よ》を日についでのほらせ給ひ。御兄弟の縁《ゑん》ふかく。此所にて御対面《たいめん》あつて。義経《よしつね》頼朝公《よりともこう》の院宜《いんぜん》*をかうむり。西国にほつそくましまし。おごる平家を打ほろぼし。名を一天にかゝやかし。名将《めいしやう》のほまれをとり給ひしとかや。我義経《ぎけい》ほどにこそあらず共。せめて一つの望《のぞみ》をたつし。二度《ふたゝび》父《ちゝ》の家をたて。くはいけいのはぢをすゝがんと。朝暮《てうぼ》是を天にいのる其印《そのしるし》有にや。かゝる風情《ふせい》にて武州《ぶしう》にくだる事。天運《うん》につきぬ所と。悦の盃《さかつき》壱つうけてさしける。観了《くはんりやう》いたゞき。げにおもひまはせばそちはよしつね。愚僧《ぐそう》は武蔵坊《むさしばう》にたとへて。折から法師なり又兄分なり。惣《そう》じて人界《にんがい》は七九*八難《く》*とて。あしき事つたへばよき事（六オ）来るぞかし。心を盛《さかり》の花にたとへて散《ちる》事をわすれ給へといわゐける。中場《なかば》江戸よりかみ方へのぼる旅《たび》人供二三人ぐして今義《いまよし》のそばにかしこまり。そつじながら何も様方には三州越後《ゑちご》屋へお付なされし京都《と》のお客《きやく》様にてはあらずや。観了《くわんりやう》聞てお尋の者共也。しておの〳〵は何人ぞ。さん候江戸におゐて三つ星《ぼし》勘七が家来《けらい》先刻《せんこく》岡崎《おかざき》の善三郎様より御両所の様子《やうす》飛《ひ》脚《きやく》をもつて申越《こし》候。御くだりおそきに付御むかひの為参上仕候と。よいことばかりいふてくるは夢《ゆめ》かまことか嬉しさの身にあまり。かゝる時節《じせつ》長居《なかゐ》してはあしかるべしと。いさめにまかせくだらんと。送《をく》りむかひの人数都合《つがう》其勢《そのせい》十四五人。武州《ふしう》江府《ごうふ》にぞいそがれける

㊁ 傾城《けいせい》なみだ川《がは》（六ウ）

籠《かご》いそがせて行《ゆく》にほどなく品川《しながは》おもて。御とうりうにゆる〳〵御見物あるべしと。六尺腰《こし》すへて日本橋《ばし》何町目。三つ星《ぼし》が屋かたにかきこむ。今義《いまよし》すぐに奥《おく》座敷観了《くわんりやう》馬《むま》より飛おり。手代あまた有けるに。不残《のこらず》一礼して又おくにとをる。ていしゆ勘七罷出。ま事におもひよらざる御くだり。家の面目世のきこへ。あつはれ善三郎と某《それがし》程《ほど》主従《しうじう》のきゐんふ

かき者もなし。何分二三ケ年も此所に御座あるべし。よろしくはからい申さんと。近比満足《ちかころまんぞく》なる一言《ごん》。種ゝ《しゆ〳〵》の御馳走《ちそう》毎日〳〵の御遊《ゆ》山隙《さんひま》なく。明十七日は父尊霊《ちゝそんれい》の十七年三星《ほし》が屋形《やかた》には僧《そう》を供養《くやう》し念仏の声《こゑ》たへず。仏前には香《かう》をくゆらし。うゐにつかれし者には禄《ろく》をひいてよろこばしけるにぞ。よき時節《じせつ》くだりあはせ。思ひよらざるとふらひ。父《ちゝ》うへ成仏《じやうぶつ》（七オ）うたがひあるまじ。いで御墓《みはか》に詣《もふで》て一遍《へん》の念仏《ねんぶつ》なり共申さんと。観了《くわんりやう》と只ふたり。増上寺《ぞうじやうし》に参給ひぬ。しるしの石には帰雲教山居士《きうんけうざんこじ》俗名《ぞくみやう》三津氏《みつうぢ》権之介*絶主《せしゆ》三つ星《ぼし》勘七頼もしや我子として親《おや》の戒名《かいみやう》をもしらず。親子のゐんもいまだつきざる事の嬉しやと涙《なみだ》を袖につゝみ。しきみ折《おり》かへ手水《てうづ》猶《なを》きよらかに。称名《しやうみやう》の声《こゑ》かすかに。観了《くはんりやう》は法花経《ほけきやう》をどくじゆし。名残《なごり》を石にいひのこし。涙《なみだ》かた目に道の草木を詠行《ながめゆく》かたほとりに。世をのがれたる一つ家有。竹の戸ぼそに小紫庵《こしあん》とうつがくは。つたなかりし女筆。あやしく立よりのぞきみるに。来迎《かう》の三尊木仏《そんもくぶつ》にきざませ。風流《ふうりう》なる男のすがた絵《ゑ》。前に香花《かうけ》をそなへ。かなにて書《かき》とむるくわこ帳しほらしく。かべにもたせる琴三味線《ことさみせん》。是歓楽《くわんらく》のひつ（七ウ）

挿絵第二図

挿絵第二図（八オ）

こみならんとよく〳〵見れは。あるじと

みへしは三十《みそじ》ばかりの比丘尼《びくに》すぐれてかたちうつくしく。糸《いと》よりほそ〴〵かりし手して。かすかなるかね念仏の声猶《こゑなを》すしやうなりぬ。かゝる所へまたおなじ年ごろなりし尼衣《あまごろも》。花の帽子《ぼうし》に白玉《しらたま》の珠数《じゆず》。下女とみへしにそとはもたせてくるすあし。ながれのすゑのあゆみぶり。此庵《あん》に来りてあんないす。あるじしもくをとめて誰《たれ》じやとことふ。いやくるしからぬ者我もおなじ尼衣《あまごろも》。けふ心ざしの*名日《めいにち》にあたりぬ。御身様を頼まし供にゑかう仕度ねがひ。安《やす》き間の御事なり。こなたへとおくにともなひしかば。かの尼《あま》仏前を拝《はい》し。さりとはうらやましき御すまゐ。お名はと尋しに。あるじ涙《なみだ》ぐみ。みづからは玉山《ぎよくさん》と申ぞかし。よそめにはうらやましげにもみゆべし。色《いろ》こそ（八ウ）かはれ同《おな》じ浮世《うきよ》に同じ身なれど。なき人の只面影《たゞおもかけ》の身にそひて。袖《そで》にあまれる涙川《なみたがは》の。かへらぬ事をくい〳〵おもふてかやうにさまを替《かへ》すがた。けふは其人の十七年にあたりぬ。せめては心ばかりのとふらひ。扨そなたさまには何ゆへ御とんせいありしぞ。何ゆへととがめられてはなをはづかし。つみをほろぼす為《ため》にさんげ物語《ものがたり》申さん。たま〳〵うけがたき人界《にんがい》に生《むまれ》士農工商《しのうこうしやう》の家《いゑ》にも生《むまれ》ず。または琴碁書画《きんきしよぐは》をこと〻する身にもあらず。あるが中《なか》にも河竹《かはたけ》の身。名はみふねと申て。柴《しば》屋町《まち》のつとめ盛《ざかり》を。さる御方に身請《みうけ》せられ此との爰《こゝ》に見世《みせ》ありて。年毎《としごと》にくだり給ひ。夜るのねざめのさびしきとて。われも一所に東《あづま》の旅《たび》。おもひよらずも爰《こゝ》にくだりぬ。お出入の衆《しゆ》にはおく様とよはれしかど。頼《たのみ》し方《かた》は（九オ）一年《ひとゝせ》に三月をかぎり。残《のこ》る月を都《みやこ》にて詠《ながめ》給へば。只ものおもふばかりぞかし。なつかしきは日《ひ》に千度《ちたび》文《ふみ》のたより筆《ふで》にて物いふたのしみ。折〳〵浅草《あさくさ》の観音《くわんおん》様へと目黒《めぐろ》の不動《ふどう》。又は堺町《さかいてう》こびき町なんどへ気《き》はらしに出れど。手代衆《てだいしゆ》の手前《てまへ》をはゞかり。奥座敷《おくざしき》にて哥《うた》がるた貝合《かいあはせ》双六《すく》より外《ほか》たのしみなし。一両年《りやうねん》ほどぶり御くだりもあらず。様子《やうす》をきけば。京にてまた〳〵嶋原《しまばら》のときは様とやらんを請《うけ》出し。妻《つま》と定《さだ》めて私《わたくし》の事をわすれ草《くさ》。恋《こひ》の若生《わかばへ》におとこをねとられ。くい〳〵おもひつれ共。流《ながれ》たつる身のもんもうな事よと心に是をながして。文計《ふみばかり》のおとづれ。はる〳〵くだりて何のせんなき身なりしに。其おとこ此世を見のこし。十七年以前《いぜん》に世《よ》をさり給ひぬ。今なん恨《うらみ》（九ウ）も恋《こひ》も身のかぎりとおもひ定《さだめ》。かやうにさまをかへ御跡《あと》をのみとむろふばかりなり。あるし聞《きい》て世にはにたる事のあるものかなわしが身とてもおなじながれ。吉原《よしはら》にて小紫《こむらさき》と申て。すこしは全盛《ぜんせい》したる身なれど。京より毎年《まいねん》くだり給ひし。水《すい》なおとこにかわゆがられ。我身をまゝにさせ品川《しながは》の下屋敷《やしき》にて花を友《とも》とし。栄花《ゑいぐわ》の春をよつかさねけるに。人の命《いのち》はかぎり有。五年が間都《あいだみやこ》にのほり爰《こゝ》に此身を捨置《すてをき》。しでの旅路《たびぢ》におもむき給ふと。爰な出見せの若衆《わかいしゆ》より。形見《かたみ》もたせてこされし時の我心。あゝ世はいらぬ物と髪切《かみきつ》て。おつとの為《ため》に仏《ほとけ》の道《みち》にいる事。さとりてみればくやむ事なし。かくしていらぬものなれば。此絵像《ゑざう》を見て廻向《ゑかう》をなし給へとをしへける。立よつて戒名《かいみやう》をみれば（十オ）何〱*帰運教山《きうんけうざん》扨は三津様の事か。わしがおつとも三津様よ。まことの名は権之介《ごんのすけ》様。わたくしのもそれ。お前《まへ》もそれかと。互《たがい》に顔《かほ》を見あげみおろし目にあまる涙《なみだ》。一度《ど》にはら〱とながし。暫《しばらく》ありて玉山《ぎよくさん》申けるは。さりとはめづらしきたいめん。かね〱三津《つ》様の噂《うはさ》にて聞《きゝ》しかど。うらみそねみもあるべしと。ゑんりよいたせしくやしさ。私《わたくし》とても同《おな》じ事と。互《たがい》に昔《むかし》をかたりけるにぞ。今義観了《いまよしくはんりやう》はしりいり。さいせんより。只人《たゞひと》ならぬ捨妻《すてづま》とみしに

挿絵第三図

挿絵第四図

たがはず。親権之介《おやごん》がおもひ人か。*私《わたくじ》こそ其三津氏《みつうぢ》が世悴《せがれ》元九郎今義《いまよし》と申者《もの》。母《はゝ》を尋《たづね》に此所までくだりぬ。けふ父の名日《めいにち》に。おめにかゝるはふしぎそかし。あはで帰《かへ》りなばねんなふくやしかるへきと。こま〳〵様子《やうす》を語《かたり》たまふに。二人の尼《あま》おどろき。扨はさやうかおいとしや（十ウ）幸《さいわい》明日《めうにち》吉原《よしはら》にて。三津様御恩《おん》をかうむりし人〳〵。御追善《ついぜん》の為《ため》あげ屋にて。女郎の手づまあやつり興行《こうぎやう》いたされ。法楽《ほうらく》の舞《まひ》をかなで候。我〳〵とても其人数《にんじゆ》。あけなば早ゝ《さう〳〵》参《まいる》ぞかし。御同道《どうだう》申さん。忝《かたしけなき》仕合《しやはせ》然《しから》ば明日《めうにち》御供《とも》申さん。さらば〳〵と夕暮《ふゆぐれ》の道《みち》。六つの鐘《かね》打比《うつころ》帰り給ひぬ

㊁ 野郎山伏《やらうやまぶし》笈《おひ》さがし

一じゆのかげ一がの流《ながれ》をたつる尼《あま》のかり庵《いほ》に。おかしさ*縁《ゑん》をもとめ。傾国《けいこく》にてちゝぼうこんの追善《ついぜん》。けふをかぎりて揚屋《あげ》の座敷《ざしき》。是非《ぜひ》にとさそはれ。日本橋《ばし》より無常《むじやう》の嵐《あらし》恋《こい》の里《さと》にたゞよふ舟《ふね》のかり切《きり》。うき立浪《なみ》をおして吉原《よしはら》の入

口。とにも角《かく》にも。ふか編笠《あみかさ》をかりの浮世《うきよ》。伏見《ふしみ》町　堺《さかい》町。新《しん》町江戸町あげ屋町。武蔵《むさし》屋といふ中宿《なかやど》に入そめ（十一オ）奥《おく》の一間《ひとま》をわがものにして。恋と無常《むじやう》のていさうをみるに。二間《けん》の床《とこ》を仏《ぶつ》まと定《さだめ》。ちがひ棚《たな》をしやうごん中尊《ちうぞん》に恵心仏観音《ゑしんぶつくわんおん》せいしの絵像《ゑざう》。すなはちたんゆうの筆《ふて》なり。草花《さうくは》は時におふじて*情《せい》〳〵と水《みづ》にうかへ。名香《めいかう》四方《よも》にくんじて女郎衆《ちよらうしゆ》のつかみだき。夕部《ゆふべ》まで引のこしたる三味線《さみせん》など菩薩《ぼさつ》のおんがくにたとへ。玉《たま》のいはゐなんど一段《だん》たかく。涙《なみだ》をうかへそなへたり。今義《いまよし》さきに立位牌《たちいはゐ》にむかひしやうかうす。つゞいて観了《くわんりやう》其外色《いろ》ある女郎衆。やりてかぶろ揚《あげ》屋のていしゆ。聞およひたる三津《つ》様成仏《じやうぶつ》とくだつの縁《ゑん》にひかるゝ御手《みて》の糸《いと》。つなぎとめてをくならば。今色里《いまいろさと》の惣大将《そうたいしやう》。かたこす人も有まいと。しらぬ人までくやみけるにぞ。人は一代名《だいな》は末代《まつだい》と。めん〳〵口〳〵に廻向《ゑかう》す（十一ウ）るは此世からの仏《ほとけ》ぞかし。仏事《ぶつじ》おはりて後《のち》。しよゐん座敷《ざしき》にきぬもじのまく。わざと姿《すがた》のみゆるが命《いのち》。大夫棚《たな》にはみすをかけ。手すりは殊更《ことさら》およそ芝居《しばゐ》のごとく。上瑠璃《るり》は上野《かうづけ》やの高尾《たかお》今様《いまやう》の半太夫。くるは一番《ばん》の語《かたり》て。三味線《さみせん》はぬま屋のかづらき。ひく手あまたの中より是をゑり出し。すでにはじまるべき所に。玉山寿貞《ぎよくさんじゆてい》かねてこしらへをきけるにや。をのれがすがたを人形《にんぎやう》にきざませ。*黒染衣《すみそめごろも》浅黄帽子《あさぎぼうし》。左《ひだり》には珠数《じゆず》。右《みぎ》に扇子《あふぎ》をもたせ。まん中にかしこまり。東西《とうざい》〳〵扨お座敷《さしき》へ申あげます。まことに三津様の御事は女郎買《ぢよらうかい》のほまれたかく。あまたの遊君《ゆうくん》に身請《みうけ》させ。付《つき》〴〵までよろこばし給へば。大臣《たいじん》〳〵天照大臣《てんしやうだいじん》にてわたらせ給ひしかど。おしや御命《いのち》のかぎりありて。とゞめんとするにかひ（十二オ）

挿絵第三図（十二ウ）

挿絵第四図（十三オ）

なき水《みつ》のあはさらばといふてわかれしより。岸《きし》にはなれし根《ね》なし草《くさ》。あはれはかなかりつる身の。我《われ》〳〵とても御恩《おん》の殿《との》。せめて心ばかりの御とむらひに。くるわのよねを頼《たのみ》。今日追善《こんにちついぜん》あやつり仕りぬ。是はこれぬし様つくらせ給ひ。くるわにてもつはらはやりし。野郎山伏笈《やらうやまぶしおひ》さがしと申肴《さかな》上瑠璃《るり》なり。人形《にんぎやう》にかけて仕るは我《われ》〱が才覚《さいかく》。うたふもまふも法《のり》の声《こゑ》。せめて一遍《へん》の御廻向《ゑかう》頼《たのみ》奉《たてまつ》ると。涙《なみだ》ながら入けるにぞ。まくの外《そと》より猶《なを》あはれをふくみぬ

〽是より傾城《けいせい》あやつりはじまり

▲野郎山伏《やらうやまぶし》手づま人形《にんぎやう》つかひ手役人《やくにん》付

一　ふれ　秋田彦四郎《あきたひこ》人形　九文字《くもんじ》屋もなか　つかふ

一　先立若衆山伏《せんだちわかしゆやまぶし》*　松本兵蔵《まつもとひやうざう》人形　くはんとうやみうら　つかふ（十三ウ）

一　弟子若衆山伏《でしわかしゆやまふし》　津《つ》川半大夫人形　まるやの小むらさき　つかふ

一　同　袖崎家流《そでさきかりう》人形　下野《しもつけ》やのたかはし　つかふ

一　同　沢村小伝次《さはむらこでんじ》人形　野間《のま》屋の八千代　つかふ

一　同　玉沢皆之丞《たまざはみなのぜう》人形　さがみやの定家《ていか》　つかふ

一　同　村山九重《むらやまこゝのゑ》人形　あふぎやの小大夫　つかふ

一　同　西川岡之介《にしかはおかのすけ》人形　きやう屋の和国《わこく》　つかふ

一　同　松本小《まつもとこ》四郎人形　ふぢやのもろこし　つかふ

一　関《せき》の侍《さふらひ》　市川《いちかは》九郎右衛門人形　かまくらや君川《きみがは》　つかふ

一　同侍《さふらひ》　西国兵《さいこくひやう》五郎人形　同あね女郎ゐづゝ　つかふ

役者人形数《やくしやにんぎやうかず》十一右之つかひて十一人

ふれ人形上下竹杖きいたか〱此度《たび》江戸役者色道修行《やくしやしきたうしゆぎやう》の為《ため》似《に》せ山伏《やまぶし》にさまをかへ京都《きやうと》へのぼるよし。私《わたくし》の旦那《だんな》はちかい比《ころ》（十四オ）より関《せき》の奉行《ぶぎやう》を仕故。左様《さやう》なるうろんがましき者《もの》の来り候はゝ。きつと詮義《せんき》を致《いた》され候へ。油断《ゆたん》

なく御番《ばん》をつとめられ候へ。其分相心得《そのぶんあいこゝろへ》候へや人形はいる似《に》せ山伏《ぶし》八人何も笈《おひ》をおひ。ときんすゞかけほらの貝《かい》。こんがうづえをつかせ是より上るり文句旅《たび》の衣《ころも》はすゞかけの。ほらの貝《かい》なき息《いき》つかひ。色《いろ》にまよひし山伏《ぶし》の。恋《こひ》とおもひを笈《おひ》にいれ。手にまたあまる金剛杖《こんがうづゑ》。やつめのわらぢ足《あし》くへと。いたい顔《かほ》せぬあゆみぶり。けしきあらはにおかしけれ。爰に新関《しんせき》の奉行《ぶぎやう》酒《さか》めの太郎うたゝね弥二郎此山伏《ぶし》をみるよりも。番所《ばんしよ》より飛《とひ》おり。あやしき山伏いつ方《かた》へとをらるゝぞ。殊《こと》に色白《いろしろく》。合点《がてん》のいかぬ山伏。扨はかのよとうなづけば。いや我《われ》〱は奥州《おうしう》そだちの山伏《ふし》なるか。江戸に久〱すみける内《うち》。清《せい》〱たる水《みつ》。みかくに隙《ひま》なく色《いろ》しろし。さのみ（十四ウ）御ふしんあらずとも。とをし給へと申ける。いや

挿絵第五図

只無用《むよう》の詮義《せんぎ》より。かたはしから笈《おひ》をさがし。山伏《ぶし》もたぬ物あらば。きつとぎんみをする気《き》ざしと。むたいに笈《おひ》に手をかけて先《まづ》一番《はん》に先立《せんだち》の。らでんの笈《おひ》に手を入て。それ山ぶしはとつこさんこれいしやくぢやう。花ざらこそは有べきに。あらふしきや此中に。針指針《はりさしはり》入針《はり》やすめ。かけ針《はり》ものさしゆびぬきに。五色《こしき》の糸巻《いとまき》たとう紙《がみ》。物ぬふ品《しな》〱こめたるは是山伏《ぶし》の法《ほう》なるか。もつ共候去《さり》ながら。それ行《ぎやう》人となる時は。胎《たい》をわけぬる母《はゝ》だにも。女たる身は不浄《じやう》といむ。まして女

挿絵第六図

のぬふたるもの。行者《ぎやうじや》の躰《たい》にふれぬれば。みつの御山しんどうし。五躰《ごたい》は天狗《てんぐ》にひきさかれ。五百生《しやう》ゝ魔道《まだう》におつ。さるによつてすゞかけも手づからぬふてちやくする故《ゆへ》（十五オ）糸針《いとはり》ようい仕るが。ふしぎなるかとことふればげに〳〵それはさもあらん。扨此笈《おひ》には女のいしやう。鹿子《かのこ》ぬひはくからあやかうばい染小袖《そめこそで》。らんじやのかほりふん〳〵と。たゝみこみしはいかに〳〵ヲ、御ふしんはことはりなり。我がおばははぐろ山の惣《そう》の神子《みこ》にておはするが。歳末《としずゑ》の神楽《かぐら》のはれに。いしやうを京にてとゝのへくれとあるゆへに。八人の*矢乙女《やをとめ》の。雲《くも》のかよひぢ行《ゆく》たびに。笈《おひ》にこめ置《をき》候と。まことしやかにちんずればさもあらんとてさし置《をき》。また其次《つぎ》をみてあれば。まゆはきべに筆《ふで》おしろいときさしぐしこまくら長尺《たけなが》あり。是もたしなみ候か。返答《へんとう》あらば申*さ給へ。兵蔵《ひやうざう》ほとんとあぐみしが。げに俗人《ぞくじん》の御ふしん御もつ共〳〵もとより我《われ》は山伏《ぶし》の。すがたは山の木のはしなから。心は花にそみかくだ。月よもみぢよ花雪《ゆき》と。あいするはちご計《ばかり》（十五ウ）ちごのけはいけしやう箱《ばこ》。手あらくさはり給ふなと是もあぢよくのがれたり。然者《しからば》又此笈《おひ》には折琴《おりごと》つきびわつぎ三味線《さみせん》ざうげのばちをそへたるは何と〳〵。さん候我《われ》ゝ〳〵は諸旦那《しよだんな》ふうきをいのるゆへ。竹生嶋《ちくぶしま》いつく嶋《しま》。ゑの嶋《しま》の弁才天《べんさいてん》にて。百座《ざ》のごまをくうずるなり。本地《ほんぢ》へ御くうをおこなへば。めうをんてんをくはんじやうし。くわげんをそうする其ために。びわこと三味線《さみせん》もつたるなり。御しよもうならばゐでんらくにごとくらく。さんしゆきどくきしゆんらく。五しやうらくにちやうけいし。りやうわうがなつそりか。おのぞみあれといひたつるは。ふるなのべんともいひつべし。関《せき》もりうんつくども。とかふいふべき事あらねば。さうなく関《せき》をとをしけると。かたりおはると其まゝに。仏前《ぶつぜん》になみゐたる道心者《だうしんじや》。かねをたゝいてせめ念仏《ねふつ》しき（十六オ）

挿絵第五図（十六ウ）

挿絵第六図（十七オ）

りに往生《わうじやう》あんらく国《こく》とゐかうする事。是うたふもまふも法《のり》の声《こゑ》〱

㊃ 枕《まくら》にうつるちゝの悪性《あくしやう》

思《おもい》*ひもよらぬ仏事《ふつじ》の供養《くやう》。ときをうつして五夜《こや》の鐘《かね》*ごよひは爰にてあかさんと。あげ屋の座敷《ざしき》をかり枕《まくら》。観了只《くわんりやうたゞ》二人《ふたり》精進《しやうじん》なれば。色《いろ》も香《か》もなき床《とこ》のさびしさ。人こそしらねかはくまもなき物思ひ。かうした所に精進肴《しやうじんざかな》はけふがはじめなるべし。かぶろがおかぜひかしやんすなといふてくるにもしりめつかはず。ていしゆが枕《まくら》もとにかしこまつて。おやぢ様へは 私《わたくし》がいひわけいたしませうが。なんと高尾《たかお》様はおいやかと。はやあきない事の口三味線《くちさみせん》。こよひはゆるしやあすの事。そんな事したらばちがあたろうもの。のふ観了《くわんりやう》さまなんどゝいへば。それをおれにとふ事か。しれた事よと夜着引《よぎひき》かづけば。不首尾《ふしゆび》な顔《かほ》して（十七ウ）ていしゆはかつてへはいりぬ。また其あとへあげまきといへる女郎来り。観了《くわんりやう》が枕《まくら》もとに立より是ぼんさま。おくたびれかしてはやい御《ぎよ》しんなりやう。わしらはけふは身あがりの男待日《おとこまつひ》にあらざれば。ひとりねるのが物さびし九郎様こそ親《おや》ごの日。こなさんの為《ため》にはさしわたしの他人《たにん》。いらざる精進《しやうじん》せうより。そこへいてねませうかといふに。観了《くわんりやう》にが笑《わらひ》して。なんと元九郎。おれこそ精進《しやうじん》おちたとたれがばちあてる覚《おぼへ》さら〱なし。大事有まいかととひけるにぞ。わしにそれをとはしやる事か。めん〱の心まかせがよいぞかし。さりながら明日《あす》は毘沙門天《びしやもんでん》の御縁日《ゑんにち》じや。それでもかといわれて。毘沙門《びしやもん》はいつしにやつたやらしらねば。精進《しやうじん》するにおよばず。まゝよせつかくお女郎《ぢよろ》の。おもひ〱てつき付売《つけうり》。かはぬもひけて見ゆるぞかし。さあ爰《こゝ》へ〱といふに。あげまきくつ〱（十八オ）わらひ。こなさんはよびたかろうが。わしは坊主《ぼうず》はきらひじや。其内だんかうしませうと。にげて行《ゆく》もおかし。さりとはきついはめやう。まて〱今にはめかへそうと。*志案《あん》しい〱高《たか》いびき。時こそうしみつころ。いとゞさびしき秋《あき》の空《そら》こち吹風《ふくかぜ》にまぎれて。何やらんけしからぬ姿《すがた》あらはれ。あゝらゑんぶこひしや。我は是汝《なんぢ》が父《ちゝ》三津《みつ》権之助《ごんのすけ》がゆうれいなり。我《われ》世にありし其時は。ためしまれなる手前《てまへ》しやにて。三国《ごく》にはいくわいし。あまたの遊君《ゆうくん》にたはむれ。おほくの宝《たから》をうしなひ。色《いろ》にそみ香《か》にめで。情《なさけ》にほだされ。よな〱ことの下ひ。*ほなど。あはでかへらぬといふ事なし。はづかしやはだをふれたる遊君《ゆうくん》の数《かず》千五百六十人。其中にまた我ゆへに命《いのち》をすて。身を捨《すて》たるもの二百五十三人とおぼへぬ。（十八ウ）其ぼんのふのほむら。みやう火《くわ》となつて此身をくるしめ。隙《ひま》なかりつる身なれ共。わがたねまきしは只ふたり。ひとりの妹《いもと》ははてしなき。海《うみ》をへだてゝ西《にし》の国《くに》にありつるよし。せめてそちなりとも見まくほしく是までは来りぬ。扨また母《はゝ》のときはが事。語《かたる》もつらしとふもかなしく。因果《いんぐわ》の車《くるま》めぐりきて。傾城《けいせい》とは生《むまれ》しかど。我《われ》身請《みうけ》させて。三年《みとせ》の栄花《ゑいぐは》は玉《たま》のこし。乗行駒《のりゆくこま》の隙《ひま》もなく〱。身は無常《むじやう》の風にさそはれ。いとしき者《もの》を此世にのこし。あてなきかうせんの旅《たび》におもむきぬ。誰《たれ》有てかいはうする人なく。今なん又難波《なには》の色町《いろまち》に身を売《うり》。子故《こゆへ》に二度《ど》の傾城《けいせい》して。浮身《うきみ》にまた〱大坂屋とやらんにみやづかへて。ゆんてもめても初桜《ういざくら》昔桜《むかしざくら》の色《いろ》有て。日毎《ひごと》に全盛《ぜんせい》めさるゝよし。なんぼう口惜《くちおし》かりしかど（十九オ）かゝる身なれば是非《ぜひ》におよばず。何とぞ善三郎勘七を頼《たのみ》。母が身請《みうけ》してくれよかし。しやばの栄花《ゑいぐわ》はさいがうの種《たね》。夜酒《よさけ》と朝酒《あささけ》と付《つけ》さしが。今ねつとうとなりて此身をこがす。三味線《さみせん》はかしやくのほこ。仕舞太鼓《しまいだいこ》はしゆら道《だう》の。時の太鼓《たいこ》となりかはる。おゝくの傾城《けいせい》にむりをいひかけ。髪《かみ》をきらせしがあやまりとなり。千だんばたの竹《たけ》の根《ね》を一夜《や》にほれとせむるもつらし。ゆびをきらしつめをはなさせけるは。またなきたのしみなりけるに。今はひきかへそのゆびかへせつめかへせと。ごづめづの鬼《おに》どもが。こわいかほしてせむるぞかし。血文血判《ちぶみちばん》のつみは。血《ち》の池《いけ》にむかひ。くろがねのかいげにて。くみほせとせむる。くめ共つきず。あとよりふりくるちの涙《なみだ》かはくまもなき身のむくひ。れんぼのうらみ山（十九ウ）を重《かさね》。しでの旅路《たびぢ》の杖《つゑ》にも笠《かさ》にも只南無《たゞなむ》あみだ仏《ぶつ》より外《ほか》なし。めいどのつかいしげければもはや帰るとの給ふ所へ。恋《こひ》でしゝたる遊君《ゆうくん》あまた。或《あるひ》は八重桐《やゑぎり》しほがまや胸《むね》のけむりは八雲《やくも》たつ。おもひと恋を倉《くら》はしの。くら〳〵もゆるは三笠和哥山《みかさわかやま》。河内《かはち》大すみ野風玉《のかぜたま》の尾《お》。すがたあらはにつらし。三津様。うらめしきは我我が姿《すがた》。しなば一ッ所とかはせしむつ事。はなちいやらじ*と一度《ど》にくるりととりまはせば。のふかなしやとにげんとする。あまさじかへせと追《おつ》かくる。剣《つるぎ》の山のうへに恋《こひ》しや高尾《たかお》。なつかしの君川《きみかは》やとまねくに嬉しくよぢのぼれば。みやうくは立《たち》まちもゑあがり。かなしむこゑもよは〳〵と。雲《くも》にまぎれて雲中《うんちう》より親子《おやこ》の名残《なごり》是までなり。若《もし》母《はゝ》を尋《たづね》んとおもはゞ。是をしるしに尋《たづ》ぬべしと。おもかけうつせし絵《ゑ》すがた枕《まくら》もとにかいやり（廿オ）さらば〳〵といふ声計《こゑばかり》ちゝとみへしは月山の松にかくれて秋《あき》の空《そら》。夜《よ》はほの〴〵とあけるにぞ今義観了《いまよしくわんりやう》めをさまし。扨はちゝうへの霊魂爰《れいこんこゝ》にあらはれ給ひけるか。せめて今一度《いちど》詞《ことば》をかはし給へと。前後《ぜんご》とりみだしけるを。観了《くわんりやう》なだめ。もつ共なれ共迚死《とてもし》の道《みち》はかへらぬ事。ふつ〳〵思ひきつて。只御跡《あと》をとむらふより外《ほか》なしと。さま〳〵教訓《けうくん》するに。元九郎涙《なみだ》かた手に。げに是は私《わたくし》のあやまり。殊《こと》には母うへの行末《ゆくすゑ》をしらせ。あまつさへ姿絵《すがたゑ》まで給はりしは二度《ふたゝび》対面《たいめん》すべき吉相《きつさう》。なげきの中の悦《よろこび》是也。いそぎ宿《やど》に帰り。母《はゝ》うへの身請《みうけ》の*相談《だんかう》是非《せひ》勘七を頼《たのみ》。難波《なには》とやらんにのぼり。目出度《めでたく》たいめんせばやと。玉山寿貞《きよくさんじゆてい》其外の女郎。やどや一ッ家《け》にいとまごひ。立出るうしろすがた。又追付《おつつけ》と小手まねきするかぶろがやさしさ。吉原土手《よしはらどて》のいりごみに。おしや姿《すがた》を見うしないける

四終（廿ウ）

御前義経記《ごぜんぎけいき》

難波津風呂《なにはづふろ》屋

勧進帳《くはんじんちやう》

五之巻　目録

面影うつる佐藤がたち

㊀ 難波《なには》の門出《かどいで》

身請銀《みうけかね》のふり手形《てかた》

男色《なんしよく》講談《かうだん》

元服《げんぷく》と還俗《げんぞく》

面影うつるあづませつたい

㊁ 大礒石《おゝいそいし》の枕《まくら》

力自慢《ちからじまん》きりやうくらべ

茶立女《ちやたて》は後家《ごけ》と

後家《ごけ》

けいせい心中《しんぢう》の△抜書《ぬきがき》（一オ）

面影うつるれいぜいぶし

㊂ 吝気《りんき》くだき

心《こゝろ》みのそらじに

うそいひちらす

花紫《はなむらさき》

幽霊《ゆうれい》の杖《つえ》

おれやうた

中《なか》

面影うつるあたかくわんじん

㊃ 呂州丸《ろしうまる》はだか

くたり船《ふね》の風景《ふうけい》

風呂《ふろ》の焼付《たきつけ》

悪性《あくしやう》の口《くち》ふさぎ

すい中間《なかま》の

伊勢講《いせかう》（一ウ）

㊀ 難波《なには》の門出《かどいで》

吉原《よしはら》のかり枕《まくら》現《うつゝ》にかはす父《ちゝ》の面影《おもかげ》。よしなき昔物語《むかしものかたり》に。また浮旅《うきたび》をかさね〳〵の心《こゝろ》くるしさ。せんかたもなき身の上を。書《かき》くどくなどさりとは愚痴《ぐち》なり。よしや世をさり給ふは過去《くわこ》の約束《やくそく》。跡《あと》に残《のこ》りて。よからぬつとめなさるゝ母うへなんど。子を思ひ子にまよはせ給ふも。是しゆくがうのなす所としりながら。一度《ひとたび》うゐのつとめをしながら。また〳〵其身に帰り花散《はなちり》かゝる御位《くらい》。もつとも父《ちゝ》のをしへなれ共。夢《ゆめ》はあふもふしぎ。あはぬ昔《むかし》になれよかしと。おもふもよしなきうたがひ。顚倒《てんどう》する事なかれ。折《おり》をもつて此事勘七に語《かたり》。難波《なには》とやらんにのほるべしと。有つれ〳〵成し雨《あめ》の夜《よ》ひ（二オ）そかに勘七をめされ。観了《くはんりやう》とみつ鉄輪《かなわ》打あけての物語《ものがた》り。何が扨御親子《しんし》の間《あいだ》御くやみ御尤《もつとも》。我〳〵罷有うへは御心やすかるべし。さつそくながら。明日を吉日と思召御のほり有べし。さいわい手代三郎左衛門買《かい》物がてら上方《かみがた》へのぼしぬ。是を御供《とも》に召つれらるべし。殊《こと》にお袋《ふくろ》様身は。金銀なくてはすまぬ物なり。身請銀《みうけぎん》御用次第《ようしだい》。手代に仰付られ。大坂にては谷口浄古《たにぐちじやうこ》。此仁かたへ書状申入べし。何程にても御心まかせになさるべしと。三郎左衛門にくはしく申聞せ。とても事に妹君《いもときみ》の行衛《ゆくゑ》も尋《たづね》出し。御供してくだれと。思ひもよらぬ難波《なには》のぼり。大勢《ぜい》の中よりゑり出され。かかる大事《だいじ》を仰きけらるゝうへは。すこしも御気遣《きつかひ》有まじきよし。俄旅《にわかたび》の用意《ようい》。座敷《ざしき》に嶋台《しまだい》をかざり。門出《かどいで》の（二ウ）祝義銚子《しうぎてうし》もちたる小めらう。組肴《くみさかな》は中居《なかゐ》らしくきりやうあしからぬ者《もの》四五人。亭主《ていしゆ》勘七上下《かみしも》に高蒔絵《たかまきゑ》のぬり盥《たらい》目八分にかまへ。内義《ないぎ》はうちかけに下髪剃刀箱《さげかみかみそりはこ》もつて御前に畏《かしこまり》。扨御祝儀《しうぎ》は今宵《こよひ》程成目出度事なし。とても元服《げんぷく》させまし名《な》もあらため申さん。ともかくもとの給ひけるを観了《くわんりやう》とゞめて。此前髪《まへがみ》は何者《なにもの》がゆるしてとらんといふ。それ若道《にやくだう》の情《なさけ》は前髪《まへかみ》が命定《いのちさだめ》。すでに我罪《つみ》なき身を罪《つみ》にしづめ。そちがために今月今日迄《こんげつこんにち》。日影《ひかげ》のごとく付そひ。しやうじんの菜《な》つみ水《みづ》くまぬばかり。我一念《ねん》の通《かよ》ふうち今《いま》一度《と》母《はゝ》にあはして。そちが一生《しやう》のつらさをはらさせんと。朝暮陀羅尼《てうぼだらに》をくるといへ共今迄其甲斐《かひ》なきは。矢羽木《やはぎ》にて腰本《こしもと》の六かそゝなかしおつた罰《ばち》也。ひつきやう是もそ（三オ）

挿絵第一図（三ウ）

挿絵第二図（四オ）

ちゆへぞかし。富貴《ふうき》なる勘七どのゝ情《なさけ》ばかりを思ひ。此法師《ほうし》が手前はおもはぬと見へたり。たとへにさへ高野《かうや》六十那智《なち》八十といふに。未廿《いまだはたち》にたらぬ身を持男《もちおとこ》にならば。そちが為《ため》には勝手《かつて》にて有べし。此坊主《ばうず》には何をくふていよと云事ぞ。男にする事どなたの御意《ぎよい》でもなりませぬ。わけはかうじやとうらみなげくは尤《もつとも》。勘七聞届左様《きゝとゞけさやう》の中《なか》とは夢《ゆめ》〱しらぬが仏《ほとけ》なれども。爰は御了簡《りやうけん》なくてはすまぬ事。いづれ衆道《しゆだう》は男《おとこ》たる者《もの》の恋《こひ》。一つはまた義理《ぎり》ぞかし。其義理《きり》を思召さば只今の元服《げんぷく》御赦免《しやめん》あるべし。但《たゞし》前髪《まへかみ》なければ念比《ねんごろ》とは思召されぬか。中は過言《くわごん》なれ共。当地武士方《たうちぶしがた》の男色《なんしよく》は。

挿絵第一図

挿絵第二図

廿《はたち》を打越《うちこし》三十までを若衆盛《わかしゆざかり》にたとへ。それ過《すぎ》て真事《まこと》の念比《ねんごろ》と定《さだめ》。男《おとこ》に成ても見すてず。むつ事にかはることなし。年《ねん》〳〵つもりても（四ウ）互《たかい》に言葉《ことば》のたよりとなり。いつまでも兄分《あにぶん》たる人をうしろみに頼《たのみ》。*殊《こと》におよんでは命《いのち》を捨《すつる》も此恋《こひ》の義理《きり》そかし。爰をもつて男色《なんしよく》兄弟《けいてい》の契《ちぎり》とは申也。十八の年が元服《げんぷく》はいたすまいし。是は観了《くわんりやう》様の身勝《みがち》のやうに聞へて真実《しんしつ》はなし。申さは御出世《しゆつせ》の門出《かどいで》。今義《いまよし》様より御じたい有共。是非《ぜひ》男《おとこ》にし給ふべきを。思ひの外《ほか》成一言《ごん》。ふつ〳〵かまひ申さぬとちとぶけう顔《かほ》するにぞ。観了《くわんりやう》あやまり。いか様共はからひ給へ何をいふことの葉《は》も皆《みな》今義をおもふから也。然者《しからば》と云ふ下より。女房《にようぼう》うしろに廻《まはり》。むかふの髪《がみ》をそりおとし。観了《くわんりやう》がそばへなけやり。主有《ぬしある》花《はな》をわたくしがそりました。其前髪《まへがみ》を大事《たいじ》にかけておかんせといわれて。法師《ほうし》涙《なみだ》をながし。情《なさけ》なや義理《ぎり》ゆへこそまゝよといへ。あつたら物をと（五オ）包紙《つゝみかみ》。せめてま一度《ど》見せ給へとふり帰りみるに。面影《おもかけ》かはる男《おとこ》つき。鬢《びん》さきくらずして又うすからず。昔《むかし》にかはらぬ色花《いろはな》は。散《ちり》ても実《み》はのこる其儘《そのまゝ》の若衆顔《わかしゆがほ》。すぐに名も九郎治郎と替《かへ》けるにぞ。観了悦《くわんりやうよろこび》ついでに我《われ》も還俗《けんぞく》せん。いづれ成共坊主《ばうず》あたまにびん付て給はれ。是はなんとした無分別様子《むふんべつやうす》はと尋《たづ》ねしに。さればこそ我今義《いまよし》に付そひ。種々《しゆぐ》ほうらつに身を持《もつ》事。一度《ど》ならず二度《ど》ならす。出家落《しゆつけおち》たる事度《たび》〴〵*なりぬ。此上を立たればとて今迄の罪《つみ》のがれず。とても今義《いまよし》にまかせたる身。俗《ぞく》にかへつていつまでもうしろみをする気《き》ざし。とく〳〵とのぞまれけるに。皆《みな》ゝ同心《とうしん》してたれかれそれといわれて。三郎左衛門剃刀《かみそり》のねたばをあはし。のそみにまかせびんばかりのこしぬれ共。髪結所《かみゆふ》なかりき。此髪《かみ》のはゆるまで（五ウ）頭巾《づきん》をはなし給ふなといわれて。それは仰迄もなし。内ゝ《ない〳〵》用意《ようい》仕りぬと頭巾《づきん》をかぶり。十日あまりの道中難波《どうちうなには》に着内《つくうち》大かた髪《かみ》もいわれうぞ。道中《どうちう》のはれ一つもなしとつむりをなでて。恋ゆへにおもひもよらぬ男《おとこ》共。なり平いそのきりやう自慢《じまん》。今日《けふ》より宗旨《しうし》をかへ。宿《しゆく》〳〵の出女《でおんな》にぬれてもりんきする人なしいつそ気楽《きらく》でよしの山。若衆《わかしゆ》と法師《ほうし》はちりぬれど。おもひつかする此鬢《びん》に。伽羅《きやら》の油《あぶら》のつよき弓《ゆみ》。引手あまたの遊女町《ゆふぢよまち》。みるが此目の正月と。手拍子《てびやうし》打て語《かたり》ぬ。勘七台《たい》に大金《おゝごん》廿枚《まい》繻子《しゆす》の小袖《こそで》一重《かさね》。縮緬《ちりめん》の羽織《はおり》白羽二重《はぶたゑ》の袴《はかま》。大小そへて*今義《いよし》様へ。次《つぎ》に流紋《りうもん》の小袖羅紗《こそでらしや》の羽織《はおり》。浅黄《あさぎ》小紋《こもん》の*上下《かみしも》金《きん》卅両。大小そへて観了《くわんりやう》様へ別紙《べつし》に名《な》をしたゝめ置《をき》ぬと。取次《とりつぎ》の男持参《おとこぢさん》す。観了いたゞき拝見《はいけん》するに。伊勢《いせ》之丞《ぜう》としるせり。（六オ）先以しうちやくせり。それ伊勢といへる二字《じ》は。父母《ちゝはゝ》なり万物《ばんぶつ》共に是にもるゝ事なし。九郎治郎に付そひたる拙者《せつしや》此うへとても猶《なを》父母のごとくおもはれよと。一座《ざ》同音《どうおん》に。千秋万歳《せんしうばんぜい》の千箱《ちはこ》の玉《たま》をたてまつり。めん〳〵ふしどに入とおもへば。明《あけ》六つつくる鳥《とり》の声《こゑ》。出の屋形《かた》にいとま乞《こひ》。立籠乗《たてかごのり》かけお手まはり。追付《おつつけ》目出度御下りと。亭主《ていしゆ》勘七見送《おく》りて。品川《しなかは》おもて打過て。武蔵野《むさしの》ゝ露名残《つゆなごり》おしさよ

㊁ 大礒石《おゝいそいし》の枕《まくら》

かりそめならぬ旅《たび》の空《そら》。泊《とまり》〴〵に気《き》もつかれ。うきがうへにも猶《なを》うき事をまして。名所古跡《めいしよこせき》もそこ〳〵に詠《なかめ》。見る

めうと〳〵しくやう〳〵金川《かなかは》につくもほどかや。とつ川と行道《ゆくみち》はてしなく。此まがり道《みち》は藤沢《ふぢさは》爰に武蔵坊《むさしぼう》弁慶《べんけい》が塚《つか》有。并ニ（六ウ）小栗《をぐり》の判官《はんぐはん》十人の殿原達《とのばらたち》の石塔《せきとう》。かしこに遊行《ゆぎやう》上人の御寺《てら》かすかに打かねの音《をと》。爰ぞ仏道《ふつだう》の場父《にはちゝ》霊魂成仏《れいこんじやうふつ》有べし。南無阿弥陀仏と廻向《ゑかう》し涙《なみだ》もろ袖《そで》をしほり。扨今宵《こよひ》のとまりはと尋給へば奴《やつこ》の角内《かくない》申けるは。今晩《こんばん》は平塚《ひらつか》是より三里。時は七つに過《すぎ》まらしてごはります。はやくお籠《かご》をいそぐべい。うろたへたら日がくるゝと。夕暮《ゆふくれ》かゝり人顔《がほ》さらにみへず。いよ〳〵心せかれて馬籠足《むまかごあし》をいため。むかふの宿《しゆく》に火《ひ》のみゆるをたよりに。息切《いききつ》ていそぎぬ。此所に虎《とら》が石《いし》とて有。其うしろにわづかなる庵《いほり》を結《むすび》茶釜《ちやがま》一つに茶碗《ちやわん》あまた引ちらし。主《あるじ》もなくてもえすさる松の煙《けふり》。いざまづ爰にて茶《ちや》たばこのむべし。旦那衆茶《たんなしゆちや》まいらぬかといふにおどろき。大あくびしてとひおり。庵《いほり》にこしかけみれば。茶釜《ちやがま》に茶《ちや》たぎらせ（七オ）人おとせぬは心得ず。爰はととへば。さん候平塚《ひらつか》の手前虎《とら》が石《いし》とは此事也。げに聞及《きゝおよ》びたる名所《めいしよ》。ねむりさましに此石《いし》あげてみよといふに。籠《かご》の七助が大はだぬぎ。申はりよぐわいなれ共此海道《かいだう》にてはきりやうよしの力《ちから》づよといわれて。かた手にて指《さし》あぐる事めづらしからず。御のぞみならばとつか〳〵とより。あげんとするにいかな事地ばなれもせざりき。皆《みな》〳〵大わらひして。口《くち》からさきの生年《むまれとし》。今年廿《ことしはたち》の最中《もなか》にて。此石一つあげかぬるは。いづれよはての大将《たいしやう》。そこのけ我もと。立《たち》かゝりおせどもつけ共いごかざりき。伊勢之丞おかしく。松をとぼしひとり〴〵見まはし。あがらぬもことはり。いづれそろうたぶきりやう。何しおふ大儀《おゝいそ》の色好《いろこのみ》。すいが見立《たて》をく石。そち達《たち》が手のさはるもいやであろふ。九郎次郎（七ウ）にあげさせん。旅《たび》のなぐさみ是非《ぜひ》一さしとしよもうしられ。いづれ此石運《いしうん》だめし。かる〳〵とあがらは母《はゝ》うへにあふべし。あがらぬ時はあはぬと。此ふたつにきはめて。石に手をかけ指《さし》あげ給ふに。皆《みな》〳〵おとろき。旅《たび》人のたとへにたがはず。きりやうだけの手柄《てがら》。是を肴《さかな》に御酒《ごしゆ》一つと。もたせたる弁当《べんたう》の口《くち》。それ松たけともえくいにさしつけあたりをみるに。ふしぎや庵《いほり》の前に高札《たかふだ》を立たり。よんでみれば何〳〵此所にて往来《わうらい》のめん〳〵に。心指《こゝろざし》のせつたいを仕りぬ。暫《しばらく》爰に足《あし》をとめ。廻向《ゑかう》を頼《たのむ》と書《かき》たり。仏事《ぶつじ》のほどこしあだにのむ事なかれと。六字《じ》をとのふる折から。見よげ成し女のふたり来り。ひとりははこぶひとりはくむ。焼火《たきび》にうつる姿《すがた》ふたり共に廿《はたち》計《はかり》。赤《あか》まへだれに繻子《しゆす》のひぼ。ひつこき髪《がみ》のつとなし。根《ね》から*切《さつ》て（八オ）

挿絵第三図（八ウ）

挿絵第四図（九オ）

嶋田《しまだ》に結《ゆふ》は。つまさき立てくやむ風情《ふせい》。そちたちはさもしからぬ身にて。何ゆへ爰には住《すみ》給ふ。二人の女涙《なみだ》ぐみ。いくたりかあまたの旅人《りよじん》へ茶《ちや》まいらせしかど。やさしくとふ人もなかりき。中もよしなしまた申さぬも愚痴《ぐち》なり。罪《つみ》をほろぼす為《ため》御物語《ものがたり》申さん。たま〳〵うけがたき人の躰《たい》をうけて。ためしなき河竹《かはたけ》の遊女町《ゆふぢよまち》。此大礒《いそ》へ我〳〵が身をしろなし。わしは親《おや》ゆへ。わしは兄《あに》ゆへ。ならはぬつとめもなるれば又さもなし。夜毎《よごと》に替《かは》る床枕《とこまくら》。引手あまたは其身の全盛《ぜんせい》其中《そのうち》いとしきも有にくいも有。なんとなうしておもふも有。いやな男程《おとこほど》のぼるもの。おもふは思はぬ物かして。わしも

挿絵第三図

挿絵第四図

爰なもおもひの種《たね》と成ぬ。なまなかひんな男なれば。親《おや》かたやりてが目をはなさず。立居《たちゐ》に迄気《き》をつけられ。日に幾度《いくたび》の物思ひ。爰（九ウ）をつとめのたのしみに。いとまあれは文《ふみ》をしたゝめ。妻戸《つまど》の脇《わき》にこがくれ。よその咄《はなし》も我身にのり。何をするやらわけもない事。わかれに残る言《こと》の葉《は》など。またあふまでのかこち草《くさ》。うそといふ字《じ》は昔《むかし》の事。今当世《いまたうせい》の客《きやく》なんど。うそでこかしたためしなし。実《じつ》は今様《いまやう》の手本。いづれの色《いろ》人も是をそむかず。扨我〱がおつとふたりは。さしあひくらぬ兄弟《きやうだい》にて。くるはがよひも他人《たにん》まぜず。いわねどしれた御らうにん。外へ目やらぬ恋しり。弟子《おとゝご》は各別《かくべつ》にてにがみ有顔《かほ》。生付《むまれつい》て気《き》みじかく。きかぬといふては小林《こばやし》殿もおよばぬ程の兵者《つはもの》。其かたいにほだされ。まんまとしこなした此鼻《はな》。兼《かね》て御兄弟《きやうだい》の御身のうへに。ふかいのぞみ有よし。我〱ともにかくして。其本望《ほんもう》をとげさせ給ひ。建久《けんきう》四年五月廿八日に。ふたり共に身まかり給ふ。跡《あと》にのこりし（十オ）我ゝ《われ〱》も共《とも》にしなんとかこつれど。まゝならぬ身の是非《ぜひ》なくつとめをやめて。御跡《あと》成共とむらはんと。おしからぬ髪《かみ》そりすて。きのふに替《かは》る尼衣《あまごろも》。御墓《みはか》の辺《ほとり》に一字《いちう》をむすび。かねきらさずかはり〱に念仏《ねぶつ》を申。恋しさのつもりて又我ゝも此世を見すて。めいどかうせんの旅《たび》におもむきぬ。おの〳〵様もつとめに縁《ゑん》有よしして尋《たづね》給へば。身につまされてのいとしさ。さりとは流《ながれ》の身程うたてかりし物はなし。姿《すがた》は花にたとへ見よげなれ共。心の修羅《しゆら》は暫《しばらく》もやまず。たとへ根引《ねびき》する人も人により。嬉しきとかなしきと有。御身のはゝごは千代《ちよ》をかさねて目出度つとめ。只もつべき物は子《こ》也。ゆかりなき身は我〳〵ふたりにてとゞめぬ。あはれ問人《とふ》あらば修羅《しゆら》のくげんもやすまるべしと。なきからなれと昔《むかし》に帰る此姿《すがた》（十ウ）

挿絵第五図（十一オ）

挿絵第五図

夢《ゆめ》に成共一遍《へん》の廻向《ゑかう》を頼《たのみ》まいらせ候と。いふ声《こゑ》もかすかに聞《きこへ》て。松にあたれる小夜嵐《さよあらし》。やぶに雀《すゞめ》の羽《は》たゝき。かしましきに目をさまし。見ればあれ野ゝ里《さと》ばなれ。庵《いほり》とみへしは松のしげり。扨こそ夜道《よみち》に行《ゆき》なやみ。人家《じんか》と心得《こゝろえ》夢《ゆめ》むすぶ。茶《ちや》くれし女はうつゝかふしぎと。あいた口のふさかず。所は何しおふ虎《とら》がおもひのふかみ石。いまだ一念《ねん》のこりて。過《すぎ》し昔《むかし》を語《かたり》けるよと。各《おの〳〵》手を打《うち》今一人の女はけはい坂《ざか》の少将《せう〳〵》。思ひ人は曽我《そが》兄弟《きやうだい》。いづれ恋路《こひぢ》ほどせつなき物はなし。今日《けふ》は人の身明日《あす》は我身のうへと。同音《とうをん》に廻向《ゑかう》し。箱根《はこね》の番所打越《ばんしようちこし》。三州《しう》岡崎《おかざき》に又とまり給ひぬ

㊂ 吝気《りんき》くだき

恋《こひ》に根継《ねつぎ》してまたあふ迄とわかれしより。まつも中〳〵とけしなく。善三郎が娘《むすめ》。今義《いまよし》が情《なさけ》のかけさしをおもひ（十一ウ）わづらひ。うつら〳〵と床《とこ》にふして。早命《はやいのち》のかぎりとなんみへけり。親たる人は夢《ゆめ》にもしらず。気鬱《きうつ》の性《しやう》と見付《みつけ》。看病油断《かんびやうゆだん》なき折から。元九郎の一宿《しゆく》に心をとられ。娘《むすめ》が事もそこ〳〵になりぬ。其夜《よ》腰本《こしもと》のろく娘《むすめ》の部《へ》屋に来り。夕部《ゆふべ》のお客をどなたとこそ思ひしに。兼《かね》てまたせ給ひぬる九郎様にてこそ候へ。御姿《すがた》のかはり男《おとこ》にならせ給ひて都《みやこ》への御のぼり。暫《しばらく》此所に御逗留《とうりう》。さあ御気色《きしよく》がすつへり。吉野《よしの》の桜色《さくらいろ》に成ませう。おうれしいかといわれて。其手はくはぬ主《ぬし》様ならばおとづれなき事あるまじきに。又うそつくかと御機嫌《きげん》あしき所へ。中居《なかい》の蔵《くら》が参り。今義《いまよし》様の御のぼり夜前《やぜん》此所へいらせ給ひぬ。御姫《おひめ》様へ何やらん土産《みやげ》あれ共。未《いまだ》御披露《ひろう》もなし。わしもなんぞもらおふかしらぬなどいふに。娘《むすめ》暫《しばらく》物いはず。ため息《いき》ほつとつき（十二オ）給ひ。男《おとこ》ほど水《みづ》くさきものはなし。はや秋《あき》風のふけばこそ。御のぼりをかくし給ふにきはまりぬ。何とぞ心をひきみたし。思案《しあん》はないかとの給ふに。腰本《こしもと》めがまたふるい智恵《ちゑ》を出して。私《わたくし》次第《しだい》になされませいと。おもはく一通《ひととをり》をかたれば。是よ〳〵とうなづかせ給ひぬる。時は夜半《やはん》のすぎ。九郎手をたゝかせ給ふに。あいと云《いふ》て御前《おまへ》に出る。扨も久しや命《いのち》あればまたあふ事のふしき。替《かは》る事もなきかと仰ける。さん候先目出度《めでたき》は東《あづま》の殿《との》。つたなきは我〳〵が頼《たのみ》参らせしお姫《ひめ》様にて候。御身東《あづま》へ御座《ござ》の時。ふりよに心をかけ給ひ。自《みづから》中立《なかだち》を申。情《なさけ》の床《とこ》のかり枕《まくら》。おきわかれさせ給ひしより。便《たより》なぎさの海士《あま》のつり舟《ぶね》。甲斐《かひ》なきおもひにしづみ。程なくやみつかせ給ひ。今をかぎりの御時。私《わたくし》をめされ。恋人にめぐりあひ。此憂《うき》事を語《かたり》。是を参らせよと。おしや（十二ウ）ことされさせ給ふと。涙ながら指《さし》あぐる。九郎けうさめ形見《かたみ》をひらき御

覧《らん》あれば

　あづまちに吹行《ふきゆく》かぜのものいはゞ
　　日に幾度《いくたび》のおとづれやせむ

と。よみもおはらず。よこ手を打《うた》せ給ひければ。勝手《かつて》に有し下女はつとこたへ。たれか奥《おく》より召《めし》ますといふに。腰本おどろき次の間に出。わしが爰におりますと。にやつこらしくまをあはせ。また御前《まへ》へ出涙をなかしぬ。今義《いまよし》そふりをみつけ。何となき風情《ふぜい》。さりとてはのこりおゝし。我一たんの望《のぞみ》をたつし。存分《ぶん》心のまゝならは。むかひの乗物《のりもの》こすべしと。思ひし事も化花《あた》の。盛《さかり》なる身をさき立しくやしさ。都にのぼり念比にとむらはん。夜《よ》もふけぬればかへつてやすめと。仰出さるゝをさいはいに娘の（十三オ）部《へ》屋に立帰り。かはらねばこそ涙の淵《ふち》。いとしけそふに物おもはせんより。こなたより打あけ。昔《むかし》に帰るむつこと。いやかといわれて。今しんだといふて今いかるゝ物か。よしなき事をうたかひ。あとへもさきへもいかれぬといふを。今義伊勢之丞聞付《きゝ》。腰本《こしもと》めかけうかるうそ。にくさもにくし。此しかへしいかゝはせんと。爰にも志*案《あん》のまゆをひそめ。智恵《ちゑ》袋《ふくろ》の口あけ。あのゝものゝを耳にさゝやき。伊勢*丞ひそかに腰本《こしもと》をまねき。人界《にんかい》のならひくやむ事なし。そちなればこそはなすそかし。かまへて人にかたられな。今義江府《かうふ》に有し時。吉原《よしはら》にかよひ。若紫といふ傾城《けいせい》になれそめ。互にふかき恋路《こひぢ》となり。沙汰《さた》なしに身請して。京都《と》へ召つれのほるなり。此宿すぐに行へきを。大礒《おゝいそ》にて隙をとり。是非《せひ》なく爰に一宿《しゆく》すたとへ娘《むすめ》けんこなれはとて（十三ウ）二世の縁《ゑん》はかなはぬ事。いつそましよと語けるにおとろき。それはまあ真実《しんじつ》か。なんのうそをつかうそ。それゆへ我も還俗《けんぞく》し。名まて伊勢之丞といふ。うそなきしやうこ是見られよと。頭巾をぬいでみせけるに。なんのそれがめてたい事。あほうらしいとつきたをし。かくと語《かたる》に娘《むすめ》玉ちる涙《なみだ》をなかし。其心なる人〳〵を。一夜《よ》にても爰にとむるはほむらそかし。其傾城《けいせい》一目みたや。つまねとられし恨《うらみ》くすのは。しゝたといふたこそさいわい。幽霊《ゆうれい》となつて討《うち》ころすに。とかむる人も有まし。爰は我にまかせよと。白き絹をかづき。長なる髪《かみ》をみだき。かけ出させ給ひければ。すは爰こそと伊勢之丞。今よしを女にしつらい。しとねのそばにそらね入。*八半《やはん》の鐘もろ共。今よしの枕もとにずんど立。うらめしの都の殿《との》。うらやましの若《わか》紫（十四オ）わらはがふかきいもせの中。しらで爰にはかりの宿。そちにうらみはなけれ共。にくしは君《きみ》と此法師《ほうし》。東《あつま》のかたへ行《ゆき》給ひ一度たよりのあらざるは。そちか恋路《こひぢ》のへだてと成。其恨《うらみ》をはらさん為《ため》。爰迄は来りぬ。今宵《こよひ》にかぎる命《いのち》ぞかし。覚悟《かくご》せよとの給ふに。伊勢之丞目をひらき。是姫君《ひめきみ》御身は此世をさつて。今爰にきたらるゝは情なや。あいじやくにひかれ。いまた成仏《じやうぶつ》し給はぬとみへたり。たとへ今義若紫《わかむらさき》とこひ中なれはとて。先《せん》にいひしはこなたぞかし。命さへあらば夫婦《ふうふ》にするはづなれど。此世になき人を何程おもへばとてかなはぬ浮世《うきよ》。それとても恋しくは。今義を打ころし。来世《らいせ》へ成共つれ行。したいやうにめさるべし。夫婦は二世といふからは。定《さだ》めしそはるゝ事あらん。また紫は河竹《かはたけ》の銀《かね》にきり有人なれば。跡《あと》は拙者《せつしや》がうけこむと。又手枕して臥《ふし》けるにそ。絹《きぬ》ぬぎすてゝ（十四ウ）。是坊《ぼん》様なんのわしかしにませう。まことは君の御心を。引みん為のしわざ。来世《らいせ》てそふはみぬ事也。若紫《わかむらさき》の御事なと。まつたくそねむ心なし。男《おとこ》たる身のならひ。わらはが中さへかはらねはと。手のうらかへす言葉のはし。今義おかしく腰本《こしもと》めが存《そん》の外成うそつきけるにて。おかしさのあまりて。かうした手立。若紫も小《こ》紫《むらさき》も。ねからない事。ほんにそうした事なき身をうらみ。よしなき姿《すがた》のみ見せ参らせしははつかしの。もりて人にやしれなん。すぐに都《みやこ》に召つれ給へ。中〳〵跡《あと》にはのこるまじと。袖にすがるを。いや〳〵一先《ひとまづ》難波に上り。何事も心のまゝに成て後。かならずむかひにこすべしと。ことをわけての給へば。其御言葉に偽《いつはり》なくは。いつの比にはかならずと。又兼《かね》事をいひかはし一夜《よ》を千代と重て。きぬ〳〵の別《わかれ》も過《すき》。都《みやこ》入の相談《さうたん》いつれも（十五オ）座をくみ。善三郎方よりは。四郎三郎といへる手代を相そへ。御用《よう》何事によらずかれに仰付らるべしと。念比に申付。すくに出立旅《いてたつたび》の空名残《そらなごり》を姫《ひめ》にのこし文《ふみ》。難波の浦《うら》へいそかれにけり

㊃ 呂州丸《ろしうまる》はだか

光陰《くはういん》矢をつくことく。きのふと暮《くれ》て今日《けふ》の空《そら》。定《さた》めかたき身のいつとなく。時来り今ぞ最中《もなか》の花盛《さかり》。都《みやこ》に入もよしなしと。大津の別道《わかれみち》より大亀谷《お、かめだに》をすぐに伏見《ふしみ》の里。墨染の茶屋に籠《かこ》をたて。鐘木《しゆもく》町のひじまがり。夜見《よみ》世か、やく。とほし火あくるをまつも久しければ。三郎左衛門が才覚にて。所の何がし太鼓の惣五郎に露《つゆ》少〻とらせ。此里の女郎格子《かうし》よりはし女郎の名寄《なよせ》をとつて。京より来り（十五ウ）し女郎名は何といふと尋しに。母に似たる人さらになかりき。爰に足《あし》をとむるは国土《こくど》のつゐえ。おやぢ様のゆいげんをそむくに似《に》たり。とくいそがんと夕日暮《くれ》か、る比《ころ》ほひ。京橋迄いそぎ。北国《ほつこく》屋に暫《しはらく》足《あし》をとめ舟。ともの間《ま》借《かり》きり乗相《のりあひ》舟のせはしさ。せんじ茶参らぬかと三十《みぞ》**計《しばかり》の女房ゑんりよなく。つむりのうへをのりこえ行《ゆく》など。さらに恋《こひ》はなかりき。八幡牛房《やはたこほう》はいもせの焼付《たきつけ》。出家衆《しゆつけしゆ》のまいるは気《き》のとをらぬ事。諸

挿絵第六図

挿絵第七図

白の酒茶碗《ちやわん》に引うけ。ねて花をやる奴《やつこ》。又のみ舟の出ぬさきにゑいをさまして。そは切うどんは小船かくるもうたてし。茶釜《がま》に湯《ゆ》玉たきらせ。爰へも棹《さほ》さし。かしこへもといふ間をあはせ。しかも味《あぢ》よく是此所の名物《めいぶつ》としていつれか称美《せうひ》せぬはなかりき。此類《たぐい》の売買《ばい〱》あまたにして。西国の（十六オ）

挿絵第六図（十六ウ）

挿絵第七図（十七オ）

入舟繁昌《はんじやう》の湊《みなと》。舟頭《せんどう》うはまへとつて。乗《のり》出して行舟の足参宮同者《さんぐうどうしや》あたご参りは下向の花。御祓《おはらい》ぐしはかわこに包《つゝみ》風呂敷《ふろしき》。帆《ほ》ばしらにくゝり付。めつたにさはつてもらひますまいといふに。門跡《もんぜき》参りのばゝかゝ達《たち》。気遣《きつかい》めさるな。罰《ばち》あたるがおそろしければ。むさとはいたさぬといふも有。京大坂の衆《しゆ》とみへて。哥舞妓芝居《かぶきしばゐ》の咄《はなし》。其中にもつたいらしきおとこ。少ゝ《せう〱》小銭《こぜに》も遣かねぬきりやう。今よしがそばに乗合物語《のりあはせものかたり》するをきけば近年難波《きんねんなんは》の風呂《ふろ》屋何をか目あてにそこいたり。あまつさへ此比は大寄《よせ》といふ事をはじめ。十二軒《けん》の風呂屋より十二人の女をゑり出し。能狂言《のうきやうげん》のあたかをやつして。めん〱が身の上をさんけし。是一番《ばん》を客《きやく》のもてなしとす。なんとめづらしい事の。はじまりけるにてはあらずやと（十七ウ）かたれは皆〱聞耳《きゝみゝ》して。兎角難波《とかくなには》の腹中武蔵《ふくちうむさし》野《の》の風景《ふうけい》。すまば爰なりと口〱にうらやみぬ。今義《いまよし》此咄《はなし》を聞て是興《けう》あるなぐさみ。其仕払《しはらひ》はと下人にとはせけるに。さまで大分入事にあらす。女一人二時をかぎり。あげせん七匁しゆらいは銀*一五匁。其座のしゆかう次第。籠代《かご》送《おく》りむかひ一町二町にても壱匁。橋《はし》をこゆれば二分たかし。おのぞみならば道頓堀《どうとんぼり》あじろ。天満《てんま》。甲斐塚《かひつか》。秋田。是此中宿《なかやど》にして自由《じゆう》をなす所としり給へと語《かたり》ける内。八間《けん》屋に舟《ふね》かつけば。別《わかれ》を詞《ことば》にいわせて帰りぬ。今義も今橋《いまはし》辺《ほとり》に宿《やど》もとめ。其夜夢《ゆめ》むすびて明《あけ》の空《そら》。うすぐもりしをさいわいに。嵐《あらし》が芝居見物《しばゐけんぶつ》して。帰るさの道。あじろがもとに案内《あんない》させ。奥座敷《おくざしき》に入給ひ。呂州《ろしう》のやうだいを尋。主《あるじ》を召れ其芸者《げいしや》たる女よべと。お指図《さしづ》に（十八オ）まかせ。俄《にわか》にくわいぶんしたゝめけるを。伊勢之丞はるかに見てそれにてよめとあれば。太鼓《たいこ》の袖内《そでない》畏《かしこまり》。其名寄《なよせ》をぞよみたりぬ。先口書《くちがき》に今晩田舎《こんばんいなか》の御客《きやく》御座候ニ付私宅《わたくしたく》にて狂言能《きやうけんのう》御座候。各《おの〱》御来《らい》*賀《か》奉頼候以上

次第不同《しだいふどう》

一　もつたいらしい所が義経《よしつね》　　難波《なんば》のきよさま
一　いやしからぬ所が北《きた》の方《かた》　　大黒《だいこく》のちかさま
一　やりはなしな所が武蔵坊弁慶《むさしぼうべんけい》　　丁字《ちやうじ》のらんさま
一　中実《ちうじつ》らしいで亀井《かめゐ》の六郎　　大黒《だいこく》のさがさま
一　そゝらぬ所で兼房《かねふさ》　　ききやうの岸《きし》さま
一　すしな所で鈴木《すゞきの》三郎　　同　しゆんさま
一　うはきらしいで鷲《わし》の尾《お》　　がくの小さんさま（十八ウ）
一　しさいらしい所か伊勢《いせ》の三郎　　同　千代《ちよ》さま
一　分別《ふんべつ》らしい顔《かほ》が熊井《くまゐ》太郎　　柳《やなぎ》のぎんさま

一　智恵《ちゑ》の有さうな所が駿河《するが》の二郎　扇子《あふぎ》のおぎさま

一　のみこんだ所が片岡《かたおか》の八郎　同　きよさま

一　四角《かく》四面《めん》な所がひたち坊《ぼう》　伊勢《いせ》のたみさま

あらましかやうと申上る。いづれもかたほにゑみをなし。さりとはかはつたくわいぶんはやくよへ。そりや〳〵いそげ。はやいが御馳走《ちそう》。先お盃《さかつき》爰《こゝ》はちよつとおさへます其あい此あい。どつこい。そつこい山ほとゝぎす。此よねたちはなぜおそい。人橋《ひとばし》かけて召とつてこい。心得たりと夕間暮《ゆふまくれ》。廿匁掛《がけ》のらうそく。爰かしこにかゝやかせ。待間《まつま》程なく亭主《ていしゆ》が上下《かみしも》。其次《つぎ》に十二人よねたち。打かけにす足《あし》。ゑもんつくろひ。花屋主《あるじ》か左右にならべば。花車《くわしや》は跡《あと》から（十九オ）罷出。ひとり〳〵の名をさして。お引合《ひきあはせ》申ますは。時ならぬ顔《かほ》見せの座《ざ》つき。つらりといとしがつてしんぜてくだんせと。いふも長事《ながこと》先口きりにお能《のう》〳〵といふ下より。笛《ふえ》の音《ね》鼓《つゞみ》のおと。うつゝなき風情《ふぜい》其儘《まゝ》の姿《すがた》。十二人立ならび。やさしき調子《てうし》はりあげて

〽ふろやくわんじん帳○難波津《なにはづ》や風呂《ふろ》の焼《たき》ぞめもえさして。くゆるおもひをかたらんシテ扨御供の人〳〵には大黒のちかきゝやうの岸《きし》。丁字《てうじ》のらんに柳《やなぎ》の吟《ぎん》。がくの小さんはうはきの雲《くも》。姿《すがた》にまよふ風情して。我におとらぬ呂州《ろしう》の色《いろ》。跡《あと》さき揃《そろへ》十二人。つとめにかざる重衣装《かさねいしやう》。もやうさま〳〵染《そめ》ちらし。堀《ほり》の湊《みなと》の中宿屋《なかやど》皆《みな》打よせてなびきあふ。あじろの里《さと》に着《つき》にけり〳〵〽あい狂言袖内○是ゝ女郎衆《しゆ》。こじたたるい風俗《ふうぞく》していづかたへの御出ぞシテさん候わしらが身は今難波津《なにはづ》のもぬけがら。流《ながれ》くみこむ風呂《ふろ》の水《みづ》（十九ウ）おもひと恋と焼《たき》付て。きゆる事なき身成しを。すいな男にきやされて。しめりあふ夜《よ》の床《とこ》の内《うち》。互《たがい》にあかす其うへにて。是を見よとて書《かき》こせし其《その》わる口《がう》とはしりながら。身の為《ため》なれはすてをかず。まよふがうへに又まよひ。身にふれ手にふれ候なり。ちといたゞいてと指《さし》出す〽袖内こはめづらしい事を承る物かな。そとよんできかされ候へシテ御所望《しよもう》ならは聞給へと。たからかにこそよんだりけりツレそれつ

らく呂州《ろしう》の色をかんがみるに。日まし月ましいたりをきはめ。陸路《ろくぢ》をふむ事さらになし。おぼろ染《ぞめ》につかみ鹿子《かのこ》。日野《ひの》羽二重《はふたへ》は一昔《ひとむかし》。みる目にかくる事もなく。もみうら共に身をふかし。一つ二つあふ客《きやく》は秋《あき》の木《こ》の葉《は》とよそにのみ。ねはんの床《とこ》に入事なしたまく床に入ときは。かぶき子共のうはさして。夢《ゆめ》おどろかしかへすなり。爰《こゝ》に（廿オ）其比悪性《あくしやう》成客《きやく》おはします。其名をわるじやれ水《すい》ていと申奉り。さいあいの奥《おく》様に。はなれさせ給ひけれ共れんぼやめられす。眼《まなこ》にさへぎる呂州《ろしう》の色《いろ》におぼれ。お主《ぬし》の覚《おぼ》へを我くにしめさん為《ため》。諸分《しよわけ》を書《かき》て越《こし》給ふ。かほど色《いろ》なきつとめなれ共。たへなん事をかなしみて。筆《ふで》にてしめし給ふ事。硯《すゞり》の海《うみ》より猶《なを》ふかしつとむる内《うち》はむゐの楽《らく》にほこるといへとも浪《ろう》くの身と成時は。心をかんじて見よやくあなはづかしと読《よみ》おはる。今義《いまよし》聞給ひ。是はそち立*が身の上の悪性《あくしやう》也。定《さだ》めしやうすの有へきぞ。とても事にかたられよ。なる程御ふしん尤なりいつれつとめの品《しな》ゝは。かくすが秘密《ひみつ》に候へ共。さまでなき我くかつとめいせんの異名《いみやう》は。湯女猿《ゆなさる》と申て。ぼんのうのあかをかきたる身。今はそれにはひきかへ。河内木綿《かはちもめん》かちり（廿ウ）めんと。浅黄《あさぎ》に替《かは》る恋《こひ》の宿《やど》。野郎役者《やらうやくしや》に一座《ざ》して。うはきな恋に身をながし。風呂《ふろ》のつとめも成がたく。茶《ちや》屋くら物となるそが*し。それにうんじて此連中《れんちう》。月に一度《ど》づゝ伊勢講《いせかう》をむすび。かたく身持《みもち》をくずさず。今迄の悪性《あくしやう》を。宮川《みやがは》につきながし。此十六日より身を清《きよ》め。太神宮《たいじんぐう》へちかひを立て。是をたしなむ。さんげには十罪《ざい》をめつすと丸《まる》はだかにして語《かたり》けるに。皆《みな》く手を打悪《あく》につよき物善《ぜん》也今よりあふがめんくが徳《とく》。此咄《はなし》にほだされ。入まじき床《とこ》に入ばおもひの外《ほか》なる御馳走《ちそう》。又く明日《みやうにち》参らん。さらばといふて帰る我やど

御前義経記五之終（廿一オ）

御前義経記《ごぜんぎけいき》　新町《しんまち》の女郎《ぢよらう》
八嶋《やしま》の素読《そよみ》

六之巻

目《もく》　録《ろく》

面影うつるみおのや景清
㈠　新町坂落《しんまちさかおとし》
〽女郎の借銭《しやくせん》は
するが小判《こばん》
三両二歩《ぶ》は
小間物《こまもの》やの徳兵衛
是より千とせが
きつい恋

面影うつるさかろのいこん
㈡　四方髪《しはうかみ》の傾城《けいせい》
〽床《とこ》入なしの女郎
義経記《ぎけいき》の口まね
水《すい》な男と平家《へいけ》の公達《きんだち》は流《ながれ》の一足飛《いつそくとび》（一オ）

面影うつる源氏の絵合
㈢　姿絵《すがたゑ》ときはの松《まつ》
〽子《こ》ゆへにまよふ
二度《ど》のつとめ
〽親《おや》しらず子しらず物日《ものび》の揚《あげ》づめ
〽これより親子《おやこ》のたいめん

面影うつるかまくらの御所
㈣　身請《みうけ》の公事《くじ》
〽年《ねん》の内《うち》は
親方《おやかた》まかせ
銀《かね》がかたき五百四十両の勢《いきおひ》
公事《くじ》宿《やど》身請《みうけ》の
指引《さしひき》（一ウ）

(一)　新町坂《しんまちさか》おとし

過《すぎ》し夜《よ》のたのしみを引かへ。今日《けふ》のねざめの気《き》の毒《どく》。こゝろ一つよりとふ人もなく。ねやにもる思ひ種《たね》まけばこそ*尋《だつね》もやする。今義過《いまよしすぎ》つる呂州《ろしう》に事寄《よせ》。母《はゝ》の行方《ゆきがた》よそながら尋しかど。更《さら》にしる人もなかりき。かくなん恋しさのつもりては。中〳〵夜もねられず。殊更今宵《ことさらこよひ》は夜ながく。くだかけを待《まつ》とけしなさ。明《あけ》なばなどゝかこちぬるに。夜ほの〴〵と東《ひがし》しらみ。嬉《うれ》しや皆《みな》〳〵夢《ゆめ》おどろかせと手をたたかせ給ひぬれは。四郎三郎がね耳《みゝ》に入。未夜《いまだよ》ぶかに候。今暫《いましばらく》御休《やすみ》有べきよし。いやとよこし方《かた》をおもふに付目もさへ行《ゆく》月のごとし。今日は新町《しんまち》にあゆみて母《はゝ》の御事を尋《たづね》ん(二オ)たそしる者《もの》あらば案内《あんない》させよとの仰。亭主《ていしゆ》承り。はゞかりながら拙者老行《せつしやらうこう》のおもひて。六十にあまつて色里《いろさと》に御供《とも》せば。女郎ともがあなどり申さんも口惜《くちおし》。髭《ひげ》さかやきを仕。わかやぎ御*供致《ともいたす》べしと。いふ日影昼《ひかげひる》にかたぶきぬ。いざといふ声《こゑ》をそろへて。堺筋《さかいすじ》をまつ下《くだ》りに。順慶《しゆんけい》町を西手《にして》へきれ。渡辺筋《わたなべすじ》のこなたより。恋路《こひぢ》の里《さと》に行人。めん〳〵がおもはく有やなしやの身づくろひ。さりとは繁昌《はんじやう》の所。或《あるい》は紙《かみ》いれ長命草《たばこ》入。きせるたばこに友禅《ゆうせん》扇子《おふぎ》。焼《やき》まんぢうの串《くし》ざし。爰にも有は借《かし》あみ笠《がさ》。新町の橋《はし》づめに。哥舞妓芝《かぶきしば》ゐの替《かへ》かんばん。門の隅《すみ》には△井筒《ゐづゝ》屋の源六。清気散《せいきさん》の引売《うり》。作花《つくりはな》やが見《み》せには義《ぎ》大夫が道行本。女郎のさいもん一冊《さつ》四銭《せん》にはやすい物かな。名寄《なよせ》を召《めし》ませいと指出《さしいだ》し(二ウ)けるに。是ももとめて。入口の売買《ばい〳〵》小間《こま》物が棚美《たなび》をつくし。はやまが油和中散《あぶらわちうさん》。うなぎのかばやきでんがく見《み》せ。そば切うどん鯛《たい》のはまやき。おはいりなされませいとよびかくるもせはし。銭《せに》屋が見世《みせ》には十七八の角前髪《すみまへがみ》。壱匁有銀つりかへてゐるを。わる口いひがそしるを聞《きけ》は。壱匁にさむい銀取て六十五文とられ。わづか残るうちにて七文の油《あぶら》ひかず。十二文でのべ一折。帰るさは西横堀《にしよこぼり》のたそかれ。そろばんなしに百の銭。我といんたうするぞかし。月《ぐはち》の女郎に銀つりかへてあふなどまだるい事じやと。我をわする丶など猿《さる》の尻《しり》わらひぞかし。きやつがしこなしみんと跡《あと》よりついてゆけば。金平《きんひら》が丶りの風俗《ふうぞく》。横町《よこまち》の東側《ひかしがは》へ行《ゆく》とおもへば。木綿《もめん》物きたる女郎。きせるくはへながらとらへ。是爰《こゝ》なうそつき。やくそくの鼻紙《はながみ》はいつくだんす事ぞ。此ほと（三オ）

挿絵第一図（三ウ）

挿絵第二図（四オ）

風ひくに付てのうらめしさ。人みぬ戸《と》ぼそにて手鼻をかむ。かならずげびたとおもはんすな。惣《そう》じて武士《ぶし》は九百九十九石迄。はな紙《がみ》をつかはぬとやらいひます。是はこれでもすむ事ながら。あかし兼《かね》たる床《とこ》の内《うち》。客《きやく》にあふ夜《よ》のさ丶めごと。紙《かみ》なしのほでてんがう。わざと枕《まくら》もとへ手をやり。爰にをいた紙《かみ》なきはといふに。大かたの客《きやく》是つかへとてくる丶ぞかし。かうした伝受《でんじゆ》事はこなさんより外に語《かたる》ものなし。とてもくだんすならばはやうといわれて。此客《きやく》嬉しき顔《かほ》みへすき。今宵《こよひ》もてくるも安《やす》けれ共。おもひながらかたげてもきられず。一帖《でう》二帖《でう》は爰にも有。もたせて越《こす》迄不自由《じゆう》ならば。是つかやといわれて。そんならくだんせといふを聞すて。行《ゆく》さき二丁目の中程。南側《みなみかは》のつり格子《がうし》。家名《いゑな》はしかと覚ざりしが。千《ち》とせといへる女郎お位《くらい》は影《かけ》（四ウ）生付《むまれつき》よく。天職《てんしよく》もはづかしからぬすがた。つぼねの床《とこ》に伏《ふし》て涙《なみだ》つらぬく風情《ふせい》。何ゆへかくはとさしのぞけば。物売《ものうり》とみへてわらぢきやはん。腰《こし》にはかりさしつめて。売掛《うりかけ》をかふ。此銀すましやらねば挟箱《はさんばこ》ひつ立て行と。目に角《かど》立てわめくを。ほうばいの女郎中に入て。いづれかぢよさいはなけれど。色《いろ》も香《か》もたゞ銀のをに取付迄。まつてやらしやれと侘言《わびこと》するに聞入ず。此銀にこそ様子《やうす》あれ。とらぬうちはいごかぬと。わらんづぬいでつほねにあがる。さすがは女郎とて返言《かへすこと》もなく。おとましい事じやといふたばかり。今義聞《いまよしき丶》兼《かね》てつぼねに入。是はよからぬせんぎ。様子《やうす》はしらねど此銀は。拙者《せつしや》すまし申さんと。四郎三郎に仰付られ。銀箱《かねばこ》の封切《ふうきつ》て。小間《こま》物やが帳面引合《ちやうめんひきあはせ》。出入《いでいり》二百め渡《わた》しけるに。か丶る大臣《だいじん》有とはしらず。よしなき事を申ぬ。忝《かたじけなし》と（五オ）手のうらかへす返答《へんとう》。千とせ涙《なみだ》かたほ今義《いまよし》が袖《そで》にすかり。どなたかはぞんぜねど。あらぬ事をきかしまして。近比《ちかごろ》はづかしき此身。きゆる物ならばと。思ふに甲斐《かひ》なきつとめ。花の盛《さかり》を此里《さと》にてちらし。二度《ど》咲《さく》身にてもなし。女郎はいきぢばかりをみがく玉のを。今日《けふ》をかぎりとおもふ身なれば。すてをかせ給はるべし。御心指《こゝろざし》の程《ほど》はしゝてもわするゝ事なし。義理《きり》の情《なさけ》は是にてとゞめまいらせ候と。おもひ切《きつ》たる顔《かほ》。また有まじきかたち。くるしからぬ事にぢぎめさるゝはつとめに似合《にあは》ず。すまさねば一分《いちぶん》たゝずと。互《たがい》にしんせつなるあいさつ。姉《あね》女郎の金吾《きんご》聞兼《きゝかね》。ま事に情《なさけ》有御言葉《ことば》。千《ち》とせも女郎のすべを立。とやかくいわるゝ事尤《もつとも》なれ共。人の情《なさけ》をよそにするなどゝは。かうした身のせぬことなり。此銀《かね》はわしがもらひませうとあいさつのうへにて。小間物《こまもの》や（五ウ）に銀をわたし。段〻《だん〳〵》の不足《ふそく》のこらず請取《うけとり》申手形《てがた》をさせ。帰らんとする折から。つり髭《ひげ》の奴《やつこ》酒《さけ》きげん千鳥《ちどり》にて。二尺五寸の大だらそりうつて。海道《かいだう》に置《をき》ける小間物屋が荷物《にもの》*にあたり。油荷《あぶらに》打こかして。そしらぬ顔《かほ》して行を。とをりの者《もの》が見付て。やれだいたん者《もの》ぶてたゝけとわめきぬ。此奴《やつこ》さはがず。何らうぜき者《もの》とや。かたじけなくもくわんむ天皇《わう》九代のこうい

挿絵第一図

挿絵第二図

ん。平家《へいけ》のさふらい大将《だいしやうあく》悪七兵衛景清《かげきよ》に五十五代の何がし。ひや酒《ざけ》の清八とて。文武両道《ぶんふりやうだう》の奴《やつこ》。あしくよつてけがまつるなと。打ものすらりとぬいて切《きつ》てかゝればこらへずして。四方《はう》へはつとにげたりぬ。さもしや方《かた》〳〵女郎のみる目もはづかし。一人のとめん事。あんの打ものこはきにかいこみ。手取《てどり》にせんと追手行《おつてゆく》。小間物屋大裸《お、はだ》*ぬぎ。くるはにての男立《おとこたて》。三浦《みうら》の荒《あら》次郎爰に有と。大手をひろげ奴《やつこ》がにぐ（六オ）るうしろより。脇指《わきざし》の小尻《こじり》をしつかと取。ゑいやつと引塩《ひくしほ》に。さやはぬけてこなたにとまれば。ぬしはさきへにげたりぬ。さるにても汝《なんぢ》おそろしや。うでのつよきといひければ。小間物屋は又奴《やつこ》目が腰《こし》の骨《ほね》こそつよけれと。あげくのはてに大笑《お、わらい》。西《にし》と東《ひがし》へわかれける

㊁　四方髪《しはうがみ》の傾城《けいせい》

別路《わかれぢ》もはてしなくさらば〳〵。其内お目にかゝろう。年《とし》月の立は夢《ゆめ》ぞかし。わけもない事おもはすと。無事《ぶじ》のつと

めこそ身の為《ため》。ようの事あらばそんぢよそこへと。言葉《ことば》に便《たより》をふくみの給ひけるに。千《ち》とせもなじみたるあいさつ。今義が袂《たもと》にすがり。初《しよ》たいめんの御情《なさけ》。何としてかほうぜん。未《いまだ》御逗留《とうりう》のよしちかい内にと。目にものいわせて別《わか》れぬ。それより越後町《ゑちごまち》のたそかれ。あげ屋入の繁昌《はんじやう》爰かしこを詠《ながむ》るに。はや火《ひ》を（六ウ）あくるこしらへ。扇子《あふき》がもとのくんじゆ山をなせば。何事成と立寄耳《たちよりみゝ》をひそめてきくに。菅原《すがはら》とやらいふ女郎の。八嶋《やしま》の講談《かうだん》するよし。是はめづらしい傾城《けいせい》の物読《ものよみ》今がはじめ。いざ此宿《やど》に入。暫《しはらく》一座《ざ》につらなん*。尤《もつとも》といふより案内《あんない》をさせ。奥座敷《おくざしき》に入給へば。亭主《ていしゆ》罷出。大臣《だいじん》様のお腰《こし》をかけられ。弥ゝ《いよ〳〵》すへひろかりの扇子《あふき》屋よね様はいづれ成共仰付らるべし。但《たゞ》しおなじみは何屋のたれ様ぞ。承りたしと申に。いや〳〵此里《さと》不《ぶ》案内《あんない》成程《なるほど》女郎も指図《さしつ》をせん。それは各別《かくべつ》此座敷《ざしき》にて女郎の*口釈《こうしやく》有よし。自由《じゆう》にきかるゝ事か。さん候是には段ゝ《だん〳〵》様子《やうす》あれ共。くはしく御物語《ものがたり》はならぬ事。お望《のぞみ》ならはお聞なされませう。はじまりは初夜《しよや》より四つ迄。先御休息《きうそく》といふ所へ。菅原当世《すがはらとうせい》やうのおぼろ*染流門《そめりうもん》の滝《たき》に鯉《こい》の上《のぼ》る勢《いきおい》友禅《ゆうせん》（七オ）絵《ゑ》にかゝせ。浅黄《あさぎ》うらをおもてへ五寸ふかせ。定紋《ぢやうもん》にゆづり松。下に白むく中に黄《き》むく。一つ前にあはせ。髪《かみ》は根《ね》から切《きつ》てなでつけ。内八もんじのぬき足《あし》。しづかに見台《けんだい》のそばにかいなをれば。九軒《けん》吉原《よしはら》近所《きんじよ》の揚《あげ》屋に居合《ゐあはせ》し。太夫天神鹿恋《かこひ》はし女郎。つき〳〵の大臣末社《だいじんまつしや》。我も〳〵とせきにつらなり。すは物読《ものよみ》のはじまり。座中耳《ざちうみゝ》をすまして聞事。尤《もつとも》やさしき心にてぞ有ける。暫《しばらく》あつて菅原《すがはら》かぶろの竹之丞《たけのぜう》に打かけとらせ。紫《むらさき》ふくさの結《むすび》をとかせ。一冊《さつ》の本をひらいて見台《けんだい》にすへ。扨皆《みな》様へ申ます。まことに我。人にまかする身なれ共。子細《しさい》あつて下《した》ひものむすび。とく事のならざりしを。あふ客《きやく》ごとに語《かたり》。わけたてぬ替《かはり》に。つれ〳〵草《ぐさ》。伊勢《いせ》物語の素読《そよみ》して。一座《ざ》の興《けう》になして。一日〳〵のつとめに日をかゝす事もなかりき。此比のお客《きやく》は。曽我物語《そがものがたり》か（七ウ）

挿絵第三図（八オ）

義経記《ぎけいき》などよんできかせとの御所望《しよもう》。曽我《そか》はつとめの秘伝《ひでん》の事。わしらが身のうへにてはさしあひ。それゆへ此比よ

挿絵第三図

り義経記《ぎけいき》の素読致《そよみいたし》ます。過《すぎ》し夜よみました は義経公頼朝《よしつねこうよりとも》の御代官《だいくはん》として。一の谷《たに》を責《せめ》給ひし迄を申ました。こよひは平家《へいけ》の一門討《もんうち》ほろぼされ。西海《さいかい》の浪《なみ》にしづみ。義経都《よしつねみやこ》へ御かいぢんなされます迄をよみます。此八嶋《やしま》の段《だん》は義経記《ぎけいき》に書《かき》のせませねど。爰はわしが才覚《さいかく》にて。増補《ぞうほ》とやらんに仕ました。皆《みな》様ねむたくときいてくだんせといふに。いづれも同音《とうをん》によござろふといはれて是より八嶋の講談◯扨も義経公《よしつねこう》はせんぞのあたに命《いのち》をかろんじ。さしもかためし兵庫《ひやうご》の崎《さき》。京*の嶋新京《しましん》を坂《さか》おとしに責《せめ》やぶり。平家《へいけ》の一族《ぞく》ことぐく。西海《さいかい》に追下《おひくだ》し。すでに元暦《げんりやく》二年きさらぎや。中《なか》の六日。猶《なを》舟軍《ふないくさ》有べきとて。福嶋《ふくしま》（八ウ）川迄出させ給ひぬ。御はたもとは申におよはず。東国《とうごく》の諸大名《しよだいみやう》思ひ〳〵に物の具《ぐ》かため。皆ゝ《みな〳〵》御前《ごぜん》につめらるゝ。義経《よしつね》仰けるは我院宣《われいんぜん》をかうむり。鎌倉殿《かまくらどの》の御代官《だいくわん》として西国《さいこく》にはつかうす。されば源平《げんへい》わけめの軍《いくさ》此時にきはまりぬ。しかれば軍《ぐん》の立やう。責口《せめくち》の相言葉《あいことば》。よろづこんらんせざるやうに。兼《かね》〳〵評《ひやう》定《ぢやう》いたさるべしとの御定《でう》。おの〳〵申さるゝは。我〳〵は関東武士《くわんとうぶし》にて舟軍《ふないくさ》のかけひき。未《いまだ》たんれん仕らず。只《たゞ》御ざいを守《まもる》べきよし申あぐる。其時梶原《かぢはら》すゝみ出。此度の兵船《ひやうせん》には逆艫《さかろ》を仰付らるべし。陸《くが》の軍《いくさ》は馬上《ばしやう》のかけひき自由《じゆう》に候へ共。舟《ふね》は行《ゆく》事ばかりにて引《ひく》べき便《たより》候はず。兎角《とかく》ともへに艫《ろ》を立《たて》ちがへ。わいかぢを入候はゞ。かけひき心のまゝにして。はなはだ勝利《しやうり》御座《ざ》有べし。艫《ろ》かいを頼《たのみ》罷むかひ候事。何共思案《しあん》におち不申候と（九オ）申あぐれば。判官《はうぐはん》聞召いやとよ梶原《かぢはら》。軍《いくさ》のならひにてひかじとおもふ戦《たゝかひ》も。折あしければ引ならひ。まして左様のにげじたく。むかはぬさきから拵《こしらへ》て。何と軍《いくさ》が成べきぞ。殿原達《とのばらたち》は逆艫《さかろ》をも。かへさま艫《ろ》をも入給へ。此義経《よしつね》はいつとても。無二無三に責《せめ》入て。軍《いくさ》に勝《かつ》が面白《おもしろ》けれと。打わらはせ給ひければ。梶原《かぢはら》きしよくをそんじ。それ大将《たいしやう》のよきと申は。かくべき所をかけてものつとり。引べき所は引。命《いのち》まつたう敵《てき》をほろぼし。代《よ》を治《おさむ》るを名将《めいしやう》とす。左様にかたおもむき成大将《たいしやう》は。ゐのしゝ武者《むしや》とてよきにはせずと申ける。義経《よしつね》立腹《りつふく》ましまし。ゐのしゝ鹿《か》のしゝはしらず。それはわ殿《との》がはつめいにて。軍理《ぐんり》にかなふ所なし。そも舟軍《ふないくさ》の大事といつは。*五格《こかく》の諍《あらそい》とて軍勢《ぐんぜい》共を表《おもて》に立。みよし〳〵をつき合《あはせ》。すこしも舟のゆがまぬやうに。是軍舟《ぐんせん》の秘密《ひみつ》とす随分《すいぶん》むかふ（九ウ）のゆがみを見すまし。たちまち船《ふね》をくつがへす。是かんどりのはたらき也。左様にともへに艫《ろ》を立なば。軍勢《ぐんぜい》†共はいづくにかゐん。どうの間に立べきか。何とそれにても勝利《しやうり》や有。をのれが軍理《ぐんり》のうときをいはず。ゐのしゝ武者《むしや》とは舌《した》なが也。只今討《うつ》てすつべけれど。大事を前《まへ》に置《をき》ながら。どし軍《いくさ》せんやうなし。はや〳〵鎌倉《かまくら》に帰れといからせ給へば。梶原《かぢはら》とかうの言葉《ことば》なく。其座を立て鎌倉《かまくら》にくだりぬ。此いこんによつて頼朝公《よりともこう》に讒言《さんげん》し。御兄弟《きやうだい》の御中あしくならせ給ひぬ。それより義経水主《よしつねすいしゆ》かんどりをめされ。あまたの舟を待《まち》あはせ。日数《ひかず》程ふるばかりにて。八嶋《しま》に着《つく》事有まじきぞ。残《のこり》は追〻出舟《おい〳〵しゆつせん》すべし。先手廻《てまはり》の舟ばかり。いそげ〳〵との給へば。さん候順風《じゆんふう》にては候へ共。暫《しばらく》なぎを御またせ然べしと申あぐる。義経《よしつね》いからせ給ひ。乗《のり》かゝつたる海上風《かいしやうかぜ》つよきとてとゞまるべきか。（十オ）山野《さんや》にて命《いのち》おはるも。又海川《うみかは》にておぼるゝも。ぜんぜの約束《やくそく》。むかふ風に渡《わた》らんといはゞこそ。義経《よしつね》が僻事順風《ひがことしゆんふう》が過たりとて舟《ふね》出すまいとは。おくれたるやつばら。異儀《いぎ》におよばゝ討《うち》とれと。の給ふ声《こゑ》におどろき。*友綱切《ともつなきつ》て押《おし》出す。此勢《いきおい》に平家《へいけ》の一門。

せんかた浪《なみ》にたゞよひ。落《おち》のびさせ給ひしが。中にも御母女院二位《ゐ》の尼主上《あましゆしやう》の御手を取給ひ。宝剣《ほうけん》を腰《こし》にさししんしを脇《わき》にはさみ。内侍所《ないしどころ》の御箱《はこ》をかきいだき。舟ばりに出給ひ。ふんだんの荒浪玉躰《あらなみきよくたい》うばふ世となれば。十善《ぜん》帝《てい》位《い》もたのまれず。南無阿弥陀仏と諸共《もろとも》に。海《うみ》に飛《とび》入給ひければ。義経《よしつね》はやくも見付給ひ。浅《あさ》ましや女院にて渡《わた》らせ給ふ。あやまちなさせそ引あげよと。仰もはてぬに軍兵《くんひやう》共浪《なみ》におり立なんなく引あげ奉《たてまつ》れば。三じゆの神宝《しんぽう》こと〳〵（十ウ）くそろはせ給ひ。女院尼君《あまぎみ》をいたはり。生取《いけどり》八十三人兵舟《ひやうせん》に打のせ。勝時《かちどき》の声《こゑ》もろ共に。都《みやこ》にのぼらせ給ひけると。読《よみ》おはり。先今晩《こんばん》は是まで。此次《つぎ》はまた明《あけ》の夜《よ》といひちらす。座敷《ざしき》の花もちり〴〵に。立別行《わかれゆく》今義も。名残《なごり》おしげに見ゆれ共。かぎりの太鼓《たいこ》もろともに。また我宿《わがやど》に帰り給ひぬ

㊂　すがた絵《ゑ》ときはの松

女たる身の哥道《かだう》の勤学《きんがく》。殊《こと》に八嶋《やしま》の講談《かうだん》いか様よし有人にきはめて。かの人こそ心がゝりと又行《ゆき》なやむくるわの内。扇子《あふぎ》やがもとに入あひ鐘《かね》つく比。四郎三郎を以夜前《やぜん》の物読《ものよみ》女郎十日を切《きつ》てのあげづめ。わかい旦那《だんな》のしやれた事。菅原《すがはら》様は今くるわにての大老《たいらう》。大臣《だいじん》ははたちの花。定《さだ》めし好色《かうしよく》伝受《でんじゆ》事などお聞なされんが為《ため》か。此食《めし》くふてさへ是ばかりはのみこみませねと。銀《かね》（十一オ）がかたきの世の中。お指図《さしづ》次第《しだい》と使《つかひ》を立れは。今日《けふ》は井筒《いづゝ》がもとにてつとめのよし。なんの事はないもらへ〳〵といふもおそし。爰は亭主《ていしゆ》がはたらき。物のみ事につかんでまいつたと。舌《した》も引いれぬうち。はや御出の品《しな》かたち。四方髪《しほうがみ》の女郎神代《かみよ》はじまつてない事。過《すぎ》つる夜の御はつめいなるにひかれ。よそのおなぐさみをもらいし事。いかゞ思召さん。元来《ぐはんらい》此里《さと》不案内《ぶあんない》其段《だん》御了簡《りやうけん》に預《あづかり》たしと。みつ指《ゆび》わりひざにてのあいさつ。それはあんまりかたい事。尤外《もつとももほか》の女郎衆《しゆ》は殿《との》たちのもてあそび。わしとてもくるわに身をまかすからは。

つとめに替《かはる》事なけれど。心にたつる願《ぐはん》も有。殊《こと》に寄年《よるとし》の春《はる》を重《かさね》て色《いろ》も香《か》もあらはこそ。面《おもて》に白粉《はくふん》のぬればこそなれ。まれにあふ殿《との》立*にも。身のうへを裸《はだか》になしてかたれば。鬼《おに》なき国《くに》の情人《なさけ》。爰を聞わけ給ふゆへ嬉《うれ》し（十一ウ）

挿絵第四図（十二オ）

さのあまりに。手なれし琴三味線《ことさみせん》ひいて一座《ざ》の興《けう》を催《もよほ》すばかり。明暮《あけくれ》おなじ色《いろ》なれば。此比より気《き》を替《かへ》。なんとやらの垣《かき》のぞき。おわらひ草《くさ》もしばしのなぐさみ。それゆへ義経記《ぎけいき》の素読《そよみ》とは。よつほどあつい物語《ものがたり》と。あらましを語《かたり》けるに。是はきやうがるはまりなれ共。君子《くんし》二言《げん》なし。日切《ひぎり》まではそろべく候の揚《あげ》づめ。心まかせにあそび給へと。何となく夕塩《ゆふしほ》の指引《さしひき》。つき〳〵の者《もの》気《き》をとをし。皆〳〵《みな》勝手《かつて》に入けるにぞ。今義母《いまよしは、》の絵姿床《ゑすがたとこ》に掛《かけ》。我此ごとくなりし女を見ぬ恋《こひ》にして。はる〳〵の東《あづま》よりのぼりぬ。なれ共我《わが》心の内をしる人なし。あはれとおもひしる方《かた》あらば。をしへ給へとかきくどき。いつとなくねいらせけるに。打かけぬいできせまいらせ。ね顔《がほ》つく〳〵詠《ながめ》て。あつはれなる御器量《きりやう》なれ共。恋路《こひぢ》の道《みち》とて画図《くわと》の姿《すがた》に心をうつし。こし路《ぢ》を（十二ウ）尋《たつね》給ふは。身にあまる思ひにてぞ有らん。

挿絵第四図

昔《むかし》*元享《げんかう》の帝《みかど》一の宮関白《みやくわんばく》のたちにいらせ給ひ。御絵《ゑ》合《あはせ》をなされしに。洞院左大将《とういんさたいしやう》の出されける絵《ゑ》に。源氏《げんじ》のうばそくのみやの娘《むすめ》*巻柱《まきばしら》のかげにかくれ。琵琶《ひわ》をしらべ給ふが。雲《くも》がくれたる月影《かげ》の。俄《にはか》にいとあかくさし出ければ。扇《あふぎ》ならで招《まねく》べかりけるとて。琵琶のばちをあげてさしのぞき給ひし顔《かほ》ばせ。いふはかりなく筆《ふて》をつくして書《かき》けるを。宮《みや》かぎりなく此絵に御心をなやまされし事。其ためし有事なり。それは雲のうへ人。是はいやしき流《ながれ》の身。宝《たから》をだにつくさせ給へば二世の契《ちぎり》をかたろふ身に。かく迄まよはせ給ふはおろかにこそ候へ。いかなる女なればかくはと掛《かけ》ぬる絵《ゑ》を詠《ながめ》。はつとおどろきたる風情《ふぜい》。懐《ふところ》の内は涙《なみだ》の海《うみ》。はてしなきないじやくり。あいてなしのかこち草《くさ》。此絵《ゑ》こそ我世に有し時の絵すがた（十三オ）三津《みつ》様とたはむれのあまり。かゝせおくりし筆《ふで》の跡《あと》。いかなる人の手にわたりて。我と我《わが》すがたに今あふ事のふしぎ。ときはの松は一千年《ねん》の木も。其色替《いろかはる》事もなかりき。今のすがたはいにしへに替《かは》り。此絵《ゑ》のおもざしあらぬつとめも子ゆへのやみ。殊《こと》に此客絵《きやくゑ》に思ひよるとの給ひつるも。有し昔《むかし》の色残《いろのこ》りての事成べし。爰に有てはなき人へちかひし事も化《あだ》と成ぬ。御縁《ゑん》あらば重《かさね》てと。身づくろひし帰らんとし給ふを。九郎あはてゝ袂《たもと》にすがり。扨は恋しき母ときは様にて候か。我こそ鞍馬山青目坂姥《くらまあをめざかうば》が懐《ふところ》にてそだてられし御身の子。今かく成人《せいじん》して九郎治郎今義《いまよし》とあらためぬ。御事のなつかしく所〻《しよ〳〵》を尋江戸にくだり。ふしぎの縁《ゑん》にひかれ吉原《よしはら》のうたゝねに。父《ちゝ》うへのつげにまかせ。此難波《なには》にのぼりぬ。絵《ゑ》にまよひぬるとは尋《たづね》あはんはかり（十三ウ）事。年《とし》月を重《かさね》て今といふ今たいめん申事の嬉しさ。なか〳〵はなちはせじと涙《なみだ》つらぬくにぞ。扨はそうかと我をわすれて我と口《くち》に手をあておとたかし。爰は人目の関《せき》もれては何のせんなき事。一つ〳〵の物語《ものがたり》は身にこたへての覚あり。さもあらは此絵《ゑ》のうらに目印《めしるし》のわりふ有べし其かたわれは爰にありと。合て見るにかはる事なし。扨は我子《わがこ》か嬉しやと。悦《よろこび》の涙《なみだ》つらぬきぬ。兎角《とかく》命は物種《たね》。めぐみによつて二度《ふたゝび》あふたるは。仏神《ぶつじん》のかご。嬉しきは我かなしきは今のすがた。是も我子にまよふからと。甲斐《かひ》なき事をくやみ給ひぬ。勝手《かつて》より伊勢之丞彼是座敷《かれこれざしき》に罷出。段〻《だん〳〵》様子《やうす》を承ぬ。

か丶る目出度折から。かた時も此里《さと》に置《をき》ませんやうなし。はやとく／＼と亭主《ていしゆ》を召れ。此女郎の身請《みうけ》せん。よろしく相談頼《さうだんたのむ》と（十四オ）あれば。是はね耳《みゝ》にすりこぎ。まはれ／＼とこそいへ。亭主《ていしゆ》はくつわへとんぼ帰りして。行《ゆく》とおもへばあてのつちがちがひぬるにや。ぐんにやりとした顔《かほ》。首尾《しゆび》はとゝへは。されば菅原《すがはら》さまはさき立《だつ》て先約《せんやく》あれば。小判《こばん》を車《くるま》につんでもかなはぬよし。あつたら銀《かね》のおがきれたと。つむりをなづるもおかし。菅原《すかはら》聞給ひ身請《みうけ》の沙汰《さた》は夢《ゆめ》にもしらず。それにはすこし様子のあれど。此座《ざ》にてはいわれぬ事。二年を五百両て請《うけ》させぬにとやかういふほどがそん成。此段所《だんところ》の殿《との》様へ申あげ。其うへにての事にせん。子細《しさい》はかうと伊勢之丞が耳《みゝ》にさゝやき給ひぬれば。のみこみました。私《わたくし》次第《しだい》に被成ませいとうなづき。先《まづ》菅原をかへして後《のち》。いづれも打より相談《さうだん》きはめ。目安《めやす》は宿《やど》にてした丶めん。帰りがけに今一度言葉《どことば》をつめ。其うへにて年寄組中《としよりくみぢう》へことはらん。何（十四ウ）とかいはん。かうもあろうか。いや／＼はじめはやはらかに。是程までにいふて見て。きかずはそれからそれまでよ。先此相談《さうたん》にさ*はめとて。亭主内儀《ていしゆないぎ》にいとま乞《こひ》。直《ぢき》に身請を乞捨《すて》に行

㊃　身請《みうけ》の公事《くじ》

訴詔人《そせうにん》は旅《たび》の者三津九郎次郎。相手《あいて》くつわ木野村《のむら》屋又左衛門同けいせい菅原双《すがはらそう》方只今召出さる丶申合て出られと。役《やく》人書付をもつてふれけるにぞ。畏《かしこまつ》て今よし。袴《はかま》の折めたゞしく平地門《へいぢもん》に入てかしこまれば。くつわ又左衛門菅原をはじめ。年寄《としより》あげ屋組頭腰《くみがしらこし》をかゞめ。つゞいてしらすに手をつきぬ。時の代官《だいくはん》むかふに座《さ》をしめ給へば。与力《よりき》はお目通《めどをり》をはなれず。同心《どうしん》は公事《くじ》人の前後《せんご》をかこみ。手錠縄《てぢやうなは》取の役人も丶立取てすはといいはゞの顔《かほ》付。目安読《めやすよみ》御前にて読あぐる訴詔《そせう》の趣《おもむき》（十五オ）

挿絵第五図（十五ウ）

挿絵第六図（十六オ）

乍恐言上《おゝそれながらごんじやう》

私義《わたくしぎ》京室町通何町三津権之助が
世悴《がれ》九郎次郎と申者にて御座候

一 私之母《はゝ》は京嶋原《しまばら》一文字《もんじ》屋常盤《ときは》と申遊女《ゆうぢよ》にて御座候所に親《おや》権之助身請《みうけ》仕私をもふけ。程《ほど》なく権之助は相果《あいはて》申候。其後《そののち》母養育難　成《やういくなりがたき》に付。私は姥《うば》かいほうにて*成人《せんじん》仕。母なつかしく存*芳ゝ《ほう〴〵》尋《たつね》候所に。御当地《ごたうち》新町に遊女奉公《ほうこう》仕居《ゐ》被申候由承候に付。一昨晩《さくばん》尋逢《あひ》申候。唯今《たゞいま》は名を替菅原《かへすがはら》と申候。丸三年の奉公《ほうこう》の内。今日迄壱年余《よ》相勤《つとめ》被申候に付。親方《おやかた》又左衛門に段ゝ断《だん〳〵ことはり》を申。残年季《のこるねんき》の所を。金子五百両にて身請仕度由申候へ共。先約有之《せんやくこれあり》候に付難　成《なりがたき》と申候。其段《だん》母に尋候得共。左様《さやう》成心当覚無之《こゝろあておぼへこれなき》よし被申候。久〳〵にて母に尋逢《あひ》申に付。何とぞ同道《どうだう》仕罷帰《まかりかへり》度存候所に。又左衛門承引《せういん》無之迷惑《めいわく》（十六ウ）千万に奉存候。不便《ふびん》と思召。親方承引《おやかたせういん》仕候様に。被為　仰付被下候は、難《ありがたく》　有可奉存候

乍恐返答《おゝそれながらへんたう》

私は新町筋《すじ》何町目木野村《このむら》屋
又左衛門と申者にて御座候

一 私抱《かゝへ》の傾城菅原《けいせいすがはら》と申者《もの》。丸三年切《きり》つとめ奉公《ほうこう》に置《をき》申候。此女年　罷寄《としまかりより》候得共下地京嶋原《しまばら》にて全盛《ぜんせい》仕たる者《もの》にて御座候に付。身分《みぶん》より大分の金子を出し抱《かゝへ》候所に。客《きやく》をゑらみ不奉公《ぶほうこう》仕候得共。是非《ぜひ》なく勤《つとめ》をやめさせ勝手《かつて》にて遣《つかい》。あまたの女郎を此《この》女にあづけ。見まつべ致《いた》させ置候所に。又去年《きよねん》六月より勤《つとめ》仕度由申候に付心まかせに致《いたし》候へば。少ゝ勤《つとめ》候へ共売帳《うりちやう》を吟味《ぎんみ》仕候へば。やう〳〵半年ばかり売《うり》申候に付。大分のそん銀御座候。只今五百両にて身請《みうけ》させ候ては。私内証《ないしやう》ぶ勝手《かつて》（十七オ）罷成候。其上年季《ねんき》もいまだ御座候。殊《こと》に身請《みうけ》の義は。去方《さるかた》へ先約《せんやく》仕置候へば。弥ゝ同心難《いよ〳〵どうしんなりがたく》成奉存候。右之段ゝ聞召《だん〳〵きこしめし》わけさせられ。身請の義《ぎ》おもひとまり申され候様に。被為　仰付被下候は、難《ありがたく》　有可奉存候

双方《そうほう》の目安《めやす》を聞召わけられ。九郎次郎を召れ。たま〳〵母に逢《あひ》たるうへ。同道《どうだう》仕度は尤ながら。年季《ねんき》有奉公人《ほうかう》を是非《ぜひ》

に出せとはいひ付がたし。其段《だん》は又左衛門が心まかせにせよ。今壱年余《あまり》の事月日の立は夢《ゆめ》ぞかし。暫《しばらく》の間まつべし。又菅原《すがはら》も手形《てがた》のごとく年《ねん》の内は何事なくつとめよ。たとへ親方先約《おやかたせんやく》の身請有共。かなはぬ事ぞと仰出され。扨あげやの亭主《ていしゆ》を召出され。菅原があげせんは一日と定《さだめ》何程づゝ取事ぞ。さん候あれは太夫と申て。お主《ぬし》の身ばかりにあらず。引舟《ひきふね》と申て鹿恋《かこい》女郎（十七ウ）を付まして六拾匁つゝと申あぐる。時に九郎次郎を召れ。壱年半有年の所を五百両にて請出《うけいだ》さんより。今四拾両まして壱年半の間買《かい》づめにせよ。然者《しからば》外の者買《ものかふ》事のなりがたくして汝《なんぢ》が願《ねがひ》の通《とをり》なり。また又左衛門も親方《おやかた》の功《こう》によつて。存分《ぞんぶん》のごとく年季《ねんき》の間はをのれが心まかせ。しかも売《うり》つめるといふものなり。外《ほか》よりの身請《みうけ》の義《ぎ》は。いか様の事有ともかなはぬ事也。今迄のけいやくもへんがへすべし其子細《しさい》は。九郎次郎親《おや》に孝《かう》有心をかんじ。かくは申付ぞかし。両方共に罷立と仰出されければ。皆〻《みな〳〵》かうべをさげ下宿《したやど》に帰りぬ。今義《いまよし》がたにはけふの対決《たいけつ》にては存分《ぞんぶん》に身請せんと思ひしに。あてのつちがちがふてから壱年半。爰は負《まけ》にして外のつとめをさせぬやうに仰付らるゝは此方の勝《かち》なり。兎角下《とかくした》として上《かみ》をはかろふ事（十八オ）なしとよろこびの提重《さけぢう》。口をひらいてのみかくる所へ。又左衛門

挿絵第五図

挿絵第六図

方より年寄《としより》とみへてもつたいらしき親仁《おやぢ》来り。先今日の公事《くじ》を互《たがい》に五つ〳〵に仰付らる、うへは申分なし。又左衛門身請同心《どうしん》なき様子《やうす》は元来《くはんらい》菅原殿に心をかけ。後《のち》〳〵は女房にせんため。ない事をたくみ申あげられしかど。其段《だん》お取《とり》あげのないうへに外の者《もの》が身請はもとより。年《ねん》の内《うち》御自分《じぶん》あげづめなれば。ねぶつてみる事もならぬつとめ。又左衛門が手に入事はおもひ共よらぬ事。然者《しかれば》根心《ねこゝろ》ほどけぬ主従《しうぐ》壱年半がいらる、ものにてもなし。置《をく》心もいな物なり。私爰を存。又左衛門にもいけん仕り。何も様にも了簡《りやうけん》させまし。此座《ざ》にて身請させ度存つめて参りぬ。只今殿《との》様より仰付られし買《かい》づめをやめて。其金子五百四拾両にて菅原殿が渡《わたし》たいが。何と四十両の御（十八ウ）了簡《りやうけん》は成まいかといへば。何が扨わづかの金子をいとひ。大事のお袋《ふくろ》様を片時《かたとき》もくるわにおかんやうなし。又左衛門得心《とくしん》のうへは。只今にても渡《わた》し申さん。先以かたじけなし。是善《ぜん》なりいそげ〳〵金は女郎と引替《ひきかへ》。雨ふつて地かたまり。済手形年季《すみてがたねんき》手形《がた》をあらたむれは。又左衛門は小判《ばん》の切《きれ》をあらため。物の見事に請取渡《わたし》。互《たがい》に申合て済帳《すみちやう》ついでながら礼《れい》まで仕舞《しまい》。公事宿《くじやど》にて千秋万歳《せんしうばんぜい》をうたひぬ。中にもあげ屋の亭主《ていしゆ》が腹《はら》立るをきくに。いらざる親仁《おやぢ》があつかひゆへ。壱年半の揚銭《あげせん》しぬ

る迄のそんなり。もうけのないにいろ〲の世話《せわ》あゝらよしなや

うき世ではある

御前義経記六之終（十九オ）

御前義経記《ごぜんぎけいき》　幡州《ばんしう》室《むろ》の湊《みなと》

吉野忠信《よしのたゞのぶ》

七之巻　目録

面影うつる和泉が城

㊀ 法師《ほうし》の腹切《はらきり》

〽しすごしは

九寸五分《ぶ》の刀《かたな》

仏《ほとけ》は命《いのち》の

かこち草《ぐさ》

床《とこ》のぬけがらぶ心中《しんぢう》な女郎

面影うつるしつかゞ涙

㊁ 別路《わかれぢ》のふみ

〽目印《めじるし》は目《め》のはたの

ほくろ

浮名《うきな》は難波《なには》の浜《はま》にながして

またながれよる室《むろ》の湊《みなと》（一オ）

面影うつる六条通

㊂ 方便《てだて》の揚詰《あげづめ》

〽いとしさの

あまりてかくなん

おもふ中をさくは恋《こひ》しらぬ親《おや》

身《み》につまされて嫁《よめ》も傾城《けいせい》

面影うつるよしの合戦

㊃ 男立《おとこだて》の勢揃《せいそろへ》

〽姿《すがた》をかへた

恋《こひ》の待《まち》ふせ

おもひにしづむ

石臼《いしうす》の淵《ふち》

かみづりな男《おとこ》

かくばんが物まね（一ウ）

㈠　法師《ほうし》の腹切《はらきり》

勢州高田郡《せいしうたかたごほり》に称念寺《しやうねんじ》の宗運《そううん》といへる僧《そう》有。宗旨《しうし》は一向念仏《いつかうねんぶつ》たじなく。毎年難波《まいねんなには》の浜《はま》に門弟《もんてい》のしるべを便《たより》に。年《とし》に一度《ど》づゝの旦那廻《だんなまはり》。今三年の勤当年《つとめとうねん》も菊《きく》月中比より十月のすゑつ比迄。昼《ひる》は和讃正信偈《わさんしやうしんげ》をじゆして殊勝《しゆしやう》らしく見せかけの衣《ころも》。たそかれをまつま久しく。暮《くれ》かかるよりの身づくろひ。三枚がたに礒打浪《いそうつなみ》。まくり立て行籠《かご》の内。西方《さいはう》浄土《じやうど》傾国《けいこく》の里《さと》におろさせ。三年《とせ》のよしみしなばとかはせしむつ事をたがへず。東口《ひがしぐち》の中宿堺《やとさかい》屋といへるに入相鐘《いりあいのかね》。亭主《ていしゆ》くはしやがゆんでめてに畏《かしこまり》。ひさしや旦那毎年《だんなまいねん》の時分当年《じぶんとうねん》は何としておそかりしぞ。明暮待《あけくれまち》まして首《くび》のほねの（二オ）まはり兼《かね》。外科《げくわ》の宗徳《そうとく》に廿日あまりかゝりまして。薬代《やくだい》一角《かく》とられましたと。早《はや》つかみ付言葉《ことば》のはし。千《ち》とせ様より度《たび》〳〵文しんぜられましたに。なぜお返事《へんじ》はなかつたぞ。すこしはもたせぶりにて有らん。先お盃《さかづき》千とせ様へ人はしらせ。

挿絵第一図

挿絵第二図

心得たりと夕月夜《ゆふつきよ》がらすのもやう。小づまだかに取なし。中戸《なかど》の口より宗《むね》さんのぼらんしたげなといひさし。奥座敷《おくざしき》の床《とこ》ぶちにもたれ。先御息災《そくさい》でめでたし。こなたはしんだやら生《いき》たやらとふ人もなき勤《つとめ》の身。人の言葉《ことば》をまことにするなど、は昔《むかし》の事。何とやらの片《かた》思ひ。もはやあいそのつきる時分《じぶん》と。遠《とを》い所からもつてまいれば。是は迷惑仏祖《めいわくぶつそ》をかけて替《かはる》事なし。国元《くにもと》に替《かはり》なきひとり身。いやらしい在所者《ざいしよもの》あいてにして。茶《ちや》のみ物語《ものがたり》も年《とし》に一度《ど》づゝそちに逢《あふ》たのしみ。初心《しよしん》な事いはずと。さす盃《さかづき》をのんで（二ウ）しもふて床《とこ》の内のさゝめごと。当年《たうねん》の首尾《しゆび》さん〲にて国元《くにもと》はそちゆへ阿房《あほう》ばらいに成はてたる此身。行さきとても的《まと》を立たれば願《くわん》人坊主《にんぼうず》の風情《ふぜい》にて門ゝに立観音経読《くわんおんきやうよみ》まはるより外なし。つく〱浮世《うきよ》の有様をみるに。百年の歓楽《くわんらく》も一日にみつる習《ならひ》。ひとりしぬるも安《やす》けれど。互《たがい》に取かはせし起《き》請《しやう》に諸共《もろとも》の命《いのち》と書《かき》給ひぬるを力草《ちからぐさ》。取はづして先立なば。定《さだ》めし恨《うらみ》も有べしと思ひつめて語《かたり》ぬ。千歳《ちとせ》おもひかけなき命《いのち》をのぞまれ。暫《しばらく》返答《へんたう》せさりしが。兼《かね》て方《かた》様ゆへならば。しでの山路《ぢ》もなんのひとりやりましようと。云《いふ》まじき事をいひ置《をき》今さらいやともいはれず。此比小間物《こまもの》屋に借銭《しやくせん》こはれし時のせつなさ。舌《した》くひ切《きつ》て成共しぬる程に思ひしが。九郎次郎様の情《なさけ》に預《あつかり》別《わかれ》てより。未《いまだ》しみ〴〵としたる礼《れい》もいはず。命一つは露《つゆ》の（三オ）かり物おしむ事あらねど。此人に身をすつるわけもなし。とてもしぬる命《いのち》ならば今義様《いまよし》にこそと。心に是を思ひつめ。宗運《そううん》が袂《たもと》にすがり。うらめしそふなる顔《かほ》をわざと打まもり。三年《とせ》の心づかひわするゝ事なし。御身ひとりさき立跡《だてあと》に残《のこ》る身にてもなし。しかとおもひつめ給はゞ。今宵《こよひ》の内にといふ迄もなし。したくは是見られよと。懐《ふところ》より九寸五分《ぶ》の脇指玉《わきざしたま》ちるごときをすらりとぬく。爰か女郎の分別《ふんべつ》所。何が扨しぬるからは片時《かたとき》もいそがん。しかし御存知《そんぢ》のごとく日比《ひごろ》ねがひ奉りし守本尊《まもりほんぞん》十一面観音《めんくわんおん》は母《はゝ》が形見《かたみ》。ふた親《おや》の*名《めい》日には此仏《ほとけ》を父《ちゝ》共母《はゝ》共おがみぬ。せめて此観音《くわんおん》様を首《くび》にかけていさぎよく最期《さいご》をいそがん。すこしの間いとまを給はれ取参らんといふに。宗運《そううん》何心なく隙《ひま》とらせけるを。嬉しくひそかに床《とこ》を出しが立帰り。（三ウ）いや〳〵仏《ほとけ》なく共一念《ねん》弥陀仏《みだぶつ》何事かあらん。もはや帰るまいといわれて。最期《さいご》に物わすれてはうかみかたし。はや〳〵取きたられといふをさいわいに。宿《やど》のうちをそろりと出。阿波座《あはさ》の中《なか》やど大和屋の内義にくはしくかたれば。それはようもどらんしたと。二階《かい》の半びつにかくしぬ。初夜過《しよやすぎ》四つの鐘《かね》打て後《のち》。宗運《そううん》さてはと心得。我をたばかり立《たち》のきけるか。をのれゆへに身の置《をき》所なくし。今更《さら》ひとりしなん事口惜《くちおし》。尋出してつきころさんと。案内《あんない》もなくくつわが元《もと》へ尋行《たつねゆき》。千歳《ちとせ》を出せといふに。亭主《ていしゆ》おどろき。其者《もの》は今朝《けさ》より東《ひがし》の堺《さかい》屋へ参りぬ。御用あらばあれへお越《こし》被成ませう。いや〳〵其手はくはぬ。今日《けふ》の客《きやく》は愚僧《ぐそう》なるが。か様〳〵の子細《しさい》によつて。互《たがい》にしぬるはづ成しに。たばかつてにげ帰りぬ。そちが女郎をしらぬといふてはすむまい。（四オ）

挿絵第一図（四ウ）

挿絵第二図（五オ）

うたがひばらしに。家《や》さがしをのぞんで尋れど。*千年《ちとせ》は居《ゐ》ざりき。近比《ちかころ》そつじ御免《めん》あれと庭《には》にとびおり。大のまなこひつくりかへして大はだぬぎ。畜生《ちくしやう》傾城《けいせい》いぬばいた。それほどおしき命《いのち》ぞならば。なんのをのれとしぬべきぞ。

命くれんとぬかせしをまことゝ心得。おもひの外成ふかくをとりぬ。たとへ我一人しゝたり共。魂《たましゐ》は此世にとゞまり。三年とはいけをくまし。御亭主庭《ていしゆには》をかり申と。立腹切《たちばらきつ》てのつけにそれば。くつわが内は紅葉《くれない》の川。一家《け》おどろき東西《とうざい》の門《もん》をうたせ。所の代官《だいくわん》へうつたへ。首尾能相済《しゆひよくあみすみ》*。法師《ほうし》がしがいは宿屋《やど》が取置《とりをき》。浪風《なみかぜ》なしにすみはつるならひながら。傾城《けいせい》の身持《みもち》ほどかりそめならぬ小夜衣《さよごろも》。わが逢客《あふきやく》のつれと聞てさへ。中〳〵あはれぬ勤《つとめ》成しに。まして命をのぞまれにげ帰りし事。難波《なには》の町に沙汰《さた》し。昼《ひる》見せ夜《よ》見せの（五ウ）見物千《ち》とせかつぼねに立重《かさな》り。口を揃《そろへ》ぶ心中《しんちう》な女郎とは是かあれかとゆびさしてわらへば。客《きやく》に成べき男《おとこ》も気《き》をとられ。外の女郎にあふて。千歳《ちとせ》が見世のさびしさ。少《すこ》し有男も一人《ひとり》のきふたりのいて。全盛《ぜんせい》日ゝにおとりて。あさかほの日影《ひかげ》にしぼむふぜい。親方《おやかた》もこらへ袋《ふくろ》のおもきれ。俄《にわか》に田舎《いなか》へ成共くださん胸《むね》をきはむる折ふし。幡州室《ばんしうむろ》のくつわ。亀甲《きつかう》屋彦五郎といふ者《もの》のぼりあはせ。五年を五十両と定《さだめ》。金子を渡《わた》し早《はや》明日出舟《しゆつせん》すべきよし。千歳涙《ちとせなみだ》をながし。我命《われいのち》をかばいし事。情《なさけ》有今よし様にせめてと思ふ心から。おしからぬ身をいとひ。難波《なには》の人の笑草《わらいぐさ》となりぬ。あまつさへ其人に逢《あふ》事もなくして。室《むろ》とやらにくだらば二度《たび》みる事も有まし。勤《つとめ》のかなしさは行間敷《ゆくましき》ともいはれず。若《もし》また命《いのち》のあらはあふ事もがなと。くわこの因果《いんぐわ》を思ひつゝけて（六オ）心指《こゝろざし》をこま〳〵したゝめ。おくりまいらせ候と筆《ふて》をたよりに書《かき》のこし。なじみ有はうばい立*にもあかぬ別《わかれ》。命《いのち》あらば五年の春《はる》あふべきいとま乞《ごひ》。随分《すいぶん》まめにて御のぼり御つとめ。さらば〳〵とやり手かぶろ下男《しもおとこ》。中《なか》の嶋《しま》迄おくりければ。待兼《まちかね》てゐるしかま舟《ふね》。帆《ほ》十分《ぶん》にあげて室《むろ》のみなとへいそぐ浪《なみ》

㈡ 別路《わかれぢ》の文《ふみ》

孝《かう》の心《こゝろ》天につうじ時をまたずふたゝび母《はゝ》に相生《あひおい》の松風《まつかぜ》。さつ〳〵の声《こゑ》やむ事なく。旅宿《りよしゆく》なれ共巻樽《まきだる》山をなして。な

ま肴売庭《さかなうりには》にたへず。門《かど》にものもふ。取次《とりつぎ》の奴《やっこ》出入に隙《ひま》なく。つづけて十五日のお目出度《めでた》大かたに仕舞《しまひ》。有つれ〳〵今義母《いまよしはゝ》の常盤《ときは》にむかひ。妹《いもと》の行方《ゆきかた》を尋《たづね》給へば。されは我二度《ふたゝび》あの里《さと》に 勤《つとむる》も其子ゆへなり。都《みやこ》を立のき伏見《ふしみ》の墨染《すみぞめ》に有し時（六ウ）去者《さるもの》のいひけるやうは。是より下《しも》の関《せき》何がし様とかやゑ。十年切《きつ》てみやづかへにやり給へといさめけるに。折からならぬまづしさ。子《こ》を捨《すつる》やぶはあれど。身は捨《すて》がたくして。手形《てがた》の印《しるし》に金子五両請取奉公《うけとりほうこう》にやりぬ。其後《のち》人の 語《かたり》しはつねのみやづかへといつはり。よしなき方《かた》へうるならひありと。さる人のしらせぬれども。其金《かね》もはやつかひなくして。とりかへさんとおもふに甲斐《かひ》なく。何をちからに取付嶋《とりつくしま》もなく〳〵此身をしろなし。また立帰る地獄《ちごく》の勤《つとめ》。暫《しばらく》親方《おやかた》に隙《ひま》もらひ。すぐに其口入方へ 尋行《たつねゆく》に。此者《もの》しゝてあまつさへ後家《ごけ》が有かもしれず。其時の我心《わがこゝろ》かく迄因果《いんぐわ》のはてしなき物かと。身をうらみ身をかこち。近所《きんじょ》の者《もの》ひとり〴〵に尋ぬれ共。更《さら》にしる人もなかりき。八歳《さい》の秋《あき》はなれし事なれば。おもざしとても（七オ）かはるまじ。自然《しぜん》と目印《めじるし》には左《ひたり》の目のはたにほくろあれば。尋《たつぬる》とても心やすし。兎角下《とかくしも》の関《せき》にくだり様子を尋《たづね》。しれざる時は爰にのぼり。勤《つとめ》の里《さと》をかるならば。しれぬといふ事有まじ。

挿絵第三図

挿絵第四図

先此程の心遣《こゝろづかい》今日《けふ》はいかなるかたへ立越《たちこへ》。遊山《ゆさん》し給へ。畏《かしこまり》候と四郎三郎一人供なひ色里通《いろさとがよひ》のふかあみ笠《かさ》。めだゝぬ風情《ふせい》。若《もし》又尋あはんもしれずと。入口より南北《なんぼく》にわかつて。つぼね〱に気を付て行内。千歳《ちとせ》が元《もと》に行あたりぬ。はうばいの女郎共口を揃《そろへ》めづらしの御出。千とせ様の身のうへ。御ぞんじないといふ事有まいといはれて。扨は町中に沙汰《さた》有しは爰なる千年《ちとせ》*との、事か。八まんぞんぜぬ事は。定《さだ》めし我らが様子も御ぞんじ有べし。成程御尤《もつとも》にぞんじます。

千歳《ちとせ》さまもかうした首尾《しゆび》ゆへ幡磨《はりま》の室《むろ》へ又身を売替《うりかへ》てくだり給ひぬ。もし御出もあ（七ウ）らばと文をのこしおかれぬと渡《わた》しけるに。今義《まよし》*うけ取封《ふう》をきつてよみ給ひぬ其ぶんに何ゝ

なれ〱しく候へ共御心ざしのほどを思へば中〱夜もねられぬほどの嬉しさわかれまいらせ候てより御げんとてもあらねば御礼《れい》とても申さず折からふみと心さし候へども御しゆびのほどいかゞとかれこれをあつめて心《こゝろ》一つにまよひまいらせ候まことに過《すぎ》つる比ははづかしき身のないしやうをきかせまいらせ其折からのせつなさ申さぬとても御すもじあれかしに候我身《わがみ》事定《さだ》めし様子も御聞あるべしおもひの外なりし浮名《うきな》を立られよしみの里《さと》をは

なれてまたしらぬ里へつとめに行道《ゆくみち》の程はる〳〵の海上《かいしやう》わたり〳〵て行さき人の心もいかゞあらんとこれのみあんじまいらせ候兼《かね》て（八オ）

挿絵第三図（八ウ）

挿絵第四図（九オ）

我命《わがいのち》は我《われ》とかぎりを定《さだめ》おしむ御事さら〳〵あらず候へ共ふしぎ成しゐんにひかれおもひもよらぬかたサマの情《なさけ》にあづかりまし其御おんとてもおくらずよしなき人にかはりなき身をやりましてはせんなき事と思ひうき名《な》の立《たつ》は覚悟《かくご》今さらおどろく御事もなく候かく申せばいなものかに候へ共いつとてもかたサマにあふまでの命《いのち》今五年《いつとせ》のはるをかさねてまつ計《ばかり》に候それまではすいぶん〳〵御そくもじにて御暮《くらし》*し頼《たのみ》入まいらせ候わし身のうへは木よりおちたる猿《さる》とやらにてよしみゆかりもあらざれば只《たゞ》ゝつとめの殿《との》たちを大せつにおもふばかりことし迄五とせのつとめにふかきやくそくとてもあらず身は一筋《すじ》のむもれ木†くちはつるならひかぎりの年《ねん》だに明《あき》候はゝすみの衣《ころも》（九ウ）にさまをかへいかなる野山《の》にも引こもり後生《ごしやう》の道《みち》と心指《こゝろさし》候へ共未《いまだ》ぼんのうのきづなやめがたく情《なさけ》有人のすがたにまよひまいらせ候御事今は中〳〵あまに成べきのぞみたへたゞ〳〵もとの身こそましならめと是を便《たより》にひなのつとめもくにならず候たとへ口にいはねばとて目にもるおもひは心の内こそしるらんひのもとの神《かみ》かけて此おもひはる〳〵の渡海《とかい》はへだつる共魂《たましい》は御身のうへに付そひ守《まもり》の神《かみ》共ならば又我身のおもひもはれて千世*を一夜《よ》のあだに成共夜《よ》るの枕《まくら》のそひぶしをねがふばかりに候くどふ申もはてしなき筆《ふで》の跡《あと》くわしき事は重《かさね》ての便《たより》に申をくらん御心もあらば文のかへしをまつばかりに候先逢《まづあふ》まではさらば〳〵かしこ（十オ）

元《もと》サマまいる　千歳《ちとせ》ヨリ

今義《いまよし》おどろき神《かみ》ならぬ身とて今一度《ど》。あはでくだせしのこりおゝさ。文のごとくこなたも同《おな》じ思ひの種《たね》。逗留《とうりう》内は枕《まくら》を重《かさね》てあふてみるきざし成しを。身のうへに取まぎれて思ひもよらぬ筆《ふで》のあと。なまなか見ぬこそましならめ。さいわいわれ下の関《せき》へ行舟《ふね》の道《みち》。室《むろ》の湊《みなと》にいかりをおろさせ。互《たがい》におもひをはらすより外《ほか》なし。人あまた召《めし》つるゝもよしなし。兎角《とかく》したくに帰り出船《しゆつせん》の用意母《よういはゝ》うへにいとまをこはせ給ひぬれ共。なか〳〵一人ははなちもやらじ。我も供《とも》にとかこち給ひぬ。仰をもるゝは又不孝《ふかう》ぞかし。*供《とも》かくもと夕塩《ゆふしほ》のさしくるを門出《かどいで》に。主従《しう〴〵》以上十余人難波《なには》の浜《はま》を跡《あと》になして。川口《かはぐち》おもてにこぎ出し。*清天《せいてん》見すまし沖《おき》に乗《のり》出し四方《よも》の景《けい》を詠《ながむ》るに（十ウ）先左《ひだり》のかたは天王寺仏法最初《ぶつほうさいしよ》の御寺《みてら》。聖徳太子《しやうとくたいし》の御建立《こんりう》陸《くが》にて参詣《さんけい》せしよりなを殊勝《しゆしやう》なりぬ。あはぢのせと住吉《すみよし》の松。幾世《いくよ》へぬらんと古哥《こか》をつらねて。むこ山おろしさらに吹《ふく》事もなかりき。明石《あかし》兼《かね》たる舟の内。兵庫《ひやうご》のみさき一の谷《たに》あれなんあつもりの御はか所。かすかにみゆるがゑびらの梅。高砂《たかさご》の浦《うら》しほみが崎《さき》。姫路《ひめぢ》の城《しろ》もほの〳〵明《あけ》に。詠《ながめ》やるしかま津《づ》の湊《みなと》。舟やすまずにいそげといふもろこゑを揃《そろへ》て。室《むろ》のみなとになん付けるとなり

㊂　方便《てだて》の揚詰《あげづめ》

はる〴〵のはたうをしのぎよしみの里《さと》を跡《あと》になして。室津《むろつ》の湊《みなと》に又流《ながれ》よる流《ながれ》の身。今此里の名取川《なとりかは》。千歳《ちとせ》といへるをさらりと替《かへ》。小ざつまとなんいへり。勤《つとめ》かゝさぬ揚屋《あげや》入（十一オ）たそかれ時に客《きやく》を待顔《まつかほ》。小さつまならではと繁昌《はんじやう》して。くつわ彦五郎外《ほか》ならぬ悦《よろこび》内かたにて膳《ぜん》すはる比《ころ》などかぶろにきうじさせて。やりてのかめがおそばはなれず。所を替《かへ》て此仕合《しあはせ》。難波《なには》へきこへての外聞《ぐはいぶん》。ちかき内にはあぼしの大臣《だいじん》が身請《みうけ》せんとの噂《うはさ》。賀古川《かこがは》の何がしとはりやいによつて。暫《しばらく》やみぬ。舟《ふね》のいかりを爰におろさせ。たゞ今義《いまよし》こそ此色里《いろさと》に浮《うき》身をよせ。小ざつまに尋《たづね》あふて。ふかき妹背《いもせ》のむつことをかたらひ。通路《かよひち》にめでて。御供《とも》には四郎三郎一人いづれはゞかる事なき室《むろ》の湊《みなと》。

下の関《せき》に行事をわすれ給ひぬ。三郎左衛門是をくやみ。見へかくれに供《とも》して御前《まへ》に畏《かしこまり》。あまりきやうがる御通《かよひ》。たれつぐるにもあらねど。母君《はゝきみ》にもれて中〳〵御腹立《ふくりう》つよし。若《もし》此事の善三郎勘七などへ聞《きこへ》*えては（十一ウ）御身の為《ため》よからず。此度《たび》の出船《しゆつせん》は。妹君《いもときみ》の御行衛《ゆくゑ》を尋出たる我〳〵。遊山歓楽《ゆさんくわんらく》などにあらず。ひらにとゞまり一先《ひとまづ》下《しも》の関《せき》へ御くだり。*万端首尾《はんだんしゆび》よきうへにては。是ていの事は見ゆるし申さん。たゞ御とまり然《しかる》べしと。様《さま》〻教訓《けうくん》するに。されば我此里《さと》へかよへばとて。さのみふか入する事にあらず。難波《なには》にてのゆかりを思ひ。はる〳〵此津《つ》に尋来《たづねきた》り。妹背《いもせ》の枕五夜《まくらいつよ》をかぎり。又逢《あふ》事もなかりき。其後何者《なにもの》ともしれず。揚詰《あけづめ》の客《きやく》有とて一円《ゑん》我にあはざりしにくさ。様《さま》〻心をくだくといへ共此客《きやく》の出所しれず。是をだに見出しなば。早速《そうそく》しもへくだるべし。今暫《しばらく》の内了簡《りやうけん》して母うへにもよろしく。取なをしをたのむと手をあはさせ給へば。御言葉《ことば》にいつわりなくはと宿《やど》にかへりぬ。嬉しやとすぐに立入恋《こい》の宿《やど》。姫路《ひめぢ》屋が座敷《ざしき》に居《ゐ》なをり。今日《けふ》は是非《ぜひ》小さつまが（十二オ）

挿絵第五図（十二ウ）

挿絵第六図（十三オ）

客《きやく》にあふて段《だん》〻のつめひらき。もろふて成共あはではかへらじとぶきやう顔《かほ》す

挿絵第五図

挿絵第六図

る折から。かぶろのつまや来り小ざつまさまのいわんすは。まだわし事は一年や二年で隙《ひま》はなし。かならず外《ほか》へ約束《やくそく》してくだんすな。元《もと》様のござんしたらよいやうに心得てといひさして帰れば。扨こそ我をせく客《きやく》あるにきはまりぬ。逢《あふ》て様子を尋んと。ふすまをあけさせ給ひぬれば。伊勢之丞にてぞおはしける。九郎今はたまらぬ風情《ふぜい》。此比揚詰《あげづめ》の大臣とは御自分様か。さりとはさもしき心底《しんてい》。尤売物とは申ながら。私と一座《ざ》も被成。互《たがい》に顔《かほ》も見しりあい。よこあひよりか丶るたはむれなさる丶は。四《よ》つ足同意《あしどうい》にぞんずるなり。傾城《けいせい》にもせよ枕ならぶるうへからは。暫《しばらく》の妻《つま》ぞかし。小ざつまにいひぶん海《うみ》山有といへ共。よくづらひつはる猫傾城《ねこげいせい》。いふだけほむらの種《たね》ぞかし（十三ウ）さらばといふて立給ひぬ。伊勢之丞をしとめ。是はけうとい恨《うらみ》ぞかし。それ程の事をしらぬ身でもなし。まつたくつまどのに心あつての事ならず。あまりそなたの通路《かよひぢ》しげく。大事をすて丶よしなき色《いろ》にほだされ。行《ゆく》べき方のはてしなく。気《き》の毒《どく》のあまりお袋《ふくろ》さまの智恵《ちゑ》をかり。何とぞふたりが中をさき。はやく出船《しゆつせん》すべき為。小ざつま殿迄頼此仕合。白《びやく》らいそうした心底《しんてい》なしと。うちあけて語《かたり》給へば。小ざつまもつとめにかへて逢《あひ》たき身の。あはぬといふはいかばかり。是皆おためをおもふからなり。難波《なには》の浜《はま》の情《なさけ》のほど。そうかいよりもふかし。高《たか》きはしゆみもいそのかみ。今誰《たが》何といへばとて。方《かた》様をのけよの人に。そうした不埒《ふらち》が成物。*かいとしげさうに伊勢様になんのとが、有事ぞ。御うたがひをはらし給ひ。こよひにても（十四オ）出船《しゆつせん》し首尾《しゆび》をと、のへ御のぼりこそたが真言《まこと》成ことばのはし。今義やうすを聞給ひ。はやまつてしそんじぬ。いづれもゆるし給るべし。各《おの〳〵》のいさめにまかせ一先下にくだり。のぼりにはまたかならずといとま乞《ごひ》のおてうし。盃《さかつき》のねまりあらへおすひ物を替《かへ》ませ。爰は亭主《ていしゆ》があいじやまで。其あい一つとつまみ肴《さかな》に一角《かく》二角。うつゝなやよく酒にみだれて亭主《ていしゆ》と花車《くわしや》は板《いた》の間に夢をむすびぬ。母の常盤《ときは》今義のおそかりしを待兼《まちかね》。三郎左衛門をつれて揚《あげ》屋の奥《おく》に入給ひ。うつゝなき風《ふ》情皆ゝわけもなく臥《ふし》けるはおかし。今義と小ざつま枕はづして夢みる有様。はるかこなたよりさしのぞき。身につまされていふにはあらねど。いづれか殿立《とのたち》のもてあそぶ*べきは。傾国《けいこく》の色《いろ》にてとゞめぬ。あれ見給へしほらしかりし二人《ふたり》がねすがた。花と紅葉《もみぢ》の色《いろ》（十四ウ）と香《か》をむげに引わけんは恋しらぬやぼぞかし。九郎が心に入たる女ぞならは身請《みうけ》してゐさせん。元来《もとより》流《ながれ》に筋《すじ》はなき物ぞかし。悪性気《あくしやうき》のつかぬうち。妻《つま》に定《さだめ》をかば身持《みもち》くづす事有まじ。尤勘七善三郎なんどかんばうのうへは。いかなる人の息女《そくぢよ》にてもよびかぬる事有まじけれ共。此道ばかりは縁《ゑん》の物。いづれも相談《さうだん》のうへ根引《ねびき》してやり給ふまじきやと。さすがそれ者《しや》の了簡《りやうけん》。是は尤成御思案《しあん》。よろしくはからひ申さんと。外にまた宿《やど》もとめ。くつわとみつ〳〵の相談《さうだん》きはめ。三百両の小判《こばん》耳《みゝ》を揃《そろへ》て小ざつま請《うけ》とらんといふに。亭主《ていしゆ》手を打《うち》。未中宿《いまだなかやど》に夢《ゆめ》むすびて罷有。今日《けふ》のお客《きやく》にことはりを申。つれまいらんと姫路《ひめぢ》が元《もと》にとんで行。かぶろのつまやにかくといへば。皆ゝね耳《みゝ》にぞんの外な事を聞て。先目出《まつめで》たいとどよみぬ。今義興《けう》をさまし。身請《みうけ》（十五オ）の主《ぬし》はいか成者と尋給ふに。さん候三十あまりの女中。すがたをやかにさながら都《みやこ》そだち。女の身として女郎請《うけ》ださるゝはつゐに覚ませぬ図《づ》な事。小ざつまが出世《しゆつせ》只今金子請取はづにて。よびに参りましたといふまでもなし。女が女をうけ出してなんのやくに立ことぞ。外へはやらじ我《われ》請出さんとすこしはせき心。いや〳〵左様《さやう》にならぬは此里《さと》のならひ。先約《せんやく》と申殊《こと》に手形《てがた》迄したゝめ置《をき》△候うへは。何ほと御意《ぎよい》なされてもかなはぬといふに。此うへは直《ぢき》に立越《たちこへ》此身請我もらはん。案内《あんない》いたせと出給ふに。是は近比迷惑《ちかごろめいわく》な事。御無用に被成ませいとあげ屋がいふを。伊勢之丞がしり目遣《めづかひ》して案内《あんない》させ遠慮《ゑんりよ》なく奥《おく》にとをれば。母常盤《はゝときは》にてぞ有けり。互《たがい》にはつともろ袖《そて》を顔《かほ》にあてゝのぶ首尾《しゆひ》。くるしからぬぞ今義。小ざつまとふかい中と聞つるゆへ。一旦腹《いつたんはら》も立《たち》（十五ウ）しかど。おもへは世上のならひぞといづれも了簡《りやうけん》のうへにて。そちがまゝにさせん為身請して参らする。幾久敷友《いくひさしくとも》に白髪《しらが》をいたゞき。松竹のよはひふるまでそひはて。父《ちゝ》の家を引おこし。二度富貴《ふたたびふつき》とさかへ給へ。それ女郎をと小ざつまを請取。くつわに祝義の樽肴《たるさかな》。三百両の勢《いきおい》は。蓬莱山《ほうらいさん》もかくやらんと。上下の男女同音《とうおん》に三国《ごく》一じや嫁《よめ》にとりすましたしやん〳〵

㊃ 男立《おとこだて》の勢揃《せいぞろへ》

小ざつまが身請近在《きんざい》にかくれなく。網干《あぼし》の客千里屋《きやくちさと》の源七といふ者は。今年廿四の男盛《さかり》。*髪《びん》は三ケ月成にくるりとねぢた風俗《ふうぞく》。かるたむすびの折めたかく。羽織《はおり》は腰切《こしぎり》むな紐高《ひほたか》く引しめ。定紋《ぢやうもん》にはこくもちの内に奴《やつこ》がとうがらしくろふ所をさいしき。からだより長《なが》き脇指《わきざし》の*柄糸鼠《つかいとねつ》屋が打《うつ》たる（十六オ）又ねづみ色《いろ》。目貫《めぬき》はくりから不動《ふどう》に猫《ねこ》のそばへる所を物ずき。大ざめを五色《しき》にいろどらせて。さけ緒《お》はつるべ縄《なわ》のごとくなはせ。着物《きるもの》わざとかたのゆきながくすそみじかく。物ずき成もやう猿《さる》が宝引《ほうびき》するなど絵《ゑ》かゝせ。室《むろ》の湊《みなと》にかよひて小ざつまにのぼり。近日請出《うけだ》スべき胸算用《むねさんよう》ちがふて。此比何者共しれず根引《ねびき》するよし友達《ともだち》共がしらせけるに。はやむつと気《き》になりうでまくり。弓矢八幡此女郎。人手にわたしては一分たゝずと。日比語《ひころかたり》し無分別《むふんべつ》中間へ廻状《くわいじやう》まはしけるに。何事成とわかいもの源七が宅《たく》にあつまる。先一番にうでなしの吉助。じや腹《ばら》の団《だん》六。あなくゞりの松蔵。もがり竹割《わり》之助。いひかゝりのこねすけ。下げ尻《じり》大六。いのしゝの虎《とら》松。みけんきづの藤之助。やまがら権吉。あてなしの九郎助。天狗鼻《てんぐはな》の太郎作《さく》。うつかり半内など所に（十六ウ）

挿絵第七図（十七オ）

ての男立《おとこだて》。皆打よつて相談《さうだん》するに。兎《と》角ぐめんもことによるはや請出して行《ゆく》と聞《きゝ》。今になつての評定《ひやうぢやう》一里《り》さがつての分別《ふんべつ》。賀古川《かこがは》の大臣《だいじん》めとはりあい。それなりけりにして置《をく》さへ茶《ちや》せん組《ぐみ》のひけなりと。皆《みな》人わらふさへむねんなるに。余国《よこく》のやつばらが入こみ。此湊《みなと》の女郎つかんていぬるを。おめ〳〵わたさんやうなし。何ぶんきやつらが宿《やど》にふんごみ理非《りひ》をいわせずうばいとるより外《ほか》なし。手ぐみはかうと智恵《ちゑ》の有たけふるひけるに源七是にそゝりあげられ。此上の分別《ふんべつ》なし。しかしこちと。*らは此辺《へん》にて見しり有者《もの》。後日《ごにち》の詮義《せんぎ》もむつかしければ。姿《すがた》をかへてうばいとらん。いづれもなんとおもはるゝと。座敷《ざしき》をきつと見わたせば。不残《のこらず》是に同心《どうしん》して。姿《すがた》を替《かへ》るは何がなと。ほう杖《つえ》する者《もの》あれば。硯《すゞり》とりよせ人形《にんぎやう》かいてみるどんな者《もの》（十七ウ）有。非人《ひにん》となつてゆかんといへば。それも其役目《やくめ》の頭《かしら》町〳〵に居《ゐ》て。顔《かほ》見しらぬものもらべ*はしたゝかにどづかれてもとるぞかし。天狗鼻《てんぐばな》の太郎作《さく》。座敷《ざしき》を立てうらへ行《ゆく》とおもへば立帰り。皆《みな》の者《もの》共気《き》づまりにあんずることなし。われらかしゆかうはかやう〳〵とひとり〳〵の耳《みゝ》にさゝやく。さりとは智恵《ちゑ》も有物かなと。いづれも是に成すまして。俄《にはか》に甲頭巾《かふとつきん》をとゝのへ。めん〳〵が寺《てら》〳〵にて衣《ころも》をかり。二尺五寸の奈良物《ならもの》ねたばあはして。法師《ほうし》のすがたに様《さま》を。時は今ぞと夕暮方《ゆふくれかた》。人顔《かほ》のみへぬが命《いのち》。自然《しぜん》の事あらば湊《みなと》の浜《はま》をよこきれに。落合谷《おちあひだに》にて待《まち》あはせと。互《たがい》に詞《ことば》をつがうていそぎぬ。此事今義方《いまよしがた》に聞て。いつれも打寄《より》爰にも又思案《しあん》なかば。かゝる足《あし》よは有ながら。油断《ゆたん》する事ひつきやう毒《どく》の心見なり。こぬさきに立のく手立《てだて》伊勢之丞が（十八オ）いふは。我九郎次郎と成て随分《ずいぶん》事をしづめん。其間《ま》をうかゝひ何も一つに舟に乗《のり》。赤穂《あこ》の汐津浜《しほつはま》

挿絵第七図

迄落《おち》給へ。きやつらをたばかり跡《あと》よりおつ付べし。おそく共はやくとも。かならずそこにて待《まち》給へと詞《ことば》をあはし。湊《みなと》にかゝる舟にのせ。順風《じゆんふう》にまかせ押《おし》出す。茶《ちや》せんぐみの男《おとこ》共。皆一やうに法師《ほうし》の姿《すがた》姫路《ひめぢ》屋が見せに腰《こし》をかけ。小さつま様の身請先お目出度《めでたい》に。御酒《しゆ》一つお祝《いわい》共にとのしあがりぬ。わざとかまはぬ伊勢之丞下部《しもべ》に籠《かご》をつらせ。そばをはなれずくるわを出て。一二丁行《ゆく》所へ。むかふよりじやばら猪《い》のし、立ふさがり。跡前《あとさき》より籠《かこ》の棒《ぼう》をとらへて。この籠《かこ》にこそ様子《やうす》あれ。わたせといふて取まくを。うでなしとみけんきづ。門《もん》のかげよりつつと出。下部《しもべ》をけたをしうばいとる。伊勢之丞おどろき。命《いのち》をたすけ給へ籠《かご》御用《よう》ならはわたし（十八ウ）ませうとにげ帰り。うけとつたりとかたにかけ。浜辺《はまべ》をさしていそぎぬ。しすましたりと伊勢之丞。又姫路《ひめち》屋に立帰り。何と亭主上方者《ていしゆかみがたもの》の智恵《ちゑ》みられよ。籠《かご》にいれしは石うすなりしを。ぬつほり共が小さつまとおもひ。つれ帰りぬるおかしさ。一《いつ》はいくわせた悦《よろこび》に。いとま乞《ごひ》の酒《さけ》のまん。ないぎ〳〵とよびぬるを。源七かくれ是を聞。小ざつまとおもひしに。たばかられぬる口惜《くちをし》さ。此いしゆばらし。討《うち》はたさんと案内《あんない》もなく座敷《ざしき》に入。まことの小ざつまわたせといふに。伊勢之丞さはがず。我小さつまが身請《みうけ》の客《きやく》。御用あらばといふ所を。ぬき打にきりつくるをさらりとはづしゐんより下へとびおりぬ。いづくまでもとつゞいてとぶを。下にて待《まち》うけとつておさへ。たか†手小手にいましめ。松《まつ》の木にくゝり付。ゆるりとそれにござれとて。よこづら二三十はり（十九オ）まはし。うら道《みち》よりそろりとぬけ。息《いき》をはかりに浜辺《はまべ》に出。爰かしこを尋る所に。れうせん一そうのりすてたり。天のあたへとよろこび。かの舟《ふね》にとび乗《のり》。綱《つな》おし切《きつ》て艫《ろ》を立なをし。あこの汐津浜《しほつはま》へおして行に。程なく人〳〵の舟におつ付。互《たがい》に無事《ぶじ》の対面《たいめん》暫《しばらく》爰に足《あし》を休《やすめ》。朝嵐《あさあらし》にまかせくだるべし。ともかくも仕らんと。浜《はま》にあがり人家《じんか》をたづねいきをつぎ

こゝろしづかにふし

けるとなり

御前義経記七之終（十九ウ）

御前義経記《ごぜんぎけいき》　下の関

うつゝの高館

八之巻　目録

面影うつる西国のはなし

㈠　子《こ》は三界《さんがい》のくびかせ

〽船中《せんちう》の哥がるた

人を尋《たづぬ》る関札《せきふた》

欲故《よくゆへ》まよひくる人門《かど》ちがへ

面影うつるみなとの噂《うはさ》

㈡　下《しも》の関《せき》の繁昌《はんじやう》

〽座敷舞台《ざしきぶたい》

あげやの大よせ

大鼓《たいこ》のかる口《くち》

売《うり》つけた女郎（一オ）

面影うつる当世の事

㈢　女郎《ぢよらう》の哥舞妓《かぶき》

〽上方土産仏《かみがたみやげほとけ》の原《はら》

梅川文蔵口説《むめがはぶんざうくぜつ》はなし

此段《だん》はきやうげんのせりふ

面影うつるよしつねさいご

㈣　兄弟《きやうだい》のいもせ塚《づか》

〽しらねば是非《ぜひ》なし

兄様とふうふ

しなねばならぬ

身の上《うへ》の書置《かきをき》

悪道《あくだう》に引込恋衣《ひきこむこひごろも》

今義夢《いまよしゆめ》の腹切《はらきり》（一ウ）

㈠ 子《こ》は三界《さんがい》の首《くび》かせ

浪《なみ》のおとしづかに帆《ほ》は十分《ぶん》にあまる空《そら》。舟頭《せんどう》ほうづえして足《あし》にて△楫《かぢ》おすなんど。さりとは自由《しゆう》成物ぞかし。一日一夜に百里《り》は行《ゆく》ならひ。是千里一はね自然《しぜん》と風かはれば手のうらをかへし。人の姿《すがた》もかいくれみなそこにうきしづむも。人界《にんがい》の身のうへに替《かはる》事なし。今義《いまよし》一ぞくあこほの塩津浜《しほつはま》より乗《のり》出し。海上《かいしやう》心のまゝにして。山のすがたもこがくれ詠《ながめ》やるに隙《ひま》なく。またべう〳〵たるおき中に夜《よ》をこめて鳥《とり》の鳴音《なくね》も聞《きゝ》なれず。舟中《せんちう》のつれ〴〵せめては是をと。哥《うた》がるたまきちらし。天智天皇《てんちてんわう》秋の田のかりそめならぬとまのしとね。小ざつまがしりめづかひも指合《さしあい》（二オ）をはぢ。わざとすんとした風情《ふぜい》。持統天皇《ちとうてんわう》春過てといふ下《しも》の句《く》を我勝《われかち》にとりやい。順徳院《じゆんとくいん》まで取つくしたる手なくさみ。勝負《かちまけ》のあらそひ他人《たにん》まぜずのたのしみ。かたへにては伊勢之丞が大将《たいしやう》ぶん。かたはだぬいで四十八願《ぐわん》の絵合《ゑあはせ》。後《のち》には三枚《まい》がるたのおせ〳〵。四郎三郎はけつきにまかせ銭《ぜに》の有たけ跡《あと》さきにはり。こぶしをにぎつて爰《こゝ》じやといわん顔《かほ》。三郎左衛門は年比《とし》にはぢてかしらに十文。跡《あと》ばり卅の銭にもひだりの手をかけ。うん吉ならばなか〳〵はなすまじき風情舟頭《ふぜいせんどう》の六助はゐてに帆《ほ》ばしら。なんでも旦那《だんな》衆の銭は我らがものと。札《ふた》きる手もとはしかう。跡《あと》さきなしに壱貫の銭ほんとにはる。伊勢之丞がおやをうけてまきちらしたる手前かるた。信《しん》じんきもにめいじて三度《ど》いたゞき。南無かるた大明神とねがひ（二ウ）を*がくるもうたてし。そりやみたか八むし六助はおいてう。そこをひくなと*どつてしめる。四郎三郎はつけめ出入なしとあたまから。三郎左衛門は七すんおつと庄兵衛のばゝ様。三十の銭をとられて子共のゆびきつた顔《かほ》するもおかし。拙者《せつしや》はばくちきらひなれ共いづれもめさるにすましたらしくもならず。はりごとははりしかど折ふし手前《てまへ》に銭《ぜに》もなし。長《なが》の旅路《たびぢ》に是なくしてはちからなし。わづかなればはづまれよと所望《しよもう》しられ。

ぜひなくやつてすましぬ。舟頭《せんどう》の六助は月夜《よ》に釜《かま》ぬかれた顔《かほ》してかたすみにふせるもさもし。四郎三郎はもとびき伊勢之丞はかたほでにこ〳〵笑《わらひ》なから。こりや舟頭《せんどう》何と我仕合《わかしあはせ》を見よ。随分情《ずいぶんせい》出シて舟《ふね》をやれ。此銭《ぜに》よくにはせぬといふを。六助がきいて旦那衆《だんなしゅ》物はだんかう。もし此舟《ふね》こよひにても下の関へつけたら。我等が（三オ）まけた銭《せに》をくだされうか。何が扨今日明日《けふあす》の内にさへつかば。壱貫の銭二目《ぜにふため》とも見ずはづむぞかし。其口かならずわすれ給ふな。扨おの〳〵は人をたづねにござるよし下の関《せき》は猫《ねこ》のひたいほどある所なれ共。諸方《しよほう》の入込湊《いりこむみなと》にて。今日《けふ》有人もはやあすはなくし。*て。立替《かは》り入替《かはり》たる所のならひ。ひとり〳〵尋る事もよしなし。さいわい私共が親方《おやかた》は上方衆《かみがたしゅ》の中*宿殊名《やどことにな》ぬし所にての口き、。野中《のなか》屋の半六。是にお宿《やど》をめされて諸事御相談《さうだん》有べし。是くつきやうの智恵《ちゑ》いづれも同心《どうしん》して是にせよと夕暮《ゆふぐれ》がた。さあ爰が関《せき》の湊《みなと》お約束《やくそく》の銭《せに》いたしませうといわれて。是非《ぜひ》なくわたせば。舟頭舟《せんどうふね》よりあがり野中《のなか》屋へかくとしらせけるに。亭主《ていしゅ》半六下ばかまを着《ちやく》しあがり場《は》までむかひに出。見ぐるしけれ共私《わたくし》かたへ御一宿《しゆく》のよし。先《まづ》こなたへと案《あん》（三ウ）内し。おくの座敷《ざしき》に御供《とも》申せば。物売《うり》あまた入つどひてのあきなひ口。いなり町のあげ屋からは人ばしかけて。かみがたよりのお客《きやく》はお女郎かいとうけ給はる。随分《ずいぶん》おとりなしをたのみますと。早《はや》たねまいて樽肴《たるさかな》もちせくなど。亭主《ていしゅ》が返答《へんたう》するまもなし。きのふとくれて今日《けふ》五日あまりの見物。有時伊勢之丞三郎左衛門四郎三郎三人つれ立町より帰り。ひそかに亭主《ていしゅ》をよんで。此比貴殿《きでん》にもかたる通《とを》リ。我〳〵まつたくゐようにくだらず。加様《かやう》〳〵の女中此国《くに》におはしますよし。此比しのび〳〵に尋《たづぬ》るといへ共一円《ゑん》めぐりあはず。それゆへ今日《こんにち》は比所の御代官所《だいくわんしょ》へうつたへ。段ゝ《だん〳〵》おなげきを申ければ御れんみんふかく。我ゝ共が心指《こゝろざし》をふびんに思召。近日町中《きんじつまちぢう》へふれわたさる、よしおふせ下され。其うへにて尋る者《もの》の絵図《ゑづ》をか、せ。京橋《ばし》とけいせい町の門に立置《たてをく》へし覚（四オ）

挿絵第一図（四ウ）

挿絵第二図（五オ）

有者《もの》たづねゆかんとかたじけない智恵《ちゑ》をかつて。帰りし足に絵図《ゑづ》をかゝせ。二枚《まい》ははやお指図《さしづ》の所に立置《たてをき》帰りぬ。今一枚《まい》は此おもてに立んと持参《ぢさん》いたしぬ。是見給へと出しけれは。亭主《ていしゅ》立寄書付《よりかきつけ》をみるに。当年十九才の女左《ひだり》の目の下にほくろ有。此図《づ》にあふたる女御ぞんじあらば。早速《さうそく》此所へ御しらせ有べきよし。是ほどくはしく書《かき》たるうへは。しれぬといふ事よもあらじ。殊《こと》に殿様《とのさま》より所ゝへおふれ被成るゝからは。かくしをかんやうなし。明日《みやうにち》より門《かど》にたてん。夜もいとうふけ候へは。暫《しばらく》御休《やすみ》あるべしと。ていしゅは勝手《かつて》成一間《ひとま》に入て夢《ゆめ》をむすびぬ。いとゞみじかき秋《あき》まへの夜《よ》ははやくだかけの音《ね》やかましく。となりの乳《ち》のみ子がめをさましてなく声《こゑ》。亭主《ていしゅ》が寝耳《ねみゝ》にいれば夢《ゆめ》おどろかし。手づから絵図《ゑづ》を見世《みせ》のさきに立（五ウ）けるにぞ。通《とをり》の者《もの》共立かゝつてふしぎをなすはことはり。其明《あけ》の日六十ばかり成けるおやぢ廿《はたち》ばかりの女をつれ。絵図《ゑづ》をしるべに尋来《たつねきた》り。我は比町はづれ長門《ながと》屋の彦五郎と申者《もの》なり。此女当年《とうねん》十九才殊《こと》に左《ひだり》の目の下にほくろ有。七年跡《あと》に召かゝへきはめの年《ねん》今三年御座《ざ》候へ共。殿《との》様よりの仰《おほせ》といひ。人を尋《たづね》るほど世

挿絵第一図

挿絵第二図

に難儀《なんぎ》成《なる》事はなし。それ故《ゆへ》只今召つれたり。そばちかくめされおたづねの女にて候や。とうじませと申けるに。伊勢之丞よろこび。かの女をひそかによび。顔《かほ》を詠《なが》めてきやうをさまし。よもかし今義《いまよし》が兄弟《きやうだい》にかゝるぶきりやうあるまじけれ共。目印《めじるし》のほくろまさしく左《ひだり》の目の下にあり。そちが生国《しやうこく》はいづかたにて。何ゆへ此所へはきたりしぞ。さん候わが国《くに》とうは長門《ながと》の者《もの》でおんじやるが（六オ）七つにて母《はゝ》にわかれぬ父《ちゝ》は紙《かみ》をすいてとせいをくらせど。やしなふべきちからなくして。十一の年それ成親方《おやかた》殿をたのみ奉公《ほうこう》にまかりぬ。お手前《てまへ》がたはなんのようばしあつて召よせられたと。さりとはきやうがるなまり。扨こそ国《くに》もちがいぬれば同道《どうだう》して帰り給へといはれて。こめんどうな所へきたとおやぢがつれて帰る。其跡《あと》へくるわ者《もの》らしく。長崎《ながさき》屋林《りん》十郎といふ男《おとこ》か、へのけいせい滝川《たきかは》。今十九にしてしかも大きなるほくろかくす事のならず。駕籠《かご》にのせ今義《いまよし》の宿《やど》に案内《あんない》をさせおくにとをれば。伊勢之丞滝川《たきかは》にちかづき。そなたの国《くに》はとたづぬれば。さればわしが里《さと》は長崎《ながさき》にて父《ちゝ》にも母《はゝ》にもおさなふしてわかれ。世のつらさにさそはれ。伯父《おぢ》様が九年いぜんに此色町《いろまち》へ身をしろなし。くがいもよほとつ（六ウ）とめました。おの〳〵さまがたにはいかなる御ようばしあり。わしを爰へよばんしたと。さすがやさしき詞《ことば》のはし。是も生国《しやうこく》たしかならず。先帰り給へと帳面《ちやうめん》にしるせば。なんのわけもない事に爰迄来りぬ。皆《みな》様おさらばやと立わかれ行《ゆく》あゆみぶり。尤《もつとも》やさしき風情《ふぜい》ぞかし。いまだ一二丁もゆかざる所へ。七十ばかり成ける老女娘《らうによむすめ》らしきにわたぼうしきせ。おたづねの女はわらはがひとり孫《まご》なれ共こいつが身のためよき事ならば。いづかたへ成共進上《しんじやう》いたさん。お目印《めじるし》のほくろ是御らんぜと。じまんの有ほどするもおかし。あたまからちがふた事なれ共。きりやうを見んばかりにぼうしをとらせば。およそ廿四五成しが木綿《もめん》ぬのこの脇《わき》あけ。茶小紋《ちやこもん》にはむらすゞめ。桜花《さくらばな》の五所紋《もん》。きやつはよくにて金銀《きん〳〵》にても取べきたくみ。にくさも（七オ）にくし。なぶつていなさん物をと老女《らうによ》に近付《ちかづき》。此方《かた》よりたづぬる女は左《ひだり》の目の下にほくろ有。是は右《みぎ》の目の下なれば同道《とうだう》してかへれといわれて。此娘《むすめ》がへらず口ほうちがへは山ぶしをたのんできたうすればよい事をとぶつくさいふて帰りぬ。三郎左衛門がいふは絵《ゑ》すがたのそへがき生国《しやうこく》付の有に。他国者《たこくもの》の入こむはふしぎと。おもてに出て絵図《ゑづ》をみれば。あんのごとく生国《しやうこく》みやこといふをかゝざりき。扨こそよしなき者《もの》の来《きた》るは尤《もつとも》。所の何がし様のおみゝにもいれ。かやうなるぶねんいそいで書《かき》そへられよとぶけう顔《がほ》するは尤《もつとも》。にはかに筆《ふで》を染《そめ》書なをしけるにぞ。其明《あけ》の日より何者《なにもの》もこざりしとかや

（二）　下《しも》の関《せき》のはんじやう

下の関《せき》は北国西国《ほつこくさいこく》舟。皆此湊《みなと》に入こんで順風《じゆんふう》を見あはせ（七ウ）荷主舟頭《にぬしせんどう》爰に足《あし》をやすめてばい〳〵をなし。万《よろつ》自由《じゆう》をなす所なり。殊《こと》にいなり町といふはけいせいあまたかゝへて。田舎《いなか》なれ共此里《さと》の女郎一げいにほまれをとり。かみがたにてはやりし狂言《きやうげん》せりふ物まね不残覚《のこらすおぼへ》て。大よせには女郎すがたを若女方若衆方《わかおんながたわかしゆがた》。立役敵役道外《たちやくかたきやくだうけ》花車《くわしや》。

おやがたといしやうまでをかへてかぶきをはじめ。客《きやく》のもてなしとする事。都《みやこ》の傾国《けいこく》はづかし。さればこそ諸国《しよこく》の商人《あきんど》此所に入込《いりこみ》。めん〳〵がおもはくになじみを重《かさ》ね。とうけつの枕《まくら》はあげ屋の座敷《ざしき》にてちぎりをむすび。つぼねのくらきうちにもなんのかのゝつめひらきして。暫《しばらく》の口説《くぜつ》も又めん〳〵がたのしみ。あまの岩戸《いわと》をやり手がひらけば。又こんといふまへぎんちやくこまがねつかんでやるにも。五厘とめをちがはせぬはやり手がそんなり。げには女郎のいきぢもどこやら（八オ）

挿絵第三図（八ウ）

挿絵第四図（九オ）

こせつきつめひらきもきうくつにして。のんびりとせぬはさすが又かた田舎《いなか》ぞかし。されどもすきにあかゐぼし。物ごしになまりあつてあだない所がかはゆらしいと。それすくおのこのあればこそなれ。佐野《さの》ゝ*源左はまづしき中にも。松梅桜《まつむめさくら》をたのしめるなんど。皆《みな》おなじ心ぞが*し。しかし色里《いろさと》にて。つねよがはなしは禁物《きんもつ》。女郎やり手が耳《みゝ》にいると。かならず塩水打《しほみづ》ぞかし。大ていの商人《あきんど》此湊《みなと》に入込《いりこみ》女郎にあひかゝつて。はだかにならぬ者《もの》もなかりき。およそ和朝《わてう》に傾国《けいこく》あまたはびこり。所〳〵にない国《くに》もなし。其比秋田《あきた》最上《もがみ》の何がし能登《のと》屋孫《まご》三郎。種《たね》屋与三次郎といふ大商人《あきんど》毎年《まいねん》難波《なには》の浜《はま》に俵《へう》物をつんで。をのれも共《とも》に乗《のり》の舟。三十反帆《たんぼ》を気《き》まゝにあげさし。下の関《せき》に舟《ふね》をとめさせけるに。舟頭《せんどう》の六大夫が早《はや》（九ウ）先立《さきだつ》てくるわへ内通《ないつう》しけるにや。揚《あけ》屋の亭主《ていしゆ》丸屋の五郎作を始《はしめ》。一家《いつけ》不残《のこらず》とんぼがへりして湊《みなと》におむかひ。旦那《だんな》のお前《まへ》にかしこまり。毎年《まいねん》の吉事《きちじ》にまかせ。御むかひにすいさん仕ぬといふ迄《まで》もなし。是よりすぐにと仰けるを。さあ大臣《たいじん》があみにかゝつた。又当年《たうねん》も仕合《しあはせ》よし。おかげ〳〵と夕暮《ゆふぐれ》がた。おなじみの小むらさき久米川《くめかは》。大鼓《たいこ》女郎かぶろやり手。大ざしきにいながれ。はやさかづきのつめひらき。一年越《ごし》のくぜつ酒《ざけ》。是は旦那がまいらすばと。座頭《ざとう》の藤都《ふぢいち》が腰《こし》おしておさへました。そんならのもふか肴《さかな》になんぞうたへ。何が扨旦那《だんな》の

挿絵第三図

御意《ぎよい》今くるわにてもつはらはやる女郎の名寄《なよせ》ざいもん。たれかれなしに是吉野《よしの》様がお上手《じやうづ》。三味線《さみせん》は愚僧《ぐそう》めがうけ給はり。畏《かしこまつ》て二《に》あがりの調子《てうし》はりあげうたひければ。てんとかはつたさいもん。たうりうのうちけい（十オ）こし国元《くにもと》の土産《みやげ》にせん。をしへてくれといふもおかし。いや〳〵めつたに御指南《しなん》申事はならずのもり。是非《ぜひ》御所望《しよもう》ならば大寄《おゝよせ》を被成ませう然者《しからば》をしへ奉らん。此外かはつた事は海山《うみやま》なりと木に餅《もち》のなるはなし口。やすい事大寄《おゝよせ》成共小寄《こよせ》なり共そち立が*勝手《かつて》次第《しだい》に仕れ。さあ商事《あきないごと》かなつた。此程はけしからぬくるわのさびしさ。女郎様立がうずいてござる内。かみかたにてはやりし傾城仏《けいせいほとけ》の原《はら》と申狂言《きやうげん》をもつはらけいこ被成ます。殊《こと》に中の段《たん》に梅川文蔵《むめがはぶんざう》と申大名《だいみやう》が。三国《みくに》の女郎に身を打紙子《かみこ》一くわんとなり給ひ。信濃国善光寺《しなのゝくにぜんくはうじ》へ参り給ふ道《みち》とかや。仏《ほとけ》の原といふ所には文蔵殿のあはれし奥州《おうしう》といへる傾城《けいせい》身請しられよい身と成て居《いる》を。文蔵《ぶんざう》ゆめにもしらず。此所へ行《ゆき》かゝりぬ。折ふし月待《まち》とみへ書院《しよゐん》におかゞみ御酒《みき》を（十ウ）そなへ。しやうじの内にて琴三味線《ことさみせん》をしらべけるに。文蔵おもはず立より。しばの戸のあけはなれたるをさいわいに。あんないもなくおくに入。人声《こゑ》におどろき。風呂敷《ふろしき》づゝみをわすれてかけ出給ひぬ。こしもと出

挿絵第四図

て是をひろひあげてみれば。傾城《けいせい》のふみなり。ふしぎに思ひ奥州《おうしう》にかくと語《かた》る。それ見せよとありて取あげ給へば。ぬしのかたよりをくりし玉章《たまづさ》なり。其男《おとこ》是へよべとあつて。わざと顔《かほ》をかくし下女にあどをうたせ。よそながら物語《ものがたり》を聞給ふ。文蔵何心なくおくにとをり。われしらずの昔《むかし》がたり。今此里《さと》にてのはやり物。是別《べつ》してのおなぐさみ。すなはち其役《やく》をかはちやの和哥《わか》山さまが被成ます。是此比の新狂言《しんきやうげん》。今一つは大しよくわん。三かつの心中《しんぢう》あるひはまや山の開帳《かいちやう》。これらはめづらしからず。善《ぜん》はいそけ（十一オ）はやう〳〵とはやそゝりでる色上戸《いろじやうご》。いや〳〵明日《みやうにち》に致《いた》しませう。先こよひは久《ひさ》かたの枕《まくら》。ひよくれんりの御ちぎり。しつほり〳〵気《き》をとをせと。皆ゝ勝手《かつて》に入けるにぞ。下女たるものはおね道具《だうぐ》をはこんで床《とこ》をとり。ちとおやすみ被成ませうとわらひ顔《がほ》にしりめづかひ。びんしやんとしてをのれはだい所にかいこけながら夜《よ》をあかしけるとや。惣《そう》じてくるわのならひにて。大寄《よせ》には是非《ぜひ》女郎かぶきを始《はしむる》事也。其揚《あげ》屋より上方北国《かみかたほつこく》の問《とひ》屋へ廻状《くわいじやう》したゝめ見物させる事。逗留《とうりう》の内女郎うるべき種《たね》まきぞかし。折から野中《のなか》屋へ廻状《くわいじやう》来りぬ。今義《いまよし》を始《はじめ》皆ゝ《みな〳〵》悦《よろこび》。つゐにみぬ女きやうげん。旅路《たびぢ》のなぐさみ此うへにこす事あらん。いざ同心《どうしん》もやと主従《しうぐ〵》六人打つれ立。あげやがもとに入給ひぬ。其外あまたの諸商人《しよあきんど》。我も〳〵と入つどひ。こゝを（十一ウ）はれと見物する。時は四つのまへ成し比。かづらきといふ女郎長《なが》ばかまの折《おり》めをたゞし。座敷舞台《ざしきぶたい》の正面《しやうめん》に畏《かしこまり》東西《とうざい》〳〵扱いづれも様へ申ます。今日《こんにち》の大寄《おゝよせ》に付何がなめづらしい事を致《いたし》お目にかけとふそんじます。折からかみがたより役者衆《やくしやしゆ》がくだりまして。新きやうげんをしへられました。それゆへにはかに取くみ仕ます。すなはちきやうげんのげだいは

傾城仏《けいせいほとけ》の原《はら》　并ニ梅川文蔵《むめがはぶんざう》身のうへ物語《ものがたり》

役人替名《やくにんかへな》の次第《しだい》

一　梅川文蔵ニ　河内屋和か山　一　傾城奥州《けいせいおうしう》ニ　ふぢやおこと

一　奥州《おうしう》うばニ　やりてのかめ　一　同腰元《こしもと》しけニ　ながとやかづらき

一　尼《あま》めうさんニ　あふみやくれない　一　同腰元はなニ　折や小もんど

此外役人《やくにん》あまた付そひ仕ります。今日が初日《しよにち》なれば定《さだ》めしせりふ（十二オ）なども前後致《ぜんごいた》しませうけれ共。其段《だん》は大やうに御見物を頼あげます。長口上《なかこうじやう》かへつて無調法《ぶてうほう》。先《まづ》きやうげんのはじまり左様にお心得被成ませう

㈢　上方土産《かみがたみやげ》女郎哥舞妓《かぶき》

▲けいせいわか山梅川ぶんざうとなり。かみこに丸づきんおうしうがまへにかしこまるこしもとつぼね口〳〵にさあけいせいのはなしがはやうき、たいどうじや〳〵
梅川文蔵身のうへものがたり

▲言語《ごんご》同断《どうだん》*かゝるむつかしき事を御尋候ものかな。くはしき事はぞんせねどもあらまし御物語《ものがたり》もうそうするにて候。

元来《ぐはんらい》身は越前《ゑちぜん》の者《もの》也しが。むまれ付ての悪性《あくしやう》ぐるひ。おやのいさめ世のそしりもかまはず。明暮《あけくれ》三国《みくに》の傾城《けいせい》町にかよひ。よつほど、又よつほどたはけをつくしました。其内地女房《ぢによぼう》はきらひて。はなしをきくさへあたまが五千ほどにわれます。とかく傾城のはなしなれば何時にてもござ（十二ウ）れ〳〵じや。扨私《わたくし》があいましたおふしうと申た女郎は。きりやうといひこつがらと申。なかんづく目遣《めづかい》にて大かたの男がころりと成ます。それのみならず琴《こと》三味線《さみせん》が上手《じやうづ》茶《ちや》の湯《ゆ》は細川《ほそかは》の流《ながれ》をくみ。手は上代《だい》やうにてさら〳〵とかく筆《ふで》の命毛《いのちげ》もたまる物ではない。自身《じしん》うたをつくりふしを付てうとふ事がめいじんじや。されば八月十五夜の月見いつれの人も哥《うた》をよみ詩《し》を作《つく》り。或《あるひ》は音曲《をんぎよく》手なぐさみにて月をみる。身は其かくをかへてみかさやといふあげやの座敷《ざしき》にふとんをひき。其うへにおふしうとふたりとんとねて月をながめた。時に此なんびんが申はあの月はそち。月の中にあるかつら男《おとこ》は身じや。偕老同穴《かいらうとうけつ》ひよくれんりはふるいといふた。時に太夫がこましやくれた事をとひました。昔《むかし》よりよい中を水《みづ》もらさぬと申はいかやう（十三オ）

挿絵第五図（十三ウ）

挿絵第六図（十四オ）

な事をいひますと尋《たづね》ました。私が返答《へんたう》にはそれはそなたとおれがやうにむつましくよりそひ。じつとしめあふた中へ水《みづ》をながしたり共。中《なか》〳〵とをらぬといふ心じや。しからばながしてみんとあたりをみれ共水はなし。折ふし枕《まくら》もとにかんなべがあつた。是さいわいとふたりべつたりとだきつき。うへからかの酒《さけ》を滝《たき》のごとくながしたれ共とをらぬ。大夫みやそちとふたりが中は水《みづ》もらさぬ事は扨置《さてをき》。酒《さけ》もらさぬ中じやと夜《よ》とともにたはむれました。これほどふかい中なれ共。ふとしたことゆへ今川といふ女郎にあいました。此しさいは此男元来《ぐわんらい》たんきに生付《むまれつき》て。まてしばしがない。太夫がつね〳〵ぞんじておるゆへ。あげやへいつもはやう出。くびのながうなるほど待《まつ》てゐる。有時三笠《みかさ》屋へいたれば。太夫様はお出なされぬといふ。扨は外《ほか》におもしろい事が有て。道寄《みちより》しておると心得はや（十四ウ）むつと気《き》になると。ほむらがくら〳〵にへかへつている所へ。大夫がぬつときた。われは今迄何していたとあたまからひかつたれば。せかぬ顔《かほ》して身ごしらへしていましたといふ。身ごしらへはたれにみられんためじや。すゑかけてあふからは髪《かみ》も油《あぶら》もいらぬ事。姿《すがた》をかざつてあふはとつとむかしの事と。目にかどたて、いふたれば。何がはらかたつてそんな顔《かほ》してみせさんすぞ。なんじや顔《かほ》つきがわるひと云《いふ》か。但《たゞし》身が顔《かほ》のすまひがかはつたか。俄《にはか》に見とむのふなつたらみてもらうまいといふて座敷《ざしき》を立。ひとまづ屋かたにかへり。つく〳〵おもふは是近年《きんねん》の出来口説《できくぜつ》。いつもさへ侘言《わびこと》するほどに。今にもふみがきたらばかう返事をせんと。ゆんでに硯《すゞり》めてに筆《ふで》をもち。今や〳〵とまてどくらせど侘言《わびこと》は扨置おとづれもない。扨はきやつめが身にわび事させせんはかり事とみへたり。爰《こゝ》は男《おとこ》のいぢな（十五オ）れば。つらあてにほかの女郎にあふてせかせんと思ひ。みかさやがとなり。かしはやといふあげやへ行《ゆき》。ひそかに亭主《ていしゆ》をよび。身にあひそふな女郎よんでこいといふたれば。おまへ様のおあひ被成ませうは今川《いまがは》さまじや。はやく其女郎つかんでこひ。

挿絵第五図

挿絵第六図

心得たりといふ所へ今川がぬつときた。あたまからあふてくだされといふたれば。おふしうが事をたづねた。男みやうりのきました。しからば御めにかゝりませう。かたじけないといふ声《こゑ》もわざと大きに。是今川《いまがは》どの。こなたゆへなら命《いのち》成共おのぞみ次第《しだい》とたはむるゝ。隣《となり》のみかさやにておふしうが是を聞。白《しろ》むく壱つに成てはしり来り。なんの事なしにおれがむなぐらをとつて。是爰《こゝ》な男《おとこ》ぢくしやう。たれにことはつて此女郎にはあやる。恋《こひ》が有て逢《あふ》がなんとした。恋《こひ》が有といふた口は是かとしたゝかどづいた。今川が腹《はら》を立《たて》きのふ迄はこなたの（十五ウ）おとこ。今日《けふ》よりはおれが男を。なぜたゝきやつたと取付所《とりつく》を。太夫がはらを立。男《おとこ》といふが気《き》にいらぬと。今川をとらへ目《め》よりたかくさしあげ。ゑいといふて八間《けん》まなか三尺五寸なげた。やれ今川がおふしうになげられたとこそいへ。今川がたの女郎三百五十人柏《かしは》屋が座敷《ざしき》へつめかけた。是をきいて又おふしうがたの女郎二万よき引つれ。ゑいや〳〵とおめいてくる。其日かふたる客《きやく》共俄《にわか》に女郎がみへぬといふてふとんをふるひ。けんくわが有と聞て見物《けんぶつ》に行《ゆく》。宿《やど》屋のうちは人のすしじや。下男が棒《ぼう》にておひはらへば。若松《わかまつ》といふ女郎あはてゝ二階《にかい》からおちる。くわしやはにげさまにとうふの上《うへ》へこけて。顔《かほ》がまつしろになつたれば。そりやゆうれいがでたとこそいへ。またどうてんしてにげしなに。つりあんどがおちてあたまをやく。やり手のかめはすりこ（十六オ）ばちの上《うへ》へこけ。目にとうがらしみそがいつて。のふしにますといふにおどろき。そりやいしやのげんとくどの。あんまのりんさいよんでこいといふを聞ちがへ。山伏《やまぶし》の正宝院《しやうほういん》がわせて。しやくぢやうをふつて神おろしをやらるゝ。角助《かくすけ》がはらを立。しやくぢやうひつたくつてすてたれば。ゑびす棚《たな》にあたつて大こくどの、鼻《はな》ばしらがかける。やねではねこがさかる。かどでは犬《いぬ》かかみあふ。うらではには鳥《とり》がけあふ。そこらうちのあげ屋は上《うへ》を下《した》へとかへした。其中にも分別《ふんべつ》らしいおやぢがいふは。此もや〳〵は此客《きやく》からおこつた事じやといふて。なんの事なしに身を駕籠《かご》にのせもどしおつた。その後《のち》身はゑんりよして四五日とをざかつていたうち。何者《なにもの》ぞしれずおふしうを請《うけ》出していきました。それをきいてがつくりとちからをおとし。つく〳〵しあんのするにおふしうにわかれて（十六ウ）は世のたのしみもない。なま中世をたつるゆへ。うき事をのみ聞ものかな。かれをみ是を聞ときは。一すいの夢《ゆめ》ぞかし。せめて今までのあくごうをさつて。善心《ぜんしん》にもとづかんと思ふ心《こゝろ》の一筋《すじ》に。さいわい信濃《しなの》の国善光寺《せんくはうじ》にはしるべのもの、有をたよりに。彼寺《かのてら》に参り髪《かみ》をもおろし出家《しゆつけ》となり。一念《ねん》弥陀仏《みだぶつ》の道《みち》にいらんとぞんじきつたる心から。よしなきさんげ物語《ものがたり》あらはづかしや〳〵さうやう様へのおいとまごひと。がく屋にいればはて太鼓《たいこ》座敷《ざしき》のくんじゆおしあひて。我さきにと帰る中に。今義一家《いまよしいつけ》跡《あと》にのこり。あげ屋の亭主《ていしゆ》をめされ。山吹色《ぶきいろ》の花を出し。とうりうのうちゆる〳〵と。詞《ことば》のはしのたより草《ぐさ》。下女やはしたの女までかどをくりしてさらば〳〵

㊃　兄弟《きやうだい》の妹背塚《いもせづか》（十七オ）

日数《ひかず》ふるといへ共今義《いまよし》のゆかりとて尋《たづね》よるべき人もなかりき。何もちからなき。風情《ふぜい》一国代官《こくたいくわん》の威光《いくわう》をかりそめながらしれざるうへ。せんかたもはやつきはてたり。よしなき所《ところ》にとうりうするはいらざる事。是より長崎《ながさき》にくだり尋《たづね》てみんと。此相談《さうだん》にきはまり。近日出舟《きんじつしゆつせん》の便《たより》を待《まち》給ひぬ。有夜《よ》小ざつま今義《いまよし》にちかづき。此程より御尋なさるゝ人は生国《しやうこく》みやこそだち。左《ひたり》の目の下にほくろ有よし。若《もし》其娘子《むすめご》奉公《ほうこう》にやり給ひぬる比。お袋《ふくろ》様の形見《かたみ》として。十一面観音《めんくはんをん》などおくり給ひし御覚《おぼへ》なきやと尋けるに。今義おどろき成ほど母《はゝ》が形見《かたみ》にやりつるよし。かね〴〵うはさ有けるが。そちは何ゆへとひ給ふ。さん候我難波《われなには》につとめせしとき。同《おな》じ流《ながれ》の門《かど》ならび。住吉《すみよし》屋といへる御内《みうち》に吉野《よしの》さまと申女郎有。則左《すなはちひだり》の目の下にほくろあつて。殊《こと》に後生《ごしやう》をねがひ（十七ウ）

挿絵第七図（十八オ）

月毎《ごと》の十八日にはおぬしの部屋《へ》にざして。其観音《くわんをん》の尊形《そんぎやう》をはいし。ふもんぼんをよませ給ひぬ。常《つね》〳〵みづからにかたり給ふは。生《むまれ》し里《さと》は九重《こゝのへ》にて父《ちゝ》にはなれて母《はゝ》様ひとりとうけ給はりぬ。定《さだ》めし此女郎にて有べし。とく御はなしのあらばはる〳〵此国《くに》まではまいるまじきを。ふかくも御つゝしみありしはすこし御恨《うらみ》も有ながら。外の事とはちがひぬればそれなりけりにして。明日《あす》にてもはや難波《なには》に御のぼりこそましならめとかたりけるに。扨はそれにきはまりぬと。母《はゝ》のすがはら伊勢の丞。かれ是めされ段《だん》〳〵をはなし給へば。おの〳〵横手《よこで》を打て。さもあらば明日《めう》の出舟《しゆつせん》御尤《もつとも》なり。是善《ぜん》なればはやいがましと。半六に語《かたり》御代官所《たいくわんしよ》へも此むね申あげ。六太夫舟かり切《きり》。さいわい日なみも心のまゝにはれ渡《わた》りぬ。下の関《せき》の名残《なごり》もこよひにかぎる夜《よ》もすがらの酒《さけ》事。あけがたつぐる折から舟頭《せんどう》（十八ウ）来り。朝嵐《あさあらし》殊《こと》に追手《おいて》なり。はや出舟《しゆつせん》とつげくるにぞ。人〳〵よろこび宿《やど》屋一家《け》にいとま乞《ごひ》。*友綱《ともつな》切《きつ》て乗《のり》出したる舟風《ふねかぜ》心のまゝにして。しかま津《づ》も跡《あと》に見のこし。明石《あかし》の瀬戸《せと》一の谷《たに》のほとりにて。人顔《がほ》見へざりければ。舟頭《せんどう》いかりをおろし。こよひは爰《こゝ》にてあかさん。此ほどけしからぬ追手に舟はしり。いづれも殊《こと》の外《ほか》なるくたびれ。はなしするのも跡《あと》さきに。我おとらじとねむりがち。ひぢまくらはづれてしやうねさらになきは尤《もつとも》。舟頭《せんだう》はふねのへさきに打あをのき。とまひきかづいて大八がね姿《すがた》。時は八つの比なりける折から。小ざつましとねのうちよりそろりとおき。あたりをみまはし人〳〵の鼻《はな》に手おしあて。袖《そで》の内より書置《かきをき》を出し。守袋《まもりふくろ》にくゝりそへ。今よしの枕《まくら》もとにかいやり。千度《ちたび》はいしてさりとはゆるさせ給へといふ声《こへ》も。涙《なみだ》の淵《ふち》にしづむ身ながら（十九オ）名残《なごり》おしげに見かへり。舟ばりにつつ立。南無阿弥陀仏を後世《ごせ》のみやげに。海《うみ》へ身をなげはて給ひぬ。浪《なみ》のおとに今よしめさましあたりをみれば一通《つう》をのこしたり。心得ぬ事とは思ひながら小ざつま事には気《き》もつかず。先書置《かきをき》をひらきよみ給ひぬ。そのぶんにいはく

書置《かきをき》中身のうへの事

はづかしなから私《わたくし》は御尋《たづね》の女当年《とうねん》十九さい。生国《しやうこく》は都《みやこ》の者《もの》。但《たゞ》しひだりの

挿絵第七図

目の下にほくろ御座候御事

一　わたくし七才の秋《あき》母様の手をはなれ。しるべ有人の口をまことゝし。下の関《せき》へみやづかへにまいるよしにて。かりそめならぬ難波《なには》の色里《いろさと》へうられまいらせ候御事

一　十四才まではかぶろと申になりまいらせ候。あくる十五の正月より（十九ウ）くがいをつとめ候所にさる人申され候は。私面躰《めんてい》のほくろ殊《こと》の外《ほか》にめだちいやしければ。とりくれんと申され候に付。何心なくつとめのさはりともなるべきかとそんじ。ほりもらひ候ゆへほくろはみへ申まじき御事

一　わたくしの身はとくしぬべき者《もの》成しを。ふとした悪縁《あくゑん》にひかれ。九郎様の御情《なさけ》をわすれがたく。せめて御恩《おん》のほうぜんため。おしからぬ命《いのち》をながらへ。かくまゝになる身となり候は。くわこのゐんぐわをあらはすやくそくかと。そらおそろしく思ひまいらせ候御事

一　はづかしや〳〵申さねばつまらぬ身のうへ。九郎様とはちをわけし兄弟《きやうだい》なるを。神《かみ》ならぬ身とて現在《げんざい》の兄《あに》うへとむつましく。いもせのかたらひをなしまいらせ候事。扨〻めんぼくもなきありさま。いかなりし仏神《ぶつじん》の御とがめつよく。此世から畜生道《ちくしやうだう》に落《おち》（廿オ）まいらせ候はすぐせいかなる仏《ぶつ》ばち神《しん》ばちにてかゝる悪名《あくめう》をとりまいらせ候事

一　下の関《せき》にて様子《やうす》をきゝましてより。はやじがいとも心ざし候へ共。ながの旅路《たびぢ》の御なげきをぞんし。御尋の人こそ難波《なには》の色里《いろさと》に御座候よしいつはり。舟をいそきまいらせ候。子細《しさい》は舟中《せんちう》の折をうかゞひ。浪《なみ》のみくづともならんため。まんざらなき事を申まいらせ候御事

一　かく成はて申をかまへて御つゝしみなく。いづれの人にも御はなし候て。せめてのわらい草《ぐさ》成共。しでのたよりにいたしまいらせたく候。さもあらば自然《しぜん》とうかむ事も有べしと。かいなき事をおもひまいらせ候御事

一　かた見にくだされ候十一面観音《めんくわんをん》。是を御らんあそばし。御うた（廿ウ）がひをはらし。せめて親子《おやこ》兄弟《きやうだい》のしるべには。一遍《へん》の御ゑかう頼《たのみ》まいらせ候。書《かき》のこし度事海山《うみやま》御座候得共。申をくほとはづかしの身や

月日　　　　小ざつまより

御母さまかたへ

よみもおはらず今義きやうらんし。暫《しばらく》物いはず。小ざつまがしんていもそれがしとてもおなじ事。是をみかれを思ひてはかた時のまもながらへ*。人にゆびをさゝれわらはれんも口おし。此世こそ道《みち》なき縁《ゑん》をむすぶとも。来世《らいせ》なを来世《らいせ》に追付本身《おつつけほんしん》*の契《ちぎり》りをむすび。まなく此世に生《しやう》じて兄弟《きやうだい》の縁《ゑん》をむすはん。母うへの御事は伊勢之丞殿を頼《たのむ》。今日迄の御かいはう千万申つくしがたしと一礼《れい》の書置《かきをき》。勘七善三郎方へも同筆《どうひつ》何もさらばともろ（廿一オ）はたぬぎ。腹《はら》十もんじにかき切《きり》。海上《かいしやう》にとんで入。小ざつまがながるゝを跡《あと》よりおつかけ。せめて未来《みらい》は一蓮託生《いちれんたくしやう》*ともに手を取行《ゆく》べきぞ。つれなしまてといふ声《こゑ》も。はやよは〳〵となりけるが。一心通《いつしんつう》じて小ざつまがしがいに取つかんとせし所へ。ふしぎや高田《たかた》の宗運《そううん》。けしたるすがた海上《かいしやう》にあらはれ。にくしきたなし今よし小ざつま。おのれらゆへに此法師《はうし》。あへなくはてし恨《うらみ》の一念《ねん》こつにくに入て。兄弟《きやうだい》のちぎりをむすばせ。ふたり共に命《いのち》を此みなそこになきものとする嬉《うれ》しさ。もうしうの雲《くも》もはれたり。友《とも》に三津《さんづ》の瀬《せ》ぶみをこへ。無間地獄《むけんちごく》におちばおちん。中〳〵ふたりはやらじと。浪《なみ》をけたてうしほをふいて。海中《かいちう》にすがたはかくれうせしとかや。舟中《せんちう》にめをさましあたりをみれば。今よし小ざつまみへざりき。いづれもはつとよこ手を打。のこし置《をき》たる書置《かきをき》（廿一ウ）を伊勢之丞とりあげ。一つ〳〵よみおはれば。母儀《ぼぎ》ながらうきつらき身をしのぎ。はる〳〵のこしぢしらぬ国《くに》までまよひぬるも。子を思ふゆへなりしに。いきながらへよしなきはぢを身にうけて。老行末迄《おひゆくすへ》人〳〵に。顔《かほ》ながめられんもはづかし。若木《わかき》をさきだて老《おひ》の身《み》の。何《なに》ながらへんやうもなし。我もともにとの給ふを。皆〳〵おしとめ我《われ》しなん我からと。命《いのち》をおしまず死《し》をあらそふ。

舟頭《せんどう》の六太夫中に入て。ふたり身をなげ給ふさへいかゞすべきとあんずるに。いづれも迄《まで》をころしては。つみなき我こつみにしづむ。身はなげさせんとゞむる所へ。おきのかたより老人《らうじん》小舟《こぶね》にさほさし。今よし小ざつまを助《たすけ》のせ。人〳〵の舟《ふね》まぢかくこぎよせ。帆前《ほさき》にたち。我は是汝等《なんぢら》が昼夜《ちうや》ねんずる京東山《ひかしやま》清水寺《せいすいじ》の大悲《だいひ》さつた也。今よしふうふの者《もの》魔道《まだう》にひかれ。とがなき身を既《すで》に（廿二オ）うしなはんとせしふびんさに。両人が命《いのち》をたすけ。是までともない来りぬ。まつたく兄弟《きやうだい》にあらず。宗運《さううん》といへる悪僧《あくそう》小ざつまにあいじやくをのこし。にくに入て兄弟《きやうだい》となのらせ。此所にて命《いのち》をとる。是法師《ほうし》が非道《ひだう》にして。仏神《ぶつじん》のにくしみふかく。重《かさね》てあたをする事なし。まことの妹《いもと》は難波津《なにはづ》の浜《はま》。すみよしやの吉野《よしの》ぞかし。いそぎかの津《つ》にのぼり身請《みうけ》して。父《ちゝ》三津氏《みつうぢ》が家《いへ》を立よ。さいぜん小ざつまが形見《かたみ》にのこせし観音《くわんおん》は則《すなはち》是我像《わがざう》也。猶〻《なを〳〵》行末《ゆくすへ》まもらんと。の給ふ御声《みこゑ》もかすかにきこへ。しら波《なみ》に打まぎれ御姿《みすがた》はみへざりき。舟中《せんちう》のこらず御跡《あと》千度《ちたび》らいはいし。夢《ゆめ》にあふたるふたりのすがた。いきたる心地《こゝち》なき魂《たま》のをの。ながき命《いのち》ぞめでたし。いそげ〳〵とろかいをはやめて難波津《なにはづ》に船《ふね》がつけば。すぐに吉野《よしの》を身請して伊勢之丞とめあはせ。花の都《みやこ》に屋敷《やしき》を立。おく座敷《ざしき》には母《はゝ》のひとりね。中のまには今よし小（廿二ウ）ざつま。次《つぎ》には吉野《よしの》と伊勢之丞。ふたりねのなが枕《まくら》よるのしとねに千代《ちよ》をかさね。夜あけの鳥《とり》がこゑつぐるに。太郎冠者《くわじや》次郎冠者《くわじや》めをさましける千秋《せんしう》ばんせい

元禄十三辰歳
三月大吉祥日

大坂　油屋与兵衛
万屋仁兵衛
雁金屋庄兵衛
京　上村平左衛門刊板（廿三オ）

寛濶曽我物語

寛《くわん》濶《くわつ》曽《そ》我物語《がものかたり》　目録《もくろく》

一之巻

先祖《せんぞ》　序一　伊豆《いづ》の焔《ほむら》

∧伊東《いとう》がむかし染《ぞめ》

うらみはむらさき鹿子《かのこ》

当世《たうせい》もやうかみずりな物好《ものずき》

ゆかりの手綱《たづな》切《きれ》てのく事

来暦《らいれき》*　凡例二　都《みやこ》の葛葉《くすのは》

∧工藤《くどう》のやさおとこ

昔《むかし》をしのぶ古郷《ふるさと》の文《ふみ》

是より伯父甥《おちおい》の公事《くじ》

欲《よく》はおもへど身をかばふ事（目録オ）

男色《なんしよく》　三　恋路《こいじ》の関守《せきもり》

∧頼朝配所《よりともはいしよ》の月

忍夜《しのぶよ》は星《ほし》の光《ひかり》か

盛長《もりなが》が前髪《まへかみ》

説《くどき》おとした千《ち》話《わ》文《ふみ》と若衆《わかしゆ》

こんな事がゑんに成事

遊興《ゆうきやう》　四　勇者《ゆうしや》の取合《とりあひ》

∧奥野《おくの》の狩《かり》

思ひきつたる滝口《たきくち》が力《ちから》

柏峠《かしはとうげ》の丸はだか

とつたりや河津《かはづ》と俣野《またの》がすもふの事

（目録ウ）

寛《くわん》濶《くわつ》曽《そ》我《が》物語《ものがたり》　初巻

序　伊豆《いづ》の焔《ほむら》

不肖《ふじやう》の身をもつて龍凰《りうほう》の年をしたひ。朝菌《てうきん》のもろきをもつて。積朔《せきさく》の期《ご》をもとめんとするは。誠《まこと》に愚《おろか》なる人欲《じんよく》のわたくしなり。抑《そも〳〵》伊豆《いづ》の国《くに》の住人《じうにん》工藤《くどうの》太夫祐高《たゆふすけたか》。入道《にうだう》して久須見《くすみ》の寂心《じやくしん》といへり。たとへば伊東《いとう》河津《かはづ》宇佐見《うさみ》。此三ケ所《しよ》をつかねて久須《す》見《み》の城《じやう》と号《ごう》す。男子《なんし》あまた有しが世をはようして。久しき軒《のき》の玉かづら。かれ〳〵に力《ちから》なく名跡《みやうせき》のたゆべき時にこそと。よのつねこれをなげきけるに。入道老《にうたうおひ》のねざめのつれ〳〵。早《さ》月《つき》といふ女をあひし。月の夕部《ゆふべ》花のあした。詠《ながめ》にあかぬ和理《わり》なさに一人の子をもふけ。是に伊東《いとう》をゆづり工藤武者《くとうむしや》（一オ）祐次《すけつぐ》といへり。其後《そのゝち》本妻男子《ほんさいなんし》をうめり。

挿絵第一図

いまだ幼稚《ようち》なるにより。次男《なん》に立河津《かはづ》の次郎祐親《じろうすけちか》と名乗《なの》らせける。しかるに入道《にうだう》いつの比より心地《こゝち》れいならず。万死《ばんし》の床《ゆか》にふして今をかぎりと見へけれは。医《ゐ》療《れやう》手をつくすにかひなく。五十五歳にして浮《うき》世の夢《ゆめ》を見果《はて》ぬれは。七七の追善《つゐぜん》取おこなひ。さて祐親《すけちか》おもひけるは。我《われ》工藤《くどう》の嫡子《ちやくし》なる処《ところ》。筋《すじ》なき外戚《げしやく》の者《もの》を跡目《あとめ》とする事。本意にあらずとおもひそめしより。ひそかに箱根《はこね》の別当《べつたう》をよひくだし。さま〳〵もてなして後首尾《のちしゆび》取つくろひ申出しけるは。貴僧《きそう》もしろし召る、ごとく。寂心《ちやくしん》が所領相続《しよりやうさうぞく》いたす者《もの》それがしにきはまる処《ところ》。下種腹《げすばら》の祐次《すけつく》に渡《わた》しあたふる事。生前《しやうぜん》の面目《めんぼく》をうしなふに似《に》たり。所詮《しよせん》かれを討《うつ》て切腹《せつぷく》もいたすべく存寄《そんじよれ》ども。亡夫《ぼうふ》に対《たい》し不孝《ふかう》の第一なれば手を（一ウ）おろさずし本意《ほんゐ》をとげんといふ子細《しさい》は。貴僧《きそう》の行力《きやうりき》をもつて祐次《すけつく》をちやうぶくあらば。一生《いつしやう》の御恩《ごおん》ならめと手をあはせてたのみけるに。別当暫返答《へつたうしばらくへんとう》なかりしが。尤さる事なれども腹《はら》こそかはれ。種《たね》はひとつにして御兄弟《ごきやうだい》なる事誰《たれ》しらぬ者《もの》なく。殊《こと》に公方《くばう》までかくれなし。親《おや》の遺言《ゆいげん》のそむき給ふ事。神明仏陀《しんめいぶつたの》*△の明鏡《めうかん》*にそむき給はん。もとより愚僧《ぐそう》は竹馬《ちくば》より三衣《ゑ》を着《ちやく》し。仏《ほとけ》のゆいくわんにまかせ五界《ごかい》をたもち。もの、命《いのち》を取たる事なし。人間《にんげん》には三身仏生《しんぶつしやう》とて三躰《たい》の仏《ほとけ》有。

挿絵第二図

それをがいせん事三世の諸仏《しよぶつ》をうしなひ奉る道理《たうり》。此義おもひよらずとかぶりをふつての給けれは。祐親刀《すけちかかたな》にそり打眼《まなこ》に角立《かどたて》。師弟《してい》の約束《けいやく》は過去生《くわこしやう》〳〵の縁《ゑん》なり。武士《ぶし》たる者《もの》に大事をかたらせ。後日《ごにち》此事露顕《ろけん》せは祐親が身の大事。違義《ゐぎ》におよび給はゞ*師《し》の坊《ばう》とはい（二オ）わせじ。命《いのち》をとらんといふに。別当《へつたう》おどろきし案《あん》のかゐ。此事沙汰《さた》し後日《ごにち》に命をとらるゝも。今河津《かはづ》が手にかゝるも同じ事。此うへはともあれ御心まかせと請合《うけあい》しかは。祐親悦《すけちかよろこひ》左もあらは某《それかし》が目《め》通《とをり》にて只今てうぶくし給へ。それこそ安き事成とすでに壇《だん》をかざりぬ。初《しよ》三日の本尊《ほんぞん》には弥陀《みだ》の三尊《ぞん》。六道《ろくだう》の能化地蔵菩薩《のうけぢぞうぼさつ》。河津《かはづ》が諸願《しよぐわん》として伊東武者《いとうむしや》が替《かはり》なき命を取。来《らい》世にてはあんやう浄土《じやうど》にいたらしめ給へ。後《ご》七日の本尊《ぞん》にはうずまさ金剛童子《こんがうとうし》。*五太明王《ごたいみやうわう》を四方《しはう》にかけまくも。玉ちるごときあせをながし一心ふらんにいのりしかは。まんずるとらの刻《こく》にありがたや。不動明王《ふとうみやうわう》がうまの利剣《りけん》に。伊東《いとう》が生首《なまくび》をつらぬき壇上《だんじやう》にあらはれ給へば。扨はゐげんあらはれしと別当壇《べつたうたん》よりおり給ひぬ。祐親悦《すけちかよろこひ》念比《ねんごろ》にいとまごひ。すぐに下山《けさん》しけるとかや。同とらの下刻《げこく》より祐次心地《すけつぐこゝち》もつての外《ほか》（二ウ）にして。すでに最後《さいご》とみへけるにぞ。女房枕《にうはうまくら》もとに立寄涙《たちよりなみだ》をながし。さま〳〵看《かん》病《びやう》するといへどもさらにげんきもあらざりき。今をかぎりの祐次《すけつぐ》やう〳〵枕《まくら》をもたげ。九歳《さい》に成ける金石丸《かないしまる》といゐるをひざにあげ。髪《かみ》かきなで涙《なみだ》をおさゑなく〳〵いひけるは。十才にもたらで父《ちゝ》にわかるゝ事のふびんや。我相果《われあいはて》て後《のち》たれか養育《やういく》せん。せめて十五歳《さい》にならば何事かおもはん。されはとてあまた有子にもあらずと。夫婦《ふうふ》なみだにかきくれ前後《ぜんご》をうしなふ折から。河津《かはづ》の次郎祐親《すけちか》何心なく来《きた》り。此ていを見てわざとおどろき。祐次《すけつぐ》がそばにより。生《しやう》死《し》かぎり有御命《いのち》と見えて候。現世《げんぜ》をわすれ未来《みらい》をねがひ給へ。金石丸が身におゐてまつたくそりやくにぞんずまじ。祐親《すけちか》かくて有うへは御心安《こゝろやす》かるべしと。むつまじく語《かたり》けるにぞ。伊東《いとう》心よげに打笑《うちゑみ》。すこし（三オ）

挿絵第一図（三ウ）

挿絵第二図（四オ）

枕《まくら》をあげ。祐親《すけちか》をおがみくるしき息《いき》の下《した》より。あつばれたのもしき心底《しんてい》。か、る一言《ごん》の聞ては思ひ置《おく》事なし。然上《しかるうへ》は金石丸《かないしまる》をわとのに預《あづくる》間。一子《し》と思ひもりたて。成人《せいじん》の後《のち》御身の娘万子姫《むすめまんこひめ》とめ合。十五にもならは男《おとこ》になし。小松殿にみやづかゐさせ。知行所《ちきやうしよ》つ、がなくとらせてくれよと。見門書《けんもんしよ》取出し母《は、》にわたし。今日より伯父《おぢ》河津《かはづ》を。真実《しんじつ》の親《おや》と思ひ孝〻《かう〳〵》をつくせ。たとゐ死《し》したり共。魂《こん》は此世にとゞまり影《かげ》身にそひてまもらん。名残《なこり》おしきは只ふたり弥〻頼祐親《すけちか》とねむれるごとく。四十三歳《さい》を一期《ご》とし七月十三日。とらの刻《こく》に身まかりぬれば。女房《にうはう》をはじめとし。一家《いつけ》のともがらむなしき死骸《しがい》に取付。共にきゐんとかこちぬ。祐親《すけちか》うゐにはかなしむていなれ共。心の内に悦《よろこひ》。祐次《すけつぐ》がなきからをおがむていにもてなし。箱根《はこね》の別当方《べつたうかた》（四ウ）をぞおがみぬ。それより河津《かはづ》伊東《いとう》が館《たち》に入妻子《さいし》に孝《かう》をつくし。或《あるひ》は百ヶ日一周忌《しうき》。第三年かれこれ念比《ねんごろ》にとむらいければ。祐親《すけちか》こそ武士《ぶし》の本意《ほんゐ》なりとて皆人かんじけるとかや。其後《のち》金石《かないし》丸には心やすき乳人《めのと》を付置《おき》。遺言《ゆいげん》にまかせ十五歳《さい》にて元服《けんぶく》させ。仮名《けみやう》をあらため久須見工藤《くすみのくとう》左衛門祐経《すけつね》と名乗《なのら》せ。娘万子姫《むすめまんこひめ》と婚姻《めあわせ》。其年の暮《くれ》祐経《すけつね》を召つれ京都《と》にのぼり。小松殿ゐめ見ゐ申させ祐経《すけつね》を都《みやこ》にのこし。其身は本国《ごく》に下《くた》り。*古侍《こさん》の者《もの》共不残《のこらず》いとまを出し。祐経《すけつね》が母《は、》をもひそかなる方《かた》に追入《おひ》。おのれが儘《ま、》にして三ヶ所を押《おう》領《りやう》す。是徳《とく》をつみ孝《かう》をかさぬる事。其善《ぜん》をなさゞれ共時《とき》にもちゆる事あり。善《ぜん》のすて利をそむく事。其悪《あく》をなさゞれ共時にほろぶ事有。身のあやうきは勢《いきほひ》のすぐる、所。わざわひのつもるは朝《てう》の御かんな（五オ）るをこゐてなりといゐり

凡例二　都《みやこ》の葛葉《くずのは》

京都《と》にのこりし工藤《くとう》左衛門祐経《すけつね》。年月《ねんけつ》立にしたがひぐもん所《しよ》をはなれず。奉行《ぶきやう》所におゐて身をうたせ。評定《ひやうでう》を聞て

善悪《せんあく》をしり。万事《ばんじ》に心を通《つう》じて理非《りひ》にまよはず。手跡《しゆせき》つたなからずし和哥《わか》の道《みち》に心をよせ。かんてうのむしろにすいさんし。其集《そのしう》につらなりければ工藤《くどう》のやさ男《おとこ》といゑり。十五歳《さい》にて武者《むしや》所にさむらい。礼義《れいぎ》たゞしく。生付《むまれつき》じんじやうなれは田舎《でんしや》の武士《ぶし》共みへず。其功《こう》により廿一の夏《なつ》。武者《むしや》所の一郎《ろう》をへて工藤《くどう》の一郎とぞめされける。既《すで》に廿五歳《さい》迄きうじおこたらず御そばをはなれざりき。其比伊東《いとう》におわせし母方《はゝかた》より。祐次存生《すけつぐぞんじやう》の比預《あつか》りし。譲状《ゆつりじやう》に文をそゑ左衛門方《かた》へのぼしぬ。祐経《すけつね》ひけんし誠《まこと》に伊豆《いづ》の（五ウ）伊東《いとう》は。祖父入道寂心領分《おゝぢにうたうじやくしんりやうぶん》にて。父祐次《ちゝすけつぐ》迄は三代相伝《だいさうでん》の所《しよ》領《りやう》なるを。祐親我儘《すけちかわがまゝ》に致《いたす》こそ安からね。いでや伊豆《いづ》に下《くた》り殿原《とのばら》立に四季《き》の衣替《ころもがへ》させんと。度《たび》〳〵御暇《いとま》を願《ねがひ》しかど。折から御心地すぐれねは。せんかたなく時《とき》の代官《だいくわん》。石塔孫之進《いしとうまごのしん》を伊豆《いづ》に下《くだ》し。其善悪《せんあく》をのぶるといゑども祐親《すけちか》さらにもちゐず。あまつさゑ代官《だいくはん》を京都《と》ゑ追《おひ》のぼしけるにぞ。祐経《すけつね》いきどをりなをふかく。菟角《とかく》我しのびてくだり。是《ぜ》非《ひ》をたゞさんとはおもひしかど。安者《あんじや》第一の男《おとこ》なれば。し安《あん》の替《かへ》つく〴〵思ひけるは。面談《めんだん》にて此理非《りひ》をあらそはゞ。武士《ぶし》のいぢにて命《いのち》を捨《すて》ん事も有べし。利をもち何事かあらん。殊《こと》に伯父親《おぢおや》と欲《よく》をあらそひ。他《た》のそしりをうけんも口惜《くちおし》。某程《それがしほど》の者が理運《うん》の沙汰《さた》にまけんや。なにとぞ祐親《すけちか》を召上《のぼ》せ。対決《たいけつ》をねがふべきとあたる所の道理《たうり》をきはめ。院宣《ゐんぜん》の（六オ）申くだし。小松殿の御状をそゑ。けんびゐしをもつてのぼせけり。伊東《いとう》おどろき一家《いつけ》こぞつて評定《ひやうちやう》するに勝《かつ》べき道なかりき。祐親《すけちか》一せの大事《だいじ》此時《とき》なりと。金銀巻物《まきもの》あまたつませ京都《と》へのぼり。すぐに奉行《ぶぎやう》所へうつたへ。まひなひをもつてたのみしかは。祐経《すけつね》が中条《でう》一つとしてたゝざる事ぞ口惜《くちおし》。たとゑば月あきらかなれ共ぶ雲《うん》是をおゝひ。水清《みづきよ》からんとすれ共でいしや是をけがす。君は*堅《けん》なりといへとも臣《しん》是をけがすとかや。祐経《すけつね》おもひけるは。まけまじき公事《くじ》をまくるこそ心得ねとおもひつめしより。重《かさね》てうつぶんのちうし。奉行所《ぶぎやうしよ》へさゝぐる訴詔《そせう》の趣《おもむき》

伊豆《いづ》の国住人工藤《くにちうにんくとう》一郎　平ノ《たいらの》*　祐経謹而言上《すけつねつゝしんでごんじやう》

はやく御在京《ございきやう》をかうむらんとほつする子細《しさい》の事。右くだんの条《でう》は（六ウ）

挿絵第三図

挿絵第三図（七オ）

祖父《おゝぢ》久須見《くすみ》入道《にうだう》寂心《じやくしん》死去《しきよ》の後《のち》。父《ちゝ》伊東《いとう》武者《むしや》祐次《すけつく》。舎弟《しやてい》祐親《すけちか》。兄弟の中《なか》不和《ふわ》なるにより。度《たび》ゝ対決《たいけつ》におよぶといへ共。祐次《すけつぐ》同腹《だうぶく》てうあひたるに付。あんどの御《み》教《きやう》　書《しよ》給はり既《すで》に数《す》か年をへおわんぬ。爰《こゝ》に祐次《すけつぐ》万死《ばんし》の床《ゆか》にのぞむ折から。祐親《すけちか》日比《ひころ》の意趣《いしゆ》をわすれとふらひ来りぬ。其時　某《それかし》九歳なれば。伯父《おぢ》河津《かはづ》に地見門書《ぢけんもんしよ》。母共にあづけ置八ヶ年の　春秋《しゆんしう》をおくる。親方《おやかた》にあらずばしこうのしん共申べき。しよせん世のげいにまかせ。伊東《いとう》の次郎に給はるべきや。また私《わたくし》に給はるべきや。相伝《さうでん》の道理《だうり》に付てけんばうのしやうざいをあをがんとほつす。仍而《よつて》せいけうせいくわう　如件《くだんのごとし》

時ニ仁安二年

三月今日

平祐経判

老中《らうちう》　評定《ひやうでう》のうへにて祐経《すけつね》が申所尤なり。是はさいきやうせずん（七ウ）はけんぼうにそむかん。たとゑ祐親《すけちか》非道《ひたう》にもせよ。現在《けんざい》の伯父《おぢ》たる者《もの》いかでそゑんになるべし。所詮《しよせん》此公事《くじ》善悪《せんあく》をたゞさばあしからんと。あんどの御判《ごはん》二通《つう》にわ

け。大みやのりやうしをそゑてくだされけるにぞ。伊東方《いとうかた》には半国《はんこく》にても給はる事。奉行《ぶぎやう》たる人の御恩《おん》と悦《よろこひ》本国《ごく》にくだりぬ。祐経《すけつね》は心をつくし。殊に十五歳より本所《ほんしよ》に参り。昼夜《ちうや》きうじにつかゑ八か年のきうこう。重《かさね》て御恩《おん》はかうむらず共。先祖《せんぞ》の所領《しよりやう》を。祐親《すけちか》と某《それかし》に分《わけ》給はるは何事ぞ。上《かみ》にごれる時は清《きよ》からん事を思ふ。形《かたち》のゆがめる時は影《かげ》すなをならん事を思ふ。是伯父親《おぢおや》ながら伊東《いとう》がなす所。我京都《と》に住《すむ》共。前後《ぜんご》は皆弓矢《ゆみや》の遺恨《いこん》。いかで此事うらみざるべきと。ひそかに都《みやこ》を立て駿河国高橋《するかのくにたかはし》といふ所にくだり。吉川舟越《きつかはふなこし》。澳野神原入江《おきのかんばらいりへ》の何がし。此輩《ともから》はない〳〵したしけれは。心底《しんてい》（八オ）をのこさず語《かたり》けるに。*名《おの》〳〵筋《すじ》目をわけて評定《ひやうでう》するは。尤理《り》は理《り》なれ共。なんぞ他《た》にもあらず。祐親養育《すけちかやういく》にてかく成人《せいじん》したる恩《おん》をわすれ。かゑつてあたをなさんとはさすがにもあらず。一に伯父《おぢ》。二に養《やう》父《ふ》。三舅《しうと》。四烏帽子親《ゑほしおや》。五つには一家《いつけ》の大老《たいらう》。かた〳〵もつておろかならず。此事おもひとゞまり給へと口《くち》を揃《そろへ》て教訓《きやうくん》せられ。祐経面目《すけつねめんほく》うしない其夜ひそかに京都へのぼりぬ。此よし祐親《すけちか》聞付。嫡子河津《ちやくしかはづの》三郎祐重《すけしげ》。次男伊東《じなんいとうの》九郎祐清《すけきよ》をまねき。京都《と》にてらくじやくせしを。祐経《すけつね》おのれがよくに眼《まなこ》をはなさず。我〳〵に弓《ゆみ》ひかんよし風聞《ふうぶん》す。兼《かね》て油断《ゆだん》すべからずと用心《ようじん》かたく申付。此事有のまゝ京都へうつたゑ。祐経《すけつね》を本城《ほんじやう》ゑいれず。年貢《ねんぐ》其外。かれが領《りやう》分《ぶん》を我儘《わがまゝ》とし。又昔《むかし》の三ケ所を支配《しはい》し。あまつさゑ祐経《すけつね》に婚姻《めあはせし》娘《むすめ》万子《まんこ》を取かゑし。相模国《さかみのくに》の住人《ちうにん》土肥《とひの》次郎実平《さねひら》が（八ウ）嫡子《ちやくし》弥太郎遠平《とをひら》にめ合《あはせ》けり。今は祐経《すけつね》身の置《おき》所なく。都《みやこ》にのぼりしかど。人に面《おもて》もあはされず。つく〳〵おもひけるは。よしなき事をいひつのり一家《いつけ》の中をさくのみか。妻女《さいぢよ》迄取替《とりかへ》され。無念《むねん》こつずいにとをつてやむ事なく。きうじもそこ〳〵に成ぬ。角《かく》ては爰《こゝ》にも住《すみ》がたしとひそかに本国《ほんごく》にくだり。家《いへ》の郎等《らうとう》。近江《あふみ》の小藤太八幡《ことうだやわた》の三郎を近付《ちかつけ》。右の様子《やうす》をくはしく*語《がたり》。所詮《しよせん》身を捨《すて》うらみの矢《や》一筋《すじ》ゐんと思ひしかど。見しり有某《それかし》あらはれてはせんなき事。さればとてとゞまるべき心底《しんてい》なし。汝等《なんぢら》がし案《あん》のもつて。本意《い》をとげさせたらんには何事か有べしいかゞはせんと頼しかは。両人承り仰迄もなし。武士《ふし》につかゑるはかゝる*先度《せんど》を一生《しやう》の忠義《ちうき》とす。追付《おつつけ》討奉り。御心をやすませ奉らんとかた〳〵申合て帰りしとかや。是《これ》此物語《ものかたり》の（九オ）先祖《せんそ》来暦《らいれき》*。是より枝葉《ゑだは》しげり。さま〴〵成ける物語。或《あるひ》は仁義《じんぎ》釈教《しやつきやう》恋無常《こいむじやう》をつかぬる。昔《むかし》〳〵の曽我《そが》物語《ものかたり》はちんぶんかんにして今様《いまやう》の心にあはず。其古文真宝《こぶんしんほう》をとつてのけ。落《おち》たるをひろひ。寛濶《くわんくはつ》曽我《そが》物語《ものかたり》と題《だい》してひろむる事おかし

元録*十四歳　初春吉祥日　　書林西沢氏　集楽軒

三　恋路《こいぢ》の関守《せきもり》

時《とき》しあれはかやが軒葉《のきば》の月もみつる。人の行衛《ゆくゑ》はしれぬ物かは。爰《こゝ》に左馬守《さまのかみ》義朝《よしとも》の三男《なん》。兵衛佐《のすけ》頼朝公《よりともこう》は平治《へいち》の合戦《かつせん》に父《ちゝ》義朝《よしとも》討《うた》れ給ひて後《のち》。平家《へいけ》の侍《さむらい》弥平兵衛が手にわたり既《すで》にちうせられ給はん所を。池《いけ》の禅尼《ぜんに》の情により。伊豆《いつ》の国《くに》伊東《いとう》の次郎祐親《すけちか》をたのませ給ひ。*垣生小家《はにふのこや》に只ひとり。御と（九ウ）のゐには藤九郎盛長《もりなか》。今年《ことし》十五の丸びたいゐくぼに落玉《おちるたま》。美景男色《びけいなんしよく》の只中《たゞなか》。君の御そばをさらねは。なをしとふ者《もの》もおゝかりき。中にも伊東《いとう》が次男祐清《じなんすけきよ》は。心かうに私《わたくし》なく。仁義《しんき》を守武士《まもるものゝふ》なりしが。流人佐殿《るにんすけとの》につかゐて身命《しんめう》をなげうてり。たとゐはたけきものゝふも。恋といふ字《じ》につながれ。盛長《もりなが》が美男《ひなん》に心魂《こゝろだま》をとばし。折もあらはとおもひしが。大方佐殿《おゝかたすけどの》の御情もあらんと。君が恋路《こいぢ》の底《そこ》をさぐり。有夜ひそかに忍出《しのひ》。*月山の木陰《こかげ》にやすらひつく〳〵思ひけるは。我年比《としころ》の恋の道あはでしなんもほいなし。何とぞ首尾《しゆび》をうかゞひ。心底《しんてい》をあかし思ひを切《きる》かきらぬか二つに一つは今宵《こよひ》にかぎると。鹿《しか》の皮《かは》を身にまとひ。盛長《もりなか》が*返路《かよひぢ》にふしたりぬ。所へ藤九郎御使《つかひ》の帰るさ。ともし火《び》ふきけしさぐり足《あし》にて行星《ゆくほし》月夜。君が*侍てこそ

としほ（十オ）

挿絵第四図（十ウ）

挿絵第五図（十一オ）

り戸《と》ひらきいらんとせしが。あやしや爰《こゝ》に鹿《しか》こそあれ。くみとめ君ゑの御土産《みやげ》とつか〳〵とよる所を。祐清《すけきよ》とびのきうしろよりだき付《つき》。かまゑてりやうじめさるな鹿《しか》にてなし。我は伊東《いとう》の祐清《すけきよ》なり。君が色有《いろ》風情《ふぜい》にほだされ是迄来《きた》りぬ。若《もし》また花の兄分《あにぶん》あらは。もろふてなり共あはではゑこそおもひきるまじ。こよひは是非《ぜひ》にと思ひつめたるかぎりの夜。武士《ぶし》たる者《もの》がかゝる姿《すがた》にてくるはたれゆゑなどくどきけるに。盛長《もりなか》おどろき御心指《こゝろざし》かたじけなし。尤前髪《まへかみ》もちたる役《やく》にて兄分《あにぶん》あるべきと思召さんが。はづかしながら只今迄そうしたわけなし。君につかゑ御そばをはなれぬ私《わたくし》。そのはなさぬ君《きみ》に油断《ゆだん》がならぬといわれ。いや〳〵頼朝公《よりともこう》は男色《なんしよく》はふつ〳〵御きらひにて。とのゐにも*女色《ちよよく》の咄《はなし》のみなり。今迄情《なさけ》しらぬ身にもあらねど。一（十一ウ）度《と》や二度のふみにては御心指《こゝろざし》もしれがたし。折もあらはと存る所に。角迄《かくまで》思召

挿絵第四図

挿絵第五図

うへはともかくも。御心まかせと情《なさけ》有詞《ことば》のはし。祐清《すけきよ》悦《よろこひ》此うゑは兄弟分《きやうだいぶん》の約束《やくそく》。二心《こゝろ》などいふにおよはず。一言《ごん》にてもそむくにおゐては。氏神《うちかみ》八幡太菩《まんたいほ》薩《さつ》の御罰《ごはつ》をかうむらんとの情紙《せいし》は重《かさね》ての事。せめてかための盃《さかつき》といわれ。* 暫《しばらく》御まち有べし。御用《こよう》に某只今帰りぬ。御返《へん》事《じ》を申首尾《しゆび》みつくろい御のぞみにまかせん。然はまつぞさらばといふて立《たち》さま文《ふみ》をおとしぬ。祐清《すけきよ》取あげ是は正《まさ》しく盛長《もりなか》に恋慕《れんほ》の文《ふみ》。封《ふう》を切《きる》は武士《ぶし》たる者《もの》の本意《ほんゐ》にあらねど。見ずにはゐこそとひらきぬれど。星《ほし》月夜にて見ゑざりき。折から月山に金燈籠《かなとうろう》をかけたり。幸《さいはい》と忍入《しのひ》あかりを袖《そで》にかくしひらいてみれは。

つたなき女の筆《ふで》にて何〳〵

恋《こい》しらぬ身《み》さゑ物の哀《あはれ》はしるぞかし。まして（十二オ）
すべある中《なか》なれど。此月ほどは打《うち》たえ
ふみさゑたよりあらし吹《ふく》。そよとするさゑ
きもにこたへ。君《きみ》かとぞまつ其つらさ。おもへば今のくやしさ。誰中立《たがなかたち》はなけれ共互《たがい》にそれとなれそめて。
みとせすぐるは夢《ゆめ》ぞかし。いかゞしてか此比《このころ》より。
ふたえまはしてむすばれぬ帯《おび》。人めおもふは恋《こい》なれど。つゝむに
あまる此習《ならひ》。兄嫁《あによめ》様の御かいはうにあづかり。此身《み》二つに成までと。
奥《おく》の一間《ひとま》にすみなし。外《ほか》ゑとては目をもはなさなさず。此廿日《はつか》
あまり御とづれもなく。うらみがち成折《おり》から。盛長《もりなが》みへしと
つぐるゆへ。あらまし申まいらせ候。おそろしやべう〳〵たる一間《ま》に。
只《たゞ》ひとりねの友《とも》もなく。いきた心《こゝろ》もあらず候
ひとりもふけし子でもなし。あまりつらゐ御仕方《しかた》。もし此事の（十二ウ）
父《ちゝ》うゑにもれなはいか成し浮《うき》めや見ん。それとても
君《きみ》の心《こゝろ》がよそになくはいかで是程《これほど》におもはん
あまり御心つよき御事。うらみはつぎ*じとかしこ

八重より

すけさま　まいる

祐清《すけきよ》おどろき妹《いもと》八重姫《やへひめ》がそぶり内〳〵心得がたく思ひしに。親《おや》もゆるさぬつま定《さため》。佐殿《すけどの》と密通《みつつう》し。此事平家に沙汰《さた》あらは安《やす》からぬ身の大事《だいじ》。しかし源家《けんけ》の大将《たいしやう》を我〳〵が聟君《むこきみ》に取　奉《とりたてまつる》も目出《めで》たし。時節《ちせつ》をうかゞい父《ちゝ》祐親《すけちか》にしらせん。嬉しやといふ所ゑ盛長来《もりながきた》り。身をふるひ袖《そで》をふりうろ〳〵したる顔《かほ》。祐清《すけきよ》おかしくけいやくの盃《さかつき》かといわれ。盃《さかつき》所ではござらぬ。たつた今迄爰《こゝ》迄といふに。頼朝《よりとも》つゞゐて出給ひ。有や盛長《もりなが》おとしぬるにきはまりなは。手討《てうち》成

と中《なか》〳〵御きげんあしけれは。祐清《すけきよ》御前《まへ》に罷出いか（十三オ）成ゆへの御立腹《こりつふく》。若年者《しやくねんもの》の事御《ご》しやめん願《ねかい》奉と我をわすれ申けれは。君御覧《こらん》じそちは何ゆゑ来《きた》りしぞ。さん候我盛長《もりなが》が美男《びなん》にほだされ此所へ参りぬ。哀《あはれ》御免《ごめん》くださるべしといふ迄もなし。我《われ》流人《るにん》の身とし祐親《すけちか》かいほう有ゆゑ。おことら迄もあなどり。びろうのふるまひ堪忍《かんにん》ならぬといひさし。盛長《もりなが》がどうじやとせかせ給へば。返答《へんとう》なくさしぞゑぬいて腹《はら》きらんとす。祐清《すけきよ》おしとめ。物をとしぬるがあやまりとて切腹《せつふく》とは心得ず。文はそれがしがひろふたりぬしはたそやと尋けるに。佐殿《すけどの》手をあはさせ給ひ。祐清《すけきよ》くれよと仰けるに。然は盛長《もりなが》と私《わたくし》が中《なか》をも御免《こめん》有べきや。はて此うへはともかくも。扨此文《ふみ》の子細善悪《しさいせんあく》共に沙汰《さた》なし。先《まつ》目出《めで》たいにこちへこひ。兄弟分《きやうだいぶん》の盃《さかつき》は身ふしやうながら頼朝《よりとも》がゆるすぞ〳〵

四　勇者《ゆうしや》の取合《とりあい》（十三ウ）

既《すて》に頼朝公《よりともこう》伊東《いとう》が館《たち》に数日《すじち》を送《おく》らせ給ひければ。武蔵《むさし》相模《さがみ》伊豆《いつ》駿河《するが》の大小名《だいしやうみやう》。兼《かね》て源家《けんけ》重恩《ちうおん》の輩《ともから》なれは。内〳〵頼朝公に心指《さし》を通《つう》じ。哀軍《あはれいくさ》をおこさせ給はゞ。命《いのち》は君にと世の有様をうかゞひぬ。其比相模《さかみ》の国《くに》の住人《ちうにん》大場《おゝばの》平太景信《かげのぶ》。一門五十余《よ》人かたらひ。伊東が館《たち》に来り頼朝公に対面《たいめん》し。さこそ流人《るにん》の御身にて昼夜《ちうや》つれ〳〵に御わたり有べし。せめて一夜《や》御とのゐ仕。御心をなぐさめんと。相模川《さかみかは》の水をくませ手酒《てしゆ》をつくらせ参りぬ。せめて景信《かげのぶ》が心指《こゝろさし》一つはきこしめさるべし。君御悦《よろこひ》浅《あさ》からずはや酒《しゆ》ゑんこそはじまりぬ。是を聞て近国《きんこく》の武士《ぶし》。我《われ》もいかてのがるべしいざや佐殿《すけどの》をいさめんと。思ひ〳〵に出立祐親《すけちか》屋形《かた》にいそぎぬ。大手《おゝて》先《さき》の番頭《ばんがしら》天野《あまのゝ》五郎。須崎藤内《すさきとうない》。諸大名《しよたいみやう》の実《け》名《みやう》を帳面《ちやうめん》にしるし*返《とを》しける。先陣《せんぢん》は（十四オ）

挿絵第六図（十四ウ）

挿絵第六図

挿絵第七図（十五オ）

三浦《みうら》鎌倉《かまくら》土肥《とひの》次郎。岡崎《おかさき》しぶやかすやの太郎。松田《まつた》土屋《つちや》曽我《そか》の太郎。大場《おゝば》が舎弟《しやてい》俣野《またのゝ》五郎さごしの十郎。山内《やまのうち》滝口《たきくち》の太郎。同三郎ゑびなの源八おぎの五郎。駿河《するが》国《くに》には竹《たけの》下《したの》孫《まご》八左衛門。あいざはの弥五郎。吉川《きつかは》舟越《ふなこし》かのゝ藤内《とうない》。むねとの侍《さふらい》三百人とちやくとうす。伊東《いとう》悦《よろこび》庭前《ていせん》に借屋《かりや》をうたせ。みうちの侍《さふらい》外《と》ざまゐうつらせ。上下二千余《よ》の客《きやく》人を一日一夜《や》もてなしける。時に土《つち》屋の三郎申は。かゝる参会《さんくわい》としりなばおの〳〵せこの用意《やうい》して。おとにきこへし奥野《おくの》に入。物がしらに馬《むま》あひ付。かぶらのとをのりさせてみん事のほゐなさよ。伊東《いとう》聞て誠《まこと》にいづれも。祐親《すけちか》を人とおもひうちよらせ給ひしに。此座にてせこのねがひこそ心せばけれ。それ〳〵河津《かはつ》いそぎせこをもよふし。しゝいさせよと有ければ。畏《かしこまり》候と我《われ》とせこをぞふれにける。稚《おさなき》者《もの》は馬《むま》に乗《のれ》。男《おとこ》たる者《もの》弓矢《ゆみや》をたいせと。久須見《くすみ》の庄《せう》をふれ（十五ウ）けるにぞ。老若《らうにやく》三千余《よ》あつまりければ。何も是に同心し佐殿《すけとの》をいさめの為《ため》奥野《おくの》の狩《かり》をはじめ。あまたのせこを追入《おひいれ》。しゝさるうさぎきつねおほかみなんどいとめ。御前にならべ。とめたりし武士《ぶし》の実名《けみやう》を印《しるし》頼朝公《よりともこう》の御めにかけ。

挿絵第七図

是を肴《さかな》に今一こんすゝめ奉らんと。柏《かしは》が峠《とうけ》にうちあがり。銚子《てうし》かはらけ取出しつわ物のまじはり。たのみ有中の酒《しゆ》ゑんなど始《はしまり》ける。滝口《たきくち》罷出誠に興《けう》有酒盛《さかもり》。いで御肴《さかな》仕らんとあたりをみまはし。是に青《あを》目なる石《いし》の有て。さりとは身の自由《じゆう》ならざると。両《りやう》の手を指込《さしこみ》。目より高く指上《さしあげ》。谷《たに》ゑとつてなげたりぬ。一座《ざ》同音《たうおん》にあつぱれ高《かう》なる力《ちから》と人皆おどろきぬ。滝口《たきくち》気《き》しよくをまし何茂《いつれも》何《なに》とおもはるゝ。秀里《ひでさと》が若盛《わかさかり》には鷹狩《たかかり》川狩《がり》。扨はすもふをこのめり。それ侍《さむらい》のためすべきは力《ちから》ぞかし。何とわ殿原《とのばら》かゝる折から。相撲《すもふ》を取てみ給はん（十六オ）や。是にうゐこすなぐさみやあらんといふに。伊豆《いつ》の国三嶋《くにみしま》の入道《にうたう》罷出。然は貴殿《きでん》とあい沢《さは》の弥七郎殿。あい比《ころ》の力《ちから》と聞《きく》はやく出て取給へ。某年《それかしとし》は寄《より》たれ共出て行司《ぎやうじ》にたゝんといふ。滝口聞《たきくちきゝ》坂東《はんとう》八ヶ国《こく》につよかりし武士《ぶし》はなきか。是ていの小兵者相手《こひやうものあいて》にはふそくなりといふを。あい沢聞《さはきゝ》とがめ。きやつが口言《かうげん》のにくさ。力《ちから》のつゞかん程《ほど》取。首《くび》の骨《ほね》へしおらんと思ひつめて出ける時。三嶋の入道まん中に入。団扇《たんせん》おつとり東西《とうざい》〳〵。それ相撲《すもふ》の始《はしめ》と云ふは。釈尊霊鷲山《しやくそんれやうしゆせん》におゐてだいばか悪《あく》をしづめんため。十六羅漢《らかん》に仰付られ相撲《すもふ》の手をとらしめ給ふ。我朝《わかてう》にては仁王《にんわう》十一代垂仁《すいにん》天王の御時。大和《やまと》の国当麻《くにたゑま》といへる所に蹶速《くゑはや》と云大力《たいりき》有。また出雲《いづも》の国に野見《のみ》の宿祢《すくね》とてほまれ有勇士《ゆうし》。此両人のめされ力比《ちからくらべ》をさせて御覧《ごらん》有に。野見《のみ》力《ちから》まさり（十六ウ）けるにや。蹶速《くへはや》があばら骨《ほね》をふみをりぬ。それより日本《にほん》に相撲《すもふ》といふ事始《はしまり》。およそ四十八手と申せ共次第《しだい》〳〵に取まし。今にたへせぬ御相撲《すもふ》。われは行司《ぎやうじ》がもらふ習《ならひ》いざ御立とあはせけるにぞ。滝口《たきぐち》は十八歳《さい》あいざは、十五歳《さい》。いづれも相撲《すもふ》は上手《じやうす》なり。つま取したる有様雲吹《くもふき》たつる山かぜ。松と桜《さくら》におと立て鳥《とり》もおどろく風情《ふぜい》。むすべばはづしなぐれはまはり。暫《しはらく》勝負《しやうぶ》はみへざりき。弥七下手《したて》に成てうくひざを。滝口《たきくち》力《ちから》にまかせつき出す。つかれて弥七まけたりぬ。兄《あに》の弥五郎たまりかね。はかまのひもとくおそしとひきちぎりおどり出。あたつて見れ共ふんばつて山をおすがごとくなり。弥五郎手だれの相撲《すもふ》にて。滝口《たきくち》がこまたをとりはなじろにすへければ。さすがの滝口《たきくち》こぼくだをしにたをれぬ。八木下《やきした》の小六《ころく》竹下《たけのした》孫《まご》八左衛門。（十七オ）高橋《たかはしの》忠《ちう》六兵衛。ゑびなの源八よきすもふ八番《はん》迄こそ勝《かつ》たりぬ。大場《おゝば》が舎弟《しやてい》俣野《またの》五郎立出。孫《まご》八えびなをはじめ。よき相撲《すもふ》廿一番《はん》つゞけ勝《かち》。土肥《とひ》の次郎日《ひ》の丸の扇子《あふぎ》をひらき。あつばれ今日のすもふ。某《それかし》年《とし》十五わかゝりせはお相手《あいて》に成へきといふ。俣野《またの》聞て何かはくるしからん。御出候ゑとらんといはれ。なましゐなる事をいふておめ〳〵とぞひいたりぬ。伊東《いとう》が嫡子《ちやくし》河津《かはづ》の三郎祐重《すけしけ》は。土肥《とひ》の次郎が聟《むこ》なりしが。舅《しうと》の耻辱《ちしよく》口惜《くちおし》く。にくき俣野《またの》が一言《こん》。小がいなをしおりすてんと父《ちゝ》祐親《すけちか》にうかゞひぬれは。いしくもいゐる者《もの》かな出てとれと有けるを。畏《かしこまり》候と白《しろ》き手綱《たつな》二筋《ふたすし》よりあはせ。かたくしめて出たる姿《すかた》。さしがたにして骨高《ほねたか》く。頭《かしら》ちいさく末《すそ》ぶとくぼさつ成なる大男《おゝをとこ》。うしろの折《おり》ぼねほその下へさしこみ。りきじゆ成にして長《たけ》は五尺八分。年《とし》は（十七ウ）三十二歳《さい》。俣野《またの》は三十一にして見ぎはまさりの*太力《だいりき》。色浅黒《いろあさくろ》長《たけ》は六尺二分。力足《ちからあし》をふんで声《こへ》をかけ。手相《てあい》をしてむんずとくみ。あてつあてられす一《ひと》あせ二《ふた》あせながるゝてい。岩《いわ》に立たる唐松《からまつ》が露吹《つゆふき》こぼすに事ならず。龍吟《りやうぎん》ずれは雲《くも》おこり。虎《とら》うそふけは風《かせ》さはぐ。五つばね六つもぢり。七はなれ八はなれはなるゝ所を。河津《かはづ》右のかいなをつゝとのべ。前帯《まへおひ》つかんで引《ひき》よせ。あしくはたらく物ならは手綱《たつな》も腰《こし》もきれぬべし。俣野《またの》もさすが太力《たいりき》やつといふて声《こへ》をかけ。目より高《たか》く指上《さしあけ》。しばし持《もち》て廻《まは》りしが。河津片手《かはつかたて》をはなし。目手にて俣野《またの》が首《くひ》を取。すきをうかゞひ声《こへ》をかけしと、討《うつ》てなげたりけり。今の世に至迄《いたるまで》。河津《かはづ》がけといふ事此時《とき》よりもはじまりぬ。座中声《さちうこへ》を揃《そろへ》。とつたりや河津《かはづ》と暫《しばし》どよみやまざりぬ。俣野《またの》おきなをり。すもふにまくるは常《つね》のならひ。なんぞ御辺《こへん》が片手《かたて》わざ。意趣《いしゆ》こそあら（十八オ）めと。わらはにもたせたる太刀《たち》おつとりかけ出る。伊東《いとう》がたにもこらへずし。既《すで》にあやうくみゑしを頼朝《よりとも》とゞめさせ給ひ。今日の遊興《ゆうきやう》は皆頼朝《みなよりとも》への情《なさけ》ぞかし。それをわすれ是《これ》ていの事にあだをむすび給ふはつれなし。しづまり給へと*左方《さうはう》をなだめさせ給ひ。此のち遺恨《いこん》のこされなと。御盃《さかつき》を下《くだ》されけるにぞ皆〳〵悦《よろこひ》。君《きみ》の御供《とも》申さんと其用意《そのようゐ》をぞなしけるとかや

寛濶曽我物語　初巻終（十八ウ）

寛濶曽我物語《くわんくわつそがものがたり》　目録《もくろく》

二之巻

愁歎《しうたん》　一　赤坂山《あかざはやま》の名残《なごり》
〽河津《かはづ》*が末期《まつご》
むくいは針《はり》の先《さき》
妹背《いもせ》の別形見《わかれかたみ》に懐胎《くわいたい》
当月《あたるつき》にはおんばうか生《うま》るゝ事

無常《むじやう》　二　そとはの敵討《かたきうち》
〽曽我稚立《そがおさなだち》
くやみに舅《しうと》の仲人《なかうど》
子《こ》ゆゑにまはる後家車《こけぐるま》
しきかねに一満箱王養子《いちまんはこわうやうし》にする事（目録オ）

逢夜《あふよ》　三　後家《ごけ》の嫁入《よめいり》
〽祐信《すけのぶ》がひとりね
思ひは二人《ふたり》ねられぬは秋《あき》の夜《よ》
鼓《つゞみ》の音《おと》にばせをばの声《こへ》
恋《こい》ゆへ思はぬばゝに成事

修羅《しゆら》　四　目前《もくぜん》の因果《ゐんぐわ》
〽近江八幡《あふみやわた》
すがたは物詣《ものもふで》 魂《たましい》 はぶし
とゞめは甥《おい》と下人《けにん》助太刀《すけたち》は伯父《おぢ》
八十《やそし》の老女《らうによ》身をなげく事（目録ウ）

寛《くわん》潤《くわつ》曽《そ》我《が》物語《ものかたり》　二之巻

一　河津《かはづ》が末期《まつご》

か丶る折ふし。工藤《くどう》左衛門《さへもん》祐経《すけつね》が郎等《らうどう》近江《あふみ》八幡《やわた》伊東《いとう》親子《おやこ》をねらわんと。し丶矢《や》さげたる竹ゑびら。白木《しらき》の弓《ゆみ》を打かたげ。せこにまぎれ爰《こゝ》かしことうかゞひぬ。先鎌倉《まつかまくら》が谷《たに》おきが久保《くほ》。永倉《ながくら》わたりしゐが沢《さは》。赤沢《あかさは》が峰《みね》に至《いたる》迄心を付てねらゑ共。伊東《いとう》はきこゆる大名にて。家《いへ》の子あまた付ぬれは討《うつ》べき隙《ひま》のあらざりき。近江八幡にいひけるは。かく迄心をつくすといへ共其甲斐《かいなし》*なし。さこそ祐経《すけつね》まち給はん。されはとて帰るべき心底《しんてい》なし。奥野《おくの》の狩《かり》も過《すき》ぬればいざ此帰りをねろふてみん。しかるべしと道筋《みちすし》を替先《かへさき》ゑまはり。奥野《おくの》の口赤坂《くちあかさは》*山の麓《ふもと》（一オ）しゐの木三本こたてに取。一の間《ま》ふしを近江《あふみ》。二のまぶしを八幡《やわた》の三郎ひかへてこそは待《まち》いたりぬ。か丶る所へ大小名《たいしやうみやう》。佐殿《すけとの》にいとまごひ次第《しだい》〱にとをらる丶。一番《はん》に波田馬之丞《はたむまのせう》。二ばんに大場《おゝば》の三郎。三番《ばん》にゑびな源八。四番《ばん》に土肥《とひ》次郎。後陣《こぢん》はるかにみゑ給ふは兵衛《ひやうへ》の佐頼朝公《すけよりともこう》にてぞ有けり。何も敵《かたき》ならねは皆やりすごしぬ。運《うん》のきわめのかなしさ。河津《かはづ》の三郎其あいへだて通《とを》りしが。其日はいつより花やかに。秋野《あきの》のすりたるあひ〱に。ひし垣《かき》したるひた丶れ。まだらなりけるむかばきすそたぶやかにはきなし。鶴《つる》のもとじろにてはいたる白矢《しらや》はつだかにおひなし。梅檀等《せんだんどう》*の弓《ゆみ》を持《もち》さび月毛《つきけ》の馬《むま》に乗《のり》。ふし木悪所《あくしよ》のきらひなくさしくれてあゆみぬ待《まち》もふけたる近江八幡目とめを見合。間《ま》ぶしの前《まへ》を三だんばかりやりすごし大のとがりやひきしめ切《きつ》てはなせは。思ひもよら（一ウ）で通《とを》りける河津《かはづ》が鞍《くら》の山形《やまかた》いけづり。むかばきのきゞはを前《まへ》へつ丶と射《ゐ》とをせ共。知者《ちしや》はまとはず勇者《ゆうしや》はおそれず。河津弓《ゆみ》と矢討《やうち》つがひ四方《しはう》に眼《まなこ》をくばれ共。

急所《きうしよ》のいた手に生根《しやうね》みだれ。鐙《あふみ》けはなしまつさか様に落《おち》たりぬ。後陣《こちん》にすゝむ伊東《いとう》。此事夢《ゆめ》にもしらず心しづかに討手《うつて》通《とを》る。近江《あふみの》小藤太待うけ二の矢をつがい切《きつ》てはなせは。*祐親《つけちか》が小指《こゆび》を射《ゐ》けづり前《まへ》なるしほ手に立《たつ》。其折からは*無神月《かみなつき》山時雨《やましくれ》しきりに。ふりみふらずみ定《さため》なく人顔《かほ》さらにみへさりき。二の矢《や》をうけじと飛《とび》おり。山立有人〱先陣《せんぢん》はかゐせ後陣《ごぢん》はすゝめとよばわりぬ。我も〱とはせあつまりいかなる者《もの》ぞと尋《たつね》しかど。もとより二人は案内者《あんないしや》。おもはぬしげみに身をかくし近江の城《しやう》ゐにげ帰りぬ。伊東《いとう》こらゐぬ男《おとこ》なれば。おのれ何者《なにもの》にもせよ。草《くさ》をわけ地《ぢ》をほつても。さがし出さで置《おく》べきかとあたりを（二オ）見れは。河津《かはつ》の三郎あけに成て臥《ふし》たり。祐親《すけちか》おどろきはしりより。

挿絵第一図

*祐重《すけちか》がかうべをひざにあげ。こは何者《なにもの》のしわざ。我子ながらもあつばれ高《かう》なる者《もの》成しが。かゝる細矢《ほそや》一筋《ひとすじ》うけ敵《かたき》もうたで最後《さいご》におよぶべきか。もしおこと先立《さきたち》なは。我身はいかゞなるべきと手を取なげきしかは。河津《かはつ》くるしき息《いき》の下《した》より。左《さ》の給ふはいかなる御方《かた》ぞ。土肥《とひ》の次郎立寄《たちより》。御身が枕《まくら》にしたてまつるは父《ちゝ》伊東《いとう》殿《との》。物仰《ものおゝせ》らるゝも同じ事。角《かく》申は土肥《とひ》の次郎実平《さねひら》よ。覚《おほへ》つるかと云ふ声《こへ》に眼《まなこ》をひらき。さん候ちゝうへ見*奉《たて》らんと心を取直《とりなを》し候得共。気《き》も魂《たましひ》もうせて。菟角《とかく》の

挿絵第二図

わきまゐもあらず只《たゞ》御名残《なこり》おしけれとまたかつばと臥《ふし》けるにぞ。伊東《いとう》涙をとゞめみれんなり祐重《すけしげ》。何と敵《かたき》をみ覚《おほへ》けるか。さん候正《まさ》しく敵は工藤《くとう》左衛門祐経《すけつね》。内〳〵意趣有者《いしゆあるもの》といひ。殊《こと》にきやつが郎等《らうとう》近江《あふみ》八幡《やわた》こそ見えたり。祐経《すけつね》は在京《ざいきやう》し（二ウ）二人の者《もの》に申付かくはかろふにうたがひなし。此ていにては中〳〵命《いのち》もたまるまじ。父上《ちゝうへ》の御事のみおぼつかなく。是のみよみぢのさはりとなる。あたりにましますゝ人〳〵弥ゝ頼奉るとつゐにむなしく息《いき》たへ*赤坂《あかさは》山の露霜《つゆしも》ときゑぬ。祐親《すけちか》十方《とはう》をうしなひ顔《かほ》に顔《かほ》をあて。たのむかたなき我身をのこしいか成方《かた》ゑ行《ゆく》事ぞ。今一度《ど》ちゝに詞《ことば》をかはさぬかと前後《せんご》をうしなひなげきしかは。人〳〵*供に袖をしぼり。とても帰らぬ命ぞとしがいをいだかせなく〳〵屋形《かた》に帰りぬ。河《かは》津《つ》が女房角《にうはうかく》と聞《きゝ》むなしきからに取付。こは夢《ゆめ》か現《うつゝ》か。かゝる事の有べきとて奥野《をくの》の狩《かり》の御供は。いつ〳〵よりも心にかゝりぬ。殊に胎内《たいない》にはわすれ形見《かたみ》をのこし。誕生《たんしやう》し父《ちゝ》うへをたづねん時《とき》みづからは何とこたへん。我も供にとかこちけるに上下の男女《なんによ》哀《あはれ》をもよふし袖《そで》をしぼらぬはなかりき。成人《せいじん》の子二人（三オ）

挿絵第一図（三ウ）

挿絵第二図（四オ）

有。兄《あに》を一万《まん》とてあけて五歳《さい》のなりふり。父《ちゝ》の目付《つき》にいきうつし。又弟《おとゝ》に箱王《はこわう》とて三つをかさねて足《あし》もとのまださだまらぬ年《とし》よはいたいけ盛《さかり》をのこし母《はゝ》に物思へといふ事かと。二人《ふたり》のわかをひざにのせ髪《かみ》かきなでゝいふやう。胎内《たいない》に有子だに母《はゝ》が*詞《とは》をきくといふ。ましておことらは五つと三つに成ぞかし。成人《せいじん》して十五十三にならば親《おや》の敵《かたき》を打《うつ》てみづからにみせよといふを。一万稚《いちまんおさな》心にちゝがしがいをつく〳〵詠《なかめ》。わつといふてなげきしが涙《なみだ》をとゞめ。我《われ》やがておとなしくなり。敵《かたき》の首《くび》を取て人〳〵にみせんといふ。弟箱王《おとゝはこわう》は何のわきまゑもなくわるさしてあそびぬるを。みる人なげかざるはなかりき。くわうせんゆうめいの道《みち》はいかなる所にや。一度《ひとたひ》さりて二度帰《ふたゝびかへ》らざるならひ。力《ちから》およばずなく〳〵野辺《のべ》に送《おくり》*りぬ。有時母《はゝ》二人の子共を左右《さう》にならべ。二世とかねたるつまに別《わかれ》（四ウ）て暫《しはらく》もわするゝ事なし。ともにきゑなんとおもふに甲斐《かひ》なき浮世《うきよ》せめてつむりをまろめ。いか成奥《おく》山にもひきこもり。後《ご》世の道《みち》にいらんと思へど。たゞならぬ身なれはせんかたなしとくやみぬ。*祐親《すけきよ》一間《ま》をへだて是を聞。河津《かはつ》が別《わかれ》をなげき二人の子共を捨《すて》。死《し》なんとは何事ぞ。恩愛妹背《おんあひいもせ》の習力《ならひちから》なし。親《おや》におくれ妻《つま》を先立《さきだつ》者命《いのち》をうしなふ物ならは生老病死《しやうらうひやうし》は有まじ。別《わかれ》はいつも同じ事。思ひ過《すき》ぬれはまたわするゝといふ事有。命《いのち》をまつとう後《ご》世をねがひ。二人の若《わか》を養育《やういく》し給へ。我こそ若木《わかき》の枝《ゑた》をもがれて死《し》なんとおもふこと千度《ちたひ》なれ共。命つれなふして惜《おし》からぬ此身の永《なか》いき。近《きん》日河津《かはづ》が菩提《ほたい》の為《ため》三十六本のそとはを立《たて》。追善《つゐせん》取おこなひ是をさいはいに入道《にうたう》し。逆《さか》様にながるゝ水をむすびてなき跡《あと》をとむらはんと。七七の仏《ふつ》（五オ）事かたのごとく取おこなひける。其夜の*明《あか》月方《かた》に。女房産の心地《こゝち》しきりにし安《やす》〳〵と男子《なんし》をうめり。なげきの中の悦《よろこひ》。とくしゆつしやうし。父の面影《おもかけ》をみざる事のふびんや。とても我養育《やういく》なりがたければ。いかなる野山《のやま》にもすてばやとおもふ折ふし。河津《かはづ》が弟伊藤《おとゝいとう》の九郎祐清《すけきよ》が女房此よしを聞付。我此年月迄子《こ》といふ字《じ》をしらず。殊に男子《なんし》と云《いゝ》。一ッ家《け》の形見《かたみ》。是を養子《やうし》とし成人《せいじん》させ。河津殿の菩提《ほだい》をとはせん。みづからに給はれかしとのぞまれ。すてんといふもかはゆさのあまり。左《さ》もあらは御心まかせと参らせけれはともなひしたくに帰り。名《な》をおんばうと付《つけ》。心やすきめのとにかしづかせ。成人《せいじん》の後禅師坊《のちぜんじばう》と是《これ》をいふなり

二　そとはの敵討《かたきうち》（五ウ）

伊藤入道常心《いとうにうたうしやうしん》。河津がために仏事《ふつじ》を供養《くよう》し。年月《ねんげつ》立にしたがい二人の孫《まこ》を成人《せいじん》させ。せめて河津を見る心せんと明暮《あけくれ》是をたのしむ折から妻女《さいちよ》がなげくを聞角《かく》てはいかで有べしさいはい相模国《さかみのくに》曽《そ》我《が》太郎祐信《すけのぶ》こそ某《それかし》とはしよゐんふかき者《もの》。殊更《ことさら》此程妻女《さいぢよ》におくれさこそさびしからん。かれに女合《あはせ》両人の孫《まこ》をもかいはうさせんと。ひそかに祐清《すけきよ》をめされ書状をもつてうかゞゐけれは。祐信《すけのぶ》もいわ木ならねど暫《しはらく》御まち下《くだ》さるべし。後室《かうしつ》の所存《しよぞん》をも見とゞけ其上にては御指図《さしづ》にまかせんと。只何となき返事《へんじ》をしたりぬ。折からなれや年月《としつき》。河津《かはづ》の三郎*名《めい》日とて二人の子共を先《さき》に立。母《はゝ》もろ共に行道《ゆくみち》はてしなき道草《みちくさ》。清見寺《きよみてら》に詣《もふて》しきみあかの水を替《かへ》。香《かう》をくゆらせ念仏《ねふつ》の声《こへ》。いとゞ哀や目にくもる秋《あき》の空《そら》。一万（六オ）六つ箱王《はこわう》四つになりけるが。母に付まどひ月日の立にしたがい。人がかたれは兄《あに》もしり。兄がかたれは弟《おとゝ》も。心《こゝろ》の付《つく》にしたがい。何とぞ敵《かたき》をうたばやと思ふ心のしほらしさ。父《ちゝ》の御墓《みはか》にもふで。母《はゝ》がおがみけるをみならひいたいけなりし手を合《あはせ》。念比《ねんころ》に廻向《ゑかう》し。一万《いちまん》ひそかに弟《おとゝ》が袖《そて》をひき。四五間《けん》ばかりかたゐにより。手比《てころ》成しそとはをよこにし。羽織《はをり》をきせて人の形《かたち》につくり。根笹《ねざゝ》ひきぬき剣《つるき》とし箱王は跡《あと》をきれ。兄《あに》うへはそこを切《きり》給へ心得たりといふ声《こへ》の。親《おや》の敵《かたき》覚たかとさんぐ〳〵に討《うち》けるにぞ。箱王兄《はこわうあに》が打ける根笹《ねざゝ》にてかたさきをたゝかれわつとさけべば一万そばにより。ゆるしてくれよとわびけるにぞ。母《はゝ》や乳人《めのと》はおどろきいかゞしたるととひけるに。兄《あに》はおそれめのとがそばにかくれぬ。箱王母に取付兄《とりつきあに》うへ様の敵《かたき》は。うた（六ウ）ずし。みつからが爰をうたせ給ふとかた先《さき》を

おしゆるにぞ。は、涙《なみた》ながら。稚《おさな》心にやさしくも敵《かたき》をうたんとはさすが河津《かはづ》が子程《こほど》有。一万《まん》廿《はたち》にならは兄弟《きやうたい》心を合。祐経《すけつね》が首取《くびとり》て父上《ち、うへ》に手向《たむけ》。母にもみせてよろこばせ。か、る風情《ふせい》を我つまの草 影《くさのかげ》にてみ給はゞさそ悦《よろこひ》給はん。幸《さいはい》今日《けふ》は御名日殊に敵《かたき》を討《うち》そむる。二本の笹《さ、》をち、の御墓《みはか》にそなゑ普門品《ふもんぼん》をどくじゆする。所へ曽我《そかの》太郎祐信《すけのふ》。ふかあみ笠《かさ》に顔《かほ》かくし。子者《こもの》にもたせる召替《めしがへ》。ぞうり取の名は団《だん》三郎とかやの情《なさけ》しり。曽我《そが》と河津《かはつ》は朋友《はうゆう》の中《なか》よく。忌《き》日名《めい》日墓《はか》に詣《まふて》また今日《けふ》も参り。香《かう》に付木《つくき》の伽羅《きやら》の香《か》を。ともに六字《じ》をとなゑ暫 足《しはらくあし》をとめ後室《かうしつ》の下向《けかう》を待。団《だん》三郎をもつて懐紙《くわいし》に哥《うた》を書《かい》てやりぬ。何事やらんと後室《かうしつ》とりあげよんでみれは（七オ）

挿絵第三図

挿絵第三図（七ウ）

挿絵第四図（八オ）

そなたよりにほふもかぜのよすがに
て

尋花ははるの山道

御そんじの者より

河津の後室　まいる

とよみさしうるわしき顔《かほ》ばせに紅葉《かうよう》を染《そめ》なし。何者《なにもの》共しれぬ身があたまから押付《おしつけ》。河津が後家《こけ》に恋するはよほどなるだいたん者《もの》。ひとり身とおもひあなどり。かならず後《のち》にうらむなとずん〳〵にひきさき。

挿絵第四図

乳人《めのと》ようばとめさるれは。祐信《すけのふ》あみ笠《がさ》とりまつたくそつじなる男《おとこ》にあらず。是は曽我《そかの》太郎祐信《すけのふ》なるが。御身のつれあい河《かは》津《つ》とは竹馬《ちくば》よりたじなく語《かたり》。其うゑのいた中でもなし。然に我此比妻《つま》におくれぬ。ねざめさびしきはこなたも我《われ》も同し事。しかるべき妻もがなとかね〴〵おもふ折《おり》から。只今河津殿の御墓《みはか》に詣《もふて》。一万箱《まんはこ》王がたけき心をみるにつけ。（八ウ）もつべき物《もの》は子なり。尤大事《だいじ》の子息《しそく》なれ共二人の若《わか》を養子《ようし》とし御身もともにとおもへ共。千《せん》に壱つ貞女《ていちょ》を立承引《しやうゐん》なき時は。思ひ立たる朋友《はうゆう》のしんせつ無《む》になるをかなしく。此一通《ひととをり》をかたらんため先程《さきほと》より相待《あいまち》ぬ。何とぞして我兄弟《われきやうだい》が力《ちから》となり。敵《かたき》祐経《すけつね》をうたさんと思ひつめたる心底《しんてい》。是こそ義利《ぎり》の恋ぞかし菟角《とかく》の返事《へんし》を只今といわれ。後室《かうしつ》ため息《いき》をつく〴〵し*安し。御心指《こゝろざし》の程《ほと》死《し》してもわすれじ。我人子にまよはぬはなけれど。二張《ちやう》の弓《ゆみ》をひくまいと思ひつめたる手前《てまへ》も有。尤年月《としつき》のわすれ草《くさ》今はそれほどにはあらねど。我と我身のちかひをやぶるは我ながらおそろし。其うへいまた舅《しうと》がゝり。後《こ》日に此事入道《にうたう》の御耳《みゝ》にいらばいかなるうきめやみん。我身のうへはまゝにして二人《ふたり》の子共が行末《ゆくすへ》たのみますといひさし立給ふ。祐信《すけのふ》押《おし》とめ入道承引《しやうゐん》の上は心に（九オ）したがひ給はんか。はてそれからはお心まかせ。先以《まつもつて》くわぶん然は是をみ給へ。御身と　某《それかし》　と夫婦《ふうふ》にせんと先立《さきたつ》て入道《にうたう》書状をこされしかど。こなたの心底《しんてい》をさぐつてはか〴〵しき返事《へんじ》もせざりき。此うへは相談《さうだん》きはめ近日《きんじつ》むかい取べし。是非《せひ》また*堅女《けんぢよ》が立たくばね所替《かへ》てねるぶんの事。いやかといわれ扨もいふたり。菟角《とかく》まかせの身となるも一つは子共の不便《ふびん》さゆゑ。兄弟《きやうだい》につくからは。おもてむきは姥《うば》にしてね所かゆるなどふるひ事。どう成共といふ所ゑ。祐親《すけちか》入道参詣《さんけい》有。住寺《ちうじ》立出　暫《しはらく》　法事《ほうじ》もことおはりぬ。入道時分《にうたうぢぶん》のうかゞい幸《さいはい》の所にて祐信《すけのふ》殿に対面《たいめん》す。誠にとも立*おゝき中《なか》に。取わけむつまじくかたりし事をおもひ出し。御身をみる度《たひ》にはてしなき涙《なみだ》に又おもひのみかさぬる。折から後室《かうしつ》も参詣《さんけい》す。内《ない》〳〵申入るごとく河津《かはつ》が後家《ごけ》をふさいとし。両人の（九ウ）孫《まご》共を養育《やういく》にあづからは。只今入道相果《にうたうあいはて》ても此うへのまよひなし。殊更河津《ことさらかはづ》が名日《めいにち》。墓《はか》の前《まへ》にて承引《しやうゐん》し給はゝ。草《くさ》の影《かげ》にてよろこばんと詞《ことは》を揃《そろへ》申さるゝに。祐信《すけのぶ》　畏《かしこまり》　此うへはいか様共御指図次第《さしつしだい》。然は吉日をあらため祝言《しうけん》の用意《やうゐ》せん。孫《まご》共が土産《みやけ》に何がなとぞんずれ共。入道も世倅《せかれ》あまたもちぬれば思ふに甲斐《かひ》なし。祐重《すけしけ》にゆづり置《おき》たる河津の庄《せう》を参らせん。殊に一万には鬼王《おにわう》と申めのとを付置《つけおき》ぬ。きやつは心指《こゝろさし》のやさしき者《もの》にて。兄弟《きやうたい》の若共を不便《ふびん》に存る故しばしもはなれず。是をも召遣《めしつか》はるべし。祐信《すけのふ》　悦《よろこひ》　まつたく我国郡《くにこほり》　のぞみにあらず。二人の子供を下《くだ》さるうへ。ふだいの下人鬼王《おにわう》迄給はる段《たん》　忝《かたしけなき》　仕《し》合《あはせ》。此上は吉日あらたむるにおよばず。是よりすぐに同道《たうとう》せんとけいやくかたき石塔《せきとう》。誠のちゝはこけの下《した》。今あらためて曽我兄弟《そかきやうたい》（十オ）根元河津《こんけんかはつ》のながれとぞきけ

三　後家《こけ》の嫁入《よめいり》

扨も河津の後室祐信《かうしつすけのふ》が情《なさけ》といひ。舅《しうと》の禅門了簡《せんもんりやうけん》にて曽我《そか》の屋形《かた》にうつり。浮名《うきな》ばかりを後妻《のちつま》といわれ。同じ家《いへ》には住《すみ》ながら契《ちきり》はよそのうはさのみ。祐信《すけのふ》は朋友《はうゆう》の義利《きり》を思ひ。子をたすけんばかりによびむかゐけるにや。妻《つま》のごとく

もてなさず女心のならひ。おつとに立る誓文《せいもん》は水に絵《ゑ》を書《かく》ごとく。もとぬれからの事なれはもとのぬれにぞまた帰りぬ。稚《おさな》なじみにわかれぬる今はの時《とき》は。又つまなどはもつまじきと思ひ切《きり》たる黒髪《くろかみ》も。夕部《ゆふべ》あしたにのばす櫛《くし》。ねしなにつくるうす化粧《けしやう》。日毎《ひこと》のかねのくろ〳〵とそむる心もはづかし。そばに臥《ふし》ける箱王《はこわう》ねをびれけるにや。何としてなげくぞ只《たゞ》し夢《ゆめ》ば（十ウ）し見たるかと小袖《そで》をきせてそゐ乳枕《ちまくら》。ひぢはつけどもさびしく。そひねにしばらく夢《ゆめ》をむすびぬ。祐信《すけのぶ》も一間《ま》に入枕《まくら》をとぎにねてみれど。どこやらあきて物さびし。せめては月を我共と心の春《はる》を夏《なつ》になし。夏《なつ》をてんじて秋《あき》と替《かへ》。又冬《ふゆ》と替《かへ》。我《われ》と我魂《わかたましい》もこんらんす。中にも無常《むしやう》の気《き》になれは万哀《よろづあはれ》におもふぞかし。恋に心をなす。時は古哥《こか》に心の思ひつく。或《あるひ》は軍術《ぐんじゆつ》にうつればねながらやいばのちまたを諍《あらそひ》。五つの常《つね》の道《みち》を思へは取もなをさず武士《ものゝふ》なり。今祐信《すけのぶ》が人界《にんかい》さつてくる夜の事をさとれは。眼前遊楽《がんぜんゆふらく》の世界《かい》さとりといふも外《ほか》になし。まよひといふも其ひとつ。一心《いつしん》めいごの二つ別《わかれ》て。善《ぜん》と成悪《あく》となる。わづかのしとねに地獄《ぢごく》を見。極楽《ごくらく》を見。または善《ぜん》行《ぎやう》もみるぞかし。是万法唯一心《まんほうゆいいつしん》。しんげむへつほうとは（十一オ）かゝる事をいふべし。つら〳〵臥《ふし》て思ふにさりとは浮世《うきよ》の義利《ぎり》ほどせつなき事はなし。我河津《かはつ》か子供をたすけん為養子《ためようし》とし。母《はゝ》もろ共此屋形《かた》にすみながら。草葉《くさば》の露《つゆ》に身をなせる。祐重《すけしけ》にはぢて枕《まくら》かはさぬ思ひの関《せき》。明暮顔《あけくれかほ》を見る度《たび》によほどうつくしき女盛《おんなさかり》。散《ちり》かゝる身を其まゝおくはあんまりかたい身持《みもち》ぞかし。殊更秋野夕間暮《ことさらあきのゆふまぐれ》。いとゞさびしき四方《よも》すがら鼓《つゞみ》をしらべかくもかな。水にちかきろうたいはまづ月をうるなり。陽《やう》にむかへる花木《くわほく》は春《はる》に逢《あふ》事安《やす》し。其断《ことはり》もさま〳〵の実目《けにめ》の前《まへ》に面白《おもしろ》や。春《はる》すぎ夏《なつ》たけ秋《あき》くる風《かぜ》の音《おと》つれは。庭《には》の荻原咲《おきはらさき》みだれ。そよぎぞかゝる秋としらす。身は古寺《ふるてら》の軒《のき》の草忍《くさしの》ぶとすれどいにしへの。花《はな》は嵐《あらし》のおとにのみ。ばせを葉《ば》のもろくもおつる露《つゆ》の身は。置《おき》所なき我身ぞとうたひけれは。二人の母《はゝ》は此声《こへ》にめを（十一ウ）

挿絵第五図（十二オ）

さましひそかにねまを忍出。嬉しやあれは祐信《すけのふ》の声《こへ》。こよひは是非《せひ》にかしこへ行《ゆき》。菟角《とかく》のわけを立んとおもひ。わたぼうしにて顔《かほ》かくし。老女《らうによ》の姿《すかた》に様をかゑ。杖《つえ》にすがりてよろ〳〵と襖《ふすま》の木《こ》かげに身をかくし。ばせをの謡《うたひ》を取《とり》ちがへ。およそ心なき草木《さうもく》。情《なさけ》有人倫《じんりん》。いづれ恋路《こいじ》をのがれん。かくは思ひしりながら有時は色《いろ》にそみ。とんぢやくの思ひ浅からず。また有時は声《こへ》を聞《きゝ》あひしうの心いとふかく。心に思ひ口にいふ。げにや六ぢんのぎやうにまよひ六根《ろつこん》のつみをつくる事。みる事聞事にまよふ心なるべし。祐信《すけのふ》鼓《つゝみ》をしらべながら。扨《さて》は兄弟《きやうたい》が母*堅女《けんちよ》を立かねそゝなかし。枕《まくら》よせんといふ事か。にくさもにくしいひかへさんと大音《たいおん》あげ。みれば老女《らうによ》の只《たゞ》ひとり月もろ共にみへけるは。

挿絵第五図

いか成人にてましますぞ。女房《にようほう》是に気《き》をとられ。とても姿《すかた》をみせ申うへ何をか今はゞかりの。ことの葉草《はくさ》の露《つゆ》の玉《たま》（十二ウ）きゆるばかりにあこがれて。ばせをの霊魂《れいこん》是迄あらはれ来《きた》りしぞ。せめて一夜《よ》はとめ給へ祐信《すけのふ》もあきれはて。そもやばせをの女とは。いかなるゐんにひかれつゝ。かゝる女のかたちをうけ。殊更《ことさら》あらぬ恋《こい》の道《みち》しるはいかなるゆゑやらん。其御ふしんは御あやまり。草《くさ》も木《き》も雨よりくだるぬれの道《みち》。さのみなとがめ給ひそよ。それさへ有に人心などか恋路《こいぢ》のなからめや。松《まつ》の落葉《おちば》も二人ねをする。みつからがひとりねをかはゆいとはおぼさぬか。世になき河津《かはつ》の手前《まへ》を思ひ。生《いき》てこがるゝ女房《にうばう》にすこしは義理《きり》を立給へ。人には両夫《りやうふ》にまみゆると浮名《うきな》ばかりを立られしうらみ申に参りしぞ。祐信《すけのぶ》何と返答《へんとう》なく。よしや思ゑばさだめなき。世はばせを葉《ば》の夢《ゆめ》の世に。おしかのなくねは聞ながら。おどろきあへぬ人心《こゝろ》。思ひ入さの（十三オ）山はあれど思ひきる瀬《せ》はない物を。ふつ〳〵思ひきり給ひもとのふしどに帰られよ。それはつれなし祐信殿《すけのふとの》。浪《なみ》の立ゐも何ゆゑぞ。かりなる浮《うき》世につまを重《かさね》て心とむるゆゑ。心とめすば浮《うき》世もあらじ。人をもしたわじ。まつ人あれど別路《わかれじ》はなし。よしやよしなや思へばかりのやどに。心とむなとは。我《われ》にしねとの御事か。是迄なりと守刀《まもりかたな》既《すで》にかうよと見ゑけるにぞ。祐信《すけのふ》あはて押《おし》とめ。まんざら我いや気《き》にあらねど。おしつけわざにいかれもせず。其うへ御身のしよぞんもしらねば。あつたら月日を今迄まちぬ。しんで花実《はなみ》が咲《さく》でもなし。ふたりの若《わか》は誰《たが》そだてん。無分別《むふんへつ》もよほどがよしあぶないこちゑとさしぞへとられ。何しに我もしにたからん。なまなか二度《ふたゝび》嫁入《よめいり》して月日ばかりをかぞへても。女房《にうはう》らしゐ事もなく。にく（十三ウ）さあまれは知恵《ちゑ》もあまると。此比是におもひ付まんまと埒《らち》をあけたといわれ。祐信《すけのぶ》わざとくわぬ顔《かほ》。そんならしにやとつきはなされ。しにそゝくれて死《し》なれぬに。もとのやうにといふ詞《ことば》のはし。是をふたりの力草《ちからくさ》ねやはひとつに成ける時《とき》。二人の子共目をさまし兄弟《きやうだい》もろ共さし足《あし》し。ふすまこ立に立寄《たちより》。一万弟《いちまんおとゝ》にあれみやとおしゆる指《ゆび》が目にあたる箱王《はこわう》をどろきなく声《こへ》に。祐信夫婦《すけのぶふうふ》立出。そち*立は何ゆへ爰《こゝ》ゑ来《きた》りしぞ。姥《うば》にだかれてねもやらでと髪《かみ》かきなづれば。箱《はこ》王何のわきまへなく。わらはゝとくよりみてゐるに兄様《あにさま》がみよ〳〵と。おすゑて爰《こゝ》をとつかれし目をばおしゆるに。一万《いちまん》はなま心。箱王《はこわう》それはさしあいじやとにらみつくれば。ちゝ母けやうをさまし。はづかしゐやらおかしゐやら。夫婦《ふうふ》顔《かほ》を見合後《のち》には笑《わらひ》に成にける

（十四オ）

四　目前《もくせん》の因果《ゐんくわ》

挿絵第六図

かうゐん矢《や》をつくごとく。伊東《いとう》の入道《にうたう》祐親《すけちか》老行末《おひゆくすへ》のあぢきなく。ひそかに九郎祐清《すけきよ》をまねき。我つく〴〵思ふに。河《かは》津《つ》が敵《かたき》は祐経《すけつね》にきはまりぬれど。眼前《がんぜん》手にかけ討たるは近江八幡《あふみやわた》二人ぞかし。せめて入道《にうたう》が眼《まなこ》のふさがざる内《うち》。きやつらが首《くび》取てみせたらんには。生《いき》ての孝行《かうく》河津がきやうやう。何事か是にしかん心指《こゝろざし》はなきか。ふがいなき者《もの》やといかりし眼《まなこ》に涙をながしぬ。祐清《すけきよ》承《うけ給はり》我《われ》も左こそは存《ぞんぜ》しかど。此程二人の者他《ものた》行《きやう》せしと風聞《ふうぶん》す。それゆゑおもはざる月日を暮《くらし》ぬ。尤かつちうをたいしかれらが住所《ちうしよ》へ押寄《おしよせ》。本望とげんは安《やす》けれ共。私の意趣《ゐしゆ》をもつて軍《いくさ》せん事天下の聞ゑはゞかり有。ひそかに討《うた》んと存。兼《かね》〳〵内通《ないつう》の者《もの》をかれらが領《りやう》（十四ウ）分《ふん》にしのばせ。夜前《よせん》の飛脚《ひきやく》に近日近江八幡《あふみやわた》帰るよし。天のあたゑをとらざればかゑつて其とがをうくるといふ。わずか小勢《こせい》をもつて入込《いりこみ》。前後《ぜんこ》より取まき日比《ひころ》の無念《むねん》をはら

挿絵第七図

し。首取《くひとつ》て御目にかけんといさぎよく申けるにぞ。入道《にうたう》悦《よろこひ》いしくもたくみける者《もの》かな。何とぞ一万《いちまん》箱王《はこわう》をぐして。とゞめ成共さゝせてくれと祐信《すけのぶ》方《かた》へかくとしらせ。兄弟《きやうだい》を召寄《めしよせ》鬼王《おにわう》団《だん》三郎にあづけ。もししそんずる者《もの》ならは。其方《そのほう》両人は兄弟《きやうたい》の世悴《せかれ》をつれてにげ帰れ。武士《ふし》のいぢを立。高名《かうみやう》せんと思ひあやまちのあらは。祐経《すけつね》を誰《たれ》か討《うた》ん。かならずぬかる事なかれと。くつきやうの若者《わかもの》三十騎《き》そこ〳〵に手わけをし。近江《あふみ》が館《たち》に忍《しのひ》入帰るをまつもとけしなし。運《うん》のきはめのかなしさ。近江《あふみ》の小藤太《とうた》八幡《やわた》の三郎。其日にかぎり供廻《ともまはり》少〻《しやう〳〵》。馬上《ばしやう》ゆたかに帰り（十五オ）

挿絵第六図（十五ウ）

挿絵第七図（十六オ）

ぬむかふより旅人《たひにん》と見ゑし男《おとこ》二人。ち刀《かたな》ひつさげあはたゝしくかけ来り。供先押《ともさきおし》わり先陣近江《せんちんあふみ》が馬の前《さき》に畏。そつじながら我〳〵は相州《さうしう》大山の不動《ふとう》ゑ月参り仕者《もの》。跡《あと》成森《もり》にて盗人《とうそく》に出あい。随分《ずいぶん》はたらきやう〳〵切《きり》ぬけ是迄参りぬ。武士《ぶし》と見うけ候。我〳〵を御かくまひくださるべしと誠《まこと》らしく申けるにぞ。近江きくとひとしく。我〳〵が領分《りやうぶん》にて左様なるらうぜき者《もの》。みのがしにはなるまじ。追〻《おい〳〵》討手《うつて》を遣《つか》はし不残《のこらす》からめとるべし。旅人《たびにん》も我〳〵が家来《けらい》にまぎれ盗人《ぬすびと》共をさして討《うた》せよ。とく〳〵いそげ。うけたまわり候と鑓長太刀《やりなきなた》のさやをはづし。我も〳〵と追《おつ》かくる。跡《あと》には近江八幡《あふみやわた》挟箱《はさんはこ》に腰打《こしうち》かけ。ゆたかなる扇子遣《あふきづかい》。くみとめきたらは此ほどもとめし関《せき》の荒身《あらみ》。うでのつゞかんほどためしてなぐさまんと。高咄《たかばなし》する所へ。いなむらより（十六ウ）祐清鬼王《すけきよおにわう》そろりと出。両《りやう》人の手《て》の下《した》におつぶせ高手《たかて》小手《こて》にいましめ。我〳〵こそ汝等《なんぢら》が手にかけたる。河津《かはつ》が弟《おとゝ》伊東《いとう》の九郎祐清《すけきよ》也。おのれら討《うた》んけいりやくに盗人《とうぞく》におわれたるとは武士《ぶし》たる者《もの》のはかり事。供《とも》まはりを遠《とを》のけ骨《ほね》おらずに敵《かたき》を取知恵《ちゑ》のほどをしるべし。意趣《ゐしゆ》もなき河津をうつたる天罰《てんばつ》今こそ思ひしるべし。それ〳〵兄弟《きやうだい》の子供《こども》出て初太刀《しよたち》を仕れ。とゞめは伯父《おぢ》がさすといふ。うけたまわると団三郎一万箱王《はこわう》が手を取。此者《もの》共は父《ちゝ》うへをころしぬる近江八幡《あふみやわた》ぞかし。小うで成共首《くび》取て御本《ごほん》意とげらるべしとさしぞゑぬいてまいらする。兄弟悦《きやうだいよろこび》こいつらがちゝうへを討《うち》けるとや。にくや腹立《はらたち》思ひしれと。おもき刀《かたな》をかるくあげみけんに切付《きりつけ》けるにぞ。祐清立寄箱《すけきよたちよりはこ》わうとゞめをさせと。ともに手をそへ心（十七オ）もとをさしとをし。首打落《くびうちおとし》つとにいれ日比《ひごろ》の本望《ほんもう》とげたりいざ帰らんといふ所へ。岡山兄弟深手《おかやまきやうだいふかて》をおひ。やう〳〵爰《こゝ》迄にげきたりぬ。祐清《すけきよ》見て汝等《なんぢら》は何として其ごとく手をひけるぞ。さん候近江八幡《あふみやわた》が下人共。たばかられぬると心得。大勢《おゝぜい》取まき既《すで》にあやうき我〳〵が命《いのち》なれ共。やう〳〵切《きり》ぬけ候。此手にてはなか〳〵たまるべきとはぞんせず。御本望《ごほんもう》とげらるゝうへ思ひのこす事なし。追手《おつて》まいらぬ内はや。御立のき有べし。運《うん》にまかせ二度《ふたゝび》御目にかゝらんとく〳〵とすゝめられ。せんかたなく祐清《すけきよ》二人の若《わか》をともなひすぐに屋形《かた》に帰りぬ。すきをあらせず近江《あふみ》が郎等《らうとう》。岡山兄弟《おかやまきやうたい》をとりまき命をすてゝたゝかひけるにぞ。兄弟《きやうたい》心は高《かう》なれ共いた手に生根《しやうね》をとられ前後《ぜんご》に眼《まなこ》のはたらかねば。兄《あに》の孫《まこ》七弟《おとゝ》がそばにより。我〳〵が命もけふをかぎりとおもふ。なまなか雑《さう》（十七ウ）兵の手にかゝらんより。いさぎよく指《さし》ちがへん。尤《もつとも》といふより。兄弟座《きやうたいざ》をくみ互《たがい》に心もとをさしつらぬき。廿一の露《つゆ》十八歳《さい》の霜《しも》ときゑ。同じ枕《まくら》に臥《ふし》けるにぞ。

追手《おつて》の者《もの》共我も〳〵と立寄《たちより》。せんなき首《くひ》を取て近江八幡《あふみやわた》がなきからに手向《たむけ》ぬ。爰《こゝ》に八幡の三郎が母《はゝ》有。およそ八しゆんにあまるよはひ。三郎がうたれぬると聞《きく》より。人〳〵にかいほうせられやわたがしがいに取付《とりつき》。つらぬく涙《なみた》をながし。みづからは先祖《せんぞ》久須見《くすみ》の入道寂心《にうたうちやくしん》のめのとなりしが。つく〴〵此おこりを思ふに。祐親《すけちか》ちゝの遺言《ゆいけん》をそむき給ひしゆゑなり。侍《さむらい》は主君《しゆくん》の為《ため》に命《いのち》をすつるは本意《ほんゐ》なれ共我子《わかこ》ながらも悪《あく》にくみし。侍《さむらい》の有まじき死《し》をとぐる事。今迄の運《うん》にてやあらん。さりながら情《なさけ》なきは祐清《すけきよ》どの也。かれも武士《ものゝふ》なる者《もの》を。なんぞしばり首《くひ》を討《うた》るゝ事ぞ口惜《くちおし》。（十八オ）壱人の子を先《さき》に立。人に指をさゝれんよりいかなる淵《ふち》川へも身をしづめんと。女心におもひつめ下部《しもべ》の者《もの》にいとまを出し。ひそかに屋形《かた》を忍《しのひ》出。はる〳〵の道《みち》をあゆみ伊豆《いづ》の国《くに》。とゞきが淵《ふち》に身をなげつゐにむなしくなりぬ。おそろしきは女　心《おんなこゝろ》と聞人舌《した》をまきけるとなり

寛濶曽我物語　二之巻終（十八ウ）

寛潤曽我物語《くわんくわつそがものがたり》　目録《もくろく》

三之巻

邪見《しやけん》　一　妹背《いもせ》の別路《わかれぢ》

〽八《や》重《ゑ》姫《ひめ》涙《なみだ》の淵《ふち》

先《さき》のみゑぬ老《おひ》の眼《まなこ》

鳶《とび》が鷹祐清《たかすけきよ》が忠義《ちうぎ》

若君《わかきみ》をふしつけにし奉る事

出世《しゆつせ》　二　夢中《むちう》の鱗形《うろこがた》

〽時政通夜物語《ときまさつやものがたり》

正直《しやうぢき》の神《かみ》いさめ

恋《こひ》にこりぬ水辺《すいへん》のたはむれ

しらぬふりして聟《むこ》に取事（目録オ）

初軍《はついくさ》　三　石橋山《いしはしやま》の木《こ》隠《がくれ》

〽文覚《もんがく》上人朝敵院宣《てうてきゐんせん》

白旗《しらはた》の立初《たてぞめ》

闇《やみ》はあやなし武士《ものゝふ》の蔦葛《つたかつら》

くみ討《うち》の勝負《しやうぶ》敵《てき》みかた共《とも》にうたるゝ事

忠節《ちうせつ》　四　舟路《ふなぢ》の難義《なんぎ》

〽七騎《き》落《おち》の命　諍《いのちあらそひ》

情《なさけ》なきは侍《さふらい》

かなしきは恋《こい》

命《いのち》は水《みづ》の哀《あはれ》なる事（目録ウ）

寛《くわん》潤《くわつ》曽《そ》我《が》物語《ものかたり》　三之巻

一　妹背《いもせ》の別路《わかれぢ》

そも〳〵兵衛の佐頼朝《すけよりとも》公の御代《みよ》なりせは。伊東北条《いとうほうでう》とて左右《さう》の翅《つばさ》のごとく。いづれか甲乙《かうおつ》有べきに北条は栄《さかへ》。伊東の子孫《しそん》たへける子細《しさい》は。頼朝十三歳《さい》にして伊豆の国《くに》にながされ。月日をまたせ給ひぬ。折から祐親《すけちか》が娘《むすめ》八重姫《やゑひめ》と妹背《いもせ》の契《ちぎり》むすびそめ。忍《しのひ》〳〵の逢瀬《あふせ》のかず。つもり〳〵て御身もたゞならねは。兄嫁《あによめ》の情にて誰《たれ》しる人なく。若君誕生《わかきみたんじやう》有けるにぞ。佐殿《すけとの》御悦《よろこび》かぎりなく。御名を千鶴若《せんつるわか》と付《つけ》させ給ひ御寵愛浅《ごてうあひあさ》からず。はや二《ふた》とせをかさね給ひぬ。つら〳〵わうじを思ふに。きうしゆがすま（一オ）ひしこふの顔《かほ》ばせきくになれども。ちよつかんのかうむりならわぬひなのすまひにも。此若《わか》の生《むまれ》しこそ*嬉《うれ》けれ。十五才にもならはち、ぶあしかゞ。三浦鎌倉《みうらかまくら》うつの宮小山《みやをやま》なんどかたらひ。平家《へいけ》にかけあはせ。頼朝《よりとも》が果報《くわほう》のほどをためさんと。人にかたらぬ御身のたのしみに。つらかりし月日をかさね給ひぬ。其比伊東《いとう》の入道《にうだう》。京都《きやうと》のざいばんを勤帰国《つとめきこく》し。有夕暮《ゆふくれ》がた千草《ちくさ》みんとて出たりし。折から若君乳母《わかきみめのと》にいだかれ。爰《こゝ》かしこの花《はな》を手折《おり》あそび給ひぬ。禅門《せんもん》はるかに見て。あれは何《なに》人の子《こ》と尋《たつね》しかは返事《へんじ》にもおよはずにげ帰りぬ。ふしぎに思ひ其夜ひそかに後室《かうしつ》に尋しかは。もとより継《まゝ》しき母《はゝ》なれは。此事をつゐでにおひうしなわんと思ひ。されはとよ御身ざいきやうのうち。妹《いもと》の（一ウ）八重姫《やゑひめ》いたづらかわゐてかくし夫《つま》をこしらへ。とうけつのふすまの下《した》にてもふけたる。御身のためには孫《まご》なりとかたる。入道腹《にうだうはら》を立八重姫が子なるとや。親《おや》のしらざる聟《むこ》やある何者《なにもの》なるぞとひけるに。されはとよ世になし源氏《けんじ》の流人《るにん》。兵衛《ひやうへ》の佐殿《すけどの》と密通《みつつう》しけるとつげしかは。祐親《すけちか》いよ〳〵立腹《りつふく》し。

たとゑ娘《むすめ》もちあまり。乞食非人《こつしきひにん》にとらせばとて。今時源氏の流人を聟《むこ》に取。もし平家《へいけ》へきこへなは我〳〵が身の大事。譬《たとへは》毒《とく》の虫《むし》は頭《かしら》をひしぎのうをとる。敵《かたき》の末《すへ》は胸《むね》をさきて肝《きも》をとれとこそつたへたり。聞も中〳〵いま〳〵し。此事延引《ゑんゐん》せはあしかるべしと。浅野《あさのゝ》四郎国秀《くにひて》を近付《ちかつけ》。いそぎかの若《わが》*をつれ松川の奥《おく》。とゞきが淵《ふち》ゑしづめにかけよ。頼朝はからめとり籠舎《ろうしや》させんと云捨《すて》（二オ）奥《おく》に入けるにぞ。されは後室《かうしつ》継子《まゝこ》をねたむ事。先室《せんしつ》の契《ちきり》をねたむゆゑなり。よつて家門《かもん》のすいびおゝく是よりおこるとのほんもん。頼朝《よりとも》此事夢《ゆめ》にもしらせ給はず入道帰国《きこく》と聞召盛長《もりなが》を召つれ既《すで》に出させ給ふ所へ。祐清《すけきよ》あはたゝしく参《さん》上し御前に畏。扨も親《おや》にて候入道継母《けいほ》のさゝゑにのせられ。君をうしなひ奉らんと追付《おつつけ》是ゑ参るよし。また若君の御事はとゞきが淵《ふち》へしづめ奉れと。只今ざう人の手にわたし候。君は一まづ北条《ほうてう》屋形《かた》へ御忍《しのび》有べしと申けるに。頼朝《よりとも》暫御し案まし〳〵。誠《まこと》にちやうさいわうががひにあひしもいつわる事をしらでなり。笑《わらひ》の内《うち》に剣《けん》をぬく是当世《たうせい》の習《ならひ》。人の心さらにしれず君臣《くんしん》父子《ふし》もたのまれず。討《うた》んとするは親《おや》つぐるは子なり。いか様子細《しさい》あらんと思召何となきていにもてなし。（二ウ）祐清《すけきよ》いかゞ思ふぞ。入道《にうたう》思ひかけぬるうへはいづくゑ行《ゆく》とのがれはあらじ。

挿絵第一図

人手にかゝらんよりおこと頼朝《よりとも》が首《くび》をとり。入道がいかりをやめよと仰けるに。もつたいなき御てう。尤《もつとも》かたらゐがたき人心御うたがひはさる事なれ共。此祐清《すけきよ》か不忠《ちう》をぞんぜは。当国《たうごく》二所明神《しよみやうしん》の御罰《はつ》とかうむり弓矢《や》の冥加《みやうか》永《なが》くつき。二つなき此命只今御前にて果《はて》申さん。盛長《もりなか》はやく御供せよ某《それかし》は是よりとゞきが淵《ふち》ゑ追かけ。若君《わかきみ》をうばひとり。跡《あと》より追付《おつつき》奉らんとく〳〵と申けるにぞ。くもりなき祐清が心底《しんてい》をかんじ給ひ。然は心にまかせ立《たち》のくべし。若《わか》が事をたのむぞと。盛長《もりなが》ひとり御供《とも》にてすぐにやかたを出給ひぬ。祐清今は心やすしと。御跡を 暫《しはらく》見送《おく》りとゞきが淵《ふち》へいそぎぬ。浅野《あさの、》四郎国秀《くにひで》ひそかに若君をともない。武《もの、》（三オ）士《ふ》前後《せんこ》をしゆごしとゞきが淵《ふち》にさしかゝり。竹《たけ》のすまき取〴〵になはよかづらといふ所へ。八重姫《やえひめ》かけ付給ひ人めもはぢず若君に取付。暫《しばらく》いとまをゑさせよ。今生《こんしやう》の別《わかれ》に乳房《ちふさ》を参らせんとやう〳〵かきいだき。いたわしや此若未《わかいまだ》三つにもならずかゝるおそろしき淵《ふち》にしづめられ相果《あいはて》給ふは何事ぞ。病《やみ》て死《し》するは是非《せひ》もなし。さらはとがとて有事か。東西《とうさい》もしらぬ子をしづめにかくるは。いか成過去《くわこ》の因果《ゐんくわ》ぞと前《せん》後にかきくれ給ひけるにぞ。若君はいつもの愛《あい》と心得《こ、ろへ》。乳房《ちふさ》をくはへ胸《むね》をたゝきなどし給ふになをむせ帰り。生根《しやうね》もさらになかりき。国秀《くにひで》申は我〳〵とても御いたわしくぞんずれ共。父上《ち、うへ》もつての外《ほか》の御機嫌《ごきけん》なれは。何と申と甲斐《かひ》あらじはや御帰りと申あぐるつれなしとよ国秀《くにひで》。主《しう》の心が邪見《しやけん》なれはおことら（三ウ）

挿絵第一図（四オ）

とても同じ事。不義《ふぎ》を此若《わか》がしりたる事か。誠《まこと》にくしと思ふなら。此子をたすけみづからをはかろふべし。母《は、》うへは継《ま、》しく共父《ち、》は誠《まこと》の父なり。孫《まご》は子より大節《たいせつ》成と世の事はざにもいふぞかし。鳥類畜類《てうるいちくるい》さゑ物の哀《あはれ》はしるならひ。それとてもかなはずばわらはを先《さき》ゑしづめにかけ。其後《のち》はともかくもはなちはせじとの給ひければ。御なげきはさる事なれ共。時刻《ぢこく》うつれは我〳〵が身にとつての難義《なんき》。先《まつ》こなたゑとむたいに若君《わかきみ》を取奉り。情《なさけ》なくも水底《みなそこ》にしづめけるにぞ。気《き》も魂《たましゐ》もきゑて我もともにとの給ひしを。国秀押《くにひでおし》とめもはや帰らせ給はぬ事。ふつ〳〵思召切《きり》給へとさま〳〵

教訓《きやうくん》する所へ。祐清息《すけきよいき》をはかりにかけつけ。国《くに》ひでをとつておさゑ。たとへ禅門狂乱《ぜんもんきやうらん》しころせといふ共。おのれらがはからいにて何とぞし案《あん》も（四ウ）有べきを。あゑなくもころし奉りしにくさ。せめて若君のきやうやうに。なぶりころしにして腹《はら》いんと。左右《さう》の腕《かいな》をひきぬき淵《ふち》ゑとつてなげこみ。祐清《すけきよ》が心指草《こゝろざしくさ》の影《かけ》にて請取《うけとり》たまゑ。我も跡より追付《おつつき》死《し》出《で》三津《さんづ》を安《やす》く御供《とも》せんと。おしはだぬいで八重姫《やえひめ》に申けるは。某《それかし》は子細《しさい》ありて是にて切腹《せつふく》をとぐる。君は先《さき》立て北条方《ほうてうかた》へ落《おとし》ぬれは心にかゝる事なし。そちも一ッ所と思ふべけれど。若君をうしない二度《ふたゝび》御目にはかゝられまじ。某が言葉《ことば》にしたがひ。髪切《かみきつ》て身を黒《すみ》に染《そめ》。千鶴殿《せんつるどの》の御跡《あと》をとむらゑ。我爰《こゝ》にて相果《あいはつる》事たとへは伊東《いとう》一ッ家《け》にかぎらず。関《くわん》八州《しう》の武士《ふし》は源家重恩《ちうをん》の*輩《ともから》なり。世替時うつり保元平治《ほうけんへいぢ》より此方《かた》。平家にしたがふといひながら。頼朝《よりとも》公は正《まさ》しく古主《こしう》なれは。親《おや》をそむき忠《ちう》をつく（五オ）すは武士《ふし》の道《みち》。然上は御跡《あと》をしたひ北条《ほうてう》にくみし。先度《せんど》の御用《よう》に立べけれ共。若君《わかきみ》をたすけまいらせてこそ御めにもかゝらるれ。何の面目《めんほく》に御跡《あと》をしたわん。さらはとて*立帰《かへ》れは親《おや》入道が所存《しよぞん》にそむき。佐殿《すけとの》を助《たすけ》申せし不孝《ふこう》。忠《ちう》と孝《こう》との二つにかけたる某なれは侍《さむらい》といふにあらず。菟《と》角《かく》死なねは一分《ぶん》たゞず。かまへてとむるなとまりはせじ。只今いふたる一言《ごん》のわすれ。命《いのち》などすてたらんには七生《しやう》迄の勘当《かんたう》。きやう弟《だい》の名残《なこり》もこれまで。かならずそばへよるへからずといかる詞《ことは》にしほ〳〵と。岩陰《いわかげ》に*忍《しのひ》ひ。現在兄《げんざいあに》の最後《さいご》をみて。とゞめ兼《かね》たる風情祐清《ふぜいすけきよ》今は是迄と。心《こゝろ》の内《うち》に合掌《がつしやう》し。南無阿弥陀仏《なむあみだぶつ》ともろ共に。腹《はら》十文字《もんじ》にきつて。淵《ふち》に身をなげむなしく成ぬ。八重姫《やゑひめ》みる目もおそろしく。此とし月の（五ウ）△今日《けふ》はいかなりし*悪《ろく》日にて。時《とき》もかはらず日もかゑず。兄《あに》をころし子《こ》をころし。また身のうへも定《さだめ》がたし。神《かみ》にも仏《ほとけ》にもみはなされたる世なりと前後《ぜんご》をうしない十方《とはう》に暮《くれ》。なく〳〵心《こゝろ》を取直《とりなを》し。さるにても祐清《すけきよ》の御言葉《ことば》にしたがひ。いかなる野山《のやま》にもひきこもり。兄《あに》うへ若《わか》がなき跡《あと》をとはんと思ひきつたる黒髪《くろかみ》。是を菩提《ぼだい》の道《みち》びきとする

二　夢中《むちう》の鱗形《うろこがた》

爰《こゝ》に北条《ほうてう》の四郎時政《ときまさ》とて関東《くわんとう》一の大名《たいみやう》有。いさゝか*宿願《しゆぐはん》の子細《しさい》により三嶋《みしま》の社《やしろ》にこもりしが。三七日のけち願《ぐわん》とて。神前清《しんぜんきよめ》七十五度《ど》のこりを取。御湯御神楽《みゆみかぐら》をさゝげ。既《すで》に其日も暮《くれ》かゝり。御燈《みとう》の光《ひかり》心信《しんしん》たる拝殿《はいでん》。其夜も通夜《つや》を申されし。うしみつつぐる鐘《かね》の音《ね》も。野分《のわけ》につれて声《こへ》ほ（六オ）そく。ふけ行月の影《かけ》みれは。赤袴《あかきはかま》に柳裏《やなきうら》のきぬを着《ちやく》し。たんけん美《び》れいなりける女の形《かたち》こつぜんとあらはれ。時正《ときまさ》の枕《まくら》もとにたゝずみ。それ神《かみ》はうやまふによつて位《ゐ》をまし。人は神《しん》の徳《とく》によつて運《うん》のさふ。心だに誠《まこと》の道《みち》にかなひなはいのらぬとても神心《かみこゝろ》。正直《しやうしき》のかうべにやとらずといふ事なし。汝《なんち》やさしくも三七日身をこらし信心《しんしん》にごる事なく。此宮《みや》に参詣《さんけい》し。*子孫盤栄《しそんはんゑい》の事をいのる。などか納受《なふじゆ》なからん殊《こと》におことが前生《ぜんじやう》は箱根法師《はこねほうし》。じせいといゑる者《もの》成しが。六十六部《ふ》の法花経《ほけきやう》を書《かき》。六十六ヶ国《こく》の霊地《れいち》におさむ。其善根《せんごん》の印《しるし》によつて。成仏《しやうぶつ》はゑたれ共二度《ふたゝび》此土《ど》に生《むま》るゝ事をゑたり。されはじせいといふ字《じ》はおことが今の時政《ときまさ》成。此旗《はた》と申は源家第《けんけたい》三。伊予《いよ》の守頼義奥州《かみよりよしおふしう》のげきどをしづめ。（六ウ）かいぢんの折から此社《やしろ》におさめぬ。是を汝にゑさするなり此末流《はつりう》をまねき是を取立義兵《とりたてぎへい》をあげ。神明仏陀《しんめいふつだ》△の*明鏡《みやうかん》にそむく平家《へいけ》をほろぼし。しんきんのやすめ。子孫《しそん》ながく日本の主《あるじ》と成。栄花《ゑいくわ》にほこるべき事何うたがひのあらんと。御声《みこへ》の下より美姿《うつくしきすがた》をひき替《かへ》。はだひろの大蛇《たいじや》とあらはれこくうにあがらせ給ひけるにぞ。時政夢《ときまさゆめ》をさまし御跡《あと》をふしおがめは。ふしぎや鱗三枚《うろこさんまい》めでの袂《たもと》にとゞまりぬ。有がたやとあたへ給ひし鱗《うろこ》を白旗《しらはた》にうつして。今の世迄も三つうろこ。北条一家《ほうていつけ》のもんなりとは此時よりぞはじまりぬ。既《すで》に下向《けかう》に趣《おもむき》初音川原《はつねかはら》をとをるおりから頼朝公《よりともこう》。北条《ほうてう》かたもきづかはしく。三嶋《みしま》の神主《かんぬし》忠明《たゝあき》こそ源家《けんけ》につゐてゆかりの者《もの》。いつかう是をたのまんと人め忍《しの》ぶの道筋《みちすし》。盛長《もりなか》（七オ）

挿絵第二図（七ウ）

挿絵第三図（八オ）

挿絵第二図

もろ共かた影《かげ》をさしうつむいてとをらせ給ふ。時正《ときまさ》目はやき男《おとこ》にていそぎ馬《むま》よりとびをり御そばに立寄《たちより》。そも何方《いづかた》ゐの御通《とを》り。御風情《ふせい》たゞならずいぶかしさよと尋けるに。頼朝《よりとも》さいはいと思召。加様〳〵の次第《しだい》にて忠明方《たゞあきかた》ゐまいる者《もの》と。何となく仰ければ時政悦《ときまさよろこび》。何伊東《いとう》が女にさゝへられ心替《かはり》を致《いた》せしとや。忠明《たゝあき》迄も候はず某方《それかしかた》へ御越《こし》あれ。身ふしやうには候ゑどもおそらく関八州《くわんしう》に手ごはき者覚《ものおほへ》ず。はやとく御入有べしと乗替馬《のりがへむま》にのせ参らせすぐにやかたに御供申。別殿《べつでん》をしつらい紅葉《もみぢ》の御所《ごしよ》と名付。唐《から》の大和《やまと》の手をつくし*月山やり水花畠《はたけ》。月見の床北《とこきた》の夜陰《やかけ》。雪見のまどなんど立させいつきかしつき奉りぬ。有夕暮《ぐれ》に盛長《もりなか》。*順馬《しゆんま》の口《くち》を取御前《まへ》に罷出。此馬《むま》は伊豆《いづ》の高根《たかね》より。出生《しゆつしやう》したる月毛《つきけ》と申（八ウ）一物《もつ》にて。今朝《こん》時政《ときまさ》の領分《りやうふん》より土民指《どみんさし》上申よし。只今献《けん》上致《いた》され候。御吉左右《ごきつさう》の印《しるし》ひとつは又。久〳〵の欝気《もふき》をもはらさるゝ為。水辺《すいへん》に召出され口《くち》をもやわらげ御覧《こらん》もやと申あぐる。君聞召くつきやうのなぐさみ足《あし》をひやして心みんと出させ給ひぬ。其比時政《ときまさ》の姉娘朝日《あねむすめあさひ》の前《まへ》と申は。美人《びじん》のほまれかくれなく。今年《ことし》十九の秋くれ

挿絵第三図

ど男《おとこ》ゑらみの色《いろ》好。もうせうせいしも面《おもて》をはぢ。かうじゆせいぎん袂《たもと》をかざすようぎ自慢《じまん》。佐殿《すけどの》の色にめでまよふ心をいかにせん。かくと聞より忍出流《なか》るゝ水に手をさし手拭《てのくひ》の歯《は》もしめやかなりしを。頼朝御覧《よりともごらん》じ。女義の身とし小石《こいし》ながるゝ此川にて。何あそばすととひ給ふ。さればとよ私《わたくし》は二《ふた》つつれたるながれ石《いし》。ひろわんために参りしが。こまひ所へきたやうにみぬものが見た（九オ）やうにそなたは何をととひかゐされ。御らんのごとく我〳〵は馬《むま》をひやしに参りたり。扨《さて》は左様かみづからが妹背《もせ》の石《いし》とはかこつけ事。手水遣《てうつつかい》に北時雨《きたしくれ》。つれなき人は物しれとあてつけられ。頼朝公《よりともこう》子細《しさい》らしく。げにやそうろうの水すめるにはかぶりのゐいをあろふとかや。御手水《てうつ》と有からはいかなるかほり湯《ゆ》薬《ゆ》湯にてもめさるべきを。かくするどかりし山水《やま》きめにしみ。御肌爪《はたつめ》もあれ申さん只《たゞ》御《ご》無用《むやう》ととゞめられ。どなたかはぞんぜねどやさしき御詞《ことは》を聞ものかなとてもかすならぬ此身。肌《はだ》はあれてもあれず共誰《たれ》かとがめん殿《との》もたず。腕枕《かいなまくら》の夢《ゆめ》もなし。せめて爰をはつくもがみ恋《こい》の滝津《たきつ》と身をひやす迄。頼朝重《よりともかさね》てさら〳〵合点《がてん》の参らぬ事。そも誰《たれ》人の御息女《ごそくちよ》なるぞ。今は何をかつゝまんみづからこそ北条《ほうてう》の四郎（九ウ）時政《ときまさ》が娘《むすめ》。朝日《あさひ》と申者《もの》なるが。とても恋路《こいじ》と有からは君のやうな兼《かね》〳〵心にかけぬるに何の因果《ゐんくわ》にやら此比山木の判官兼高《はんくわんかねたか》とやらんより。わらはを妻《つま》にと父上方《ちゝうへかた》へもらいかけられたるうたてさ。なふいま〳〵し耳《みゝ》けがれ候得は。其耳《みゝ》あらひに参りたり。哀《あはれ》恋などしり給はゞ此耳清《みゝきよ》めて給はれとすがりよれ共頼朝公《よりともこう》。伊東《いとう》が息女《そくぢよ》にこり給ひかぶりをふつてそしらぬ顔《かほ》。きゝおよびたる時政《ときまさ》の娘子《むすめこ》かよほどしやれたる恋咄《こいはなし》。其けがれたる川水を我馬《わかむま》にかはん事もつたいなし。さらばといふて立給ふを姫君《ひめきみ》押とめ。此御馬《むま》に水かはんとてはる〴〵御出有しを。私《わたくし》の耳《みゝ》あらひしゆゑむげに帰りたまはんとや。流《なかれ》はもとの水にあらずひらさら御馬をひやされと。君も手綱《たづな》も引《ひき》もどすいやもどらじと恋慕《れんぼ》のき綱《つな》。(十オ)あなたこなたへ頼朝《よりとも》公いわきならざる心から。ほうぜんとしておわします。盛長《もりなが》見奉り是殿《これとの》様。けがれたる水なんど武士《ふし》の馬《むま》にはかはれまじ。いざ御帰りとすゝめしを姫君重《ひめきみかさね》て。さりとはかたい若衆《わかしゆ》かな。わらはが耳《みゝ》をあろふ事いやな男《おとこ》と縁《ゑん》の沙汰《さた》。其けがれをはすゝぎに来《き》て嬉しき詞《ことは》をきく時は。女に生《むまれ》したのしみなり。盛長《もりなが》きゝとゞけ御詞《ことは》のいつわりなくは御物語《ものかたり》申さん。これこそ御身様の父時政《ちゝときまさ》にかくまはれさせ給ふ流人頼朝《るにんよりとも》公。かゝる恋ゆへに御身のうへもあやうかりしぞ。しかし御心指《こゝろさし》のほどむげにはなるまじ。重《かさね》ての恋《こい》はともかくも。今宵一夜《こよひひとよ》は盛長《もりなか》めが了簡《りやうけん》にてあはせ奉らん。ひそかに御入あるべしと姫君《ひめきみ》を馬《むま》にのせ。頼朝《よりとも》口をとらせ給ひ是姫君。源氏《けんじ》の大将頼朝《たいしやうよりとも》が馬《むま》の口《くち》を取《とる》事またとためし有べきか恋ゆへなれはこそ駒《こま》さへいさ(十ウ)む初桜《はつさくら》。思ひの下《した》ひもとくに隙《ひま》なくふかき妹背《いもせ》となりぬ。かくとはしらず北条《ほうてう》一家《いつけ》。姫君《ひめきみ》みへさせ給はぬとて乳母《めのと》はしたにいたる迄。殿中《てんちう》くま〴〵尋しが。頼朝《よりとも》の御殿《ごてん》にて乳母《めのと》が姫君を見付《つけ》奉り立帰りてかくといふ時政《ときまさ》暫《しはらく》し案し是は正《まさ》しく不義ぞかし。しづかに事をあんずるに某《それかし》が先祖《せんそ》上総守直高《かづさかみなをたか》累祖《るひそ》伊予《いよ》の守頼義《かみよりよし》公を聟《むこ》に取奉り。八幡《はちまん》一家《いけ》の子孫《しそん》出来したためし有。是北条《ほうてう》の家引おこさん吉左右めでたし。乍去《さりなから》おもてむきの祝言《しうけん》暫《しはらく》延引《ゑんゐん》する子細《しさい》は平家《け》のきこへ其上また。山木の判官兼高《はんくわんかねたか》内〳〵姫を*所望《よもう》する。かれ是おんびんにしくなし。先盃《まつさかつき》と夕暮《ゆふくれ》がた三国一をうたひけるとかや

三　石橋山《いしはしやま》の木《こ》隠《かくれ》（十一オ）

挿絵第四図（十一ウ）

挿絵第五図（十二オ）

治承《ちせう》四年*中秋半《ちうしゆんなかは》のことかとよ。伊豆《いつ》の国《くに》にながされたまひし高尾《たかを》の文覚《もんかく》は。頼朝時政館《よりともときまさたち》にいらせ給ふと聞よりひそかに都《みやこ》にのぼり。平家《へいけ》つゐとうの院宣《ゐんせん》を申くだし。夜を日につゐで北条屋かたに立入。頼朝公に対面《たいめん》し何とぞ御代《みよ》に出し奉らんと存つめたる心底《しんてい》より。院宣《ゐんせん》の申くだして候。今一度御むほんの思召たゝれ。おごる平家をほろぼし給へと仰けるにぞ。頼朝かんじ給ひ誠に先祖《せんぞ》のよしみをわすれず。末《すへ》〳〵迄御心指《こゝろさし》をはこばるゝ段《たん》。某《それかし》か身にとつていつの世にかはほうぜんと一礼《れい》のこるかたなければ。時政《ときまさ》を始《はしめ》其外の諸侍《しよさむらい》。烏帽子《ゑほし》をかたふけ謹言院宣《つゝしんてゐんぜん》を承《うけたまはる》其

文《ぶん》にいわく

しきりの年《とし》より此方平家王家《わうけ》を*別所《へつしよ》し。せいたうに（十二ウ）はゞかる事なし。仏法《ふつほう》をはめつし王法《わうほう》をみださんとす。それ我朝《わがてう》は神国《しんこく》にて。そうべうあひならんで。神徳《しんとく》あらたなり。かるがゆゑに*朝亭《てうてい》かいきの後《のち》。数千《すせん》よさいの内帝位《うちていゐ》をかたぶけ。国家《こつか》をあやぶめんとせし者《もの》。皆はいぼくせずといふ事なし。然はかつは神道《しんたう》の明所《みやうしよ》にまかせ。かつは勅定《ちやくちやう》のししゆを守《まもり》。はやく平氏《へいじ》の一類《いちるい》を亡《ほろぼ》し。朝恩《てうおん》の敵《てき》をしりぞけ。譜代《ふたい》きうせんのひやうりやくをつぎ。かいそ奉公《ほうかう》の忠《ちう》きんをぬきんで。身を立家《たていへ》をおこすべし。仍院宣如件《よつてゐんぜんくたんのことし》治《ち》承《せう》四年八月吉日。左近衛中将《さこんゑのちうじやう》藤原《ふちわらの》光好《みつよし》。是をうけたまわつて。前兵衛佐《さきのひやうへのすけ》へとよみ給ひければおの〳〵あつとかんじ給ひぬ。頼朝仰《よりともおふせ》出さるゝは。かゝる有かたき院宣《ゐんせん》のかうむるうへは。某《それかし》が運《うん》のひらくべき（十三オ）瑞相《すいさう》何とおの〳〵。軍《いくさ》の門出《かといで》に伊《い》東の入道を討《うち》とらん延引《ゑんいん》

せは院宣《ゐんせん》の様子《やうす》露顕《ろけん》すべし。此義いかゞと仰けるに。時政《まさ》を始《はしめ》何も是に同心《とうしん》す。重《かさね》て盛長《もりなが》を召れ。汝《なんち》は責合《せめあい》の合戦《かつせん》にかまはず。伊東が城内《じやうない》ゑかけいり。入道《にうたう》が妻女《さいちよ》をからめ取。首《くひ》討《うつ》て頼朝にみせよ。千鶴若《せんつるわか》に手向《たむく》べしとく〳〵との御諚《ごぢやう》。かゝる所へ小四郎義時《よしとき》あはたゝしくきたり。扨も山木の判官《はんぐわん》兼高。朝《あさ》日の前《まへ》をゑさせぬのみ。頼朝公に婚姻《めあはせし》を遺恨《いこん》に思ひ。大場《おゝば》伊東をかたらひ五万余騎《よき》にて押寄《おしよせ》候。御用意《ごやうゐ》しかるべしと申けるに。時政聞給ひさこそあらんと思ひつれ。しかし此所へ取かけられ私《わたくし》の合戦しかるべからず。先君は石橋《いしばし》山の城《しやう》ゑうつし奉り。御門出《かといで》の初《はつ》軍《いくさ》はなぐ〵しく仕れと。手勢合て二万余騎《よき》。白旗《しらはた》（十三ウ）おし立石橋山ゑこもりぬ。既《すて》に治承《ちせう》四年八月廿七日。月は出ても雨の夜に。谷《たに》をわけつゝ山木が勢。石橋山をとりかご*み時《とき》の声《こへ》をあげたり。小四郎義時《よしとき》大音《だいをん》あげ。そも此城《じやう》は清《せい》和《わ》天王《てんわう》のかうゐん。源《みなもと》の頼朝公。こもらせ給ふをしらざるか。あれおつちらせと下知《けぢ》をする。軍兵《ぐんびやう》共承。思ひ〳〵にぬき合爰をせんと戦《たゝかひ》ける。山木が勢《せい》は山だちになれたれは。みかた大勢《おゝせい》打立られかなふべきとはみへさりき。され共加藤次《とうぢ》景勝《かけかつ》。山木の判官《はんくわん》にわたりあひ。兼高《かねたか》かくび取て頼朝《よりとも》のげんざんに入けるにぞ。判官《はんくわん》討《うた》れぬると聞より大場《おゝば》伊《い》東《とう》が一類《るい》

挿絵第四図

挿絵第五図

三万余騎《よき》を三手にわけ。うしろの山より押寄《おしよせ》けるにぞ。思ひよらねば城内上《しやうないうへ》を下《した》へとかへしける。頼朝人〱を召れ。今ははんくわい*長郎《ちやうらう》が籠《こもる》共中〱かなふ（十四オ）べきともおもはれず。長陣《なかぢん》して郎等《らうとう》おゝく討《うた》せんより。頼朝直《ちき》に討《うつ》て出。軍門《くんもん》に死《し》をかろんじ。有無《うむ》のじつぶをきはむべし是迄なりと出給ふ。岡崎《おかさき》の四郎義実《よしざね》よろひの袖《そで》にすがり。こはもつたひなき御ふるまひ。軍《いくさ》の勝負《しやうぶ》此時《とき》にかぎらん。是ていの侍《さふらい》に。大将《たいしやう》たるべき身の御手をおろさせ給ふ事。末代《まつたい》迄の恥辱《ちちよく》。一まつ*阿波《あわ》の国迄落させ給ひ。時節《じせつ》を御待《まち》有べしと教訓《きやうくん》申けるにぞ。此うゐはともかくもと仰けれは。義実《よしさね》嫡子《ちやくし》真田《さなた》の与一を召寄《めしよせ》。おことはしんがりに残《のこり》て敵《かたき》をふせぎ。かなわぬ時は打死《うちじ》にせよ。其隙《ひま》に我君を落《おち》のびさせ申べし。千に一つ命《いのち》あらば。跡《あと》より追付《おつつき》申べしとく〱とすゝめ申せは。頼朝公は只七騎《しちき》。うしろの峰《みね》のほそ道《みち》よりあはの国《くに》へ落《おち》給ひぬ。大場《おゝば》伊東《いとう》が勢《せい》。さかもぎやぶ（十四ウ）り時の声《こへ》をつくれは。与一大勢《おゝせい》を引請半時《ひきうけはんじ》ばかり戦《たゝ》かいしが。くらさはくらし雨《あめ》はふる。そはの細道《ほそみち》さぐり足《あし》。あたる所をさいはいに七十五人切《きり》ふせたり。大場《おゝば》が舎弟《しやてい》。俣野《またのゝ》五郎景久《かけひさ》うしろよりむんずとくむ。与一ゐたりと四つ手にくみ。しばしが間ねぢあひしが。互《たかい》にきこゆる大力《たいりき》爰をせんとの力足《ちからあし》。そばのかた岸《きし》ふみはづし。谷《たに》ゑかつぱと落《おち》ながらなをはなさず。おきつころんずねぢあひしが。与市俣野《またの》をとつておさへ。どうぼねに乗《のり》か丶り。太刀《たち》に手をかけぬかんとはしけれ共。こい口に血《ち》つまり。雨《あめ》にしめりしさめざやまき。ひけ共おせ共ぬけざりき。やう〳〵としてするりとぬき。俣野《の》が首《くひ》に押《おし》あて。きれ共つけ共びくともせず。星《ほし》の光《ひかり》にみてあれはくりかたもげてさやな（十五オ）

挿絵第六図（十五ウ）

挿絵第七図（十六オ）

挿絵第六図

がらぬけたりぬ。下《した》なる俣野ははねかゑさんと身をもがく。口《くち》にくはへてぬくならはぬくる事も有べきに。若武者《わかむしや》のかなしさは。さやをわらんと甲《かぶと》にあてて打つくれは。つばもとよりおれたり。是迄なりと声《こへ》をかけ。与一が俣野《またの》をくみとめしとよばはりぬ。俣野が下人永尾《なかを》の新五《しんこ》かけ付。うゑが俣野か下《した》成が俣野か。くらくてみへぬとよはわりぬ。うゑが俣野といふ所を心得たりと討《うち》けるにそ。与市がおさへし両手《りやうて》をかけ俣野が首《くひ》を討《うち》おとす。さすがの与一左右《さう》のかいなを切《きり》おと

挿絵第七図

され。すきをみてにげんとす。新五とらゑてみてあれは敵《かたき》与一にてぞ有けり。たばかられ主《しう》を討ける口惜《くちおし》さと。与市が首《くび》をうちおとしかへす太刀《たち》にて腹切《はらきつ》てうせけるとなり

四　舟路《ふなぢ》の難義《なんぎ》（十六ウ）

扨も頼朝《よりとも》公石橋山《いしはし》の合戦《かつせん》に打負《うちまか》させ給ひ姫君《ひめきみ》もろ共主従《しうじう》七騎《き》にて。とひの杉山《すき》を忍いで阿*波《は》の国ゑ落《おち》させ給ひぬ。佐殿《すけとの》人〳〵を御覧《ごらん》じしたがふ者《もの》は只五人。身のなるはてとて浅《あさ》ましくも。源氏《けんじ》の大将頼朝が一夜《よ》あかさん所もなし。かくはぶれぬる某《それかし》に心をよせてかた〳〵。かゝるせんどの忠節《ちうせつ》はほうずるに所なし。たとへは我一命《いちめい》はおわる共。せめてはおの〳〵に大国《たいこく》の二ヶ国《こく》三ヶ国《かこく》にても。頼朝が旗下《はた》に召付《めしつけ》たる印《しるし》とて。あておこなふほどならば今生《こんしやう》の本望《ほんもう》なるべきに。我《わか》もとゆひに置霜《おくしも》さへはろふかたなきうれたさ。はだにはそんしんがふすまなくうへてがんくわいがひさごもなし。口惜《くちおし》の次第と。涙をながしの給ひけるにぞ。盛長《もりなか》土屋《つちや》土肥《とひ》岡崎《おかさき》。有がたき御諚《ごぢやう》やとかんるいをながしぬ。菟角《とかく》するほどに阿波《あは》の国にちかきりう崎《さき》の浜《はま》に着給ふ。是より（十七オ）御舟に召れ候得と爰《こゝ》かしこを尋ぬれ共。きのふの追手《おいて》に出舟《せん》し舟一艘《ふねいつさう》もあらざりき。

盛長《もりなか》あたりをみまはし。塩貝《しほがい》ひろふ海士《あま》の子共をまねき舟《ふね》はなきかと尋しかは。今日はりやう船《せん》とても候はず。しかしあれなる松原《はら》に。商人《あきひと》の乗《のり》すてたる船の一艘《さう》。浪《なみ》にゆられ候とおしゆるにぞおの〳〵浜辺《はまべ》につゐて打《うち》乗。土屋《つち》の三郎楫取風《かちとりかせ》にまかせこがれ行。岡崎《おかさき》の四郎舟中《せんちう》を見廻《まは》し。御家人《けにん》は五人御夫婦《ふうふ》共に七騎落《きおち》。南無三宝《ほう》おそく心のつゐて有。先年《せんねん》御父義朝《ちゝよしとも》公。待賢門《たいけんもん》の夜軍《よいくさ》に打《うち》まけ†江州《かうしう》ゑ落《おち》させ給ふも主従《しうしう》七騎にて。尾張《をわり》の国にて*御生涯《こしやうがい》ましませし。当家《たうけ》におゐて七騎落《おち》不吉の礼吉凶《れいきつきやう》よろしからずと申けるにぞ。君はつと思召す風情《せい》いづれも目と目を見合とかふのあいさつあらざりき。盛長《もりなか》申は 尤岡崎《もつともおかさき》殿の仰（十七ウ）の通《とをり》。行《ゆく》も御為《ため》とゞまるも為《ため》。我《われ》と思ふ人あらば舟よりあがり。御門《かと》出の御奉公《こほうかう》有べしといふを土肥《とひ》の弥太郎聞。とゞまり行《ゆく》も御為《ため》なれはとて。誰《たれ》か御供《とも》をみはなしとゞまらんといふべし。たとへ七騎《き》が不吉《ふきち》にて君の御大事出来《たいじいてく》る共。いづれも一所《いつしよ》に腹切《はらきる》迄。人はともあれ遠平《とをひら》は未来《みらい》迄も御供なり。残《のこり》て忠《ちう》にならはわとのとゞまれといふを。父《ちゝ》の実平《さねひら》とゞめ。武士《ぶし》たる物のならひなれは。只よろしきやうに評諚《ひやうちやう》するを誠《まこと》の道《みち》といふぞかし。菟角相談《とかくさうだん》しかるべしと。いゑども誰《たれ》かとゞまらんといふ者なし。岡崎《おかさき》申されしは。此うへは君《きみ》御指図《さしづ》あそばされよと申上る。頼朝《よりとも》仰けるはおろかなり岡崎。七人の数《かす》あしく某《それかし》が身におゐて。いかなる難義《なんき》あれはとてかく迄思ふ人〳〵を誰《たれ》にのこれといふべき。只頼朝《たゝよりとも》が運《うん》こそあしからめと暫《しはらく》なげ（十八オ）かせ給ひぬ。岡崎重《おかさきかさね》て御諚《こぢやう》なくては誰《たれ》かとゞまらんと申さん。只御指図《さしず》と申を土肥《とひ》の次郎聞て。いな事をしゐる人かな。さ程に思ひ給はゞ御自分《ごじぶん》舟よりあがられよ四郎涙をながし。扨は 某年罷寄《それかしとしまかりより》御用《ごやう》に立まじきとおもはるゝか。御ぶんの指図《さしづ》はうけ申さぬ。此中に命《いのち》ふたつもちたる人。ひとつの命はとゞまり忠《ちう》をはげめ。今壱つの命は御供申て義《ぎ》をつくせとのびあがつて申けるに。実平《さねひら》聞て生《いき》とし生物《いけるもの》いづれか命のふたつあらん。只し狂気《きやうき》ばしめされたか。義実《よしさね》聞てまつたく狂気は仕らぬ。某《それかし》もきのふ迄命ふたつもちぬれど。夜前石橋《やぜんいしはし》山にて一つの命は我君にまいらせ。朝《けさ》の命は只ひとつに成ぬ。嫡子与市《ちやくしよいち》が只今迄有ならは。親子《おやこ》は別躰一生《へつたいいつしやう》の。命がふたつ有べきにと袖《そて》をしぼりて語《かたり》ぬ。

実平《さねひら》さしうつむきげにあや（十八ウ）まつたり岡崎《おかさき》殿。某こそ命二つもちたり。いで我君に奉らんと嫡子《ちやくし》弥太郎遠平《とをひら》をまねき。汝《なんち》は舟よりあがり。君御門出《かといて》の吉凶《きつきやう》をあらため。命まつたう時節《じせつ》をうかゞい奉れ。とく〳〵とすゝむるに。遠平《とをひら》うらめしげに父《ちゝ》が顔《かほ》を詠《なかめ》。きのふの軍《いくさ》に敵《かたき》とくまざるさへ口惜《くちおし》かりしに。舟よりあがれとは。御用《やう》に立まじき者《もの》と思召さるゝか。此義おもひよらずとあがらん*気食《きしよく》はなかりき。実平《さねひら》いかりおのれがひけになるべき事を親《おや》の身としていふべきか。軍門《くんもん》に骸《かはね》をさらし。命をすつるは安くしてめづらしからす。とゞまりがたき所にて。のかれがたき一命《めい》をながらゐるを。誠《まこと》の忠《ちう》といふぞかし。承引《しやうゐん》せずは七生迄の勘当《かんたう》なりと。いへ共更《さら》にきゝいれず。父《ちゝ》のふきやうはかうむる共とゞまらんとは申まじ。七人の数《かず》あしくば某《それかしこゝ》爰にて腹《はら》を切《きり》。人数《にんじゆ》をへらし申（十九オ）べしと涙をながせは。実平腹《さねひらはら》を立。死《し》して人数《かず》へすならは。おのれをたのむ迄もなし。実平も死《し》にかねずと既《すで》に*死骸《じがい》とみへける時。弥太郎おしとめ。仰せにしたがい申さんと涙ながら。君に御いとま申はし舟に乗《のり》ければ。姫君とゞめさせ給ひ命《いのち》二つもつたる身が。舟よりあがる物ならは弥太郎よりも。自《みつから》が胎内《たいない》には源氏《けんじ》の末葉《すへば》めぐみ。はや五月に成給ひぬ。されば我ほど身にそひて。命ふたつもつたる人此内にはあるまじ。さもなきとて御用《こやう》に立べき若武者《わかむしや》を。舟よりあげ。女の身として御供せんはゐきもなし。是非《ぜひ》かはらんと弥太郎が袖《そて》にすがらせ給ひければ。頼朝《よりとも》はせんかたなくあれは主従《しうしう》是は夫婦《ふうふ》。三世の縁《ゑん》のきれめやらんと。いづれをいづれとわきまへかねさせ給ひければ。姫君御覧《こらん》じ唐《もろこし》の大そう皇帝《くはうてい》は。忠臣《ちうしん》のため（十九ウ）寵愛《てうあい》の后《きさき》をころせしためしも有。武士《ものゝふ》一人のこされんは大事《たいじ》の前《まへ》のふかくといひ。後《のち》の世迄も源氏《げんじ》の大将頼朝こそ。武士《ぶし》を捨《すて》て女をつれ。落《おち》たるなどゝわらはれさせ給はんは子ゝ孫ゝ《し〳〵そん〳〵》の御恥辱《ちじよく》。たつてとむるは我君《わかきみ》の恥《はぢ》をまねく道理《たうり》。そこのき給へとはし舟《ふね》に乗《のり》給へばいづれもしごくの涙にせまりぬ。弥太郎は是非《せひ》私をと。舟に座《さ》をしめ乗《のり》かゐん気食《きしよく》さらになかりき。姫君《ひめきみ》せいしかね。かく迄いふに承引《しやうゐん》なくは身をなげ死なんと仰けるを。弥太郎押《おし》とめ此上はともかくもと元《もと》の舟に乗《のり》けるにぞ。頼朝《よりとも》はせんかたなく顔《かほ》と顔とにいとま乞。はや御

舟《ふね》もへだたり。さらは〳〵の御声《こへ》もきこゑず。面影《おもかけ》も嶋《しま》がくれ。名残《なごり》を浪《なみ》にのこす言葉《ことのは》

寛濶曽我物語　三之巻終（廿オ）

寛濶《くわんくわつ》曽我物語《そがものかたり》　目録《もくろく》

四之巻

誅罰《ちうばつ》　一　鎌倉《かまくら》の*盤昌《はんじやう》

〽祐親《すけちか》が因果《ゐんぐわ》ざらし
　恨《うらみ》はつきぬ昔《むかし》の舅《しうと》
伯父《おぢ》の首討《くびうつ》祐経《すけつね》が太刀《たち》
是より工藤《くどう》左衛門出頭《しゆつとう》する事

義利《ぎり》　二　由井《ゆゐ》が浜《はま》の涙《なみだ》

〽切兼曽我《きりかねそが》
　継父《まゝちゝ》思ひの山
敵《かたき》の末《すへ》は草葉《くさば》の露《つゆ》
母《はゝ》の涙《なみだ》は魂緒《たまのを》の袖《そで》（目録オ）

君臣《くんしん》　三　命乞《いのちごひ》の訴詔《そせう》

〽仁《じん》を守堀《まもるほり》の弥太郎《やたろう》
　義《ぎ》を思ふ和田《わだ》の義盛《よしもり》
礼義《れいぎ》をわすれぬ千葉《ちは》の助《すけ》
知恵《ちゑ》をはかり信《しん》の種《たね》まく
畠山《はたけやま》の重忠《しげたゝ》曽我《そが》兄弟《きやうだい》をたすくる事

述懐《しゆつくわい》　四　箱根山《はこねやま》の悔《くやみ》

〽元服曽我《げんぶくそが》
　また後夫《のちつま》のわかれ
あけてくやしき箱根《はこね》山
　古里忍《ふるさとしの》ぶよその文《ふみ》
箱王《はこわう》敵《かたき》の顔《かほ》をみしる事（目録ウ）

寛《くわん》闊《くわつ》曽《そ》我《が》物《もの》語《がたり》　四之巻

一　鎌倉《かまくら》の*盤昌《はんじやう》

既《すで》に頼朝《よりとも》公石橋《いしはし》山のかごみを切《きり》ぬけ。海上《かいしやう》何事なく*阿波《あは》の国《くに》に渡《わたり》。それより上総《かづさ》に立越《たちこへ》。千葉《ちば》の助をかたらひ次第《しだい》〳〵に責《せめ》のぼり。相州鎌倉《さうしうかまくら》に着《つか》せ給ひぬれは。程なく関東《くわんとう》の武士《ふし》我も〳〵と佐《すけ》殿にかしづき奉る。*平家《へいけ》此沙汰《さた》を聞より度〻討手《たひ〳〵うつて》をむかはすといへ共。或《あるひ》は鳥《とり》の羽音《はおと》におどろき皆《みな》しりぞきぬ。是則《これすなはち》天のなせる所なりき。昔周《むかししう》の文王《ぶんわう》いしんちうをうたんとせし時。とう天に雲《くも》さゐて雪《ゆき》のふる事一丈余《いちしやうよ》なり。五色《こしき》の馬に乗《のる》人門外《もんぐわい》に来り。此事をしめしけれは文王（一オ）勝《かつ》事をゐたり。故《かるかゆへに》逆臣《きやくしん》程なくはいぼくし。天下おだやかなりといゐり。されは頼朝公鎌倉《かまくら》に住居《ちうきよ》をかまゐ。老中《らうちう》いげの屋形《やかた》花やかに立ならべ。貴賤遊楽《きせんゆふらく》の袖《そて》をつらね。民《たみ》の釜《かま》どゆたかに軒《のき》に煙《けふり》たえず。誠にぎやうしゆんの御代《みよ》共いふべし。*堅王出現《けんわうしゆつけん》すれば鳳凰《ほうわう》翅《つばさ》をのべ。堅臣国《けんしんくに》に来《きた》れは麒麟《きりん》ひづめをとぐといふ事。今此君にしられたり。有時頼朝時政《ときまさ》に仰けるは。誠にかた〳〵の忠恩《ちうをん》すぐれしゆゐ。二度運《ふたたびうん》のひらく事是私《わたくし》のなす所にあらず。然は我伊豆《いづ》に流人《るにん》せし時。伊東夫婦《いとうふうふ》の者《もの》につらくあてられし恨《うらみ》。こつずいにとをりやむ事なし。何とぞきやつらを討《うち》。日比《ひころ》の無念をはらさん。いそぎ軍勢《ぐんぜい》をもよふしからめ取。頼朝が目通《めとをり》にて首討《くびうつ》てゐさせよと仰けるにそ。時政是を承り（一ウ）いそぎしたくに帰り。盛長《もりなか》と心をあはせくつきやうの兵物引《つわものひき》ぐし伊東《いとう》が館《たち》ゐ寄《よせ》たり。盛長思ひけるは此祐親夫婦《すけちかふうふ》が事は某先立《それかしさきたつ》て承りしかど。石橋《いしはし》山の合戦《かせん》に事まぎれ今日迄打過《うちすぎ》ぬ。せめてぬけがけして。二人共にいけどらんと女の姿《すがた》に様をかゐ。石垣《いしかき》の所〻にかうがいさし。是をつたひへいにのぼり。城内《しやうない》ゐ入爰《こゝ》かしこに眼《まなこ》をくばり。門《もん》のゑび錠《ちやう》打はづし其身は奥《をく》に入ぬ。時政《ときまさ》ぢぶんをうかゞゐ時《とき》の声《こへ》をあげたり。伊東方《いとうかた》には思ひよらざる事なれは。皆はいもふしてにげたり。され共城内《しやうない》より高挑灯《たかてうちん》立ならべ天野藤内須崎《あまのとうないすさき》の五郎立出。是は何方の寄勢《よせせい》ぞやかつてこなたに覚なし。実名《けみやう》をうけ給はらんといふに。時政一陣《いちぢん》に駒《こま》かけ出し。こともおろかや兵衛の佐頼朝公。院宣《ゐんぜん》の給はり平家《へいけ》つゐだうの御門いで。（二オ）入道《にうたう》に御恨《うらみ》有により。某うけたまはり討《うつ》としてはせむかう。意趣《ゐしゆ》は祐親《すけちか》覚あらん。あれ討《うち》とれといふよりはやく。我をとらじと乗《のり》こみつゐに城《しろ》を責落《せめをとし》ぬ。いづくよりかは盛長《もりなが》。入道夫婦《ふうふ》に縄《なは》をかけ。大わらになつてかけ出。北条前《ほうてうまへ》にひきすゑ。きやつらは大事《たいじ》の囚人《めしうと》なれは道中堅固《たうちうけんご》にめしつれん。先本望《まつほんもう》はとげたりぬ。勝時《かちとき》つくれといさみをなし鎌倉《かまくら》に帰り。すぐに頼朝《よりとも》公の御前に召つれけるにぞ。君御悦《よろこひ》浅《あさ》からずいしくも致《いた》されしものかな。見るもなか〱腹立《はらたち》。いそぎ首《くひ》とつて千鶴若《せんつるわか》に手向《たむく》べしと仰ける爰《こゝ》に先年河津《せんねんかはつ》の三郎を討《うつ》たりし工藤《くどう》左衛門祐経《すけつね》。跡目《あとめ》の遺恨《いこん》おのれが儘《まゝ》にならざるを無念《むねん》に思ひ。平家《へいけ》にいとまを乞《こひ》すて。はう〲とさまよひ。いつしか頼朝公に宮社《みやつかへ》。*（二ウ）昼夜《ちうや》御そばをはなれぬ義利《きり》もの。伊東《いとう》の入道が首討《くひうた》ると聞より。御前に罷出謹言《つゝしんで》申あぐるは。はゞかりながら祐親《すけちか》が太刀《たち》取には此祐経《すけつね》に仰下さるべし。君にも兼《かね》〲御ぞんじのごとく。某が先祖《せんぞ》の所領《しよりやう》を入道《にうたう》にねとられ。其いきどをりやむ事なし。尤意趣《ゐしゆ》は私《わたくし》ながら。此度上意《ゐ》を請《うけ》給はり。首《くび》成共うたずんはいつの時《とき》かあらん。哀仰《あはれおゝせ》付られ候へかしと申上る。君聞召ともかくも仕れと。則《すなはち》けんしには土肥《とひ》の弥太郎承り。よろひずりといゑる所へ引出《ひきいた》し。入道夫婦《ふうふ》を三日三夜さらし。最後《さいご》におよびける時祐経うしろにまはり。久しや祐親日比心《ひころしん》欲ふかく。情《なさけ》といふ事をしらず。重恩《ちうをん》の頼朝公に弓《ゆみ》をひき。あまつさへ其若君といひ。正敷《まさしく》汝《なんち》が孫《まご》たる物を。淵《ふち》にしづめし天罰《てんばつ》のがれず。只今（三オ）

挿絵第一図（三ウ）

挿絵第二図（四オ）

しばり首《くひ》を討《うた》るゝ事の浅《あさ》まし。某太刀《たち》取致事定《さた》めし汝が心に覚あらん。筋《すし》なき所領《しよりやう》を我儘《わかまゝ》に致たるむくいのがれず。今祐経《すけつね》に討るゝそいつかう他人《たにん》の手にかゝらんよりましならめ。最後《さいご》をたしなめなど、恥《はぢ》しめけれ共。入道夫婦《にうたうふうふ》は十念《ねん》にもおよばず。仏《ほとけ》の御名《みな》もとなへず。今ころさるゝをも忘《わすれ》。おのれが所領《しよりやう》久須見《くすみ》伊東方《いとうかた》を詠《なかめ》けるなど浅《あさ》まし。時刻《こく》うつれは祐経。二人が首打落獄門《くひうちをとしこくもん》にさらし。高札《かうさつ》を立諸人《しよにん》に恥《はぢ》をあらはしぬ。是因果目前《ゐんくはもくせん》の道理《たうり》と皆人おそれぬはなかりき。ことすぎ頼朝公父左馬《ちゝさま》の守《かみ》の御為《ため》にせうちやうしゆゐんのこんりうし。其外社堂《しやとう》にたうばをさうりうし。仏像経《ふつざうきやう》ぐわんをきやうぞうし。せいばつの心指《さし》はやくすみやかにして。ぜんごんも又ばくたいなりき（四ウ）寿永《しゆゑい》二年九月四日に。居《ゐ》ながら征夷大将軍《せいゐたいしやうくん》の院宣《ゐんせん》をかうふり建《けん》久元年十一月七日に上落《しやうらく》*して大納言《たいなこん》にふし。同じき十二月五日に右大将《うたいしやう》ににんず。されはちうさくをいてうのうちにめぐらし。勝《かつ》事を千《せん》里《り》の外《ほか》にゑたり。誠に過つる比伊豆《ころいづ》の国《くに》におはせし時は。かく有べきとは誰《たれ》か思はん威勢《ゐせい》ひゞにまさり天下をたな心のうちにおさめ給ひぬ。扨盛長《もりなが》をば上野《かうつけ》のそうつゐふしになされ。又祐経《すけつね》はこれより出頭《しゆつとう》して。伊東《いとう》が跡《あと》を拝領《はいりやう》し栄花《ゑいぐわ》にくらすといゑども。敵《かたき》もつ身なれは行末《ゆくすへ》の

挿絵第一図

挿絵第二図

がれがたしと皆人いゑり

二 由井《ゆい》が浜《はま》の涙《なみた》

みやばしらふとしき立て万代《よろつよ》に。さかへ久しき鎌倉《かまくら》山。春《はる》は桐《きり》がやつの八重《やゑ》桜《さくら》。夏《なつ》は扇子《あふき》がやつのあやめ狩《がり》。秋《あき》はいろ（五オ）まさる紅葉《もみち》がやつ。冬《ふゆ》は雪《ゆき》見の御所と名付。源家《けんけ》の*盤昌《はんしやう》此時をゑたり。大小名昼夜《ちうや》のしゆつしに袖をつらね。烏帽子《ゑほし》のひながたをせきにつらね参上《さんじやう》す。有時頼朝仰出さるゝは。誠に平家世を取て廿余年。源氏はひゞにおとろゑぬるを。二度《ふた、ひ》取立《とりたて》。先祖《せんぞ》の恥《はぢ》をきよむる事身にあまるよろこび扨西国《さいこく》おもての事*範頼義経《のぶよりよしつね》にまかせ。朝暮軍《あけくれいくさ》をはげみ。勝利《しやうり》度《たび》ゝにして平家数个所《すかしよ》をやぶられ。西海《さいかい》のはたうにたゞよひ。やなにかゝれる魚《うを》のごとく。もれて行べきかたもなく。命を風波《ふうは》の下にしづめ大かた自滅《じめつ》致よし。然うへは。追付源氏一等《とう》の代となるべきぞと仰ければ。御前伺公の諸大名いづれもかうべをかたむけ。あつばれゆゝしき御果報《くわほう》と皆〱かんじいたりぬ。其中より（五ウ）工藤《くとう》左衛門祐経《すけつね》御前に罷出。御諚《でう》のごとく天下一等《いつとう》に我君にしよくし奉り。東国既《とうこくすて》に静謐《せいひつ》にしてらうゐんたゝざる此とき。まぢかき御ひざの下にあやしき者有。只今こそ稚《おさな》くとも。末ゝ《すへ〱》逆心《きやくしん》の思ひ立べき者。一両人御座候よし申上る。人〲聞て誰《たれ》なるらんと互《たがい》に目とめを見合けるにぞ。君聞召何と申頼朝にたいしあたをせんずる者《もの》とはいかなる者ぞと仰けるに。さん候此比《ころ》討《うた》れ申せし伊東《いとう》の入道が孫《まこ》共二人有けるを。曽《そ》我《か》の太郎祐信《すけのぶ》養育《やういく》仕ぬ。いそぎ祐信を召出され御詮義《ごせんき》もやと申上る。頼朝暫御し案のうゑ。此祐信が事は我に対《たい》して忠《ちう》の者《もの》なりしが。伊東が孫を養子《やうし》とし頼朝があたとなさんこそきつくわいなれ。我伊東が娘《むすめ》と契《ちぎり》。一人（六オ）の若《わか》をもふけぬれは。入道が為には孫《まこ》なるをとゞきが淵《ふち》にしづめ。うきめをみせし其恨《うらみ》しばらくもわすれがたし。祐信《すけのぶ》が所存《しよぞん》は重《かさね》ての詮義《せんぎ》と。梶原源太景末《かちわらけんたかけすへ》をめされ。汝はいそぎ曽我《そが》に立越《たちこへ》二人の子共をうけ取。由井《ゆゐ》が浜《はま》にて討《うつ》てすてよ。則《すなはち》けんし太刀取《たちとり》は。堀《ほり》の弥太郎友綱《ともつな》に仰付られけれは。両人承り御前を立。曽我のやかたゑいそぎ祐信《すけのぶ》に対面《たいめん》し。上意《ゐ》の趣《おもむき》相のぶる祐信つゝしんで承り。誠《まこと》に二人の世悴《せかれ》が義不忠《ふちう》の者の子孫《しそん》たれば御恨《うらみ》の段《だん》しごくせり。某かれらを養《やう》子《し》に仕事。したしみふかき河津《かはづ》が子共なれは。何とぞ一命《めい》をたすけたく存。やしない置ぬれ共上意《しやうゐ》のうゑは是非《せひ》もなし。暫それにと奥《おく》に入。女房《はう》にかくとかたりぬ。母《はゝ》きくと（六ウ）ひとしく生《いき》たる心《こゝ》地《ち》あらざりき。され共梶原《かちわら》が手前をはゞ

挿絵第三図

挿絵第四図

かり。こぼるゝ涙の下より二人の子共が手をひき。景末《かけすへ》が前に出。髪《かみ》のそゝけをなであげゑり引つくろひ。稚《をさな》く共よくきけ。おことらが祖父《おゝぢ》伊東《いとう》夫婦《ふうふ》の人。我君頼朝公ゑ。情なくあたり給ひし子孫《しそん》とて。只今人〳〵に召とらはるゝぞかし。祖父も親《おや》も継父《まゝちゝ》も人のしりたる人なれは。御前ゑ出たり共すこしもおそるゝ事なかれ。もしまた最後《さいご》におよぶ共みれんに心を持《もつ》まじと。詞《ことは》すゞしくの給へ共。胸《むね》にせきくる我涙《わがなみだ》。そち立にわかれて後我身はいかゞなるべきと。今は人めもはぢらはでいだき付てなげきけるにぞ。梶原《かぢわら》もろ袖《そて》をしぼり御なげきはさる事なれ共。時刻《ぢこく》うつれはいかゞなり。かなはぬ

（七オ）

挿絵第三図（七ウ）

挿絵第四図（八オ）

迄も我〳〵が。命《いのち》をたすけ申さんに先《まつ》とく〳〵とすゝめられ。祐信《すけのぶ》思ひ切《きり》たる風情《ふせい》にて二人の子共が手をとり。なく〳〵出るうしろすがた。母うへみあげみをろしはしり出。是が此世のわかれ。かく有べきとて此比《ころ》そめしきぬの色《いろ》。

一まんは朝顔《あさかほ》。箱王《はこわう》は紅葉《もみぢ》に鹿《しか》。思へばあだなる朝顔《あさかほ》の。ぬれてや鹿《しか》のひとりなくねは今身のうゐにあたりぬ。我《われ》後夫《のちつま》をかさねしもおことらふたりを成人《せいじん》させ。昔夫《むかしつま》の菩提《ぼだい》をもとはせんと。思ふ心に気《き》がねをし。今またわかれてあすよりは。誰《たれ》をかさして一まん共。また箱《はこ》王共よぶべき。われも一ッ所とくどきぬるを女房《にうばう》*立押《おし》とめ。やう〳〵いさめ奥《おく》に供なひ入とかや。其後梶原親《のちかちわらをや》子がわかれあまりにふびんとや思ひけん。最後《さいご》をあひのべ（八ウ）度〳〵御訴《こそ》詔《せう》申せども。君さらに承引《せういん》あらざれば。ちからおよばず由井《ゆい》の浜辺《はまべ》に供なひ。既《すで》に最後《さいご》をいそぎぬ。兄弟《きやうだい》しきがわのうへに座をしめ手をあはせていたりぬ。祐信《すけのふ》は今朝《けさ》迄も。梶原《かちわら》殿の情もやとたのむ心もつきはて。子共がそばに立寄何にてもいゝ置事はなきかと尋けるに。一まん聞て我相果《われあいはて》て後《のち》母うへに力《ちから》をつけて給はれ。最後《さいご》もみれんにはなかりしと。念比《ねんころ》に申てたべとおとなしくいひけれは。祐信《すけのぶ》涙ながら扨箱王《はこわう》はとひけれは。わらはゝ今一度《いちど》母うへにあいたいとなげく時。一まんはつたとにらみ。母《はゝ》うへかね〳〵おしゑ給ひしを。はやくもわすれたるかとはぢしめられ。箱王顔《はこわうかほ》をおしぬぐひ。ひぢをはりゐなをるにぞ。祐信《すけのふ》なをもかなしく。それ侍《さふらい》の命《のち》*（九オ）は。かうもうよりもかろくしておもきは家《いへ》の名字《みやうじ》なり。今はの時《とき》は目をふさぎ。一心《いつしん》に△弥陀仏《みだぶつ》をたのむべし。一万聞て。いやたのむ共よもやたすけはし給はじ。菟角最後《とかくさいご》をいそいでたべといさめられ。弥太郎うしろにまはり。あにをきらんは順《じゆん》なれど。弟《おとゝ》が見はおどろかん。兄《あに》をやきらん。弟《おとゝ》を切《きる》べきかと十方《とはう》にくれていたりぬ。祐信《すけのぶ》弥太郎がそばにより。そつじながらしかるべくは其太刀《たち》を某《それかし》にかし給へ。祐信が手にかけ後世《ごせ》とふらはんといゝけれは。さいわいと友綱《ともつな》太刀をわたしてみむきもせず。是迄なりと祐信太刀《たち》をふりあげ。うたんきらんとしけれ共。首筋《くひすし》のしろかりしが太刀影《たちかげ》にうつり。なをうつくしくみへけるにぞ。いづくに刀《かたな》をあつべきぞと。かしこゐなげすて兄弟《きやうだい》にいだき付《つき》。（九ウ）せんごをうしなひいたりぬ。かゝる所へ畠山《はたけやま》の重忠《しげたゝ》あはたゝしく来り。是〳〵友綱《ともつな》あまりとあれは不便《ふびん》なり。かなはぬ迄も申てみん。そこつに切《きり》給ふな弥太郎。あはてな梶原《かちわら》まち給へと。互《たかい》に相談《さうだん》きはめ二人の子共をしたくにともなひ。千葉《ちば》

岡崎《おかさき》。和田《わだ》の義盛《よしもり》なんど、心をあはせ君の御前《まへ》に出けるとなり

三　命乞《いのちこひ》の訴詔《そせう》

扨も重忠《しげたゞ》二人の若《わか》をたすけ。梶原友綱《かぢわらともつな》。そのほか老中《らうちう》心を一つにし。頼朝《よりとも》公の御前に出。弥太郎先立《さきたつ》て申あぐるは。伊東《いとう》が二人の孫《まこ》共死罪《しざい》に仰付られ。*早束誅罰《さつそくちうばつ》致へき所に。祐信夫婦《すけのふふうふ》の者《もの》あまりなげき申さるゝ段《たん》。申上るもはゞかりながら。友綱一生《ともつないつしやう》のふびんなりし事を見候。（十オ）尤太刀取をいたせと有御諚《こてう》ゐはい申にあらね共。戦場《せんちやう》にて命《いのち》を捨《すて》。たゝかはん事物のかずとはぞんぜねと。かゝる哀なる事は覚ず候。君聞召。さこそ父母《ちゝはゝ》がなげく段しごくなりと仰ける詞《ことば》に取付《とりつき》。おゝそれおゝき事ながら。未東西《いまたとうざい》をもわきまゑぬ者《もの》共。何とぞ成人《せいじん》仕迄某に御あづけ下《くた》さるべしと申あぐる。君打ゑませ給ひ尤一通《ひとゝをり》はきこへたれ共。伊東夫婦《いとうふうふ》がつらさ。寵愛《てうあい》の若をころされ。あまつさへ女房迄取替《とりかへ》されたる恥《はぢ》のうゑ。ゆいの小つぼの夜軍《よいくさ》に頼朝をうたんとせし恨《うらみ》。何とぞ一国《いつこく》の主《ぬし》にもなりたきと明暮仏神《あけくれぶつじん》にいのりしも。伊東《いとう》をにくしと思ふゆゑなり。されはきやつらが子孫《しそん》といわゞ。たとへ乞食非人《こつじきひにん》なりともいけ置まじきに。現在《けんさい》の孫《まこ》はやく誅《ちう》して腹《はら》いさせよと（十ウ）仰ける。時に和田《わた》の義盛《よしもり》御まへに畏。友綱《ともつな》申上られかなわぬ所を。重《かさね》て申ははゞかりながら。義盛御馬《むま》の先《さき》にて御用《こよう》に立事度《たび》ゝなり。中にも衣笠《きぬかさ》の合戦《かせん》に。某既《すで》に御命《いのち》に替《かはり》奉りぬ。それより御世に出させたもふ其忠節《ちうせつ》に思召かゑられ。此二人の世悴《せかれ》を我〳〵にくだされなは。生前《しやうせん》の御恩《ごをん》此事なりと申けるに。頼朝聞召。かれらが訴詔《そせう》の義二度《ふたゝひ》申出すべからず。必無用《かならすむよう》と仰けるを義盛重て。罪《つみ》かろくして討《うた》るゝなど申うくるはさのみ御恩《こをん》共存ぜず。重罪《ちうざい》人を給はるこそ。*置《おき》てをそむく御恩《をん》ならめ。義盛《よしもり》一世の大事。何事か是にしかんと申されしを。君も御難義《ごなんき》に思召。暫《しばらく》御し案まし〳〵。おことが所望《しよもう》なにをかそむかん。さりながら此事ば

かりはゆるされよ。（十一オ）

挿絵第五図（十一ウ）

挿絵第六図（十二オ）

頼朝ふかき恨《うらみ》有。あたをほうずる事ぞかし。たとへ天子《てんし》のりんげんにても。中〳〵かなひがたしと御気食《きしよく》*あしくみゑける時。土肥《とひ》の次郎土《つち》屋の三郎目くばせし。おの〳〵申てかなわねど。もしやと思ひ出らるゝを君はるかに御覧《ごらん》じ。いづれも外《よ》の義《ぎ》はかくべつ。此事におひては。かまへて申出さるゝなと。先立《さきたつ》て留《とめ》給ふに重《かさね》て申者《もの》なかりき。千葉《ちば》の祐種《すけたね》罷出。いづれもさいさん言上《ごんじやう》有。御取上《とりあけ》なきを又申上るは。あつばれ龍《りやう》の髭《ひけ》をなで。虎《とら》の尾《を》をふむ心なれ共。私《わたくし》御免《こめん》と申にあらず。先《さき》に申されし人〳〵に対《たい》し御ゆるし下《くだ》されなは。一世の御恩《こをん》ならめとせき近《ちか》く寄《より》給へは。頼朝心よげにうなづかせ給ひ。御身の事は。頼朝既《すで》に石橋《いしはし》山の合戦《かせん》に打負《うちまけ》。只七騎《き》になつてとひの杉《すき》山を出。やう〳〵ゆ木の（十二ウ）浦《うら》に着《つき》しがいせんとせし時。千騎《せんき》万騎《まんき》の力《ちから》となり命をたすけられし故。今天下の主《あるじ》となる事。是御身のはたらきわ

挿絵第五図

挿絵第六図

するゝ事なし。され共伊東《いとう》がうらめしさは。書《かく》共つきじ語《かたる》もはら立。かれらが事に付《つゐ》てはふつ〳〵かなふまじきと面《おもて》をそむかせ給ひぬ。御諚《ごでう》の趣《おもむき》御尤に候得共。今日の訴詔《そせう》人。まさかの時いづれか身命《しんめう》をおしみたる者《もの》壱人もなし。伊東が不忠《ふちう》あればこそ。御たすけ共申せと詞《ことは》をはなち申さるゝ。頼朝聞召。それ獄中《こくちう》の罪《ざい》人は仏《ほとけ》もたすけたまはぬぞ。祐種《すけたね》重て。地《ち》蔵菩薩《そうほさつ》の誓願《せいくわん》に。むべつ世界《かい》の衆生《しゆじやう》は。地蔵菩薩の御慈悲《じひ》に。すくひ取給はんとのちかひ。儒《じゆ》の神道《しんたう》は仏道《ふつたう》の慈悲。こゝをもつて左右《さゆう》のごとし。神道《しんたう》なくは大平ならざらんと詞《ことは》を揃《そろへ》申されけるに。君聞召。い（十三オ）やとよ。御身のごとく慈悲《しひ》に心をうばわれせいたうせば。天下おだやかならずしてかゑつてみだるゝにちかし。聖徳太子《しやうとくたいし》の辞世《じせい》に。慈悲《じひ》を神道《しんたう》にておさめんと。国《くに》に盗《ぬす》人有てひんくのおかす所とて。おゝくの宝《たから》をあたへ給ふ。故《かるかゆへに》国民《くにたみ》いとなまず。盗《ぬす》人をかげうとす。それよりせいたう替《かはり》。きわめて二十一ヶ条《てう》。憲法《けんはう》のおきてをあらため。御世《みよ》をおさめたもふぞかし。仏《ほとけ》のさいらいなれはとて。天下を納《おさめ》給ふうゑは。慈悲《じひ》ばかりにてはおさまらず。天下の法度式目《はつとうしきもく》は将軍《しやうくん》の説法《せつはう》なり。筋《すぢ》なき事を申されなとことをわけて仰ける。其時畠《はたけ》山の庄司《せうじ》重忠《しげたゝ》御前に罷出。*暦《れき》〳〵御訴詔《ごそせう》申され御《こ》承引《しやういん》なき所を。某申上る段《だん》おゝそれおゝく候得共二人の者成人《ものせいしん》の後《のち》。いかなるふるまひ致共此重忠《しけたゞ》にかゝり申さん。（十三ウ）かね〳〵訴詔《そせう》がましき事。一生《いつしやう》のうち一度《いちど》と存申出したる事あらね共。此事におゐては今日の訴詔《そせう》人等《ら》に下《くだ》さるべし。おこがましくは候得共。平治《へいぢ》の乱《みだれ》に君清盛《きみきよもり》に取こめられ。既《すで》に御命のあやうかりしを。小池《こいけ》の尼《あま》の申されやう〳〵命をたすかり給ひ。今右大将《うたいしやう》迄へあがり。天下の武将《ぶしやう》と成給ふ。其御祝義《しうき》と思召。かれらを助《たすけ》下されなは壱つはわか君がたの御祈禱《こきとう》または。御家門《ごかもん》げんたう二世の御いのり。何事か是にすぎんと詞《ことは》をつくし申さるれは。おろかなり重忠《しけたゞ》。平家《へいけ》の一門《もん》此頼朝を助置《たすけおき》。今既に我にほろぼさるゝ。其ごとくきやつらを助置《たすけおく》ならは。末《すへ》〳〵頼朝が敵《てき》になるべき事何うたがひかあらん。よしなき事を申されな。重忠《しけたゝ》重《かさねて》て御詞をかへすはあまりなれ共。昔《むかし》大国に大王有て武用《ぶよう》の（十四オ）しん家《か》*をあつめて。千人あひし玉《たま》の冠《かんむり》。金《こかね》のくつをあたへて召つかふ。其中に長子《ちやうし》と云堅《けん》*臣《しん》あり。大王是を召て我万宝《われまんばう》にふそくなし。然にならびの国に市を立て宝《たから》を売《うる》といゑり。汝《なんぢ》かの市に行我宝《わかたから》の外《ほか》たるべきものあらはもとめ来れよ。長子《ちやうし》畏かの市にあゆみ見物《けんぶつ》するに。もれたる物なし。然共善根《せんこん》といふ事のみへざりき。是を買《かい》とらんと思ひ。たもち来る宝《たから》を。かの国の非人《ひにん》共をあつめてこと〴〵くほどこし手をむなしく帰りぬ。大王問《たいわうとう》て云《いわく》。買取珍宝《かいとるちんばう》何やらんとの給ふ。長子答《こたへ》て。王宮《わうくう》の宝蔵《ほうざう》と比《くらへ》みるに不足《そく》なる物なし。さるにより善根《せんごん》と云物を買取《かいとり》ぬといゑり。大王聞召其善根《ぜんごん》みんと有しかは。長子が曰《いわく》。かの国《くに》のひんじやをあつめて。持所《もつところ》の宝《たから》をとらせたりと申てことおわりぬ。（十四ウ）其後彼《かの》国のゑびす。大王をうたんと既《すで》に合戦《かつせん》す。大王打負《まけ》させ給ひならびの国へ落《おち》給ふ。然に千人の臣家《しんか》君をみすてゝにげたり。其時大王既に自骸《じがい》*とみへしを。長子《ちやうし》押《おし》とめ。我此国にて買取《かいとる》所の善根《ぜんごん》爰なり。此者共を加勢《せい》に頼べしと尋しかは。宝《たから》をゑたりし非《ひ》人の中に。子芳《しはう》といゑる勇者《ゆうしや》。心指《こゝろさし》をかんじあまた兵物《つわもの》をかたらひ。城 郭《しやうくわく》をこしらゑ大王をうつし奉り。運《うん》のひらき二度《ふたゝひ》国に帰り給ひぬ。是長子《ちやうし》が買置《かいおき》し善根《せんごん》。今にいひつたへたる一騎《き》当千《たうせん》是なり。其後にげたりし。千人の臣家《しんか》立帰りつかゑんといふ。大王聞召又軍《いくさ》出来《でき》なは

挿絵第七図

にげん。しかるべくは初《はしめ》たる臣家《しんか》をつかふべしとの給ふ。長子《ちやうし》いさめて新座者《しんざもの》は其心《こゝろ》しりがたし。にげたる臣家《しんか》を召かゑされ給はゞ。（十五オ）しかるべしと申。大王げにもと思召。にげたりし者共を尋出し本《もと》のごとく召《めし》つかふ。其後又一乱《いちらん》おこりぬ。にげたりし臣家《しんか》。二度の御恩《こをん》にはぢ。命《いのち》をおしまず戦《たゝかい》かつ事をゑたり。かれらもさる者《もの》の子なれは。いかで御恩《ごをん》をわすれんやと詞《ことは》を替《かへ》て申上る。君聞召。それは臣《しん》のたつときにあらず。長子《ちやうし》が△賢《けん》なるゆゑなり。然は此重忠《しけたゞ》を長子《ちやうし》と思召。かれらを臣《しん》になぞらへ御助下《たすけくだ》さるべし。是非《せひ》かなはずは重忠《しけたゞ》が運《うん》のきはめ。御前にて腹《はら》仕二人の子共が手をひき三津《さんづ》の川を渡《わた》り。あび大じやうの底《そこ》に入。伊東河津《いとうかはつ》と面談《めんだん》し。二人の子共を相《あい》わたし古《こ》はうばいの印《しるし》にせん。重忠自骸《しけたゞじがい》と申なは。一門不残《もんのこらず》はせあつまり君に恨《うらみ》を申べし。然はゆゝしき御大事《だいじ》と詞を（十五ウ）

挿絵第七図（十六オ）

はなし申さるゝ。君御きしよくかはらせ給ひおろかなり重忠《しけたゝ》。其時にいたつてはそれこそ我が運次第《うんしだい》と。もつての外《ほか》の御きげんなり。重忠今は是迄と一座をみまはし。かほどの御訴詔《こそせう》かなわぬとてながらゑんと思召か。人はともあれ重忠《しけたゝ》是にて腹《はら》きるぞ。追付《おつつき》給へと太刀《たち》のつかに手をかくる。頼朝しばしとゞめ給ひ。ふせうの訴詔《そせう》なれ共。おの〱命《いのち》にかゑかれらを哀《あはれ》み給ふ其仁心《じんしん》いかでむげになすべき。然上《しかるうへ》は今日訴詔《そせう》有し人〱に。二人の若《わか》をあづくると御きげんよろしく。御座《ござ》を立せ給ひぬ。有がたしと祐信兄弟《すけのふきやうだい》を先《さき》に立。人〱に一礼《いちれい》申そがの屋かたに帰りけり

四　箱根《はこね》山のくやみ

くはうゐんおしむべし時人《とき》をまたざることはり。隙行駒《ひまゆくこま》（十六ウ）つながぬ月日かさなり。一まん既《すで》に十五才にそなりけり。父河津《ちゝかはづ》に別《わかれ》しより是非《せひ》なく母に付そひ。曽我祐信《そかすけのぶ》が養子《やうし》となり。十年《とゝせ》ばかりもくらせしが。幾程《いくほと》なくて祐信世をはやうし給ひけるにぞ。元来伊東《くわんらいいとう》が孫《まご》なれは御にくしみつよくして。本領《ほんりやう》を召あげられ。有にかいなき身となりて。万《よろつ》にそふるまづしさ。昔《むかし》を忍《しのふ》つまをかさね。よしなき事に身をなし二度《ふたゝひ》なげく浮世《うきよ》哉《かな》。爰《こゝ》に二のひめといふ姉娘《あねむすめ》の有けり是は祐信が稚《おさな》なじみの忘形見《わすれかたみ》。河津が後家《ごけ》とは継《まゝ》しけれ共互《たかい》にへだてつる心もなく。母の情《なさけ》に孝《かう》をつくし。誠《まこと》の親《おや》とかしつきぬ。母つく〱思ひけるは。我〱が身程世にふせうなるはなかりき。せめて公方《くばう》をはゞかる共。兄《あに》をば男《おとこ》になすべきとひそかに元服《けんふく》をさせ。継父《まゝちゝ》の名字《みやうじ》をとり。（十七オ）曽我《そか》の十郎祐成《すけなり》と名乗《なのら》せける。又弟《おとゝ》の箱王《はこわう》は。十一才の比《ころ》より箱根《はこね》山ゑのぼし学文《かくもん》させ。既《すて》に十三になりける十二月下旬《げじゆん》。別当《へつたう》かたに有けるちごうじゆく。春《はる》に近付《ちかつく》初小袖《はつこそて》。親里《おやさと》よりの送《おく》り物師《ものし》の坊《はう》ゑのさゝげ物。父《ちゝ》の文母《ふみはゝ》の文。二つ三つよむなど有。又かたほとりには下部《しもべ》の者《もの》。明《あけ》なば養父入《やぶいり》とさゝやきぬ。箱《はこ》王ははうばいのゆゝしかりしをみて。なくより外《ほか》はなかりき。其折から鬼王《おにわう》から〱の送《おく》り物《もの》に。母《はゝ》の文一つ参らせけるにぞ。箱王涙ながら御文を詠《なかめ》。何と鬼王《おにわう》よそのちご立*には父《ちゝ》うへなど有。兄弟《きやうたい》とても中よかりつるに。いかなれはみづから父《ちゝ》たる人に縁《ゑん》もなく。兄弟《きやうだい》とてもうとまるゝ。腹《はら》こ

そ替《かは》れ姉君《あねきみ》様。十郎殿。などたよりはし給はぬぞ。さん候兄《あに》うへは。何とぞ敵祐経《かたきすけつね》をうたんとて。（十七ウ）昼夜《ちうや》御心をよせられさらに御いとまなど候はず。又あね君の御事。此程《ほど》御いたわり以《もつて》の外《ほか》にて候ゐは。よろしく心へ申せとの御事なり。随分学文《すいふんがくもん》をとげられ。はやく出家《しゆつけ》の身となり。ちゝうへ立の御跡《あと》。念比《ねんころ》にとむらはせ給へと申けるにぞ。箱王《はこわう》は小声《ここゑ》に成。いやとよ鬼王《おにわう》同じくは兄弟《きやうたい》もろ共敵《かたき》が討《うち》たし。され共母《はゝ》の仰のもだしがたく此山ゐのぼりしかど。明暮箱根《あけくれはこね》に詣《もふで》。本望《ほんもう》とげん事をいのる其印《しるし》にや。近日頼朝《きんじつよりとも》公二所御《にしよご》参詣《さんけい》の御沙汰《さた》有。左もあらは祐経《すけつね》御供申べし。何とぞうかゞひ一太刀《たち》恨《うらむ》心ぞかし。さりながら我未敵《いまたかたき》の顔《かほ》を見しらず。よき折《をり》からなりとうりうし。祐経をしゐてゐさすべし。首尾《しゆび》よくは討《うつ》べしと互《たかい》に心をあはし。頼朝公の参詣《さんけい》をこそ待《まち》いたりぬ。既に頼朝公。箱根《はこね》御（十八オ）参詣《さんけい》の御供には。和田畠山土肥岡崎《わたはたけとひおかさき》。川越高里江戸小嶋《かはこへたかさとゑとこしま》。玉の井小山宇津《をやまうつ》の宮《みや》。山名佐戸見工藤《なさとみくとう》左衛門。都合《つかう》三百五拾人。花折紅葉《もみち》をかさねし*将束《しやうぞく》。雲母《きら》一天をかゝやかし。ぢんとうに雲《くも》おゝひ。すいかんじやうゐ白《しろ》ひたたれ。ほいけんせいはあたりをはらふ。凡中間《およそちうけん》ざつしき気色《けしき》に色《いろ》をつくし。後陣《ごぢん》のけいごかつちうをよろひ。弓矢《ゆみや》を*対《たい》するすいびやうなど。上下につとひ左右《さゆう》のたてわき二行《きやう》にならび。御てうとかけの人〳〵弓手《ゆんで》をしゆごしぬ。御むかいの*冷人《れいじん》きがくをとゝのゐ。られやうの袖をひるがへす。御前《まへ》の*舞人《かくにん》。けいろうをうつてぶかうのくびすをそはだつ。神前《しんせん》には社僧経《しやそうきやう》のひもをとき。神楽男《かくらおのこ》はど拍子《ひやうし》をあはせ拝殿《はいでん》にしかうす。其折から箱王鬼王を供なひ。君のうしろにこがくれ御供の人〳〵。あれはたそ（十八ウ）やと尋る。鬼《おに》王承りさん候左の一の座はちゝぶの重忠。頼朝一世の先陣役《せんちんやく》。右の座上は三浦《みうら》の義盛《よしもり》。子息義秀《しそくよしひて》。其次は佐戸見《さとみ》の孫《まこ》太郎。梶原源太景末《かちわらけんたかけすへ》。扨少引《ひき》さがつてはん将束《しやうぞく》の数珠《しゆず》を持《もち》。かうのひたゝれきたるこそ工藤左衛門祐経なり。かならず見忘《わすれ》給ふなよ。たとひ折よく共御前ははゞかり給へ。御よやめの帰るさなど。何とぞしてうかゝはんと暫時《しはらくとき》をうつしぬ。折ふし祐経お†次《つき》の間ゐ出たりしが箱《はこ》王か眼《まなこ》ざしを見付。此ちごが立振舞《たちふるまい》。正敷《まさしく》河津が子供やらん。もしは左もやと尋けるに。箱王はつと思ひしがいかにもそれにて有けるが。御用《ごよう》ばしかと立寄《たちよる》をみて。扨ゝ父《ちゝ》によく似たり。我は是工藤左衛門祐経《すけつね》とて。おことが父《ちゝ》とは従弟《とこ》にて。そち立にもしたしき者《もの》。と、にもあはぬほいなさ。随分別当《すいふんべつたう》にかし（十九オ）つかれよ。弟子《でし》立あまた有共。此祐経程成かたうど持《もち》たる人有まじ。折《おり》をもつて御前《ごぜん》も申なをすべし。何事によらす訴詔《そせう》の事あらは取次《とりつき》をしてゑさせん。それのみならず。某かたへも出入せば身の為悪《ためあしく》敷は思ふまじ。兄《あに》の十郎とても常《つね》〳〵参り。勝手《かつて》など取持《とりもち》なばかち若《わか》とうとはいふまじきに。いはれぬひんがを出し。あまつさへ某を親《おや》の敵《かたき》など、て筋《すし》なき事を申よし。たとへは敵にもせよ。当時《たうち》左衛門祐経《すけつね》をねらはん事。たうらうが斧《をの》成べし。まづしき身にて他人《たにん》にまじわり。修羅《しゆら》をもやしてくらさんより。もしまた文《ふみ》の次手《つて》あらは。必《かならす》まいれと申さるべし。先初《まつはしめ》てのげんざんに何がなひきでものとらせんと。赤木《あかき》の柄《つか》にどうがね入たる刀《かたな》一腰《こし》取出し。箱王にとらせけれは。只何となくうけとれど。初対面《しよたいめん》の詞《ことは》（十九ウ）の末耳《すへみゝ》にあまりて口惜《くちおしく》。おろ〳〵涙に身をふるはし。折よくば一刀《ひとかたな》につかん物をといさめ共。祐経《すけつね》しばしも目をはなさず。忍《しのひ》の柄《つか》に手をかけまぢかくもよらざれは。せんかたなくもひかへたり。折ふし我君御下向《げかう》とつげけるにぞ。祐経今は是迄とそこ〳〵にいとま乞《こひ》して帰りぬ。箱王こ、ぞと刀をぬいて追《おつ》かくる。鬼王袖《おにわうそで》に取つき。物にくるはせ給ふか。最前《さいせん》も云ごとく御前近《ごぜんちか》き太刀《たち》ざんまい。もしみとがめられてはせんなき事。*きう法《はう》のうてなはるいそよりおこり。千里《せんり》のかうは一ぼより始《はしまる》。こうつもらぬ内《うち》は中〳〵敵《かたき》は討《うた》れぬ物。とゞまり給へとかんげんせられ。我舎利《われしやり》〳〵仏《ほとけ》に成とても中〳〵出家《しゆつけ》はとげられず。菟角《とかく》は曽我《そか》にくだり兄弟《きやうたい》もろ共討《うつ》べきと涙ながらに帰りける

寛濶曽我物語　巻四之終（廿オ）

寛《くわん》潤《くわつ》曽《そ》我《が》物語《ものがたり》　目録《もくろく》

五之巻

後*懐《こうくわい》　一　勘当箱《かんだうばこ》のしがらみ

〽あはれむは兄《あに》うやもふは弟《おとゝ》
丸びたい角《かど》の有《ある》おとこ
独《ひとり》の親《おや》は涙《なみた》の海《うみ》
気《き》を替《かへ》て兄弟《きやうだい》づれの墎通《くるはかよひ》

色里《いろざと》　二　大礒《をゝいそ》の契初《ちぎりぞめ》

〽虎御前《とらごぜん》は筋目《すぢめ》有遊女《ゆふぢよ》
哥《うた》にひかるゝ猫《ねこ》の妻恋《つまこい》
ちよつとみて兄《あに》なり男《をとこ》なり
たのもしきは武士《ふし》
曽我《そが》と三浦《みうら》が口論《かうろん》する事（目録オ）

密夫《まぶ》　三　真字《まなじ》の千話文《ちわぶみ》

〽鬼王《おにわう》はじめての揚《あけ》屋入《いり》
恋慕《れんぼ》の闇墎《やみくるは》のかごぬけ
思わくの声《こへ》を聞《きい》て
煩悩《ぼんなう》の手綱《たづな》曽我《そが》に
ひかれて水もらさぬ中《なか》となる事

心指《こゝろさし》　四　傾城追善《けいせいつゐぜん》の伽羅《きやら》

〽朝比奈《あさひな》手立《てたて》の川狩《かはがり》
禿《かぶろ》は情《なさけ》のあだ花
川流《かはながれ》はひろいどくな盃《さかづき》
是《これ》より思ひつく形勢坂《けはひざか》の
しやう〳〵五郎と馴初《なれそめ》し事（目録ウ）

寛《くはん》濶《くわつ》曽《そ》我《が》物語《ものがたり》　五之巻

一　勘当箱《かんだうばこ》のしがらみ

扨も箱王《はこわう》。鬼《おに》王もろ共箱根《はこね》山を忍出。曽我の里《さと》に下《くだ》り。其身は団《たう》三郎が屋かたにかくれ。兄《あに》十郎方《かた》ゑかくとしらせける。祐成《すけなり》おどろき。いかゞして来《きた》りしと尋けるにぞ。箱王涙《なみだ》ながら。さん候此程頼朝公《よりともこう》。箱根御《こ》参詣《さんけい》の比《ころ》敵《かたき》祐経《すけつね》に出あい。鬼王もしるごとく。あつばれにくかりし詞《ことば》を聞《きゝ》。たとゑば我。生仏《いきほとけ》になれはとて出家《しゆつけ》をとぐる心底《しんてい》なし。哀御情《なさけ》にて侍《さむらい》となし。敵討《かたきうち》の御供に召つれ給はるべし。此由《よし》母《はゝ》うゑ聞給はゞなか〳〵御にくみも有べし。されはとて其段《たん》は暫《しばらく》の事。もし御《こ》承引《しやうゐん》あらずは。某《それかし》壱人してかたきをうたん心指《こゝろさし》。ねがわくは兄弟《きやうだい》（一オ）心をあはせ。年来《ねんらい》の

挿絵第一図

挿絵第二図

本望《ほんもう》とげたらんには。何かのぞみの有べしと涙《なみた》をながし申けるにぞ。十郎かんじ給ひ。さほど迄思ひつめぬるうへはいかでいなと云ふべし。母のいかりは祐成《すけなり》申なだめん。思ひ立ぬるを吉日に只今男《おとこ》なりをさすべし。今年《ことし》十七歳《さい》と覚ぬれは元服《げんぶく》は重《かさね》て。先角入《まつかどいれ》てゐさせよと。団三郎に其品《そのしな》ゝを申付。丸びたいなりけるちごの形《かたち》を替《かえ》。ふりわけ髪《かみ》の大たぶさ。祐成召替《めしかへ》の小袖《こそで》を着《き》せ。さしがゐの大小《だいしやう》。十郎つく〴〵詠《ながめ》。あつばれなりしこつがら。眼《まなこ》のみかゐしうしろ姿《すかた》の居《ゐ》ずまひ。父《ちゝ》河津殿《かはづどの》にいきうつし。祐重《すけしげ》うき世にましまさはいかばかり悦《よろこひ》給はん。つゐでに名《な》をも替《かへ》んと。曽我《そか》の五郎と付たり。すぐに母の御前《をんまへ》に召つれ。よろしくしゆびをつくろわんと供《とも》なひいそぎぬ。下部《しもべ》の者《もの》共がみるより。(一ウ)箱王様を男《をとこ》になし。十郎様の御出なりと申けれは。母聞給ひ男に成たるといふを。法師《ほうし》に成けると聞《きゝ》まがひ。何と申箱王出家《しゆつけ》に成て来《きた》るとや。此程別当殿《べつたうとの》より。いづくゐやらんうせぬるとて。度ゝ《たび〱》つかいをこされしにとく出てあふべしと。常《つね》の所に出給ひぬれ共。五郎はさうなく内《うち》ゐもいらざりければ。母待兼《まちかね》給ひ。いそぎ法師《ほうし》顔《かほ》みんとて。障子《しやうじ》をあけてみ給へは男になりていたりぬ。母はふため共見ず。障子《しやうじ》をはたとさし。内より声《こゑ》をあらけて。そもおのれは誰《たが》がゆるして男にはなりけるぞ。兄祐成《あにすけなり》が風情《ふぜい》をうらやましく思ふか。誠に祐信《すけのぶ》殿に別《わかれ》てより。伊東《いとう》が子孫《しそん》養《やしなひ》ける者《もの》の跡《あと》なりとて。いみじき所領《しよりやう》を召あげられ。それより此方《かた》。まつしきものは曽我殿原《とのばら》と。よしなきことの葉《は》にかゝるぞかし。*垣生小家《はにふのこや》（二オ）のいとなみさへ。和田北条《わたほうでう》。千葉上総殿《ちばかづさとの》の御かいはうつよき故《ゆへ》なり。二人の下人鬼王団《をにわうだう》三郎にさへ。四季《しき》折〳〵のふちをもとらせざりしていをみては。いきたる心はなけれ共。しなれぬ命《いのち》こそつれなけれ。十郎だに男《をとこ》になしてくやしく。今にても法師《ほうし》になれよかしとこそおもゑ。祐成俗《すけなりぞく》なれはとて親《おや》の名跡《みやうせき》をもつぐ事か。名《な》をも十郎とよばせぬるさへ口惜《くちおし》。末《すへ》の子は伯父《おぢ》の祐清方《すけきよかた》ゑやりぬれど。是もちゝむなしく成て。越後《ゑちご》の国《くに》。久賀見《くがみ》とやらんいふ山寺《でら》にすむとのみ聞て。未対面《いまたたいめん》したる事なければ他人《たにん》にはおとれり。もとより父母《ちゝはゝ》をもしらねは後《こ》世とはんやうなし。誠《まこと》に河津《かはつ》殿ほど浅《あさ》ましき人も有間《あるま》じ。子供《こども》あまたもちながら。誰《たれ》か菩提《ぼだい》をとふ者《もの》なくせめてはおのれ成共出家《しゆつけ》にし。父《ちゝ》ちゝの（二ウ）きやうようなり共とはせんと思ひつるに。かゝる姿《すかた》になり行《ゆく》事の腹立《はらたち》。今より後《のち》親《をや》もちたると思ふな。子ある共おもはじ。何方《いづかた》ゑもまどひゆけ。かりそめにもみゆべからずと。涙をながしの給ひけるにぞ。せんかたなくも祐成《すけなり》。弟《をとゝ》を供《とも》なひ一間《ま》に帰り給ひぬ。五郎涙のしたより。父《ちゝ》の敵《かたき》を討《うつ》てたむけんと思ゑは。いきてまします母のふきやうをかうむる。是現在《げんざい》の不孝行末《ふかうゆくすへ》とてもおそろし。人あまたしらざる内法師《うちほうし》となり。母のかんきをゆるされんに。はや御いとまと申ければ。十郎聞て。母のふきやうあるべきとは思ひもふけし事。今更《いまさら》おどろくべきにあらず。近日北条《ほうでう》殿を頼勘当《かんだう》の訴詔《そせう》をねがはん。先《まつ》それ迄は。何方《いつかた》ゑも立越《たちこへ》なぐさまんと打つれ。おば聟《むこ》なれは三浦《みうら》の時義《ときよし》。従弟《いとこ》の（三オ）

挿絵第一図（三ウ）

挿絵第二図（四オ）

平六兵衛。土肥《とひ》の弥太郎もおば聟《むこ》なりき。和田北条《わたほうてう》殿はこんせつなりし中。此人〳〵の方《かた》にて二三日づゝあそび帰《かへ》りぬ。され共五郎は勘当《かんだう》の身なれは。十郎が一間《ひとま》にしのび。母恋《はゝこい》しき折〳〵は。ものゝひまよりさしのぞきしかど。我身《わかみ》は見付られじとかくれぬ。ねられぬまゝに兄弟打寄《きやうだいうちより》。只祐経《すけつね》をうたんとのみ思ふ心ぞたのもし。有時祐成《すけなり》五郎に語《かたり》けるは。常《つね》〳〵母の仰には。かまゑて敵《かたき》をうたんとのみおもふな。元来《ぐわんらい》御にくしみふかき我〳〵なれは。すこしのあやまちもあらは。一家《いつけ》共におひうしなはれんはひつぢやう。老《おひ》たる母に浮《うき》めをみする事なかれ。此事思ひわするゝやうに。妻《つま》もとめよと仰ぬれ共。武士《ものゝふ》の家《いへ》に生《むま》れながら。今迄敵《かたき》を討《うた》ざるさゑ口惜《くちをしき》に。討《うつ》まじきと思ふ所存《しよそん》すこしもな（四ウ）かりき。身に思ひのあれは。よろづを*帰りみずして。所領財宝《しよりやうざいほう》のぞみなし。もし妻子《さいし》をもとめ我《われ》討死《うちじ》にせば。のこりとゞまる者山野《ものさんや》にまじはらんも不便《ふびん》なり。親《をや》の為定《ためさだ》まる妻《つま》をもつまじ。或《あるひ》は遊君《ゆうくん》などに馴《なれ》そめなは。何かくやしき事もあらじと。思ひ立しより大礒《おゝいそ》きせ川。形勢坂《けはひざか》にかよふ。是鎌倉《かまくら》の大小名《たいしやうみやう》。此宿《しゆく》に入こみ。昼夜遊会《ちうやゆうくはい》の所なれは。敵《かたき》をうたんたより共なるべし。我〻兄弟が命《いのち》の程もしれたり。暫《しばらく》心をいさめん。ともかくもと夕暮《ゆふくれ》がた。大礒《をゝいそ》の宿《しゆく》ゑかよひはじめけると也

二　大礒《をゝいそ》の契初《ちぎりぞめ》

其比大礒の宿といゑるは。引手《ひくて》あまたのうきふし。情売買《なさけうりかふ》恋の里《さと》。朝《あさ》な夕《ゆふ》なにつまかはる。心の紅葉《もみぢ》ふみ分《わけ》て。思（五オ）〳〵に忍《しのふ》山。誰編笠《たがあみかさ》のたそかれ時。誰《たれ》をまち顔《かほ》。禿《かふろ》は恋のつぼみとて。見るをみまねにひんしやんと。契《ちきり》とゞむる中宿《なかやど》有。是鎌倉《かまくら》の二番《にばん》ばゑ煩悩《ほんなう》のせんだく。すいがもみこむきぬ〳〵の別路《わかれぢ》。いなばの山といふ哥《うた》をのこし。夜明《よあけ》てのとりやりぶみ。いやな人にも大礒の長とて。海道《かいだう》一の女郎屋。後家《ごけ》なれ共さかしく。小大名によく取《とり》入。あまたの遊女をかゝゑ昼夜《ちうや》*盤昌《はんじやう》をなしぬ。壱人の娘《むすめ》をもつ名を虎御前《とらごぜん》といゑり。ちゝは一年《ひとゝせ》。あづまへ流人《るにん》せられし。

伏見《ふしみ》の中納言実元卿《ちうなごんさねもときやう》にてぞ有けり。配所《はいしよ》におもむく折から。此里に暫《しばらく》足をやすめ。旅宿《りよしゆく》のたはむれ長が情《なさけ》のしたにのこし給ひし。わすれ形見《がたみ》にてぞ有けり。然に実元《さねもと》。みちのくにて身まかり給ひぬれは。父《ちゝ》といふ名のみしら（五ウ）ず。母が袂《たもと》にそだてられ。親《をや》ひとり子《こ》ひとり。世のまづしきにことまぎれ。はらからの為《ため》に勤《つとめ》をし。虎《とら》といゐる名を千里《せんり》が外《ほか》迄しられ。此君なくてはと。我人したわぬはなかりき。元来生《ぐわんらいむま》れ付よく。心ざまやさしく情《なさけ》をよくしり。和哥《わか》の道《みち》に心をよせ。人丸赤人《ひとまるあかひと》の跡《あと》をしたひ。なり平のむかし。源氏伊勢物語《げんじいせものかたり》に魂《たましい》をうつし。春《はる》の木末《こずへ》の散《ちり》まがふ。かすみがくれの天津《あまつ》かり。雲井《くもゐ》のうゐ迄心をはこび。勤《つとめ》*ながらも気《き》まゝにして。すかぬ男《をとこ》はふりつけ逢《あふ》事まれ也。まゝならぬこそうき世なれとて。あだなる月日をあだにくらすもほゐなし。此ほどは三浦《みうら》の与市揚《よいちあげ》づめなれ共。其身は鎌倉《かまくら》に有ながらとゞけばかりの玉《たま》づさ。書《かき》やる筆《ふで》のたてどもそこ〳〵にかいやり。是をへんじのしるし計《ばかり》。（六オ）けふはことさらさびしきとておもてのかうしに出。下《しも》の遊女《ゆうぢよ》をあつめ。禿《かふろ》の竹弥《たけや》といゐるにかたもませながら。虫《むし》づくしの哥合《うたあはせ》なんどしたりぬ。其折から十郎和田《わだ》よりの帰《かへ》り足《あし》。桜《さくら》の小枝《こゑた》もちながら此里《さと》に立より。つぼね〳〵を詠《ながめ》とをり給ふを。虎《とら》はるかにみて竹弥が耳《みゝ》にさゝやき。祐成《すけなり》をよびかゐし。さりとは心ぼそかりし糸桜《いとさくら》。むげに手折《たおり》たもふは恋しらぬお人かなといひけし。一首《いつしゆ》をつらねわたしけれは。十郎うけとりよみ給ふ

〽のこりなく手をりてみゆる桜《さくら》かな
　またこん春《はる》は何を詠《なが》めん

祐成つく〳〵詠《なかめ》。あさましき遊女《ゆうぢよ》なれ共心ふかき哥《うた》をつらねしやさしさ。むげに帰るもいかゞと。筆《ふで》をかり返哥《へんか》もがなと（六ウ）

〽いづるいき入をもまたぬ世の中に
　またこん春もたのまれはこそ

とよみやりぬれは。虎《とら》此哥《うた》の心をかんじそば近立寄《ちかくたちより》。そもかたさまは此里《さと》にてはみなれざる風情《ふぜい》いづかたより御いで有しと尋けれは。されは我《われ》。かゝる色里《いろさと》ゐみまかる者《もの》にはあらねど。大礒《をゝいそ》とやらんは。おとにのみ聞て菟角《とかく》の様子《やうす》もぞんぜす。御らんのごとくむくつけ男《をとこ》。殊に此身まづしけれは。今日《けふ》をみおさめまたは見初《みはじめ》。せめて心のたのしみ草《くさ》。もちたる花よりまさりたる風景《ふうけい》。*何《なに》しおふ人〳〵の此宿《しゆく》に来り。はなれがたきはさる事ぞかし。我此所に永《なが》ゐし。もし和《わ》田《た》畠山《はたけやま》の輩《ともから》に見とがめられ。よしなき浮名《うきな》をたてられんも口惜《くちおし》。折もあらは重《かさね》てと。いとま乞《こひ》して立給ふ。虎《とら》心におもふは。みぶんよりかわゆらしき（七オ）

挿絵第三図（七ウ）

挿絵第四図（八オ）

男《おとこ》。殊《こと》にすべ有人とみゐたり。初対面《しよたいめん》からひん者《しや》と名乗《なのる》はよほど恋ずれしたるわけしり。心のそこをさぐつて見たし今日も与市はきたるまじと。小づまをとつておもてに出。十郎が袖《そて》に取付《とりつき》。すぐに御帰りあらは暫《しはらく》 御目にかゝりたし。我中宿《わがなかやど》も程ちかけれはとさゝやきぬれは。祐成《すけなり》何心なく。まいらんも安《やす》けれ共。日もはや西の山にこがくれ。独《ひとり》の母《はゝ》さこそ待《まち》ておわすらん。ちかき内《うち》にといふをひきとめ。恋《こい》の里《さと》にて親《おや》にかこつけ給ふは。いつわりながら猶《なを》にくからぬ心ぞかし。お袋様《ふくろさま》と有は奥《をく》様の事かといわれ。はづかしながら只今迄女房《にうばう》といふ字《じ》もしらず。此程母《ほとはゝ》が申にも。妻《つま》をもとめて親《おや》の心をもやすめよとかた〳〵仰《おゝせ》つれ共。ちとのぞみ有此身。一生妻《いつしやうさい》をもつまじと心の内にちかいを立る。しかし流《なかれ》はかぎりの色《いろ》かわるも（八ウ）安《やす》しと聞《きく》からに。只今思はぬ里《さと》に来り。御詞《ことは》にあづかりぬる嬉しさと語《かたる》。虎《とら》聞て奥《をく》様なきをきかん為《ため》なり。はづかしやいづれの誰《たれ》か。遊女《ゆふちよ》はあだなる花にたとゐしぞ。かわるも習《ならひ》思ふも安しとは。それは男《をとこ》の心からなり。または女の魂《たましい》ぞかし。はづかしながらみづからこそ。大礒《をゝいそ》の虎と申者《もの》なるか兄もなく弟もなし。母様《はゝ》 独《ひとり》を月共日共思ふ身の。初対面《しよたいめん》から御心指《ざし》におもひそめたり。色《いろ》を外《ほか》になし。我身の為のかりの兄《あに》様にたのみたし。しからは此身のたより草《くさ》。とひ談合《たんかう》するとても外のやうにはぞんずまじと。思ひがけなき所からもたれかゝるゝ詞《ことは》の綱《つな》。さすが武士《ものゝふ》とてひかれもせず。我とても独《ひとり》の親心。子ゆゑにまよふ世の習たよりなきはことはり。たのまるゝうへいなとは申さじ。なれ共人界《にんがい》の有様（九オ）今日《けふ》有て明《あす》の命《いのち》をしらず。暫《しはらく》にても御為《ため》のよろしくは御心まかせといふ。それは仰迄もなし。角《かく》申我身とても今の命《いのち》も*定《さだ》かたし。石《いし》に根《ね》つぎは昔流《むかしりう》。心からとて年《とし》もよるなり。先《まつ》御出と袖《そで》引所へ三浦《みうら》の与市来り。十郎とみてこれ御牢人《こらうにん》。其女郎は此鼻《はな》が。山吹色《やまふきいろ》の威光《ゐくわう》をもつて。十日あまり買切《かいきり》たれは。某《それかし》が奥《をく》様同前《たうせん》。それにどなたのゆるされをもつて。とちうゑひきだし。小じたゝるい眼《まなこ》づかい。惣じてやせ牢人《らうにん》のくせとし。むかふずねから火《ひ》のでるをもいとわず。此里《さと》に入こむは大方《おゝかた》しれたる物だくみ。虎《とら》もうか〳〵だまされ。ふくさの壱つにてももらはるゝだけのそん。はやくこよといゝさし長が座敷《さしき》に入けれは。祐成《すけなり》も堪忍《かんにん》ならず。しのびの柄《つか》に手をかくれど大事《たいじ》の敵《かたき》をねらふ身が。よしなき犬死《いぬし》にせん事なしと。心（九ウ）の内に観念《くはんねん》しさしうつむいて通《とをり》しを。虎跡《とらあと》より来り。よしなきみづからがとめしゆゑ。只今の悪口《あくかう》。女の身にうけてさへきゝづ

挿絵第三図

挿絵第四図

らく。堪忍《かんにん》ならぬ所を。菟角《とかく》の返答《へんとう》なく。帰らせ給ふ御心底《こしんてい》。おもひやられておいとしぼやと。涙《なみた》をながし申けるに。我まつたく侍《さふらい》にあらねは恥辱《ちちよく》共思はず。よし武士《ぶし》にもせよ。法《ほう》をしらざる者《もの》をあいてとし。所こそあれ此宿《しゆく》にて。しなん命もたずくるしからぬといはれ。さりとははづかしき御了簡《こりやうけん》。然はすぐに御帰り有べし。明日《みやう》の御出かならずまつとくどからぬわかれ。虎が心の思ひづめ。与市にあふては十郎手前《てまへ》の一分《ふん》たゝず。元来三浦《くわんらいみうら》がしこなし。見るめもいやに思ふぞかしと。俄《にはか》にそら腹《はら》をこしけれは。与市はそれときもつかず。*針立安磨虫薬《はりたてあんまむしくすり》などあはてふためきするうちに。かぎりの鐘《かね》（十オ）のつく〴〵と名残《なこり》をしげに床《とこ》を詠《なかめ》。随分養生《すいふんやうしやう》めさるべしと。いやがることのみしらで念比《ねんころ》ぶりの別《わかれ》。御前《こぜん》の首尾《しゆび》よろしくは。また〳〵明日《みやうにち》あふべしとおのが屋形《かた》に帰りけるとや

三　真字《まなじ》の千話文《ちわぶみ》

曽我《そか》十郎祐成《すけなり》。思はざる難《なん》に大礒の虎が情《なさけ》。かれ是思ひのあれはこそ。無念《むねん》の腹《はら》をさすり屋形に帰り。ねられぬまゝに思ひけるは。彼《かの》虎といゑる遊女《ゆうちょ》こそ。男《をとこ》にもおとるましき心そかし。互《たかい》にそれとかはしたる詞《ことは》。*返《へん》ずる心底《しんてい》なかりしかど。其比の遺恨《こん》の思へば。またかよふべき所にもあらず。されとて一言《こん》の礼義《れいき》しらぬは。武士《ぶし》の本意《ほんゐ》にそむくと。ひそかに鬼王《おにわう》をまねき。右之様子《やうす》をあらまし語《かたり》。文《ふみ》をしたゝめ虎がもとゑをくりぬ鬼王心得がたく思ひぬれ共承り。すぐに大礒の宿ゑい（十ウ）そぎぬ。もとより鬼王色里《おにわういろさと》ぶ案内《あんない》にて。大礒の揚《あけ》や町。四つ辻《つし》の辺《ほとり》にやすみ爰かしこを詠《ながめ》いたりぬ。むかふより虎風流《ふうりう》のつきこみ。上着のもやうはねりぬきの白地竹の林に虎のうそふけるを絵かゝせ。中にきうこん。下にひむく。左《ひたり》の手にて小づまをかゝゑ。ぬき足の道中《たうちう》。やりての杉《すぎ》が赤《あか》まへだれに赤《あか》手拭《のくひ》。前《まへ》きんちやくのぶらつくは。いわねどしれた銭箱《せにはこ》のかぎ。禿《かふろ》の竹弥が伽羅《きやら》くゆらせて供すれは。下男《しもおとこ》の久七がひがら笠をさしかけ。海《かい》道のまん

挿絵第五図

挿絵第六図

中を目八ぶんにあゆむ。鬼王《おにわう》つく〳〵みて。いかなれはかゝる風流《ふうりう》なる女の仕出《した》し。ぞんの外なる所のならひ。此女に尋んと立寄《より》。そつぢながら我。さるかたを尋ぬる者《もの》なり。御ぞんじあらはおしゐ給へととはれて。虎《とら》おかし（十一オ）

挿絵第五図（十一ウ）

挿絵第六図（十二オ）

く。扨は此里《さと》しらぬ人とみゐたり。さる人とばかり尋て誰《たれ》かをしゐん。先様《さき》の名はたそととはれ。さん候拙者《せつしや》が親《おや》かた。此宿《しゆく》の傾城方《けいせいかた》へ書状をこされしかど。上書《うはかき》には千里《せんり》が野辺《のべ》と書たり。虎《とら》ふしぎに思ひ其文こなたへうけ取。手跡《しゆせき》の覚《おほへ》とてもあらねはひらかんもよしなし。もし虎といふにあらずや。誠に其虎さま方《かた》ゐ参る者《もの》なり。実名《しつみやう》は申におよはず。封切《ふうきつ》て御覧《ごらん》あらはおよそ御合点《がてん》参るべし。いかにもそうと。ゐびすがみせにこしをかけ。ひらゐてみれは何ゝ

先刻《せんこく》ハ始《はじめ》テ得《き》貴《ゐ》意《ゑ》君《きみ》ガ詞《ことは》ニ保《ほ》多《だ》左《さ》蓮《れ》帰《かへ》リ路《じ》ヲ忘留《わする》ル折節《をりふし》田夫野人《でんぶやじん》成者《なるもの》ニ出合《いてあひ》既《すで》ニ命《いのち》ヲ大礒《をゝいそ》之《の》露霜《つゆしも》ト名《な》須《す》可所《へきところ》ニ和《わ》女郎《ちようらう》之《の》情《なさけ》ニ寄《より》危場《あやうきば》ヲ遁《のかれ》二度《ふたゝび》住家《じうか》ニ立帰《たちかへ》ル浪老《なみおい》多《た》流《る》母《はゝ》ニ逢奉《あひたてまつ》リシ悦《よろこひ》（十二ウ）殊《こと》ニ身中《しんちう》ニ深《ふか》キ望《のぞみ》有ル我《われ》事譬頭《たとへのう》ヲ踏砕《ふみくたかるゝ》共相手《ともあいて》ト成心底《なるしんてい》無之《これなく》候 然共《しかれども》口論《かうろん》ハ出来《でき》心《こゝろ》ニテ命《いのち》ヲ捨間《すてま》敷物《しきもの》ニテ茂《も》アラズ然《しか》留《る》ヲ無事《ぶじ》ニテ罷帰《まかりかへ》リ満足《まんぞく》ニ

奉存《そんしたてまつり》候互《たかい》ニ申合《あわせ》候義《ぎ》忘申事《わすれもふすこと》無之候得《ゐ》共重《ともかさね》テ其辺《へん》江罷越《まかりこし》候義不定《ふぢやう》ニ候儘《まゝ》対面《たいめん》申事難成《なりかたく》候内ゝ《ない〳〵》左様《やう》ニ思《おほし》召可下候先《まづ》御礼《れい》之《の》為《ため》以家来《けらいをもつて》申達《たつし》候恐惶謹言《きやう〳〵きんけん》

今月今日　　　　曽我《そが》十郎祐成《すけなり》より

大磯虎《をゝいそとら》サマ元へ

と書《かき》たり。虎悦先御無事《まづごぶし》のよし一段《だん》。お返事《へんじ》申たければこなたゑと。鬼王《をにわう》をともないけれは。香車《やりて》下男《おとこ》はゑびすが元《もと》へ送《をくり》まして帰りぬ。時は暮《くれ》にかゝる比。奥《をく》座敷ゑ鬼王をよび。こづけに吸物《すいもの》。小鯛《たい》の焼物《やきもの》。其かずあまたひかせ。何なく共お食《めし》(十三オ)まいりませと。禿《かふろ》の竹弥が膳《せん》のむかふに*畏《かしこまり》は。曽我《そか》にてみざる生肴《なまさかな》。旦那《だんな》殿が地走《ちそう》にあはれ。礼状《れいしやう》こされしはことはり。お時宜《じき》なしにたべしまひ。御返事出来《でき》なば。御暇《いとま》申度といふは夜半《やはん》の比。*虎鬼王をひそかに近付《ちかつけ》。近比《ちかころ》成無心《むしん》なれ共我を召連祐成《めしつれすけなり》様にあはせて給はれ。語度《かたりたき》事も山成といわれ。さほどに御用《ごよう》のあらは御供仕らん。いざ御立とすゝめられ。埒《くるは》を出る忍姿《しのひすかた》。若衆出立に長《なが》大小。振袖《ふりそで》羽織《はをり》なげ頭巾《づきん》。鬼王は小者《こもの》と定《さため》。門《もん》の外《そと》迄杖《つえ》もつて給はれ。畏《かしこまり》たる奴《やつこ》が詞《ことは》。門をひらけといかる声《こへ》に。夜番《やはん》の作平《さくへい》おどろき。門をひらいて*返しけれは。虎の尾《お》を踏心地《ふむこゝち》にて。埒《くるは》をぬけて五七丁。息《いき》をはかりににげのびぬ。むかふより祐成。馬《むま》にくつをはませ。鬼わう帰らざるをあんじ。平塚《ひらつか》迄来りしが。くらさはくらし道筋《みちすじ》も(十三ウ)みへず。鬼わうは虎御前の手をひきさぐり足《あし》にてとをる。十郎しらで行《ゆき》あたりぬ。鬼わう馬《むま》の手綱《たつな》にすがつて。是程ひろき海道《かいだう》を。眼《まなこ》をふさぎとをるとみへたり。惣じて馬《むま》に乗《のる》物は。声《こへ》をかけて行《ゆく》ならひ殊に夜中。くらきはわぬしもしるらん。いひわけ立はゆるさん。左もなくはとをさぬといわれ。祐成馬上《ばしやう》より。段ゝ《たん〳〵》此方のあやまり御免《ごめん》のかうむらんといふに。鬼王かつにのり。乗《のり》ながら御免といふはいわぬこそましなれ。下馬《けば》して返《とを》らは別義《べつぎ》なしと片《かた》はだぬいでかゝりぬ。虎は跡より追手《おつて》やこん。夜やふけぬれは語《かたる》まもなきをあんじ。是鬼わう殿*かんにんしてござれといふを。十郎聞とがめ。何鬼わうとや。我こそ祐成。扨は旦那《だんな》か。そなたは虎《とら》か。しらぬ事とてあつたら肝《きも》をとばしぬるくやしさ。先《まつ》何としての*道同《だうたう》ぞ。さればいつぞやの（十四オ）心指《こゝろさし》をわすれず。御有家《ありか》をしらねは其事も打すぎたる折から。御文にあづかりしかど重《かさね》てみづからが里《さと》ゑ御こし有間敷《あるまじき》とのつたへ心《こゝろ》も心ならねは鬼わう殿を頼《たのみ》。堺《くるは》を出御目にかゝらんため参るぞかし。互《たかい》にかはせし詞《ことは》は御覚有べし。爰はとちう屋形《かた》に供なひ。子細《しさい》をあかし給へとすがり付《つく》。成程ふしんは尤。さりながら某方ゑ召つれなは。母うへの手前《てまへ》また団三郎方には弟《おとゝ》五郎が待かねつらん。かれ是いかゞとあんずるを鬼わうが知恵《ちゑ》を出し。菟《と》角先《かくまつ》団三郎が館ゑ参り。此段《だん》五郎様に申。ね所替《かへ》させ奉り。心安《こゝろやす》くあはせ奉らん。はや〳〵御いそぎ然るべしと打つれ。先《さき》に立て鬼王五郎に角《かく》と語《かたり》けれは。我ゝ兄弟《きやうだい》があいさつはさしあひくらぬ中ぞかし。しばしにても兄嫁《あによめ》。せめて心指の盃《さかつき》成共。才覚《さいかく》して得さ（十四ウ）せよかしと。思ひの外《ほか》なる詞《ことば》を聞て。虎を奥《をく》にしやうじならぬ中より団三郎。酒肴《さけさかな》をとゝのゑ出けれは。鬼王はおしやくに立。こん〳〵の盃《さかつき》。あなたこなたへめぐりぬれは。五郎は気《き》をとをしての高《たか》いびき。鬼わう団三郎はひぢ枕《まくら》。虎《とら》十郎は妹背鳥《いもせとり》。東《ひかし》じらみのくだかけ迄なひたり笑《わろふ》たり。あかぬわかれに袖《そで》をしぼり。夜明《よあけ》ぬさきに大礒《いそ》の宿《しゆく》に帰り給ひぬ

四　傾城追善《けいせいついゐせん》の伽羅《きやら》

さるものは日ゝ《ひゞ》にうとしといゑ共。恩愛妹背《をんあいいもせ》の中程むつまじき物はなかりき。父《ちゝ》におくれて年月《としつき》の。はや十七年の春《はる》を重《かさね》。秋《あき》の彼岸《ひがん》にあたり給ひぬ。母うへは宿坊《しゆくばう》にての仏事《ぶつじ》。祐成は心計《こゝろばかり》の手向草《たむけくさ》。しきみ一枝《ゑだ》手にむすび。片手《かたて》に数珠《じゆす》をつまぐり。下向《けかう》におもむく道野辺《みちのべ》。流《ながれ》の末《すへ》の小石《こいし》川。（十五オ）

挿絵第七図（十五ウ）

挿絵第八図（十六オ）

丸たわたせる橋《はし》づめ川岸《かはきし》に花をさし。流《なかれ》にむすぶ谷清水《たにしみつ》。爰《こゝ》も廻向《ゑかう》の一蓮宅性《れんたくしやう》。南無阿弥陀仏と廻向し。帰らんとせし折から。虎が禿《かふろ》の竹弥。巻絵《まきゑ》の香炉《かうろ》に伽羅《きやら》くゆらせ。祐成が跡《あと》をしたひ此所迄かけ付。△是申十郎様。虎様よりの仰には。今日は父《ちゝ》うゑ様の**御名日と。兼ゝ《かね〱》承り候。かずならね共みづからが為《ため》にも御舅《しうと》。心計《こゝろばかり》の追善《つゐぜん》はこなたにてもとむらい候へ共。此香《かう》は白玉《しらたま》と申て。ためしなき名香《めいかう》なりかた様の手寄《てより》して。私が名ざしをあそばし。仏前《ぶつぜん》にそなへ給はれかし。それゆゑ竹弥をしんぜますと。よに誠有伝言《でんごん》。流《なかれ》を立る女なれ共角《かく》迄思ふしをらしさ。幸《さいわい》是に経木《きやうぎ》もありと。川ばたにたてかうのけふり。なむゆうれいとんしやう菩提《ぼだい》。只今そなへ奉るは。はづかしながら私がかくし妻《つま》。大礒《おゝいそ》の虎と（十六ウ）申女。*追善《つのせん》の為まいらせ候と念比に廻向《ゑかう》し。いざ帰らんと竹弥をつれ。岸《きし》をつたひのぼり給ひぬ。むかふをみれは何者共しれず。爰かしこにまくをうち流《なかれ》を前にひきうけ。盃《さかつき》すゝぐ風情《ふぜい》。見とがめられてはいかゞと。ひたゝれをかざしとをらるゝ。まくの内《うち》よりしばしとよびかけ。若たう四五人十郎が前に畏。是は工藤左衛門祐経《くとうさへもんすけつね》が

挿絵第七図

挿絵第八図

使《つかい》の者《もの》。主人申され候は。御*返りのてい殊になまめけるおつれも有。御同道《ごたうとう》にて御酒壱つと申けるに。祐成はつと思ひ。弓矢八幡《ゆみやはちまん》折こそあらめ。父《ちゝ》が名日《めいにち》に女をつれ。殊に敵《かたき》に見とがめられしくやしさ。踏込討《ふんこみうた》んとは思ひぬれ共。五郎が思はん所も有。何とぞ此場《は》をのがれ竹弥をかゑし。帰るさを討《うつ》てとらんと胸《むね》をきはめ。左衛門殿に申べし。御遊山《ごゆさん》もぞんぜず罷通《まかりとを》り候所に。かゑつて御使《つかい》に預《あつかり》（十七オ）忝存なり。御覧《ごらん》のごとく女を召連《めしつれ》候間。只今は御免あるべし。重《かさね》ての参会《さんくわい》万*瑞《ばんたん》御礼《れい》申さんと。ゐんぎんにあひのべとをらんとせしをひきとめ。いや〳〵御酒《ごしゆ》もすがり。貴公様は御勝手《ごがつて》。其女中成共のこし給へと口〳〵にいわれ。祐成気*食《きしよく》をそんじ。主人《しゆじん》をさし置《おき》おのれがさはい。今一言《ごん》いわゞとそり打給ふに。竹弥はおそれ取つけは若*輩前後《わかとうぜんご》につめかけ。既《すで》にあやうかりし所へ。朝比奈《あさひな》の三郎義*季《よしひで》まくの内より立出。めづらしの十郎殿。先今日はいづれの日ぞ。父河津《ちゝかはづ》殿の命日《めいにち》。然るにゐしれぬ女をつれいづかたへの御いで。是より川上《かはかみ》には工藤左*衛門祐経《くとうさべもんすけつね》をはじめ。土肥新開梶原《とひしんがいかぢわら》など川狩《かはがり》あそびに道をふさぐ。我此所になかりせはうか〳〵と行かゝり。此ごとくなる難義《なんぎ》に出あひ。（十七ウ）殊に五郎はつれら*ず。本望《ほんもう》とげざるのみ。よしなき死《し》をとげ給はんしやうしさ。先《まづ》此度は折よからず。はやとく帰られしかるへしといはれ。十郎涙をながし。忝御詞《ことば》。父存命《ちゝそんめい》の一言《こん》の承る心地《こゝち》有がたく存る也。扨是成小女郎《こめちう》*は様子《やうす》有者にて。母《はゝ》が命《めい》日に当《あたる》とて某を頼《たのみ》。とむらいくれよと申に付。心指《こゝろさし》を不便《ふびん》に存。只今無縁寺ゑ供なひ参りぬ父が名《めい》日たるゆゑ善根《ぜんごん》と存。いわれぬ心の了簡《りやうけん》にてよしなき者《もの》を同道《だうどう》し。御とがめにあづかりぬる。御心底《こしんてい》の程はづかしゝ。義秀《よしひて》さる事とは思ひながらわざといかれる詞。いやとよ祐成《すけなり》其云分《いゝふん》は立間敷《たつまじ》。誠孝〻《まことかう〳〵》の善心《ぜんしん》あらは。鉄石《てつせき》よりかたく共親《おや》の敵《かたき》の首《くび》取て。尊霊《そんれい》に手向《たむけ》てこそ善《ぜん》共孝《かう》共いふべし。なんぞ女さゑみれはめろ〳〵と。ほへづらかま（十八オ）ゑる侍《さふらい》が。なまみられぬ後生《こしやう》立。それ程腰《こし》がぬけたるうへは。祐経《すけつね》が首《くひ》の骨《ほね》くさりおちやうはしらず。わ殿原《とのはら》がうで先にては落《おち》まじ。此詞のむやしくは敵《かたき》を討手《うつて》みせられよそれ迄の対面《たいめん》はふつ〳〵かなひ申さぬといわれ。祐成莵《と》角《かく》返答《へんとう》なく〳〵帰らるゝ。うしろ姿《すかた》を朝比奈《あさひな》みをくり。あつばれ頼母敷《たのもしき》侍《さふらい》。花のごとくなりし若者。親《おや》の敵のなかりせは利非《りひ》は角別《かくへつ》。今の詞《ことは》は聞間《きくま》じ。始《はしめ》ての女の手前さぞはづかしく思ふらめ。いわねど顔《かほ》にみゑたりぬ。我ながらいゝすごしぬるくやしゆるしてくれよ十郎。是皆おことが為《ため》なるぞと。しほ〳〵として帰りぬ。其比曽我《そが》の五郎は廿《はたち》の花ぐわん来箱根《はこね》の児《ちご》あがり。ゆかりのこれる角前髪《すみまへかみ》。枕《まくら》ゆかしき風俗《ふうそく》つく〴〵おもひけるは。親の敵をねろふ身が。角《かく》ひりきに生（十八ウ）れ付。はれわざ手づめの勝負《しやうぶ》おぼつかなしと。二所権現《にしよごんげん》にきせいをかけ。ひたるや水のさかは川《かは》。一七日の力乞《ちからこひ》四方《しはう》に御へいを切《きり》かけ。ふぢやうをはろふいらたか数珠《じゆす》。南無《なむ》千手《せんしゆ》千浅《せんげん》*大菩薩《だいぼさつ》。めぐみによつて力《ちから》をゑさせ給へと一心にいのりぬ。川上《かはかみ》より大きなりし盃《さかつき》のながるゝに声《こへ》をかけ。十二三の女《め》の童岸《わらはきし》をつたい。是それ成お人。其盃をひろふてと。声《こゑ》をはかりにたのめ共五郎が耳《みゝ》にいらはこそ。せんかたなくも此女。水中《すいちう》に飛《とび》入しが。石《いし》をながする早川《はやかは》に足《あし》をとられ供にながるゝ水のあは。五郎はるかに見付。其儘追付命《そのまゝおつつきいのち》をたすけ。かたに打かけ川ばたにあげ。未年《いまたとし》もゆかずし何ゆゑかくはと尋ければ。あらうれしや。御情《なさけ》によりあまの命をひろい。殊に大事の此 盃《さかつき》。私《わたくし》の手に入事御身様の影《かげ》なりと。ため息《いき》（十九オ）

しはしつぎけるにぞ。五郎不思義《ふしぎ》に思ひ。これていの盃《さかつき》に命《いのち》をすてんとし給ふは定《さだ》めし様子《やうす》の有べし。くるしからずはかたられよ。さん候私は。形勢坂《けはひざか》の少将《しやう〳〵》様と申女郎に。つき参らする禿《かふろ》袖弥《そてや》と申者《もの》。わらはがたのみし女郎に。鎌倉《かまくら》の大名。梶原《かぢわら》様とやらんが心をかけさせ給ひ。此廿日あまりかよはせ給へど。いまだ御縁《ごゑん》もなきかして。あはでぞすぐる恋路《こいじ》の習《ならひ》。すぎし夜の明方《あけかた》。梶原《かちわら》帰らせ給ふ時刀《ときかたな》をわすれ給ひぬ。さこそ子細《しさい》の有べしと一首をつらね其御使《おつかい》に梶《かぢ》さま方へ参りしかど。川狩《かはかり》にお出の由。御跡《あと》を尋。むかひに見へたるまくの内にて御めにかゝり。刀《かたな》を参らせけれは。さすがにかぢわら様は当家《たうけ》の哥人にて。返哥《へんか》をあそばし。此盃《さかつき》のうらおもて。大事にかけしきぬぶくさつゝみながらあれなる大ばしの（十九ウ）うゑより取おとしぬ。是なくしてはみづからが一分《ふん》たゝずと。こましやくれたる返答《へんとう》。聞より五郎恋風《こいかせ》の身にしみ〴〵と思ひ初《そめ》。せめては哥《うた》をみせ給へとふくさをひらきよんでみれは何ゝ

進上《しんしやう》　〽いそくとてさすがかたなをわするゝは
おこしものとや人のみるらん　　形勢坂少将

返哥《へんか》　〽形見とておきてこしもの其まゝに
かゑすのみこそさすがなりけれ　　梶原源太景末

五郎哥《うた》の心をかんじ。少将《しやう〳〵》とやらんはいかなる女ぞかし。いやしき川竹の身としかゝる言《こと》の葉《は》をつらぬる心から。さすがの梶原《かちわら》もほだされぬるはさる事ぞかし。せめて姿《すかた》成共みまほしきと。袖弥《そてや》をたのみ其夜形勢坂《けはひさか》にいそぎ面影《おもかけ》ばかり見帰りけると也

寛濶曽我物語　五之巻終（廿オ）

寛濶曽我物語　目録

六之巻

一　勤の日記付
影言(かげごと)
〽うたがひは桜木のかざし
　思ひあまれはねごとにも欲
　口説は時の出来心
　虎少将身請のやりくりする事

二　借着の全盛
真実(しんじつ)
〽五日帰りのたそかれ
　二の宮太郎婚礼振舞
　飛礫は鼻のさき
　勘当の身におそれて
　敵を討かぬる事（目録オ）

三　義盛情の大寄
教訓(きやうくん)
〽楽は矢の根のとぎや
　乗心よき
　恋路の手引三浦の名寄
　五郎と朝比奈くさずり引の事

四　手立の囚人
暇乞(いとまごひ)
〽哀なる身のはて
　母の盃は未来の土産
　踏はづしたるかはらけのくず
　ちゝぶは誠有武士の事（目録ウ）

寛《くわん》潤《くわつ》曽《そ》我物語《がものかたり》　六之巻

一　勤《つとめ》の日記付《にっきづけ》

浮名川《うきなかは》恋のしがらみわたしぬる。流《なかれ》の末《すへ》は瀬《せ》によどむ。人の心も浪よせて思ひをのこす色里《いろざと》。何のゆかりに大礒と。いづれの人が烏帽子《ゑぼし》親《をや》。恋はさま〲おゝけれどげに魂《たましい》の門《かど》ちがゐ。かしこきはまよひ。おろかなる人塒《くるは》の内《うち》をしらざれは。是本来《ほんらい》のすいぞかし。されは十郎祐成。いつしか虎にわけふかく。ちかいを立ぬる詞《ことは》。すへをほだしと世のそしり。親《おや》のいさめをも聞いれず日を重夜《かさねよ》をこめて。其かよひ路もあらはれ。鎌倉《かまくら》中に沙汰《さた》有て密夫《まぶ》の男《おとこ》と名にたつる。よしやさがなき人の口。とてもぬれたる（一オ）恋衣《こいころも》。きてみて帰らんもよしなしと。けふもまたかよひぬ。其比は。弥生中空《やよひなかぞら》。四方《よも》の霞《かすみ》もはれわたり。いとおもしろき庭《には》の花《はな》。咲《さき》ものこらず散《ちり》もはじめぬ木《こ》の下《した》に。振袖《ふりそで》を打かけ菅笠《すけかさ》きせたるかゞし。げにや勤の身にしあれは。また我《われ》ならぬ外《ほか》心。女はよろづにはかなく。思ひ立ぬる事のさはりとなるべきもしらず。殊に此比は三浦《みうら》の与市《よいち》かよふよし。きやつは祐経《すけつね》とひたしき者《もの》。もしは左衛門一座《さ》をせまじき物ならず。彼是《かれこれ》いぶかしき事共。是さいはいのかゞし。すがたをかくし様子《やうす》をみんと木陰《こかげ》にかくれぬ。角《かく》とはしらず虎御前此程は打つゞき。三浦〱とつながれおもしろからぬ浮日数《うきひかず》。夜るひるわかぬ身の勤《つとめ》。朝《あさ》ごみよりのつけいり。いつもかはらぬ恋の宿《やと》。二階座敷《にかいざしき》など日う（一ウ）つりよしと身じまひ。日《ひ》に〱櫛《くし》のさしかはるもやうはちゞにかはれ共。菟角《とかく》かはらぬ物とては。庵木香《いほりもつかう》のかげひなた二つ鏡《かゝみ》に影《かけ》うつす。月雪《ゆき》花は何やらん。見たいは彼《かの》人ぞとみづから鏡《かゝみ》取置《をき》。硯《すゞり》にむかい筆くいしめ。心の底《そこ》を書《かき》ながす。野辺《のべ》の閉文《とぢぶみ》あたまから。一つとしたる其下は。今日の勤《つとめ》のつけとゞけ。又其次にわし事と筆うちつけて書《かき》たるなど。勤の外《ほか》の印《しるし》ぞかし。其折ふし海道《かいだう》をくつをとのしげく打て*返る。虎《とら》暫《しはらく》筆をとめあれはたそやとたづぬれは。禿《かぶろ》の竹弥承り先陣《せんちん》はよこ山。後陣《ごぢん》は名古《なご》屋の殿様とこたへけるにぞ。哀此殿原達《とのはらたち》の。馬鞍《むまくら》よろひ腹巻《はらまき》などみづからにくれよかし。ならぬ事かとたはむれ給ふに。勤の御身にてにやはざる御ねがひ（二オ）何あそばすととはれ。皆《みな》ぬし様にまいらせたしと跡《あと》は涙にくれぬ。竹弥《たけや》は何のわけをもしらず。密夫《まぶ》の男はそれほど迄かはゆいものかといふ。此里《さと》にありながらたしなめ本に文盲《もんもう》な。勤《つとめ》は勤恋は恋いかうわけ有物ぞかし。いとしき男の習《ならひ》ねてもおきてもわすられず。思ひきろふと思ふ程猶おもはるゝ物をもひ。よる〳〵*事の*返路《かよひぢ》にあふてもどせし別《わかれ》には。其うつ*香《が》を其儘《まゝ》にだひてぬる夜の心。あわでいなせし時は外《ほか》ゐも寄《より》てましますか。又*事恋をかせぐかとすこしはねたむ心も有。道《みち》の程内《うち》の首尾《しゆび》いかゞと思ふ心から。たかひうへからうしろ飛《とひ》おつるやうなる夢《ゆめ》を見。さりとは其夜のねぐるし。とやあらん。かくやわたらせ給ふかと枕《まくら》のかはく隙《ひま》もなく。世には男《をとこ》もない（二ウ）やうに勤《つとむ》る客《きやく》をさし置。ひんな男のいとしきは是も勤《つとめ》の因果《ゐんくわ》ならめ。其外万《そのほかよろつ》の気《き》くばり。此身のせつなきを思へば。恋のないのもたのしみ也と又くいしめす命毛《いのちげ》。末《すへ》はかしくと書《かき》とめぬ。十郎つく〴〵思ふは。角迄《かくまで》思ひけるをうたがひ。立聞《たちきゝ》したるなどゝおもはれては後《のち》の恨《うらみ》もあるべし。いつそこぬこそましならめと。何となくかゞしをぬいで出ける所へ。形勢坂《けはひざか》の少将《しやう〳〵》来《きた》り祐成《すけなり》をみるより。そば近《ちか》く立寄《たちより》。五郎様の情《なさけ》により禿《かぶろ》が命《いのち》たすかりぬる一礼《れい》。あふて語度《かたりたき》ねがひ。御めぐみにあはして給はれとたのみしかは。恋《こい》は互《たかい》心やすくおもはれ。あはし参らせんと打つれ戎《ゑひす》屋がもとにいそぎぬ。虎《とら》十郎みゐしと聞《きく》より。首尾《しゆび》をうかゞひ座敷《さしき》にいづれは。祐成しやう〳〵さしむかい。五郎（三オ）にあはせん相談《さうたん》。あのゝものゝをさゝやきぬ。虎《とら》むつとしたる顔二《かほふた》め共みず。十郎がむなづくしをとつて。男傾城悪性者《おとこげいせいあくしやうもの》。此里《さと》に女郎ひでりはゆくまじきを。是みよがしに形勢坂《けはひざか》よりしやう〳〵殿《どの》とやらん。すいなお女郎を取寄《とりよせ》。同宿《おなしやど》にて逢《あひ》給ふは。うらみ有ての事なるべし。其心底《しんてい》とはしらずうか〳〵とたらされ。

挿絵第一図

今迄心をつくしぬるくやしさ。心中《しんちう》ぬす人はぢしらずといわれ。祐成《すけなり》わざとそしらぬ顔《かほ》。虎《とら》しやう〳〵にいふやう女郎は互《たがい》成に。人の男《をとこ》をねとらず。勤《つとめ》ばかりをし給へと。はきちがゑたるがおかしさに。それほど大事《だいじ》の男ならどうぞしあんも有べきに。人うらみずと身をうらみ給へとよしなき事をい丶つのる。十郎中《なか》に入たがひにいらざる詞《ことは》からかひ。すいほどにもなき虎がし（三ウ）

挿絵第一図（四オ）

かた少将《せう〳〵》是ゑきられしは加様《かやう》〳〵の子細《しさい》により。弟《おと丶》五郎にあいたき所存《しよぞん》。さしあひくらぬ兄弟《きやうたい》なれは。某が了簡《りやうけん》にてあはし参らせんと談合《だんかう》しめす折から来合《きあはせ》。菟角《とかく》の事を聞いれず。あたまから人の心をさぐつて。それしやほどにもなき振舞《ふるまひ》。しやう〳〵とても我とても。そちがそぶりのおかしくなぶつての事。かまひてうたがひ給ふなと。少将《しやう〳〵》より五郎方《かた》ゑのふみ取出しみせけるにぞ。扨は左様か何事中も只大節《たいせつ》*におもふのみなり。此程三浦《みうら》の与市ま丶にならぬを難義《なんぎ》に思ひ。みづからを請出《うけいだ》さん下《した》づくろい。何と爰は談合衝《たんかうつく》。一度《たび》三浦ゑまいり。心地《こ丶ち》わずらい物ぐるはしといつわりなは。いかな男《をとこ》も秋風《あきかぜ》の。吹比迄《ふくころ》はまたず暇《いとま》くるるはしれた事。其折ふしは誰《たれ》せくとなく。人めしのばす（四ウ）あふべきし案《あん》。なれ共それはお心まかせとあかしけるにぞ。祐成《すけなり》暫《しはらく》物いわず。此義につゐては善悪《せんあく》の返答《へんたう》ならず。尤与市には。以前《ぜん》とちうにて一つふたつの口論《かうろん》。未《いまた》其意《ゐ》趣《しゆ》はれね共。人に請出《うけいだ》させ我自由《わがじゆう》をせん事本意《ゐ》にあらず。千に一つ与市。左様のそぶりを見付《つけ》いぢはつて隙《ひま》くれぬのみ。儘《まゝ》にならぬを腹立《はらたち》いかなる浮《うき》めやみせん。然時《しかるとき》はたくみたる甲斐《かひ》なし。先此度の身請《みうけ》の相談《さうたん》相のべ給へ。其内し案も有べしといづれも是になる所へ。五郎尋来り母上御用《ごよう》と申あぐる。十郎おどろき帰らんとす。少将《しやう〳〵》袖《そで》にすがりわしが頼《たのみ》ました事はといわれ。身のうゑに事まぎれ打《うち》わすれぬ。其段《だん》は虎よろしくはからい給へといゝすて帰りぬ。袖弥《そてや》五郎がそばに寄《より》。いつぞやの御情《なさけ》身にあまりぬるうれしさ。（五オ）其後御礼《れい》とても不申。物しらぬ者《もの》とおぼしめさんもはづかしとはつめいなるあいさつ。少将《しやう〳〵》とても同じ詞《ことは》。互に盛《さかり》の色《いろ》にほだされ。物いわずして目に恋《こい》をふくませけるにぞ。虎気《とらき》を*返《とを》し。勤《つとめ》する身がぐと〳〵ともつてまはるつめひらき。そんな事に隙《ひま》いれずと。先《まつ》こなたへと手をとれは。いわきならずいつとなくむつ言《こと》のしめやかに。夜明《よあけ》がらすのほの〴〵と。名残《なこり》おしげに立別曽我《たちわかれそが》の里《さと》にぞかゑりぬる

二　借着《かりぎ》の全盛《ぜんせい》

祝月菊重《いはひつききくかさね》の祝義《しうぎ》にことよせ。曽我《そが》兄弟《きやうたい》の姉君《あねきみ》を二の宮《みや》の太郎吉実《よしざね》にめあはせ。祝言《しうげん》の首尾《しゆび》とゝのゑ共。聟《むこ》は大名舅《しうと》はまづしき牢人《らうにん》なれは。人のもちゐもそこ〳〵に。（五ウ）そぐはざる聟《むこ》入舅《しうと》入。はや五日帰りの*義試《しき》。聟《むこ》の二の宮気《みやき》をはり。かなものづくめの乗物《のりもの》鎌倉《かまくら》やうの八人がた。大ぶさの挟箱蒔絵《はさんはこまきゑ》の長刀《なぎなた》。かちの女は一やうに染《そめ》たるかつき。供乗物《のりもの》の空焼《そらたき》。きりのしめりをはらひ曽我《そが》の屋形に帰りぬ。乗物をくにかきいるれどつき〳〵の者《もの》大勢《をゝせい》にて腰《こし》をかけやすまん軒《のき》なく。爰《こゝ》かしこにたゝずみいれは。奥《をく》より年比《としころ》成し女房出。奥《をく》様はこよひこなたに御とまり。明《みやう》

日早〻《にちさう〳〵》御むかいにといゝわたせは。下部《しもべ》の者《もの》は口さがなく。嫁御前《よめごせん》の御さと帰《かへ》り。なんでも酒《さけ》にたべゑひ。引手《ひきで》物はすくなく共。ころりと百はしたものとあてのつちがちがひ。さりとはひんな五日帰り。こちの旦那《だんな》ももの好《すき》。ふる程有大名《たいみやう》の娘《むすめ》などよはずし。身躰《しんだい》祐成《すけなり》の姉《あね》君をよび給ふは心得ずと口《くち》を揃《そろへ》て帰りぬ。奥《をく》は（六オ）すこしへだつれど。もれてきこゆる下部《しもべ》の声《こへ》はゝうゑ涙をながし。あれきゝ給へ方《かた》〳〵。口惜《くちおしき》事を聞ものかな。祐信《すけのぶ》殿世なりせは二の宮《みや》ごときを中〳〵聟《むこ》には取まじけれ共。日影《ひかげ》もしのぶ我〻なれは下郎《けらう》に迄あなどらるゝ。御身とても二の宮殿の一家《いつけ》の付《つき》あひ。定《さだ》めしかた身もすぼるらんと涙をながしの給ひけるにぞ。姉君《あねきみ》はしほ〳〵と。誠《まこと》にひんふくは前世《ぜんせ》のがう。氏《うぢ》も筋《すじ》めもよしざね殿にはおとるまじと。心づよく存ずれ共。爰に一つの難義《なんぎ》有。近日みづからを一門衆《いちもんしゆ》への対面《たいめん》有よし。所《ところ》のならひとて嫁《よめ》のいしやうをかけならべ。客人《きやくじん》*立にみせると聞《きく》。私は何をかざらん小袖《こぞ》*もあらず。嫁入《よめいり》しての心がゝり。此事に行あたりぬいかゞはせんと語《かたら》るゝ。母聞召さこそと聞《きく》より。それのみあんずる折から十郎是を請合《うけあい》。小（六ウ）袖《そで》の数《かす》何程なり共とゝのゑ。一世のはぢをかくさんと申けるはとの給ふ所ゑ。十郎鬼王《おにわう》団《とう》三郎に長櫃《なかひつ》かゝせ立帰り。座敷《ざしき》のまん中におろさせ。此小袖を御覧《ごらん》ぜ。是は内《ない》〳〵某《それかし》。大礒《いそ》形勢《けはひ》坂《さか》にしたしき者《もの》の有つるゆゑ。かれらを頼借《かり》参りぬ。惣《さう》じて堺《くるは》はせんしやう所。鎌倉方《かまくらかた》の大名より我をとらじと送《おく》りたる品〻《しな〳〵》。或《あるひ》はちりめん惣《そう》鹿子《かのこ》。とびざや流紋《りうもん》日野《ひの》羽二重《はぶたへ》。どんすあや織《をり》しゆす綸子《りんす》。ぬいはく仕出《しだ》しの染《そめ》もやう。手もさしいれぬ新《にゐ》小袖。どなたの前《まへ》にかざりてもはづかしき事少もなし。凡《およそ》ゑり数《かず》五十余《よ》あり。首尾《しゆび》は是にてすむといふ。母《はゝ》悦《よろこひの》野にも山にもしたしき者《もの》はたのもし〻。御身兼《かね》〻大礒《いそ》にかよひしを。男《おとこ》だらしの傾城《けいせい》にくし〳〵とそねみしが。今姉《あね》が一代《だい》のぐわいぶんをつくろふ（七オ）

挿絵第二図（七ウ）

挿絵第三図（八オ）

は其女郎の情《なさけ》ぞかし。とく帰り首尾《しゆひ》とゝのゑとて。供人あいそゑかゑしぬ。其日二の宮の屋形《かた》には。奥様《をくさま》ひろめの一門振舞《もんふるまひ》。新作《にゐつくり》の白《しろ》しよゑん。松と竹との絵障子《ゑしやうじ》。みなあけはなす北陰《きたかげ》。細《ほそ》どのに衣桁《いかう》をならべ。様〻小袖のうらをふかせて掛《かけ》けるにぞ。庭《には》の千草《ちくさ》にうつり。誰《たが》ぬぎかけし秋野《あきの》〻花ずり衣露《ころもつゆ》てり。月をも袖《そで》にやどしぬ。もとより二の宮三浦《みうら》伊東《いとう》のもんえうなれは。工藤《くとう》左衛門祐経《すけつね》を初客《しよきやく》とし。其外《ほか》の一門所領《もんしよりやう》の高下《かうげ》にしたがひ。其次〻に座《ざ》をしめけれは。十郎親子《おやこ》は勝手方《かつてかた》。よきつゐでとて舅入《しうといり》。一ッ所にになふ木香紋《もつかうのもん》。ひたゝれときめき大君《をゝきみ》きませ聟《むこ》にせん。三国《こく》一とうたひける。祐経兼《すけつねかね》てたくみし事なれは領内《りやうない》の土民《とみん》共をかたらひ。此つゐでに祐成《すけなり》をころすべき手はづ（ハウ）を取《とり》。野《の》山そだちの荒百性《あらひやくしやう》数《す》十人用意《ようゐ》し。爰かしこにかくし置《おき》。時《ぢ》分《ぶん》をうかゞひ待居《まちゐ》たりぬ。角《かく》共しらずやかたには。其日もやう〳〵へい食《しよく》の。後《ご》段《だん》の吸物盃《すいものさかつき》もことをはり。帰りをいそぐ折から。おもての門《もん》を打越《うちこし》。いづく共なく手比成石。二つ三つ打かくる。おの〳〵是はと立さはげは。銚子《てうし》嶋台《しまたい》。屏風《ひやうふ》ふすまを打破《うちやぶる》。二の宮《みや》の太郎大音《たいをん》あげ。町人民家《みんか》の嫁取《よめとり》こそ石打と聞つれ。弓取《ゆみとり》の婚礼《こんれい》。殊に祝言《しうけん》の夜半石《やはんいし》うちかくるらうぜき者《もの》。何様曽我《そか》と某に意恨《ゐこん》有と

挿絵第二図

挿絵第三図

みへたり。壱人もあまさじとも、立取てかけ出しを。祐成《すけなり》をしとめ。下部《しもべ》共のてんがう取あげていふ事なし。しづまり給へとせひする所に。青目《あをめ》なる栗石飛《くりいしとび》来り。ふ十郎が烏帽子《ゑほし》のまねきを打ておとす。ふりかゑれはつゞゐて打。二の宮一家《いつけ》（九オ）おもての方《かた》ゑきもつかず。祐成《すけなり》をかこひ立さはぐ。後《のち》には門《もん》を押破《をしやぶり》。大の男《おとこ》二三人顔《かほ》かくし。大石をもちかけ十郎をめかけ打つけんとす。所へ五郎かけ付らうぜき者《もの》を取ておさへ。かの石を三人がせぼねのうゑにのせ。めづらしや祐経《すけつね》。我こそ箱根《はこね》にて御目にかゝりぬる箱王《はこわう》なり。今宵姉君《こよひあねきみ》の御祝言《ごしうげん》。さだめし大勢《せい》入こむよし。兄《あに》十郎が身につて。ちと用心《やうじん》いたす子細《しさい》あれは。心元《こゝろもと》なくぞんじ。よそながら座敷《ざしき》のあたりにはいくわいし様子《やうす》をうかゞゐみる所に。あんにたがはず飛礫打《つふてうち》にことよせ。兄うへをうしなはんたくみ。弟《おとゝ》なれはみてはいられず。是迄すいさん仕ぬ。祐経《すけつね》殿には恨《うらみ》有。是程のらうぜき者《もの》を。追《おつ》ばろふて給はるべきを左もなく。祐成《すけなり》がころされんとせしを。面白《おもしろ》さふに見物《けんふつ》有は。人のころさるゝがのぞみとみへたり。然（九ウ）は此者共が命《いのち》を取てみせ申さんと。石のうへを踏《ふみ》つけけれは三人目口よりちながれ。地獄落《ちこくおとし》の鼠《ねすみ》のごとくむなしく成ぬ。すぐに其石をひつさげ祐経《すけつね》に打《うち》かけんとす。左衛門おどろきにげ行を。のがさしと追《おつ》かくる。二の宮押《みやおし》とめ。何とぞおの〳〵兄弟《きやうだい》を世にたてんと思ふゆゑ。恨《うらみ》有祐経にもつゐしやうせし。某《それかし》が心底《しんてい》を無下《むげ》にいたさるゝか。それのみ独《ひとり》の親《おや》。兄弟迄に難義《なんぎ》をかくる無分別《むふんへつ》。時節《ちせつ》をまたれといわれ。鬼《おに》をあざむく五郎さしうつふいていたりぬ。十郎重《かさね》て。此所にて本意《ゐ》をとげなは。二の宮殿の難義《なんぎ》をさつし打すぎぬ。殊にわとのは勘当《かんだう》の身なれは打たる甲斐《かい》なし。万事《はんじ》跡前《あとさき》ふまゑはやまるなと。さま〴〵教訓《きやうくん》せられ涙ながら。さりとは是非《ぜひ》なき我身《わかみ》の上《うへ》。哀《あはれ》おの〳〵の御情《なさけ》に。勘気《かんき》御免の訴詔《そせう》。くれ〳〵頼奉る。（十オ）曽我《そが》其段《たん》は心やすかれ。追付《おつつけ》吉左右《きつさう》しらせ申さん。先《まづ》それ迄はさらは〳〵と。団《とう》三郎五郎が手を引《ひき》やう〳〵いさめ。曽我の庵《いをり》ゑなく〳〵帰《かへ》るぞあはれなりけり

挿絵第四図

三　義盛《よしもり》情《なさけ》の大寄《おゝよせ》

時《とき》うつりて後曽我《のちそが》の五郎。古井《ふるゐ》といゑる所にわづか成庵《いほり》を結《むすび》。たのむ者《もの》には団《とう》三郎。まづしきいとなみ。奥野《をくの》のやまにわけ入。た木ゞをこりて市に出。是をしろなし。夜はふすまなき手はざなどしてはごくみ。今日もあじかにあさなをいれて出けるを。五郎跡《あと》より見送《おく》り。涙《なみた》ながらはやく帰れと。松折《まつをり》くべる朝夕《あさゆふ》の煙《けふり》。

挿絵第五図

軒葉《のきば》の梅《むめ》もふゆごもり。ひらくる花と我身のうゐをくらべ。武士《ふし》の道《みち》をみがく心の魂《たましい》。さびたる矢《や》の根《ね》。とぐがごとくみがくがごと（十ウ）し。追付敵《おつつきかたき》を討《うつ》がごとし。まづしき中にも。たくましき馬《むま》をかたすみにつながせたるなどやさし。しかる所ゑ形勢坂《けはひざか》の少将《しやう〱》より。禿《かふろ》の袖弥《そてや》あはたゝしく来り。扨も鎌倉《かまくら》の大名衆《たいみやうしゆ》。虎さまと盃《さかづき》のやりくりにて。十郎様の御身のうゐもあやうく候。はやく御越《こし》あるべしといゝ捨《すて》帰りぬ。五郎おどろき。扨は敵《かたき》祐経《すけつね》傾城《けいせい》ぐるひにことよせ。祐成《すけなり》を討《うつ》べきはかり事。すは二所権現《にしよごんけん》もしやうらんあれ。月日とあをぐ兄《あに》の影《かげ》。人にふませも致さじと。家《いへ》につたはるおもだかの腹巻《はらまき》。祐経がゐさせたる赤木《あかき》のさすが。父《ちゝ》の形見《かたみ》の四尺八寸の大太刀。かゝる時節《ぢせつ》に此馬と。あらひぐつわをはませひらりと乗《のり》。山坂《さか》けんなん曽我中村《そがなかむら》。すぐにうては壱里十八丁。まはれば三里まだるし（十一オ）と。しゝあはせをはませ。土煙《けふり》をけ立いそぎしは。只いだてんのごとくなりき。せつなが間に大礒《をゝいそ》の長が門《もん》にはせ

挿絵第四図（十一ウ）

挿絵第五図（十二オ）

付。様子《やうす》をみれは。いか様ことなる大寄《よせ》とみゑ。門には長持《なかもち》つゞらをつませ。内外《そと》共にどよめきたり。裏《うら》ゑまはり。しほりどひらき入けれは。少将《しやう〳〵》まちかね嬉しき御出。みづからは是に忍び。まさかの時《とき》はかけ出。十郎様虎様にも。ひけはつけじと心ならず待いたりぬとく御出候て座敷《さしき》の首尾《しゆび》をつくろい給へといふ。五郎聞近比《ちかごろ》うれしき心底《しんてい》扨あいてはと尋ぬれは。さん候年《とし》にこそよれ和田《わた》殿。あい客《きやく》は誰《たれ》〳〵。されは北条殿を始《はしめ》。和田の一門九十三騎《ぎ》さしあいくらずの酒盛女郎は十八人。其中に義盛《よしもり》の色好《このみ》。虎様にのほり是非《せひ》盃とのぞまれ。母《はゝ》の長者は欲《よく》ゆゑに。虎様いやと仰ける（十二ウ）をさま〴〵のせつかんゆゑ。心にはそまね共祐成《すけなり》様の了簡《りやうけん》にて。先程座敷《さしき》ゑ出給ひぬ。扨虎が盃《さかつき》を老《おひ》ぼれにさしけるか。おろかなる御詞。先傾城《けいせい》といふものは。男になづむものでなし。もとより欲《よく》はなをしらず。いきかたひとつの者なれはと。十郎様ゑさし給ひぬ。其盃を祐成様。三ごんかさねほし給ふ。其もや〳〵と語《かたる》にそ。五郎悦。さしもさいたりとら御前のふだりや十郎殿。先はあんどいたしたり。とてもの事に案内《あんない》と。らうかをつたい一間《ま》のこなたよりさしのぞき。あれなるは新左衛門是成は古郡《ふるこほり》。ゑびたの兵衛あしだの兵衛。須野崎《すのさき》の孫太郎。床柱《とこはしら》にもたれしは。今日《けふ》の大臣北条《たいじんほうてう》よし盛《もり》。次は朝比奈《あさひな》。村千鳥《むらちとり》の上下めされしが生《しやう》よしの兄《あに》子様。首尾《しゆび》よくあいさつましませ。後ほど御げんとかくれける。（十三オ）五郎つく〴〵思ひけるは。何者《なにもの》にもせよ祐成《すけなり》にたいし。ことはあらする物あらは。踏《ふみ》やぶつて義盛《よしもり》を始《はしめ》。其外のやつばらがくびねちきらんと。つばもとくつろげいたりぬ。和田《わた》ふきやう顔《かほ》。今相州において此義盛が酒盛《さかもり》せは。よばず共出あひしやくすべき者が。只今の虎《とら》が振舞《ふるまひ》心得ず罷立と有ける時。朝《あさ》比奈《ひな》是を難義《なんき》に思ひ。左こそ十郎が思はん所も本意《ほんゐ》ならず。只をとなしくはからはんと祐成かそばにより。父《ちゝ》は老《らう》もうせり。此義秀《よしひて》にめんじ。座敷《さしき》をば取持《とりもち》給へ。さい前よりさひしきに朝比奈があらため。酒《さけ》わかやがせんさりなから。何とやら空曇《そらくもり》うつたうしく気つまりそこの障子《しやうし》を明給へ。爰の障子もあくべしと。さらりとあくれは五郎。いつの間にかは御出。ちゝ義盛を始北条《ほうてう》殿。一門寄《もんより》合酒盛なんど仕る。（十三ウ）兄十郎もましますにとく御出とすゝむるに。

五郎にが〳〵しき顔付《かほつき》。びやくゑなれは御免《こめん》といふ。朝比奈《あさひな》心得。扨は兄《あに》がうしろづめ尤左も有べき事なり。誠《まこと》にきやつは何しおを*太力《たいりき》と聞つるが。つゐでに力《ちから》をためさんとつか〳〵とより。くさづり三枚つかみ。八幡それは手がわるい御酒《こしゆ》は無用《むよう》。かく申かゝるうへは。是非《せひ》に共なひ参る也と。ゑいといふてひきけれ共。ちつ共さらにいごかはこそ。あさく思ひし朝比奈もあさ〳〵しくはあなどられず。力を出しひきしむれともこんりんざいよりはゑぬきし只ばんじやくのごとくなりき。坂東《はんとう》一の朝比奈が。力比《ちからくらへ》にまくべきかと猶しめつくる力こぶ。左右《さう》のうでくびふし立て。胸《むね》にはゑたる力毛《ちからけ》は。碁盤《ごばん》の表《おもて》にあかゞねの。針《はり》をならべしごとくなり。五郎につこと（十四オ）笑元《わらひくわん》来きやつは大力にて。我をあざむくござんなれ。宇佐《さ》見久須《くす》見にて。大力とよはれぬる河津《かはつ》が世悴《がれ》候なり。三枚のくさずりの落糸《おとし》がちぎるゝかひざのふしがはなるるか。ゑんの板《いた》をふみぬくか。三つに壱つはじやうのものと。びく共せず立たりぬ。朝比奈《あさひな》もやはかまくべき両のかいなもぬけよと声《こへ》をかけ。ゑいや〳〵と引程《ひくほと》に。ひたいの筋《すぢ》がどうへさがり。足《あし》の筋がこぶしにまはり。あれたる骨《ほね》は岩《いは》ほのごとく。きうてうの藤《ふぢ》かつら。松をからんでこからしに。もまれてたてるに左も似たり。朝比奈左右《さう》の力を出せは。五郎は虎の気をはつてゑいやつと引程に。くさずり三間ふつゝときるれど。互《たかい》に腰《こし》はたるみもせず。ふんだる足を一足に両方ゑのいたりし。いづれおとらぬ力ぞかし。九十三騎《き》の人〳〵此音《をと》（十四ウ）におどろき。すはことこそ出来《いてき》たりと一度に座敷《さしき》をはらりと立。刀の柄《つか》に手をかくる。祐《すけ》成中に入きやうや〳〵し殿原達《たち》。そも今日の振舞は我ゝに意趣《ゐしゆ》有か。人にこそよれ義盛殿。六十にあまりみぐるしき遊女の酒論《ろん》。牢《らう》人の身に恥《はち》又は一家の大老《たいらう》かた〳〵もつて先程《さきほと》より堪忍《かんにん》す。意恨《ゐこん》あらは折こそあらめ。若はいなる五郎にむかい太刀さんまい近比《ちかころ》おとなけなし。是非《せひ》又相手にし給はゝ。義盛殿の首《くひ》の骨《ほね》に。兄弟が太刀の立間《たつま》敷物ならず。大事の命なれ共今月今日百年目。一人もあまさしと太刀《たち》の柄《つか》に手をかくる。和田すこしもさはかず。ゆう〳〵と太刀《たち》おつとり兄弟《たい》が中に居《ゐ》なをり。只今のぎせい詞《ことは》遣《つかい》さりとは聞事。扨わ殿原《とのはら》は此義盛と討《うち》はたし。日比《ひころ》の望《のぞみ》はいかゝしらるゝ。

（十五オ）

挿絵第六図（十五ウ）

挿絵第七図（十六オ）

義盛《よしもり》が一命《めい》は頼朝《よりとも》公に奉れは。かた〴〵ごときのふかく人《じん》と死《し》ぬる命はもたぬぞかし。そも義盛がけふの酒《しゆ》ゑんは。おことら兄弟大事の身をもち。宿《しゆく》がよひに心をうはわれ。望《のぞみ》有身をわすれぬると風聞《ふうぶん》す。あまり不便《ふびん》に思ひ。某虎にちなむといはゞ。此所へはかよふまじと心にそまぬ老人《らうじん》の。人のそしりもいとはず此仕合。只今の口論《かうろん》。我にてあらでよの者《もの》ならは定《さだ》めし討《うち》はたさんはひつぢやう。然時は誰《たれ》か日比の意趣《ゐしゆ》をはらさん。只しおの〳〵の命は二つあるか。殊に五郎は母の勘当請《かんたうけ》ながら。同じごとく死なんとは狂気《きやうき》しられしかうろたえたか。此上にも死にたくは。相手《あいて》は義盛不足《そく》はあらじ。さあ死なる丶かと責《せめ》給へは。兄弟かうべをさげ。ひたいをた丶みに付《つけ》。さりとては面目《めんぼく》なや。かく有べきとは存（十六ウ）ぜすみやうがにつきたる慮外。まつぴら御*面くださるべしと涙をながしおがみけるにぞ。虎少将《とらしやう〳〵》義盛の

挿絵第六図

挿絵第七図

御前に出。御兄弟の宿通《しゆくかよい》。我〻がしわざにて御両人にとがはなし。いかに流《なかれ》の女成共心は武士におとるまじきを。只今の御異見《ごゐけん》にて契《ちきり》をむなしくし給はん事ぞかなし。是迄なりとて黒髪切《くろかみきつ》てなげくに。北条かんじ給ひ。そち立が心底《しんてい》さつしたり。世になき兄弟に情《なさけ》をかけらるゝ段我〻とても満足《まんぞく》せり。しかし兄弟が身の上はちと様子《やうす》有者《あるもの》共なり。此うゑとても大事にかけて給はれ。つゐでながら只今五郎に元服《けんぶく》させ。某が烏帽子子《ゑほしこ》にいたさんと。一字《じ》をゆづり今日より。曽我《そかの》五郎平《たいら》の時宗《ときむね》と付《つく》へし。重《かさね》て用事あらは此めん〱。ちゝぶ殿はもちろん。其外の人〱は一門とても当代は。心をおくやおく霜《しも》の。夜明《よあけ》の登城《とうじやう》さらはと立出給へは。兄弟かうべを地に付《つけ》一礼（十七オ）し。世に捨《すて》られし我〻に。角《かく》迄情《なさけ》有御詞《ことは》。わすれかたしと送《をく》り出。さらは〱と暇乞《いとまこひ》。めん〱したくに帰り給ひぬ

四　手立《てだて》の囚人《めしうと》△

扨も時宗《ときむね》は箱根《はこね》に有ける印《しるし》にや。法花経《ほけきやう》一部《ぶ》よみ覚常《おほへつね》はどくじゆし。母上現《けん》世あんおん。後生前生《ごしやうせんしやう》ときねんし。毎日六万遍《へん》の念仏《ねんふつ》。父《ちゝ》河津殿《かはつとの》に廻向《ゑかう》す。かく迄たねんなかりし身を。此三年《みとせ》が間母のふきやうかうむる事のくやし。有時十郎申けるは。聞は近日頼朝公《きんじつよりともこう》富士《ふじ》の御狩《みかり》有よし。かゝるつゐでなくはいつか敵《かたき》を討《うた》ん。され共そちは勘当《かんだう》の身。今日は是非御訴詔《ぜひこそしやう》をもふさん。母の心をそむきともに勘気《かんき》をうくる共。菟角《とかく》申直《なを》してみんと。打つれ奥《をく》に入けれ共。時宗は障子《しやうじ》の外《そと》。ひろゑんに打しほれていたりぬ。母上立出たまひめづらしや十郎。母が顔《かほ》みんとて来られけるか。ひたゝれにしは（十七ウ）よらず折めたゞしきは只壱つ有。常《つね》はたばひて着《き》給はぬか。さなきだに曽我殿原《そかとのばら》はひん成とてわろふよし。男のひたゝれ着《き》ざるとて人にいやしめられな。みづからこそ年老《としおひ》たれ。二の宮の姉《あめ》をたのみしゆんそくせんだくなどしてもらゐ。ひたゝれはなす事なかれ。けふの祝義《しうぎ》の盃《さかつき》せんとてかはらけ取あげ十郎にさし給へは。時宗はうらやましく。障子《しやうし》のすきよりさしのぞきなくより外はなかりき。祐成いたゞき盃《さかつき》もつて立んとし給ふ。母《はゝ》御覧《ごらん》しさいたる盃のまで立は何事ぞ。さん候某《それかし》は重ても御盃いたゞけ共。三年《みとせ》があいだいただかざる弟《おとゝ》にてうだいさせ度候と。きげんのまもり申さるれは。はゝ聞給ひ筋《すぢ》なき事な申されそ。そちならで子はもたず。京の小次郎は腹替《はらかはり》二のみやは娘《むすめ》。禅師坊《ぜんじばう》は越後《ゑちご》に有。箱王《はこわう》といふゑせ者が事か。それは以前勘当《かんだう》しみづからが子にてはなし。伊豆箱根《いづはこね》。富士《ふじ》（十八オ）権現《こんけん》もしやうらんあれ。永《なか》き世迄の勘当なり。誠に河津《かはづ》殿ほどつみふかき人はなし。後《ご》世とふ者は行年《ゆくとし》のよはりぬ。たま〱もちたる子共さへ。香花《かうはな》取べき者《もの》もなく。おことを男にしたるさへくやしきに。母を母とおもはねはこそ出家をきらひ。元服《けんぶく》したる不孝者に何しに盃をさすべき。出家はゆるしも有べけれ男《をとこ》はのかれず。むほん人の末《すへ》とてさがし出され。ころされん時の母が心はいかばかり。子《こ》は三界《さんがい》の首《くひ》かせとは。今の我身にしられぬると涙をながしの給へは。時宗障子《しやうじ》の外《そと》より。御心にそむきし上申あぐるはおそれながら。まつたく母上をかろしめ申にあらず。鎌倉《かまくら》中にて沙汰《さた》せんは。河津が子共は腰《こし》ぬけにて。敵《かたき》を討ぬい丶わけに出家をとげしといはれなは。いかばかり口惜《くちをし》からん。父上の顔《かほ》みせざる祐経《すけつね》。討《うた》では武士《ぶし》も立まじ。某出家をとげ申さは兄十郎殿の友《とも》もなし。惣じて（十八ウ）浮世の親《おや》のならひ。盗《ぬすみ》する子はにくからで。縄《なは》かくる人をにくむと申たとへ。御心づよき御詞《ことは》とかきくどきけるにぞ。母上聞給ひ死《し》したる河津《かはづ》殿が親《おや》にてみづからは親にあらずや。但《たゞ》し十郎をうらやましく思ふか。一疋侍《ひきもち》*たる馬をだに毛《け》なだらかにかはせもせず。一人の下人にも四季折ゝ《しきをり〳〵》のふちをもせず。見ぐるしかりし躰《てい》をみてはきりやうも知恵《ちゑ》もまけね共。四百四病よりひんほどつらき物はなしと。明暮《あけくれ》母がつみつくりおもはぬ欲《よく》も出るぞかし。上郎も下郎も法師《ほうし》になれは修行《しゆぎやう》とて。つた乞食《こつじき》に身をなしこけの袂《たもと》も恥《はぢ》ならず。それをそむきし不孝者《ふかうもの》何しに勘当《かんだう》ゆるすべき。百万町の所領《しよりやう》にもかゑじと思ふ子成しを。勘当する母が心そもや嬉《うれ》しかるへきやと。つらぬく涙《なみた》をながし給ふ。暫有て祐成仰をそむき法師《ほうし》にならざるは不孝なれ共。ようしやうにてち丶に（十九オ）はなれ。身ひんなれは一門とても目をかけず。母ならずして誰かあは*み申さん。立寄方《たちよるかた》のあらねは非人《ひにん》となるべき事のふびん。一つは祐成が力《ちから》共なるべき者《もの》かれならでは候はず。私《わたくし》にめんじ此盃《さかつき》を時宗に給はれかし。左もなくは只今五郎が首打落《をとし》。かゑす刀《かたな》にて某も腹切《はらきる》迄。御暇《いとま》申と立ける時母上押《をし》とめ。左程に思ひ給はゞ其盃をさすべきが。酒《さけ》のみほして後《のち》は。もとのごとく勘当成と仰けるに。時宗聞てそれはむごき御詞。酒は所望《しよもう》に候はねど御勘気《こかんき》ゆるされんためなるを。あまりにつよき御心もはや浮世《うき》に望《のぞみ》なし。御前にて腹《はら》を切《きり》。しんゐをやすめ奉らんとおしはだぬぐを十郎とゞめ。何と聞たるぞ時宗。只今母の御詞には。此酒のみほす間は勘当《かんたう》をゆるすと有。然は此酒は。わ殿が一生のまずして置《をく》からはふきやうはゆるさる丶同前《たうぜん》。死《し》ぬる事はないといわれ。時宗悦《よろこひ》誠に左様。我相果たらん時に此酒をくわん（十九ウ）に入。未来《みらい》迄も御勘当《ごかんたう》ゆるされ申べし。一命《めい》よりも大事《たいし》の酒《さけ》と。千度《ちたひ》いたゞき台《だい》にするゑ。又もや御意《きよゐ》のかはらぬ内お暇《いとま》申と立けるか。はかまのすそをしきに踏《ふみ》。どうとまろべはかなしや此酒こぼれ。かはらけみぢんにくだくるにぞ。兄弟《きやうだい》目とめを見合あきれはてたる風情《ふぜい》。かゝる所へちゝぶの重忠案内《しげたゝあんない》にもおよはずつゝと入。しつけん本田《ほんたの》次郎に目くばせ時宗《ときむね》をからめ取《とる》。祐成立ふさがり。いか成とがにて角《かく》はし給ふ。重忠聞召されは時宗こそ。いつぞや二の宮方《みやがた》の婚礼《こんれい》の夜《よ》。人をころしたる旨上聞《むねしやうぶん》にたつし。からめ来れとの上意《ゐ》を承り来りぬ。親子兄弟《をやこきやうだい》のわかれも只今成ける間。念比《ねんころ》に暇乞《いとまこひ》をめさるべしと語《かたり》もはてず。母うへ前後《ぜんご》をうしない。情《なさけ》なきは武士《ものゝふ》なり。習《ならひ》なき石討けるらうぜき者《もの》。二人三人ころせはとてか程の御とがめはあるまじけれ共。元来《ぐわんらい》御に（廿オ）くしみつよき伊東《とう》が子《し》孫《そん》たるゆゑ。すこしの事に命《いのち》をとらるゝ事のかなし。今わかれて又逢《あふ》事も有間《ま》じければ。此年月《としつき》の勘当《かんだう》をゆるすぞと。いだきつゐてなき給ひぬ。時宗悦《ときむねよろこひ》有がたき次第《しだい》。さりながら某程浅間敷《あさましき》ものはなし。兄弟心を合。敵祐経《かたきすけつね》をうたんと昼夜《ちうや》心をつくし。既《すて》に討べき首尾《しゆび》のありしかど。勘当の身にさゝへられむなしき月日を送《おく》り。今またふきやうをゆるされしかは。人をあやめしとがにより。時宗程の者《もの》が縄《なは》めのはぢにおよぶ事の口惜《くちをし》。たとゑ死《し》したり共魂《こん》は此世にとゞまり。兄《あに》うゑの力《ちから》と也本望《ほんもう》をとげさせ奉らん。此上ながらも重忠殿《しげたゞ》。日比のかうをんに敵《かたき》をうたせて給はれ。母うへ兄上《あにうへ》さらはとしほ〳〵と立けるにぞ。十郎袖《そで》にとり付。是が浮世《うきよ》のかぎりかとたをれふしてなげく時。ちゝぶ五郎が（廿ウ）縄《なは》をとき。嬉しや方ゝ《かた〳〵》。何とぞふきやうをたすけんはかり事に。此ごとくしつらいし案《あん》にたがはずゆるされしぞ。悦《よろこひ》給へと有しかは親子《をやこ》三人手をあはせ重忠《しげたゝ》をおがみ。誠《まこと》の真節《しんせつ》殊に只今のてだて。とかう申べき詞《ことは》もなしと悦涙《よろこひなみだ》にかきくれ。兄弟《きやうだい》を左右《さう》に引わけ。はかまの着《き》ゞは烏帽子付《ゑほしつき》。故河津《こかはつ》殿に生《いき》うつし。かまゑて兄弟中よくせよと。扇子《あふき》をひらき数ゝ《かず》の盃《さかつき》。ちゞぶ殿よりはしめ兄弟にさし給はれと。指図《さしづ》にまかせさいつさゝれすことをはれは。祐成横笛《よこふえ》のねとりをあはせ吹《ふき》給ゑは。時宗はずんと立一調子《いつてうし》を上《あけ》。千代《ちよ》に八千代《やちよ》をかさぬ共御寿命《こしゆめう》はつきまじき。泉《いつみ》ぞめてたかりけりと。二三べん舞《まひ》をさめ重忠に暇乞《いとまこひ》。おのがしたくに帰りしとかや

寛濶曽我物語　六之巻終（廿一オ）

寛濶曽我物語《くわんくわつそがものがたり》　目録《もくろく》

七之巻

恩愛《をんあひ》　一　小袖乞《こそでごひ》の涙《なみだ》
〽よそながらの暇乞《いとまごひ》
形見《かたみ》は筆《ふで》に後《のち》の涙《なみた》
思ひきる瀬《せ》は兼《かね》と金《かね》
三年《みとせ》のむつ言《こと》もあだと成事

臆病《おくびやう》　二　不忠《ふちう》の兄弟《きやうだい》
〽腹《はら》はかりの世頼《たのみ》なきは
京の小次郎
ちをちであろふ訴人《そにん》
本田の次郎近常《ちかつね》
命乞《いのちこひ》をする事
（目録オ）

師弟《してい》　三　鞠粉川《まりこかは》の醠水《にごりみづ》
〽かぎりの命《いのち》名残《なごり》に哥《うた》
姉聟《あねむこ》途中《とちう》の教訓《きやうくん》
箱根《はこね》山思ひのけふり
名剣《めいけん》のいはれをしる事

人言《ひとごと》　四　心中矢立《しんちうやたて》の杉《すぎ》
〽男自慢《おとこじまん》目あての杉《すき》
当心《あたりこゝろ》のよい兄弟《きやうたい》の辻占《つじうら》
女郎《ちよろう》の花まきちらす小判《こばん》
新田《にたんの》四郎虎少将《とらしやう〳〵》を
たすくる事
（目録ウ）

くわんくわつそがものがたり　七之巻

一　小袖乞《こそでごひ》の涙《なみだ》

有時兄弟《あるときキやうだい》母の御前に畏。我ゝ君の御恩蒙《ごをんかうむ》る身にはあらねども。此度頼朝《よりとも》公富士《ふじ》の御狩《みかり》有よし。侍《さふらい》のみるべき物と伝《つたへ》きく。よそながら見物《けんぶつ》申たし。おそれながら御小袖《こそで》一づゝたまはれかしと申けるに。母聞召。それ君臣《くんしん》のつかふに礼《れい》をもつてし。臣君《しんきみ》につかふるに忠《ちう》をもつてすといゑり。何の忠《ちう》にか御恩《ごをん》なくは*無役《むやく》なり。此度の御供思ひとゞまりたまゑ。それをいかにといふに。おことらがおゝぢ伊東殿《いとうとの》。奥野《おくの》の狩《かり》より心地《こゝち》わずらい帰り給ひぬ。父《ちゝ》の河津殿《かはづ》も狩場《かりば》にて討《うた》れ給ふ。かゝる事のみ思ひまはせは。狩場《かりば》ほど（一オ）うきものはなし。殊に馬鞍《くら》見ぐるしくて物をみれば。かゑつて人にわらはるゝぞかし。此事思ひとゞまりしたしき方《かた》にてなぐさみ給へ。かくいゑは小袖《そて》おしむに似たり望《のそみ》ならはゑさせん。よくはあらねど紋《もん》がらおもしろきとて。祐成《すけなり》には。ねりぬきに秋野《あきの》ゝ草《くさ》づくしぬふたる小そで。時宗《ときむね》にはからあやに。あげ羽《は》の蝶《てう》の所ゝにぬふたるを給はりぬ。兄弟悦《きやうだいよろこひ》。三度《ど》いたゞき。こかげに立寄上《たちよりうへ》を着《き》かゑ。古着《ふるき》をぬいで置けるは後《のち》の形見《かた》としり給へ。祐成重《かさね》て申さるゝは。此度の御狩《みかり》に御供せんと申事。もし兄弟の内壱人。いかなる高名《かうみやう》をも仕らは。せめての御恩《こをん》にもあづからん。左もあらは卒都婆《そとは》の一本もきざみ。父上《ちゝ》に手向《たむけ》奉らん。ねがはくは御暇《いとま》とねがひぬ。母聞召。左程におもはゞ*供（一ウ）かくもとの給ひけれは兄弟心《こゝろ》に思ふやう。御狩《みかり》にことよせ敵祐経《かたきすけつね》をうたん。しからは帰らんは不定《ふでう》なりき。せめての形見《かたみ》に何をかのこさん。後《のち》の世迄もつきぬは手跡《しゆせき》にかぎるべきとてかくばかり

〽けふ出てめぐりあはすはをぐるまの

此わのうちになしとしれ君

祐成《すけなり》生《しやう》年廿一才。後《のち》の世の形見とぞ書《かき》けり。又時宗《ときむね》も

〽ちゝぶ山おろす嵐《あらし》のはげしきに

枝《えだ》ちりはてゝ母《はゝ》いかにせん

時宗生年廿才。親子《おやこ》は一世と聞《きゝ》ぬれど。来世にては一つ蓮《はちす》のうてなにいたるべしと書留箱《かきとめはこ》に入。何となくまた御前に出たりぬ。母の給ひけるは。かまひて人ゝと口論《かうろん》すべから（ニオ）ず。世に有人はひんなる者をあなどるならひ。されはとてとがむべし。三浦北条《みうらほうてう》ちゝふ殿こそ左もなけれ。此人ゝにまじはり見物《けんぶつ》せよ。かまひてぬし有猪《しゝ》に目をかけな。君の御ゆるしなきにむさと弓矢《ゆみや》をもつべからす。御にくしみふかき者《もの》のすゑとて。とがめらるゝ事もあらんとこま〴〵おしゑ給へは。五郎はそうなく色《いろ》にも出さず。十郎は今をかぎりの教訓《きやうくん》と心ゑ涙ぐみて出けり。時宗立帰り。殊《こと》の外《ほか》扇子《あふぎ》のみぐる

挿絵第一図

挿絵第二図

しけれはかゑ給はれと申上る。母何心なくあたらしきを給はりけれは。是も形見の数《かず》と思ゑは一しをなつかしく。ひらいてみれは霞《かすみ》に雁金《かりかね》をぞ書たり

〽おなじくはそらに霞の関守《せきもり》て
雲路《くもぢ》の雁《かり》をしばしとゞめん

（二ウ）

と古哥《こか》を思ひ出しぬ。是は為世《ためよ》卿《きやう》よみ給ひし哥《うた》ぞかし。我はかぎりの道《みち》をなけこと。誰《たれ》とゞむるものもなきに。扇子《あふぎ》さゑ心有けるにや。しばしとゞむる言《こと》の葉《は》を思ひやりぬ十郎は鬼王《をにわう》。五郎は団《だん》三郎。主従《しうじう》四人打つれ出ける風情《ふぜい》。母うゑ見送《をく》り独《ひとり》事にの給ひけるは。ひたゝれの着様《きやう》。むかばきの引合。馬乗姿《むまのりすがた》手綱取《づなとる》手もと。父上《ちゝうへ》に其儘《まゝ》なりしが。きりやうはすこしおとりぬ。また五郎が烏帽子《ゑぼし》の着《き》やう。矢《や》のおひやう。弓《ゆみ》もちたる手もとおだやかなりしてい。是もちゝにいきうつしなれ共すこしはおとれり。山寺にそだちけれ共色《いろ》あさぐろく。眼《まなこ》の見かへしするどくみゆる十郎は里《さと》に住《すみ》しかど色白《しろ》くじんじやうなりき。我《わが》子なれは欲《よく》にみまし。いかなる大名《たいみやう》高家《かうけ》といふともおとるまじ。同じく（三オ）

挿絵第一図（三ウ）

挿絵第二図（四オ）

はかれらを。父《ちゝ》もろ共みるならは。いかにうれしかるべしとてさめ〳〵となき給ひぬ。女房立見参らせ。御悦《よろこひ》の門出《かといで》いまはししと申けれは。誠《まこと》にそうよ。され共此者《もの》共がひんなる出立をを*みて心のうちの哀《あはれ》さ。げに〳〵千秋万歳《せんしうばんせい》。さかふべき子供の門出《かといで》。追付《おつつけ》御狩《みかり》より帰り。上《うへ》の御《ご》免をゆるされ。本領《ほんりやう》こと〴〵くあんどし。おもひのまゝ成帰りをまつべきとて。なく〳〵内ゑ入給ひぬ。其後祐成申けるは。是より富士野《ふじの》に行《ゆく》べけれど。今生《こんじやう》の別《わかれ》なれは。わ殿は形勢坂《けはいざか》に立越《たちこへ》少将《しやう〳〵》と名残《なごり》をおしみ給へ。我はまた大礒《をゝいそ》に行《ゆき》。暇乞《いとまごひ》して帰るべきと南北《なんほく》へわかれ。十郎は其夜虎がもとゑいそぎぬ。いつにすぐれむつまじく語《かたり》て後《のち》。祐成申けるは。此度《たひ》御狩《みかり》の御供申は段ゝ《たん〳〵》様子《やうす》こそあれ。かくさんもいかゞなれ共。*供につれゆけなど、有てはかた（四ウ）らぬこそましなれ。心底《しんてい》を聞て後《のち》あかさんと尋しかは。虎うらめしげなる風情《ふぜい》。誠《まこと》に人のそしり勤《つとめ》のさはり。親《おや》のふきやうをもいとわず身にあまるいとしき。殊に夫婦《ふうふ》は二世といゑり。たとゑいか成事なれはとて御つゝしみはあるまじきを。此年月《としつき》かくさせ給ふ事のうらめし。とく御かたりましませ。さこそ有べしさりながら。何事にてもそむくまじとのちかひの為《ため》。心の金《かね》を打《うち》給はゞかたらん。それ迄にはおよぶまじ。いやとよの義ならはかく詞《ことば》はつくさぬぞかし。虎涙をながし。此上《うへ》は御心まかせとて祐成のかたなをすこしぬき。仰をそむくまじきとのちかいの金。鍔《つば》と鍔《つばと》*とをちやう〳〵と*討けるにぞ。祐成悦《よろこび》の涙まづはうれしゝ。語《かたる》べきといふはよの義にあらず。元来《くわんらい》我は敵《かたき》もち。親《おや》の河津《かはづ》（五オ）を工藤《くとう》左衛門祐経《すけつね》にうたせ。兄弟心をつくすといゑ共。其甲斐《かひ》なくて打すぎぬ。近日鎌倉《かまくら》殿。富士《ふし》の御狩《みかり》有よし敵祐経御供せん。かゝる時節《ぢせつ》討《うた》ずしてはいつをかこさん。本望とげぬれは生《いき》て帰るはふぢやうなりき。世になき我ゝに心をつくされし嬉しさ。わするゝ事のあらねは今生《こんじやう》の暇乞《いとまごひ》に語《かたる》ぞかし。我相果《あいはて》しと聞給はゞ髪《かみ》をもそり。一辺《いつへん》の念仏《ねんぶつ》を申てたべとさめ〴〵とかたりぬ。虎前後《とらぜんご》をうしないとはずは語《かたり》給ふまじきや。尤浅《あさ》ましき身なれ共。かゝる大事をいかで人にかたらん。御老母《ごらうぼ》にさへつゝませ給ふをあかし給ふ事の嬉しさ。されはとて御身をさき立。跡《あと》にのこりし自《みつから》はいかゞならん。御詞《ことは》をそむかじとの心の金《かね》はうちぬれど。是ばかりはゆるし是非《ぜひ》御供とかこちぬれは。十郎わざと詞をあらけ。いかに女なれはとて。おそろしきちかいをそむくはひきやうなり。（五ウ）それとても聞わけなくは。夫婦《ふうふ》の縁《ゑん》をきらんといわれ。さすが是非《せひ》共いわでなくより外《ほか》はなかりき。十郎もともにこぼるゝ涙をおさゑ。あまりなげき給ふべからず。それ人間《にんけん》は生《むま》るゝより死《し》するならひ。さとれはなげく道にあらず。是を形見《かたみ》にとて鬢《ひん》の髪《かみ》を切《きり》てやりぬ。虎涙ながら請取《うけとり》はだのまもりにいれ。今宵《こよひ》ばかりのかぎりの夜。千代《ちよ》を一夜とかさねてもあけなかしと思はるゝ。比《ころ》さへさつきのみじか夜。かたぶく空《そら》もうらめしく八声《やこゑ》といふも鶏《にはとり》の。夜やしらぶると明《あけ》やすく夢《ゆめ》みるほどもまどろまで。東《ひかし》にたなびく横雲《よこぐも》。しのゝめしらむうき枕床《まくらとこ》も涙にうくとかや。互《たかい》の名残《なこり》心の内さこそとあはれにしられぬ。鬼王《おにわう》御枕《まくら》におとづれ。夜もあけぬれはいざ御帰りと申あぐる。祐成おどろき出給へは。虎門《とらもん》のほとり迄つきそひ。さらは〴〵と涙の別《わかれ》。中村《なかむら》の里《さと》ちかき山びこ山の峠《とうげ》まで（六オ）送りぬ。十郎重て名残はいつも同じ事。追付《おつつき》五郎が来《きた》るべし。はや帰り給へと手づから駒《こま》にむちを打涙ながらわかれぬ。鬼王跡に残《のこり》さま〴〵なだめしかば。虎狂《きやう》気《き》のごとく。つれなしとよ鬼王。夫《つま》の顔《かほ》みるも今ばかり。語度事《かたりたき》の山なりしかど。只なげきのみにてのこせし詞《ことは》も有。さらばと仰けるをかなしきにまぎれ。返事《へんじ》とてもせざりき。今一度名残《なごり》をおしませ給へと。声《こゑ》をはかりによび給へど面影《おもかげ》もみゑざりき。鬼王そばにより。しやばはしばしのかりのやど。草葉《くさば》にすがる露《つゆ》ぞかし。もし最後《さいご》ときこしめされなば後《こ》世とむらい給へ。しかしめで度御左右《こさう》申さんと。やう〳〵すかしまいらせ大礒《おゝいそ》におくり。其身はそがに帰りしとかや

二　不忠《ふちう》の兄弟《きやうだい》

其比京の小次郎とて別腹《べつぷく》の兄弟《きやうだい》有。かれは河津《かはつ》の三郎。京都《きやうと》（六ウ）に在番《さいばん》せられし折から。都《みやこ》女になれそめ。もふけ給ひし子なれはとて其名を京の小次郎といゑり。有時十郎五郎に語《かたり》けるは。此度敵討《かたきうち》のかとうどに。小次郎に様子《やうす》をかたり一つ所《しよ》にうたは何事かあらん。時宗聞ていらざる事をの給ふものかな。一腹《いつぷく》の兄弟ならはいかにおくびやうなり共。ざいくわのがれがたく同心《たうしん》すべき事もあらん。かれは他人《たにん》におなじけれはうか／＼とたのまんやうなし。只今迄おこたる事諸事《しよじ》をうかごふゆゑなり。一筋《ひとすぢ》に思ひきり。折よくは御前《ごぜん》もはゞかるまじ。夜《よ》る昼《ひ》るとなく付《つき》めぐらん。もしまたとをくは射《ゐ》てとらん。ちかくはくんで勝負《しやうぶ》をせん。此身があるとおもはゞこそ所をもいとゐ。それにもかなはぬものならは。死《し》にかはりて本望《ほんもう》をとげん。おしからぬ我ゝが命《いのち》。いきのびたれはとて何程の事かあらん。思ひ立て出るより二度帰る心底《しんてい》なし。祐成聞（七オ）我も左こそは思ひつめたり。なれ共血筋《ちすぢ》の事。もし加《か》同道《たうとう》せは力《ちから》共ならん是非《せひ》かたりてみん。左程に思召さはともかくもと打つれ立小次郎に対面《たいめん》し。四方《よも》の咄《はなし》ことおわりて後《のち》。十郎がいひけるは。兄弟が望は兼《かね》て御身もしり給はん。此度の御狩《みかり》に殊寄《ことよせ》。祐経を討て年来《ねんらい》の本望《ほんもう》とげたし。され共敵は大勢。我ゝは只二人思ふに甲斐《かひ》なし。何とぞ御身を頼。三人心を合付《あはせつけ》ねらはゞ本意《ゐ》をとげぬ事あらじ。親《おや》の敵有ながら今迄うたざる事の口惜《くちをし》さ。御身とても同《おなし》事同心《たうしん》もやと頼しかは。小次郎暫し案し此事思ひもよらず。当家《たうけ》はいにしへと替《かはり》。左様なる悪事《あくじ》を仕出《しいだ》せはへんしもかくるゝ所なし。されは今程世の中に。親《おや》の敵子《かたきこ》の敵。主《しう》の敵みち／＼なれども本望とげたる者《もの》なし。まして祐経は御狩の御供。其上御領《ごりやう》のそばぢがくにてらうぜき身の一大事共成べし。殊に左衛門は出頭《しゆつとう》にて（七ウ）

挿絵第三図（八オ）

挿絵第三図

先祖《せんぞ》伊東《いとう》の所領《しよりやう》をあんどするのみ。しやうゑんを知行《ちぎやう》する事数《かず》をしらず。敵もつ身なれは兼《かね》て用心《ようじん》致よし。なましゐ成事を仕出《しだ》し。母うへ二の宮達《みやたち》をまどひものとなし給ふまじ。ねがわくは思ひとゞまり御免《こめん》†に預《あつかり》。所領《しよりやう》にもとづき安楽《あんらく》におくり給へ。めん〳〵の風情《ふせい》にて祐経をうたんとは思ひもよらず。徳《とく》をもつて人に勝《かつ》ものはさかゑ。力《ちから》をもつて勝者《もの》はほろぶといふ詞有。只とゞまり給へと申けれは。十郎はなましゐなる事をいゝ出し。指当《さしあたり》ての返答《へんとう》。おろか成小次郎。御ぶんの心をひきみん為《ため》申たるを。誠に思召教訓《きやうくん》有はたのもし。馬さへもたぬ我〻なれは御狩とても望《のぞみ》なし。真実《しんじつ》の詞有がたしとさあらぬていにもてなしけれ共。時宗こらへぬ男。そばぢかく立寄。腹《はら》こそかはれやどる種《たね》は同親《おなじおや》。我こがいわずとも。惣領役《そうりやうやく》には心をつけらるべきを。祐経がおそろしさに身をひかるゝとみゑ（八ウ）たり。蛇《じや》はわたがまれ共しやうげの方《かた》にむく。鷺《さき》はたいさいの方《かた》にそむきすをひらく。鷰《つばめ》はつちのゑつちのとにすをくい初《はじめ》。王余魚《かれゐ》は湊《みなと》にむかいかたたがひす。鹿《しか》はきよくしよにむかいふすとかや。これらのたぐひさへおのれがぶんにしたがふ。形《かたち》は人間《にんけん》なれ共魂《たましい》は畜生《ちくしやう》におとれり。いつかう御かまひなく帰り給へといゝすて出にけり。小次郎は時宗に悪口《あつかう》せられ。いかにも成べきと思ひしが。きやつはきこゆる大力《だいりき》。もしくみしかれせんなき死《し》をとげんより。此事祐経にうつたへなは。手をろさずしむねんをはらすといひ。ふちをもはけられん。左もなきとてほうびゑさせぬ事は有まじと。道《みち》なき欲《よく》にまよひ。馬《むま》に鞍置討乗《くらおきうちのり》祐経が屋形にいそぎぬ。時宗つく〴〵思ひけるは。よしなき者《もの》に大事《だいじ》を語《かたり》。もしは左衛門が耳《みゝ》にいらは。思ひ立ぬる事かなわぬのみ。頼朝《よりとも》公ゑきこゑなは。死罪流罪《しざいるざい》にもおよばれ。いたづらに身（九オ）をうしなわんも口惜《くちおし》。もれざるうち小次郎を討。敵討《かたきうち》の門《かと》出にせんいかゞ思召と語《かたり》ぬ。十郎聞て。尤なれ共いわゞ兄弟《きやうたい》。殊に我ゝが為《ため》には兄《あに》ぞかし。左程うつけたる者《もの》共みへず。かれらをうたんは無罪《むざい》にてあやまれる事有。うたがひをはらされよといふ。五郎が聞てきやつをころすは無罪《むざい》にあらず。加様の者をいけおけば先祖《せんぞ》の名をくだし。子《し》孫《そん》のはぢをまねく道理《たうり》。私《わたくし》次第《しだい》にあそばせとてひつかへす。所へ小次郎馬にむち。息《いき》をはかりに*討手《うつて》*返《とを》る。十郎はるかに見付。わ殿がすいりやうにたがわず。きやつがつらつき鎌倉《かまくら》ゑ*忠臣《ちうしん》するか。又は祐経方《すけつねかた》ゑ露顕《ろけん》し。ほうびにあづかるべき心底《しんてい》みえたり。とてもいけおかぬ者《もの》。幸《さいわい》足場《あしば》もよければ。前後《ぜんご》よりはさみ討てとらんと。ちかづき寄《よる》を時宗。小次郎が手綱《たづな》をしかと取。けはしき風情《ふぜい》いづ方《かた》への御出。御供せんといわれ。いや〳〵おの〳〵ごときのまいらるゝ所にあらず。備前《びぜん》の国《くに》（九ウ）吉備津宮《きびつみや》の神主大藤内《かんぬしおゝとうない》。社《やしろ》ふしんの御訴詔《ごそせう》に上り。御前《ごぜん》の首尾《しゆび》よく近日建立《きんじつこんりう》有に付。某ふしん奉行《ぶぎやう》承り。大工等《たいくとう》其外材木金物方《ざいもくかなものかた》の指引《さしひき》。其様子を申さんため大藤内方《かた》ゑまいるといふ。十郎思ふやう。此大藤内といふ者《もの》は。祐経御前《すけつねごぜん》よきを頼《たのみ》訴詔《そせう》申上たるよし。殊に左衛門方《かた》に一宿《いつしゆく》す。我ゝにとがめられ。へり言《こと》なく只今のごとくいつわるとみへたり。兄弟が心指《こゝろざし》をうつたへるにまがいなし。すは時宗心まかせにはからゑといふ。仰迄におよぶべきかと馬よりとつておろし。おのれ人に大事《だいじ》をかたらせ。祐経方《かた》ゑ忠臣《ちうしん》するにまぎれなし。只今命をとる念仏《ねんぶつ》申せと。既《すで》にあよふかりし所へ。本田の次郎通《とをり》あはせ。人ゝの中に入暫《しはらく》またれ候ゑ。是はおの〳〵の舎兄《しやきやう》京の小次郎にてはあらずや。それを手ごめにし給ふ事心得ず。さだめし様子《やうす》あるべし爰をゆるめ子細《しさい》を語《かたり》。其後《そのゝち》はともかくもとゞ（十オ）められ十郎近常《ちかつね》に申けるは。か様ゝの次第《しだい》により。きやつをたすけおけは。行末《ゆくすへ》我ゝが本望《もう》とげがたし。其儘《まゝ》にて通《とをり》給へとさゝやきぬ。いやとよそれは不了簡《ふりやうけん》。尤心底《しんてい》はにくけれ共。現在《げんざい》の兄《あに》を手にかけ給はゞ天のとがめもおそろし。あたを恩《おん》にてほうずるならひ。しかるべくはゆるし給へ。某よろしくはからはんとて小次郎をたすけ。武士《ぶし》たる物敵討《かたちうた》ぬのみ。兄弟《きやうだい》が望《のぞみ》を祐経《すけつね》にうつたへんなど、は四つ足同前《あしだうぜん》。兄弟が心にはたのみなき兄《あに》もちたり。人手にかけんより討《うつ》てすてんと思ひしはことはり也。某よき所へ参りかゝりあまの命《いのち》をもらひぬ。扨吉備津《さてきひつ》の奉《ぶ》行わ殿に仰付られしか。其相役《あいやく》は此方より願《ねかひ》。壱人まいる者《もの》の有ぞかし。いつわり後日《ごにち》に難義《なんぎ》めさるなといふに小次郎けでんし今は何をかつゝまん奉行《ぶぎやう》と申はまんざらのうそ。兄弟敵《きやうだいかたき》をねろふよし祐経《すけつね》に訴人《そにん》せは定《さだ》めし悦《よろこび》いかなるほうびにも預度《あつかりたく》。其うへ敵討（十ウ）の同心《とうしん》おそろしく心壱つにたくみぬ。此後他言《のちたこん》せば大小の神祇《しんぎ》の御罰《こばつ》かうむらん。心やすくおもへとよろしく頼といふもおかし。此場《ば》をのがれ又訴人《そにん》せんはひつぢやう也。莵角《とかく》御兄弟本望《こきやうだいほんもう》とげらるゝ内。此小次郎は近常《ちかつね》が預《あつかり》。一間《ひとま》におしこめ*△御地走《ごちさう》申さん。然は大事《だいじ》を誰しる物なく。兄《あに》うへの命も別義《べつぎ》なしおの〳〵いかゞと尋しかは。兄弟悦《よころひ》跡《あと》さきふまゐられし了簡《りやうけん》。さすがはちゝぶ殿の家臣《かしん》いか様共御指図次第《さしづしだい》。先《まつ》何事も沙汰《さた》なし。さらは〳〵と。小次郎をまん中に。本田がさふらひ前後《ぜんご》をしゆごし。屋かたをさしていそぐ夕暮《ゆふぐれ》

三　鞠粉川《まりこがは》の醠水《にごりみづ》

死出《しで》の旅《たび》。かぎりの命とおもへはよそながら爰《こゝ》かしこにて暇乞《いとまごひ》。あかぬわかれの鳥《とり》の声《こへ》殊さらにうらめしく。おもひつゞけて兄弟《きょうたい》馬に打乗《うちのり》。鬼王団《おにわうとう》三郎は涙かた手にかた手綱《たつな》。うつゝ共わかぬ駒《こま》の足《あし》もと（十一オ）

挿絵第四図（十一ウ）

挿絵第五図（十二オ）

定《さた》まらず。祐成仰けるはもはや心にかゝる事なし只いそぐべしとの給ふ。時宗承りさん候某は。箱根《はこね》を出候時権現《こんけん》ゑもいとま申さず。殊に別当《へつたう》にもと角《かく》の事をかくしぬ。是よりして箱根に参。しかるべくは御暇乞《いとまこひ》申度といふ。ともかくもと*討《うち》つれいそく道。まりこ川にさしかゝり。十郎手綱《たつな》をひかへ。おこと三才某五才の比より今年《ことし》迄此川をわたらぬ月もあらざりき。今は一世のわたりおさめ。いつもよりけふは水色殊更《いろことさら》*似ごりぬ。いかなればと尋しかは。時宗申やう。人皆かうせんにおもむく時万物の色《いろ》かはるといゑり。古里《ふるさと》そ我《が》を出るは。しやばをはなるゝ道理《だうり》。然は是は三津の川。ゆさかの峠《とうけ》は死出《しで》の山。鎌倉《かまくら》殿はゑんま王。大小名はごくそつ祐経は知識《ちしき》。はこねの別当は。六道の能化《のうけ》地蔵菩薩と思召さるべし。尤とて十郎かくばかりつらねたり（十二ウ）

〽さみたれにあさ瀬《せ》もしらぬまりこ川
　浪《なみ》にあらそふわか涙かな

挿絵第四図

時宗此哥《うた》の心あしくや思ひけんむかばき

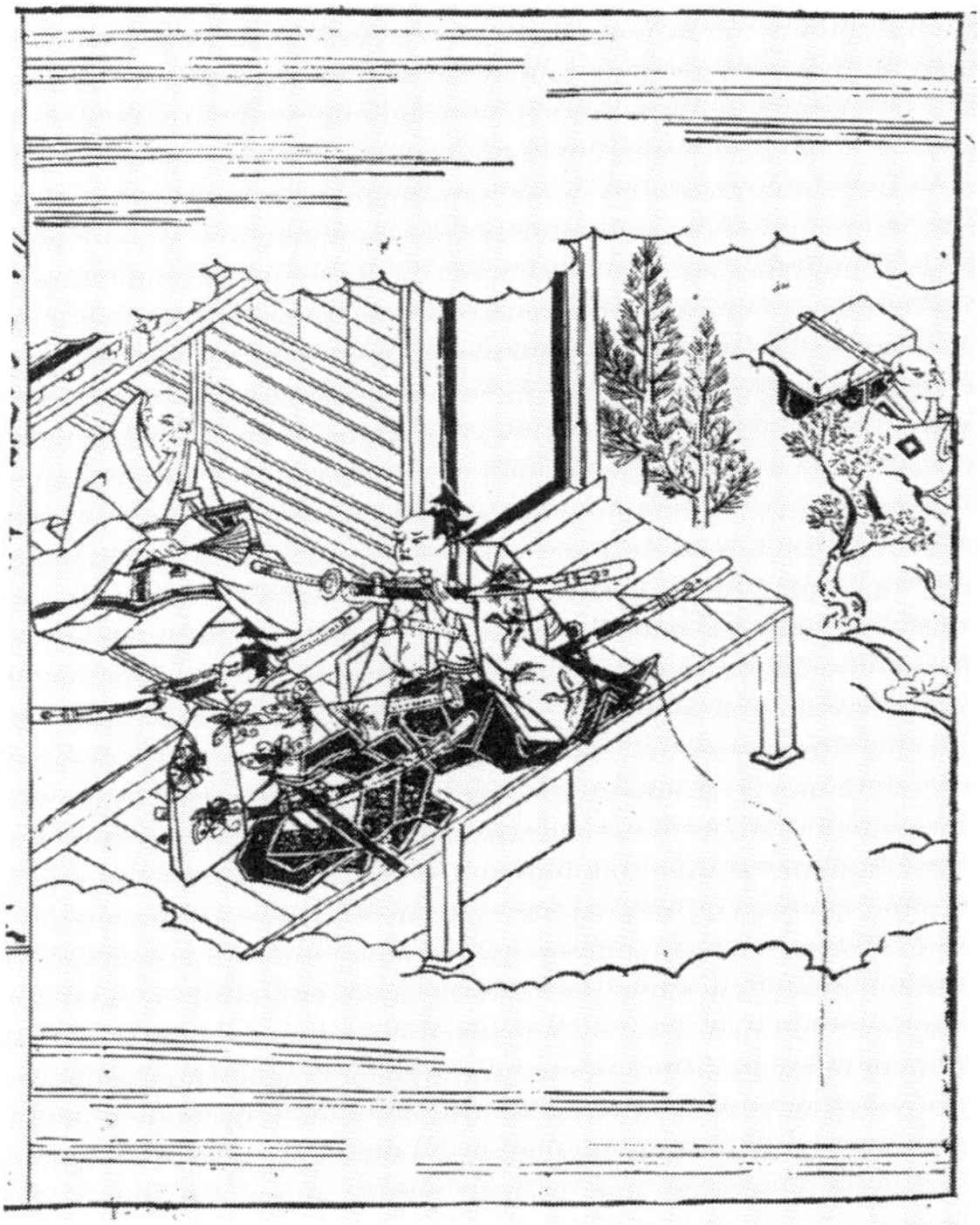

挿絵第五図

ならしかくぞつらぬる

〽わたるよりふかくそたのむまりこ川
　親《おや》の敵《かたき》にあふ瀬と思へは

とよみ。通所は阿弥陀《あみた》△の院《ゐん》ゆもとの宿。ゆさかの峠《とうけ》に駒《こま》をひかゑ。誠《まこと》に我〻が生《むま》れし所は伊豆国《いづのくに》。そだちは相模《さかみ》。最後《さいこ》所は駿河《するか》の国《くに》。富士《ふじ》のすそ野《の》〻露《つゆ》ときゆべし。おもへはふる里恋しと。兄弟袂《たもと》を顔《かほ》におしあて涙ながら。あれに煙《けふり》のたなびくは曽我にてや有らん。団《とう》三郎ふり帰り煙はふる里にあらず。南のくろきもりに。雲《くも》のかゝりぬこそ曽我の里なりと申ければ。十郎とりあゑず

〽そかはやしかすみなかけそけさばかり（十三オ）
　今をかぎりの道とおもゑば

とよみければ時宗けうをさまし。時も時折も折。こゝかしこにての哥《うた》ざんまい。御身は大礒《いそ》小礒古里《ふるさと》をも詠《ながめ》給へ。五郎におゐては思ふ事のいそがしきとて。駒《こま》をはやめ二丁ばかりさきゑいそぎぬ。祐成おどろき跡《あと》より追付《おつつき》しかは。時宗申けるは。人とむまれ誰《たれ》かなごりのおしからん。鬼王団三郎がおもはん所も恥《はぢ》給へ。もし運《うん》つきしそんずる時人

こが申さんは。爰かしこにて哥をよみ。詩《し》をつくりしゆゑなりとてわらはれんも口惜《くちをし》。いかゞ思召と教訓《きやうくん》せられことわりとや思ひけん。其後は哥をもよますいそぎしかは。大くづれといふに着《つき》。むかふをみれは大名とうちみゑ馬上ゆゝしく打て来る。誰《たれ》やらんとみれは二の宮之太郎吉実《よしさね》なり。さいはいなれは此事をかたらんといふ。時宗ぶきやう顔《かほ》。小次郎にもこり給はずかたらはんと（十三ウ）は何事ぞ。正敷かれは他人《たにん》。殊に世になき兄弟が。死《し》に、ゆかんといふをしかるべしといわんや。対面《たいめん》ばかりにて御通あるべし。十郎聞て我もさこそはおもひつれ。そちが心をひきみんためなりといそぎ馬より飛《とび》をり。弓とりなをし畏《かしこまる》。太郎も同じく下馬《げば》し。おの〳〵いづ方ゑの御越《こし》。さん候近日鎌倉《かまくら》殿富士野御狩《ふしのみかり》有よし。よそながら見物《けんぶつ》し。末代《まつだい》の物語にせんとそんじ出候。吉実《よしざね》聞て。馬鞍《くら》みぐるしきていの見物しかるべからず是より帰り給へ。某にも御供と仰ぬれ共。人なみならぬゆゑ。風の心地《こゝち》といつわり梶原方《かぢわらかた》ゑ申やりぬ。かた〴〵も是より帰り某方に逗留《とうりう》し。かさかけなど射《ゐ》てあそび給へと申さるゝ。十郎重て。加様の事又有べき事ならねば。せひ見物とぞんじつめたる事。馬よはくば山をひかせ申べ（十四オ）し。帰りには立寄暫逗留《とうりう》申さん。然は*供かくも御帰りをまち申と東西《とうざい》ゑわかれぬ。それより兄弟箱根《はこね》の別当方《へつたうかた》にあんないす。別当出給ひめづらしの人〻。殊に五郎は里《さと》にくだり。元服《げんぷく》してより今対面《たいめん》のはじめぞかし。久敷あはねはとていかでそりやくに思ふべき。わ殿こそよそがましけれ。此度《たび》の思ひ立ぐ僧《そう》も年わかゝりせはたより共成べきと。衣《ころも》の袖《そで》をしぼりたまひぬ。祐成聞召。時宗とても山をくだり。男に成しゆゑにより。母のふきやうを蒙《かうふ》りそれゆへ今迄おこたりぬ。兄弟むなしくならは。師《し》弟《てい》の御情《なさけ》に跡《あと》とむらはせ給へとしほ〳〵と申けるにぞ。こゝろやすかれ。年来《ねんらい》の本望とげさせせん祈禱《きたう》はぐそうが役《やく》なり。千騎《せんぎ》万騎共思ひ給へ。門出《かどいで》の盃《さかづき》せんと　暫《しはらく》　△祝《ことふき》　おさめ。何をか肴《さかな》にとてさや巻《まき》一腰《こし》十郎が前に置《おき》。そも此太刀《たち》は木曽義仲《きそのよしなか》。三（十四ウ）代相伝《たいさうてん》の重宝《ちやうはう》一龍王作《りうわうつくり》の長刀《なきなた》。二に雲落《くもおとし》の太刀《たち》。第三には此刀《かたな》名をみぢんといゑり。嫡子《ちやくし》しみづの御曹子《おんさうし》。鎌倉《かまくら》殿の聟《むこ》と也。大将軍《たいしやうぐん》を給はり。海道《かいたう》を責《せめ》のぼり此山に*宝納《ほうのふ》し給ふ。愚僧《ぐそう》がはからいたるによりわ殿に参らするぞかし。また時宗には源氏十*代友切丸《ともきりまる》をひかれたり。此太刀を友切丸といふは源家《げんけ》代ゝ《だい〱》つたはり。六条の判官為義《はんくわんためよし》の御手にわたりける時は姫切丸《ひめきりまる》といゑり。また為義《ためよし》御《こ》重宝《てうほう》の刀有六寸ながし是とならべ置ければ毎夜姫切丸ぬけ出あまる所の六寸を切落《きりおと》す。それよりして友切丸といゑり。其後左馬守《さまのかみ》義朝《よしとも》公ゑつかはされけれ共。仏法守護《ふつほうしゆご》の名剣《めいけん》なりとて。鞍馬《くらま》山毘沙門《ひしやもん》天に宝納《ほうのう》有。御子《こ》うし若《わか》丸奥州秀平《おふしうひでひら》が館《たち》へくだらせ給ふとて。鏡《かゝみ》の宿にてとうぞくに出合。八人迄切給ひ。十九の年頼朝《よりとも》公に対面《たいめん》し。西国院宣《さいこくゐんせん》の蒙《かうむ》り（十五オ）責《せめ》のぼり給ひし時。二所権現《こんけん》に詣《もふて》。神力《しんりき》をもて平家をほろぼさせ給はれと。此御山におさめ給ふ。大事の太刀《たち》なれ共おことにゆづり申ぞかし。もし何人にてもあやしまば。京都《きやうと》にのぼり。四条の町にて買取《かいとり》たるよし申さるべし。男となりければげんざんに入度《たく》はあらねど。心指《こゝろさし》のやさしければは。思ひやられてあはれなりりと。念比にの給ひければは。兄弟あまりのうれしさに三度《ど》いたゞき。名残《なこり》はいつも同じ事。もはやお暇《いとま》申と馬に打乗《うちのり》。涙ながら三嶋《みしま》のほとりへ着《つき》けるとなり

四 心中矢立《しんぢうやたて》の杉《すぎ》

そも〱相州《さうしう》矢立の杉と申は。八幡宮の神木《しんぼく》にて。そのかみあその権之守《こんのかみ》。ゐてきせいばつの出陣《しゆつちん》に。うはざしのかぶら矢《や》を射《ゐ》奉《たてま》つて。合戦《かつせん》の勝負《しやうぶ》を心みしより此方。思ひ〱の（十五ウ）ねがひにより。男のすなる弓矢の道《みち》。女のわざもにくからず大礒の虎御前《こせん》祐成《すけなり》にわかれしも祐経がわさぞかし。流《なかれ》を立る身なれ共。我身の為にも舅《しうと》の敵《かたき》。何とぞつまにうたさんと。仏に参り神《かみ》いのる。思ひの種《たね》や重藤《しけとう》のさんこしゆにてとつかさしたる楊弓。替《かはり》ふの野雁矢《かりや》。髪《かみ》のわけめに指櫛《さしくし》と。ならべてさしたる風情《ふぜい》。杉の木陰《こかげ》にたゝすみぬ。形勢《けはひ》坂の少将もひとかたならぬ遊君《ゆうくん》の。それとのこして出しより。我下《わか》ひもを時宗との別《わかれ》をなげき同じ心につま替。是もねがひを思ひづめ蒔絵《まきゑ》の楊弓。あふむの

羽《は》にてはいだる矢《や》。髪《かみ》の結めにさしけるなど人まね成と笑《わろふ》へし。虎少将にいふやう。誠に御身もみづからも女心のだいたんな。いかに男が大切《たいせつ》なれはとてあらぬすかたの神詣《もふで》。是こそ矢立の杉《すぎ》とかや。加様に友なひく（十六オ）

挿絵第六図（十六ウ）

挿絵第七図（十七オ）

挿絵第六図

るからは互《たかい》の思ひをいふてのけ。語《かたり》て成共なぐさまんおもひふりはと尋ぬれは。少将《しやう〳〵》は涙くみ。いゑはいかにいはねは胸《むね》に思ひづま。五郎様となれそめふかき瀬《せ》ふみを打越《こし》。わたるまもなき此身なれとも物にかこつけ香《か》によそゑうらなくあひし中ぞかし。申はいかゞなれ共。時宗さまは女にすげなく。物事《ものごと》がいふりにてすこしの事もひんしやんと。菟《と》角《かく》さはけぬ男なれ共。どうやらかうやらおしわげ。まゑとはかくべつお心もかはりぬ。行末《すへ》のたのしみ。此黒髪に雪つもり。腰にはあづさの弓ひたいに老の浪《なみ》よる迄そひはてんと思ひしに其*明月《あかつき》に立わかれぬ。これも敵のわざと思へば。なか〳〵にはやく討《うた》せて給はれと。五郎様に成替《なりかはり》たゝきまはする神心。などかは印《しるし》なからん扨かた様のはいかゝそと尋ぬれ

挿絵第七図

は。虎暫うちしほれ。とはれて涙先《さき》立と
よ。誰《たれ》有て此勤《つとめ》おもしろふてはいた（十
七ウ）さねととりわけ今の我身こそうき
身が中のうき身ぞかし。恋しなつかしゆ
かしきなど、は以前の事。恋路《こいち》の最中《もなか》を
世間《せけん》よりわる品《しな》にいひ立られ。浮名にし
づむみなぞこ迄と。思ひし事が身のひし
とは成ぬ。せけはなを恋にがゞはり。あ
つばれ我妻《わかつま》を。人にも悪敷《あしく》いわすまじと
心計はいさめ共御牢人のかなしさ氏《うぢ》とい、
きりやうとい、。ひろきあづまの武士の
中にかたをならぶる者もなかりき。さり
ながら敵有身を三年《とせ》が間かくし。別《わかれ》にし夜をかぎりとおぼしけるにやつ、まず語《かたり》給ひし折からなど。ともにきえな
んとかこちぬれ共。いさ、かしれぬ御身のうゐもしまた目出度御左右《こさう》もやと。思ひをこめし矢《や》立の杉に。楊弓の矢わ
ほそく共恋路《こいぢ》にはふとかりし女心。我念力《わがねんりき》を神《かみ》ならはしりたまへ。すいりやうあれと甲斐なき昔語《むかしかたり》。人も聞《きゝ》つらめ
こなた（十八オ）ゐと互《たかい》にねらひはなつ矢。一二の枝《ゑた》に立ければ諸願成就有がたしと杉の下枝《したゑ》にひたいをふせ。しばら
くがつしやうらいはひす。其折ふし工藤左衛門祐経《くどうさへもんすけつね》。三浦《みうら》の与市。かさかけゐんとて此辺《へん》ゐ来りぬ。与市虎を見馬とゞ
めさせ。わ女郎は何として此所へは来られしぞ。殊に女の小弓《ゆみ》。似《に》あはさる遊興《ゆうけう》。左こそ子細《しさい》のあらん語給へといわ

れさん候此程はくるはもすがりいづれの殿立《たち》もみへませす。あまりさびしさのまゝ塿《くるは》ではやる楊弓。七間半は常《つね》の事せめて広野《ひろの》に出気儘《きまゝ》にあてん為ぞかし。扨いづ方への御出おつれはたそと尋ぬれは与市聞てあれこそ当家の出頭《しゆつとう》工藤左衛門祐経殿。よき折からひきあはせんといふ。虎しやう〳〵祐経と聞より。二人目と目を見合暫《しはらく》物もいわさりきされ共与市気もつかす。幸《さいはい》さゝゑをもたせたり。左衛門殿の（十八ウ）盃いたゞかせんこなたへと手をとれは。物はいわねど虎少将心の内に悦。何とぞ首尾《しゆび》をうかゞゐ一太刀恨《うらみ》。我つまによろこばせんと小つま高に取なしたる風俗《ふうそく》。左衛門是に腰《こし》をおり。与市殿のしこなし。是か聞およびたる大礒《おゝいそ》の虎御前のきりやうよしか。いかに思へはとて三浦とふかきをしりながら。思ふは侍《さふらい》のあらぬ事。さしあいなきは形勢坂《けはひ》の少将《しやう〳〵》なり月と花との色《いろ》くらへ。いづれかおとりはあらしとたはむれけるにぞ。心にはそまね共折よくはとおもふゆゑ。わざと色にはおもひぶり。我〻《われ〳〵》はさもしき流《なかれ》の身。よるべをわかぬかり枕《まくら》。ならぶる方はおゝけれど是ぞとおもふ殿子《とのこ》なし。一夜逢《あふ》のもゑんぞかしいつ迄も君が心のかはらずはとむつましく寄《より》そひけれは。三浦《みうら》が下部気《べき》をとをし提重《さけちう》の口をひらけは。先今日の亭主役《ていしゆやく》。虎殿よりはじめ給へとのぞ（十九オ）まれ盃《さかつき》取あけ一つうけ。此酒を祐経《すけつね》が面になげかけ。飛かゝつて討《うつ》べきかと思へどさすが女心。鎌倉中に沙汰《さた》せんは。曽我《そか》兄弟は腰《こし》ぬけて。女を頼敵《たのみかたき》を討《うた》せしなどゝわらはせんも口惜《をし》。されはとてかく迄首尾《しゆび》よき敵をば。おめ〳〵とかゑす事女に生れし浅《あさ》ましさ。はやまりなはあしかりなんと。ずつとほしてさしけれは左衛門わざと取あげす。今壱つとおさへしかは少将立出《しやうたちいて》それはあまりきうなれはみづからあいを仕らんに何にてもお肴と望《のそみ》しかは。祐経つゝと出肴に咄《はなし》をしてきかさん爰《こゝ》に曽我の十郎祐成《すけなり》とて。ひんなる牢人《らうにん》有某とはいとこなり＊此者共が親河津《かはつ》の三郎は。奥野《おくの》〻狩《かり》の帰るさにながれ矢にあたり死《し》したり共いふ。また相撲《すもふ》の遺恨《いこん》により。俣野がうつたる共其沙汰不明《さたふみやう》なりきを。某が討たりとて＊養生《やうしやう》より（十九ウ）ねろふよし。此身に覚なけれは心にかゝる事なし。よし敵にもせよ。今時《いまとき》此左衛門をうたんとは鼠《ねつみ》が猫《ねこ》をねろふにひとし。其思ひはかくべつ。さしあたつて露命《ろめい》かつ〴〵の身とし傾城《けいせい》ぐるひを仕出《しいた》し。虎と契《ちきり》ふかい中と聞《きく》。なれ共金《かね》つかふて逢《あふ》はまれなるべし。もと傾城《けいせい》といふ者《もの》は金をかぎりの契《ちきり》と聞《きけ》は。定めし手のとゞかぬ事のみならん。人ごとにいふは。虎と十郎はまぶとやらよことやら風聞《ふうふん》すれど。此祐経《すけつね》が了簡《りやうけん》左にあらず。虎がはつめいにて。身躰《しんだい》ならぬ十郎をよそにせずしてあふ情《なさけ》しりといわれ。祐成を商内《あきない》のゑにかふとみへたり。さればこそ遊女《ゆうちよ》あまた有中に。わけて虎が全盛《ぜんせい》其ゆかりなきにあらす。今日より与市に腰《こし》をし堺《くるは》をつかみ出し。奥《をく》様にさせん。又某はしやう〳〵をあたまから根引草《ねひきくさ》。つよひ所は山吹《ぶき》（廿オ）色《いろ》に。遣銭《つかいせに》であひ給ふ曽《そ》我《か》兄弟《きやうたい》に鼻《はな》あかせん。うけた酒《さけ》のあがらぬは是をみてほし給へと。大藤内《とうない》にめくばせ小判《こばん》の山をうごかし両人が前《まへ》に置《をく》。虎少将《とらしやう〳〵》聞とひとしく胸《むね》にあまるほむら。しゆみせん共かゑじと思ふつまの事悪敷《あしく》いわるゝのみ。御兄弟を我ゝが勤《つとめ》の為《ため》にゑにかふとは。今迄きかぬ悪口《あつかう》是迄とつみかさねたる小判を取《とり》。女郎の花うつをいづれも御覧《こらん》候ゑと。さきにすゝみし大藤内《とうない》がまつかうになげかけのこるをひろひ祐経《すけつね》三浦《みうら》に打《うち》かくる。すはくせ物とかいくゞり取ておさゑ。高手《たかて》小手にいましめ。女の身としだいたん物。しよ侍《さふらい》のつらゑ金《かね》うちかくるゑせもの。いかゞして腹《はら》ゐんと松の木にくゝり付。身をもがきゐる所へ。新田《にたん》四郎かけ付祐経与市をおしとめ。みれは女をいましめ太刀《たち》ざんまいは何事ぞ。両人口を揃加様《そろへかやう》〳〵の次第《しだい》と（廿ウ）耻《はぢ》をあらはし語《かたり》けれは。忠常《たゝつね》おかしく尤なれ共。さすがの方ゝ《かた〳〵》が遊女《ゆうぢよ》をからめ。ぞんぶんとげられたりとて何ほどの事かあらん。某にめんじ両《りやう》人が命《いのち》をたすけ給はれ。殊《こと》に此者《もの》共は大礒形勢坂《いそけはひさか》の遊君《ゆうくん》なり。もし親方《おやかた》よりとがめのあらはかゑつておの〳〵の身為《みため》よろしからじ。かれ是御《こ》了簡《りやうけん》有べしといわれ。左衛門三浦面目《めんほく》なく〳〵。忠常《たゝつね》の詞《ことは》に耻《はち》ともかくもとてなわをとき。今日の遊興《ゆふけう》きやつらにさゝゑられ何とやら気《き》づまり。所をかゑてなぐさまんと。忠常に暇《いとま》乞《こひ》奥《をく》山にこそ入たりぬ。とらしやう〳〵生《いき》たる心地《こゝち》御めぐみによりあまの命をひろいぬ。兼《かね》てきゝおよびし新田《にたん》の四郎様とかや。誠に情《なさけ》有御侍《さふらい》と承りぬ。御身様も御狩《みかり》の御供有よしちと頼度《たのみたき》事の有。御兄弟《きやうだい》もよそながら見物《けんふつ》せんとて出給ひぬ。其別路《わかれぢ》に参らせし虎の（廿一オ）

*の生爪《いきつめ》をわすれさせ給ひぬ。そも此爪《つめ》と申は達丹国《たつたんこく》より渡り。みづからが先祖《せんぞ》につたはりし重宝《てうほう》。しゝさるくまの爪《つめ》はあれど。虎の生爪《いきつめ》はまれ成もの。地《ち》をはしるけだ物空《そら》をかくるつばさおそれぬといふ事なし。されは我名《わがな》を虎と申も是によそゑていふぞかし此爪はだにかくる時は。いかなるあらくまあれしゝも四足《しそく》をちゞめかける事かなわぬとかや。御兄弟《こきやうたい》の内いづれ成共高名《かうみやう》あらば。二度《ふたゝひ》御代《こよ》にも出給はんと思ふ心の通路《つうぢ》けるにや。御身様にことづて参らする事の嬉し。かならず渡《わた》し給はれと涙ぐみて語《かたり》ぬ。忠常心底《たゝつねしんてい》をかんし。心安《こゝろやす》かれ慥《たしか》にとゞけ参らせん。道《みち》の程《ほと》心元《こゝろもと》なしとて下部《しもべ》を相《あい》そへ。大礒《いそ》けはひ坂《さか》ゑおくらせ其身は屋形《かた》に帰りしとかや

寛濶曽我物語　七之巻終（廿一ウ）

寛潤曽我物語《くわんくわつそがものかたり》　目録《もくろく》

八之巻

高名《かうみやう》 一 富士野《ふじの》の御狩《みかり》

〽すそ野《の》のはたらき
山あらし猪《ゐ》の師子《しし》のきば
尾《を》ずゞの手綱《たつな》高名《かうみやう》*は忠常《たゞつね》
やせ馬《むま》に虎《とら》が思ひをつみし事

案内《あんない》 二 傾城情《けいせいふなさけ》のまくづくし

〽禿《かふろ》の初床《はつとこ》わすれぬは
かめつる
形見《かたみ》をくり忠《ちう》と涙《なみた》と
一ッ荷《か》にして
鬼王団三郎《おにわうどう》古里《ふるさと》ゑ帰りし事（目録オ）

手引《てひき》 三 敵討《かたきうち》の手本《てほん》

〽胸《むね》をひやす狩家《かりや》の
かゞり火《び》
本田《ほんだ》の次郎《じらう》
手立《てたて》の夜《よ》まはり
思ひをはらす太刀風《たちかせ》
大藤内《とうない》は口《くち》ゆへきらるゝる事

討留《うちどめ》 四 村千鳥《むらちどり》の面影《おもかげ》

〽孝ゝ《かうく》千筋《ちすぢ》の縄《なは》
永《なか》いきは恥辱《ちじよく》の種《たね》
あふぎ拍子《ひやうし》子、心《こゝろ》の修羅《しゆら》
けがかてら兄《あに》の敵《かたき》をとる事（目録ウ）

寛《くわん》濶《くわつ》曽《そ》我《が》物語《ものかたり》　八之巻

一　富士野《ふじの》の牧狩《まきがり》

時《とき》に建久《けんきう》四年中《ちう》夏下旬《けしゆん》。右大将頼朝《うたいしやうよりとも》公。浅間《あさま》三原《みわら》名須野《なすの》の原《はら》。浅妻《あさつま》の狩鞍《かりくら》よりすぐに富士野《ふじの》に牧狩《まきがり》有。思ひ〳〵にこやうたせ君をしゆごし奉れは。さしもにひろき富士《ふじ》のすそのに駒《こま》を立べきらい地《ち》なし。御舅《しうと》北条《ほうてう》の四郎時政《ときまさ》。ちゝぶの庄司重忠《せうじしげたゞ》。和田《わだ》の義盛《よしもり》。千葉《ちば》小山《をやま》宇津《うつ》の宮梶原親子《みやかちはらおやこ》を先《さき》とし。御*近所外様《こきんしよとさま》の大小名《だいしやうみやう》。狩*将束《かりしやうぞく》に美《び》をつくし。せこの人数《にんじゆ》は所領《しよりやう》の高下《かうけ》。名ゝ持《めい〳〵もち》の場所《ばところ》にはまとばを立《たて》。組子《くみこ》は思ひ〳〵の笠印《かさしるし》。扨御鷹《たか》はつみゑつさし。ばしやうはやふさ。小のりわしくまたか。白《はく》ちやう朝鮮鷹《てうせんたか》以上三千余《よ》もとなり（一オ）一*持《もつ》の犬唐犬《いぬたうけん》。是も同じき三千疋《ひき》。馬鞍*貝具《むまくらかいぐ》きらかざり。花《はな》と紅葉《もみぢ》を。一度《ど》にながむるごとくなりき。そも〳〵此富士山《ふしさん》と申は。*仁王《にんわう》二十一代*景帝天王《たいけいたい》の御時《とき》。一夜《いちや》に出現《しゆつげん》したる霊山《れいさん》。峰《みね》にはくじやく明王《みやうわう》の住《すみ》給ふ池《いけ》有。ふもとに浅間大菩薩《あさまたいほさつ》。ゐらかをならべ立給ふけんごの霊地《れいち》。殺生《せつしやう》きんだんの山なれはかせぎの数《かず》はおゝかりき。三千余《よ》人のせこの者《もの》。三日かけて以前《せん》より。谷峰《たにみね》をわけ岩《いわ》をおこし。古木《こほく》をたゝき爰をせんと狩《かり》出す。おゝくの*献物《けたもの》おそれをなしすそ野《の》をさしてにげたりぬ。其中に幾年《いくとし》ふる共しれざりし猪《ゐ》のしゝ。しこや二つ三つおひながら。ちかづく者をかけたをし。にぐる者を踏《ふみ》ちらしてかけ通《とを》る。せこの*名《めい》ゝ。我とめんとあらそひけるをはねこゑ数《す》十人ぞかけたり。やうゆうがじゆつ。りくりやうがじんべんもかなふべきとはみへさりき。かゝ（一ウ）る所へ新田《にたんの》四郎忠常《たゝつね》おくればせにかけ付。もの〳〵しや方《かた》〳〵。かんのりくわうは石虎《せきこ》をゐる。みんのきんしは女なれ共もうこを討《うつ》ておつとをたすくる。たとへは鉄石《てつせき》にてまろめたる猪《ゐ》のしゝ成共。何ほどの事か有べきとて。ゑびら竹笠《たけかさ》かなぐりすて。声《こへ》をかけて二丈《じやう》ばかり飛《とび》あがりむかふさまに乗《のり》たりぬ。しゝはのられていかりをなし。土《つち》をけ立木《たて》の根《ね》をほり。雲《くも》と霞《かすみ》にわけ入しはしうのほくわうが*乗《のり》のため八疋《ひき》の龍馬《りうば》に乗《のり》。万里《ばんり》をせつなにいたりしもかくやと思ふばかりなりき。もとより新田《にたん》は馬上《ばしやう》の名人《めいじん》。楽天《らくてん》が三つ頭《かしら》王龍《りやう》が秘密《ひみつ》のむち。しゝの尾《を》ずゝを手綱《たつな》とし腰《こし》もきれよとしめつけくつむかばきは。山おろしにちぎれてのけ共。只《たゞ》おちじと。小篠《をざゝ》しのわら。がんぜき古木《こぼく》に討《うち》つけ。おちはかけんとありきしかと。さすがに虎《とら》より預《あつかり》し生爪《いきづめ》。(二オ)懐中《くわいちう》せし印《しるし》にや。おのれとふし木につまづき。よはる所をとつておさゑさしぞへぬいて。あばら骨《ほね》四五枚《まい》かききれは。四足《しそく》を土《つち》にふみいれ立ずくみに死《し》したりぬ。いそぎ飛《とび》おり足軽《あしかる》共にかゝせ。既《すで》に御前《おまへ》に出んとせし所へ。工藤《くとう》左衛門《さへもん》弓矢《ゆみや》たづさゑかけ付。是ゝ忠常《たゝつね》其しゝは。某先程《さきほど》見付遠矢《とをや》を二三本射《ゐ》て置《おき》しを。誰《たれ》にことはりくみとめられしぞ。いそぎ此方《はう》ゑわたされよといふ。新田《につた》おかしく惣じて狩場《かりば》の習《ならひ》。めかけし鹿《しか》くみとめし鹿《しか》を人手にわたす法《はう》はなし。人にかませてのみこむなどよほどしやれたる事ぞかし。しかし御身のゐられしが誠《まこと》ならは。定《さた》めし矢印《やしるし》あるべきといはれ。それは仰迄もなし。矢《や》の根《ね》に某が名《ね》をほらせぬれは。いそぎぬいてみられよかし。心得《こゝろへ》たりとてみてあれは無名《むめい》にていづれの矢共定《さだ》めがたし。是でも御身がいとめしかといはれ。左衛門今は(二ウ)返答《へんとう》なく。近比《ちかころ》そつじしゝみそんじたるとみへたり。先《まつ》お手がらといひさしすご〳〵と帰りぬ。忠常《たゝつね》はるかにみをくり。曽我《そか》兄弟《きやうたい》に討《うた》せん為《ため》。こらゑがたき場《ば》をゆるしてかゑす。重《かさね》て*外言《くわごん》いふならは義理《きり》は立《たて》まじ只《たゝ》一討《うち》といふ所へ。十郎来《きた》りあつばれ今日のお手柄《てがら》とかう申べきやうなし。殊《こと》に只今祐経《すけつね》をたすけ給ひし心底《しんてい》。我ゝが身に取ての仕合《しあはせ》。時宗有《ときむねあり》なはいかでのがさん。宝《たから》の山に入なから手をむなしうとは。今身のうゑにしられたりと涙ながら語《かたり》けるにぞ。忠常《たゝつね》聞て。いつ迄も兄弟《きやうだい》心を合本望《ほんもう》をとげらるべし。扨今日大望《たいもう》の*師子《しし》射《ゐ》とめし事。先刻《せんこく》矢立《やたて》の杉《すぎ》にて。加様〳〵の折ふし参りかゝり。虎少将《とらしやう〳〵》の命《いのち》をたすけし時。虎御前《とらごぜん》より*義殿《きでん》の方《かた》ゑとゞけくれよとて虎の生爪《いきつめ》を預《あつかり》。今日とゞけんと存る所

に只今の仕合。是と申も生爪《いきつめ》の影《かけ》ぞかし。よき折《おり》からのげんざん。（三オ）

挿絵第一図（三ウ）

挿絵第二図（四オ）

慥《たしか》に請取《うけとり》給へと渡《わた》して後《のち》。御用《こよう》あらはうけたまわらん。日比《ひころ》の望《のそみ》は此度《たひ》なり心おかれな武士《ふし》はたがい。十郎悦虎が命をたすかるのみ。祐経《すけつね》を討《うた》せんとて様〳〵の心づかい。たとへ本望《ほんもう》とげたればとて生《いき》て帰る心底《しんてい》なし。ざう兵《ひやう》の手にかゝらんより。御手にかけて給はらは。生〻《しやう〳〵》世ゝの御恩《ごをん》ならめひとへに頼《たのむ》と有けれは。忠常《たゝつね》聞て其段《たん》は心安《こゝろやす》かれ。

挿絵第一図

人手にはかけ申*ざし先それ迄はさらは〳〵と新田《につき》*はかりや。そがははにふに立帰り。兄弟《きやうたい》打つれあまたのせこにまぎれこゝかしことうかゞひぬ。狩場《かりば》みんとはかこつけにて鹿《しか》に心のいらはこそ。鹿子《かのこ》の一つもとゞめずいかにもして祐経《すけつね》にめぐりあはんとさまよひぬ。ゆんでにみゑたる柏木原《かしのきはら》の中《なか》をみれは。四十計の男《おとこ》みつ有鹿《しか》にめをかけ。かりまたつがいおつかくる。時宗《ときむね》目はやき男《おとこ》にて祐経と見るより鹿《しか》こそとをれ十郎殿御覧《こらん》（四ウ）ぜられて候か。鹿《しか》といふに心付よく見れ

挿絵第二図

は祐経《すけつね》。天のあたゑと嬉しく弓《ゆみ》と矢《や》取て討《うち》つがひ。おと丶ひつれて追《おつ》かくる。十郎は兄《あに》なれは。一の矢と心がけ敵《かたき》の矢つぼにめをはなさず。馬の足《あし》もとみざりき。とよはき馬《むま》につよく手綱《たづな》をのるほどに。有ふし木に胸《むね》をつき逆様《さかさま》に落《おち》たりぬ。五郎あまりのかなしさにいそぎ馬より飛《とひ》をり。祐成《すけなり》いだき馬おこさんとひしめくまに。敵名馬《めいば》に乗《のり》けれは谷峰《たにみね》へだてにげのびぬ。行方《ゆきかた》しれねはいづくをさして。尋行べき方《かた》もなく〳〵兄弟《きやうだい》めとめを見合。誠に我〻程敵にゑんなき者《もの》はなし。けふは是非《せひ》にと思ひしにくわほうゆゝしき祐経。うらめしきは我《われ》〻也。それをいかにといふに。虎《とら》がゑさせし生爪《いきつめ》をはだのまもりにかけぬるゆゑ。馬《むま》おそれてふしたるとみへたり。これ情《なさけ》のあだ成とて谷《たに》ゑなげすて。駒《こま》引よせ乗《のり》けれ（五オ）はもとのごとくあゆむにぞ。つゞけや五郎来《きた》れや時宗と。谷をのり越《こへ》。岡《おか》のかやわらふもとの松原《まつばら》尋ぬれ共敵《かたき》の面影《おもかげ》みへさりき。兄弟こぶしをにぎりはをならし涙ながらおのがかりやに帰りつゝ。我ゝが運《うん》もはやつきぬると覚《おほへ》たり。いざや爰《こゝ》にて腹《はら》きらん時宗いかゞ思ふとあれは。仰のごとく弓《ゆみ》おれ矢《や》つくるとは加様《かやう》の事を申さん。さりながら爰は人目も候へは。屋形《かた》をもとめ御じがい有べし。尤とて兄弟座《ざ》をくみ。五つや三つの時よりも十八年が其間。心をつくせし甲斐《かひ》もなく。腹切《はらきつ》て死《し》なん事ぞ口惜《くちをし》とてなくより外はなかりき物の隙よりちゝぶの重忠《しけだゝ》*此ていを御らんじ。あれ見給へ義盛《よしもり》。河津《かはづ》が子供の有様みなし子と成はて。中〳〵とんせいろうきよもせず。親《おや》の敵《かたき》をうたんとて心をつくすふびんさよ。此者《もの》共が風情《ふぜい》して。祐経《すけつね》をねらはんとはたうろうがおの（五ウ）とかや。ちゝうのあみにあひおなじ。殊に明日は鎌倉《かまくら》へ御帰りのよし。左もあらはまたいつか討《うた》ん。いざやかれらに心をそへこよひ敵《かたき》を討《うた》すべし。しかるべしとてむかばきならし。重忠《しけたゝ》発句《ほつく》を被成れり 〽なつ山やおもひしげみのこがるゝは。と。上《かみ》の句《く》をつらね給へは義盛《よしもり》やがて付給ひぬ 〽こよひふじのに飛火《とふひ》もえいづ

とよみ給へは兄弟《きやうだい》聞。扨さはがしの狩場《かりば》のいゝすて。いか様我ゝをとふらい給ふにうたがひなし。今宵富士野《こよひふじの》に飛火《とふひ》もえいづとは。夕《ゆふ》さり夜討《ようち》に入べしとの御詞《ことは》。いざや我ゝもつらね哥《うた》申さんとて祐成《すけなり》やがてかくばかり 〽うゐもなき恋のけふりのあらわれて

下《しも》の句《く》を時宗《ときむね》 〽あまの岩戸《いはと》をあけてとゐきみ

和田《わだ》ちゝぶ聞召。扨はこよひかぎりの命《いのち》あけなばとむらゐとや。いたわしき事共と。めん〳〵かりやに帰り給ひぬ

（六オ）

二　傾城《けいせい》情《なさけ》のまくづくし

其比《ころ》きせ川の亀鶴《かめつる》は。今様《いまやう》の上手《じやうず》とて。祐経《すけつね》狩《かり》屋にめしつれ昼夜酒《ちうやしゆ》ゑんの興《けう》をもよふす。もとより亀鶴《かめつる》。禿《かふろ》そだちの比より十郎とあいさつよくむつまじき中《なか》なりしが。兄弟《きやうだい》の人〳〵よそながら御狩《みかり》に出給ひしと聞《きく》より。何とぞ屋形を尋《たつね》出し。心計のさけ参らせんとて手づから銚子《てうし》盃《さかつき》もち。かりや〳〵をさしのぞけば。あすははや鎌倉《かまくら》入有べ

きとて。馬のゆあらひ庭乗《にはのり》してひしめく所など有。また有かたを見てあれは大つゞみ小つゞみ。むつのしらべを立おゝせどよひであそぶかたも有。いづくにかおはすると心を付て通《とをり》しを十郎見付。いかにかめつる何ゆゑ爰《こゝ》へ来られしぞ。さん候私《わたくし》は虎少将《とらせう〳〵》様のおかげにより。舞《まひ》の一手《て》も覚《おほへ》。さのみ上手《しやうず》にてもなけれ共。我身《わかみ》の仕合《しあはせ》に（六ウ）て祐経《すけつね》殿の御気《き》に入。勤《つとめ》にも隙《ひま》なく殊に此所へ召《めし》よせられ。御酒《ごしゆ》ゑんの御あい手。舞《まひ》や謡《うたひ》や琴《こと》三味線《さみせん》など引御前《ひきごぜん》を勤《つとめ》候。ほのかにきけはおふたり様。御狩《みかり》の御供有しと聞《きく》。何とぞ御目にかゝりつもる事のみ語《かたり》。御心をもいさめん為《ため》手づからさゝゑをもち参りぬ。せめては心指《こゝさし》。一つはきこしめさるべしとねんごろに語《かたり》ければ。兄弟 悦《よろこび》 御《ご》心底《しんてい》の程嬉《ほどうれ》しゝ。いで〳〵しやうくわん申さんとてさし請《うけ》ひき請のふだりぬ。暫有て十郎申されけるは。左こそ亀鶴《かめつる》殿やかたの案内《あんない》しり給はん。くわしくおしゑ給へ古里《ふるさと》へのみやげにせんとのぞまれ。*承《うけたま》り候とて一ゝ次第《しだい》にかたりぬ。あれ〳〵御覧《ごらん》候ゑ。東《ひかし》のかたにしぼりあげたるまくの紋《もん》。くぎぬき松かは*木村《きむら》ご。此木村ごと申は。三浦《みうら》の平六兵衛よしむらの紋なり。石《いし》だゝみはしなの、国《くに》の住人《ちうにん》。ねんゐの太夫大弥太ひらぎ扇子《あふぎ》はあさりの与市《よいち》。（七オ）

挿絵第三図（七ウ）

挿絵第四図（八オ）

舞鶴《まひつる》はいわら左衛門。いほりの下《した》にめ龍男龍《りやうおりやう》の。二つ頭《かしら》の如意宝珠《によゐほうじゆ》をまもりあそび。雲《くも》をまねくは雨《あめ》のみかどの末葉《すへば》のしづく。竹の下の孫《まこ》八左衛門。いたら貝《かい》は岩《いわ》ながとう。あみの手はすかいたう大すながしは安田《やすだ》の左衛門。春《はる》の山部《やまへ》のおぼろ染《ぞめ》。弓《ゆみ》はり月を金紋《きんもん》にすかし鹿子《かのこ》に乱星《みたれほし》ちばの助の御紋《こもん》ぞかし。女いむてふ高尾《たかを》山いかに妻《つま》かふさほ鹿《しか》の。ふみわけてなくむら紅葉《もみち》。時雨小笠《しくれおかさ》は名古《なこ》屋の紋団扇《もんたんせん》は小玉たう。こしからすそを吉岡《よしおか》のすそぐろに鱗形《うろこかた》北条《ほうてう》の御紋。風折烏帽子《かさおりゑぼし》立烏帽子《たてゑぼし》。大一大万大吉。白《しろ》一もんし黒《くろ》一文字《もんし》山の内《うち》の紋なり。十もん字はやひとのさつをのたより聞やとて舟こぎめぐる嶋津《しまつ》の紋《もん》。めぐり〳〵て行水《みつ》の月をも友《とも》にくみいれ影日《かけひ》にうつす水車《みつくるま》。是こそ浜《はま》の龍王《りうわう》のばつそん佐藤《さとう》一ッ家《け》の紋とかや。竹笠《かさ》は名も高橋《たかはし》の紋所《ところ》。（八ウ）きつかうわちがひ花うつぼ。三本唐笠雪折竹。竹にすゞめはみちのくの五十四郡《しくん》の*惣万《そうまん》所。二つへいじ川越《かはこへ》三つへいじはうさみの左衛門。左巴《ひたりともへ》は小山《をやま》の判官宇津《はんくわんうつ》の宮《みや》かぶら矢は伊勢《いせ》のみやがた。四《よ》つめゆいは佐《さ》ゝ木殿。畠《はたけ》山は小紋《こもん》むらがうさいわいびしのさひわいを子孫《しそん》に請《うけ》て悪魔《あくま》をはろふ。桑《くは》の弓取《ゆみとり》よも木の矢はづ梶原一等《かちわらいつとう》。心の駒《こま》をひかへとゞむるつなぎ馬《むま》は相馬《さうま》殿。つくしに菊水中国《きくすいちうこく》にあけはの蝶《てう》。ぼたん梅《うめ》ばちおもだか 橘《たちはな》 桜《さくら》花。およそ屋形《かた》の数《かず》二万五千三百八十余《よ》。軒《のき》をならべ小路《こうち》をわけ。東《ひかし》のはづれを梶原源太《かちわらけんた》。西《にし》のとまりにこんと鼠《ねつみ》の染色庵《そめいろいほり》 の内に木香《もつかう》のあり〳〵とみへしこそ。工藤《くとう》左衛門祐経《すけつね》の屋形にてぞ有けり。扨また君の御座所《ござところ》。十八間《けん》のひはたぶきに下白《したしろ》のまくを打。富士《ふじ》の嵐《あらし》が吹《ふき》おろすに（九オ）もまれたるなど只白雲《たゞはくうん》のごとし。御家《いへ》の子しゝどの秋《あき》の四郎前後《ぜんご》をしゆごし申さるゝ。外の方《かた》には意坊義坊《いはうきはう》。さいのしくわん近義《ちかよし》。其外諸国《ほかしよこく》の大小名。君をしゆごし給ひぬとくはしくかたりければ兄弟悦《きやうたいよろこひ》。亀鶴《かめつる》か詞《ことは》の花にうつり気の案内《あんない》しれたるいはひさけ今壱つなどしゐたりぬ。其後《のち》かめづる人〳〵においとまし申祐経《すけつね》かりやに帰りけり。兄弟うなづき

挿絵第三図

挿絵第四図

かく案内のしれたるうへは夜《よ》もふけなは思ひ立べし。よいの程《ほと》文などしたゝめ古里《ふるさと》ゑおくらん。しかるべしとてやたて巻物《まきもの》取出しともし火かき立。有し昔《むかし》の思ひより今のうき身のはて迄をこまかにこそはかゝれたり。十郎はともすれは虎が名残《なこり》をかへし書《かき》。五郎が筆《ふて》のすさみには箱根《はこね》の別当《へつたう》の御事。扨其外はいづれも同じ文章《ふんしやう》也。とりわけ五郎が悦は母のふきやうをゆる（九ウ）され父母《ふほ》けやうやうの弓馬の道命を富士野すそのにすて骨《ほね》は夜《や》くわいにうつむ共名を万天《はんてん》にあぐる事。父《ちゝ》が子《こ》たれは取つとふ。龍門《りうもん》に骨《ほね》はくちながら家門《かもん》いゑをうづまず。きん*玉《きよく》の声《こへ》はさんしよちくゑんとうまでくもりなし。ひそかに是をおもんみるに。たうをにぎり剣《けん》のたいし。弓馬《きうは》の道にたづさわり。戦場《せんちやう》に出て命《いのち》をすつ是高名《かうめい》の為《ため》なりき。ほくしうねんのなげきには。かなしみを三五の時《とき》是をうけ。十八年のしうたんは只二人のみなりき。としたけ月日さつて後時《のちとき》に建久《けんきう》四年五月《さつき》闇《やみ》。天はくらしと申せ共思ひは今宵《こよひ》はるゝなり祐成判時宗判《すけなりはんときむねはん》と書《かき》とめ。次第《したい》の形見《かたみ》を取あつめなくより外《ほか》はなかりき。祐成は鬼王《おにわう》時宗は団《とう》三郎。二人の者《もの》をよび出し涙ながら申けるははたのま守は母上人に奉《たてまつ》れ。弓《ゆみ》とう（十オ）つぼは曽我《そか》殿ゑ。むちとゆがけは二の宮《みや》殿。馬《むま》と鞍《くら》とはわ殿ばら。主従《しうしう》の形《かた》見ぞと思ひ出さん折〻は念仏《ねんふつ》申ゐさすべしびんの髪《かみ》は虎少将《とらしやう〳〵》。夜半《よは》のさゝめに焼《たき》とめし。とめ木のかほりうすく共。煙《けふり》はすゐになびきあふ二世の形見とみせてくれどんす三本もみ五ひき綿《わた》の代《たい》迄相《あい》そゐ。義盛《よしもり》殿より給はりしをやりてにやりて我〻が。客《きやく》のじやましてにくまれし。あたを恩《をん》にてほうしんの念仏《ねんふつ》せよとの形見也。碁盤人形《こばんにんきやう》ゆび人形二人の禿《かふろ》がほしかりしぞ。思ひ出さん折〻は。此人形の袖《そて》しぼる露《つゆ》の間《ま》もかね打《うち》ならし念仏申てくれよかし。*巻絵《まきゑ》の香箱《かうはこ》つき三味線《さみせん》。ひき舟女郎誰《たれ》〻に形《かた》見共なれなげ頭巾《つきん》。鼻紙袋《はなかみふくろ》たばこ入おろせの友《とも》八孫《まこ》三郎。たばこは涙にしめる共涙の煙《けふり》むせふまで形見にみよと涙ながら出しけるにぞ。鬼わう（十ウ）団三郎も*供に涙をながしゐなをつて申けるは。いづくにていか成事を見おとされかく情《なさけ》なき御詞《ことは》を聞物かな。主たる人の敵討《かたきうち》に只二人有我〻がいかでみすて帰るべきたとへはふる里《さと》に帰り。初《はしめ》て人を頼《たのむ》ともふだいの主をみすて死なざる不忠物《ふちうもの》。何のやくにか立べきとてめかくる人も候まじ。よしまた入道したれはとて。恩《をん》のしらざる発心《ほつしん》何事かあらんと。うしろ指《ゆひ》をさゝれては法師《ほうし》と成し其甲斐《かひ》なし。女郎も下郎《けろう》も。死ぬべき時に死なされはいきまさる恥《はち》と聞《きく》。何とぞ思召かゐられ只御供にとなげきしかは。また団《とう》三郎が申けるは。誠に御兄弟《こきやうたい》の御事は竹馬《ちくば》にめされし比より付まどひ。きうか三ぶくのあつき日は扇子《あふき》の風《かぜ》をまねき。けんとうそせつのさむき夜《よ》は*衣《ころ》をかさねはだへをあたゝめ心をつくしそだてまいらせ月共日共たのしみ何とそ御世《ごよ》にも出給はゝ誰《たれ》やの人にかおとらじと。*浮《うき》（十一オ）年月を送《おく》りしに今さら帰れなど〻はあまりむごき仰かな。尤浅《あさ》ましき下郎《げらう》なれは。正《まさ》かの時《とき》は命おしむべしと思召さるゝはさる事なり。とてもみはなされたる我〻《われ〳〵》。ながらへて何かせん御前《ごぜん》にてすみやかに相果《あいはてん》。尤《もつとも》といふよりはやくさしちがゐんとせしを。兄弟《きやうだい》あはて中に入二人を左右《さう》ゐおしわけ。さりとては思ひきりたる者《もの》共かな。せんだんの林《はやし》はけいきよく迄もかんばし。我〻思ひきりぬれはおことら迄思ひつめしか。見をとす事はあらね共国《くに》ゐ形《かた》見をおくらずは時のちんし。又は口論《かうろん》などにて死《し》したりと人もあざけり。母うへの思召されんもかなしけれは。わざとくだすそ帰《かへ》りてくれ。それとても聞わけなくば主従《しうじう》の縁《ゑん》を

挿絵第五図

切《きり》。七生《しやう》迄の勘当《かんたう》ぞと涙ながらの給ひけれは。両人是に返答《へんとう》なく此上はともかくも。あかぬは君の御詞《ことは》御暇《いとま》申と。名《な》残《こり》おしくも立別《たちはかれ》古里《ふるさと》曽我《そ》《が》ゑと帰りぬる(十一ウ)

挿絵第五図(十二オ)

三　敵討《かたきうち》の手本《てほん》

さみたれのあやめもわかぬくらき夜《よ》に。今宵《こよひ》かぎりとしらま弓。ひきかゑさじと一筋《すじ》に。思ひさだめて祐経《すけつね》が狩場《かりば》の庵《いほり》に忍入《しのひ》。たいまつふりあげみてあれは。ふしぎや屋形《かた》をかゑていざりき。兄弟あきれて物いわず扨いかに成なん。ゆんではやがて御所。め手はちゝぶ前《まへ》は和田《わだ》。うしろのこやはよこ山。けいごの武士《ぶし》はかゞりをたき。矢先《やさき》を揃《そろへ》立*をつき。御用心とよはわる声只なるかみのごとく成き。むざんやな兄弟。羽《は》ぬけ鳥の中空《なかぞら》に立わずろふていたりぬ。所ゑ腹巻《はらまき》したる男長刀よこたへ来る。すは敵《かたき》ぞといふ声《こへ》を聞《きゝ》。彼《かの》男小声に成。いやとよくるしからぬもの。ちゝぶが郎等《らうとう》本田の次郎近常《ちかつね》なり。きのふ狩場《かりば》の云捨《いゝすて》。やみやの情《なさけ》とはん為近常《ためちかつね》是迄参りぬ。よひ迄は祐経。此屋形にふしたるが大藤内がいさめにより。御所のひだり(十二ウ)つま戸の脇《わき》にしゆくして有。先たい松をもしめし太刀をもさやにおさめられよ。某手《て》引《ひき》申さんたそといふ共物の給な。此近常にまかせ給へと先に立。中門あたりをすぐる時。あやしや何者ととがむる。ちゝぶがかうけん本田の次郎近常。ひばん成とこたへければとがむる者もあらざりき。爰かしこをすぎ。祐経が一間《ひとま》の辺《ほとり》ゐあんないし。人数《かず》に近常御供せんと申ければ。十郎聞召。*正《まさ》かの時の心指《こゝろざし》。ちゝぶ殿の御ほうし本田殿の情《なさけ》とかふ申におよはず。もし本望《ほんもう》とげむなしくならば。みぐるしからぬやうに跡《あと》とひ給へ。左もあらば最後《さいご》の供にはまさるべしくれ〴〵頼と仰ければ。其義にて有ならは弓矢《ゆみや》の礼義《れいぎ》是迄也。さらはといふて本田は御所に帰りぬ。それよりも兄弟目と目を見合。風はいつも吹《ふき》けれど今宵《こよひ》の風は身にぞしむ。名残《なごり》はいつもおしけれど今宵は殊におしかりし。一日が間一（十三オ）千年をふるといへ共。万年が其内兄弟と成事かたし。七度ちぎりて兄となり六度むすびて弟と成。今宵《こよひ》はなれてあすよりは未来《みらい》のちぎり定《さだ》めがたし。いまだ敵《かたき》にあはぬ内別《わかれ》のすがたよく見ん。父尊霊《ちゝそんれい》とおもひ祐成をみるべし。母かうさうと思ひ時宗を御覧《ごらん》ぜとて。たい松ふりあげ互《たがい》に顔《かほ》を見合もろきは今の涙なりき。ふしぎや風もふかぬにつま戸《ど》ひらきぬ。すは敵と思ふにさわなくきせ川の亀鶴《かめつる》にてぞ有けり。兄弟夜討《ようち》に入給ふときくより。せめてかきがね成共はづさん為《ため》。宵《よひ》よりまつも程久しとく入せ給へといゝけしてかくれぬ。兄弟嬉しく忍《しのひ》入。たい松ふりあげみてあれは。祐経ぢんずい高枕前後《たかまくらぜんご》もしらずふしたりぬ。兄弟思はずうなづきあひ。兄一がんの亀《かめ》のうきゝにあひ。うどんげのみちとせ。春《はる》にあひたる心地《こゝち》ぞかし。うどんげの咲《さく》時はおがみて枝《ゑだ》を折《おる》とかや。（十三ウ）まれにあふたる親の敵。おがみ討にうてやとて。兄弟刀をぬきはなし。祐経がむないたにあてゝは引。ひゐてはあて。いかに左衛門。河津《かはづ》の三郎が嫡子《ちやくし》十郎祐成。同五郎時宗也おきあへやつとよはりぬ。此声《こへ》におどろき枕《まくら》の刀ぬかんとするを。十郎立寄ゆんでのかたよりめでの脇《わき》。しとねをかけて切つくる。五郎是にといふまゝに。腰《こし》のつがいを板敷《いたしき》迄切も切たり。年月のあだと恨《うらみ》を一時に討《うち》かくるこほりの太刀。おれよくだけよとさん〴〵に切ちらす。そばにふしたる大藤内太刀風にめをさまし。らうぜき者有出あゐといひさま裸《はたか》身ながらかけまはり。今宵《こよひ》の夜討《ようち》は曽我兄弟。明日のしよけん大藤内とよはわり。爰《こゝ》かしこゑにげまはる。しよけんといふがにくさに兄弟左右《さう》に取まき。四つ五つに切ちらし。もんのそとにはしり出 暫息《しはらくいき》をつぎけるが。御領《こりやう》はおゝぢ伊東《いとう》が敵。いざ（十四オ）頼朝を一太刀うらみ。名をは雲井《くもゐ》にあぐべし尤とてはや御所中《しよちう》に切て入。宵《よひ》にははれて有けるが敵討《かたきうち》ける印《しるし》にや。俄に空《そら》くもりうの花くだししきりにふれは。辻《つち》ゝのかゝり火きえ東西《とうざい》ひしとくらくなる。すは夜討《ようち》こそ入たれと御陣《ごぢん》一度にさはぎ。弓一張《ちやう》に太刀一ふり。二人三人取付我よ人よとうばいおふ。つなぎ馬に乗《のり》ながらむちを打所有。みかたを敵とおもふもあり前後ふかくひしめき。上を下ゑとかゑしぬ。され共平くの平馬之丞を初《はじめ》。あいきやうあんざいうんのうすき。其外の諸《しよ》さふらいあら手を入かゑ戦《たゝかい》しに。兄弟はことゝもせず。小柴垣《こしはかき》をこたてに取爰をせんと戦ぬ。多勢《たせい》とはいゝながら曽我兄弟が死《し》に物狂《ものくるひ》。手負討死《おひうちじ》に二百余人足の踏《ふみ》どもあらざりき。かくと聞《きく》より新田《にたん》の四郎忠常《たゝつね》かけ出。御領《こりやう》の狩家《かりや》に忍入は心得ずと。祐成に渡《わた》り（十四ウ）合爰《こゝ》をせんと戦《たゝかい》しが。祐成はいかゞしたりけん。太刀討《うち》おられ力《ちから》なくさしぞゑぬいて戦ぬ。忠常大音《たゝつねだいをん》あげくらくてみかたあようし。たい松出せとよはわれば。祐成此声をきゝおもふやうとても我太刀はおられす。さしぞへにてはたらけばとていかで其かいあるべし。しよせんながらへる命ならず。下郎の手にかゝらんより忠常《たゝつね》にうたれなば。かれも高名《かうみやう》我も本望。是迄なりと打かくる太刀を。うけはづしたぢ〱とするを。新田《にった》見とがめいかに十郎。何とて太刀をあはされぬぞ。さん候本望はとげたり何方ゑにげたり共いきのばわる心底《しんてい》なし。殊に*義殿《きでん》の情《なさけ》の程死《し》してもわすれがたし。浅《あさ》ましき者の手にかゝらんより。はや〱御手にかけられ。跡《あと》とむろふて給はれと首《くび》さしのべていたりぬ。忠常聞*養性《やうしやう》より日影《ひかけ》の身。武士《ふし》の参会《さんくわい》もうと

（十五オ）

挿絵第六図（十五ウ）

挿絵第七図（十六オ）

く〳〵敷《しく》。百性《しやう》土民《とみん》にまじはり弓馬《きうば》の道わすれ給ふべきを。さすがは河津《かはづ》殿の子《こ》程有。いかに真節《しんせつ》なれはとて敵《かたき》みかたと成からは。太刀討《たちうち》なくては武士《ぶし》の本意《ほんゐ》ならず。是非《ぜひ》勝負《しやうぶ》をとげられよと太刀をわたしてつめかくる。尤なれ共最前《さいぜん》の戦《たゝかい》に。義殿《きでん》にたかも、をきられぬれは勝負《しやうぶ》はみへたり。人見ぬうちに首《くび》取て給はれ。それとても承引《しやうゐん》なくば。某腹《はら》を切《きる》迄と太刀に手をかけけれは。尤成。とても此手にてはかなふまじ。ざうひやうの手にかゝらんより。某が手にかゝり成仏《じやうぶつ》あれとうしろにまはり首討《くひうち》おとし太刀につらぬき。今宵《こよひ》のらうぜき曽我《そが》の十郎祐成を。武蔵《むさし》の国《くに》の住《ぢう》人。新田《にたん》の四郎忠常討《たゝつねうち》けると名乗《なのり》御所をさして入けり。かくとはしらず時宗《ときむね》。ちかいゐにぐるを手取にせんと追《おつ》かけしが。十郎討《うた》れしと聞より今は（十六ウ）何をかこすべきと一筋《すち》におもひ。御所をさしてみだれゐる。こゝに御所の五郎丸とてかうなる兵物《つはもの》有。もとは京の者《もの》なりしがゑいざんに住《ちう》し。十六才の比《ころ》師匠《ししやう》の敵《かたき》を討《うち》。在京《さいきやう》かなわずして東国《とうごく》にくだり。一条《てう》の次郎忠頼《たゝより》をたのみしが。忠頼討《たゝよりうた》れて後頼朝《のちよりとも》公につかゑ御前《ごぜん》さらずの義利者《ぎりもの》。宵《よひ》の程は出ざりしが。時宗《ときむね》近家《ちかいへ》をつかけ来《きた》りしをはるかに見付。うす衣《きぬ》かづきまくのこ影《かけ》にかくれぬ。時宗一目見たりしかど。十郎がいゝけるは。

挿絵第六図

挿絵第七図

かならず女に手かくるなと有しゆゑ。わざと小じりをあて、通《とをる》。やりすごして五郎丸うしろよりむずとだく。もの〳〵しやとふりはなさんとする所へ。相模《さかみ》国ぜんじ太郎丸。御馬やの小平次其外の者共。一度《ど》におり合けれ共時宗こと共せず。大《を、》庭《には》ゑ出さまに。板敷《いたしき》にて足《あし》を踏《ふみ》はづしよろぼひけるを。大勢《せい》かさなり高《たか》て（十七オ）小手にいましめ。曽我《そか》の五郎時宗《ときむね》をくみとめたるうへは。はやことはおさまりぬ。おの〳〵しづまられよと御前《ごぜん》をさして出けると也

四　村《むら》千《ち》鳥《とり》の面影《おもかげ》

其後時宗に縄《なは》をかけ君の御前に引出す。頼朝《よりとも》御覧《こらん》じ曽我の五郎とはかれが事か。さん候といふま、にな は取中《ちう》に引《ひき》たつる。けいごの侍《さむらい》らうぜきなりとてひきすゆる。新開《しんがい》の荒次郎《あらじらう》罷出。申上る子細《しさい》あらは取次《とりつぎ》してゑさせんといふ。時宗眼《まなこ》に角《かど》立。見ぐるしきぞ実光《さねみつ》。御前遠《とを》くは左もあらん。程近《ちか》けれはたのまじほね折《をり》にそこのかれよといかりぬ。

君聞召げに〳〵頼朝直《ちき》に聞べし。尤親《おや》の敵《かたき》をねろふ事左も有べき事ながら。折こそあれ。頼朝が狩場《かりば》にてのらうぜききくわいなりと仰けるにぞ。時宗かうべをさげ。上意《ゐ》の段《だん》御尤に候さりながら。此年月《としつき》野路《のぢ》山路《ぢ》（十七ウ）宿々《しゆく〳〵》*泊々《とま〳〵》迄心を付てねらへ共。かりそめながら祐経は五十騎《き》百騎を召つれ候。我々は只二人。つれざる時は只壱人。其大勢《せい》をおそるゝにはあらね共。折をうかゞひ只今に至《いた》り候。君聞召。尤それは左もあらん。して此事を母にしらせけるか。五郎が聞てこは日本の将軍《しやうくん》の仰共覚ぬ物かな。地《ち》をはしるけだ物そらをかくるつばさ迄。子をかなしまぬはなきものを。人の親《をや》とし只今死《し》に、参るを悦《よろこふ》親《をや》の有べきかとあざわろふていたりぬ。断《ことはり》なれは頼朝《よりとも》公しばしうなづかせ給ひ。祐経は敵なれは其通《とをり》。頼朝にはいか成意趣《ゐしゆ》有そばちかくみだれ入。きんじゆの侍《さふらい》切《きり》ちらせしは何事ぞ。時宗承り。敵うたぬ内《うち》は木にもかやにも心おかれ命おしく候得共。打おゝせて後《のち》は千騎《ぎ》万騎《ぎ》をもはい虫《むし》共存ぜぬ所に。御所中の侍立*夜討《ようち》が入たりと。うろたへまはるがおかしさに。太刀風《たちかぜ》をあてたるばかりに（十八オ）て面《おもて》きずは候まじ。扨また君の御事は正《まさ》しくおゝぢ伊東《いとう》が敵。其うへ日本の将軍《しやうくん》。鎌倉《かまくら》殿を討奉りしとゑんまの帳にうつたゑ申さは。いかなるつみものがれんと思ひかけ入て候所に。口惜《くちをし》やうんつきて。是成五郎丸を女と思ひ油断《ゆだん》し。やみ〳〵といけどられし君の御運《こうん》こそめでたけれ。五郎丸がなかりせは御首《くび》を給はり。それより切《きつ》て出るならは。おそらく関八州《くわんはつしう》に人種《たね》はおかじ物をとはゞかりなく言《ごん》上す。頼朝かんじ給ひ。もうしやうゆうしも運《うん》つきぬれは力《ちから》なし。かなわぬ迄もたすからんと恥《はぢ》をすてちんずべきを。命をしまず詞《ことは》をかざらぬ心底《しんてい》。よの物千騎《き》よりはと御涙をながさせ給ひ。其後新田《にたん》の四郎忠常《たゞつね》を召れ。兄《あに》十郎が首《くび》を時宗にみせよとの上意《ゐ》。畏て。村千鳥《むらちどり》のひたゝれに祐成が首をすゑ時宗が前《まへ》に置《をく》。今迄はさしもにいさむ朝顔《あさがほ》の。日影《ひかげ》にしぼむ風《ふ》（十八ウ）情《ぜい》にてしほ〳〵とをしうつぶきしばし涙をながし。はやくもかわらせ給ふ有様かな。ようしやう竹馬《ちくば》の比《ころ》より。敵を討し夕部《ゆふべ》迄一所とこそ思ひしに。口惜《くちおし》くもながらへ死出《しで》の旅路《たびぢ》におくれぬ。かく有べきとはしらずふか入せし*後快《かうくわい》やと。いゝさしこぼるゝ涙をさへんとしけれ共。いましめのつよかりしかはひざに顔《かほ》をおしあて前後《せんこ》ふかくになげきぬ。君仰けるは。前代《ぜんだい》み門《もん》*のゆうしなれは。死《し》ざいをなだめ召つかひ度は思ひぬれ共。はうばいのそねみ祐経が親類《しんるい》の意趣《ゐしゆ》。かれこれのかれがたし。かまひて頼朝《よりとも》に恨《うらみ》をのこすべからずはや首《くび》打と仰けれは。爰《こゝ》に祐経《すけつね》が一子犬坊《いぬばう》丸とて。今年《ことし》九才成けるが。かたほとりにて父《ちゝ》が討《うた》れぬると聞より。さめ〴〵となげしが。いかゞ思ひけん御前《こせん》に出。御免《こめん》候へといふよりはやく。扇子《あふぎ》にて時宗《ときむね》が顔《かほ》を二つ三つ打けり。時宗つく〴〵見てお（十九オ）のれは祐経《すけつね》が世悴《かれ》犬坊《いぬはう》丸か。未若年《いまだしやくねん》なれ共けなげ成者《もの》ぞかし心の儘《まゝ》に討腹《うちはら》ゐるべし。我〻兄弟年比《としころ》の思ひにくらべ。左こそ口《くち》おしからんと討《うた》るゝをいとわず。犬坊が心指《こゝろさし》おもひやるぞ哀なりき。其比祐経が弟《おとゝ》伊豆《いつ》の次郎祐《すけ》かぬ罷出。此時宗は兄《あに》の敵。せめて太刀《たち》取を下《くた》さるべしと申あぐる。君聞召ともかくもとの御諚《ちやう》有がたしと御前《こせん》を立其用意《ようゐ》をしたりぬ時宗は祐かぬが手にわたるをしらず。君の御詞《ことは》の有がたくいかに方〻《かた〳〵》。親《おや》の敵を討其うゑかゝる上意《ゐ》を承《かうむ》り。何とて命《いのち》のおしからん。此いましめは孝〻《かう〳〵》の仏《ほとけ》の御手の善《せん》の綱《つな》。いづれも手をかけけちゑんあるべし。さらはといふて暇乞《いとまこひ》。心しづかにひき出されかばねは富士《ふじ》のすその。ほまれは雲《くも》ゐにあげしとかや

寛潤曽我物語　八之巻終（十九ウ）

寛《くわん》濶《くわつ》曽《そ》我《が》物語《ものかたり》　目録《もくろく》

九之巻

経文《きやうもん》　一　裾野《すその》の三部経《さんぶきやう》

〽身《み》を恨《うらみ》ての腹切《はらきり》

腰《こし》ぬけ侍の居《ゐ》ばからい

大小のもぎどり

京の小次郎そとの浜《はま》ゐながさるゝ事

闇夜《やみのよ》　二　五月雨《さつきあめ》の道行《みちゆき》

〽力《ちから》なき手綱引《たつなびき》

またづての又形見送《かたみおく》り

法師《ほうし》の心指《こゝろざし》にて

久賀《くが》見寺《みてら》ゐ尋行《たつねゆく》事（目録オ）

面影《おもかけ》　三　兄弟《きょうだい》の似《に》せ姿《すがた》

〽もろきは母《はゝ》の涙《なみだ》

着心《きこゝろ》のよい

ゐぼしかり衣《きぬ》

はじめて嫁《よめ》の顔《かほ》みる事

夢中《むちう》　四　現《うつゝ》の十番切《ばんぎり》

〽出《いで》の屋形《やかた》暮方《くれかた》の難義《なんぎ》

老人《らうじん》情《なさけ》のかり庵《ほ》

旅《たび》くたびれひぢ枕《まくら》

祐成時宗《すけなりときむね》に逢《あふ》事（目録ウ）

寛潤曽我物語《くわんくわつそがものがたり》　九之巻

一　すそ野《の》の三部経《さんぶきやう》

其後伊豆《いづ》の次郎すけかぬ犬坊丸時宗《いぬはうまるときむね》をたまわり。けんしには御馬やの小平次を相《あひ》そゑられ。あまたのけいごやり長刀《なぎなた》のさやをはづし前後《せんご》をしゆごし。富士野《ふじの》すそのたかゞ岡《おか》。九本の松の下《した》にそひかせける。時宗しき皮《かは》の上に座《ざ》して申けるは。我既《われすで》に九本の松の下にてきらるゝ事ひとゑに九本の浄土《じやうど》とおぼゆる。いかに太刀《たち》取なは取。すこしの暇《いとま》をくれよかし。時宗が最後《さいご》に浄土の三部経《ふきやう》をあらまし説《とき》てきかさん。*見門衆《けんもんしゆ》の人ゝもなりをしづめ聞給はれ。そもく法花《ほつけ》一乗《じやう》の功力《くりき》はたうとく。有難《ありかたき》は弥陀△会《みだゑ》（一オ）しやう法万《ほうまん》こくの位《くらゐ》三世の諸仏出生《しよふつしゆつせ》の本懐《ほんくわい》。衆生成仏《しゆしやうじやうぶつ》のぢきだうなり。経《きやう》にあらわす時は。妙法蓮花《めうほうれんげ》の五字《ごじ》につゞめり。南に説《とく》時は南無阿弥△陀仏の六字《ろくじ》にぜつすしゆゐといつばざぜんの異名《ゐみやう》。ざぜん修行《しゆぎやう》のいたりがたき物には。六字をとなゑて極楽《こくらく》に往生《わうじやう》す。愚知《ぐち》なるぼんぶにゐたりては高声《かうしやう》の法門《ほうもん》なり。一字をさゝぐる其時は大せん世界《かい》もまのあたり。たけをうちもゝをみてごだうする事ふんみやうなり。めうらく大師《だいし》の御釈《しやく》に。諸経諸讃《しよきやうしよさん》ださい弥△陀《みだ》。西方《さいはう》をもて先《さき》とせり。こしんのみだゆいしんの浄土《しやうど》なれば。本来無《ほんらいむ》東西《とうざい》*我生有《がしやうう》南北《なんぼく》とくわんずべし。それ六字をあつむる経文《きやうもん》は。華厳経《けごんぎやう》にて南の字を作《つくり》。阿厳経《あごんぎやう》にて無の字を作《つくり》。方童経《ほうとうきやう》にて阿の字を作。*大盤若《たいはんにや》にて弥《み》の字（一ウ）

挿絵第一図（二オ）

を作《つくり》。法花経《ほけきやう》をもて△陀《だ》の字《じ》を作南無阿弥△陀仏と申ぞかし。十方《しつはう》三世仏《せぶつ》。一切諸菩薩《いつさいしよぼさつ》。八万諸《しよ》*小経《きやう》。かいぜ阿弥△陀ととく時は。ちやうもんの老若《らうにやく》かうべをかたむけ時宗をおがまざるはなかりき。そも時宗と申は*稚時《おなきとき》よりごんぎやうおこたらず。一心三《いつしんさん》ぐわんの月は無明《むめう》の闇《やみ》をてらし。観《くわん》念のまどのまゑにはまゆにはちじのしもをたれ。一実中道《いちしつちうたう》の車《くるま》は無《む》二無《む》三の門《かど》にとゞろき。一乗菩提《いちじやうほたい》の駒《こま》は平等《へうとう》大会《ゑ》のそのにいはふ。とうかく一天のほとゝぎすは。めうかく大乗《しやう》の峰《みね》になき。にうちう見《けん》もんの鴬《うくひす》はげゝ衆生《しゆしやう》の谷《たに》にさへづり。諸行無常《しよきやうむじやう》の春《はる》の花《はな》は。*世常《しやう》めつ方《はう》の風《かせ》に散《ちり》。しやうめつめつちの秋《あき》の月は。じやくめつゐらくの雲《くも》にかくるゝ。ばんざんにふん〳〵しかくのごとく有ものを。只念仏《ねんぶつ》を申べし時宗がそくわい是に有。思ふ事（二ウ）もいふ事も是迄なるぞかた〳〵。はや首討《くひうつ》て給はれと目をふさいでいたりぬ。祐《すけ》かぬうしろにまはり。兄《あに》の敵手《かたき》にかくる事のうれし。にくさもにくし。にぶき太刀《たち》にてなぶりごろしにせんとおもひさだめ。既《すで》にうたんとせし時時宗《ときむね》ふり帰り。わ殿が太刀は何とやらんなまがねのやうにみへたり。かまひて切《きり》そんじくつうさせなは。おのれが首骨《くひのほね》にくらゐつかんと眼《まなこ》に角《かど》立いかりしかば。祐かぬおどろき。もし切そんじなはいかなるうきめやみんと思ひ。ひざふるひしてうたざりき。小平次みかねそこのき給へ我うたんといふ所ゑ。ぢん平《へい》

挿絵第一図

挿絵第二図

平馬《へいま》の丞《ぜう》かけ付。時宗御たすけの御判いたゞかれよといましめの縄《なは》をときたり。五郎三度《と》いたゞきおしひらきひけんす。何ゝさがみの国《くに》の住人《ちうにん》曽我《そが》の五郎時宗はやくくわんゆうす。本領《ほんりやう》なれは宇佐《うさ》見久須《くす》見河津《かはつ》。右三ヶ所そうゐなくゑさする物なり。（三オ）前《さき》の兵衛《ひやうへ》之佐《すけ》源《みなもとの》朝臣《あそん》頼朝判《よりともはん》とよみおさめ。時宗涙をながしさりとては有難《ありかた》や。同じくは兄祐成《あにすけなり》共におがみなは。いかばかりうれしからん。兄上《あにうへ》を先立《さきだち》某《それがし》跡《あと》にとゞまり。惣領《さうりやう》の跡《あと》をつぎ安楽《あんらく》せん事本意《ほんゐ》ならずはや首討《くひうつ》て給はれ。此みきやう書《しよ》は。めいどにまします十郎殿への土産《みやけ》にせんとて。小平次に刀《かたな》をこういうけ腹《はら》十文字《もんじ》に切《きり》たり。せんかたなく首打落《くひうちおとし》。御所をさして帰りすぐに御前に出。いさいこまかに申あぐる。君聞召あつばれふびんなる事ぞかし。かくまで武勇《ふゆう》に達《たつ》せし者《もの》の有けるに。同じ兄弟とて京の小次郎は。敵討《かたちうち》の加同道《かたうだう》せぬのみ。かゑつて訴人《そにん》せし事いつかう他《た》人におとれり。左こそ兄弟の者恨《ものうらみ》におもはん。せめての心ばらしに。きやつを法師《ほうし》になしはるかに流人《るにん》さすべし。とく〳〵との御諚《こてう》重忠《しけたゝ》承り。本田の次郎に仰付《おふせつけ》られいそき（三ウ）

挿絵第二図（四オ）

御前《ごぜん》に召《めし》つれけるにぞ。けいごの武士《ぶし》左右《さゆふ》よりとつておさゑ。大小もぎとり髪《かみ》をはらゐ。奥州《おふしう》そとの浜《はま》ゑながされけり。心からとて浅《あさ》ましくつらき月日をくらせしが。いくほどなく悪敷《あしき》やまひを身にうけ。廿七才にて同年《おなしくとし》の九月にあひはて。命《いのち》は水のあはときゑけるとなり

二　五月雨《さつきあめ》の道行《みちゆき》

富士野《ふじの》すそのにて別《わかれ》たる曽我《そか》兄弟《きやうたい》の郎等《らうとう》。鬼王《おにわう》又は団《とう》三郎かれら二人の者共《もの》は。祐成《すけなり》や時宗《ときむね》がまだいわけなき比《ころ》よりも。影《かげ》のごとくに付したがひともに敵《かたき》をねらひ。此度のらくぢやくにも是非《ぜひ》御供とのぞみしかど。最後《さいこ》の供をゆるされねは力《ちから》およはず二人の者。形見《かたみ》と駒《こま》の口を取。なく〳〵曽我《そが》ゑ帰りぬる心の内ぞ哀なりき。ゆかんとすれどさつき闇《やみ》。涙に（四ウ）暮《くれ》て道みへず思ひ駿河《するか》のふじの山。煙《けふり》は空《そら》によこおれてへだての雲《くも》とは成ぬ。すそのゝ草《くさ》は露《つゆ》しげくまた秋《あき》ならぬ道野辺《みちのへ》に蛍《ほたる》かすかにとひつるも。身より思ひのあれはこそ虫《むし》さへ胸《むね》をこかすらん。いとゞ涙のあまれるに何とかはつのなきそひて。出のやかたをわかるらん。馬《むま》も別《わかれ》をかなしみほくふうをいはひけめ。心《こゝろ》なきちくるいだになるれはしとふならひ。ましていはんや我ゝはかたちに影《かけ》のそふことく。あくれは鬼《おに》わうくるれはまた団《とう》三郎とめされしに。今宵《よひ》はなれてあすよりは。祐成《すけなり》共時宗《ときむね》共*稚《たれ》をかさして申へき。同《おな》じ浮世《うき》にむまるゝ共曽我《そか》の祐成時宗の。其殿原《とのはら》にてなかりせはかほどに物はおもふまじ。我身はかりと思へ共昔《むかし》をつたへ聞時《きく》は。しつた大子こそ十九才にて王宮《わうぐう》を忍出《しのひ》。たんどくせんのほうれい（五オ）あらゝ仙人《せんにん》の師《し》と頼《たのみ》。御出家《こしゆつけ》ならせ給ひし時玉《ときたま》の冠石《かむりいし》の帯《おび》。ぎよゐもろ共にぬぎすてきんさつを書《かき》そへ。こんてい駒《こま》もしやのくも王宮《わうぐう》に帰し給へは。君《きみ》の別《わかれ》をかなしみせんこくにゐはひ。ひるいていきうせし事今の別にあひおなじ。それは仏《ほとけ》のさいどにてついにはめぐりあひ給ふ。我はそれに

はひきかへ今宵《こよひ》はなれてあすよりは。またもあふべき君ならず。今より後《のち》の物思ひ。いかゞ成なんとて涙ながら大礒にこそ着《つき》たりぬ。虎少将《とらしやう〳〵》立出めづらしの人ゝ。御兄弟《こきやうだい》はいかゞしておそかりしぞ跡《あと》より帰らせ給ふかと尋《たつね》しかは。二人の者《もの》涙ながらとはれて語《かたる》も口惜《くちをし》。また申さぬもいかゞされはにや御兄弟《こきやうたい》。敵祐経《かたきすけつね》をうちはうたせ給ぬれ共多勢《たせい》にふ勢力《せいちから》なく。おふたり共に討死《うちじ》にあそばしすその、露《つゆ》ときへさせ給ひぬ。我ゝも是非《せひ》御供（五ウ）とねがひしかど。七生《しやう》迄の御勘当《ごかんたう》と有しゆゑ。おしからぬ命をながらへ。御形見《かたみ》の品ゝ《しな〳〵》もち参りぬと。涙ながらそれ〴〵に奉《たてまつ》りしかは。虎少将《とらしやう〳〵》おどろき。何《なに》と申かた〴〵御兄弟《ごきやうだい》は討《うた》れさせたまふとや。そも誠《まこと》か夢《ゆめ》成かと。せんなき形見《かたみ》に取付《とりつき》前後《せんご》をうしなひ。かく有べきとしらずなにとぞほんもうとげさせたまひ。いかなる高名《かうみやう》をもし給はゞ定《さた》めて御代《ごよ》にも出給はん。さもあらは妹背《いもせ》の契《ちきり》。くちはつる迄と思ひし事もいたづらと成。跡《あと》にのこりし我ゝは誰《たれ》をたのみにいかゞせん仏神三宝《ふつしんさんほう》にいのりし事も。今は中〳〵あだと成けるかなしやと。声《こへ》をもおしまずなき給ひぬ。暫《しはらく》有て。虎《とら》御前は鬼王《おにわう》。少将《しやう〳〵》は団《とう》三郎が腰《こし》の刀《かたな》に手をかけ。既《すで》にじかいとみへしをあはておしとめ。御なげきはさる事なれ共。我ゝさへ御最後《ごさいご》の御供《とも》をゆ（六オ）るされず。殊に女義の御身誠左様におぼしめさは髪《かみ》をもおろし御出家《ごしゆつけ》あそばし。御《こ》兄弟《きやうだい》の御菩提《こぼだい》をとふらはせ給へと様ゝ《やう〳〵》なだめて後《のち》。我ゝ是より古里曽我《ふるさとそか》ゑ参り度候得共。もはや男《をとこ》を立る心底《しんてい》なし越後《ゑちご》の国久《くにく》賀見にこそ御兄弟《こきやうたい》の末子《はつし》。禅師坊《せんしはう》様と申御出家《しゆつけ》有。是ゑも御形見《かたみ》をまいらせ御弟子《てし》と成すがたを替《かへ》。御跡《あと》をとふらい申度心指《こゝろさし》。近比《ちかころ》御難義《なんき》ながら此馬《むま》と御形見の品《しな》ゝ。曽我ゑとゞけ御老《らう》母様への御対面《たいめん》。是をつゐでに然《しかる》へしと涙ながらたのみしかは。虎少将聞召誠に嬉しきいさめ。我ゝ爰にて死《し》したれはとて。先《さき》立給ふ人ゝの帰らせ給ふにもあらず。おの〳〵の詞《ことは》にしたがいせめては母君様をよそながらおがみ。其後《のち》はつむりをまろめいか成奥《をく》山にもひきこもり。香花《かうげ》を取なき人の（六ウ）後《ご》世とはんこそ誠《まこと》なり。心やすかれ形見《かたみ》はおくり参らせん。命《いのち》もあらは重《かさね》てと互《たがい》に名残《なこり》をおしみ。鬼王団《おにわうとう》三郎は越後《ゑちご》の国《くに》。虎《とら》しやう〳〵は曽我《そが》の里《さと》。さらはといふて立別行《たちわかれゆく》

〔三〕 兄弟《きやうだい》の似《に》せすがた

我ならぬ我人待夜半《まつよは》のとけしなさ。わきてあはれをとどめしは曽我《そか》兄弟の母うへ也。二人狩場《かりば》ゑ出しよりけふ廿日《はつか》にあまれ共。とかうのたよりあらざれはしばしまどろむ隙《ひま》もなく。あくれは十郎恋し。くるれは時宗《ときむね》なつかしと。まつ情力《せいりき》もよはりはて万事《ばんじ》かぎりのやもふの床《ゆか》。たのみすくなく成給ひぬ。二のみやの姉君《あねきみ》女房立あつまり。さま〳〵とかんびやうし。富士《ふじ》の御狩《みかり》すぎぬるよしやがて目出度帰らせ給はん。御心やすかれとすかしなぐさめ給へ共。六十《むそし》ばかりの老《おひ》の浪打《なみうち》（七オ）

挿絵第三図（七ウ）

挿絵第四図（八オ）

挿絵第三図

ふし物もの給はずまもりいるより外《ほか》なかりき。其折からとらしやう〳〵門外《もんくわい》にたゝずみ涙ながら案内《あんない》す折ふし二のみやの姉君《あねきみ》出給ひたれやの人と尋給へは。あてやか成し女房《にうはう》のしほ〳〵として申けるは。はづかしながら我ゝは大礒《おゝいそ》の虎形勢《とらけはひ》

挿絵第四図

坂《さか》のしやう〳〵と申者《もの》にて候御兄弟《ごきやうだい》の人〻敵祐経《かたきすけつね》を首尾《しゆび》よくうたせ給へ共。加様《かやう》〳〵の次第《しだい》によりつゐにむなしく成給ひぬ。御形見《かたみ》の品〻《しな〳〵》を鬼王団三郎《おにわうとう》もち帰り候へ共。主君《しゆくん》に別《わかれ》御老母《こらうほ》様ゑ御目にかゝり何といゝわけ有べし。され共死《し》なれぬ命《いのち》にきはまりぬればと。越後《ゑちご》の久賀見《くがみ》とやらんに立越《たちこへ》とんせいしゆぎやう仕よし。それゆへ我〻ことづかり是迄参り候と涙をながし申けるにぞ。姉君聞《きゝ》もあへず。何兄弟が討《うた》れしとやそれは誠《まこと》かかなしやと前後《せんご》もわかずなき給ひぬ。二人もともの涙（八ウ）ながらげに御道理《たうり》さりながら。我〻加様《かやう》にさまをかゑしも。是よりすぐに山居《さんきよ》しすがたを黒《すみ》*に染衣《そめころも》。せめては一遍《べん》の御念仏《ねんぶつ》成共申度《たき》心指《こゝろさし》。それに付はゞかりながら御兄弟《きやうだい》の御形見《かたみ》と存。母君《はゝきみ》様の御顔《かほ》ばせ一目おがみ度候との給ひしかは。二のみやかんじ給ひ。誠《まこと》におの〳〵の御事は兼《かね》て聞《きゝ》はおよびしかど。折こそあらね御げざんにもいらず。世になきもの共に心をつくされし心中《しんちう》かへすぐ〳〵も頼《たの》もし。尤母うへにあはせ度《たく》は候得共兄弟をまちわび今をかぎりとみゑ候に。かくとしらするものならは中〳〵命《いのち》もたまるまじき。さりながらおの〳〵の望《のぞみ》もむげには成がたしとてし案《あん》さまぐ〳〵。有し夜《よ》の形見の烏帽子《ゑほし》ひたゝれなど。虎少将《とらしやう〳〵》にきせ参らせ暫《しはらく》是にと中門《もん》にた、ずませ。其身は奥《をく》に入。母うへの枕《まくら》もとに立寄《たちより》。祐《すけ》（九オ）成時宗《なりときむね》只今帰りぬと誠《まこと》しやかにの給へは。おもかりし枕《まくら》をもたげ。何と申兄弟《きやうだい》が帰りしとや扨も嬉し。とく是ゑとしやうじ給へは。物をもいわず虎少将《とらしやう〱》さしうつむゐていたりぬ。母嬉《うれし》げにめづらしの兄弟。其後《のち》たよりもなかりしゆゑ。もしは狩場《かりば》のそれ矢《や》にもあたり。あやまちばししたるかとあんぜしうさの病《やまひ》と成。時《とき》をまつまの我命《わかいのち》ながらへし甲斐《かひ》有二度《ふた、び》あふたるうれしさ。もはやし、ても本望《ほんもう》なり。やれ兄弟何とて物をいわざるぞ。只《たゞ》し口論《かうろん》ばししたるか。よしいかなればとて。廿日《はつか》ばかりあはざる独《ひとり》のは、が物いふに。返答《へんとう》せざるは心《こゝろへ》得ずとた、みをた、きの給ひしかど。莵角《とかく》いらゐもあらはこそ只なくより外《ほか》はなかりき。母うへ弥こ《いよ〱》あこがれそばちかく立寄《たちより》給へは。虎《とら》しやう〱かりぎぬの袖《そて》を顔《かほ》（九ウ）

挿絵第五図

挿絵第五図（十オ）

にあておもての方《かた》へ出給ひぬ。母うゐ袖《そて》に取つき。しばしあはざる内《うち》。兄弟《きやうたい》の者《もの》共親《をや》にふきやうするとみゑたり。など返答《へんとう》はせざるとて。ひた、れの袖《そで》を取給へは祐成時宗《すけなりときむね》にてはあらざりき。母《は、》おどろかせ給ひ何《なに》人なれは兄弟が*将束《しやうぞく》を着《ちやく》し。みづからが前《まへ》に出けるぞ。みれはいやしからざる女。子細《しさい》こそあらめかたられよとせめ給へは。二のみやの姉《あね》の給ひけるは。げに御ことわりさりながら。あまり兄弟をまたせ給ふいたわしさに。露《つゆ》の間なり共お心をいさめん為《ため》。則《すなはち》是は大礒《いそ》の虎御前《とらごぜん》。形勢坂《けはひざか》のしやう〳〵とて二人の弟《おとゝ》が思ひ人。兄弟がのこしたる形見をもちて参られしを。頼て加様にはしつらゐぬとくわしく語《かたり》給へは。母うへおどろかせ給ひ何兄弟は討《うた》れしとや。それは誠かかなしやと。二人にひしととり付くどき立てなき給ひぬ。（十ウ）誠やかた〴〵は聞《きゝ》およびたる虎《とら》少将《しやう〳〵》にてましますか。身ひんなる者《もの》共。殊《こと》に死後《しご》迄ふびんのくはゐられ。是迄とはせたもふ事身にあまりて嬉《うれ》し。さりながら夕部《ゆふべ》にも。みづからむなしく成なはかゝるうき事はきかじ。思へばかた〴〵のとふにつらさのまさり草《くさ》。はづゐの露《つゆ》ときゑにし。もとのしづくの我身《わがみ》ぞと又さめ〴〵となき給ひぬ。暫有て虎少将。御兄弟《こきやうたい》の名残《なこり》よそながら。御面影《おもかけ》を見奉らんとすいさんいたせし所に。かゑつて御なげきをかけ申せしくやしさ。さりながらもはや帰らぬ事ぞかし。御涙をとゞめ形見《かたみ》の品々《しな〳〵》をも御覧《こらん》じ。御跡《あと》とむらはせ給へと。いさめながらももろきは今の涙なりき。されど共姉《あね》君かい〳〵敷《しく》。母うへに力《ちから》をつけん為《ため》いづれもよしなき御涙。それ侍《さむらい》の家《いへ》に生《むま》れやいば（十一オ）にかゝるは常《つね》のならひ。誠にかれらは親《おや》の為《ため》。ほまれをのこし討《うた》るれはくわほうゆゝしき者《もの》ぞかし。只なげきをふりすて一遍《へん》の念仏《ねんふつ》しかるべしと。七七の追善《つゐぜん》かたのごとくとりおこなひせめて富士野《ふしの》に立越《たちこへ》。兄弟が討《うた》れし出のやかたみんとて。皆〳〵打つれ足《あし》よは車《くるま》の力《ちから》なく〳〵出けると也

四　現《うつゝ》の十番切《ばんきり》

涙川渡《なみたかはわたり》かねたる世の中に恩愛《をんあい》と。妹背《いもせ》の別路《わかれぢ》ほど誠に哀《あはれ》成はなかりき。殊にいたわしきは曽我《そが》兄弟の母《はゝ》うへ二のみやの姉《あね》。又は大礒《いそ》の虎《とら》しやう〳〵。形見《かたみ》ばかりの片《かた》たより只夢現《ゆめうつゝ》のごとく思ひ。富士野《ふしの》すそのとやらんにあゆみ

むなしく成し出の屋かたの跡《あと》成共見まほしと。女心のくい〳〵と思ふに道《みち》はかとらず。箱根《はこね》山をうしろに見なし。三(十一ウ)嶋《しま》の明神《みやうしん》おがむなどおそろし。つま子のいみのうちぞかしとてわざと足《あし》ばやに。車《くるま》がゑしとやらんに着《つき》給ひぬ。千本《ちもと》の松原《まつはら》を詠《なかめ》。浮嶋《うきしま》が原《はら》より手の下《した》にみゆる海《うみ》づら。べう〳〵として浪礒《なみいそ》に打よせ。田子《たこ》の浦松山《うらまつやま》かう〳〵たり。いづれも旅《たび》のはじめなれは。いづくをそれと定《さだ》めかねたる名所《めいしよ》ぞかし。其日もはや暮《くれ》かゝる野寺《のてら》の入相《いりあい》。虫《むし》の声《こへ》のみきこゑ。心ぼそかりし。ひろき野原《のはら》。いか成方《かた》をも頼《たのみ》あかさんと思ふに甲斐《かひ》なく。次第《したい》〳〵に人顔《かほ》のみゑざりき。四人こぞりあいいかゞなりなんとなげきのうへに猶思ひぞまさりぬ。むかふより六十計の老人柴《らうじんしは》をになひよろぼひ来り。人ゝを見付てばちかく立寄《たちより》。おの〳〵は此辺《へん》にてはみなれざる御かた。いかなる方《かた》ゑ通《とをり》給ふ。此所《ところ》には人里《さと》もなく。殊に夜《よ》に入てはしゝ(十二オ)おゝかみのつとひなやましぬ。しかるべくは爰《こゝ》を立のき給へと情《なさけ》がましくおしゆるにぞ。人ゝなをもかなしく。とても死《し》ぬべ命《*いのち》なれ共畜生《ちくしやう》にはまれ死《し》なんもかなし。されはとてゆくさきとてもしらぬ里《さと》。旅《たび》は道《みち》づれ。かくあひ奉るも仏《ほとけ》のめぐみ。ねがはくわ老人《らうじん》の軒《のき》に一夜《や》をあかさせ給へと頼しかは。老人心よげにたのまれ。あ

挿絵第六図

挿絵第七図

まりとあれはいたわし。御覧《ごらん》のごとく年《とし》ひねたる山がつ庵《いほり》には姥《うば》をのこせり。せばく心づまり成共一夜《よ》はくるしからん。こなたへ来《きた》り給へと松《まつ》の木《こ》の間《ま》をつたひ。おのが庵《いほり》ぢかくなれは。姥《うば》とみへしがおもてに出。いかゞしておそかりしとふうふの中のむ*づまじきをみるに付。虎《とら》しやう〳〵なくより外はなかりき。翁《おきな》聞てされはとよ。道《みち》すがら此人〻にゆきあひ一夜《や》の†宿《やと》をたのまれ供なひ来りぬ。お茶《ちや》参らせといふ（十二ウ）に。姥仏前《うばふつせん》のとぼし火《ひ》かきたて人〻を詠《なかめ》。さもしからぬ女中しかも大勢《おゝせひ》。物詣《ものもふで》ともみへず。何として此所へきたられしぞ。さん候我〻は此富士野《ふじの》の裾野《すその》。出の屋かたの跡《あと》みまくほしきのぞみ有て来《きた》りぬ。御存知《ごぞんじ》あらはおしゐ給へと涙ながらとひ給へは。ふうふ聞て扨は曽我殿原《そがとのばら》のゆかりか。左《さ》もあらはあかし給へねん比《ころ》におしゐ参らせん。とはれて今ははづかし何をかつゝまん。是にましますは曽我兄弟《きやうだい》の御老母《ごらうほ》。あなたは姉君《あねきみ》我〻は大礒《おゝいそ》の虎《とら》。形勢坂《けはひざか》の少将《しやう〳〵》とていもせにふかきかくしづま。御最後《こさいこ》と有片《かた》たよりに形見《かたみ》の品〻《しな〳〵》参りぬ。され共誠《まこと》とはおもはざりき。一夜《や》のやども他生《たしやう》のゐんくわしくおしゐ給へと涙かたてに旅《たび》くたびれ。ひぢを枕《まくら》にねいりたまひぬ。老人《らうじん》ふうふ立寄《たちより》。いたわしやならはぬ旅《たび》につかれ給ひ（十三オ）

挿絵第六図（十三ウ）

挿絵第七図（十四オ）

ぬと。夜《よ》もすがら焼火《たきび》きらさず松折《まつをり》くべ。うしみつつぐる比《ころ》。仏前《ぶつぜん》にそなへ置《をき》たるかり衣《ころ》*に烏帽子《ゑぼし》を着《ちやく》し。翁《おきな》ふうふももらいなき袖《そで》かきしぼるぬれ衣《ころも》。聞つたへしをしるべにて狩場《かりば》のおの〳〵物語《ものかたり》きくに袂《たもと》もぬれぬべし。去程《さるほと》に建久《けんきう》四年五月廿八日の夜。まぎれ出つゝ曽我兄弟《そがきやうだい》。思ひ定めて祐経《すけつね》がかりやの庵《いほ》にしのび入。松ふりあげてみてあれば。宵《よひ》の酒《さけ》にゑひふしさらにしやうねもあらざりき。兄弟《きやうだい》うれしく大音《たいをん》あげいかに祐経。曽我兄弟《そかきやうたい》の者《もの》共なりおきあゑやつとよばわりぬ。此声《こへ》に目をさましおきあがらんとする所を。ゆんでのかたよりめでのあばらのはづれ迄。はらりずんど切《きり》たりぬ。時宗《ときむね》すかさずもろずねなぎ。廿余年《よねん》の秋《あき》の風《かせ》今吹《ふき》かゑすくすの葉《は》の。うらみはつきじと飛《とひ》あがりあゆみの板《いた》（十四ウ）に切付門外《きりつけもんくわい》にかけ出れは。すは夜討《ようち》こそ入たりと上《うへ》を下《した》ゑとかゑしぬ。大勢《ぜい》の中より平《たいら》くの平馬《へいま》の助《すけ》と名乗《なのり》。もの〳〵し曽我殿原《そかとのはら》参りさふといふまゝに。四尺あまりの大だちさしかざして出たりぬ。祐成《すけなり》是に有やとて小柴《しは》の影《かけ》よりつゝと出。一もんじに切《きつ》てかゝる詞《ことば》にはにざりきかいふつてにげて行《おく》*。まさなう候平馬《へいま》殿いづく迄討太刀《うつたち》に。おしつけのはづれよりかいがねかけて切こまれ。よろり〳〵とひゐたり。平馬が姉聟《あねむこ》あいきやうの三郎と名乗《なのる》。五郎くわんじと打笑《うちゑみ》。しゑんはりうじゆのゑだにたはむれ。はくろはれうくわの影《かけ》にあそぶとわらひながら切《きり》はらへば。ゆんでのかいなを打おとされ跡《あと》をも見ずし入たり。これをみてあんざいの弥七郎十郎目がけわたしあふ。さしつたりと声《こへ》をかけ二討三討《ふたうちみうち》うつ太刀《たち》の。ねもたかひものはづ（十五オ）れより草《くさ》ずり三間切《けんきり》おとされ犬亥《いぬい》*にどうどまろびぬ。浅間《あさま》の嶽《だけ》が信濃《しなの》なる。うすきの八郎景信時宗《かげのぶときむね》に討《うつ》てかゝる。ゑたりやかしこしあまさじと南無あみた仏のおがみうち。まつかうふたつに切《きり》わられ夕部《ゆふべ》の露《つゆ》ときへたりぬ。五番《ばん》に御所《こしよ》のくろ弥五。爰《こゝ》をは我《われ》にまかせよといかめしげにかけ出る請取《うけとり》たりと祐成《すけなり》よこにはらふ車切《くるまきり》。四十あまりの髭男《ひげおとこ》二つに成てみへけれは。敵《てき》もみかたも一同《とう》に扨も切《きり》たりきれ物かなとほめたり。其どよみいまだやまざる内《うち》。駿河《するか》の国岡部《くにおかべ》の三郎。遠江《とをとをみ》に原《はら》小次郎。二疋《にひき》つれたる*唐師子《からしし》ぼたんにすだくごとく。すきをあらせず兄弟に。いなづまよりなをはやく煙《けふり》をたて丶とんでか丶る。ひらりとはづしはつしとうけせつなのいきをもつがさはこそ。はらり〳〵となぎたふし。太刀《たち》ふりかたげあせ（十五ウ）おしのごひ暫息をつきたり。八ばんにはしなの丶国。うんの小二郎行氏時宗《ゆきうちときむね》にわたりあひひざ口《くち》わられひゐて入。新開《しんかい》の荒次郎《あらじらう》此ていをみるより。敵《てき》は二人成けるにさもしやかた〳〵。出　某《それがし》が討《うち》とめ。しやばの暇《いとま》とらせんと小おどりしてはせむかふ。きやつが*口言《かうけん》にくけれは。みぢんになさんと兄弟一度《いちと》に切《きつ》て出る。此　勢《いきほひ》におそれ太刀《たち》刀《かたな》をふりすて。小柴垣《こしばかき》おしやぶり高《たか》ばいしてにげたるをわらはぬ者《もの》もなかりき。其外《ほか》むらがる兵物《つはもの》。こ丶になぎふせかしこに切《きり》ふせ。兄弟の手にかけ五十四人討《うた》るれば。手負《ておひ》は三百八拾人。其身も供に*討死《うちじ》にし富士野《ふしの》裾《すそ》野の露霜《つゆしも》ときへてはかなき物語《ものかたり》。我こそ祐成時宗《すけなりときむね》がなき面影《おもかけ》是迄まよひ出たりぬ。親《おや》子は一世ふうふは二世とき丶ぬれば。来《らい》世なを来《らい》世にてまつべし。跡《あと》とむらふて給はれと（十六オ）いふ声《こへ》ばかり有明《ありあけ》の月にのこりて影《かけ》うすく。さむるや夢《ゆめ》の一むすび。庵《いほり》とみへしはなき人の印《しるし》ばかりがほの〴〵と。夜《よ》も明《あけ》しらむ富士《ふじ》おろし。清見寺《きよみてら》の鐘《かね》もろ共に目をさまし。みへしは現《うつゝ》*がまぼろしか。せめて今一度《と》詞《ことは》をかはせ兄《きやう》弟と。おひしげるむぐらに取付声《こへ》のみ揃《そろへ》なき給ひぬ。とても帰らぬ死出《て》の旅《たひ》。なげき給ふまじなげかじ物をと四人目と目を見合《あはせ》。名残《なこり》おしげに見帰り古里《ふるさと》曽《そ》我に帰り給ひぬ

寛濶曽我物語　九之巻終（十六ウ）

寛《くわん》濶《くわつ》曽《そ》我《が》物語《ものかたり》　目録《もくろく》

十之巻

出家《しゆつけ》 一 久賀見寺《くがみてら》の風景《ふうけい》
〽さとりをひらく禅師坊《ぜんじばう》
我《わが》身ながら儘《まゝ》に
ならぬ主命《しゆうめい》
是《これ》を菩提《ぼだい》の種《たね》
二人の郎等《らうとう》発《ほつ》心する事

仏道《ぶつだう》 二 御法《みのり》の道引《みちびき》
〽明暮《あけくれ》の涙《なみだ》
思ひ切瀬《せ》はなきぞとよ
子ゆゑにまよふ
鬼子母《きしぼ》神の事（目録オ）

説法《せつぽう》 三 傾城《けいせい》の諷誦文《ふじゆもん》
〽哀《あはれ》なる念仏の声《こゑ》
恩愛《おんあい》の別妹背《いもせ》の
涙《なみた》にかきくれて
さゝげ奉る一通《いつつう》の事

恋種《こいだね》 四 文塚《ふみつか》の勧進《くわんじん》
〽三人比丘尼《びくに》
母《はゝ》のわうじやうは
*素快《そくわい》法師《ほうし》が末期《まつご》の水
尼衣《あまころ》さんげ物語《かたり》する事（目録ウ）

寛潤《くわんくわつ》曽我《そが》物語《がたり》　十之巻

一　久賀見寺《くがみてら》の風景《ふうけい》

爰《こゝ》に河津《かはづ》が末《すへ》の子曽我《が》兄《きやう》弟が弟《おとゝ》。おさなき時はおんぼうといゐり。ちゝ河津死《し》して後生《のちむま》れしかは。母思ひのあまりいかなる山野《さんや》にもすてんとせしを。伯父《はくぶ》伊東《とう》の九郎やしない取。越後《ゑちご》の国久賀見《くがみ》寺にのぼし。住《ちう》寺をたのみかいほうさせ今年既《こんねんすで》に十八才。名は禅師坊素快《ぜんじほうそくわい》といゐり。さいつ比より寺を出今此里《さと》のかたほとり。雨のはれ間を待露《まつつゆ》の草《くさ》折むすぶ竹ばしら。あしのすだれに川こさせ心涼《すゞ》しき法《のり》の庭《には》。花もなければ風もいとわぬ風情《ふぜい》。一へきには達磨《たるま》の尊像《そんさう》。衆生《しゆじやう》にほつす。木魚《もくきよ》。線香《かう》の（一オ）くゆりほのかにるりとうの光《ひかり》ほそく手向《むけ》し花は色《いろ》もなく。柳小松のつかみさじ*是禅林《りん》の実中《もなか》。落日《らくじつ》をうくる窓《まど》の前《まへ》にはふづくえをかまゐ。枕《まくら》の片《かた》のすびつには柴《しは》折くぶるよすが庵《いほり》の外面《そとも》に小池《いけ》有。まばら成ひめ垣《かき》。そとのあか棚《たな》。かけひながれて水清し谷《たに》しげゝれど西ははれたり観《くわん》念のたよりなきにしもあらず。春《はる》は藤なみをよる事紫雲《しうん》のごとし。夏《なつ》はしげみの郭公《ほとゝきす》。かたろふごとく死出《して》の山路《ち》を契《ちきる》なり。秋《あき》は日暮《くらし》耳《みゝ》にみてり。うつ蝉《せみ》の世をかなしむと思ふも*皆発《みほつ》心の中立。冬《ふゆ》は雲《くも》をあはれみ。きゆるのみ思へは是さいしやうのたとへ。折にふれ時にふれ物の哀《あはれ》のおゝければ。信《しん》心暫《しはらく》やむ事なく山居《さんきよ》の一徳《とく》是なりき。我たま〳〵弓馬《きうば》の家に生れながら。父《ちゝ》はやいばの下にむなしく。やたけ心の（一ウ）まてしばし。衣《ころも》に恥《はち》て本望《もう》の門《かと》をのぞき。母有とのみ聞て見る事なし。兄《あに》うへ二人は敵《かたき》に心をつくし。明暮修羅《あけくれしゆら》のちまたにふし悪心《あくしん》やむ事有まじ。命《いのち》つれなくして孝《かう》の一字《じ》にはづれぬ。いかゞわたらせ給ふと目もあはざる思ひとは成ぬ然る所へ鬼王団《おにわうとう》三郎尋来り庵《いほり》に立寄案《たちよりあん》内す。禅師《せんじ》観《くわん》念の眼《まなこ》をひらき何人成とこたへぬ。さん候我ゝはさがみの国曽我《そか》の者《もの》共也。*印《あるじ》の御僧《そう》に物申さんといゑり。心元《こゝろもと》なや古里《ふるさと》より人の来るべき覚もなし。され共様子《やうす》こそ有べきとて。駒《こま》げた踏《ふみ》ならししほりどひらき。先《まつ》こなたへとゐんぎんなるあいさつ。両人畏まつたく左様の物にあらず我ゝは曽我の御兄《きやう》弟に竹馬《ちくば》より召《めし》つかはれし。鬼王団三郎と申者成《ものなり》。御覚のごとく父上《ちゝ》の敵祐経《すけつね》を。昼夜《ちうや》ねらひ給ふといへ共折《おり》なく打《うち》すぎ給ひぬ。（二オ）富士《ふし》野御狩《みかり》にこと寄狩《よせかり》屋に忍入《しのひ》。敵左衛門をやす〱と討《うち》たまひしかと。大勢に取まかれつゐに討死《うちじ》にし給ひぬ。我ゝも是《せ》非御供とねがひしかど。古郷《こきやう》へ形《かた》見をおくれとて。中〱ゆるさせ給はぬゆゑ無念ながらも立帰り。御形見を奉り此国に下り。

挿絵第一図

入道仕御兄弟の御跡《あと》をとむらはん為。是迄尋候と涙なから形見の品ゝ参らする。禅師坊もくねんとつらぬく涙をながし。尤我長《なか》袖の身と成弓馬《きうば》の道はしらね共。兄〱計の敵にて愚僧《くそう》が為《ため》には敵ならずや。それほど思ひ立給ふを此年月しらせ給はぬ事のうらめし。先《さき》に生《むま》るゝを兄とし。後《のち》に生るゝが弟《おとゝ》なれはとて。いづれかちゝの子ならずやたとへ法師《ほうし》の身なり共いかで兄《あに》うゑにおとらん。遠国《おんごく》にへだつれは思ふに甲斐《かひ》なく。父上《ちゝ》には何とかいわん。三衣《さんゑ》を着《ちやく》し仏のまね（二ウ）し。

挿絵第二図

経文《きやう》に眼をさらし。宗躰《しうてい》に身をまかすといへ共。死《し》したる親《おや》仏に成しをみざりき。目前《もくぜん》の敵《かたき》討給ふは孝〻《かうく》ぞかし。うらやましの兄《あに》うゑとかんるいをながし。扨そち立*は此法《ほう》師に付まどひ。主君《しゆくん》の後《ご》世とはんと有心指《ざし》のやさしければのぞみにまかせん。用意《ようい》しかるべしとて仏前《ぶつぜん》に香《かう》をたき。二人を仏の御前《まへ》にならべ。きをうにうむしんじつほうおんしやとじゆかいをさづけ髪《かみ》そりおとし。鬼《おに》王は禅林《せんりん》。団《とう》三郎は禅入《にう》と改名《かいみやう》し。きのふにかわるけさ衣。夕部《べ》に星《ほし》をいたゞき柴《しば》折になひ。朝《あさ》はきりをはらひ。谷《たに》の清《し》水をむすび仏にまいらせ。暇《いとま》あれは仏前《せん》に畏《かしこまり》。兄弟の御菩提《ごぼたい》をとひ称名《しやうみやう》の声《こへ》たへず。禅師《せんし》もかれらが心ざしをかんじ。弥〻仏道《だう》にきざし。一しんふらんに後《ご》生の門《かど》にもとづき。有難《かたき》功徳《くとく》をきゝしり久《く》かみ寺（三オ）

挿絵第一図（三ウ）

挿絵第二図（七オ（ママ））

の三法師と。里の童《わらへ》迄よくしり。日中は人をすゝむる経もんをひらき仏道の道引老若入つとひ。禅師坊《せんしばう》の御法にひかれ。近在《きんざい》の者参詣《ものさんけい》せぬはなかりき。日数ふりて後素快《そくわひ》二人の入道にの給けるは。愚僧《ぐそう》けんごのうち。兄《あに》うへにたいめんの心指《こゝろさし》有しに其甲斐《かひ》なく。裾野《すその》の露《つゆ》ときへ給ひぬか、る別《わかれ》を思へは独《ひとり》の母ぞ恋《こい》し。おことらが情《なさけ》にひかれ母うへに逢《あひ》奉り。御顔《かほ》ばせみまくほしきとの仰にまかせ。我ゝとても其ねがひ左もあらは近日《きんじつ》思ひ立。さがみの国へ立こゐんと其用意《ようゐ》をぞしけると也

二　御法《みのり》の道引《みちびき》

かりそめながら出《いて》の屋かたの跡《あと》みんとて。はかどらぬ旅路《たひぢ》にまよひなつかしき人にまざ〳〵と。夢《ゆめ》共なく現《うつゝ》共なく。裾野《すその》（七ウ）の露の物語きくに思ひぞまさりぬ。母うへは中〳〵に此野を枕とし同じ道にとの給ひしをやう〳〵いさめ。何程《なにほと》くやめはとて先立《さきたち》給ふ御兄弟《こきやうたい》の帰り給ふにもあらず。我ゝなくは誰か御跡をとはん。是より越後とやらんにくだり。禅師坊《せんしはう》様を頼仏事供養《よう》をいとなまん。とく〳〵とすゝめしかは母是に心付。誠にむなしくなりし兄弟が事にまよひ。世に有者《もの》共が事をわすれぬ此うゐはなけきをとゞめ。心計の追善《つゐせんく》久賀見にて取おこなわんと互にいさめひそかに立出すぐに越後に出給ひぬ。道すがら爰かしこの名所を詠。久賀見寺のこなた成。なみ木の松原に杖とめ暫やすみ給ひぬ。其折から禅師坊《せんしばう》二人の入道もろ共つたの袋めん〳〵が首にかけ。足《あし》をはやめて通しが。禅林目はやき法師《ほうし》にて人ゝを見奉り。あれこそ御老母様とつげしかは。さて（四オ）は母うゐかわ殿はたそ。おさなき時わかれ申せしおんぼう。成人《せいしん》仕て禅師坊《せんしはう》素快《そくわい》と語《かたり》もはてず。なつかしの我子かそち*立は鬼王団三郎がなれのはてか。み*くれとよ命つれなくうき事を重て浅《あさ》ましき老《おひ》の入まひ。哀《あはれ》と思ひゐさせよとさめ〴〵となき給ひぬ。素快《そくわい》仰けるは。爰《こゝ》はとちう人見んもいかゞなれはと人ゝを供なひ庵《いほり》に帰《かへ》り誠《まこと》に親子のゐんくちず。道にて逢《あひ》奉る事。いまだ天みすて給

はずと互に悦《よろこひ》のうゑにて。またなき人の噂《うはさ》を語《かたり》涙に袖《そて》もかはかざりき。時に素快虎少将《とらしやう〳〵》を打まもり。此両人はいか
成御ゆかりもやと尋しかは。母聞召されはとよ兄弟《きやうたい》が思ひ妻。死後迄此ごとく。かいほうせられし嬉しさを語《かたり》給へ
は。*禅師《てんし》衣《ころも》の袖をしぼり人間は不定にして。盛成《さかりなる》子を先立し親。おつとに別るゝつま師に（四ウ）*先立《さきたち》弟子《てし》有おゝく
逆《さか》様にながるゝ水のごとし。されはしんたん国にくわんじゆといふ人有。弟子にかんぐわいとて。さいちたぐひなき
人成しが。廿五才にて師にはなれ給ひぬ。我朝《わかてう》の慈覚《しかく》は天台大師の弟子《でし》成が。大師《たいし》より先《さき》に往生《わうしやう》とげ給ふ。西法院《さいほうゐん》
のざすゐんげん*僧正《そうしやう》は。りやうゐん大とくにおくれ給ふ。仏のさいらい成し人も死《し》のがうはのがれず。まして我ゝご
ときのほんぶ別《わかれ》の道をなげくは愚知なり。かまへてくやみ給ふまじ。是を誠《まこと》の知識《ちしき》ともなし菩提心《ほだいしん》にもとづき給へ。
一念のずいきもばくたいぞかし。仏も六とせが間あらら仙《せん》人にみやづかへ。難行《なんきやう》の功つもり法花経《ほけきやう》をさづかり給ひ
ぬ。只悪念《あくねん》のすてさせ給ゑ。祐《すけ》経をにくしと思ひ給はゞ。其一念《ねん》もうしうと成りんゑのがうつきまし。殊に第一のい
ましめ殺生《せつしやう》ぞかし。天竺にあしゆら王といふ鬼有（五オ）妻を鬼子母といゑり。五百人の子有。是をやしなわんとも
の、命を取事がうがしやのごとし。殊に親の愛《あい》する子をとりくらひぬ。仏是をかなしみ。いかゞして此殺生《せつしやう》をとめ
んと思召。かしやう尊者《そんじや》に仰付られ鬼子母《きしほ》が寵愛《てうあひ》のおとの子をかくし取給ひ。みづから鉢の中にかくし給ふ。鬼子母
夫婦是をなげき。いたつて尋ぬれ共行方なし。かなしさのあまり仏に参り申けるは。秘蔵《ひそう》の子をとられし事をなげく。
仏の給はく。左程子はふびん成ものを何とて人の子はころしぬるぞ。とられし者《もの》の心いかばかりとおもふ。左こそ思
ひしるべし。重て人の命を取間敷ちかいを立なは。行衛をしらすべしと詞《ことは》をつめさせ給ひ。とてもの事にかれらに食
をあたゑんと衆生《しゆじやう》のもちゆるはんのうゑ。すこしのさばを取それにて命をつなげと仰けれは。あしゆら王聞今迄も
にく食《ちき》をもとめぬ。今それ（五ウ）をとゞまる*なは命もあらじと申上る。尤なれはとてはんに人のにくをぬりあたへ
給ひぬ。今の世にいたりさばといゝて。いひのうへをすこし取たな心にあてゝ置《をく》事此いはれぞかし。其後《のち》御《み》鉢《はち》のうち

より。かくさせ給ひし子を取出し給はりけれは。あしゆら悦《よろこひ》。仏《ほとけ》の方便《はうべん》は我ゝが通《つう》力にはこゑたりと其座《さ》にて御弟子《てし》となりぬ。しかるに鬼子母《きしほ》が姿《すかた》。たぐひなきかたちなれは帝釈《たいしやく》天是をうばひ取給ふ。あしゆらいかつてしんゐのみやうくわをはなち。しゆみの辺迄《ほとり》のぼりたゝかふ。其時《とき》帝釈《たいしやく》せんばう堂《どう》にこもり。仁王経《にんわうきやう》をかうじ給ひ。四しゆ御をんの印《ゐん》をむすび給ふとき。こくうよりばんじやくふりあしゆら王をみぢんになしぬ。されごうゐんつきずまたよみ帰りぬ鬼子母は仏《ほとけ》の御弟子《みてし》と成しゆゑ。くげんをはるゝのみ法花《ほつけ》の守護《しゆ△》神《じん》とは成ぬ。か様の鬼神《じん》なり共仏（六オ）

挿絵第三図

挿絵第三図（六ウ）

挿絵第四図（七オ）

果《くわ》の縁《ゑん》をうくるとかや。かゝるためしもあるなれは只後生《こしやう》こそ大事なり。明日は仏事《ふつし》のうゑにて御兄弟《きやうたい》の諷誦《ふじゆ》をあげ。男女《なんによ》の廻向《ゑかう》にあづからん。先《まつ》御やすみしかるべしとてめん〳〵ふしどに入けるとなり

三　傾城《けいせい》の諷誦文《ふじゆもん》

其夜《よ》も明《あけ》ぬれは近在《きんざい》にふれをなし仏事供《ぶつじく》養《やう》し給ひぬ。ちやうもんの老若《らうにやく》。我も

挿絵第四図

〱と参詣《さんけい》し*関《せき》につらなりしかは。母上姉《あね》君虎《とら》しやう〱。何も*水生《すいしやう》の数珠《しゆず》をつまぐり。高座《かうざ》の左右に畏なくより外はなかりき。既《すで》に禅師坊高座《せんじはうかうさ》にあがり給へは。禅林禅入正面《せんりんせんにうしやうめん》にくわんぎす。時成かな素快数《そくわいかず》の書物《しよもつ》をくりひろげ。中にもすぐれたる。一乗妙典《いちじやうめうてん》をどくじゆし給ひ暫涙をながし。満座《まんざ》の衆ゝにむかい花ぶさをさゝげ。一通《つう》の諷誦《ふじゆ》を取出し三度いたゞき（七オ）

うやまつて申上る諷誦文《ふしゆもん》の事。右心指《こゝろさす》所の*絶主《せしゆ》は大礒《おゝいそ》の虎形勢坂《とらけはひさか》のしやう〱。相模《さかみ》の国《くに》の住人曽我《ちうにんそか》の十郎祐成《すけなり》。同五郎時宗追善菩提《ときむねつゐせんぼだい》の為《ため》なり。それ生死《しやうじ》の道《みち》はことにしてゐんしんをいづれの所にかつうぜん。ふんだんのさかいをへだつ。はいきんをいつの時《とき》にかごせん。廿余年《よねん》の夢明《ゆめあけ》がたの月そらにかくれぬ。千万《せんまん》だんのうれへは夕部《ゆふべ》の嵐《あらし》。独《ひとり》ぎんして石《いし》となり雨《あめ》となる。あひれんの涙かはくまもなし。あしたをむかい夕間をおくり。くわいきうのはらわたをたへなんとす。しよさく未《いまた》やまざるに百个日《かにち》みてり。かなしみのうへになをかなしきは。老《おい》て子《こ》におくれしと。さかんにしておつとに別《わかれ》し程《ほど》のうれへなし。老生不生《らうしやうふじやう》をしるといへ共。定《さだ》めがたき人間《にんげん》のならひ是非《せひ》なし。おしめ共しるしさらになし。仏《ほとけ》もあいべつ（八オ）りくと説《とき》給ひ。一生《いつしやう》はたゞ夢《ゆめ》のごとし誰《たれ》か百年のよはひをたもたん。いづれか常住《じやうぢう》の栄《ゑい》をなさん。命《いのち》は水の阿波《あは》のごとし。魂《たましい》は此内《うち》の鳥《とり》。ひらくをまちてさりがたし。きゆる者《もの》は二度《たび》みゑずさるものはまた来《きた》らず。うらめしきかなや釈迦《しやか》如来《によらい》のおしゑをわすれ。かなしきかなやゑんま王の詞《ことは》をきけば。みやうりは身をたすくるといへ共。ほくほうのかばねをやしなわず。恩愛《をんあい》の心をなやませ共誰《たれ》かくわうせんの責《せめ》をのがれん。是によつてじそうす。しよとくいくばくのりぞや。これが為《ため》につゐぐす　暫《しばらく》眼《まなこ》をふさぎわうじを思ふに。きうゆう皆《みな》むなし。指《ゆひ》を折《をり》てこうしんのかぞふれはしんそおゝくかくれぬ。時《とき》うつりことさり今なんぞべうほうたらんや。人とゞまりて我行誰《われゆきたれ》か跡《あと》にのこらん。三界《かい》無庵《むあん》ゆによくわたくとみれは。王宮《わうくう》も夢天子《ゆめてんし》（八ウ）も現《うつゝ》ぞかし。いはんや我ごときのともがらいかゞして其つみかろからん。死《し》にくるしみをまし。かうにしたがつてかなしみをそふ事おろかなり。まさに今ごんがくちりふかくし。ちくかんいくばくのせんくわんぞ。たいりやう雲《くも》しづかにしてせいふう只一せい。ゑんちう花月《くわけつ》あひつたふるにあるじをうしなふ。時《とき》に七月中旬《ちうしゆん》うらぼんの尊霊《そんりやう》。誰《たれ》にかあらんとなく〱よみおわり給ひぬ。参詣《さんけい》のくんじゆいづれか袖《そで》をしぼらぬはなかりき。暫《しはらく》有て素快《そくわい》今よみおわる所の　兄弟《きやうだい》が為《ため》には愚僧《くそう》は弟《おとゝ》なりき。我未東西《いまだとうざい》をもしらざるうち。此寺《てら》に来《きた》りげんざんにもいらず。殊に独《ひとり》の母《はゝ》をのこしてはてたまひぬ。誠《まこと》に親《おや》の身として子を思ふ事いづれか替《かはる》事なし。父《ちゝ》の恩《をん》はしゆみせんにたとゑ母《はゝ》の恩《おん》は大海《だいかい》におなじ。我一生《われいつしやう》の間仏学《あいたぶつがく》をする共親《おや》の恩《おん》はしるまじ。胎内《たいない》にやどり身をくるし（九オ）め。うまるゝ時《とき》は桑《くわ》の弓《ゆみ》ゑもきの矢《や》にて。天地四方《てんちしはう》をきよめ心躰《しんたい》はつぶを請《うけ》。あゑてそこないやぶらざるを孝《かう》のはじめとす。行法《ぎやうぼう》の袋《ふくろ》につゝまれしより今にやすき事なし。惣じて親《おや》の習《ならひ》。身のおとろへるをもしらず子《こ》の成人《せいじん》をこそねがへ。かゝる御恩《ごおん》のわすれて。独《ひとり》の親《おや》をのこし先立《さきたち》給ひぬ。されは君はたつとくしてしたしからず。母《はゝ》はしたしくしてたつとからず。そんしん共に是を兼《かね》たるは。父ひとり成といへ共四《し》の恩《おん》の中《なか》には二親《にしん》ぞかし。母の御なげきこそさる事なれ。ちゝの敵《かたき》に身をすて命をうしなふ。誠に兄弟《きやうたい》の御事は弓馬《きうば》の家《いゑ》に生《むま》れ。武略《ぶりやく》共にかしこく。富士《ふじ》の裾野《すその》の

挿絵第五図

ほまれ誰《たれ》しらぬ物なし。殊《こと》に兄弟《きやうだい》中よく。竹馬《ちくば》より二人《ふたり》つれ立独《ひとり》とゞまり行《ゆく》事あらじ。されは一条《てう》けんとく公《かう》の御子。前《さき》の中将《ちうしやう》後《のち》の中将とて有けり。あした

（九ウ）

挿絵第五図（十オ）

夕部《ゆふべ》にかくれ給ひしためしもあれは。無《む》常の道《みち》おどろくべきにあらず。またおとにわかる丶なげき殊に哀なるぞかし。こきうとゞまりねやによせ。たつしやうけんの月空《そら》にかくれぬ。みとせのなじみ夢《ゆめ》とみ給へ。魂《こ》心《しん》床《ゆか》にのぼり愚子《ぐし》が昔《むかし》にあらねど。思ひの涙《なみだ》袂《たもと》にうるほす。しやうらんのにほひたきものとなりぬ。あか月の鐘《かね》の声《こへ》枕《まくら》をならべし程にはあらねど。おきゐに見れはなれそめし人にはよもそはじ。山のはに入月影《かけ》も心ぐるし。まちゐて見し面影《おもかけ》にことならず。なぐさむ事もあらじ世に。夫婦《ふうふ》の別《わか》れほど哀《あはれ》成もなかりき。され共心にまかせぬ道《みち》なれはふつ〳〵思召切《きり》給へ。かれをみ是を聞《きく》に付ても。くやむまじは世のならひぞかし。ねがはくは往生《わうしやう》の望《のぞみ》をとげ。六親《しん》けんぞく曽我《そか》兄弟《きやうたい》。成仏《しやうふつ》とくだつの廻向《ゑかう》を頼《たのみ》奉ると。涙（十ウ）ながら高座《かうざ》をさがり給ひぬれは。皆〳〵下向《けかう》の道《みち》すがらもろ袖《そて》をしぼり。哀《あはれ》なる身ぞかしとめん〳〵がやとに帰りぬ

四　文塚《ふみつか》の勧進《くわんしん》

曽我《そが》の人ゝ此寺《てら》に暫《しはらく》とうりう有しが。有時虎しやう〳〵に申されけるは。有難《ありかたき》御法《みのり》の庭《には》に来り。かゝる姿《すかた》にて御跡《あと》とわんもいかゞなり。尤《もつとも》都《みやこ》に上り法然《ほうねん》上人の御弟子《でし》にも成へけれど。同じくは禅師坊《せんじはう》様の御手にかゝり尼《あま》と成。づたこつじきの身と成諸国《しよこく》を修行《しゆきやう》し。弥ゝ《いよ〳〵》仏道《ふつだう》の眼《まなこ》をひらかんいかゞ思召と尋しかは。我もさこそと思ひつめ。禅師坊《せんしはう》の御前《まへ》に出心指《こゝろさし》を語《かたり》給へは。素快《そくわい》聞召あつばれ御きどくのねがひ。とても思ひ立給はゞともかくも御心まかせと其用意《ようゐ》をしたりぬ母此よし聞給ひ我もともにと仰けるにぞ。誠に有難《ありかたき》御ねがひ草《くさ》の（十一オ）影《かけ》成兄弟《きやうだい》。左こそ悦《よろこび》給はんしかるべきとて三人共に髪《かみ》をそり。母の御名を妙伝《めうてん》。虎御前《とらごぜん》を妙光《めうかう》。しやう〳〵を妙正《めうしやう》と改名《かいみやう》し給ひぬ。姉《あね》君我も供にとの給ひしをおの〳〵口《くち》を揃《そろへ》。御身の事は。二の宮殿ゑやりぬれは我ゝがはからひにも成がたし。一先《ひとまつ》帰り吉実《よしざね》にかしづき。俗《そく》として跡《あと》とひ給へ。然は子孫《しそん》にいたりながく香花《かうけ》をとるぞかし。我ゝが姿《すかた》うらやましく思ひ給ふまじとくわしくおしゑ給へは。姉君げにもと思召けるにや。とかくの返答《へんとう》にもおよはず。此うへはともかくも。とても様をかゑぬ身暫《しはらく》にても此所におりがたし。一先《ひとまつ》帰りおつとにかしづかんも。又女の道《みち》ぞかしと涙ながらの給ひけるにぞ。虎少将《とらしやう〳〵》つゐでよきとやおもひけん。我ゝもふる里《さと》に帰りいか成庵《いをり》成共むすび。心しづかに御跡《あと》をとひ参らせたし。御老母《こらうぼ》様はこなたに足《あし》をとめ給へは心にかゝる事もなし。よき（十一ウ）道連《みちつれ》なりいざとさそわれ。人ゝに暇乞姉君《いとまこひあねきみ》を先《さき》に立《たて》。名残《なこり》を久賀見寺《くがみてら》の軒《のき》にのこし。またこんと立別行《たちわかれゆく》。是ぞかぎりの別《わかれ》ぞと。後《のち》にぞ思ひしられぬ。跡《あと》にのこりし母《はゝ》。たより共思ひしあね姫《ひめ》。虎少将《とらしやう〳〵》にはかれひとりさびしきねやのとほし火。是を思ひの種《たね》其あけがたより。風《かぜ》の心地《こゝち》との給ひ万事《はんじ》の床《ゆか》に枕《まくら》あがらす。人ゝおどろきさま〳〵かんびやうするに。さらにげんきなくしつゐに身まかり給ひぬ。禅師坊《ぜんじばう》二人の道心《たうしん》。前後《せんご》の枕《まくら》に取付《とりつき》。涙をながし我もともにとかきくどきぬ。里《さと》の人ゝ聞《きゝ》つたゑにとむらい来り。さま〲力《ちから》を付《つけ》むなしきからをあけの、はいとなしぬ。それより素快《そくわい》弥ゝ《いよ〱》仏道《ぶつだう》にいり。ひゞの供養《くやう》かたのごとくとむらい給へは。人皆申けるは。誠《まこと》に母うゑこそ此世からの仏《ほとけ》ぞかし。人にきやうけし給ふ素快《そくわい》の御手にかゝり往生《わうじやう》し給へは。来《らい》世（十二オ）はさぞと思ひやらるゝとうらやまざるはなかりき。其後《そのゝち》虎少将《とらしやう〱》古里《ふるさと》に帰り。大礒 奥高来寺《おゝいそのをくかうらいじ》といゑる山影《かけ》に草庵《さうあん》のむすび。昼夜《ちうや》念仏《ねんぶつ》けだいなく。毎日《まいにち》法花《ほけ》経《きやう》六遍《へん》づゝどくじゆし愚知《くち》なる男女《なんによ》にしめし。虎《とら》の尼峰《あまみね》にのぼり花《はな》をおれば。少将は谷《たに》にさがりしきみ*赤《あか》の水をくみ。独《ひとり》が花をさせは独《ひとり》は香《かう》をたき。立替《たちかはり》て兄弟《きやうだい》の追善《つゐぜん》念比《ねんごろ》にとむらい給ひぬ。つら〱身の上を思ふに。我《われ》たま〱うけがたき人と生《むま》れ。殊にためしなき川竹の遊女《ゆうちよ》の身と成。面《おもて》に白粉《はくふん》のぬりあまたの人にたはむれ。日毎《ひごと》に替《かはる》うき枕《まくら》。うきが中にも御兄弟とはひとかたならぬ中となり。三年《みとせ》か内《うち》のむつ事互《たかい》に恨《うらみ》うらみられつ。心に思ひ口にいわれぬ事を筆にてかこちぬ。あだなる筆《ふて》のすさみもなき人の面影《おもかけ》を見る心地して一入《ひとしほ》なつかし。みる度《たび》にいやましのおもひ。すてゝもおかれ（十二ウ）ず。とれは面影《おもかけ》の立そひて。恋し〱と思ふ心なき人の為《ため》にもなるまじ。ちづかのふみを庵《いほり》の辺《ほとり》に付《つき》こめ。おくりかゑしの文をとり玉章塚《たまつさつか》と名付《なつけ》爰にてもとひ参らせん。左もあらは昔《むかし》の里《さと》に立越《たちこへ》。おろかなる女郎にすゝめ。おくりかゑしの文をとり一つの塚《つか》にこめん。しかるべしと車《くるま》につかをつき。小松一本《こまつひともと》。枝《ゑた》には兄弟《きやうだい》の烏帽子《ゑほし》ひたゝれをかけ。女手わざにしほらしく。車《くるま》に五色《ごしき》のつなをつけ。先大礒《おゝいそ》形勢坂《けはひさか》をひゐてまはりぬ月日立にしたがい虎少将《とらしやう〱》二人の尼《あま》。仏法《ふつほう》しゆ行の功《こう》つもり。なき人のおくりかゑしの玉づさこと〲く取あつめ。宿《やど》も定《さた》めぬ文車《ふみくるま》諸国《しよこく》をめぐるぞしゆせうなりき。爰かしこをさまよひ先大礒の町に入。我は是有し昔《むかし》の虎少将《とらしやう〱》がなれの果《はて》誠に我ゝ二人が恋路《こいじ》こそ曽我《そか》殿原《とのはら》に身をまかせ。別《わかれ》を富士《ふじ》の裾野《すその》にのこし。兼《かね》事をあだになさじと思ひつめたる黒髪《くろかみ》。姿《すがた》も（十三オ）

挿絵第六図（十三ウ）

挿絵第七図（十四オ）

色もなき身とは成ぬ。されは一字になき人のふみをつきこめ昼夜菩提《ちうやぼだい》をとむらふ。それ文書《ふんしよ》に色《いろ》をふくみ。ほんなふの中立《なかたち》ざいごうのおもきをかなしみ。高来寺《かうらいし》の土中《どちう》にうづみ文塚《ふみづか》と名付。一丈の卒都婆《そとは》を立不断念仏《ふたんねんふつ》をはじめ申。一紙半銭《いつしはんせん》の*奉伽《ほうが》しわかき方〻《かた〴〵》男女《なんによ》にかぎらず。恋せし人は文玉《ふみたま》づさをひとつに供養《くやう》し。ともに成仏《じやうぶつ》し給へと一つの巻物《まきもの》を取出し。さもしゆせうにぞよみたりぬ。まか*盤若《はんにや》波羅密《はらみつ》華厳《けこん》阿《あ》厳方塔《こんほうとう》ねはん。八万余《よ》経《きやう》は仏《ほとけ》一代《たい》の説法《せつはう》皆是衆生成仏《しゆじやうじやうぶつ》の外《ほか》たじなし。今無仏《むぶつ》世界《かい》にいたり仏《ほとけ》のおしゑをつたふる事。文字《もんじ》なくて何をもつてつたゑん。されはもん字《じ》のはじまりは。さうけつといゝし人まさごにあそぶ浜千鳥《はまちとり》。其足形《あしかた》を見そめしより。鳥《とり》の跡《あと》たえず代《よ》ゝにつたへ宝《たから》とす。一字《じ》〳〵に仏《ほとけ》の名躰《めうたい》そなわれり。

挿絵第六図

（十四ウ）我朝《わかてう》にては弘法大師《こうはうたいし》。十二ゐんゐんのへうし十二点《てん》をそめ給ふ。文字《もんし》一字《じ》よくかけは仏《ほとけ》一躰作《たいつくり》り*し道理《たうり》。やつしてかけは仏《ほとけ》の五躰《こたい》をやぶるとかや。かく有難文字《ありかたきもんじ》を末世《まつせ》の衆生浅《しゆじやうあさ》ましく。*黒《すみ》と硯《すゝり》の恋《こい》の文《ふみ》思ひ参らせ候へく候と。心《こゝろ》をなやまし思ひをくだき。たまづさにて命《いのち》を取。ぼんなふの山りんゑの海《うみ》。みれ

挿絵第七図

は高《たか》くのぞめは深《ふか》し。爰に相州曽我《さうしうそか》の十郎祐成《すけなり》。同五郎時宗《ときむね》此兄弟《きやうだい》の人〻は。知有勇有情《ちありゆうありなさけ》ふかく。恋慕内《れんぼうち》にうごかし色外《いろほか》にはなやかなり。もゝづかちづかの玉づさすべて*男《おつと》の心をまよはし。筆魂《ふてたましゐ》をつんざくつゐにあいじやくの夢《ゆめ》さめず。御兄弟もろ共二十余年《よねん》の花ちりぬ。りんじうの夕部《ゆふべ》迄六道《ろくたう》にまよひ給はん事。かなしむべしなげくべし。よつて一生《しやう》の縁花《ゑんくわ》をあつめ。高来寺《かうらいじ》の庭《には》の辺文塚《ほとりふみつか》と名にし。君*立の為《ため》にこんりうし。ぼんなふ（十五オ）即菩提《そくほだい》をいのる。法界《ほうかい》にじたなし後《こ》世と申現《けん》世といひ。半銭半紙《はんせんはんし》の供養《くやう》の輩《ともから》。ともにけちゑん利益《りやく》の種成仏《たねしやうぶつ》うたがひあるべからず。南無きめうひつけんどうじ。玉章塚《たまつさつか》をしゆごし給へ南無阿みだ仏とよみたりぬ。あまたの女郎やり手禿《かふろ》下の女。思ひ〳〵のすゝめに入。ふるき反古《ほうご》玉章《たまつさ》を我おとらじと。ともに供養《くやう》をなしけるにぞ。未程《いまだほと》もゆかざる内車《うちくるま》に文《ふみ》の山をかさね。其夜《よ》は其里《さと》にとまり明《あけ》をまつこそ哀《あはれ》なりけり

寛濶曽我物語　十之巻終（十五ウ）

寛《くわん》濶《くわつ》曽《そ》我《が》物語《ものかたり》　目録《もくろく》

十一之巻

一心《いつしん》　一　座禅《ざぜん》の人切《ひときり》

〽なひ知恵《ちゑ》のふるひぎぬ
知略《ちりやく》の野《の》送《おく》り
夢中《むちう》の血刀《ちかたな》
めぐる因果《ゐんくわ》を思ひしる事

*志案《しあん》　二　法師《ほうし》の忠義《ちうぎ》諍《あらそひ》

〽敵討《かたきうち》の腰《こし》をし
入道《にうたう》しても魂《たましい》は武士《ぶし》
こらゑぬは団《とう》三郎
*鬼王《にわう》が了簡《りやうけん》にて御《み》くじとる事（目録オ）

人質《ひとしち》　三　門違《かどちがへ》の密男《まをとこ》

〽男《おとこ》ぎらひの捨《すて》ぶみ
昔《むかし》気《き》に成て
密夫《まふ》はゆかし
恋《こい》に荒井《あらゐ》の藤太《とうた》
よこに車《くるま》をおしてみる事

御前《ごぜん》　四　遊女《ゆふちよ》の対決《たいけつ》

〽町《まち》よこめふる郡《こほり》の新左衛門
身請《みうけ》のかくしづま
あだな恩《おん》しるきせ川の万世《まんよ》
善悪《せんあく》さばけるくつわが事（目録ウ）

くわんくわつ曽《そ》我《か》物語《ものかたり》　十一之巻

一　座禅《さぜん》の人切《ひときり》

工藤《くとう》左衛門祐経《すけつね》が弟《おとゝ》。伊豆《いつ》の次郎祐《すけ》かぬは犬坊《いぬはう》丸に近付《ちかつき》。爰に我ゝが敵《かたき》の末《すへ》曽我《そか》兄弟《きやうだい》が弟《おとゝ》。おさなき時伯父《おち》祐清《すけきよ》が養《よう》いくし。越後《ゑちご》の国久賀見《くにくかみ》寺に住《ちう》して名《な》を禅師坊《ぜんしばう》といゑり。世話《わ》に。敵《かたき》の末《すへ》は根《ね》をほりて葉《は》をからせといゑる本もん有きやつをいけ置《おき》ては我ゝが命《いのち》の程覚《おほ》つかなし。此者《もの》壱人討とれは天下《てんか》に是ほどもおそろしき者なし。いかゞし案はなきかと語《かたり》しかは。犬坊丸未《いまた》しやべつなき比《ころ》なりしが。伯父《おち》が無分別《むふんへつ》にくはゝり。しかるべきやうにはからい給へとみつ〱の相談《さうたん》。耳《みゝ》に物をいわせ是よ〱とうなづき。下部《しもへ》の者《もの》共少ゝ（一オ）まねきいさいをくわしくいゝふくめ。明方《あけかた》つぐるをあいづに屋かたを出越後《ゑちご》の久賀見《くかみ》ゑいそぎぬされはにや禅師《せんし》素快母《そくわいはゝ》におくれてたよりなく。夜るのふすまに只壱人。こしかたの思ひ我身《わかみ》一つにとふつとはれつ。とぼし火《ひ》の光《ひかり》をたよりに。経《きやう》もんのくり座禅《させん》暫《しはらく》もやむ事なし。いとゞさびしき秋《あき》の空《そら》月は雲《くも》にかくれ風《かせ》さふ〲しく。窓《まど》にあたりて夜《よ》もふしがたく。され共心《しん》ぼうおのれと眼《まなこ》をふさぎ。けんだいの足《あし》を枕《まくら》としつや〱ねいり給ひぬ。時《とき》は夜《や》はんとおもひし比《ころ》おもてをしきりにたゝく。され共人音《をと》のせざりき。やゝ有て素快《そくわい》枕《まくら》をもたげ誰《たれ》より人の来りぬ。禅入《せんにう》はあらずや返答《へんとう》申せと手を*討《うた》せ給へどさらにしやうねつかざりきさりとはよねんなき者《もの》共と。自《みつから》手しよくをさげ出いづかたよりの御出。いか成御用《よう》と尋しかは（一ウ）さん候我ゝは此片里《かたさと》の者《もの》成が。一門《もん》たるもの久ゝの病気《ひやうき》に本腹《ほんふく》なく。今日暮方《くれかた》に相果《あいはて》候。夜中《やちう》とは申ながら御法師《こほうし》の御役《やく》に。かうせんの道引《みちびき》あそばし。一遍《いつへん》の御すゝめに預《あつかり》度《たく》すいさん仕ぬと涙声《こゑ》して申けるにぞ。何が扨*衣《ころ》の役《やく》取おき参らせんとあみ戸《ど》をひらき給へは。若《わか》き者《もの》一やうの白小袖《しろこそて》。乗物《のりもの》かた手に涙ぐみたるてい。禅師坊《ぜんじはう》打まもり。我も此程壱人の母におくれ。たよりなき身につまされ。おの〳〵の心底《しんてい》をもひやられぬ。とても帰らぬ死出《しで》の旅《たび》。涙をとゞめ給へときやうけし。くわんにむかひ眼《まなこ》をふさぎ既《すて》にゐんどう有へき時。大勢《せい》の若者《わかもの》てんでにうでまくり。うしろより禅師坊《せんしはう》をむずとだく。何心もあらねど元来《くわんらい》の*合力《かうりき》。数《す》十人をけたおし。乗物《のりもの》の棒《ほう》ひつさげかたはしよりなきたをせは。法師《ほうし》が勢《いきおひ》におそれ皆にげさりぬ。ながおひ（二オ）ゐきなしとしほり戸《と》ひしとしめ。もしくま〴〵にかくれもやせんと爰かしこをみる所に。乗物《のりもの》の内《うち》より犬坊祐《いぬはうすけ》かぬ飛出《とひ》。そも我ゝは。工藤《くとう》左衛門祐経《すけつね》が一子犬坊丸伊豆《いづ》の次郎祐かぬ。親兄《おやあに》の敵覚《かたきおほへ》たるかと討《うち》かくる。心得《こゝろへ》たりとうけはつし両人のくみしき。もつとも曽我《そが》のゆかりなれど。此ごとく出家《しゆつけ》をとげ*五界《こかい》をたもつ身。殊に殺生戒《せつしやうかい》は第《たい》一のいましめなれ共。おのれごときをたすけ置《おく》は仏《ほとけ》のおしへをそむくにゝたり。其しさいはかうせんにおもむき。愚僧《くそう》がきやうけに預《あつかり》ゐんだうけ。生帰《いきかへ》ればとてかゐさぬは仏《ほとけ》の法《ほう》。土《ど》そう火《くわ》そうもまだるけれは。禅師《せんし》がうでのつよきにひかれ。△極楽《こくらく》に往生《わうじやう》すべしと二人が首《くひ》をひきぬき。独《ひとり》

挿絵第一図

挿絵第二図

うなづき。誠に我ゝが身は先祖《せんぞ》よりやいばにふし。うてはうたれ。うたるれは討《うち》。末葉《すへば》にむすぶ修羅道《しゆらだう》のくるしみ出入息《いき》の（二ウ）内にも恨のもふしうはれましにくしと思ひ我《わか》手にかけてころしぬれど。此者《もの》共が一ぞくまた我にあたをなさん。かれ是ゐんぐわの車《くるま》のごとくめぐり〳〵てのがるゝことなし。とても親兄《おやあに》をさきに立。跡《あと》にとゞまりたのしむべき浮世《うきよ》もなし。きやつらが思ひをはらさせん為《ため》成と。二人の死《し》がいに乗《のり》。犬坊《いぬばう》が小脇指《こわきさし》取。もろはだぬぎ生年《しやうねん》十九才にして腹《はら》十文字《もんじ》に切《きり》。同じ枕《まくら》にふしうんといふ声《こへ》におどろき。禅林禅入《せんりんぜんにう》かけ出。此ていを見すは何事ぞ薬《くすり》気付《きつけ》とうろたへまはり。御心はいかゞわたらせ給ふと声《こへ》のみ立てよはわりぬ。禅師《せんじ》眼《まなこ》をひらき。あはたゝし何事ぞとよく見れはおのれが身にもやいばをあて。犬坊祐《いぬばうすけ》かぬあけに成ていたりぬ素快《そくわい》一目みるより息出《いきいで》ずまたかつばとたおれぬ。いかにしても心得ず様子《やうす》を語《かたり》給へと耳《みゝ》に口《くち》をあつれは（三オ）

挿絵第一図（三ウ）

挿絵第二図（四オ）

おとたかしさはぐまじとしづめ。くわしく語給へは二人の道心けでんし。昔《むかし》が今にいたる迄夢《ゆめ》に人切ためしなし。是しゆ羅道《らたう》のがうやむ事なく。互《たかい》にたゝかふやいばのさき。さとりといふもこれならん。中ゝ此手にてはたまるまじ。仰おかるゝ事あらは。只今成けるぞと声《こへ》をはかりによびけるにぞ。法師《ほうし》の最後《さいこ》何をかいゝおかん死《し》して後《のち》。後《こ》世とふてゐさせよとばかりに。久賀見寺《くかみてら》の庵《いほり》の露《つゆ》ときへて跡《あと》なく。印計の石《いし》今にのこりて有けるとなり

二　法師《ほうし》の忠義《ちうき》諍《あらそひ》

身を*黒染《すみそめ》にやつせど思ひはたゐぬ武士《ぶし》ぞかし。扨も鬼《おに》わう団《とう》三郎二人の法師《ほうし》は。素怏《そくわい》に別《わかれ》しより彼寺《かのてら》にもすみがたく。ひそかに越後《ゑちご》を立出。古里丹波野瀬《ふるさとたんばのせ》にすまんと。（四ウ）立出て峰《みね》の白雲《しらくも》。花共月共思ひし主君《しゆくん》にはなれいづれの里《さと》を我すみかとせん。なまなか君《きみ》の詞を大せつに思ひつめたる心から。おもしろからぬ世にすみはつるもくちおし。されはとてよしなき死《し》をとげんも又有まじき事ぞかし。我身ながら。わがまゝならぬとは今こそ思ひしられぬと。互《たかい》に物語して行*山相《あい》。こだまのひゞくごとく下郎《けらう》とみゐし男。申／＼とよびかくる二人ふり帰り。我ゝが事かと尋《たつね》しかは。さん候いづれもは。曽我兄弟の御下人鬼王団三郎殿にてはあらずや。是は朝比奈《あさひな》の三郎吉秀《よしひて》の家来《けらい》成が。おの／＼は越後《ゑちこ》にて入道有しと聞召。すぐに久賀見《くがみ》ゐ参し所に。今朝寺《こんてうてら》をひらきいづく共なく国遠《こくゑん》のよし。程は有まじと追《おつ》かけし甲斐《かひ》有。此所にて御目にかゝる事ぞ嬉し。主人吉秀《よしひて》よりの（五オ）御状成と出しけれは。鬼《おに》王ひらき。よみてみれは何ゝ。方ゝの主人曽我兄弟は君御《きみこ》了簡《りやうけん》のうへ。いづれにあたをのこさず相果《あいはて》らるゝといへ共。ちと様子《やうす》有て御所の五郎丸。今元服《げんふく》して荒井《あらゐ》の藤太重宗《とうだしげむね》となのる。此者しかと時宗が敵にきはまる。御ぶんら両人主君の恩《おん》をおもはゞ。壱人は浮世《うきよ》にとゞまり後世《こせ》とむろふて参らせ。今壱人は鎌倉《かまくら》に来らるべし朝比奈《あさひな》が手《て》引をもて。重宗《しげむね》を討す

べし早ゝと書留《かきとめ》たり。両人悦使《つかい》の者に一礼のべ鎌倉へ帰《かへ》し。其後禅入《せんにう》に申けるは。某は是より鎌倉にいそぎ重宗を討《うつ》べし。御辺《こへん》は古里野瀬《ふるさとのせ》に帰り庵をむすび。御兄弟の御跡《あと》をとむらひ。もし我討死《うちし》にときかば。そちならで誰《たれ》か菩提《ほだい》をとわん。誠に身をわけたる兄弟よりましたる中。互《たかい》に心やすく此年月迄語《かたり》し事ぞうれし。くれ〳〵（五ウ）頼と語ぬ。禅入《せんにう》聞仰のごとく今日迄の御情《なさけ》詞にもつくしがたし。扨某は若年《しやくねん》にて発心《ほつしん》の有無《うむ》をしらず。年役《としやく》に御自分《こじぶん》古郷《こきやう》ゑ帰り後世とむらい給へ。私敵をうたんといふに禅林《せんりん》重て。古里の事は人のしらざる内証《ないしやう》づく。眼前《がんぜん》主人の敵を討では侍といふ武士《ぶし》の家に生れしかひなし。若役《わかやく》にわ殿古郷《こきやう》ゑ帰れといふにそ。禅入まゆをひそめ。主の敵討では侍といわれぬよし。それほど事をしりながら。我を古里ゑ帰れとは近比きこゑぬ云分《いゝぶん》。其手も一通は有ぞかし。曽我の下人鬼王は*心高《こゝろかう》にて。主の敵を討ぬれど。団三郎はおくひやうにてにげ帰り。入道しけるとわらはせんたくみ。それはくはぬと帰るべき*気食《きしよく》なかりき。禅林《せんりん》聞て尤なれ共。それはもつては同じ事。わ殿鎌倉に行某古郷ゑ帰らは。団三郎は心有侍（六オ）なれ共。鬼わうは腰《こし》ぬけ成と。鎌倉中にてわらはれんは御辺《こへん》もわれも同じ恥《はぢ》。其うへ此状にも壱人はとゞまりなき人の菩提《ほたい》をとゑ。壱人はくだれとあれは理《り》を非《ひ》にまげおこと帰れといふにぞ。禅入色《せんにういろ》を替《かへ》くど〳〵と同じ事。たとゑば爰をいぐさる共古郷《こきやう》ゑとては帰るまじ。誠左様に思召さは同道《たうとう》してくだらんといふ。禅林こらゑかね。是程事をわけきかするに聞入なく。つれ立ゆかんなどゝはひつきやう某壱人にては討まじきと思わるゝか。禅入いぶり者にて仰《おゝせ》の通御自分《こしふん》独《ひとり》にてはあぶなしといふ。禅林ひぢをはり。血《ち》こそわけね互《たかい》に兄弟といゝかはせし詞もあれは兄ぞかし。それにむかい舌《した》ながなる一言《こん》。今日より兄弟のちなみを切他人成といふ。いな事をのたもふ。兄弟分のあいさつをきらるゝがこはいとて。男のすべをすつべ（六ウ）

挿絵第三図（七オ）

きか切度は心まかせ。是からは他人むき追付《おつつき》敵の首《くひ》討てみせんといふ。わ殿より前《さき》にわれうたん。此うゑは運《うん》だめしそれ迄はゐんしん不通《ふつう》。兄《あに》とおもふな弟《おとゝ》と思召など。互《たがい》に詞を　諍《あらそい》立わかりゆかんとせしが。禅林つく〲思ひけるは。しよせんふたりがいぢをはりきやつに討《うた》してゐきもなし。ぬけがけし某討たれはとて人のほむるにも有まじ。何と禅入《せんにう》物事は談合衝《たんかうづく》。さいはい此村に八一王子《わうじ》の社《やしろ》有。両人御《み》くじをあげ一取たらん者鎌倉にゆかん。二三をとらは古里ゑ帰るべし。両人共に同じ一のあがり給はゝ。ゑこなく同道してゆかんとかく神次第《かみしだい》にせんといふにぞ。尤おもしろきとて神前に畏互に信《しん》のこらし。先禅林御くじおひらけば一にてぞ有けり。三度《ど》いたゞき飛《とび》しさりぬ。禅入ひらけば同一。是はふしぎと互に顔《かほ》を見合。誠に神は正直《ぢき》のかうべ（七ウ）にやどり給ひぬ。此うゑはいゝ分《ふん》なし是よりすぐに同道《とうたう》し心をあはし討《うつ》てとらん。

是此神《かみ》の御めぐみ。いざ御立と打《うち》つれだち鎌倉《かまくら》さしていそぐ夕暮《ゆふくれ》

挿絵第三図

三　門違《かとちかひ》の密男《まおとこ》

虎少将《とらしやう〱》二人の尼《あま》くるはを出て日数《ひかす》ふり。爰《こゝ》かしこ近在近郡《きんざいきんがう》のこりなくさまよひ。車《くるま》にみつる玉章《たまつさ》山*のごとくつみたりぬ。また明日《みやうにち》との帰《かへ》り足《あし》。しの篠《さゝ》ふかき里《さと》ばなれより廿《はたち》ばかりの女郎。小づま取手もとは色里《いろさと》の風俗《ふうそく》。内《うち》八もんじのすあし

ちよこ〳〵ばしりの乱髪《みたれかみ》。しやらほどけにも気がつかづ虎しやう〳〵のそばにより。現在《げんざい》のしめしありがたし扨みづからは勤《つとめ》の身。きせ川の万夜と申者《もの》なるが。いまだ新ざうの比《ころ》より。ゑがらの平太様と人めしのびて逢夜《あふよ》の数《かず》。勤《つとめ》は外《ほか》（八オ）になりまし。只いとしさのあまりに恋は中戸《なかと》のさゞめ事。あはねは胸《むね》に物思ひ。あへばまたむなつこらしく語詞《かたることは》が跡前《あとさき》とは成ぬ。行末《ゆくすへ》はこんりんならくの底《そこ》迄も。そひはてんと互《たがい》にちかひを立。年《ねん》の明《あく》のを待折《まつおり》から。荒井《あらゐ》の藤太《とうた》重宗《しけむね》とて鎌倉方《かまくらがた》の武士《ぶし》成が。さりとはいやな男《おとこ》の風《ふう》。びん付《つき》はうしろさがりつり髭《ひけ》左右《さう》にむさい顔《かほ》。其くせたんりよしりよなく。無分別《むふんべつ》の上〻吉。此春《はる》よりのあげづめまゝにならぬを腹立《はらたち》。親方揚《おやかたあけ》屋となれあいいつのまにやら身請《みうけ》をせられ。あれにみへたる小座敷《こさしき》にとつておかるゝうたてさ。平太様ゑのいゝわけなしいかに勤《つとめ》なれはとて*兼事《かねこと》のあだにはなさじと。おもひつめたる付《つけ》とゞけ。あなたよりのお返事《へんじ》が一つふたつとかさなり。つもるは恋の文ぞかし。人に見とがめられなは。平太様の身（八ウ）為あし〻。やきすてんも下〻《した〳〵》のみるめ。いかゞとおもふ折《おり》からさいはいの勧進《くわんしん》。是を一つにつきこめ給はれ。其うへ今日《けふ》は首尾《しゆび》もよし。ひそかに爰《こゝ》を立のき平太様にあふべきし案《あん》。どうぞたのみますなどくどからぬ詞。二人の尼《あま》ふみ共請取《うけとり》。誠に恋ぢほどせつなる物もなかりき。とても一*後《ご》と思ひつめたるおとこを外《ほか》にし。いやな男《おとこ》にそはん事身にあまりてうたてし。我〻もさうした事の有し身なれは思ひやられていとし。是非《せひ》それほど迄思ひ給はゝ衣《ころも》に似《に》あはぬ事なれど。うれしゐと思ふ心が後生《こしやう》ぞかし。さいはいあたりに人もなし一先《ひとまつ》我〻が庵《いほり》ゑしのばせ。折《おり》をうかゞひ平太殿ゑしらさん。先こなたへと一二丁ほど行所《ゆく》へ。重宗《しけむね》来り万世《まんよ》をとらゑ此比《ころ》きけはおのれには。忍男《しのひおとこ》のたそかれ玉章《たまつさ》日ゞに取やり。首尾《しゆび》みつくろいにげ出密《ま》男《おとこ》（九オ）とそわんつらつきみへたり。法師《ほうし》ふたりの内壱人密男《ま》にきはまりぬ。そいつら三人に縄《なは》をかけ屋形に引。かさね切にし腹《はら》ゐんとさま〴〵成悪口《あつかう》。二人の尼《あま》おかしく御うたがひはさる事なれ共。仏《ほとけ》のまねする我〻じやゐんの不義は*致《いたす》さじ。折《をり》の悪敷《あしき》は御めんといふ。其云わけは立まじきと三人共にいましめけるにぞ。それはらうぜきつむりをまろめ衣をかけたる身。縄《なは》かゝるとがなしといふ。人の女をそゝなかし立のく程のざいくわや有。いやとよ我ゝは尼《あま》ぞかし。うたがはしく思召さは。懐ゑ手を入ちぶさをさぐられよといわれ。重宗《しけむね》是に心付二人が懐《ふところ》ゑ手をさし入。けに誠《まこと》女ぞかし。よし何にもせよ不義はかく別《へつ》。当所《たうしよ》におゐて諸勧進《しよくわんじん》かたく停止《ちやうじ》せらるゝ所に。ためしなき文塚の勧進《くわんしん》まぎれものにきはまりぬ。仏《ほとけ》にかこつけ新法《しんほう》を立るとがのがれまじ。物いわせなとひつ（九ウ）立行《たてゆく》。其折から鬼《おに》王団《とう》三郎鎌倉《かまくら》へくだらんとて此道筋《すし》をとをりしが。虎少将《とらしやう〳〵》とみるよりそばにより。此尼《あま》は我ゝがゆかりのひと。いかなるとがにてかくいましめいづ方《かた》ゑひかるゝぞ。さまでの事もあるまじければ只御ゆるしとわびけるにぞ。扨はおのれも同類《とうるい》か。つみなくして縄《なは》かくる武士《ふし》や有。様子聞度《やうすきゝたく》は此通《とをり》と段ゝ《たん〳〵》をかたれは。二人の法師《ほうし》が口を揃《そろへ》。それは修行《しゆきやう》の役《やく》ぞかし。さのみとがとは申されじ。出家《しゆつけ》がつみにおつるを。出家がみて帰るべき道《みち》に行《ゆき》まよひぬ。慈悲《じひ》は上《かみ》よりくだるといへは是非《せひ》御たすけくださるべし。重宗《しけむね》聞てそも何やつなれは目通《めとをり》に立はたかり。人もたのまぬ命乞《いのちこひ》此△囚人《めしうと》は上《かみ》ゑうつたへるにおよはず。某《それかし》がはからひにて首《くび》はぬる迄の事そこのいてとをせといふに。さの給ふは何人ぞ。命を取程のとが

挿絵第四図

挿絵第五図

人にても詮義《せんき》たゞしく。其上《うへ》にての最《さい》

（十オ）

挿絵第四図（十ウ）

挿絵第五図（十一オ）

後是非《ごせひ》もなし。御自分《こじふんの》はからひにて壱人ならず三人共のせいばい。但《たゝ》し一ッ国《こく》のお大名《たいみやう》かとさしつめていわれ。*殊《こと》もおろか当家《たうけ》におひて高名《かうめう》の一。曽我《そが》の五郎時宗《ときむね》を討《うつ》たる御所《ごしよ》の五郎丸。元服《げんぶく》して荒井の宿《しゆく》を給はり。荒井《あらゐ》の藤太重宗《とうたしけむね》成。某がさはい誰《たれ》かとがめん。云《いゝ》ぶんあしくは汝が命もあぶなしといふ。鬼王団三郎扨はと思ひながらわざともみ手し。あやまり候御免《ごめん》とそばぢかく立より。重宗を取ておさへしかは。団三郎は三人共に取かへす。嬉しや主君《しゆくん》の敵《かたき》を手のしたにくみとむるは天のあたへ。扨我ゝはおのれが手にかけし曽我の家来《けらい》。鬼王団三郎御兄弟《こきやうだい》の御跡《あと》とはん為法師《ためほうし》とは成ぬなんぢを討《うた》ん計《はかり》に今鎌倉へ行足《ゆくあし》の。此所にてあふたるうれしさ。思ひしれといふ隙《ひま》に重宗《しけむね》が郎等《らうとう》すきをうかゞい。団《とう》三郎を始《はしめ》三人共にいけ取胸《むね》に刀《かたな》をあて。主君《しゆくん》をうたは此四人が命（十一ウ）只今成といふをみて鬼王十方《とほう》にくれ。敵《かたき》壱人うたんとて。四人迄の命《いのち》をとられん事も情《なさけ》なしとし案《あん》さま〳〵。然者命《しからばいのち》を助《たす》くるぞ四人共にわたすべしと。互《たかい》に心をうたがふ所へ古郡《ふるこほり》の新左衛門かけ付。先立《さきたつ》て*忠臣《ちうしん》の者《もの》の有様子《やうす》はくわしく聞《きゝ》たりぬ。とかく此段上聞《たんしやうぶん》に入たるうへは。我〻が了簡《りやうけん》にも成がたし。両方《りやうはう》共に御前《こせん》にあがり互《たかい》の所存《しよそん》を申上。君の御指図《さしつ》をうけられよと事をわけて申けれは。皆〳〵是非《せひ》なく新左衛門を先《さき》に立御所《しよ》をさしてあがりしとかや

四　遊女《ゆうちよ》の対決《たいけつ》

其後古郡《ふるこほり》の新左衛門重宗《しけむね》を始《はしめ》。二人の入道《にうたう》。二人の尼《あま》。けいせい万世《まんよ》を召《めし》つれすぐに御前《ごぜん》にあがり。重忠《しけたゞ》をもつて一〻言上《ごんじやう》申けれは。御領《こりやう》かの者《もの》共を御前《こぜん》にめされ先重宗《まつしけむね》に仰けるは。何の（十二オ）とが有修行者《しゆきやうしや》をとらゑ。殊に縄《なは》をかけけいばつせんとは何事ぞ。さん候此尼《あま》共は元来《くわんらい》大礒《おゝいそ》形勢坂《けはひさか》の傾城虎《けいせいとら》しやう〳〵と申者《もの》。しゆ行者《きやうじや》といつわり。ためしなき文塚《ふみつか》の勧進《くわんじん》に事よせ諸人《しよにん》の眼《まなこ》をかすめ。衣類諸道具《いるいしよだうぐ》迄かたり取おのれがほしゐまゝにくらすよし。兼〻《かね〴〵》承《うけたまは》りおよび候所に。今日海道《かいたう》にて見付。段〻詮義《だん〴〵せんぎ》*うへまぎれなきにきはまり御前《こぜん》ゑひかせ申さん所に。是成二人の法師《ほうし》参りかゝり。尼《あま》共が加《か》同道《たうとう》仕うへかゑつて某を敵《かたき》と申かけ。既《すで》にあやうき折ふし新左衛門殿の了簡《りやうけん》によりあまの命《いのち》をたすかり只今御前に出候。よりとも聞召虎少将を召れ。女の身とし勧進《くわんしん》にかこつけ。何とて左様のものを取けるそまつすぐに申へし。虎《とら》の尼《あま》申けるは。鎌倉公《かまくらこう》のおふせ共覚ぬ事。我〻は有に甲斐《かひ》なき遊女《ゆふちよ》なれ共。心は（十二ウ）男《おとこ》にもおとるまじ。されはあらざる文車《ふみくるま》の御事。はづかしながらそが兄弟《きやうだい》の御方《かた》とは丸に三年のうき枕《まくら》。互《たかい》にかはす詞《ことは》のあまりまた取かはす筆《ふで》の中立《なかだち》。御最後《こさいこ》と聞姿《すかた》*を黒《すみ》に染《そめ》なし諸国《しよこく》あんぎやの尼《あま》とは成ぬ。なき人の形見《かたみ》と思へは見る度《たひ》にかなし。人〻にまいらせんも道《みち》なき事。火《ひ》にやきすてんもおそろし。されは当世《たうせい》の殿立《とのたち》。莵角《とかく》のしやべつなく恋路《こいぢ》とあれは玉章《たまつさ》をくり。心のたけをかく筆《ふで》のすさみ。口にいふ事はかたちなくしるせし事は身のあ

だと成ぬ。一つはこゝをぞんじまたふたつには。我ゝが草庵《さうあん》に文塚《ふみつか》をつき。不断念仏《ふだんねんぶつ》を申度心指《たきこゝろさし》。三つには虎少将がなれのはて人ゝにさらし。我ゝがすがたを見給ひ。よしなき恋《こい》に身をかこち給ふなとしめしの為《ため》のしゆ行《きやう》。ふみより外《ほか》うけたる覚《おほへ》さらになし。物取《ものとり》（十三オ）などゝはまんざらのいつわり。我ゝに縄《なは》かけ給ひし様子《やうす》。是成はきせ川の女郎万世《ちよらうまんよ》と申人成が。重宗《しけむね》殿御かよひしげく此間身請《みうけ》を致《いた》され。沢野《さはの》と申所にかくし置《をき》給ひぬ。其辺《ほとり》を勧進《くわんじん》仕候得は。此女郎に行逢《ゆきあひ》。くるはにてうきつとめのはなし。年月《としつき》思ひ染《そめ》たるふみのかず。人にみられんもはづかし。おなじくは文塚《ふみつか》にうづめ給はれと。手づから給はりしを見付。そゝなかしてつれのく。密《ま》男成とておそろしゐいゝかけ。何と是が誠《まこと》かいつわりか。天下《てんか》の御前《ごせん》すこしにてもちんずれは。おそろしゐ責《せめ》にあひ水をのんではくじやうするはみぐるし。まつすぐに申あげ。はやく埒《らち》を明《あけ》給はれ後生《こしやう》のさまたげなりといふにぞ。重宗眼《しけむねまなこ》に角《かど》を立。君《きみ》より御知行《こちぎやう》を給はり。けんぞくあまた召《めし》つかひ安楽《あんらく》にくらす事。しぜんの時御用《ときこよう》に立御馬《むま》の先《さき》に（十三ウ）て討死《うちじ》にせんと思ふ身が。あれていの女に魂《たましい》をうばわれ御奉公《こほうかう》が成べきか。折《おり》ゝのなぐさみ五日十日は召寄《めしよせ》しやくさせて見る迄也。女のぶんとしおそろしき返答《へんたう》。さらに覚《おほへ》なきよし申あぐる。其時万世を召れ此段尋《たんたつね》させ給へど。さすがに女郎とて。身請《みうけ》の次第《しだい》くわしく申さは重宗《しけむね》殿の身いかゞ。しばしもつまと有人に難義《なんき》させんもよしなし。申さねは虎しやう〳〵の身のうゑ。くもりなくしてつみにおちさせ給ひぬ。いかゞと志案《しあん》のてい重忠《しけたゞ》はやくもさとり。此女菟角《とかく》の返答《へんたう》を不申。定《さた》めし子細《しさい》のあるべき間。万世が親方《おやかた》を召れ様子《やうす》尋《たつね》申さんと。きせ川ゑ使《つかい》を立親方御前《おやかたごぜん》に出ける時。朝比奈《あさひな》罷出それ成女郎はおのれがかゝゑの万世か。傾城《けいせい》共を門《もん》より外《そと》ゑ出すまじきよし仰出されしに。御停止《こちやうじ》をそむき気儘《きまゝ》（十四オ）

挿絵第六図（十四ウ）

挿絵第七図（十五オ）

に町ゑ出す条《てう》。のがれ有まじそれ〳〵縄《なは》かけと有ける時。親方《おやかた》ふるひ〳〵申上るは。万世《まんよ》が義は当夏重宗《たうなつしけむね》様の身請《みうけ》あそばし。我ゝ《われ〳〵》手前《てまへ》よりかまひ申事無之よし申けれは。君聞召《きみきこしめし》扨は重宗が我儘《わかまゝ》するのみ。傾城《けいせい》の身請《みうけ》とやらんせしとがのがれまじ。とらせう〳〵は別義《へつき》なし。万世が事は一度嫁《ひとたひか》したる故《ゆへ》。重宗《しけむね》が難義《なんぎ》をつゝしむ心底《しんてい》女にはまれ成物《なるもの》。暇《いとま》をゑさする間汝《なんち》が心まかせに仕れと御前《ごぜん》を立次《たちつぎ》の広間《ひろま》に出たりぬ。其後鬼《のちおに》王団《とう》三郎を召れ。重宗《しげむね》を主《しう》の敵《かたき》とて討《うた》んとせしむね。いか成事ぞと尋《たつね》させ給ひぬ。両人承り。さん候とちうにて虎少将《とらしやう〳〵》の命乞《いのちごひ》ねがい候ゑは。助《たすけ》ゆるさんも我次第《われしだい》との給ふゆゑ。所の守護《しゆこ》かともぞんじ。*実名《けめう》承り候へは時宗《ときむね》を討《うつ》たる御所の五郎まる。元服《げんぶく》して荒井《あらゐ》の藤太《とうた》

挿絵第六図

重宗《しげむね》と名乗《なのり》給ひぬ。曽我兄弟《そがきやうだい》が（十五ウ）郎等《らうとう》。いかに入道《にうたう》仕れはとて。名乗敵《なのるかたき》を討《うた》ずしては武士《ふし》に生《むま》れし甲斐《かひ》なし。それ故本望《ほんもう》とげんと存《そんず》る所に。新左衛門殿の御了簡《こりやうけん》に付。出《いで》まじき御前《ごぜん》に罷出候と申あぐれは。頼朝《よりとも》聞召何と重宗《しげむね》。時宗《ときむね》は汝《なんぢ》が討《うち》とめしか。口《くち》の明《あき》たるまゝ舌《した》ながなるいゝ分《ぶん》。侍《さむらい》の道《みち》にかけたる者《もの》也。武士《ぶし》のみせしめに吉秀《よしひて》耳鼻《はな》そひで追《おゐ》はなせ。畏御前にて取ておさゑ*耳鼻《み、な》そぎ。門《もん》より外《そと》ゑ追《おひ》出せは。重宗面目《めんぼく》なく行方《ゆきかた》しらずなりにき。其後二人の入道をめされ。

挿絵第七図

時宗《ときむね》事は重宗《しげむね》壱人して討《うち》とめたるにあらず。大勢《せい》おりかさなり生取《いけどり》しかはいづれを敵《かたき》と定《さだ》めがたし。しかれ共虎《とら》しやう〳〵。其方両人が心指《こゝろさし》。曽我《そか》兄弟がはたらきためしなき者《もの》なれは。近日富士《ふし》の裾野《すその》にやしろを立神《たてかみ》にいはひ。わ殿原《とのはら》を社僧《しやそう》とし念比《ねんころ》に弔《とむらい》*（十六オ）ひゐさせんと。有がたき君の御諚《こてう》何茂《いつれも》かうべをかたむけ御前《ごぜん》を立《たち》。めん〳〵したくに帰りしとかや

寛濶曽我物語　十一巻終（十六ウ）

寛《くわん》濶《くわつ》曽《そ》我《が》物《もの》語《がたり》 目録《もくろく》

十二巻

幻仏《まぼろしのほとけ》 一 草庵《さうあん》の尼衣《あまころも》

〽兄弟《きやうだい》の仏顔《ほとけがほ》
なつかしき昔妻《むかしつま》
かなしきは母《はゝ》の最後《さいご》
哀《あわれ》なる身のうへをしる事

功徳《くどく》 二 女人成仏《によにんじやうぶつ》の法門《ほうもん》

〽一念弥陀仏《いちねんみだぶつ》の
ゑんにひかれ
二の宮《みや》ふうふ
後生《ごしやう》の道《みち》に入事《いる》（目録オ）

力比《ちからくらべ》 三 愛着《あひじやく》の虎《とら》が石《いし》

〽虎《とら》が涙《なみだ》少将《せう〴〵》の夜《よ》るの雨《あめ》
契《ちぎり》くちすば
後《のち》の世《よ》のためし共なれ
朝比奈《あさひな》が力自慢《ちからじまん》もかなわぬ事

神諌《かみいさめ》 四 兄弟《きやうだい》の荒人神《あらひとがみ》

〽此世からの生神《いきがみ》
五月廿八日の
氏子《うちこ》まつり
敵討《かたきうち》の願掛《ねがひかけ》 奉《たてまつる》 御宝前《ごほうぜん》
君《きみ》のめぐみ千代《ちよ》のふる事（目録ウ）

くわんくわつ曽我物語《そがものがたり》　十二巻

一　草庵《さうあん》の尼衣《あまごろも》

無常《むじやう》の風吹《かぜふく》につけなをかなしみの身に当《あたる》心地《こゝち》。つま恋《こい》しくともに死《し》なんとかこつ身を我身ながらとゞめ。文塚《ふみつか》迄の追善《つゐぜん》あんじつにたて。昼夜念仏《ちうやねんふつ》おこたらず後世《ご》のいとなみをねがふ。有夜《あるよ》二人のあま仏前《ふつぜん》にざし暫《しばらく》ねいりぬ。時《とき》は八つの比北《ころきた》のやかげの窓《まど》の辺《ほとり》に。曽我《そが》兄弟《きやうだい》白衣《はくゑ》のすがた玉《たま》の冠《かんむり》。身にはやうらくをかざり光明《かうみやう》かくやくとし枕《まくら》もとにたゝずみ。明音《めうをん》たゞしく誠にふうふのゐんつきず。わずか三年《みとせ》のよしみをわすれず。我ゝが為《ため》に明暮《あけくれ》念仏を申。経《きやう》をよみとむらい給ふ御法《みのり》の声《こへ》暫《しばらく》もまたず。とそつ（一オ）天のないゐんにいたりむゐしんじつのげたつのゐんとは成ぬ。御身立*の恩《おん》はおくまんがうはふる共中ゝほうじがたし。有がたき浄土《じやうど》にいたり。仏果《ぶつくわ》の。道《みち》を兄弟手《きやうたい》を取。九《く》品蓮台《ほんれんだい》にしやうじ成仏《じやうぶつ》する事うたがひなし。是方ゝ《かた〳〵》の信力《しんりき》つよきゆゑなり。人ゝも命《いのち》のかぎりいく程なくかうせんの道にきたらん。左もあらば。極楽《ごくらく》のうてなに半座《はんざ》をわけてまつべしとて。兄弟手をあはし紫雲《しうん》にしやうじ西《にし》の空《そら》ゑ飛《とひ》さりぬ。二人の尼夢《あまゆめ》おどろかせほうぜんとたゝずみ。御跡《あと》をふしおがみ。誠にごぢうの闇《やみ》はれみめうの月ほがらかなりき。釈尊《しやくそん》だにやしゆだらによに別《わかれ》をかなしみ給ひぬ。まして我ゝごときのぼんぶ。殊につみふかき女と生《むま》れ。年月《としつき》恋しと思ひつる御兄弟成仏《じやうぶつ》の面影《おもかけ》。夢《ゆめ》共なく現《うつゝ》共なくまみへ給ひし（一ウ）事の嬉《うれ》しき。契《ちぎり》くちずは来《らい》世にて待《まち》みんとの御声《みこゑ》あり〳〵ときこへてかゑらぬ事ながら猶《なを》むかし恋しく成ぬ。夜《よ》るのさるはかたぶく月にさけび。秋《あき》の虫《むし》はかれ行草《ゆくくさ》にかなしむ。鳥類畜類《てうるいちくるい》だに愛別《あひべつ》りくはなげくぞかし。然共我ゝ。しゐて此道《みち》になげかは。ともに悪道《あくたう》におちん。よく〳〵さとれはまよふは愚知《ぐち》なり。世をさりなは一蓮宅生《いちれんたくしやう》にゐたらんなげき給ふまじとて。しやう〳〵峰《みね》にのぼり花《はな》をつめは虎《とら》は谷《たに》にさがりしきみあかの水をくみぬ。*独《ひとり》が花をさせは独《ひとり》は香《かう》をくゆらせ。ともに仏《ほとけ》の道《みち》をねがひぬ。其比二の宮の太郎吉実《よしさね》は。曽我《そが》兄弟《きやうだい》敵《かたき》祐経《すけつね》をうち。ともに討死《うちじ》にせしと聞しかど。公方《くばう》ゑのはゞかりゆゑ。妻《つま》（二オ）もろおもてむきの追善《つゐぜん》其ことなくてうちすぎぬ。され共七年にあたれりいか成仏事《ふつし》をもなさばやと思ひ。共高来寺《かうらいし》。とらしやう〳〵の庵《いほり》に尋《たつね》来り*安内して奥《をく》に通《とをり》。心をとめてみ給へは来迎《らいかう》の三尊《さんぞん》。左右《さう》にかけし絵像《ゑざう》には兄弟の面影《おもかけ》。あげ羽《は》の蝶村千鳥《てうむらちとり》のひたゝれ着《き》させ。祐経《すけつね》を討《うち》ぬるていをかゝせ。前《まへ》には香《かう》をきらさずちがい棚《たな》には浄土《しやうと》の三部《ふ》経《きやう》。往生要集《わうしやうようしう》つくゑには法花《ほけ》経《きやう》八巻《くわん》。ひらがなにて書《かき》たる過去《くわこ》帳《ちやう》。みるより無常《むじやう》かさなり涙玉をつらぬけり。吉実《よしさね》ふうふの給ひけるは誠に前《ぜん》世のしゆくがうふかく。かゝる追善《つゐぜん》我〳〵とても是程にはならじ。当《あたる》廿八日こそ兄弟の七年にてさふらへは。せめての仏事《ぶつし》をもなし度はる〳〵此所へ来りぬ。心ざしの供養《くやう》をし。仏《ほとけ》のおしゑもきかし給はれ。我人生《いき》はつる身にもあらずとしほ〳〵との給しかは。二人の尼《あま》共に涙をながし。御心指《こゝろさし》の程思ひやられぬ。折《おり》

挿絵第一図

挿絵第二図

〳〵は参り御兄《ごきやう》（二ウ）弟《たい》をみると思ひ御顔《かほ》ばせを見まいらせ度思へ共。吉実《よしさね》様の御心をはかり心ならず今迄もひかゐぬ。哀《あはれ》と思召詞《ことは》のたより共成給はれと。互《たかい》に打《うち》とけ語《かたり》あひ既《すで》に仏前《ぶつせん》にむかい。念仏《ねんぶつ》申さん折から。鬼王《おにわう》兄弟来り人〻に対面《たいめん》し。母君様御最後《こさいご》のよし語《かたり》。此程御物語《かたり》申さん折ふし御前《こぜん》と申。殊にしか〳〵御暇乞《いとまこひ》さゐいたさず立別《たちわかれ》ぬ。何とて是程迄曽我《そが》の家のこんらんせし事我〻とても心ならず。御仏事《ぶつじ》の節《せつ》御廻向《ゑかう》頼申さん為《ため》わざ〳〵しらせ申と。いふよりはや四人めとめを見合なくより外《ほか》はなかりき。二の宮《みやの》太郎涙をとゞめ。伊東《いとう》より討立《うつたち》。段〻《たん〴〵》やゐばをあらそひ死《し》する事ぞふしぎ。かまひてなげかる丶な是前《ぜん》世の約束《やくそく》なるべし。しよせん此うゐは昼夜《ちうや》をわかたづ。念仏《ねんふつ》たぢなく跡《あと》とむらはんより外《ほか》なし。（三オ）

挿絵第一図（三ウ）

挿絵第二図（四オ）

おの〳〵四人は後《こ》世の為発心《ためほつしん》とげられ近比《ちかころ》うらやまし。我も左こそ思へ。未《いまた》おさなき世悴《かれ》のあれはおもふにかひなし。

せめて仏道《ふつたう》のさたをも聞《き》いよ〳〵とく心《しん》すべし。二人のあま立*は法然《ほうねん》上人に相給*ひしと聞《き》たりぬ。ねがはくは後世《ご》の子細《しさい》をもはなし給はれ。一つには仏《ほとけ》の道《みち》びきともなるべしといわれ。さのみ人に語《かたる》ほどの事はぞんぜねども。夜《よ》もすがらのものまぎれに。あら〳〵御物語《ものかたり》申さんとて仏前《ぶつぜん》のひかりをかゝげ先念仏《まつねんふつ》をぞはじめ給ひぬ

二　女人成仏《によにんしやうぶつ》の法門《ほうもん》

念仏ことおわりて後虎《のちとら》のあま申されけるは。仏道《ぶつだう》の義はいさゝかしらぬ事なれど。我《われ》一とせ都《みやこ》にのぼり黒谷《くろたに》に参り法然《ほうねん》上人にあい奉り。有難《ありかたき》御しめしにあづかりし事（四ウ）の有。暫《しはらく》の内《うち》此法門《ほうもん》をはなし申さん。されは生死《しやうじ》の根元《こんけん》を尋ぬるに。一念《ねん》のもふしうにひかれほつしやうの都《みやこ》にいで三界六道《かいろくたう》に生《むま》れ衆生《しゆしやう》とは成ぬ。しかるに地獄《ちごく》のくるしみ。かき道《たう》のかなしみ。畜生道《ちくしやうたう》の思ひ。または天上の五すい。人界《にんかい》の八くひとつとしてうけずといふ事なし。上《かみ》はうちやう天下*《下も》はないりをきはとし。出《いつ》る事なきゆゑるてんの衆生《しゆじやう》とはいゑり。しかれ共しゆくぜんもよふし人間《にんけん》は生《むまれ》ぬ。内《うち》にほんうの仏生《ふつしやう》有。外《ほか》に諸仏《しよぶつ》のひぐわん有。人さらに木石《ほくせき》。にあらず。発心修行《ほつしんしゆぎやう》せはなどか成仏《じやうぶつ》とけざらんや。なれ共我等《われら》ごときの衆生《しゆしやう》は諸経《しよきやう》の徳《とく》にもかなひがたし。末法年法《まつほうねんはう》のごとく。七千余巻《よくわん》の経蔵《きやうさう》に入つら〳〵しゆつりのよう義をあんずるに。けんみつにつけかいこやすからず。ことゝい（五オ）ひ理《り》といひ。修行《しゆぎやう》しゆしがたし。一実《しつ》ゑんゆうの窓《まと》のまゐには。即是《そくぜ》の妙観《めうくわん》に別《わかれ》。三密《みつ》とうたいのうゑにはそんせのせうにうあらはしがたし。世のことはざをはかり浄土《しやうと》をねがひ。他力《たりき》をもて仏《ほとけ》の御名《みな》をとなふ。誠に浄土《しやうと》の経《きやう》もんはぢきし道場《だうぢやう》のもくぞくなり。愚知無知《くちむち》の人誰《たれ》かきせざらん。既《すで》にしやうさうはやく暮《くれ》。かいじやうゑの。三学《かく》は。名のみ残《のこり》てうきやうむにんうみやうむしつなり。殊に女人は五常《ごじやう》三しうとてさはり有身なれは。即身成仏《そくしんじやうぶつ》は扨置。もんぼうけちゑんの

挿絵第三図

為《ため》に霊仏霊社参詣《れいぶつれいしやさんけい》のかなわざる所有。先《まつ》ゑい山はくわんむ天王の御願《ごぐわん》。伝教《てんきやう》大師《たいし》の御建立《ここんりう》。一乗《しやう》の峰《みね》たかく。真如《しんによ》の月ほがらか成といゑ共後生《ごしやう》の闇《やみ》てらす事なし。高野山《かうやさん》はさがの天王の御宇に。弘法大師開基《こうはうたいしかいき》として。八葉《はちやう》（五ウ）の峰《みね》八つの谷《たに》れい〳〵として水《みつ》きよし。され共さんじうのあかをす丶かず。其外和州《ほかわしう》金峰山《きんふせん》の雲《くも》の上《うへ》だいご三井寺白《しら》山しよさ山《ざん》。此御山には女人参詣《さんけい》なりがたし。又御経《きやう》にも。三世諸仏《しよふつ》の眼《まなこ》は。大地におちてくつる共女人成仏《じやうぶつ》する事なし。又有経《きやう》に。女は地獄《ちごく》のつかいよく仏《ほとけ》の種《たね》をたつ。面《おもて》は菩薩《ぼさつ》に似《に》たれ共心《こゝろ》はやしやのごとしと有。されはないでん外《け》でんにきらはれたる身なれど。△弥陀如来《みたによらい》はごくちう悪《あく》人むだ方便《はうへん》とちかひ。別《へつ》にまた女人成仏の願《ぐわん》をおこし給ふ。かほど迄あはれみ給ふを。念《ねん》ぜずきやうせずして又*三津《さんづ》に帰《かへ》らん事。たとゑばぎばか薬《くすり》はもろ〳〵の病《やまひ》をぢすといゑども。きはめて大切《たいせつ》成病《ひやう》人。薬《くすり》ばかりにてはとうたがひのまざる人は。きばへんぢやくもゑきなし。其ごとく悪《あく》がうぼんなふは（六オ）きはめておもし。然るに有難六字《ありかたきろくじ》をうたがふ者《もの》は。△弥陀《みだ》の本願《ぐわん》と釈迦《しやか》の説法《せつはう》むなしかるべし。そも薬《くすり》をうけのまずして死《し》する者《もの》。こんろん山《さん》に行玉《ゆき》をとらず帰り。せんだんの林《はやし》に入。木末《こずへ》をまたずして果《はて》なはこうくわいすると甲斐《かひ》あらじ。五かうしゆい。てうさいやうごう。まんぜんまんぎやう。しよはらみつの功徳《くとく》を三じにおさめ給へり。されは阿字《あじ》十方《はう》三世仏《ふつ》みじ一切諸菩薩《いつさいしよほさつ》。△陀字《だじ》八万しよしやう経《きやう》と申時は。八万きやう法《はう》。諸仏菩薩《しよふつほさつ》の名号《みやうがう》はかうだいの功徳《くどく》となれり。天台《てんだい》にはほつ方《はう》わうの三じん。くうげちうの三躰《さんたい》としやくし。しんらまんざうせんが大地《たいち》△弥陀《みた》にもれたる事なし。是により△弥陀をもつて法門《ほうもん》のあるじとす。じやうゑのきやうにはいとくたり。大りそくせんしやうくどくと説《とき》。法会《ほうゑ》の行《ぎやう》には（六ウ）

挿絵第三図（七オ）

一万三千仏《せんふつ》を。たかさ十丈《しやう》にこがねをもつて十とつくり供養《くやう》するより。一遍《へん》の名号《めうかう》はすぐれぬ。知識《ちしき》のおしゑにしたがい。只念仏《ねんふつ》をとのふれは三ぎ百だいこうの修行《しゆぎやう》をこゑ。ぢんじや無明《むめう》のわうをもだんぜず。ちしぼんふねんそくしやう。ふだんほんなふとくねはんとて。しうゑんの時は一さんゐの心をへんじ。観音勢至《くわんおんせいし》むしゆのしやうじゆ。外仏外菩薩《けぶつけほさつ》くわんぎして。しゆゆのあいだにむゐのほうどゑ参りなは。無辺《むへん》の菩薩《ほさつ》をどうかくとし。正覚如来《しやうかくによらい》を師《し》とし法地《ほうち》にあそび。しゆげに行《ゆき》てあふむしやり。かれうひんかの声《こゑ》を聞《きゝ》。くうむじやうむ四徳波羅密《しとくはらみつ》のさとりをひらき。過去《くわこ》の恩《おん》。清浄《しやうしやう》の父母《ふほ》。妻子《さいし》けんぞく。有縁無縁《うゑんむゑん》の輩《ともから》を道《みち》びかん為《ため》。どうねんみやうくわのほのほにましわり。ぐれん大ぐれんのこほりに入給ふ。（七ウ）けだつの袂《たもと》は安楽《あんらく》とし。さいど利生《りしやう》し給ふべし。但し往生《わうじやう》の定《ぢやう》不定《ふぢやう》は心信《しんじん》の有無《うむ》によるべし。ゆめ〳〵うたがふべからずとおしゑ給ひぬと語《かたり》しかは。二の宮《みや》ふうふかんじ給ひ誠《まこと》に有難法門《ありかたきほうもん》。弥ゝ心信《いよ〳〵しんじん》きもにこたへしかは。今より後《のち》かた〴〵の御弟子《みでし》と成申さんと手をあはしおがみ給ひぬ。日《ひ》も西《にし》に入さ山高来寺《かうらいじ》につく入相《いりあい》の鐘《かね》。名残《なごり》はいつもおなじ事さらはといふて立出二の宮《みや》の里《さと》に帰りぬ。二人の尼《あま》二人法師《ほうし》門送《かどおく》りし。すがたのかくるゝほどみやり涙ながら庵《いおり》に入。初夜《しよや》の礼讃《らいざん》はじめまた念仏《ねんふつ》を申給ひぬ

三　愛着《あいじやく》の虎《とら》が石《いし》

其後虎《とら》しやう〳〵二人の尼《あま》人ゝに別《わかれ》てより。仏名《ぶつみやう》ひまなく月日を送り給ひぬ。され共母うゐ禅師坊《せんじばう》の御最後《さいこ》。かれ（八オ）是打続《うちつゝき》たる物思ひ此身ふたりにとゞめぬ。其中に虎《とら》の尼《あま》つく〴〵思ひけるは。身のうゐをつら〳〵思ふに。山よりおつる谷《たに》の水《みつ》。峰《みね》の嵐《あらし》。発心《ほつしん》の中立《なかたち》。花の色鳥《いろとり》の声《こへ》。おのづから観念《くわんねん》のたよりと成。おもひまはせは初仏《はつふつ》てんべんのことはり。四相《しさう》おんるのならひ。三界《さんかい》より下界《けかい》にいたるまで一つとしてのがるゝ物なし。日月天にめぐりうゐをたんぼにあらはし。かんしよときをたがへす無常《むしやう》を昼夜《ちうや》につくす。されはかんのくわうその三尺の剣《つるぎ》もつゐには他《た》のものとなれり。しんのしくわうていの都《みやこ》もおのづからけいきよくの野辺《のべ》となる。かれ*お思ひ是を見るに。世をのがれ誠《まこと》の道《みち》に入こそ仏道《ぶつだう》のしんじつぞかし。いつ迄草《くさ》のいつ迄もながいきしつみをつくり。身をなげくなどさらに後生《こしやう》のたより共なるまじ。たかきもいや（八ウ）しきも。老《らう》*生不《ふ》生のならひ誰《たれ》か無常《む》をのかるべき。七珍《ちん》万宝《ほう》も皆夢《ゆめ》のうちのたのしみ。かく思ひ出るも仏《ほとけ》のおしゐ。思ひくちずは我一念《わかいちねん》の。いかでむなしく成なんと思ひしより食《しき》をとゞまり。其日の暮《くれ》方より明《あくる》迄庵《いほり》の庭《には》成ける石に座し。西の方にがつしやうし隙《ひま》なく仏名《ぶつみやう》をとなへ昼《ひる》は仏前《ぶつせん》にむかい五月廿日より石をはなれず。仏《ほとけ》にの給はく今迄ねがひし後《ご》生むなしからずは。此身此儘《まゝ》成仏《しやうぶつ》なし給へ。此石すなわち八葉《よう》の蓮花《れんけ》と定《さため》。五月廿八日の夜おのづから石にくちて身まかり給ひぬ。今にいたり東海《とうかい》道の虎が石《いし》とは是なり。少将是を見其儘《まゝ》取付くどきの給ひけるは。今迄も死《し》なは一ッ所と。かはせし事もあだと成。みつからをのこし先立《さきたち》給ひし事ぞうらめし。御身にはおとるまじと常《つね》ゝ仏《ほとけ》を頼《たのみ》し甲斐《かひ》（九オ）

挿絵第四図（九ウ）

挿絵第五図（十オ）

なく。暫《しはらく》にても跡《あと》にとゞまる事ぞかなし。今日迄のせいくわんむなしからすは。今宵《こよひ》をかぎり。我もまた此まゝ往生《わうしやう》なさしめ給へと。仏前《ぶつせん》にむかい身をかこち夜と共なきあかし。明《あく》れは廿九日の夜半《やはん》に涙ながら往生《わうしやう》し給ぬ。誠《まこと》に兄弟《きやうたい》の最後《さいこ》日。しかも一夜をへたて。時《とき》もかはらず日もたがへずはて給ひし事。ためしなきたう人。今にいひつたへる。虎《とら》が涙《なみた》しやう〳〵の夜るの雨とは此時よりぞはじまりぬ。有難《ありかたや》*や西方《さいはう》より紫雲《しうん》たなびき。音楽四方《おんかくよも》にきこゑいきやうくんじ。しやうじゆ来迎《らいかう》ましく〳〵。虎少将《とらしやう〳〵》のなきからを蓮台《れんたい》にせうじ。白雲《はくうん》に乗西《のりにし》の空《そら》ゑ飛《とひ》さり給ひぬ。

挿絵第四図

其後《のち》此里のめん〳〵。彼石《かのいし》を東海道平塚《とうかいたうひらつか》の宿《しゆく》にかき出し。小庵《しやうあん》のむすひ*諸人《よにん》に是をおがませける。海《かい》*道《と》上下の旅人《りよしん》。あるひは馬方籠《かこ》の者《もの》。此所に（十ウ）やすみ力*侍の石ためさんと。めん〳〵立寄あぐるといへ共さらにあからざりき。されは色有男《いろあるおとこ》情《なさけ》有武士《ものゝふ》大礒小礒にかよひ。諸分《しよわけ》よくしれる者《もの》は下郎にても此石あげぬといふ事なし。また田夫《てんぶ》野人のやからなど。金剛力《こんかうりき》を出すといへ共地ばな*もせさりき。恋なき人の手にはあがらじ物をと。かたきちか*をこめたりし。虎御前《とらこせん》の

挿絵第五図

一念《ねん》こりかたまりし石ぞかし。此事鎌倉《かまくら》に沙汰《さた》有。頼朝公《よりともこう》*小大名《しよたいみやう》を御前《せん》に召れ。寸ン方しれたる石。*合力《かうりき》の手にかなわざるはふしきと御し案《あん》のうゐにて。朝比奈《あさひな》の三郎吉秀《よしひて》。二の宮の太郎吉実《よしさね》に仰付られ。右両人が力ためし。是ふしぎの御指図《さしつ》とあやしまぬはなかりき。則見分《すなはちけんぶん》とし。はたけ山の重忠《しけたゝ》上意《ゐ》の趣《おもむき》承り平塚《ひらつか》の宿《しゆく》にいそぎぬ。朝比奈《あさひな》かの石をながめ手をうちわらひ。是程の小石（十一オ）吉秀《よしひて》が片《かた》手にはたるまじ。何をもてあからぬとは風聞《ふうぶん》す。けちらかして見せんと。ゆんでの足《あし》にてはねかゑさんとするにいごかず。こゝろゑぬ事と両手《りやうて》をかけて。おせどもつけ共さらに其甲斐《かひ》なかりき。朝比奈《あさひな》あきれ。いづれからににに*あはぬおもめの石《いし》。暫《しはらく》やすみ申さんに。いづれ成共あげた*給へといふにぞ。二の宮の太郎立寄《たちより》。ゐいといふかけ声《ごへ》もなくさしあけけれは。朝比奈口《あさひなくち》おしくや思ひけん。そこのき候得とて。大あせながしいきをつめ。身をもかけどあがらねはせんかたなくもつきはなし。ぶきやう顔《かほ》にて飛《とひ》しさりぬ重忠《しけたゝ》み給ひ何茂様子《いつれもやうす》はしれたり。力《ちから》あれはとて吉秀《よしひて》此石はあがるましきぞ。二の宮《みや》殿の力まさりたるにもあらじ。菟角《とかく》此段《たん》上聞《ふん》に達《たつ》し。君の御指図《さし》を聞給へ。いさ帰らんと皆〳〵うち（十一ウ）つれ立。君の御前《こせん》に出けるとなり

四　兄弟《きやうたい》の荒人神《あらひとかみ》

其後はたけ山の重忠《しけたゝ》。二の宮朝比奈《みやあさひな》を召連《めしつれ》君の御前《こせん》に出。右之次第《したい》つまびらかにのべ給ひぬ。頼朝《よりとも》御手をうたせ給ひ左こそ有べしと思ひ二の宮《みや》の太郎に申付たり。まつたく吉秀《よしひて》が力おとるにあらず。彼傾城《かのけいせい》大礒《いそ》の虎《とら》とやらんが思ひ。石のうゐにてむなしく死《し》したるよし。もとより色好《いろこのみ》の女にて。祐成《すけなり》と契をこめし。愛着《あひしやく》の一念《ねん》石にとゞまりぬるとみへたり。朝比奈《あさひな》が手におよはさる石を。吉実《よしさね》がひりきにてあかるべきにはあらねど。もとより二のみやは十郎が姉聟《あねむこ》なりき。されは一家《いつけ》のゆかりを思ひやす〳〵とあがりぬ。さも有へきとおもひ指《さし》つかいぬ。是頼朝《よりとも》かすいりやう少《すこし》もたかはず（十二オ）

挿絵第六図

挿絵第六図（十二ウ）

挿絵第七図（十三オ）

きはまりぬ。誠にいやしき遊女《ゆふちよ》なれ共思ひを石《いし》にのこしけるぞふしぎ。殊に兄弟《きやうたい》が富士野《ふしの》にての高名《かうめう》。武士《ふし》の手本

挿絵第七図

共なるべき者《もの》なれ共相果《あいはて》しうゐは是非《せひ》なし。かれといゝ是といひ。心指《こゝろさし》ふかき者共すておかんもいかゞなれは。富士《ふじ》の者共裾野《すその》松風《まつかせ》といふ所に社《やしろ》を立。兄弟の者共を神《かみ》にいはひ。正明荒神《しやうめいかうじん》とあがめゐさせん。則《すなはち》社僧《しやそう》いづれかしかるべしと。御評定《ひやうでう》のうゐにて鬼王団《おにわうとう》三郎二人の入道《にうたう》を召れ。右之趣《おもむき》仰出され社領《しやりやう》とし富士野裾野《ふしのすその》。松風《まつかせ》の庄《しやう》を三百丁下《くだ》されけるにぞ。二人の入道かんるいをながし我君を千度《ちたひ》らいし。誠に親《おや》の敵《かたき》を討《うち》おゝせ。其うへ神《かみ》の位《くらゐ》を給はる事。あつばれ曽我《そが》の御《こ》兄弟《きやうたい》はためしまれなる人〻。殊に我〻を普代《ふたい》の下人と思召。守護《しゆご》仕れとの御上身*（十三ウ）にあまりての悦《よろこひ》。此うゐのねがひ何事か有べきとて。御暇《いとま》申御前《こせん》を立けるにぞ。御ふしん奉行《ふぎやう》としゐがらの平太承り。大工之頭領《たいくのとうりやう》杢《もく》の守《かみ》。*人部《にんふ》あまた手を入替《いれかへ》。昼夜《ちうや》をわかず兄弟《きやうたい》の社玉《やしろたま》の鳥井玉《とりゐたま》の橋《はし》。四方四面《しほうしめん》には種〻《しゆ〴〵》のほり物。手をつくし。金物《かなもの》づくめいらかをのべたるごとく成き。社人《しやにん》あまた拝殿《はいてん》にならび。御湯御神楽《みゆみかぐら》をさゝげ。氏子《うちこ》よりかけ奉る絵馬《ゑま》ちやうちん数《かず》をしらず。参詣《さんけい》の男女袖《なんによそて》をつらね願《ねかひ》をかけざるはなかりき。殊に敵《かたき》ねろふ者《もの》此みやに詣《もふで》。一七日心信《しんしん》をこらし。いのるにほんもうとけざるといふ事なし。毎年《まいねん》五月廿八日には神《かみ》いさめの神事《じんじ》。*近郡近在《きんがうきんざい》われも〳〵と出立。

かつちうをたいし弓矢《ゆみや》のひきめを揃《そろへ》。鑓長刀《やりなきなた》のさやをはづし血《ち》まつりをはじめぬ。其外の作《つくり》花作人形《にんぎやう》。めん〳〵
（十四オ）手をつくし我おとらじといさめて。今にたゑせぬ兄弟《きやうだい》の宮《みや》。是則《これすなはち》正明荒神《しやうめいかうしん》。利生《りしやう》あらたにして有難《ありかたき》
御代《みよ》の春《はる》君をいわひて千秋万歳《せんしうはんぜい》つきぬは曽我《そか》の物語《ものかたり》ぞかし

寛濶曽我物語　十二巻終

元録*十四歳
己
初春吉祥日

大坂南本町弐丁目
万屋仁兵衛　板
大坂高麗橋筋西
油屋 与兵衛 藤七良 開板（十四ウ）

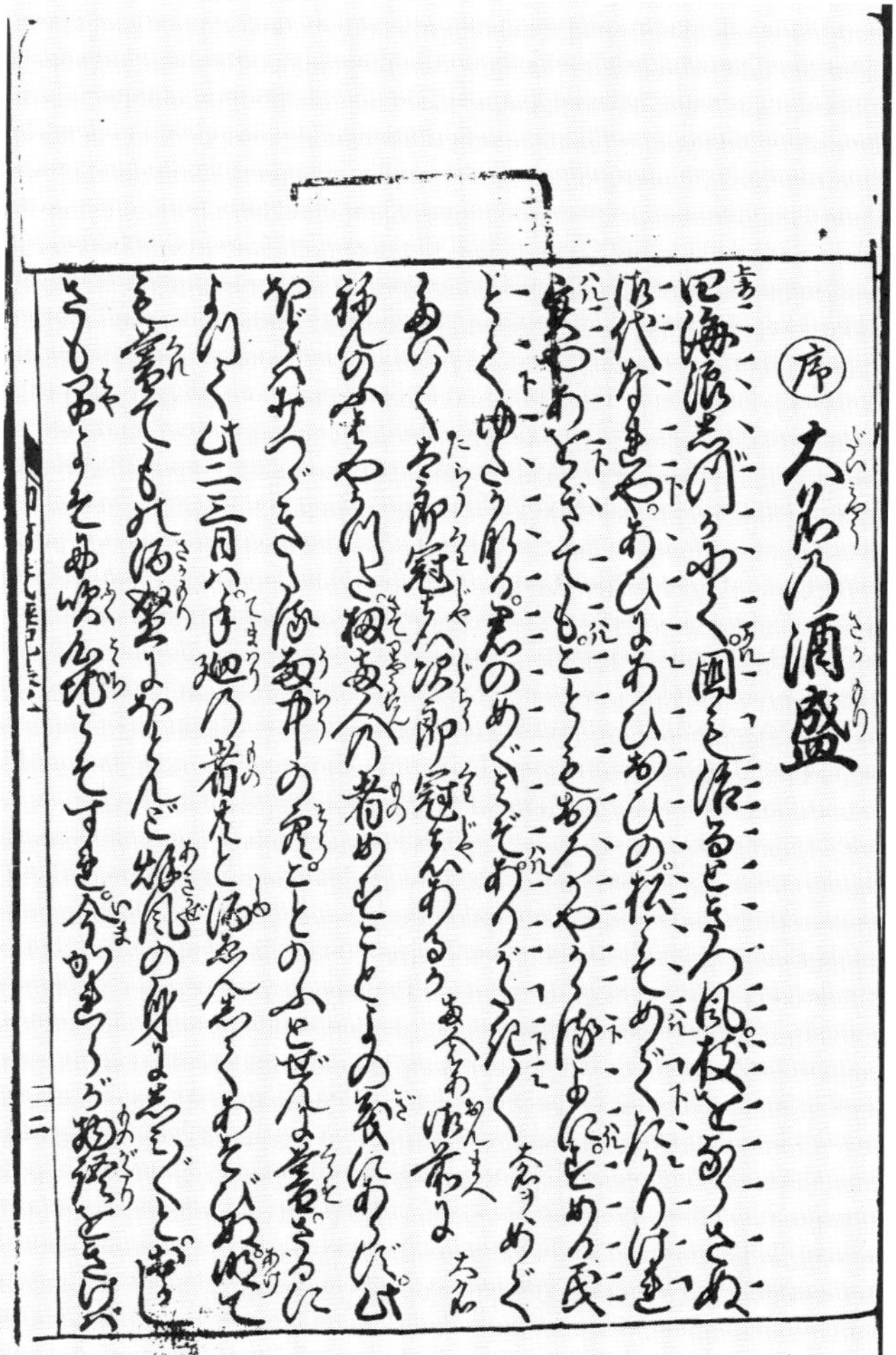

『御前義経記』一之巻二オ

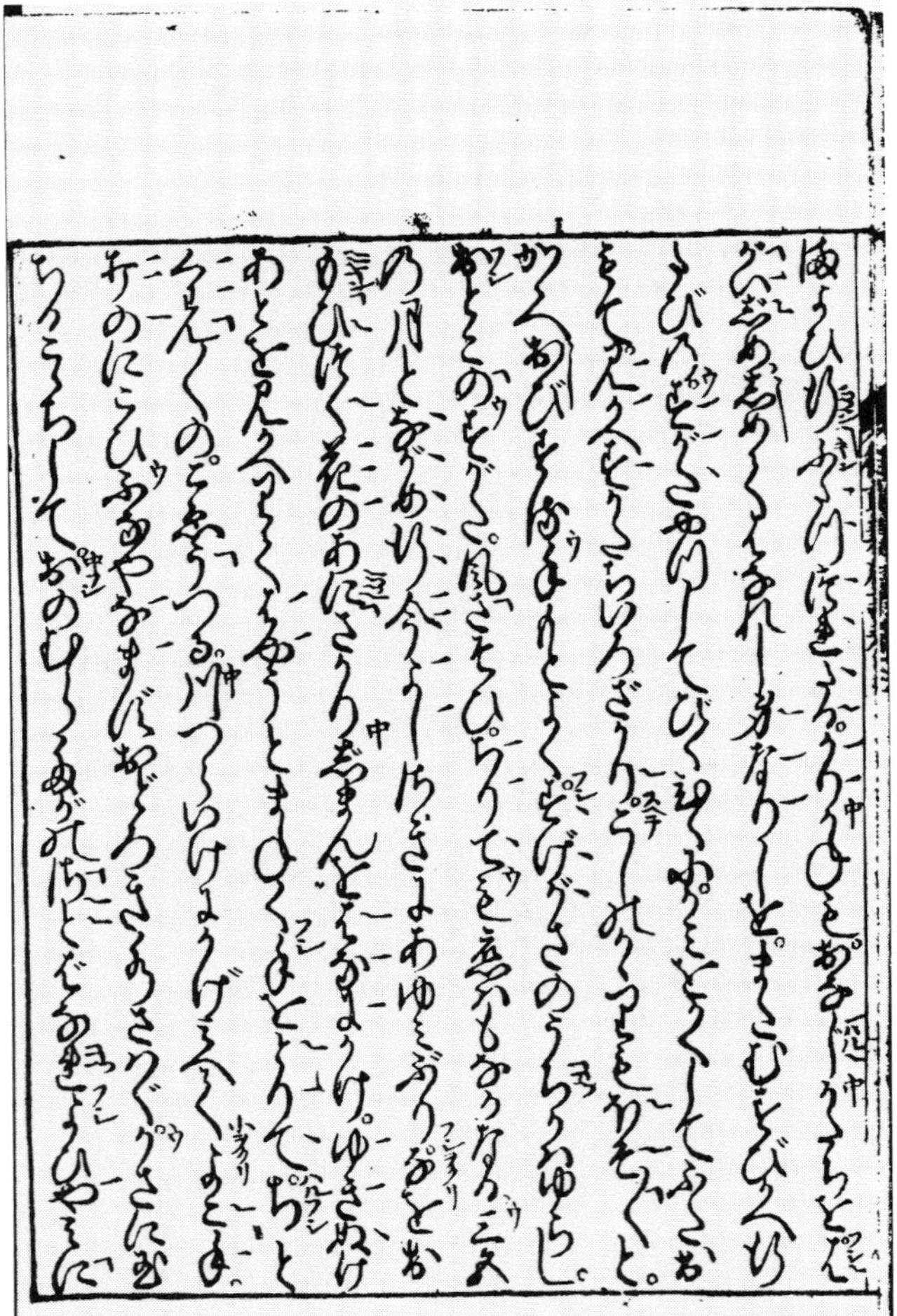

『御前義経記』三之巻八ウ

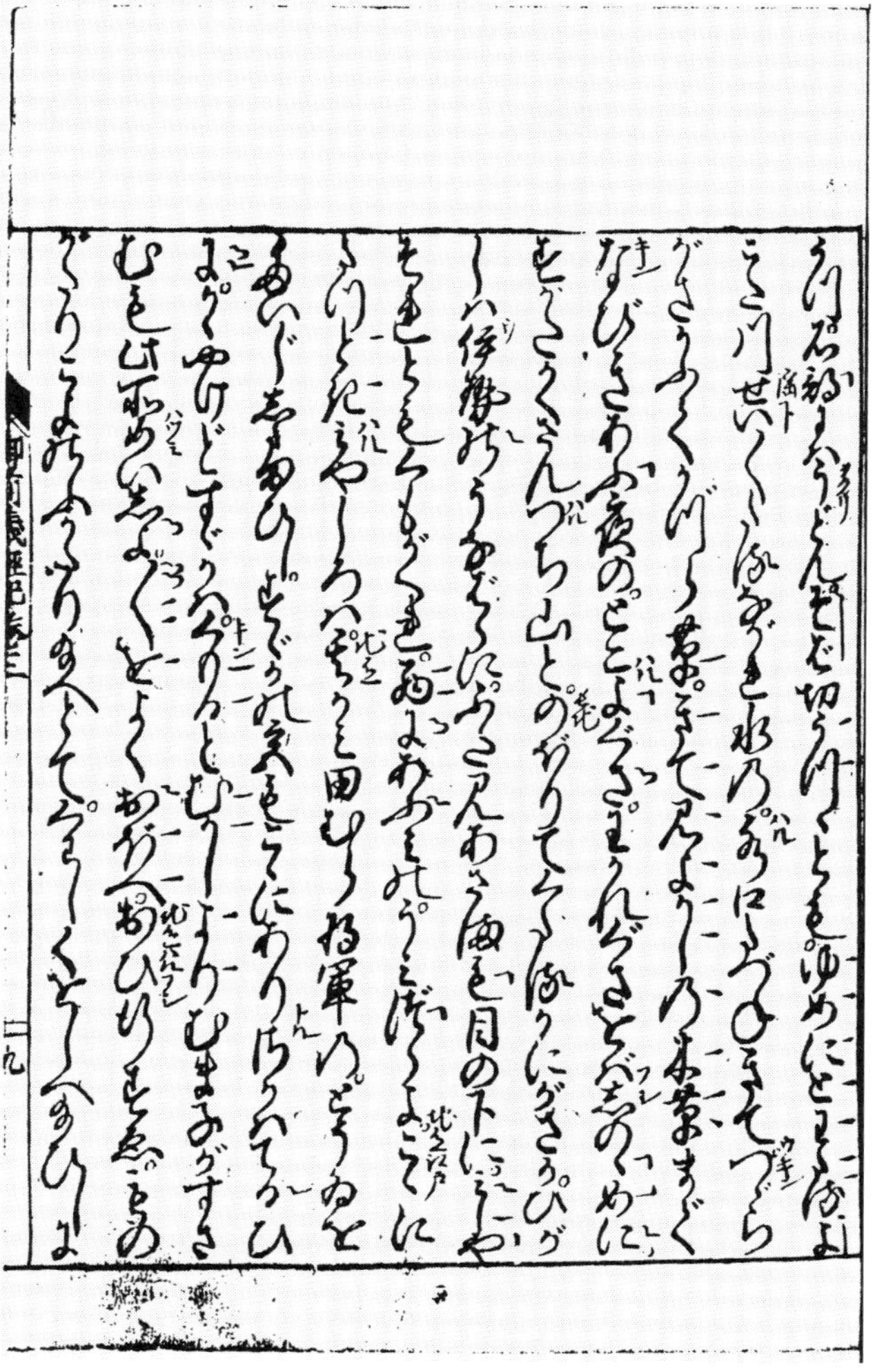

『御前義経記』三之巻九オ

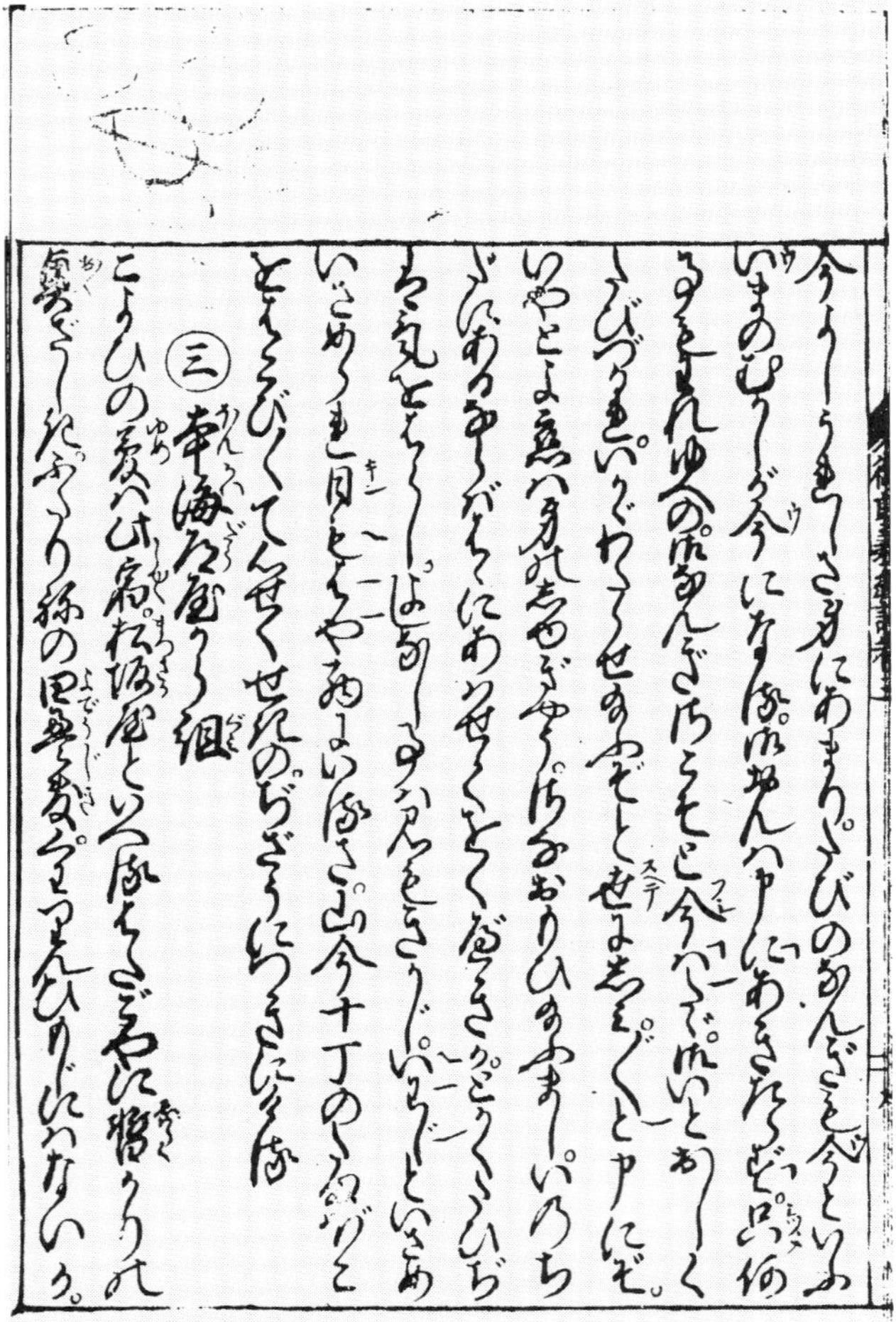

『御前義経記』三之巻九ウ

解　題

新色五巻書　大本五巻五冊　早稲田大学中央図書館蔵

表紙　改装薄縹色表紙（菊唐草模様の空押）。縦二十三・〇糎横十七・三糎。

本文　四周単辺。縦十九・三糎横十四・四糎。半丁十三行毎行二十八字前後。

構成　一之巻十八丁（序一丁〈丁付ナシ〉、目録一丁「目録」、本文十六丁「一－十六」）。

二之巻十九丁（目録一丁「目録」、本文十八丁「一－十、十一十二、十三、十四ノ十五、十六、後ノ十六、十七－十九」）。

三之巻十八丁半（目録一丁「目録」、本文十七丁半「一－十八〈表〉」）。

四之巻十七丁（目録一丁「目録」、本文十六丁「一－十六」）。

五之巻十九丁（目録一丁「目録」、本文十七丁半「一－十八〈表〉」、奥付半丁「十八〈裏〉」）。


挿絵　一之巻見開三面（三ウ四オ、六ウ七オ、十三ウ十四オ）、半丁二面（九オ、十一オ）。

二之巻見開三面（三ウ四オ、六ウ七オ、後ノ十六ウ十七オ）、半丁二面（九オ、十一十二ウ）。

三之巻見開二面（三ウ四オ、六ウ七オ）、半丁四面（九オ、十一オ、十三オ、十六オ）。

四之巻見開三面（三ウ四オ、七ウ八オ、十四ウ十五オ）、半丁二面（十オ、十二オ）。
五之巻見開三面（二ウ三オ、五ウ六オ、十三ウ十四オ）、半丁二面（八オ、十オ）。

題　簽　欠（各巻左肩に剥落跡あり）。

序　題　「新色五巻書《しんしきごくはんしよ》序」。

目録題　「新色五巻書《しんしきごくはんしよ》　高瀬川《たかせかわ》こり木の焰《ほむら》」（一之巻）。
「新色五巻書《しんしきごくわんしよ》　心中あかねの染衣《そめきぬ》」（二之巻）。
「新色五巻書《しんしきごくわんしよ》　現《うつゝ》に渡《わた》るなまぜ川」（三之巻）。
「新色五巻書《しんしきごくわんしよ》　対馬《つしま》の舟長情《ふなおさなさけ》之《の》命《いのち》」（四之巻）。
「新色五巻書《しんしきごくはんしよ》　武蔵野《むさしの》まぼろしの邪婬《じやゐん》」（五之巻）。

板　心　「好色五巻書巻」（序）、「好色五巻書巻一（～五）（丁数）」。

句　読　序・一之巻・二之巻は、ほとんどが「。」で一部「・」。三之巻～五之巻は「。」「・」が混在。

署　名　難波書生芦仮葺与志（序文末）。

画　者　蒔絵師源三郎風。

刊　記　「元禄十一戊寅歳／清月吉日／大坂南本町弐丁目／万屋仁兵衛板行」。

蔵書印　「□倉通／□屋利兵衛／□□上ル」（方印、ただし墨消）、他に貸本屋印。

備　考　底本は天地を化粧断ちして改装している。判読できない箇所は、後掲立教大学図書館蔵完本で補った。底本は挿絵に一部落書きがあるが、敢えて使用した箇所について以下に記す。

三之巻第二図　旅僧の頭髪　**同第六図**　三人の僧侶の頭髪と旦那衆のうち左端の男の髷　**同第七図**　四

人の僧侶の頭髪と後家の目　同第八図　旅僧の頭髪　**四之巻第三図**　女物の着物に頭・手足　**五之巻**
第一図「しんた〳〵」　**同第二図**「ねむたひ」

諸　本　底本（請求記号へ十三・四一九八）の他、早稲田大学中央図書館蔵別本（同へ十三・一四四八、一・二之巻二冊存）、立教大学図書館蔵江戸川乱歩旧蔵本（完本と二之巻一冊存端本、ともに題簽欠）、長友千代治蔵本（一之巻一冊存、青色原表紙、題簽欠）がある。早大別本は墨色原表紙に原題簽を存する。「□□色五巻書（以下判読不能）」（一之巻）、「□新色五巻書　心中／あかねの（以下判読不能）」（二之巻）とあり、角書・外題の下に、目録題下にある副題を記したものと推測される。

現存箇所を比較する限り、すべて同版である。このうち長友本・早大別本・立大端本が比較的早印、完本二種はやや下る印本とみなされる。なお早稲田大学蔵資料影印叢書「浮世草子集　三」（平成五年　早稲田大学出版部刊）の『新色五巻書』解題（中嶋隆氏）も参照されたい。

余　説　本書は一風の浮世草子処女作である。西鶴作『好色五人女』の影響を受け、各巻とも実際の情痴事件に取材したものである。その考証は日本古典文学大系「浮世草子集」（昭和四十一年　岩波書店刊）野間光辰氏解説に詳しい。描写が煽情的で猥雑との評があるが、演劇的興味を導入して当時の好色物に新味を出そうとした一風の工夫を見るべきであろう。なお、序の署名は一風の初号。

御前義経記　大本八巻合二冊　国立国会図書館蔵

表　紙　砥粉色布目地格子刷毛目改装表紙（上に帝国図書館覆表紙）。縦二十六・三糎横十七・六糎。

本　文　四周単辺。縦二十・二糎横十五・三糎。半丁十二行毎行二十五字前後。

構　成　一之巻二十丁（目録一丁「一」、本文十九丁「二―十二、〔十三〕、〔十四〕、十五―廿一」）。〔十三〕ウ〔十四〕オ底本欠落。

二之巻二十丁半（目録一丁「一」、本文十九丁半「二―十八、〔十九〕、廿、廿一」）。〔十九〕オ底本欠落。

三之巻二十二丁（目録一丁「一」、本文二十一丁「二―廿二」）。

四之巻二十丁（目録一丁「一」、本文十九丁「二―廿終」）。

五之巻二十丁半（目録一丁「一」、本文十九丁半「二―〔廿一〕〈表〉」）。

六之巻十八丁半（目録一丁「一」、本文十七丁半「二―〔十九〕〈表〉」）。

七之巻十九丁（目録一丁「一」、本文十八丁「二―十九」）。

八之巻二十二丁半（目録一丁「一」、本文二十一丁半「二―〔廿三〕〈表〉」）。

挿　絵　一之巻見開一面（三ウ四オ）、半丁三面（七オ、十一オ、十九オ）。〔十三〕ウ〔十四〕オ見開一面底本欠落。

二之巻見開二面（三ウ四オ、十ウ十一オ）、半丁二面（八オ、十五オ）。〔十九〕オ半丁一面底本欠落。

三之巻見開三面（七ウ八オ、十二ウ十三オ、十六ウ十七オ）、半丁二面（四オ、廿オ）。

四之巻見開二面（十二ウ十三オ、十六ウ十七オ）、半丁二面（四ウ、八オ）。

五之巻見開三面（三ウ四オ、八ウ九オ、十六ウ十七オ）、半丁一面（十一オ）。

六之巻見開二面（三ウ四オ、十五ウ十六オ）、半丁二面（八オ、十二オ）。

七之巻見開三面（四ウ五オ、八ウ九オ、十二ウ十三オ）、半丁一面（十七オ）。

八之巻見開三面（四ウ五オ、八ウ九オ、十三ウ十四オ）、半丁一面（十八オ）。

題　簽　合綴した表紙中央に後補書題簽「風流御前義経記　上（下）」。下冊題簽には、朱筆で「元録（ママ）十三年印本」と記し、「椿年」の朱印あり。また、覆表紙左肩にも後補双辺書題簽「御前義経記　巻一～四　上（巻五～八下）」を貼付。

目録題　一之巻「御前義経記《ごぜんぎけいき》　鞍馬山入《くらまやまいり》　夢《ゆめ》のみなし子《ご》」（一オ）、「風流義経記《ふうりうきけいき》」（一ウ）。
二之巻「御前義経記《ごぜんきけいき》　嶋原《しまばら》の能《のう》　今様女郎弁慶《いまやうぢよらうべんけい》」。
三之巻「御前義経記《こせんぎけいき》　東海道《とうかいだう》　当世《たうせい》十二だん」。
四之巻「御前義経記《ごぜんぎけいき》　江戸吉原《ゑどよしはら》　けいせいあやつり」。
五之巻「御前義経記《ごぜんぎけいき》　難波津風呂《なにはづふろ》屋　勧進帳《くはんじんちやう》」。
六之巻「御前義経記《ごぜんぎけいき》　新町《しんまち》の女郎《ぢよらう》　八嶋《やしま》の素読《そよみ》」。
七之巻「御前義経記《ごぜんぎけいき》　幡州室《ばんしうむろ》の湊《みなと》　吉野忠信《よしのたゞのぶ》」。
八之巻「御前義経記《ごぜんぎけいき》　下の関　うつゝの高館」。

内　題　「御前義経記《こぜんぎけいき》　読初《よみはじめ》　太郎冠者作《たらうくはじやさく》」（一之巻八ウ）。

尾　題　「御前義経記巻一（～三）終」、「四終」、「御前義経記五（～七）之終」。八之巻は尾題なし。

板　心　「御前義経記巻一（～八）（丁付）」。上のみ黒魚尾あり。丁付の上に二本線。

句　読　「。」、稀に「・」混。

署　名　浮太郎冠者《うかれたらうくはじや》実名与志（序文末）。

画　者　蒔絵師源三郎風。水谷不倒氏『古版小説挿画史』（『水谷不倒著作集』第五巻　昭和四十八年　中央公論社刊）による。

刊　記　「元禄十三辰歳／三月大吉祥日／大坂　油屋与兵衛／万屋仁兵衛／雁金屋庄兵衛／京　上村平左衛門刊板」。

広　告　なし。

蔵書印　「東京図書館蔵」（方印）、「図／明治二四・三・九購求」（円形）。「No.435／XXIV」（ペン書）。下冊題簽に「椿年」（長方印）。

備　考　原題簽は双辺左肩「風流御前義経記　一（～八）」。東京大学総合図書館蔵霞亭文庫本と早稲田大学中央図書館蔵A本による。この二本は全巻原題簽をもつが、霞亭文庫本は角書に破損があり、早大A本は四之巻の書名部分を欠く。原題簽は字体の相違により、巻一・巻四、巻二・巻七、巻三・巻五、巻六・巻八の四種に大別できる。求版本も含め、他の諸本でこれと異なるように見えるのは、巻数部分を墨書でなぞり改竄したためと認められる。

底本は挿絵に欠落があり（一之巻十三ウ十四オ、二之巻十九オ）、四之巻挿絵の匡郭下角を破損する。これらは早稲田大学中央図書館蔵A本を使用した。他にも綴じが深いために、早大A本を使用した挿絵がある。また、参考図版として、節付を有する箇所（一之巻二オ、三之巻八ウ・九オ・九ウ）を掲げたが、このうち三之巻八ウ・九オ・九ウも、同様の理由から、早大A本を使用した。

なお、組版の都合により、各巻目録の体裁を改めた。原本では、章題が副題の上に位置する。

本書は、宝永三年増修丸屋源兵衛刊『増益書籍目録大全』の「こ　かな」の部に、版元「上村平」、値段「六匁五分」として記載される。

諸　本　(イ)初印本　底本の他に、早稲田大学中央図書館蔵A本（へ十三・一六八二、香色原表紙八巻八冊、原題簽〈四之巻は書名部分破損〉、八之巻「三」丁欠落、饗庭篁村旧蔵）、東京大学総合図書館蔵霞亭文庫本（縹

色原表紙八巻八冊、原題簽）、東京大学教養学部図書館蔵本（八巻八冊。取り合わせ本で、一之巻縹色原表紙、題簽欠。二〜八之巻香色原表紙、六之巻は後補書題簽、他巻は原題簽だが破損著しく巻数等を墨書）、京都大学文学部図書室蔵本（八巻八冊。取り合わせ本で、七之巻は改装表紙、題簽欠。他巻は縹色原表紙、うち三・四・五・八之巻に原題簽が残るが破損著しく巻数等を墨書）、東京都立中央図書館蔵加賀文庫本（改装八巻八冊。うち一〜四・六之巻は原題簽が残るが破損あり巻数等を墨書。題簽を中央に貼付するが、改装を経ており、原態の位置か疑問）。初印本には香色表紙本と縹色表紙本と二系統あるが、印次の前後は決め難い。同じ香色表紙本であっても、早大A本は刷りの状態が良好なのに対し、東大教養学部本（二〜八巻）には不鮮明な箇所がある。なお、早稲田大学中央図書館蔵B本（ヘ十三・二〇五一、二〜四之巻三冊のみ存、各巻を上・中・下と改装、後補書題簽）は刊記不明ながら、四之巻に後述の改刻が見られないため初印本に含める。

(ロ)宝永六年求版本　慶應義塾図書館蔵本（香色原表紙八巻八冊、果園文庫旧蔵）。一之巻「一」・「二」・「四」・「八」・「十八」・「十九」丁の計六丁欠落。全巻原題簽をもつが、巻数部分は破損あるいは墨書され、順序が原態のままとは認め難い。例えば、現状の五之巻題簽は、「四」と刷られた巻数の左側に「五」と墨書され、転用が明らかである。刊記「宝永六己丑年／正月大吉祥日／江戸日本橋／万屋清兵衛／大坂　雁金屋庄兵衛／大坂高麗橋天王寺屋／大冨三良助板」。初印本の刊記を全て削除し、新たに入木する。

この本には、四之巻「五」〜「十二」丁に覆刻による異同がある。まず、本文部分の異同は、次のとおりである。算用数字は原本の行数を表し、誤刻には本文凡例に準じ「＊」を付した。

五オ3　多門天《たもんでん》↓ルビ「でん」欠　五オ9　善《ぜん》↓ルビ欠　五オ9　多門天《たもんでん》↓ルビ欠　五オ12　休斎見

て。↓句読欠　五ウ2　旦那《だんな》↓ルビ「たんな」　五ウ4　おかし。↓句読欠　五ウ4　是非《ぜひ》↓ルビ「ぜ」欠　五ウ7　今義《いまよし》↓ルビ「いま」欠　五ウ9　浮嶋《うきしま》↓ルビ「しま」欠　五ウ10　東西《とうざい》↓ルビ欠　五ウ10　松原《まつはら》↓ルビ欠　五ウ11　伊豆《いづ》↓ルビ欠　五ウ12　陣《ぢん》↓ルビ「ちん」　五ウ12　奥州《おうしう》↓ルビ欠　六オ1　つゐとうの為。↓句読欠　六オ1　夜《よ》↓「夜」を不正字に誤刻しルビ欠　六オ2　ついで↓ついて　六オ3　院宜《いんぜん》*↓ルビ「いん」欠　六オ6　父《ちゝ》↓ルビ欠　六オ8　其《その》↓ルビ欠　六オ8　風情《ふせい》↓ルビ「ふうせい」　六オ12　人界《にんがい》↓ルビ「にんかい」　六ウ2　中場《なかば》↓ルビ「なか」欠　六ウ6　三つ星《ぼし》↓ルビ「ほし」　六ウ6　岡崎《おかざき》↓ルビ欠　六ウ7　越《こし》↓ルビ欠　六ウ9　身にあまり。↓句読欠　六ウ11　其《その》↓ルビ欠　六ウ12　なみだ川《がは》↓ルビ欠　七オ1　品川《しながは》↓ルビ「がは」欠　七オ2　腰《こし》↓ルビ「こ」欠　七オ2　日本橋《ばし》↓ルビ欠　七オ2　何町目。↓句読欠　七オ3　三つ星《ぼし》↓ルビ欠　七オ3　今義《いまよし》↓ルビ「いま」欠　七オ3　すぐに↓すくに　七オ5　とをる。↓句読欠　七オ5　御くだり。↓句読欠　七オ6　程《ほど》↓ルビ欠　七オ6　主従《しうじう》↓ルビを「しう〲」とし「し」の字母異（「志」を「之」とす）　七オ7　あるべし↓あるへし　七オ8　近比満足《ちかころまんぞく》↓ルビ欠　七オ8　一言《ごん》↓ルビ欠　七オ8　種《しゆく》↓ルビ「し」字母異（「志」を「之」とす）　七オ9　父《ちゝ》↓ルビ欠　七オ10　屋形《やかた》↓ルビ欠　七オ10　声《こゑ》↓ルビ「こへ」　七オ11　くゆらし。↓句読欠　七オ12　時節《じせつ》↓ルビ欠　七オ12　父《ちゝ》↓ルビ欠　七オ12　成仏《じやうふつ》↓ルビ「ふつ」欠　七ウ1　あるまじ↓あるまし　七ウ1　念仏《ねんぶつ》↓ルビ欠（慶應義塾本「仏」に破損あり、後掲正徳二年求版本により補う）　七ウ2　増上寺《ぞうじやうし》↓ルビ「ぞうじやうじ」　七ウ3　三つ星《ぼし》↓ルビ「ほし」　七ウ5　涙《なみだ》↓ルビ欠　七ウ5　折《おり》↓ルビ欠　七ウ6　猶《なを》↓ルビ欠　七ウ6　声《こゑ》↓ルビ欠　七ウ8　詠《ながめ》↓「詠」不正字に誤刻　七ウ9　行《ゆく》↓ルビ欠　七ウ10　小紫庵《こしあん》↓ル

ビ「こ」欠　七ウ11　木仏《もくぶつ》→ルビ欠　七ウ11　香花《かうけ》→ルビ「け」欠　七ウ12　帳→字形異　七ウ12
三味線《さみせん》→ルビ「さ」欠　七ウ12　歓楽《くわんらく》→ルビ「らく」欠　八ウ12　こそ→字形異（「こ」の二画目を略
し「そ」に続ける）　九オ1　同《おな》じ→ルビ欠　九オ1　浮世《うきよ》→ルビ欠　九オ1　同《おな》じ→同《おな》し　九オ
1　只《たゞ》面影《おもかけ》の→ルビ欠　九オ2　袖《そで》→ルビ欠　九オ2　涙川《なみたがは》→ルビ「がは」欠　九オ6　為《ため》→ルビ
欠　九オ6　物語《ものがたり》→ルビ「もの」欠　九オ6　うけがたき→「き」の下に句読「。」追加　九オ6
人界《にんがい》→ルビ「かい」（「にん」欠）　九オ7　家《いゑ》→ルビ欠　九オ8　あらず。→句読欠　九オ8　中《なか》→
ルビ欠　九オ8　河竹《かはたけ》→ルビ欠　九オ9　柴屋町《しばまち》→ルビ「しば」「まち」欠　九オ9　身請《みうけ》→ルビ
「うけ」欠　九オ10　見世《みせ》→ルビ「み」欠　九オ10　年毎《としごと》→ルビ「とし」欠　九オ11　さびしき→さ
ひしき　九オ11　旅《たび》→ルビ「たひ」　九オ12　くだりぬ→くたりぬ　九オ12　衆《しゆ》→ルビ欠　九オ12
方《かた》→ルビ欠　九ウ1　残《のこ》る→ルビ欠　九ウ1　都《みやこ》→ルビ欠　九ウ2　日《ひ》→ルビ欠　九ウ3　観音《くわんおん》
→ルビ欠　九ウ3　目黒《めぐろ》→ルビ「め」欠　九ウ4　堺町《さかいてう》→ルビ「てう」欠　九ウ4　気《き》→ルビ欠
九ウ4　手代衆《てだいしゆ》→ルビ欠　九ウ5　手前《てまへ》→ルビ「て」欠　九ウ6　外《ほか》→ルビ欠　九ウ6　一両年《りやうねん》→
ルビ欠　九ウ7　嶋原《しまばら》→ルビ欠　九ウ8　請出《うけ》し→ルビ欠　九ウ8　草《くさ》→ルビ欠　九ウ9　若生《わかばへ》→
ルビ「わかはへ」　九ウ12　以前《いぜん》→ルビ「い」欠　九ウ12　世《よ》→ルビ欠　十オ1　定《さだめ》→ルビ「さため」
十オ1　跡《あと》→ルビ欠　十オ3　小紫《こむらさき》→ルビ「こ」欠　十オ6　栄花《ゑいぐわ》→ルビ「ゑいくわ」　十ウ2
権之介《ごんのすけ》→ルビ欠　十ウ2　それかと。→句読欠　十ウ3　涙《なみだ》→ルビ欠　十ウ8　たがはず→たかはず
十ウ8　権《ごん》之介→ルビ「こん」　十ウ9　*私《わたくじ》→ルビ欠　十ウ9　三津氏《みつうぢ》→ルビ欠　十ウ9　今義《いまよし》→ル
ビ欠　十ウ10　名日《めいにち》→ルビ欠　十ウ12　様子《やうす》→ルビ「ようす」　十一オ1　明日《めうにち》→ルビ欠　十一オ

『御前義経記』（慶應義塾図書館蔵本）四之巻、八オ（右）・十二ウ（左）

1 人〳〵。↓句読欠　十一オ1 御追善《ついぜん》↓ルビ「こついぜん」　十一オ4 仕合《しやはせ》↓ルビ「し」字母異（「志」を「之」とす）　十一オ4 然《しから》ば↓ルビ「し」字母異（「志」を「之」とす）　十一オ4 明日《めうにち》↓ルビ欠　十一オ6 山伏《やまぶし》↓ルビ「やまふし」　十一オ9 座敷《ざしき》↓ルビ「さしき」　十一オ11 とにも↓「に」字形異　十一オ12 新《しん》町↓ルビ「し」字母異（「志」を「之」とす）　十一ウ8 色《いろ》↓ルビ欠　十一ウ9 揚《あげ》屋↓ルビ「あけ」　十二オ1 仏事《ぶつじ》↓ルビ「ふつじ」　十二オ1 座敷《ざしき》↓ルビ欠　十二オ8 扇子《あふぎ》↓ルビ「あふき」　十二オ9 女郎《ぢよらう》↓ルビ欠　十二オ12 命《いのち》↓ルビ欠

また、挿絵部分（八オ・十二ウ）では、顔の改刻、衣服の模様の変更等が見られる（図版参照）。板心部分には異同は認められない。

(ハ)正徳二年求版本　本文と挿絵は宝永六年求版本に同じ。刊記を全て削除、入木訂正する。西尾市岩瀬文庫本（改装八巻八冊、題簽欠、八之巻「一」丁欠落）、東北大学附属図書館蔵狩野文庫本（改装八巻八冊、五・七之巻原題簽〈巻数を墨でなぞる〉、他は後補書題簽、四之巻は剥離した原題簽を保存）。刊記「正

徳二壬辰年／九月大吉祥日／大坂心斎橋　秋田屋徳右衛門板」。

なお、安永三～八年頃の製作と推定される（長谷川強『浮世草子考証年表』　昭和五十九年　青裳堂書店刊）大坂和泉屋卯兵衛蔵板目録に本書が載るが、和泉屋刊の明証のある伝本は未確認。『板木総目録株帳』に本書の記載は見当たらない。

余　説　早稲田大学蔵資料影印叢書「浮世草子集　三」の『御前義経記』解題（倉員正江）も参照されたい。

本書は『義経記』の翻案作であり、主人公元九郎今義は源九郎義経の当世化である。八巻八冊という巻数も流布本『義経記』にならう。一風の採った翻案の方法は、当時の演劇、特に「義経東六法」等の浄瑠璃からの影響が色濃く、これを「やつし」と称する（長谷川強『浮世草子の研究』　昭和四十四年　桜楓社刊）。典拠となった作品は『義経記』に限らず多岐にわたり、義経関係の謡曲・幸若舞曲・浄瑠璃はもとより、義経とは無関係な歌舞伎「けいせい仏の原」まで利用する。典拠に関しては、藤井乙男氏評釈江戸文学叢書「浮世草子名作集」（昭和十二年　大日本雄弁会講談社刊）および長谷川強（前掲書）が詳細に指摘。井上「『御前義経記』の素材と方法」（『江戸文学』23　平成十三年六月刊）、「『御前義経記』における『浄瑠璃御前物語』利用」（冨士昭雄氏編『江戸文学と出版メディア』　平成十三年　笠間書院刊）が、これに若干を補う。

寛濶曽我物語　大本十二巻十二冊　天理大学附属天理図書館蔵

表　紙　薄茶色原表紙。縦二十六・一糎横十八・四糎。

本　文　四周単辺。縦二十・六糎横十五・五糎。半丁十二行毎行二十七字前後。

構成　一之巻十九丁（目録一丁「目録」、本文十八丁「一―十八」）。
二之巻十九丁（目録一丁「目録」、本文十八丁「一―十八」）。
三之巻二十丁半（目録一丁「目録」、本文十九丁半「一―廿〈表〉」）。
四之巻二十丁半（目録一丁「目録」、本文十九丁半「一―廿〈表〉」）。
五之巻二十丁半（目録一丁「目録」、本文十九丁半「一―廿〈表〉」）。
六之巻二十一丁半（目録一丁「目録」、本文二十丁半「一―廿一〈表〉」）。
七之巻二十二丁（目録一丁「目録」、本文二十一丁「一―廿一」）。
八之巻二十丁（目録一丁「目録」、本文十九丁「一―十九」）。
九之巻十七丁（目録一丁「目録」、本文十六丁「一―十六」）。
十之巻十七丁（目録一丁「目録」、本文十六丁「一―三、七、四―十五」）。
十一之巻十七丁（目録一丁「目録」、本文十六丁「一―十六」）。
十二之巻十五丁（目録一丁「目録」、本文十四丁「一―十四」）。

挿絵　一之巻見開三面（三ウ四オ、十ウ十一オ、十四ウ十五オ）、半丁一面（七オ）。
二之巻見開三面（三ウ四オ、七ウ八オ、十五ウ十六オ）、半丁一面（十二オ）。
三之巻見開三面（七ウ八オ、十一ウ十二オ、十五ウ十六オ）、半丁一面（四オ）。
四之巻見開三面（三ウ四オ、七ウ八オ、十一ウ十二オ）、半丁一面（十六オ）。
五之巻見開四面（三ウ四オ、七ウ八オ、十一ウ十二オ、十五ウ十六オ）。
六之巻見開三面（七ウ八オ、十一ウ十二オ、十五ウ十六オ）、半丁一面（四オ）。

七之巻見開三面（三ウ四オ、十一ウ十二オ、十六ウ十七オ）、半丁一面（八オ）。
八之巻見開三面（三ウ四オ、七ウ八オ、十五ウ十六オ）、半丁一面（十二オ）。
九之巻見開二面（七ウ八オ、十三ウ十四オ）、半丁三面（二オ、四オ、十オ）。
十之巻見開三面（三ウ七オ、六ウ七オ、十三ウ十四オ）、半丁一面（十オ）。
十一之巻見開三面（三ウ四オ、十ウ十一オ、十四ウ十五オ）、半丁一面（七オ）。
十二之巻見開三面（三ウ四オ、九ウ十オ、十二ウ十三オ）、半丁一面（七オ）。

題　簽　原題簽双辺左肩「新改絵入寛濶曽我物語　一（二・四・五・七・八・十・十一）」、上記以外の巻は、仮名書の部分があり「新改絵入くわんくはつそか物語　三（六・九・十二）」。

目録題　「寛濶《くわんくわつ》曽《そ》我《が》物語《ものかたり》」（一之巻・四之巻・六之巻・八之巻・九之巻・十之巻・十一之巻・十二之巻）、「寛濶《くわんくわつ》曽《そ》我《が》物語《ものがたり》」（二之巻・三之巻・五之巻・七之巻）。

内　題　「寛濶《くわんくわつ》曽《そ》我《が》物語《ものがたり》」（初巻・四之巻・五之巻・九之巻）。「寛濶《くわんくわつ》曽《そ》我《が》物語《ものかたり》」（二之巻・三之巻・六之巻・八之巻）、「くわんくわつそがものがたり」（七之巻）、「寛濶《くわんくわつ》曽《そ》我《が》物語《がたり》」（十之巻）、「くわんくわつ曽《そ》我《か》物語《ものかたり》」（十一之巻・十二巻（ママ））。

尾　題　「寛濶曽我物語」。

板　心　「新曽我物語　巻一（～十二）（丁付）」。

句　読　「。」と「・」を併用。

署　名　書林西沢氏集楽軒（一之巻凡例二末）。

画　者　未詳。

刊　記　「元禄十四歳／巳初春吉祥日／大坂南本町弐丁目／万屋仁兵衛板／大坂高麗橋筋西／油屋与兵衛藤七良開板」（油屋名を大書、万屋名は年月下に小書）。

広　告　なし。

蔵書印　天理図書館蔵印以外なし。

備　考　組版の都合により、各巻目録の体裁を改めた。原本では、章題が副題の上に位置する。

諸　本　(イ)初印本　底本。西尾市立図書館蔵岩瀬文庫本（十二巻十二冊、原題簽三之巻のみ欠）。京都大学文学部蔵本（一之巻・五之巻・六之巻・七之巻存、原題簽五之巻・六之巻に僅存）。

(ロ)後印本A　上田市立図書館蔵藤廬文庫本（一之巻から九之巻まで存）は刊記不明であるが、「武道国土産」全部七冊を元禄十五年正月に出す旨の「松寿軒万屋」名の予告が一之巻末に見える。

武道国土産《ぶだうくにみやげ》　全部七冊
一之巻　長崎《ながさき》の遠目金《とをめかね》
二之巻　作州《さくしう》の身持草《みもちくさ》
三之巻　土山《つちやま》のみつ櫛《ぐし》
四之巻　武州金竜山《きんりうざん》の米饅頭《よねまんちう》
五之巻　難波《なには》のなつ〔以下破損〕
六之巻　同長町《なかまち》の〔以下破損〕
七之巻　勢州亀山《かめやま》の仮名手本《かなてほん》
右之本元禄十五午ノ正月吉日ニ出来

松寿軒万屋板行

藤盧文庫本は、多数の入木修訂を行っている。文字を変更した箇所は、次のごとくである。なお、算用数字は原本の行数である。

一之巻二オ6 明鏡《めうかん》→明鑑《めうかん》 五オ8 古侍《こさん》→古参《こさん》 六ウ7 堅《けん》→賢《けん》 九オ9 し案《あん》→思案《あん》 九オ11 先度《せんど》→先途《せんど》 十二オ4 情紙《せいし》→誓紙《せいし》 二之巻三オ4 赤坂《あかさは》→赤沢《あかさは》 三オ6 供→共 三オ11 供→共 六オ10 名《めい》日→命《めい》日 七オ5 名日→命日 七オ9 名日《めいにち》→命日《めいにち》 九オ6 し安→思案 九ウ4 堅女《けんぢょ》→賢女《けんぢょ》 九ウ10 とも立→とも達 十オ2 名日《めいにち》→命日《めいにち》 十二ウ9 堅女《けんちょ》→賢女《けんちょ》 十四オ7 そち立→そち達 三之巻二ウ9 し案→思案 四ウ12 し案《あん》→思案《あん》 五ウ1 先度《せんど》→先途《せんど》 十六ウ7 盤栄《はんゑい》→繁栄《はんゑい》 八ウ11 順馬《しゆんま》→駿馬《しゆんま》 十二ウ12 別所《へつしよ》→蔑如《へつしよ》 十三オ3 朝亭《てうてい》→朝廷《てうてい》 十三オ8 かいそ→累祖《るいそ》 十三ウ8 五万→五百 十三ウ12 二万→二百 十四オ10 三万→三百 十四ウ6 阿波《あわ》→安房《あわ》 十七オ2 阿波《は》→安房《あは》 十七オ9 うれたさ→浮身《うきみ》と也 十七オ12 阿波《あは》→安房《あは》 十七ウ9 生涯《しやうがい》→生害《しやうがい》 十九ウ2 死骸《じがい》→自害《じがい》 四之巻目録オ4 盤昌《はんじやう》→繁昌《はんじやう》 一オ2 盤昌《はんじやう》→繁昌《はんじやう》 一オ4 阿波《あは》→安房《あは》 二ウ5 堅王《けんわう》→賢王《けんわう》 二ウ5 堅臣《けんしん》→賢臣《けんしん》 五オ2 上落《しやうらく》→上洛《しやうらく》 五オ11 ふとしき立て→いみしく建て 五ウ1 盤昌《はんしやう》→繁昌《はんしやう》 十二ウ2 気食《きしよく》→気色《きしよく》 十三ウ10 暦《れき》→歴《れき》 十四ウ2 堅臣《けんしん》→賢臣《けんしん》 十五オ3 自骸《じがい》→自害《じがい》 十五ウ11 自骸《じがい》→自害《じがい》 十六ウ3 きげん→気色《きしよく》 十七ウ9 ちご立→ちご達《たち》 十八ウ3 将束《しやうそく》→装束《しやうそく》 十八ウ3 雲母《きら》→綺《き》羅《ら》 十八ウ8 冷人《れいじん》→伶人《れいじん》 十九オ4 将束《しやうそく》→装束《しやうそく》 五之巻目録オ3 後懐《こうくわい》→後悔《こうくわい》 二ウ12 父《ち、》ち、→ち、 五ウ7 盤昌《はんじやう》→繁昌《はんじやう》 十オ12 安磨《あんま》→按摩《あんま》 十ウ8 返《へん》ずる→変《へん》ずる 十四オ12

道同《だうたう》→同道《だうたう》　十六ウ3　巻絵《まきゑ》→蒔絵《まきゑ》　十七オ8　名日《めいにち》→命日《めいにち》　十七ウ5　気食《きしよく》→気色《きしよく》　十七ウ7　若輩《わかとう》→若堂《わかとう》*　十七ウ8　義季《よしひで》→義秀《よしひで》　十八オ7　名日《めい》→命日《めい》　十九オ4　千浅《せんげん》→千間《せんげん》　六之巻二オ10　哀→哀《あはれ》　二ウ7　うつ香《が》→うつ香《りか》　三オ7　形勢《けはひ》→化粧《けはひ》　四ウ8　大節《たいせつ》→大切《たいせつ》　六オ1　義試《しき》→義式《しき》　十九オ4　侍《もち》→持《もち》　七之巻五ウ6　一辺《いつへん》→一遍《いつへん》　十二ウ4　討《うち》→打《うち》　十九オ6　形勢《けはひ》→化粧《けはひ》　十九ウ12　養生《やうしやう》→幼少《やうしやう》　廿一オ3　形勢《けはひ》→化粧《けはひ》　八之巻一オ8　将束《しやうぞく》→装束《しやうぞく》　一ウ1　持《もつ》→逸《もつ》　三オ3　外言《くわごん》→過言《くわごん》　八ウ7　小玉→児玉《こ》　八ウ11　友に《とも》→共に《とも》　十オ2　夜《や》くわい→野《や》くわい　十ウ9　巻絵《まきゑ》→蒔絵《まきゑ》　十二ウ7　立→楯《たて》　十五オ12　養生《やうしやう》→幼少《やうしやう》　十九オ4　後快《かうくわい》→後悔《かうくわい》　九之巻一ウ10　我生《がしやう》→何処《がしやう》　一ウ12　盤若《はんにや》→般若《はんにや》　二ウ2　小経《きやう》→書経《しよきやう》　二ウ10　世常《しやう》→是生《せしやう》　二ウ10　方《はう》→法《はう》　五オ9　稚《たれ》→誰《たれ》　十ウ4　将束《しやうぞく》→装束《しやうぞく》

加えて、不明瞭なくずしだった文字を直したのが、次のごとくある。

一之巻十二オ8　封　十六ウ10　垂　二之巻五オ10　惜　七オ8　団　七オ8　朋　七オ10　団　十オ4　祝　十ウ5　朋　十一ウ5　散　十一ウ8　実　十五オ6　団　十五オ10　館　十七オ7　団　三之巻六ウ11　旗　七オ8　旗　十七オ7　旗　四之巻十四オ4　尼　十四オ6　祝　十五ウ6　賢　十七オ8　忘　五之巻十三ウ2　走　十七ウ2　端　十八ウ4　対　六之巻五ウ10　祝（一字目）　五ウ10　祝（六字目）　五ウ11　祝　六ウ9　対　七オ2　団　七オ10　祝　九オ5　屏　九オ7　祝　九ウ5　祝　十八オ5　祝　七之巻十オ1　訴詔　十ウ12　訴　十一オ3　訴　十一オ4　走　八之巻目録オ11　団　十オ9　宵　十二ウ2　宵　十三オ11　宵　十三オ12　宵　十三ウ2　宵　十三ウ8　宵　十四オ9　宵　十四ウ2　宵　十六ウ9　宵

十七オ5　宵　九之巻二ウ10　散　五オ8　宵　五ウ5　宵　六ウ8　対　十四ウ7　宵

長谷川強『浮世草子考証年表－宝永以降－』では、藤盧文庫本に関して「これを万屋彦太郎刊本とすると十四年冬頃の印本となるわけであるが、この間の事情についてはなほ検討を要する」とする。

㈧後印本B　岡山大学附属図書館蔵池田家文庫本（十二巻十二冊）は、題簽に「新撰絵入曽我物語　一（－十二）」とあり、刊記年月は初印本と同一ながら板元名が「大坂本町壱丁目／万屋彦太郎刊板」。匡郭の欠損部分などの比較からして、藤盧文庫本よりも後印と思われる。一之巻から九之巻までの入木修訂は藤盧文庫本に同じ。藤盧文庫本に存在しない十之巻以降を底本と比較すれば、入木して文字を変更した箇所は、次のごとくである。

十之巻一ウ2　実中《もなか》→最中《もなか》　七ウ6　関《せき》→席《せき》　七ウ7　水生《すいしやう》→水晶《すいしやう》　八オ1　絶主《せしゆ》→施主《せしゆ》　八ウ2　阿波《あは》→あは　十ウ2　哀→哀《あはれ》　十五オ3　黒《すみ》→墨《すみ》　十一之巻目録オ7　志案《しあん》→思案《しあん》　二オ11　合力《かうりき》→剛力《かうりき》　二ウ5　五界《こかい》→五戒《こかい》　五オ6　山相《あい》→山際《あい》　六オ9　心高《こゝろかう》→心剛《こゝろかう》　六オ11　気食《きしよく》→気色《きしよく》　八オ5　近郡《きんがう》→近郷《きんがう》　八ウ10　兼事《かねこと》→兼言《かねこと》　九オ5　一後《ご》→一期《ご》　十三オ3　最《さい》後《こ》→最期《さいこ》　十二之巻三オ5　最後《さいご》→最期《さいご》　六オ9　三津《さんづ》→三途《さんづ》　十一オ1　力侍→力持　十一ウ4　からにに→からに　十三ウ12　御上→御諚　十四オ3　頭領《とうりやう》→棟梁《とうりやう》　十四オ3　人部《にんふ》→人歩《にんふ》

加えて、不明瞭なくずしだった文字を直したのが、次のごとくある。

十之巻目録ウ8　尼　十一オ7　尼　十二ウ4　尼　十三オ7　尼　十一之巻五ウ7　使　八オ5　尼　九オ4　尼　九ウ7　尼　十オ2　尼　十二ウ2　尼　十二ウ7　尼　十二ウ11　尼　十三オ4　尼　十二之巻目録オ4　尼　一オ2　尼　六オ7　陀　八オ11　尼　十ウ2

解題

宵

執筆者紹介（掲載順）

長《は》谷《せ》川《がわ》　強《つよし》	国文学研究資料館名誉教授
倉《くら》員《かず》正《まさ》江《え》	日本大学助教授
井《いの》上《うえ》和《かず》人《ひと》	早稲田大学非常勤講師
神《かみ》谷《や》勝《かつ》広《ひろ》	名古屋文理大学助教授

（第一回配本）

西沢一風全集　第一巻

二〇〇二年八月　発行

編　者　西沢一風全集刊行会
代表　長谷川　強

発行者　石坂叡志

整版印刷　富士リプロ

発行所　汲古書院

〒102-0072　東京都千代田区飯田橋二-五-四
電　話　〇三（三二六五）九七六四
ＦＡＸ　〇三（三二二二）一八四五

ISBN4-7629-3450-X　C3393

● 西鶴以後の浮世草子研究、並びに当時の演劇研究においての好箇の資料

西沢一風全集 〈全六巻〉

西沢一風全集刊行会編
代表 長谷川 強

【長谷川強「刊行にあたって」より抄録】

西沢一風は本屋作者の代表的人物で、職業柄鋭く触覚を働かせ最新事件を書込み、歌謡界・演劇界の動向を反映した作が浮世草子界に新風をもたらし、八文字屋・其磧のライバルとして元禄末・宝永期の浮世草子出版競争の一方の立役者だった。追随者を巻込んだ競争はそのまま宝永期の浮世草子史を形成する。この期の浮世草子は趣向主義、新主題発掘等で以後の浮世草子の方向を定めるものとなるが、追随者の既刊の全集、八文字屋本全集に加えての本全集の刊行は、西鶴以後の浮世草子研究上点睛の業であると信ずる。当時の演劇界の動向を反映した作は、演劇研究の好箇の資料ともなろう。なお彼の若年時の関心・筆力を伝える色茶屋評判記も収録する。

西沢一風は享保後半期の作者として浄瑠璃制作に関係する。本全集後半はこれに当てる。彼をリーダーとして執筆した作者の一人に並木宗輔がいる。彼は近松以後の最も腕の立つ作者として近来注目される存在であるが、一風の下に作者として出発したのである。一風は故実書として、『今昔操年代記』の著もあり、その浄瑠璃作者としての活動もやはり近松以後の浄瑠璃の転回期に寄与しているのである。宗輔には浮世草子との相互の影響関係が認められるが、一風の下に活動を始めた事を考慮する必要があろう。浮世草子研究者、また浄瑠璃研究者にも改めて検討を願いたいと思う。

◇巻別収録書一覧

▼第一巻（第一回配本／平成14年8月刊行）
新色五巻書（元禄11・8）／御前義経記（元禄13・3）／寛濶曽我物語（元禄14・1）

▼第二巻（第二回配本／平成14年11月刊行予定）
女大名丹前能（元禄15・1）／風流今平家（元禄16・3）／傾城武道桜（宝永2・8）／伊達髪五人男（宝永3・1）／風流三国志（宝永5・1）／御前二代曽我（宝永6・1）

▼第三巻（第三回配本／平成15年3月刊行予定）
傾城伽羅三味線（宝永7・1）／今源氏空船（正徳6・1）／国性爺御前軍談（享保1）／色縮緬百人後家（享保3・1）／乱脞三本鑓（享保3）／熊坂今物語（享保14）／茶屋諸分調方記（元禄6・2）

▼第四巻（第四回配本／平成15年7月刊行予定）
阿漕（宝永7・4以前）／井筒屋源六恋寒晒（享保8・7）／建仁寺供養（享保8・11）／頼政追善芝（享保9・2）／昔操年代記（享保12）

▼第五巻（第五回配本／平成15年11月刊行予定）
女蝉丸（享保9・10）／昔米万石通（享保10・1）／南北軍問答（享保10・3）／身替弧張月（享保10・5）

▼第六巻（第六回配本／平成16年3月刊行予定）
大仏殿万代石礎（享保10・10）／北条時頼記（享保11・4）／今昔操年代記（享保12）

◇翻刻・解題——西沢一風全集刊行会

長谷川強／江本裕／倉員正江／神谷勝広／佐伯孝弘／藤原英城／杉本和寛／井上和人／長友千代治／大橋正叔／石川了／杳名定／神津武男

▼A5判上製函入り／各巻平均450頁／本体15000円